눌재 박상 시문학 연구

눌재 박상 시문학 연구

초판 1쇄 발행 2021년 11월 20일

지은이 | 최한선 김대현 박명희 박영주 이구의 이종묵 정병헌

펴낸곳 | (주)태학사
등록 | 제406-2020-000008호
주소 | 경기도 파주시 광인사길 217
전화 | 031-955-7580
전송 | 031-955-0910
전자우편 | thspub@daum.net
홈페이지 | www.thaehaksa.com

편집 | 조윤형 여미숙 김선정
디자인 | 한지아 이보아
마케팅 | 김일신
경영지원 | 정충만
인쇄·제책 | 영신사

ⓒ 최한선 김대현 박명희 박영주 이구의 이종묵 정병헌, 2021. Printed in Korea.
값 24,000원

ISBN 979-11-6810-021-3 93810

책임편집 | 조윤형
표지디자인 | 이보아
본문디자인 | 최형필

눌재 박상
시문학 연구

최한선 · 김대현 · 박명희
박영주 · 이구의 · 이종묵 · 정병헌

태학사

머리말

　지난 1993년 광주시에서는 '눌재 박상의 문학과 의리 정신'이란 주제로 학술 대회를 개최했다. 대학에 갓 자리를 잡은 필자는 당시 그 대회의 보조자 역할을 하면서 언젠가는 눌재 선생의 문학에 대한 본격적인 연구와 학술대회를 하겠다는 의지를 다졌다. 2016년 한국가사문학관에 눌재 선생의 영정 등을 모신 뒤 다음 해에 학술대회를 기획하여 문중의 협조를 얻었으나 예상찮은 일로 연기되어 아쉬움이 많았다. 그로부터 다시 5년의 세월이 지나서 이제야 이렇게 선생의 시문학 연구서를 상재하게 되었다. 기쁜 마음 큰 것은 사계의 훌륭한 학자들과 함께한 연구 결과를 여러 사람과 나눔으로써 선생의 시인으로서의 진면목을 알리고 향유하며 무한한 창작의 모티프로 활용할 수 있다는 기대이다.

　눌재 박상(1474~1530)은 조선 중기의 문신으로, 본관은 충주忠州, 자는 창세昌世, 호는 눌재訥齋이며 시호는 문간文簡이다. 광주광역시 방하동에서 부친 지흥과 모친 서 씨 사이의 세 아들 중 둘째로 태어났다. 절의節義를 숭상한 선비 집안 출신의 눌재는 7세에 부친을 여의고 동생 우祐, 형 정禎과 함께 지지당 송흠 등에게서 유학의 경전과 문학 수업을 받았다. 눌재 3형제는 모두 문학, 역사, 철학은 물론 인품이 훌륭하여 중국 송나라의 삼소三蘇에 비견하여 '우리나라 세 박씨'라 일컬어졌다.

1501년 28세에 문과에 급제한 후 교서관 정자를 시작으로 충주목사, 나주목사 등을 역임하였다. 특히 1515년(중종 10) 담양부사 재직 시에는 순창군수 김정金淨, 무안현감 유옥과 함께 중종반정으로 폐위된 단경왕후 신 씨의 복위를 주장하는 상소를 올리는 등 대의명분을 중시한 선비로서 평생 의리와 선을 실천하였고, 학문과 가르침을 게을리하지 않았던 도학자요, 문학인이었다.

담양부사를 역임하는 동안 임억령 등 여러 제자를 양성하여 호남 시단의 기틀을 굳건히 다졌던 눌재, 그는 짓기가 까다롭다는 율시 창작을 좋아했는데 자연을 노래한 전원시와 애민 정신이 담긴 사회시가 주류를 이룬 한시 1,200여 수와 사회비판과 모순을 풍자하고 지적하며 해결 방안을 제시한 부 12편 등을 남겼다.

눌재는 호남 시단의 종장으로서 회문체, 문답체, 서술시체, 산문체 등의 다양한 문체는 물론 귀거래 지향시, 사회 참여시 등에서 다양한 시적 성과로 문학사를 빛냈다. 요컨대 눌재는 절의파 선비, 청백리에 빛나는 공직인, 도학을 연구한 학자, 명품의 작품을 남긴 문학인, 효와 공경을 실천한 훌륭한 인품의 소유자 등으로 많은 이들에게서 기려지고 있다.

본 연구서는 눌재의 시문학적 위상 정립과 한국 문학사에 남긴 시문학적 성과를 체계적으로 연구, 정리하여 그에 대한 온당한 평가를 자리 매김함은 물론, 그의 업적을 기리는 계기 마련 및 창작의 원천 자료로서 활용 등을 위하여 기획하였다. 본 연구서는 전체 7편의 논문으로 구성되었는데 그 대략은 다음과 같다.

첫 번째 논문 「눌재 박상의 인생 역정과 문학 세계의 특징」은 박영주 교수의 글이다. 박 교수는 특유의 꼼꼼한 연구 태도를 통하여 눌재의 인생 역정을 요령 있게 요약, 제시해 보였으며 눌재의 인물됨에 대해서는 권별의『해동잡록』기록을 들면서 천성이 구애됨이 없고 기개와 절조가 높은 인물이라고 했다. 또한 시에 대한 평가는 정조가『홍재전서』에서 말했던 석주, 동악, 읍취헌, 간이의 장점을 겸비했다는 말로써 눌재 시의 세계가 호한하고 성향이 다채로움을 말했다. 아울러 박 교수는 눌재가 송순, 임억령, 김인후, 임형수, 기대승, 정철, 백광훈 등의 배출에 지대한 공로가 있는 이른바 호남 사림의 조종임을 밝혀 보였으며, 그로부터 송순, 임억령 등 감성적 성향의 당시풍 숭상의 대시인들이 대거 배출되어 문학에서도 명실공히 조종이라는 주장을 폈다.

두 번째 눈문 「눌재 박상의 충주목사 시절 기묘사림과의 시적 교유와 그 의의」는 박명희 교수의 글이다. 이 글에서 박 교수는 충주목사 시절에 만난 기묘사림, 곧 공서린, 김세필, 이약빙, 이연경, 이자 등과 관련한 총 20제 62수의 작품 중에서 이자, 이연경, 김세필 관련 작품에 대해 집중적으로 연구한 결과를 보였다. 박상은 벼슬을 잃은 이자에게는 시를 통해 진심 어린 위로를, 이연경에 대해서는 명문가 집안의 후예임을 부각시키면서 격려를, 김세필과는 남다른 우의를 다지는 한편 열띤 학문적 토론을 벌였다고 했다. 요컨대 충주목사 시절 눌재가 기묘완인으로서 기묘사람들과 교유하면서 보여 주었던 인간적인 면모에 대해 잔잔하게 풀어내고 있음이 주목된다.

「눌재 박상의 오언시의 미학」은 이구의 교수의 논문이다. 이 교수는 눌재의 오언시에 대해 상세하게 연구한 결과를 다음과 제시해 보였다. 수사법상에서의 첩자와 첩어의 사용을 통한 의미의 강조와 리듬감과 생동감의 고취를 이뤘으며, 용사를 통한 우의미의 실현과 사물에 대한 사실적 묘사, 음악성과 회화성의 획득, 분위기의 청신함과 비개함, 인의를 위한 욕심 없는 마음의 지향, 인간의 귀소본능에 따른 자연의 한정에 대한 동경과 귀의 등으로 눌재 오언시 세계를 갈파해 보였다.

「눌재 박상 율시의 미학」은 이종묵 교수의 글이다. 이 교수는 눌재의 칠언율시가 강개와 침울을 기본적인 미감으로 하는데 이의 연원은 도잠과 굴원에 있다고 했다. 눌재의 칠언율시에 대해 기묘명현이나 후학, 중국과 일본 사신 등과의 수창시와 제영시를 대상으로 연구의 초점을 맞추었다. 그러면서도 자신의 마음을 노래한 영회시, 다양한 사물을 형상화한 영물시에 대해서도 명작이 적지 않음을 실례를 들어 제시해 보였다.

「눌재 서술시의 세계와 그 미학」은 최한선 교수의 글이다. 최 교수는 부문학과 가사문학의 공통점은 전술傳述에 있다면서 둘은 표기만 다를 뿐 서로 닮은 점이 많다는 전제 아래 둘을 서술시의 갈래로 보았다. 이어 최 교수는 금남과 함께 눌재를 호남 기록문학 서술시의 비조로 보면서 눌재 12편의 부문학에 대하여 에토스의 실현, 에토스와 로고스의 실현, 파토스의 실현, 로고스의 실현, 파토스와 에토스의 실현 등으로 나눠 그 문학적 세계의 미학을 설파했다.

「박상 산문의 장르적 성격과 지향」은 정병헌 교수의 글이다. 정 교수는 지금까지 크게 관심의 대상이 되지 않았던 눌재 산문—서序 3편, 기記 2편, 표表 1편, 문文 1편—에 대하여 수필로서의 장르적 성격을 부여하고 상징과 은유를 본질로 하는 시와 달리 수필을 통하여 자신의 직접적으로 드러내 보이고자 했던 눌재의 글쓰기 태도를 살폈다. 그 결과 눌재는 수필을 통하여 자신의 외면적인 성장과 함께 내면도 풍부하게 살찌워 가는 모습을 단계적으로 보여 준다면서 현실적인 나이와 함께 보다 정밀靜謐해지는 글이 되어 가는 것이 눌재의 글쓰기 특장임을 말했다.

「눌재 박상 문학의 연구 현황과 과제」는 김대현 교수의 글이다. 이 글은 그간 눌재에 대한 연구를 중심으로 착실하게 그 성과를 되짚고 앞으로의 연구 과제와 방향을 제시하고 있다. 80년대엔 문집에 대한 판본, 산문 등의 연구가 있었음과 90년대 들어 눌재의 생애, 교유시, 사회시 등에 연구가 있었음을 보였고, 2000년대 들어 눌재에 대한 단행본 출간, 부문학에 대한 연구 등이 이어졌음을 보였다. 이어 앞으로의 연구 전망과 과제에 대하여 동시대 시인인 충암, 읍취헌 등과의 비교 연구, 호남 시단에서의 구체적인 역할 구명, 사승 관계의 구명, 문학사에서의 위상 정립 등 다양한 의견을 제시했다.

옥고를 주신 필자 여러분께 심심한 감사를 드린다. 본 연구서의 발간을 시작으로 눌재 선생에 대한 연구가 더욱 활발해지고 그 성과 역시 다양하게 창작의 원천 자료로서 충분히 활용되기를 바란다. 본 연구서의 발간에 물심양면으로 도움을 주신 박종률 회장님을 비롯한 눌재 사암 문중 관계자분들께 큰 감사를 드리며, 어려운 가운데 있음에도 기꺼이 출판해 주신 태학사 가족께도 감사드린다.

2021년 10월
필자 모두를 대신하여 최한선 근지

차례

눌재 박상의 인생 역정과 문학 세계의 특징

박영주

1. 청렴 강직 사대부의 표상

눌재訥齋 박상朴祥(1474~1530)은 16세기 전반을 대표하는 문인이자 학자의 한 사람이다. 눌재가 활동했던 15세기 후반~16세기 전반은 새롭게 출범한 조선 왕조의 기틀이 다져지고 제도와 문물의 정비가 일단락되던 시기였다. 그러나 다른 한편으로 입지立地와 정견政見의 차이에 말미암은 기존 훈구세력과 신흥 사림세력 간의 대립과 갈등이 심각한 국면에 이른 역사 격변기이기도 했다.

훈구세력은 조선 건국 이후 권력과 토지를 차지하여 중앙 정계에 확고한 기반을 구축한 사대부로서, 주로 개국공신과 개국 후 공신 및 그 후예, 그리고 왕실을 중심으로 한 인척들이 중심을 이룬 집단을 말한다. 반면 사림세력은 이러한 혜택에서 제외된 지방의 중소지주 사대부로서, 자신의 처지에 만족하지 않고 중앙정계로 진출을 꾀하며, 성리학적 이념에 입각하여 새 왕조 창건의 명분을 철저히 시행할 것을 요구한 일군의 집단을 말한다.

사림세력은 15세기 말에서 16세기 초에 걸쳐 두각을 나타내기 시작했다. 그러나 중앙의 귀족화한 훈구세력과 입지가 다르고 이념이 상충됨에 따라 정치적 대립과 사상적 갈등을 빚지 않을 수 없었다. 그 대립·갈등의 첨예한 형태로서 크게 네 차례의 사화士禍가 일어났다. 이는 한마디로 사림세력이 일정 궤도에 오르자 훈구세력의 정치적 반격이 대대적으로 이루어진 결과라고 할 수 있다.

물론 이러한 정치적·사상적 대립과 갈등의 저변에는 당시 사회 경제적인 변동이 긴밀히 관여하고 있었다. 당시 농업과 상업 부문에서 활발하게 이루어진 경제력 향상과 이로 말미암은 경제 변동의 급변 과정에서, 사회 질서와 경제 기반 문제를 둘러싸고 양 세력이 크게 마찰을 빚게 된 것이 그것이다. 즉, 당대 집권 위치에 있던 훈구세력은 권력을 남용하여 수탈·치부하는 경향이 강했는데, 지방의 중소지주 출신으로서 자신의 사회 경제적 기반마저도 위협받는 형세에 놓여 있던 사림들이 이를 비리로 신랄하게 비판하며 나선 것이다. 이들 사림세력은 인간 심성의 올바른 도리를 탐구하고 행동규범을 통해 이를 실천에 옮길 것을 지향한 성리학의 이념을 문화 혁신의 도구로 삼아 사회적 안정을 강조하고 나섬으로써, 훈구세력으로부터 대대적인 정치적 보복을 받게 된 것이다.

눌재는 이러한 시대상황 속에서 성리학적 이념에 투철한 실천 사대부의 한 전형으로 기억되는 인물이다. 그는 조선 중종 때 일어난 기묘사화己卯士禍(1519)[1]로 피해를 입은 선비를 추앙해 일컫는 기묘명현己卯名賢의 한 사람이다. 눌재의 인생역정은 '대의명분의 실천', '청백리의 생활', '문장가로서의 활동'으로 집약할 수 있다.

눌재의 생애적 궤적에서 단연 두드러진 점은 그가 대의명분의 실천에 추호의 주저함이 없었던 사대부라는 사실이다. 그의 이러한 가치의식 형성의 저변에는 집안의 가풍이 적잖게 관여했던 것으로 보인다.

눌재의 부친 박지흥朴智興(1411~1488)은 세종대에 진사가 되었으나 이후 세조의 왕위찬탈에 충격을 받아 벼슬길을 포기하고 처가가 있는 광주로 내려가 봉황산 아래 터를 잡고 살기 시작했다. 그와 동문수학했으며 세조의 왕위 찬탈에 참여하여 정난공신 1등이 되고 정승의 자리에 오른 권람權擥(1416~1465)이 그의 인물됨을 높이 평가하여 여러 차례 벼슬길에 나올 것을 권유했으나 끝내 거절하고 은둔하며 지냈다.[2] 이로써 박지흥을 절의파 가문으로 일컫기도 한다. 눌재는 박지흥의 둘째 아들로 태어났다.

눌재의 선대는 본래 개경에 살았는데, 조부대에 충청도 회덕으로 옮겼고, 부친대에 광주에 뿌리를 내리게 되었다. 부친의 처가가 광주인 것이 계기가 되었다고 한다. 눌재는 광주에서 태어나 부친 박지흥의 가르침을 받으며 자

---

1 조선 중종 14년(1519)에 남곤, 심정, 홍경주 등의 훈구세력이 성리학에 바탕을 둔 이상 정치를 주장하던 조광조, 김정 등의 신진 사림세력을 죽이거나 귀양 보낸 사건.

2 皇考諱智興 成均進士 築室光州鳳凰山下 葆醇沖澹 與權擥同遊學 及擥相光陵 嘗偉公器 欲薦公 累以書起公 公不就 : 林億齡, 「六峯墓碣」, 『訥齋集』 附集 卷1.

랐다. 그러나 15살 때 부친을 여의면서 주로 7살 위의 형 박정朴禎(1467~1498)의 훈도 아래 아우 박우朴祐(1476~1547)와 함께 학문을 익혔다. 박정은 당시 전라 도관찰사로 부임해 온 김종직金宗直(1431~1492)과 교분을 쌓았는데, 이로 인해 김종직 계열의 문인으로 일컬어지기도 한다. 박정·박상·박우 3형제는 당시 호남 일대에 그 이름이 널리 알려져, '송나라에는 부자삼소父子三蘇 우리나라 에는 형제삼박兄弟三朴'[3]이라 칭송되며 모두 뛰어난 자질을 인정받았다.

눌재는 23살(1496) 때 생원시에 합격했으며, 28살(1501) 때 정시문과 을과에 급제하여 관직생활을 시작했다. 강직한 품성으로 관직생활 초기부터 부조리 나 부패를 묵과하지 않았으며, 부당한 행위에 대해 비판의 언사 또한 숨기지 않았다, 그래서 벼슬살이가 순탄치 않았다.

눌재의 나이 33살(1506) 때, 연산군 치세 하에 전라도사全羅都事 관직에 있던 그는 연산군의 궁인이 된 딸의 권세를 빙자해 갖은 악행을 저지르던 우부리牛 夫里를 장살杖殺한다. 조야에서 누구도 감히 건드릴 엄두조차 내지 못한 우부 리의 불의를 과감히 단죄한 것이다. 죽음을 각오하고 결행한 일이었기에 조 정의 처벌을 기다리던 눌재는 그러나 연산군의 명에 의해 그를 잡으러 온 금 오랑과 길이 어긋난 데다 곧이어 중종반정中宗反正(1506)[4]이 일어남으로써 다 행히 처벌을 면하게 된다.

34살(1507) 때에는 사간원 헌납이 되어 대간臺諫의 직무를 수행했는데, 정난 공신靖難功臣의 책훈 문제와 왕실 외척들의 권력형 비리 등에 대해 그 부당함 을 간언했다. 그러나 받아들여지지 않아 대간직을 사직하고자 했다. 때마침 과거가 치러지게 되어 관례에 따라 고시관으로 임명되었다. 하지만 사직하고 자 하는 사람이 고시관을 맡는 것은 사리에 맞지 않다고 거절했다. 이로써 왕

---

3 「年譜」, 『訥齋集』 附錄 卷4 戊午 11年. 송나라 父子三蘇는 蘇洵·蘇軾·蘇轍.

4 조선 중종 1년(1506)에 성희안, 박원종 등이 폭정을 일삼던 연산군을 몰아내고 성종의 둘째 아들인 진성대군을 왕(중종)으로 추대한 사건.

의 노여움을 사 논죄되었다. 태학생과 조정 대신들의 거듭된 요청으로 사면은 되었으나, 외직인 한산군수로 좌천 발령을 받았다가, 이 또한 온당치 않다는 대간의 요청에 의해 다시 내직에 보임되기도 했다.

대의명분 실천에 결부된 눌재의 품성과 처신의 단면을 확인할 수 있는 행적들이다. 이 같은 눌재의 품성과 처신에 대해『중종실록』에서는 "사신은 논한다. 박상은 비록 일을 논하는 것이 중도中道에서 지나치지만, 그래도 진실하여 꾸밈이 없으며, 학문에 뜻을 돈독히 하고, 시속과 타협하지 않아 동조하는 이가 적었다. 이로 인해 시론時論에 용납되지 못하였다."[5]라고 기록하고 있다.

눌재의 이름이 사림사회에 널리 알려지게 된 것은 「신비복위소愼妃復位疏」 사건이다. 담양부사로 재직하던 42살(1515) 때, 눌재는 시국 사안들에 직언을 구하는 임금의 교시에 응하여 순창군수 김정金淨(1486~1521)과 연명하여 장문의 「신비복위소」를 올린다. 중종반정으로 폐위된 중종의 첫 왕비 단경왕후 신씨의 복위[6]를 청하면서, 정당한 명분 없이 국모를 폐위한 부당성을 지적하면서 성희안成希顔·박원종朴元宗·류순정柳順汀 등 당시 공신들이 임금을 협박하여 국모를 내쫓은 죄를 바로잡아야 한다는 상소를 올린 것이다. 이 상소로 인해 눌재는 중종의 노여움을 사 전라도 남평으로 유배된다. 그러나 조정 대신들의 적극적인 구명운동으로 이듬해 유배에서 풀려나 다시 관직에 나아간다.

「신비복위소」는 대의명분 실천을 위해 죽음마저도 불사하는 눌재의 강직

---

5 史臣曰 祥難論事過中 然悃愊無華 篤志學問 獨立寡和 不爲時論所容 :『中宗實錄』中宗 3年 1月 28日 丙寅.
6 端敬王后 愼氏는 익창부원군 신수근의 딸로, 1499년(연산군 5) 성종의 둘째 아들 진성대군과 혼인했는데, 1506년 진성대군이 중종으로 추대되자 왕후에 책봉되었다. 그러나 연산군의 妃인 고모와 연산군의 매부인 아버지가 연산군 축출을 위한 반정 모의에 반대한 일로 성희안 등에게 살해되면서 공신들의 압력으로 폐위되었다. 이후 1515년(중종 10) 章敬王后 尹氏의 죽음을 계기로 박상·김정이 연명으로 복위를 청하는 상소를 올렸으나, 조정 대신들의 반대로 당대에는 뜻을 이루지 못했다. 단경왕후 신씨의 복위는 이로부터 224년 후인 1739년(영조 15)에야 비로소 이루어졌다.

한 품성과 행동의지를 단적으로 보여 주는 예가 아닐 수 없다. 이 상소문을 계기로 눌재는 당대 사림세력의 신망을 한몸에 받게 되었던 것으로 보인다. 대의명분 실천에 주저함 없는 선비정신을 사림의 시대정신으로 확립하는 데 크게 기여했기 때문이다.[7] 그런 점에서 「신비복위소」는 눌재의 생애적 궤적에서 큰 비중을 차지하는 역사적 사건이라 할 수 있다. 연명으로 상소를 올린 김정은 그보다 12살 아래였으나, 대의를 추구하는 신념과 시국관이 상통하여 평소 친밀한 사이였다고 한다. 또 당시 무안현감으로 재직하고 있던 류옥柳沃(1487~1519)도 상소문에 뜻을 같이했으나, 독신이었던 데다 그에게는 늙은 부모를 봉양할 형제가 아무도 없어 마지막에 이름을 뺐다고 한다. 당시 눌재의 구명운동에 적극적이었던 조광조趙光祖(1482~1519)는 눌재와 김정의 「신비복위소」가 강상綱常을 바로잡은 충언이었다고 칭송하며 임금이 이를 밝게 통찰해야 한다고 강조하기도 했다.[8]

이 같은 눌재의 품성과 처신은 생존 당대로부터 주위에 정평이 나 있었던 것으로 보인다. 대표적인 몇 기록을 들어 보면 다음과 같다.

사신은 논한다. 박상은 사람됨이 강직하고 각박하여 악한 사람 미워하기를 원수처럼 생각하고, 착하지 못한 사람을 보면 반드시 징계하려고 하였다.[9]

조광조가 아뢰기를, "박상은 크게 쓸만한 사람인데, 그 사람됨이 박학하고 옛도[古道]를 좋아하며 또 재주와 행실이 있습니다. 그렇기에 행실이 고상하고 청결하여 속류와 함께하기를 즐겨하지 않으며, 그 문장도 옛날과는 맞으나 지

7 訥齋의 「愼妃復位疏」가 불러일으킨 성리학적 의리중시 및 실천정신이 당대 사림의 선비정신 확립에 크게 기여했다는 점에 대해서는 윤사순, 「조선조 의리사상 형성과 눌재」, 『눌재 박상의 문학과 의리정신』, 광주직할시 · 향토문화개발협의회, 1993, 26면 참조.
8 「愼妃復位疏」 전반에 관한 논의는 김동수, 『눌재 박상』, 동인출판문화원, 2016, 126~161면 참조.
9 史臣曰 朴祥爲人剛直刻薄 嫉惡如讎 見人不善 必欲懲之 : 『中宗實錄』, 中宗 11年 4月 13日 甲子.

금과는 맞지 않습니다. 그런 까닭에 때로 속된 안목을 가진 이들에게 비난의 웃음을 사기도 하지만, 평생의 뜻이 오직 무너진 미풍양속을 진작시키는 것을 자신의 일로 삼고 있으니, 이는 진실로 세상에 보기 드문 사람입니다." 하니, 임금이 이르기를, "나도 그의 사람됨을 알고 있다." 하였다.[10]

박눌재는 품성이 대쪽같고 굳세어 허여許與하는 사람이 적었다. 악한 것을 미워하는 마음이 천성에서 나와 이 때문에 조정에 용납되지 못했고, 비록 여러 번 물리침을 받았으나 고치지 않았다.[11]

천성이 구애됨이 없고 기개와 절조가 크고 높았으며, 시어가 웅장 강건하며 기이하고 예스러웠다. ……품성이 대쪽같고 굳세어 옳다고 허여함이 적었으며, 악한 것을 싫어하는 마음은 천성에서 우러나와 이것으로 인하여 조정에 용납되지 못하였다.[12]

눌재의 사람 됨됨이와 당대 선비사회에서의 인식을 살필 수 있는 예들이라 할 수 있다. 특히 조광조가 임금(중종)에게 아뢴 말 속에는 눌재에 대한 당대 선비사회의 평이 집약되어 있다고 할 수 있다. 눌재의 대의명분에 입각한 신념, 타협하지 않는 강직함, 올곧게 여기는 일을 실천으로 옮기는 행동력은 여느 사대부에게서 찾기 어려운 면모임에 틀림없다 할 것이다.

이러한 눌재의 품성과 처신은 관직생활에서도 밝히 드러나, 청렴한 관리로

---

10 趙光祖曰 朴祥亦宜大用之人 其爲人 博學好古 又有才行 然其行 高峻潔淸 不喜與流俗同歸 其文章 又合於古 而不合於今 故時或見非笑於俗眼 平生之志 唯在於振作頹靡爲事 是固稀世之人也 上曰 予亦知其爲人矣:『中宗實錄』, 中宗 14年 4月 24日 丁亥.

11 朴訥齋性簡亢少許可 嫉惡之心 出於天性 以此不容於朝 雖被累黜不改也 : 安璐, 「朴祥傳」, 『己卯錄補遺』 卷上.

12 天性倜儻 甚有氣節 詩語雄剛奇古……性簡亢 少許可 嫉惡之心 出於天性 以此不容於朝 : 權鼈, 「朴祥」, 『海東雜錄』 卷1 本朝.

서 선정을 베푸는 데 정성을 기울인 모습을 어렵지 않게 확인할 수 있다. 임피 현령으로 재직하던 35~37살(1508~1510) 때의 행적, 담양부사로 재직하던 39~ 42살(1512~1515) 때의 공적에 대한 조야의 칭송이 대표적인 예다.

임피현령으로 재직하던 때 공정 청렴하고 명석한 판단을 잘하여 백성들의 쌓인 원한을 없애는 데 힘씀으로써 3년만에 바른 행정을 이루었다.[13]

박상의 사람됨은 천성이 청렴 강직하여 일찍이 담양부사로 재직할 때 자못 명성과 업적이 있었다.[14]

청렴 공정한 관인생활과 직무수행 능력을 조정 안팎에서 인정받아 눌재는 두 차례에 걸쳐 청백리淸白吏에 뽑힌다. 담양부사로 재직하던 42살(1515) 때와 충주목사로 재직하던 51살(1524) 때다. 『중종실록』에 보이는 청백리 표창과 함께 눌재의 목민관으로서의 면모를 살필 수 있는 기록을 들어 보면 다음과 같다.

청백리로서 유난히 두드러진 예조판서 김전, 도승지 손중돈, 좌부승지 조원 기, 승문원관교 강숙돌에게는 각각 한 자급을 더하고, 충청도절도사 김연수에 게는 당표리唐表裏를 하사하며, 담양부사 박상, 여산군수 송흠에게는 각각 향 표리鄕表裏를 하사하라.[15]

충청도관찰사 김굉이 계를 올려 말하기를, "충주목사 박상은 청렴하고 근신

13 得守臨陂縣令 公廉明斷 務祛冤滯 三年而政成：尹衢,「行狀」,『訥齋集』附錄 卷1.
14 朴祥爲人 天性廉直 嘗宰潭陽 頗有聲績：『中宗實錄』, 中宗 11年 3月 9日 庚寅.
15 淸白卓異 禮曹判書金詮 都承旨孫仲暾 左副承旨趙元紀 承文院判校姜叔突 各加一資 忠淸道節度 使金延壽 賜唐表裏 潭陽府使朴祥 礪山郡守宋欽 各賜鄕表裏：『中宗實錄』, 中宗 10年 2月 16日 甲辰.

하여 직분을 지키고 일을 다스리는 데 숙달하였으며, 마음을 써서 어루만지고 돌보아 백성이 혜택을 많이 받습니다. 부여현감 최필한은 송사를 다스리는 데 어둡고 백성을 돌보는 일을 힘쓰지 않으며 부세를 거두는 것이 너무 과중하고 형벌을 쓰는 것이 지나칩니다."라고 하였는데, 박상에게는 향표리 일습을 하사하고 최필한을 파직하라 명하였다.[16]

눌재가 임금으로부터 하사받은 '향표리'는 국내산 안감과 겉감의 옷감을 말한다. 이러한 기록들을 통해 눌재의 청백리로서의 생활태도와 목민관으로서의 자질 및 성과를 또한 어렵지 않게 확인할 수 있다. 이 같은 모습들은 그의 시문을 통해서도 잘 드러난다.

눌재의 관직생활은 외직에 머무는 경우가 많았다. 전라도사, 임피현령, 담양부사, 순천부사, 강릉부사, 상주목사, 충주목사, 나주목사 등의 외직에 보임된 것이 이를 잘 말해 준다. 그 자신 중앙 정계에 별다른 애착을 느끼지 못한데다, 청렴 강직한 그의 품성이 당시 조정에 널리 수용되지 못한 데 말미암은 것으로 보인다. 이와 함께 눌재가 보임받은 외직이 대부분 향리 근처인 점에 주목해 보면, 『중종실록』과 『눌재집』의 기록에 여러 차례 등장하는 것처럼, 노모 봉양을 통한 효우孝友의 실천에도 한 요인이 있다고 할 수 있다. 그는 외직에 나아가 있는 동안 백성들의 삶에 직접 파고들어 폐단을 시정하고 보다 나은 민생을 위한 목민관의 역할에 정성을 쏟았던 선관善官이었다.

눌재의 생애적 궤적에서 주목되는 또 다른 면모는 문장가로서의 활동이다. 그는 당대 명유들과 두루 교유하면서 문장과 학문을 논하고 저술에도 힘썼다. 그의 문인으로서의 자질과 능력은 형 박정 아우 박우와 더불어 일찍부터

---

16 忠淸道觀察使金硆馳啓曰 忠州牧使朴祥 廉謹守職 練達治事 用意撫恤 民多受惠 扶餘縣監崔弼漢 暗於治訟 不務恤民 科斂太重 用刑過中 命賜朴祥鄕表裏一襲 罷崔弼漢 : 『中宗實錄』, 中宗 19年 9月 12日 癸酉.

'형제삼박兄弟三朴'으로 널리 칭송된 바 있다. 특히 향리 근처에 관직을 보임받아 머무를 때면 인근 선비들이 찾아와 그의 문하에서 배우며 제자되기를 청했다.

임피현령으로 부임한 이듬해인 36살(1509) 때 임억령林億齡(1496~1568)이 찾아와 그의 문하에서 수학한다. 『눌재집』에는 임억령과 교유한 시가 45수에 이른다고 한다.[17] 임억령은 눌재가 세상을 떠나자 제문(「祭訥齋文」)을 지어 스승을 애도했으며, 눌재 사후 17년이던 해(1547) 옥계현감으로 재직하고 있던 때에는, 눌재의 아우 박우가 다듬어 엮은 7권의 산정본刪定本을 금산에서 문집으로 간행하기도 했다.

담양부사로 재직하고 있던 40살(1513) 때에는 송순宋純(1493~1583)과 정만종鄭萬鍾(?~?)이 찾아와 그에게서 수학한다. 송순은 눌재로부터 받은 감화에 대해 "평생 진로의 방향을 조금씩 알게 된 것은 오로지 선생이 이끌어 주신 덕분이다."[18]라고 할 만큼 큰 영향을 받았던 것으로 보인다. 정만종 또한 눌재와 돈독한 사제의 인연을 맺어 눌재가 그를 동향의 다정한 시우詩友로 예우해 주었다고 한다.

눌재는 그의 문하에서 직접 수학한 이들에게 학문적 감화는 물론 문학적 역량을 기르는 데 지대한 역할을 했던 것으로 보인다. 임억령과 송순은 훗날 호남사림을 대표하는 인물이 되어 그들로부터 김인후, 박순, 기대승, 고경명, 정철 등 16세기 조선을 대표하는 쟁쟁한 문인 학자들이 배출된 사실을 상기해 보면, 이들 모두가 눌재에 뿌리를 두고 있음을 새삼 확인할 수 있다.

눌재의 문장가로서의 활동과 학문 탐구는 내외직 벼슬살이에 구애됨 없이 지속적으로 이루어졌던 것으로 보인다. 홍문관 수찬의 직무를 수행하던 38살

---

17 박준규, 「눌재 박상의 교유 인물과 시문의 제작」, 『눌재 박상의 문학과 의리정신』, 광주직할시·향토문화개발협의회, 1993, 70면.
18 平生稍知方向 專賴導引之力 : 「年譜」, 『訥齋集』 附錄 卷4 癸酉 8年.

(1511) 때에는 모든 장소章疏를 반드시 눌재에게 위촉했는데, 그는 종이를 잡으면 곧 완성했으며, 글은 간략하면서도 뜻이 다 드러나 있어, 주변 동료들로부터도 뛰어난 문필 능력을 칭송받았다고 한다.[19] 또한 같은 해 홍문관 교리로 재직했는데, 조정에서 물러나오면 김정金淨(1486~1521), 소세양蘇世讓(1486~1562) 등과 만나 경전의 뜻을 토론하는 등 교유가 돈독했다고 한다.

48살(1521) 때에는 충주목사에 제수되었다. 이때 기묘사화를 겪은 후 눌재의 임지와 가까운 곳에서 어렵사리 기거하고 있던 김세필金世弼(1473~1533), 김안국金安國(1478~1543) 등을 도우면서 그들과 함께 도학을 강론하고 후학을 지도하는 데 열성을 다했다고 한다.[20] 눌재는 비슷한 연배였던 이들과 정치적 동지로서 유대를 맺고 있었음은 물론, 사상적으로도 상통하는 바가 컸던 것으로 보인다. 같은 해인 48살(1521) 때에는 중국 사신들이 새 황제의 조서를 가지고 건너오자, 조정으로부터 문망文望으로 추천되어 그들을 응접했다. 문망은 시문으로 이름이 널리 알려져 신망이 두터운 이를 일컫는 말이다. 이렇듯 문망에 추천된 사실로부터 눌재의 시문 역량과 당대적 평가의 일면을 확인할 수 있다.

눌재는 저술활동에 있어서도 뚜렷한 업적을 남겼다. 충주목사로 재직하던 49살(1522) 때 『도정절문집陶靖節文集』을 간행했고, 이자李耔 · 윤춘년尹春年 등과 함께 『매월당문집梅月堂文集』을 간행했으며, 『동국사략東國史略』을 수찬했다. 도연명의 문집을 간행한 것은 진晉과 송宋 교체기에 스스로 은일의 삶을 택해 절의節義를 실천한 사례를 널리 알리고자 한 의도의 소산으로 보인다. 생육신의 한 사람인 김시습의 문집을 간행한 것도 이와 상통하는 맥락에서 그가 절의를 실천한 인물임을 널리 알리고자 한 데 말미암은 것으로 보인다. 그리

---

19 時館中凡有所章疏 必屬先生 先生操紙立就 文約而義盡 同列稱其能 : 尹衢, 「行狀」, 『訥齋集』 附錄 卷1.
20 「年譜」, 『訥齋集』 附錄 卷4 辛巳 16年.

고 『동국통감東國通鑑』을 대본으로 단군조선으로부터 고려말까지의 역사를 축약한 『동국사략』의 수찬은 우리 역사에 대한 눌재의 역사 인식의 일면을 살필 수 있게 한다.[21] 『동국사략』은 당대 이후 사대부들에게 가장 널리 읽힌 교양 역사서였다.

이렇듯 눌재는 굴곡 많은 관직생활 속에서도 맡은 바 직분에 충실하며 자신의 길을 묵묵히 걸어갔다. 그는 53살(1526) 때 문과 중시에 장원하여 정3품 통정通政으로 승진함으로써 당상堂上의 반열에 올랐다. 그러나 이듬해(1527)에 지난날 충주목사를 지낼 때 군정軍丁에 실수가 있었다 하여 파직당했다가, 다시 나주목사에 좌천 보임되었다. 그리고 나주목사 재임 2년 여만인 56살(1529) 때 병으로 직무를 수행하기가 어려워 사직을 청했으나 받아들여지지 않았고, 뒤이어 그의 강직함을 시기한 이들의 작당에 의해 인사평가에서 말단의 평가를 받고 파직되어 향리로 돌아갔다.

이후 향리에서 병 치료에 전념하던 눌재는 57살(1530)이던 해에 세상을 뜬다. 그의 시신은 광주 봉황산 성재동에 안장되었다. 광주 월봉서원月峰書院 등에 제향되었고,[22] 1688년(숙종 14) 이조판서에 추증되었으며, 1729(영조 5) 문간文簡[23]이라는 시호가 내려졌다.

눌재는 사화로 점철된 역사 격변기에 순탄치 않은 인생행로를 걸어가면서도 유가 사대부가 추구해야 할 이념과 가치 실현에 충실했다. 눌재의 생애를 관류하는 특징은 한마디로 사문행思文行의 일치에 있다.[24] 그는 올곧게 여기

---

21 『東國史略』은 예컨대 역사 사건 기술 과정에서 자세한 주석을 통해 정도전·조준·윤소종 등 혁명파 유신들을 폄하하고, 이색·정몽주·김진양 등 절의파 유신들을 칭송하는 표현을 하고 있다. 충절과 의리를 강조한 이 같은 내용을 근거로 『동국사략』이 중종반정 이후 사림의 역사 인식 성향을 강하게 반영하고 있는 것으로 이해되기도 한다.

22 訥齋에 대한 제향은 광주 月峰書院 외에도 광주 松湖影堂, 순창 花山書院, 담양 龜山祠, 음성 知川書院에서도 이루어지고 있다.

23 文簡: 博文多見曰文 正直無邪曰簡.

24 정우봉은 梅泉 黃玹(1855~1910)의 생애와 문학을 논의한 글에서 "매천의 생애를 관통하는 특징은 문사행(文史行)의 일치에 있다.……사실을 역사로 기록하고 시문으로써 비판하고

는 생각을 신념으로 다지고, 시문을 통해 언어적 형상으로 표출했으며, 고고한 의지로써 행동에 옮겼다. 대의명분의 실천, 청백리의 생활, 문장가로서의 활동으로 집약할 수 있는 그의 인생역정은 적이 고달팠지만, 그가 후세에 남긴 유산은 풍요롭고 남다르다. 눌재는 청렴 강직한 조선 사대부의 한 표상이라 할 수 있다.

2. 눌재 문집 간행과 문학 연구사

눌재의 시문을 모아 엮은 문집은 크게 네 차례에 걸쳐 간행되었다.[25] 눌재의 시문은 처음 800여 작품이 남아 전했는데(『全稿本』), 이를 눌재의 아우 박우가 다듬고 정리해 7권으로 만들었다(『删定本』). 이 『산정본』을 1547년(명종 2)에 옥계현감으로 재직하고 있던 눌재의 제자 임억령林億齡이 금산에서 시 7권과 행장 1권으로 이루어진 2책의 목판본으로 간행하였다(『初刊本』). 그러나 이 『초간본』은 현재 전하지 않는다.

1676년(숙종 2) 김수항金壽恒이 영암에 유배되었을 때, 눌재의 6대손 박정朴炡에게서 유고를 얻었는데, 『전고본』은 거의 유실되어 있었고, 박우의 『산정본』은 남아 있었으나 이 또한 적잖게 훼손되어 있었다. 김수항은 두 본을 합하여 『산정본』을 앞쪽에 편차하고 『전고본』의 나머지는 『속집』 4권으로 편집했다. 이를 깨끗하게 정서한 다음 당시 전라감사였던 이사명李師命과 이유李濡에게 부탁하여 광산에서 판각하게 하였다. 그러나 숙종조에 일어난 기사환국己巳

행동으로 실천하였던 것이다."라고 한 바 있다. 본고는 이를 참조하였다. 정우봉, 「근대 전환기 한 지식인의 운명─매천 황현」, 『한국고전문학작가론』(민족문학사연구소 고전문학 분과 편), 소명출판, 1998, 524~525면 참조.
25 이하 訥齋 문집 간행과 관련된 내용은 『韓國文集叢刊』[18]의 『訥齋集』 「해제」와 김동수, 앞의 『눌재 박상』, 239~243면을 참조함.

換局(1689)²⁶으로 김수항이 화를 당하자 간행이 중지되었다. 이후 5년이 지난 1694년(숙종 20)에 당시 전라감사였던 최규서崔奎瑞가 여기에 눌재의 형 박정朴禎, 아우 박우朴祐, 아들 박민중朴敏中, 조카 박개朴漑의 시문 및 묘갈 등을 부집附集하여 모두 13권 4책으로 엮고, 김수항의 아들 김창협金昌協의 발문跋文을 붙여 목판본으로 간행하였다(『重刊本』). 이『중간본』은 현재 규장각에 소장되어 있다.

1795년(정조 19)에 정조는 우리나라 시문 중 가장 훌륭하다고 평가할 수 있는 눌재의 문집이 훼손 상태가 심한 것을 지적하며, 전라도백으로 하여금 중간해 올리라는 명을 내린다. 이 명을 받아 당시 전라감사 서정수徐鼎修가『중간본』을 저본으로 중각重刻하고 그 판목을 광주 명륜당에 소장하였다(『三刊本』). 그러나 이『삼간본』은 1841년에 소실되고 말았다.

『삼간본』소실 2년 뒤인 1843년(헌종 9)에 광주목사 조철영趙徹永이『삼간본』에 빠진 눌재의 시문을 모아『별집』을 만들고, 「행장行狀」, 「삼인대비문三印臺碑文」, 「서원봉안문書院奉安文」 및 여러 선비들이 눌재에 대해 언급한 「서술敍述」 등을 엮어『부록附錄』을 만들었다. 또한『부집附集』에 수록된 형제, 아들, 조카의 시문을 추가한 다음, 문집 첫머리에 「전교傳敎」와 「사제문賜祭文」을 싣고 범례를 붙여 16권 6책의 목판으로 간행하였다(『四刊本』). 이『사간본』은 현재 장서각, 규장각, 성균관대, 연세대, 고려대 중앙도서관에 소장되어 있다. 그리고『사간본』목판은 현재 광주광역시 유형문화재 16호로 지정되어 광주시립박물관에 보존되어 있다.

『눌재집訥齋集』은 이렇듯 크게 네 차례에 걸쳐 간행되었는데, 1864년(고종 1)에 눌재의 후손 박정휴朴鼎休가『연보年譜』1책을 편성하고 발문을 붙여 자신

---

26 조선 숙종 15년(1689)에 昭儀 張氏 소생의 아들을 元子로 정하는 문제로 정권이 서인에서 남인으로 바뀐 일. 이에 반대한 서인이 지지 세력인 남인에 의해 패배했으며, 당대 서인의 영수 송시열은 제주도로 유배된 후 사약을 받고 죽었음.

의 집에 소장하였다. 이것을 1899년(고종 36)에 박정휴의 아들 박원대朴源大가 10행 20자의 목활자로 간행하면서 『사간본』에 합하여 간행하였다(『合刊本』). 『연보』가 합해진 『합간본』은 현재 간송미술관에 소장되어 있다. 그리고 『연보』만을 따로 분리한 별책이 연세대 중앙도서관에 소장되어 있다. 1979년에는 『합간본』을 저본으로 원문과 번역문(차주환 역)을 함께 실은 책이 충주박씨 문간공파 문중에서 간행되었다(『譯解本』).

한편, 『눌재집』에 수록되어 있는 눌재의 시문은 『합간본』을 기준으로 할 때, 詩 620제 1,164수, 賦 12편, 序 3편, 記 2편, 跋 2편, 文 7편, 祭文 1편이다. 눌재 문학에 대한 그동안의 연구는 크게 시, 부, 산문의 세 부문으로 나누어 볼 수 있다.

눌재 문학의 본격적인 연구는 1980년대에야 이루어졌다. 그 선편을 잡은 임기춘[27]은 눌재 문학을 포괄적으로 언급하면서, 시의 경우 작품에 담겨 있는 사상적 국면과 함께 그가 달관의 전원시인임을 특징으로 들었다. 이어 서정환[28]은 눌재의 강직한 품성이 작품을 이해하는 관건임을 환기하면서, 작품의 주제적 양상을 세분하여 살폈다. 같은 시기에 안영길[29]은 눌재 시를 유형적으로 분류하여 고찰했고, 임동윤[30]은 교유시를 중심으로 작품을 논의했다. 또 박은숙[31]의 경우는 작품에 투영된 갈등 양상에 초점을 맞추어 눌재의 현실인식과 자연인식을 살핀 다음, 눌재의 문학은 도학파로 이행되어 가는 의식을 사장파의 문학기교로 형상화했다는 점에서 사장파와 도학파의 접점에 위치해 있다고 했다.

---

27 임기춘, 「눌재 박상의 생애와 문학」, 세종대 석사학위논문, 1984.
28 서정환, 「박상의 문학 세계」, 고려대 교육대학원 석사학위논문, 1986.
29 안영길, 「눌재 박상의 한시 연구」, 단국대 석사학위논문, 1986.
30 임동윤, 「눌재 박상의 시문학고」, 동국대 교육대학원 석사학위논문, 1987.
31 박은숙, 「눌재 박상 문학 연구」, 고려대 석사학위논문, 1989.

이렇듯 석사학위 논문으로부터 본격화한 눌재 시 연구는 박준규[32]에 의해 일련의 논의가 이루어짐으로써 구체적인 국면에 접어든다. 박준규는 눌재 시 이해의 저변 및 교유 인물 고찰과 함께, 작품 전체를 대상으로 유형을 분류하고 내용적 특징을 고찰했다. 그는 눌재 시 세계 전반을 이해하는 관점을 제시하면서, 특히 교유시·자연시·사회시의 성격을 지닌 작품들에 주목해 논의를 폈다. 또 김신중[33]은 눌재 시 가운데 칠언절구 100수로 이루어진 「산거백절山居百絶」의 제작 배경과 작품에 나타난 갈등을 고찰하면서, 눌재의 심리적 갈등을 강호와 세속이라는 두 축 사이에서 발생하는 이상적 자아와 부정적 자아의 충돌로부터 비롯된 것으로 파악했다.

그런가 하면 이종묵[34]은 눌재 시를 해동강서시파海東江西詩派[35]의 한 부류로 이해하면서, 그 특질을 '경물 속에 투영된 강개慷慨의 미학'에 초점을 맞추어 논의했다. 그러나 눌재 시의 다양한 미감 가운데서도 특히 청량淸凉·미려美麗와 같은 경우는 강개한 정서 표출의 한 방식이기는 해도, 강서파의 송시풍宋詩風만이 아닌 당시풍唐詩風 또한 겸하고 있다고 하고, 그점에 있어서 눌재는 후래할 당시풍의 선구가 되었다고 했다. 눌재 시의 시풍 논의는 차용주[36]에 의해서도 이루어졌다. 그는 눌재 시의 전체적인 시풍을 웅건雄健·침울沈鬱·

---

32 박준규, 「눌재 박상론―생애 및 그 위인을 중심으로」, 『고시가연구』 제1집, 전남고시가연구회, 1993; 「눌재 박상의 교유인물과 시문의 제작」·「눌재 박상의 시문학 논고」, 『눌재 박상의 문학과 의리정신』, 광주직할시·향토문화개발협의회, 1993; 「눌재 박상과 그의 시문학」, 『호남시단의 연구』, 전남대출판부, 1998.

33 김신중, 「山居百絶을 통해 본 눌재 시의 성격」, 『눌재 박상의 문학과 의리정신』, 광주직할시·향토문화개발협의회, 1993.

34 이종묵, 「해동강서시파 연구」, 서울대 박사학위논문, 1994; 『해동강서시파 연구』, 태학사, 1995.

35 江西詩派라는 명칭은 중국에서 蘇軾의 시를 이으면서 가장 宋詩인 특질을 구현한 黃庭堅, 陳師道 등 일군의 시인을 지칭하는 개념이다. 이들은 특히 언어 조탁과 전고 사용을 통해 고상한 경지를 나타내려고 한 시풍을 특징으로 한다. 이러한 江西詩派의 시적 성향을 본받은 조선시기 일군의 시인을 통상적으로 海東江西詩派로 일컫는다.

36 차용주, 「박상 연구」, 『한국한문학작가연구』 2, 아세아문화사, 1999.

난해難解로 파악하면서, 이러한 시풍은 조선전기의 일반적 시풍에 상당한 변화를 가져온 것이라고 했다.

김대현[37]에 의해 이 시점까지의 연구 성과가 시를 중심으로 정리되고 쟁점 및 과제가 제시된 이후, 눌재 시 연구는 접근 방법론의 다양화가 이루어지면서 세부적인 논의 국면을 맞는다. 류형구[38]는 눌재가 견지한 사상에 기반하여 작품의 주제의식을 살핀 다음, 작품에 동원된 표현기법적 특징을 형상의식과 결부시켜 논의했다. 박은숙[39]은 후속 논의를 통해 눌재 시의 특질을 그가 지향한 의식 세계와 연관을 통해 해명하려는 관점에서 접근하여, 그 두드러진 면모를 '감개感慨와 강건한 기세'·'유려하고 조밀한 시상과 표현'·'강건한 기세와 풍부하고 유려한 표현'으로 파악했다. 그리고 최한선[40]의 경우는 눌재 시 가운데 귀거래의 염원을 노래한 작품들에 도연명의 영향이 짙게 투영되어 있음을 살핀 다음, 이러한 성향의 작품들은 눌재 자신의 의지와는 상반된 부정적이며 불합리한 정치 현실을 극복하기 위한 하나의 통로로서, 도연명을 통해 자연과의 친화를 체득한 서정의 세계로 이해했다.

이정원[41]의 논의는 눌재 시 연구가 본격화된 지 20년에 이른 시점에서 나온 첫 박사학위논문이다. 그는 눌재의 사상을 정리한 토대 위에서, 시의 내용적 특성을 '절의와 직간의 시'·'회한 좌절의 시'·'달관의 시'·'교유시'로 분류해 고찰하고, 형식적 특성을 '당시唐詩의 수용'·'전고의 사용'·'수사기법과 미의식'의 관점에서 살폈다. 같은 시기 김종서[42]는 눌재 시만을 대상으로 논의를 펴지는 않았지만, 호남시단의 당시풍唐詩風 계보와 역사적 전개를 '박상(당풍

---

37 김대현, 「눌재 박상 문학에 대한 연구 쟁점과 과제」, 『한국언어문학』 제44집, 한국언어문학회, 2000.
38 류형구, 「눌재 시문학 연구」, 성균관대 석사학위논문, 2000.
39 박은숙, 「눌재 박상 시의 특질에 대한 일고찰」, 『한문학보』 제5집, 우리한문학회, 2001.
40 최한선, 「도연명이 호남시단에 끼친 영향」, 『동아인문학』 제6집, 동아인문학회, 2004.
41 이정원, 「눌재 박상의 시문학 연구」, 조선대 박사학위논문, 2004.
42 김종서, 「16세기 호남시단과 唐風」, 성균관대 박사학위논문, 2004.

의 출발)−임억령(당풍의 확산)−박순(당풍의 확립)'으로 파악하면서, 눌재에게 호남 당시풍의 출발점에 위치한 시인의 위상을 부여했다. 권순열[43] 또한 눌재의 행적과 작품을 살피면서 그를 의리를 실천한 인물이자 강개의 미학을 구현한 시인으로 이해하고, 그로부터 배출된 뛰어난 시인들이 당대 조선의 시 수준을 높이고 풍요롭게 했다는 점을 들어 눌재를 호남시단의 조종祖宗으로 자리매김했다.

신태영과 권혁명은 눌재 시의 미적 특질 논의를 이어 갔다. 신태영[44]은 눌재 시에 대한 역대 평어들로부터 '기奇·장壯·여麗·침沈'의 네 품격을 추출한 다음, 기奇와 장壯의 품격을 확인할 수 있는 작품들을 대상으로 논의를 펴면서 이러한 품격을 얻게 된 요인들을 살폈다. 또한 권혁명[45]은 눌재를 위시한 호남의 대표적 시인들의 시적 특징을 의상意象의 관점에서 고찰했는데, 이들 작품에는 문재文才를 인정받지 못해 불우하다는 의식이 변새邊塞 의상을 통해 작품화되고 있으며, 시류時流에 휩쓸리지 않는 정치적 소신을 가지고 현실에 참여하려는 의식이 절조節操 의상을 통해 작품화되고 있다는 논의를 폈다.

최근의 눌재 시 연구는 포괄적 조망보다는 개체적 국면에 초점을 맞추고 있다. 유진희[46]는 눌재 시 가운데 귀거래 의식이 담긴 작품들을 대상으로, 지향 의지를 보였을 뿐 실천하지는 않은 눌재의 귀거래 의식 형성 배경과 성격을 고찰한 다음, 작품에 표출된 양상을 도연명과 초사楚辭의 영향으로 나누어 살폈다. 박명희[47]의 경우는 눌재 시 가운데 잡체시로 분류할 수 있는 별체시·유

---

43 권순열, 「눌재 박상 연구」, 『고시가연구』 제21집, 한국고시가문학회, 2008.

44 신태영, 「눌재 박상 시의 미의식−奇와 壯을 중심으로」, 『동방한문학』 제49집, 동방한문학회, 2011.

45 권혁명, 「16세기 호남 한시의 意象 연구−박상·임억령·고경명을 중심으로」, 『동양고전연구』 제63집, 동양고전학회, 2016.

46 유진희, 「눌재 박상의 시에 나타난 귀거래 의식 연구」, 『대동한문학』 제57집, 대동한문학회, 2018.

47 박명희, 「눌재 박상의 잡체시 실현 양상과 그 의미」, 『한국한문학연구』 제70집, 한국한문학회, 2018.

희시·교감시를 대상으로, 작품 실현 양상과 의미를 고찰하고 눌재가 실험정신이 강한 시인이자 다양한 교유를 추구한 시인이라는 논의를 폈다.

이렇듯 눌재 시를 대상으로 한 그동안의 연구는 작품 개관에 이은 포괄적 논의, 작품의 유형적 분류와 주제적 성격 파악, 관심 분야를 중심으로 한 표현상의 특징과 미적 특질 규명, 작품론적 성향에 기반한 문학사적 의미와 위상 부여 등을 통해 논의를 진전시켜 왔다. 이러한 논의 과정에서 특기할 점은 눌재 시 이해의 저변을 구성하는 눌재의 품성으로부터 눌재가 견지한 정신이나 사상과의 연관을 통해 작품의 특징을 해명하려는 관점이 지속되어 왔다는 사실이다. 이러한 관점은 작가의 의식세계가 투영된 것이 곧 작품이라는 사실에 비추어 타당한 면이 없지 않으나, 작품 자체의 논리에 보다 충실한 상태에서 작품 외적 국면으로 논의를 확장시켜 나가는 것이 바람직할 것이다. 나아가 눌재 시의 호한한 작품 세계에 비추어 그동안 구체적으로 논의된 작품들이 극히 일부에 불과하다는 사실을 염두에 둘 때, 논의 대상의 확대 및 방법론적 다양성을 확충하는 일이 절실하며, 눌재 시 세계 전반을 관류하는 특징을 규명하는 작업 또한 긴요하다 할 것이다.

다음으로, 눌재 문학 세계의 다른 한 축을 차지하는 부賦 연구는 지금까지 다만 몇 편에 그치고 있다. 눌재 부 논의 역시 눌재 문학 연구의 선편을 잡은 임기춘[48]에 의해 처음 시도되었다. 그는 눌재 부의 개괄적 언급을 통해 눌재의 사상적 기반인 성리학적 사유가 짙게 투영되어 있으며, 다채로운 내용 만큼이나 해박한 지식이 담겨 있다고 했다. 눌재 부에 대한 본격적인 조명은 김은수[49]에 의해 이루어졌다. 그는 12편의 눌재 부를 대상으로 구법과 형식을

---

48 임기춘, 「눌재 박상의 생애와 문학」, 세종대 석사학위논문, 1984.
49 김은수, 「눌재 賦 문학의 연구」, 『눌재 박상의 문학과 의리정신』, 광주직할시·향토문화개발협의회, 1993.

자세하게 살피고, 내용적 특징을 작품의 주제적 국면 및 눌재가 견지한 사상과 결부시켜 논의했다. 그리하여 눌재 부의 성격을 장중하고 애절한 멋이 있으며, 초현실적 환상적 요소가 많은 초사형楚辭型 부로 파악했다.

이어지는 논의를 통해 신태영[50]은 눌재 부에 투영된 작가의식과 작품론적 특징을 살폈다. 그는 눌재 부에는 작가의 번민과 울분을 작품 창작을 통해 해소하려는 성향이 담겨 있는데, 꿈의 모티프와 우의적 표현을 통해 이상사회를 갈망하고 장자적 탈출구를 모색하기도 했으나, 결국 유가적 현실 참여와 장자적 은둔 사이에서 끊임없이 갈등하는 모습을 보이는 것이 특징이라고 했다. 김동하[51]는 눌재 부 12편을 내용적 특징 및 주제적 양상을 기준으로 '왕도王道 찬양과 지치至治 동경', '산림처사의 낙도', '시사풍자', '애국충군', '서정의 미학' 등 다섯 유형으로 구분하고, 각 유형의 양상 및 특징을 대변하는 대목들을 들어 작품론적 사실을 논의하는 데 주력했다. 김진경[52]의 경우는 눌재 부가 지닌 문학성을 주제 형상화 과정에 동원된 서술방식에 초점을 맞추어 고찰했는데, 눌재는 '서정적 표현', '서사적 구조', '의론적 전개', '우언의 운용' 등을 조화롭게 활용해 작품의 성취도를 높였다고 했다. 그러면서 눌재 부의 주제적 국면은 현실의 모순과 갈등, 일상의 정한과 초탈 등을 형상화한 15~16세기 당대 작품 경향을 그대로 반영하고 있다고 했다.

12편에 이르는 눌재의 부는 눌재가 예사 사대부 작가와 차별되는 중요한 자료다. 12편의 부를 지은 사대부 작가가 드물다는 사실은 접어두더라도, 눌재 부에는 눌재의 문학적 성향과 자질을 확인할 수 있는 요소들이 풍부하게 담겨 있으며, 작품의 문학성 또한 예사롭지 않기 때문이다. 그러나 눌재 부에 대한

---

50 신태영, 「눌재 박상의 賦 연구-유가적 충의와 장자적 초탈」, 『온지논총』 제17집, 온지학회, 2007.

51 김동하, 「눌재 박상의 賦 연구」, 『고시가연구』 제26집, 한국고시가문학회, 2010.

52 김진경, 「눌재 박상 賦 문학 연구-주제 형상화 방식을 중심으로」, 『한문고전연구』 제26집, 한국한문고전학회, 2013.

연구는 이렇듯 미진하다. 부라는 장르가 우리나라에서는 널리 각광받지 못한 데다, 대부분 장편이어서 접근이 수월하지 않은 데 주요인이 있는 것으로 보인다. 눌재의 문학 세계를 구성하는 또 다른 한 축이 부라는 사실을 염두에 둘 때, 연구자적 관심과 접근 방법의 다양성 확충이 절실한 상태다.

눌재의 문학 가운데 산문에 대한 연구는 드물다. 눌재의 산문은 주로 그의 사상을 살피는 자료로 인용되어 왔다. 눌재는 그의 학문이나 사상을 담은 저술을 따로 펴 내지 않았기 때문이다. 눌재의 산문을 집중적으로 고찰한 논의는 현재로서는 박은숙[53]이 유일하다. 물론 박은숙 역시 눌재의 산문에 접근하는 관점은 유사하다. 박은숙은 모두 17편으로 파악한 눌재의 산문 가운데 기記·서序 각 두 편을 들어 눌재의 성리학적 사유체계를 추출하고 사상사적 의미를 부여함으로써, 눌재 문학의 사상적 기반을 확인하고자 했다. 이 논의에 따르면 눌재는 세계를 실제보다는 관념적으로 이해하려 했으며, 개인 존재에 대한 관심보다는 세계의 보편적 이성에 경도되어 있었고, 그러면서도 개별적 존재를 통합하는 보편성이 중세 계급 질서를 합리화하여 사상적 응집력을 발휘했던 성리학적 사고로 귀결되고 있다고 했다.

눌재의 산문은 그의 사상적 성향과 사유체계를 살필 수 있는 자료로서도 의미를 지니지만, 문학적 역량을 확인할 수 있는 또 다른 자료라는 점에서 우리의 관심을 환기한다. 그렇기에 우선 산문으로 분류할 수 있는 눌재 작품들의 장르별 성격 고찰로부터, 각 작품에 담겨 있는 문학적 요소와 특징을 살피는 작업이 이루어질 필요가 있다. 그리고 이러한 논의 과정과 결과를 토대로 작품론적 의미를 부여하면서, 필요에 따라 눌재의 사상적 성향 혹은 사유체계를 파악해 내는 작업을 병행하는 것이 바람직할 것이다.

---

53 박은숙, 「눌재 박상의 산문에 대한 일고찰─성리학적 사유를 중심으로」, 『덕성어문학』 제7집, 덕성여대 국어국문학회, 1992.

연구사 검토는 역사적 현재에 놓인 연구자의 자기성찰이다. 그동안 이루어진 성과를 유형화하여 검토하면서, 연구 의의와 가치를 평가하고 문제를 발견하여 해결의 단서를 마련하는 데 그 목적이 있다. 그런 면에서 연구사 검토는 오늘날의 연구가 보다 합목적적이며 실천적인 성격을 지니기 위해 필요한 지난날 연구 결과에 대한 성찰이자 전망적 시각을 확보하는 작업이다. 눌재의 문학 세계는 말 그대로 호한하다. 눌재 문학을 연구하게 된 지 이제 겨우 30년 되었다. 그런 만큼 보다 다양한 작품, 보다 구체적인 국면으로 관심을 확장시켜 문제의식을 강화하고, 그 과정에서 필수적으로 요청되는 연구 방법론의 자각 또한 지속적으로 확충될 필요가 있다.

3. 웅숭깊은 작품 세계의 특징

1,200수에 달하는 시와 12편의 부로 대변되는 눌재의 문학 세계는 호한한 만큼 그 특징을 몇 마디로 규정하기 어렵다. 소재의 다양성은 물론 주제적 국면에 있어서도 굴곡 많은 삶의 굽이에서 마주한 애환들을 다채로운 양식을 통해 형상화하고 있기 때문이다. 그렇기에 관심 대상을 확장하여 문제의식을 강화하고 접근 방법론을 모색하는 작업이 우선시되어야 하겠지만, 눌재 문학 전반을 관류하는 개성적 면모를 탐구하는 작업 또한 아우를 필요가 있다. 여기에서는 이러한 관점에서 눌재 작품을 통해 확인할 수 있는 주제 형상화 방식의 두드러진 양상을 살펴봄으로써, 눌재의 문학 세계를 관류하는 특징을 규명하는 유의미한 계기를 마련해 보고자 한다.

실제 논의를 위해서는 눌재가 남긴 수많은 작품들 가운데 논의 기준으로 삼을 작품을 선별하는 과정이 선행될 필요가 있다. 여기에서는 허균許筠(1569~1618)이 『국조시산國朝詩刪』에 가려뽑아 수록한 시편들[54]을 중심 대상으로 삼고, 필요에 따라 부를 부분적으로 인용하는 방식을 취하기로 한다. 『국조시산』

수록 작품을 중심 대상으로 삼는 것은 일찍이 박은숙이 언급한 것처럼[55],한시를 감별해 내는 안목은 이를 문학의 본령으로 삼고 감식해 냈던 당대 사대부들이 오늘날 연구자들보다는 실상에 다가가 있다고 보기 때문이다. 후대 문인들 사이에서도 눌재의 대표 작품을 거론할 때『국조시산』에 수록된 작품들에서 크게 벗어나지 않았던 것으로 보인다. 이와 함께 눌재 문학 작품의 주제는 다양하지만, 그동안의 연구사를 참고로 할 때 요컨대 '정치 현실에 대한 비탄과 강개慷慨', '삶의 고뇌와 갈등', '자연친화와 귀거래의 염원'에서 크게 벗어나지 않는다고 할 수 있다. 따라서『국조시산』에 수록된 작품들 가운데서도 이들 주제적 국면을 대표하는 작품을 들어 논의를 펴 나가기로 하겠다.

「탄금대」는 눌재의 시 가운데 가장 널리 알려진 작품으로서, '정치 현실에 대한 비탄과 강개'를 실감할 수 있는 작품 가운데 하나다. 작자가 충주목사로 재직하던 시기(1521~1525)에 지어진 것으로 보인다.

彈琴臺[56]	탄금대
湛湛長江上有楓	넘실대는 강둑을 따라 단풍 우거졌는데
仙臺孤截白雲叢	신선 누대 우뚝 솟아 흰 구름숲 가르네.
彈琴人去鶴邊月	가야금 타던 사람 학을 타고 달로 떠나고
携笛客來松下風	젓대 부는 나그네 솔바람 아래 와 있다네.

---

54 『國朝詩刪』에 수록되어 있는 訥齋의 시는 칠언절구 2수(「夏帖」·「逢孝直喪」), 칠언율시 10제 11수(「酬鄭翰林留別韻」·「南海堂」·「太平館次使相韻」·「法浦雨後」·「次嶺南樓韻 二首」·「次咸昌東軒韻」·「彈琴臺」·「再遊琴臺」·「次使相韻贈悅上人」·「忠州南樓次李尹仁韻」), 칠언배율 1수(「嶺南樓觴席謝主人李公忠傑時右兵使金世熙黃腸木敬差官郭之蕃俱會」), 칠언고시 2수(「題李晉州兄弟榮親圖」·「宜川紫石硯歌」)로 모두 15제 16수다.
55 박은숙, 앞의 「눌재 박상 시의 특질에 대한 일고찰」, 91면 참조.
56 『訥齋集』卷5 律詩 七言.

萬事一廻悲逝水	인간 만사 한 번이라 흐르는 물 슬퍼하고
浮生三嘆撫飛蓬	떠도는 신세 탄식하며 날리는 다북쑥 어루만지네.
誰能畫出湖州牧	누가 능히 그려내리오 충주목에서
散步狂唫夕照中	석양 속 거닐면서 미친 듯이 읊조리는 것을.

이 작품의 지배적 정서는 비애다. '탄금대'라는 작품 제목이자 제재 자체부터가 비애의 정서를 환기한다. 탄금대는 남한강과 달천강이 합류하는 지점에 자리잡은 누대로서, 신라에 복속되어 나라를 잃은 가야의 우륵于勒이 충주로 떠밀려 와 살면서 가야금을 타던 비운의 장소다. 그러나 이 작품은 이러한 비애의 정서를 배경으로 작품 말미에 이르러 격정적 강개의 정서가 환기됨으로써, 다만 비애의 정서에 머무르지 않는 강렬한 여운과 함께 작자의 개성적 단면이 분출되고 있다.

수련에서는 현재의 처지를 탄식하면서도 거기에 굴하지 않는 의기를 노래하고 있다. 상구는 넘실대는 강둑을 따라 단풍 우거진 풍광을 마주하고 있는 상황, 즉 외직을 전전하는 처지에 대한 탄식이 담겨 있다.[57] 하구는 그 강둑 위로 흰 구름숲을 가르며 우뚝이 솟아 있는 '탄금대'의 형상에 자신의 속내를 은근히 투영하고 있다. 비록 외롭게 외직을 전전하는 처지지만, 자신의 기개 만큼은 저렇듯 구름숲을 가를 만큼 우뚝하다는 것이다.

함련에서는 그 옛날 가야금을 타던 우륵은 신선이 되어 날아갔고, 지금 그 자리에 자신이 와 솔바람 이는 숲에서 젓대를 불고 있다고 했다. 율시는 함련과 경련의 대구가 작품에 묘미를 더하는 양식이다. 상구의 '가다[去]'와 하구의

---

57 수련의 상구 '湛湛長江上有楓'은 楚辭 「招魂」의 "湛湛江水兮 上有楓, 目極千里兮 傷春心 · 맑고 맑은 강물이여 언덕에는 단풍나무, 눈을 들어 천리 바라보니 봄날의 경치가 마음 아프게 하네."에 시상의 뿌리를 두고 있다. 임금에게 버림받아 멀리 강남땅으로 떠나 와 있는 屈原의 서글픈 심경에 자신의 처지를 가탁하고 있는바, 외직을 전전하는 눌재 자신의 신세를 탄식하는 뜻이 담겨 있다.

'오다[來]'가 각 구의 중간에서 대를 이루는 가운데, 상하구 각각의 좌우에 배치한 '가야금 타던 사람[彈琴人]'과 '젓대 부는 나그네[携笛客]', '학 타고 날아간 달[鶴邊月]'과 '솔 아래 이는 바람[松下風]'의 대구가 절묘하다. 이 같은 대구를 통해 지난날의 자취와 오늘의 상황을 대조적으로 형상하면서 참으로 청신한 미감을 창출하고 있다. 허균은 『국조시산』에서 이 함련에 대해 "현기증이 일도록 열리고 닫히니 이런 표현은 둘이 있을 수 없다."[58]라고 했다.

경련에서는 인생사 모든 게 한 번뿐인 것이 흘러가는 물과 같아 서글픈데, 그런 인생에 외직을 떠도는 자신의 신세가 바람에 날리는 다북쑥과 같아 이를 어루만진다고 했다. 인생의 무상함을 슬퍼하면서 현재의 처지를 탄식하고 있는 것이다. 경련 역시 상구와 하구가 절묘한 대구를 이루는 가운데, 자연의 경물을 매개해 덧없는 삶 속에서 의미 있는 일상을 나지 못하고 있는 심경을 쓸쓸하게 노래하고 있다.

미련에서는 이렇듯 충주목 '탄금대'에서 서글픈 탄식을 하는 자신의 심경을 누가 능히 헤아릴 수 있겠는가를 내세우고는, 그러한 자신의 모습을 '석양 속 거닐면서 미친 듯이 읊조리는' 형상으로 제시하면서 작품을 마무리하고 있다. 자신이 놓인 현재의 처지와 심경을 강개한 목소리로 표출하고 있는 것이다. 그리하여 이 작품은 미련에 이르러 이 같은 격정적 강개의 정서가 구상적으로 현시된 화자의 모습과 함께 분출됨으로써, 수련으로부터 함련과 경련을 지배해 오던 애잔한 탄식과 비애의 정서가 일거에 전환되며 강렬한 여운을 남긴다. 유한한 인생, 비운의 현실을 다만 탄식하는 데 머무르지 않고 격정적 강개의 정서로써 자신의 심경을 형상화하는 것이다.

누정을 제재로 한 작품의 경우 주변 풍광 묘사와 함께 풍류의 흥취를 노래하는 것이 통례다. 그러나 「탄금대」는 누정을 에워싼 풍광을 비롯하여 누정의 유래와 분위기를 배경으로 자아의 내면을 다채로운 형상으로 표출함으로

---

58 怰眩開闔 不可有二 : 許筠, 『國朝詩刪』 卷6 七言律詩 「彈琴臺」.

써, 경물이 촉발하는 정경·정취를 뒤덮는 내밀한 심사와 정회 토로로 귀결되고 있다. 「탄금대」가 『국조시산』에 선별 수록된 것을 비롯해 여러 문인들에게 깊은 울림을 준 것은, 무엇보다도 시인 자신의 현실 체험을 직정적直情的으로 표출한 데서 환기되는 정서적 형상으로부터 경험적 진실성이 우러나기 때문일 것이다. 그리하여 그 정서적 형상이 비단 개인의 예외적 심사와 정회 토로에 그치지 않고 공감의 자장을 형성하기 때문이라 할 것이다.

이와 같은 현실 체험의 직정적 정서 표출에 기반한 주제 형상화 양상은 눌재의 부 가운데 하나인 「문두견聞杜鵑」[59]을 통해서도 확인할 수 있다.

吳儂浪士	남녘 출신 떠돌이 선비
丹臺裔學	선계에 노닐던 후예로서
誤黃庭之隻字	황정경 한 글자 잘못 읽어
謫塵方之一阺	속세 한 구석으로 귀양 왔다네.
生涯巒卷	이내 생애 점점 오그라들어
窘窘布衣	초라한 포의로 남아 있구나.
恫壯臂之未展兮	애통하구나 건장한 팔뚝 떨쳐 보지 못하니
扮牙琴而待期	백아의 거문고 어루만지며 때를 기다리네.
咲十指之頗冷兮	우습구나 열 손가락 제법 곱아졌나니
嫌夢熟之已遲	꿈이 익는 것 이미 늦었나 의심스럽네.
胡爲蜀魄	어찌하여 두견새 촉 황제의 넋이 되어
重激羈心	거듭해서 나그네 마음 격동시키는가.
迸出掬淚	솟구치는 눈물 움켜쥐며
摽擗難禁	가슴 치는 것 그만두기 어렵구나.

---

59 『訥齋集』 別集 卷1 賦.

작품의 일부다. 「문두견」은 촉 황제의 죽은 넋이라는 두견새에 자신을 가탁시켜 지은 작품이다. 늦은 봄밤 피를 토하듯 울어대는 두견새 소리를 들으며 잠을 이루지 못하는 화자의 모습을 눈에 선하게 떠올릴 수 있다.

중앙 정계에서 노닐던 몸이었건만, '황정경 한 글자 잘못 읽어' 외직을 전전하는 떠돌이 신세, 초라한 포의가 된 처지를 탄식한다. 건장한 팔뚝 같은 능력과 포부를 지녔기에 백아(伯牙)의 거문고를 어루만지며 자신을 알아주기를 기다리건만, 언제 올지 모르는 그 때를 기다리느라 손가락이 이미 많이 곱아졌다. 그래서 득의의 기회가 오지 않을지도 모른다는 불안감마저 엄습한다. 이렇듯 서글픈 처지를 상기시키는 듯, 밤의 적막을 가르며 통곡하듯 울어대는 두견새 소리, 비탄에 잠겨 있는 심사를 자꾸만 격동시킨다. 이내 울분이 솟는다. 하여 '솟구치는 눈물 움켜쥐며, 가슴 치는 것 그만두기 어렵다.' 처절한 생각이 든다.

부는 술회하고자 하는 바를 복잡한 비유를 쓰지 않고 직접 서술하는 방식을 취하는 것이 일반적이다. 「문두견」의 인용 대목은 절박하면서도 비통·울분에 찬 심경이 직정적으로 표출되고 있다. 그 직정적으로 표출된 정서적 형상에는 화자의 현실 체험에 기반한 진솔성, 경험적 진실성이 담겨 있기에, 읽는 이로 하여금 저절로 동화의 시선과 감정을 갖게 한다. 그래서 화자의 목소리가 개인적 차원의 비탄과 강개의 목소리로만 들리지 않는다.

「탄금대」와 「문두견」은 '정치 현실에 대한 비탄과 강개'를 노래한 대표적인 예라 할 수 있다. 이를 통해 확인할 수 있는 바, 시인 자신의 현실 체험을 직정적 정서로써 표출함으로써 경험적 진실성이 우러나는 이와 같은 주제 형상화 양상은 눌재 작품의 두드러진 특징이자 개성적 단면이라 할 것이다.

눌재 작품의 주제적 국면 가운데 적지 않은 비중을 차지하는 것이 '삶의 고뇌와 갈등'이다. 앞에서 살핀 눌재의 인생역정에서 어렵지 않게 헤아릴 수 있듯, 눌재는 강직 청렴한 품성으로 인해 굴곡 많은 삶을 살았다. 그런 만큼 다단한 삶의 굽이에서 마주한 애환을 시화詩化하는 데 누구보다도 충실했던 그에게 있어 '삶의 고뇌와 갈등'을 노래한 시편들이 많을 것은 어쩌면 당연하다. 이러한 주제적 국면을 대표하는 작품을 들어 주제 형상화 양상과 결부된 논의를 이어가기로 하겠다.

次咸昌東軒韻[60]　　함창 동헌의 운을 따서 짓다

久坐仍聞罷午鷄　　오래 앉아 있노라니 낮이 지나는 닭울음 소리
墻陰半側畫欄西　　담 그림자 반이나 기울어 난간 서쪽에 어리네.
松花穩下露猶濕　　송화가루 나리는데 이슬은 아직 젖어 있고
柳絮交飛鸎亂啼　　버들 솜 흩날리니 꾀꼬리 어지러이 우네.
人散月華垂屋角　　사람들 흩어지자 달빛이 집 모퉁이에 드리우고
夜深雲氣宿榱題　　밤 깊어지면서 구름 기운 서까래 끝에 머무네.
明朝更試征途險　　내일 아침 다시 길 나서면 여정 험난하리니
鳥嶺攙天路不低　　새재가 하늘을 찔러 가는 길 낮지 않겠구나.

눌재가 상주목사에서 충주목사로 부임해 가던 해(1521)에 지은 작품으로 보인다. 함창은 상주에서 멀지 않은 북쪽에 위치한 고을로서, 문경 못 미쳐에 있다. 함창 북쪽의 험준한 문경 새재[鳥嶺]를 넘어야만 충주에 이를 수 있다.
　수련에는 단청을 들인 객사에 앉아 낮을 보내는 상황이 제시되어 있다. 오래도록 앉아 있다가 이내 닭울음 소리에 낮이 지난 것을 알게 되었다는 데서, 골똘히 생각에 잠겨 있었음을 헤아릴 수 있다. 담 그림자가 기울어 난간 서쪽에 어린다고 한 데서는, 해가 뉘엿뉘엿 기울고 있음을 가늠할 수 있다. 오래도록 앉아 있었으며, 낮이 지나가고, 담 그림자가 난간 서쪽에 어리는 정경 묘사

---

60 『訥齋集』 卷5 律詩 七言.

로부터, 고적한 분위기 속 상념에 젖어 있는 화자를 떠올릴 수 있다.

함련에서는 송화가루와 버들 솜 흩날리는 늦봄의 정경 묘사를 통해 심란한 심사를 노래하고 있다. 무수한 입자의 송화가루와 눈앞을 산란케 하는 버들 솜이 떠도는 정경, 아직도 물기가 가시지 않은 이슬과 어지러이 우는 꾀꼬리야말로 눅눅하면서도 심란한 심사를 여실히도 대변하는 경물들이다. 눈과 귀를 자극하는 감각적 형상들과 더불어 경물에 투영된 화자의 심사가 정밀하게 안배된 대구를 통해 환기되고 있다.

경련에서는 어둠이 깔리고 밤이 깊어지면서 밀려드는 외로움과 소외감을 노래하고 있다. 저녁이 되어 모였던 이들이 흩어지고 밤으로 접어들자 달이 뜬다. 그런데 그 달은 다만 달빛만을 객사 모퉁이에 드리운다. 밤이 더 깊어지면서 어슴푸레한 하늘을 배경으로 구름이 서까래 끝에 머무는 것을 물끄러미 쳐다본다. 사람들이 흩어지고 밤이 깊어 가는 시간의 추이 속에서, 객사 모퉁이에 드리운 달빛과 서까래 끝에 머무는 구름 기운의 정경 묘사를 통해, 외롭고 소외된 심회를 형상화하고 있다. 경련 역시 경물의 감각적 형상에 투영된 화자의 심회가 정밀하게 안배된 대구에 실려 환기되고 있다.

미련에서는 길을 재촉해 떠나야 하는 다음날의 여정을 그리면서, 눈앞에 어른거리는 암울한 행로에 대한 탄식으로 작품을 마무리하고 있다. 다시 길을 나서면 하늘을 찌를 듯 높고 험한 '새재'를 넘어야 할 텐데, 그 고개를 넘어야 하는 지금의 처지가 곧 앞으로의 인생 행로를 말해 주는 듯싶어 암담하기 짝이 없다. 수련으로부터 함련과 경련을 통해 강화되어 온 심란한 심사 고독한 심회가 미련의 고뇌에 찬 탄식으로 귀결되고 있는 것이다. 험준한 고개를 넘어야 하는 삶, 평탄치 않은 인생 행로를 예견하는 화자의 머릿속에 고뇌와 갈등이 소용돌이칠 수밖에 없을 듯싶다.

이렇듯 「차함창동헌운」은 작자의 내면을 대변하는 경물 묘사와 이로부터 환기되는 심상들을 통해, '삶의 고뇌와 갈등'을 내밀하면서도 감각적으로 형상화한다. 시인 자신의 현실 체험에 바탕을 두되, 「탄금대」의 경우처럼 직정적 정서 표출을 통해 주제를 형상화하기보다는, 작자의 심경이 투영된 경물들로부터 환기되는 감성적 심상 현시를 통해 주제를 형상화한다. 물론 이 경우 역시 경험적 진실성이 행간에 배어 있어 읽는이로 하여금 동화의 시선과 공감의 자장을 형성케 하는 것은 「탄금대」의 경우와 다르지 않다. 이와 같은 주제 형상화 양상 또한 눌재 작품의 두드러진 특징이자 개성적 단면이라 할 것이다.

'삶의 고뇌와 갈등'을 노래한 부의 예로는 「의자도부擬自悼賦」[61]를 들 수 있다. 「의자도부」는 눌재의 나이 34살 때(1507) 중국 한나라 반첩여班婕妤의 「자도부自悼賦」를 의고해 지은 작품이다. 「자도부」는 한나라 성제成帝의 총애를 받다가 조비연趙飛燕 자매의 등장으로 총애를 잃고 그 아들마저 희생당한 반첩여가 자신의 불운한 삶을 슬퍼해 지은 작품이다.

눌재는 「의자도부」를 지은 경위를 밝힌 「서문」에서, 어려서 부친을 여의고 이후 글을 가르쳐 준 형을 잃었으며 불과 몇 해를 사이로 자식들을 셋이나 먼저 보내고 아내마저 사별한 자신의 처지가 반첩여보다 더욱 참혹하다고 했다. 그러면서 자신에게 불어닥친 이 같은 불운이 자신이 저지른 잘못으로 초래된 것이 아닌지 스스로 돌아보았으나, 그럴 만한 이유를 찾을 수 없어 반첩여의 「자도부」를 의고해 짓는다고 했다. 「의자도부」는 작품을 짓는 시점까지 삶의 굽이마다 겪은 일과 그때마다의 심사를 술회하면서, 불의한 현실이 짓누르는 삶의 고뇌와 갈등, 우환이 끊이지 않는 가족사의 비통함, 사랑하는 가족들과 사별하는 참혹함 등 자신의 불운한 삶이 야기하는 애달픈 심회를 토로하고 있다

> 玷鷺班以蝥蟊兮　　　외람되이 관료 반열에 끼어 애를 썼나니
> 懷柳下之遺直　　　　유하혜가 남긴 곧은 정신 품었다네.

---

61 『訥齋集』 卷1 賦.

惡雕樸以騰華兮	질박한 것 다듬어 화려하게 드러내는 것 싫어해
全純素而內植	순수하고 소박함을 온전히 하여 마음에 심었다네.
果齟齬於世軌兮	그러한 결과 세간의 궤도와 어긋났나니
雷群咻於耳側	무리들 호통소리 귓가에 천둥치듯 했다네.
揖旣戀而步癡兮	인사하는 것 우직하고 걸음걸이 엉거주춤해
無時俗之嫵媚	시속에 아첨하는 일은 없었다네.
孰能奪其至拙兮	누가 능히 그 지극한 우직을 빼앗아
眷授余以巧智	내게 교묘한 지략으로 줄 수 있으리오.
山豈無蕨薇之甘脆兮	산에 어찌 달고 부드러운 고사리가 없어
養不肖之殘軀	못난 사람 자그마한 몸 길러 내지 못하겠는가.
幼之學兮壯而行	어릴 적에 배운 것을 어른 되어 실행함이니
招前靈以竝驅	앞 시대 어진이 불러내어 나란히 말 달리려네.

「의자도부」의 일부다. 인용한 대목은 작품 서두에서 이어지는 부분으로, 벼슬길에 나아가 한창 뜻을 펼치려던 즈음에 맞닥뜨린 녹록잖은 현실의 신산함을 술회하고 있다. 화자는 유하혜柳下惠가 그랬듯 아무리 비루한 현실이라도 곧은 도리로써 자신의 소임에 충실한 관직생활을 하겠다는 생각을 품었다고 했다. 이른바 화합하면서도 휩쓸리지 않는[和而不流] 절조로써 험난한 세파를 헤쳐나갈 터기에, 화려하게 꾸미어 드러낼 일도, 시속에 아첨할 일도 없이, 다만 질박한 품성을 지키며 우직한 행동으로 일관하겠다고 했다. 그리하여 이러한 자신의 처세가 시속과 어긋나 비난의 소리가 천둥치듯 할지라도, 결코 교묘한 지략 같은 것으로 자신을 바꾸지 않겠다고 했다.

물론 타협하거나 편한 길을 택할 수 있는 여지가 없는 것은 아니다. 그래서 벼슬살이의 신산함을 느낄 때마다 어찌 아니 고뇌와 갈등이 없겠는가. 자신도 백이·숙제처럼 비루한 현실을 버리고 깊은 산중에 숨어 고사리로 연명하는 고결함을 추구할 수도 있다. 하지만 그 자신 어려서부터 배운 유가 사대부로서의 이상―경국제민經國濟民의 이상을 실현하는데 결코 주저하지 않을 것이며, 따라서 앞길 험난할지라도 그동안 마음속에 익혀 온 성인·군자들의 가르침을 따르며 묵묵히 자신의 길을 헤쳐나가겠다고 했다.

관직생활의 신산함을 꿋꿋이 감내하며 결코 굴하지 않는 기개로 소시적부터 다져온 포부를 실현하는 데 충실하겠다는 자기다짐이 문면을 지배하는 듯싶지만, 이러한 자기다짐의 뿌리는 삶의 고뇌와 갈등이다. 이 대목에는 특히 불의한 현실이 짓누르는 관직생활의 고뇌와 이를 헤쳐 나가고자 하는 의지의 절실함이 행간에 배어 있다.[62] 화자는 이러한 자기다짐이자 고뇌 극복 의지를 복잡한 비유를 쓰지 않고 직접 서술하는 부의 양식을 통해 직정적 정서 표출로써, 그러면서 유장하게 술회하고 있다.

이렇듯 「차함창동헌운」과 「의자도부」의 인용 대목은 '삶의 고뇌와 갈등'을 노래하면서도 형상화 방식에 있어서는 차별적 양상을 보인다. 「차함창동헌운」의 경우 작자의 심경이 투영된 경물들로부터 환기되는 감성적 심상 현시를 통해 주제를 형상화하는 데 비해, 「의자도부」의 인용 대목은 작자의 가치의식과 지향의지가 배어나는 직정적 정서 표출을 통해 주제를 형상화한다. 말하자면 '삶의 고뇌와 갈등'을 형상화함에 있어서, 「차함창동헌운」의 경우 감성적 심상 현시를 통한 방식이 보다 효과적이며, 「의자도부」 인용 대목의 경우는 앞에서 살핀 '정치 현실에 대한 비탄과 강개'를 형상화한 경우에서처럼 직정적 정서 표출을 통해 형상화하는 방식이 보다 효과적이라는 관점에서, 유사한 주제라 하더라도 의도하는 바 표현 효과에 따라 형상화 방식을 달리하고 있다 할 것이다.

---

62 이 대목에 배어 있는 관직생활 고뇌 극복 의지의 절실함은, 눌재가 이 작품을 지은 바로 그 시기(34살, 1507)에 사간원 헌납으로서 臺諫의 직무를 수행하면서, 정난공신의 책훈 문제와 왕실 외척들의 권력형 비리에 대해 부당함을 간언했다가 논죄·사면·좌천·내직 회복의 우여곡절을 겪었던 일과도 무관하지 않을 터다.

눌재 작품의 주제적 국면으로서 빼놓을 수 없는 것이 '자연친화와 귀거래의 염원'이다. 곡절 변화가 많았지만 눌재는 30년에 이르는 관직생활을 했다. 그는 녹록잖은 벼슬살이의 신산함을 감내하면서 유가 사대부의 자아실현이자 이상이기도 한 경국제민의 뜻을 실천하는 길을 꿋꿋이 걸어갔다. 그러면서도 항상 마음속에서는 간난신고의 정치현실로부터 벗어나 무위의 자연과 함께하는 유유자적한 삶을 꿈꾸었다. 조선 사대부들 대부분이 그랬듯 그 역시 귀거래에 대한 동경을 접어두지 않았다.

그러나 눌재 자신 귀거래를 행동으로 옮기지는 않았다. 항상 마음속에 품고 있으면서 귀거래 생활이 안겨 줄 안분安分·지족知足의 삶을 염원했을 뿐 직접 실천하지는 않았다. 다음과 같은 작품은 그의 이러한 지향의식이 담겨 있는 대표적인 예라 할 수 있다.

酬鄭翰林留別韻[63]   정한림이 이별의 자리에서 지은 시에 화답하다

江城積雨捲層霄   강마을에 지리한 비 걷혀 하늘 환히 드러나니
秋氣泠泠老火消   가을 기운 서늘히 지피며 늦더위 사그라드네.
黃膩野秔迷眼發   황금빛 기름진 들판의 벼 눈이 흐리도록 펼쳐졌고
綠疏溪柳對樽高   초록빛 성긴 시냇가 버들 술동이 마주하고 높구나.
風隨舞袖如相約   바람이 약속이나 한 듯 춤추는 옷자락을 따라 부는데
山入歌筵不待招   산은 부르지도 않았건만 노래하는 자리에 드는구나.
慙恨至今持斗米   부끄럽고 한스러워라 지금껏 몇 말 녹미 받느라고
故園蕪絶負逍遙   고향이 묵도록 버려두고 소요하는 생활 저버렸으니.

'정한림'은 제자 정만종으로 보인다. 그가 '한림'을 제수받아 옮겨 가는 이별

---

63 『訥齋集』 卷4 律詩 七言.

의 자리에서 지은 시에 화답한 작품으로, 눌재가 충주목사로 재직하던 시기에 지어진 것으로 보인다.

수련에서는 계절이 바뀌는 즈음의 분위기를 말하고 있다. 지리한 비 그치면서 겹겹이던 구름도 환하게 걷힌 하늘의 상쾌함, 늦더위가 사그라들면서 지피는 서늘한 가을 기운 묘사를 통해, 절기가 바뀌면서 대기 또한 달라져 새로워진 분위기를 노래하고 있다. 절기 변화가 가져온 상쾌한 기분, '한림'의 중앙관직으로 영전하는 정만종을 축하하는 뜻을 복합적으로 담고 있다. 늦더위를 '老火'라 일컫은 표현이 참신하다.

함련에서는 이별의 자리에서 바라다보이는 풍광과 정취를 말하고 있다. 황금빛으로 일렁이며 아스라이 펼쳐진 들판의 벼, 초록빛을 띠고는 있으나 이제는 성글게 마주하는 시냇가 버들의 대비를 통해, 계절의 풍요와 시절의 추이를 노래하고 있다. 풍요로운 들판의 벼와 성근 시냇가 버들의 대비에는 동시에 정한림의 영전을 기리는 뜻과 그와 이별하는 서글픔이 행간에 투영되어 있음을 읽어낼 수 있다. 이렇듯 섬세하게 조직된 대구가 표현의 묘미를 더하는 가운데, 시냇가 버드나무 아래 자리를 펴고 이별의 술잔을 기울이는 정경이 눈에 선하게 잡혀 있다.

경련에서는 이별의 정담을 나누는 자리의 흥취와 아쉬움을 말하고 있다. 흥이 돋아 춤추는 소맷자락을 따라 저녁 바람[64]이 약속이나 한 듯 불고, 이별의 노래를 읊조리는 자리로 산 그림자가 부르지도 않았건만 드리운다고 했다. 전원의 경물과 한데 어우러진 흥취를 노래하면서, 어느 사이 시간이 흘러 이별해야 하는 아쉬움을 또한 행간에 담아 노래하고 있는 것이다. 경련 역시 섬세하게 조직된 대구가 돋보인다. 시각과 청각을 일깨우는 청신한 표현을

---

64 이종묵은 "여기에서의 '風'은 저녁에 부는 바람이다. 술에 취해 춤을 추다 보니 어느새 저녁 바람이 분다는 말이다. 춤추는 사람의 펄럭이는 소매자락에서 생기는 바람과 저녁이 되어 불어오는 바람이 서로 약속이나 한 듯하다는 표현이 기발하다."라고 했다(앞의 『해동강서시파 연구』, 272~273면). 이를 참조했다.

통해 정경 자체가 말을 하도록 하는 절묘함이 돋보이기 때문이다. 특히 시간의 경과를 저녁에 이는 바람과 산 그림자라는 주변 물상의 변화를 통해 형상하고 있는 점은 기발하다 할 것이다.

미련에서는 벼슬살이에 얽매어 귀거래하지 못하는 자신을 한탄하고 있다. 전원의 경물과 한데 어우러진 경련 흥취의 여운인 듯 시선을 돌려 스스로를 돌아보니, '몇 말 녹미 받느라고' 간난신고의 벼슬살이에서 벗어나지 못한 채, '고향이 묵도록 버려두고' 있는 자신이 부끄럽고 한스럽다고 했다. 전원 속을 소요하며 유유자적한 삶을 염원하건만, 다만 염원에 그치고 마는 자신을 한탄하고 있는 것이다. '몇 말 녹미'와 '전원 속 소요'의 대비를 통해, 보다 가치있는 삶이 무엇인지를 묻고 스스로를 책망하고 있다고 할 것이다.

미련은 작품의 주제가 담겨 있는 부분이다. 수련의 절기 변화 묘사로부터 함련과 경련에서 노래한 전원의 풍광·정취가 자연친화적 삶의 단면이라 할 때, 이를 배경으로 귀거래의 염원을 책망하듯 노래하고 있기 때문이다. 이러한 화자의 지향의지는 특히 '몇 말 녹미'[斗米]와 '고향이 묵도록 버려두고'[故園蕪絶]의 전고 원용을 통해 환기되고 있다. 따라서 화자의 귀거래는 곧 도연명陶淵明이 밟아나간 삶에 대한 염원이라 할 수 있다.[65] 작자는 충주목사로 재직하던 49살(1522) 때 『도정절문집陶靖節文集』을 간행하기도 했거니와, 그가 도연명의 삶을 흠모했던 것은 분명하다 할 것이다.

이렇듯 「수정한림유별운」은 '자연친화와 귀거래의 염원'을 노래함에 있어서, 대비되는 물상이나 정경 묘사를 통해 시상을 환기하면서, 환기된 시상 속에 말하고자 하는 바를 또한 대비적으로 투영시킴으로써, 정작으로 의미하는 바가 행간에서 은연중 배어나게 하고 있다. 이는 앞에서 살펴보았던 작품들

---

65 작품 속에 등장하는 '斗米'는 陶淵明이 쌀 다섯 말[五斗米] 때문에 허리를 굽힐 수 없다고 하여 벼슬을 버리고 향리로 돌아간 일을, '故園蕪絶' 역시 도연명이 「귀거래사」에서 전원으로 돌아가 유유자적 소요하는 삶을 노래한 일에 의거하고 있다는 점에서 그러하다.

의 경우에서처럼 직정적 정서 표출이나 감성적 심상 현시를 통해 주제를 형상화하기보다는, 형상 속에 정회가 깃들게 하는 이른바 정경융합情景融合의 토대 위에서 대비적 의미를 행간에 투영하는 방식을 취하고 있다고 할 수 있다. 이처럼 대비적 의미를 행간에 투영하는 방식을 통한 주제 형상화 양상 또한 눌재 작품의 두드러진 특징이자 개성적 단면이라 할 것이다.

이와 함께 '자연친화와 귀거래의 염원'을 노래하고 있는 「수정한림유별운」에는 이른바 '경국제민의 이상과 귀거래의 동경'으로 함축되는 사대부 특유의 가치 지향의식이 바탕에 깔려 있다. 유가 사대부로서 경국제민의 이상 실현에 충실해야 하지만, 거친 세파가 몰아치는 사회현실로부터 벗어나 전원을 소요하며 유유자적한 일상을 나는 삶 또한 그에 못지 않은 의미를 지닌다는 가치의식의 병존이다. 물론 귀거래는 눌재뿐만 아니라 대부분의 사대부가 다만 '동경'에 그쳤을 뿐 실제로 실천으로 옮기지는 않았다. 따지고 보면 귀거래는 만년에 벼슬을 반납하고 향리에 깃드는 경우가 아니라면 경국제민을 이상으로 삼는 유가 사대부의 자기정체성을 부정하는 일이기도 하다. 그런 면에서 눌재의 '귀거래의 염원'은 정작 실천으로 옮기지는 않는다 하더라도, 그 지향의지만큼은 거짓이 아닌 진실한 마음의 표출일 수 있다. 눌재의 '귀거래의 염원'이 공감의 시선과 감정을 자아낸다면, 당대 사대부들 대부분이 그랬던 것처럼 이러한 지향의지에는 나름의 경험적 진실성이 담겨 있기 때문이라 할 것이다.

'자연친화와 귀거래의 염원'을 노래하고 있는 부의 예로는 「위선최락爲善最樂」[66]을 들 수 있다. 이 작품은 가난한 선비가 곤궁한 생활에 아랑곳하지 않고 인의와 도덕을 벗삼아 안빈낙도하는 태도를 경험담 형식으로 제시하면서, 객의 물음에 선비가 화답하는 형식으로 이루어진 작품이다. 작자는 이 작품을 통해 선비의 진정한 즐거움이 인의와 도덕의 선善을 체화함으로써 안빈낙도

---

66 『訥齋集』別集 卷1 賦.

의 생활을 자연스럽게 실천하는 데 있음을 말하고 있다. 그리고 이러한 삶을 위해서는 세간의 탐욕으로부터 벗어나 자연의 아름다움을 즐기며 성인·군자들의 가르침을 스스로 깨우쳐 생활화할 것을 강조하고 있다.

余獨慷慨而踔發	나 홀로 강개에 차 뛰어 일어나
奉訏謨而內植	원대한 가르침 받들어 마음에 심었다오.
追堯舜於二典兮	요전 순전에서 요순을 따랐고
尋孔顔於六經	육경에서 공자와 안회 찾았다오.
得其得而樂其樂兮	그들이 얻은 것을 얻고 즐거워한 것을 즐거워하며
鼓天機而同鳴	하늘이 부여한 기미를 북 두드려 함께 울렸다오.
客聞言而歎曰	객이 이 말을 듣고 찬탄해 이르기를
美哉囂囂	아름답다 그 자득함이여!
大哉熙熙	위대하다 그 즐거움이여!
天下何樂	천하의 어떤 즐거움이
可以代之	그것을 대신할 수 있으리오.
顧余蒙魯	본디 나는 몽매하고 아둔하나
請嘗事斯	그것을 내 일로 삼으리이다.

「위선최락」의 마지막 대목이다. 세속의 명리名利는 결코 오래가지 못하기에 이욕利慾으로 어지럽혀진 세간으로부터 벗어날 것을 말한 바로 다음에 이어지는 부분이다. 선비는 자신에게 삶의 이정표를 세워 준 성인·군자들의 가르침을 따르며 이를 체화한 경험을 술회하고 있다. 그 내용은 곧 인의와 도덕의 선을 체화함으로써 안빈낙도의 생활을 실천한 것이다. 그러자 이를 경청하던 객이 선비의 경험을 찬탄하며 그 자신도 그와 같은 최고의 즐거움을 깨우쳐 얻는 일을 일신의 과업으로 삼아 매진할 것을 다짐하는 것으로 작품을 마무리하고 있다.

「위선최락」을 통해 작자가 말하고자 하는 바는 분명하다. 선비가 추구하는 이 같은 진정한 즐거움이자 최고의 가치를 스스로 깨우쳐 얻기[自得] 위해서는, 우선 세간의 탐욕으로부터 벗어나 자연을 벗삼아 즐기는 생활이어야 하며, 그 생활 속 실천을 통해 체화할 때에야 비로소 뜻하는 경지에 이를 수 있다는 것이다. 따라서 이 모든 것은 귀거래 상황이라야 가능하다는 점에서 「위선최락」은 '자연친화와 귀거래의 염원'을 노래한 또 다른 모습이라 할 수 있다. 아울러 이러한 주제의식을 형상화함에 있어서, 작자는 앞에서 살핀 부 작품들에서 확인할 수 있듯 직정적 정서 표출을 통해 전달 효과를 강화하면서, 자신이 전하고자 하는 말에 진정성이 내포되어 있음을 은연중 강조하고 있다고 하겠다.

청렴 강직한 품성으로 인해 외직을 전전하는 벼슬살이에서 숱한 좌절과 회의에 휩싸였던 눌재이고 보면, 세간의 탐욕으로부터 벗어나 전원에 깃들어 사는 유유자적한 생활 속에서 유가 사대부가 추구할 수 있는 또 다른 삶에 대한 지향의지가 「수정한림유별운」 · 「위선최락」과 같은 작품의 '자연친화와 귀거래의 염원'으로 노래되고 있다 할 것이다.

이상에서 보듯, '정치 현실에 대한 비탄과 강개', '삶의 고뇌와 갈등', '자연친화와 귀거래의 염원'으로 함축할 수 있는 눌재 문학 작품의 주제적 국면에 초점을 맞출 때, 눌재는 요컨대 '직정적 정서 표출', '감성적 심상 현시', '대비적 의미 투영'의 방식을 통해 작품의 주제를 형상화하는 양상이 두드러짐을 살필 수 있다. 나아가 일률적으로 적용할 수 있는 것은 아니지만, 시에 있어서 '정치 현실에 대한 비탄과 강개'를 노래한 작품의 경우는 '직정적 정서 표출' 방식을 통해 이를 형상화하는 경향이 두드러지며, '삶의 고뇌와 갈등'을 노래한 경우는 '감성적 심상 현시' 방식을 통해, '자연친화와 귀거래의 염원'을 노래한 경우는 '대비적 의미 투영' 방식을 통해 이를 형상화하는 경향이 두드러진다. 그리고 부에 있어서는 복잡한 비유를 쓰지 않고 직접 서술하는 양식적 특성상 '직정적 정서 표출' 방식을 통해 예의 주제들을 형상화하는 경향이 두드러짐을 살필 수 있다.

이와 함께 이러한 주제 형상화 방식의 두드러진 양상의 저변에는, 작자 자신의 현실 체험에 바탕을 둔 정서적 형상이나 가치 지향의지로부터 경험적 진실성이 우러남을 공통적으로 살필 수 있다. 그리하여 그 정서적 형상이나 가치 지향의지가 비단 개인의 예외적 심경이나 정회 토로에 그치지 않고, 동화의 시선과 감정의 공유를 유발하여 공감의 자장을 형성케 함을 헤아릴 수 있다.

눌재는 삶의 다단한 굽이에서 마주한 생각과 느낌을 작품으로 표현함에 있어서, 자신의 신념이나 가치의식을 규범화하는 데 머무르지 않고 실천에 옮기고자 하는 의지까지를 보인다. 눌재 문학 작품의 주제적 국면을 대표하는 '정치 현실에 대한 강개', '삶의 고뇌와 갈등', '자연친화와 귀거래의 염원'은 이러한 지향의지의 소산이라 할 수 있다. 나아가 이러한 주제를 형상화함에 있어서, 그는 관념적 사유나 논리보다는 경험적 형상이나 정감에 충실한 모습을 보인다. 눌재의 문학 작품을 관류하는 특징으로 거론할 수 있는 '경험적 진실성의 추구'가 이를 잘 말해 준다.

눌재의 생애를 관류하는 특징은 사문행思文行의 일치에 있다고 했다. 그는 올곧게 여기는 생각을 신념으로 다지고, 시문을 통해 언어적 형상으로 표출하며, 고고한 의지로써 행동에 옮겼다. 그런 면에서 그의 문학은 '사문행의 일치'라는 지향의지의 언어적 상관물이다. 그리고 이러한 언어적 상관물의 저변에는 '경험적 진실성의 추구'라는 가치 지향의식이 짙게 배어 있다. 눌재의 문학 작품에는 경험적 진실성이 배어 있기에 깊은 울림을 준다. 이와 같은 맥락에서 그의 작품 세계는 도저한 생각을 진지하게 펴 내고 있다는 점에서 웅숭깊다 하겠다.

4. 눌재, 호남 사림문학의 남상

눌재는 조선시기 사대부 지식인 대부분이 그렇듯 문인이자 학자며 관료였다. 관료로서의 면모는 그의 생애적 궤적을 살피는 과정에서 청렴 강직 사대부의 표상임을 밝히 알 수 있었다. 그런데 학자로서의 면모는 그의 사상을 기술한 저술이 없는데다 학맥 또한 뚜렷이 드러나지 않아, 그가 남긴 시문들을 통해 특징적인 모습을 추찰할 수밖에 없다. 눌재는 생존 당대로부터 사대부 사회에서 널리 인정을 받은 시인이었다는 데서 그 성가에 걸맞는 위상을 부여할 수 있다.

눌재는 품성이 강직한 데다 자신이 옳다고 여기는 바를 행동으로 옮기는 데 주저함이 없는 인물이었다. 그렇기에 그의 생애적 궤적이 말해주듯 대의명분에 어긋나는 일에 대해 묵과하거나 누군가에 의해 해결되기를 바라기보다는 스스로가 나섰다. '우부리의 장살'과 「신비복위소」가 대표적인 사례다. 눌재의 시문에는 이러한 신념과 가치의식이 고스란히 배어 있다. 그의 인물 됨됨이와 시적 경향에 대해 권별權鼈(1589~1671)은 역대 인물사전으로 일컬어지는 『해동잡록海東雜錄』에서 다음과 같이 간평했다.

> 박상은 천성이 구애됨이 없고 기개와 절조가 크고 높았으며, 시어가 웅장 강건하며 기이하고 예스러웠다[雄剛奇古].[67]

눌재의 품성과 기질 및 시의 특징을 함축하고 있는 발언이라 할 수 있다. 눌재 시의 특징과 그가 이룩한 문학적 성과에 대해서는 본고에서 작품 선별 기준이자 논의 중심 대상으로 삼은 허균의 『국조시산』을 비롯해 대대로 적지 않은 문인들의 저술을 통해 언급되어 왔다. 그 가운데서도 눌재 시에 대해 가장

---

67 天性倜儻 甚有氣節 詩語雄剛奇古 : 權鼈, 「朴祥」, 『海東雜錄』 卷1 本朝.

자주 또 가장 높이 평가한 인물은 정조(재위 1776~1800)다. 정조는 그의 시문집
이자 역대 문인들의 시에 대한 논평을 수록하고 있는 『홍재전서弘齋全書』에서
눌재 시에 대해 다음과 같이 평했다.

조정이 문간공 박상에 대해서는 실로 남다른 큰 감회를 가지고 있다. 그 올곧
은 충성과 높은 지조에 일찍이 탄복하였을 뿐 아니라, 말에 담긴 논의와 뜻을 펴
는 기개가 문자와 행동 사이에 드러난 것이 필부의 한때 강개한 생각이 아닌 면
이 있다. 무엇보다도 기발하고 웅장하며 농후하고 성대하여[奇壯醲郁] 『시경』
삼백 편이 남긴 뜻을 잃지 아니한 것은 곧 그의 시다.[68]

우리나라 시의 대가로는 대개 석주, 동악, 읍취헌, 간이를 꼽는데, 간이는 꾸
밈이 많고, 읍취헌은 때로 고매한 수준에까지 이르지만 사소한 흠도 있으며, 동
악은 태반이 수창하는 작품이고, 석주는 너무 부드럽고 곱다. 유독 눌재 박상이
이들의 장점을 겸비했으니 응당 으뜸이 될 것이다.[69]

눌재의 품성과 기질적 특성으로부터 그의 시가 지닌 풍격風格에 이르기까
지 비교적 구체적으로 언급하고 있다. 눌재의 충직과 지조를 높이 산데다 그
의 신념과 가치의식이 배어 있는 시편들을 평소 애독한 과정이 역력히 묻어나
는 논의라고 할 수 있다. 특히 시대를 풍미했던 대가들인 권필·이안눌·박은·
최립의 시적 성향과 특징을 간평하면서, 눌재야말로 이들의 장점을 겸비한
최고 시인이라는 평가를 하고 있다. 이러한 평가는 그가 군주라는 사실을 염

---

68 朝家於文簡公朴祥 實有別般曠感者 其危忠高操 嘗所歎服 言議志槩之見於文字事爲之際者 有非匹
  夫一時慷慨之思 最是奇壯醲郁 不失三百篇之遺意者 其詩卽然:『弘齋全書』卷47 判「判禮曹生員
  朴燦玟上言勿施啓」.

69 我東詩律 多數石洲東岳翠軒簡易 而簡易文勝 翠軒往往甚高著 然亦有些欠處 東岳半是酬唱調 石
  洲太軟媚 獨朴訥齋兼有諸能 當爲第一耳:『弘齋全書』卷162 日得錄2 文學2.

두에 둘 때, 눌재의 시가 각별히 군주에게 어필하는 면모 또한 지니고 있는 점에 대해 고찰할 필요성을 환기하기도 한다.

눌재 문학 세계의 호한함과 시적 성향의 다채로움은 일찍이 그의 아우 박우가 "온갖 문체가 갖추어져 있으니, 웅장하고 강건한 데다 기발하다[衆體兼備 雄剛且奇]."[70]라고 한 바 있거니와, 눌재 문집에 수록되어 있는 다음과 같은 윤구尹衢(1495~1549)의 「행장」에서 그 개괄적인 모습을 확인할 수 있다.

　　선생께서 시와 문장을 지으실 때 또한 익숙하고 연약한 것은 좋아하지 않아 진부한 말을 힘써 버리셨고, 홀로 옛 작자를 추종하여 그 무리가 되고자 하셨다. 무릇 선생께서 취하신 것은 이미 무리 중에서도 뛰어난 것이지만, 또 옛일을 널리 살펴 어둡고 깊은 곳을 탐구하고 찾아내서 향기로운 꽃을 따고 음미하셨다. 이렇게 하시기를 미치지 않은 곳이 없어 대성에 이르셨던 것이다. 그렇기에 시문의 원류가 크고 넓어서 기력이 웅대하고 굳세며[混渾雄勁], 흥을 부친 것이 그윽하고 연원 깊어 만물을 일컬은 것이 향기롭고 아름답다[幽遠芳美]. 남아 있는 시가 무릇 팔백여 편으로 『눌재집』이라 부르니, 실로 세상에 드문 기이한 보배다.[71]

옛사람이 지은 시문의 격식을 취하되 그것을 새롭게 자기화하여 개성 있는 작품 세계를 이룩한 점, 고금의 다양한 문헌과 작품들을 섭렵하여 웅대한 시세계를 구축한 점, 눌재 시가 지닌 다채롭고도 수준 높은 풍격 등에 대해 포괄적으로 언급하고 있다. 박우 또한 눌재 시는 "『시경』·『초사』로부터 이백·두보의 시에 깊은 식견을 가지고 있지 않으면 그 진면목을 파악하기 어렵다."[72]

70　衆體兼備 雄剛且奇：朴祐,「訥齋集序」,『訥齋集』.
71　先生爲詩與文 亦不樂熟軟 力去陳言 獨追古作者爲徒 夫其中之所存 旣拔乎萃 而又博觀古昔 冥探幽搜 撮芳咀華 靡所不至 以至於成 故源流混渾 而氣力雄勁 託興幽遠 而稱物芳美 其存者凡八百餘篇 號訥齋稿 實希世之奇寶也：尹衢,「行狀」,『訥齋集』附錄 卷1.
72　非深於風雅騷李杜者 則難能會訥齋之詩矣：朴祐,「訥齋集序」,『訥齋集』.

라고 했다. 그만큼 눌재의 작품 세계는 넓고도 깊은 사유와 정서의 세계를 펼쳐 놓았다고 하겠는데, 본고에서는 이러한 면모를 '웅숭깊다'는 표현으로 함축하기도 했다.

한편, 눌재는 16세기 호남 사림을 대표하는 인물 가운데 한 사람이다. 호남 사림은 대부분 조선 건국 이후 정치적 변동 속에서 절의를 고집했거나 정치적 박해를 피해 호남으로 이주해 온 사대부 가문의 후예들로서,[73] 훈구세력이 주도한 중종반정 이후 호남을 기반으로 그들의 대항세력으로 성장한 일군의 지식인 집단을 말한다. 호남 사림은 당대 사림세력을 결집시키는 데 크게 기여했는데, 눌재의 생애적 궤적을 살피는 자리에서 논의했듯 눌재와 김정이 주도한 「신비복위소」가 그 구심점 역할을 했다. 말하자면 눌재는 호남 사림 성장 초기를 대표하면서 정신적 지주 역할을 한 인물이라고 할 수 있다.

호남 사림의 인맥은 눌재를 조종祖宗으로 하여 크게 눌재의 제자인 임억령과 송순을 따라 김인후, 임형수, 양응정, 박순, 기대승, 고경명, 정철, 임제 등으로 이어진다. 그리고 다시 김인후를 따라 박순, 김성원, 고경명, 정철, 백광훈, 최경창 등으로 이어진다. 이들은 이수광李睟光(1563~1628)이 『지봉유설芝峯類說』에서 언급한 것처럼[74] 호남에서만이 아니라 조선중기를 대표하는 학자요 문인으로서 손색이 없는 인물들이다.

16세기 호남 사림은 문학적 경향에 있어서 당시 유행하던 사변적 성향의 송시풍보다는 감성적 성향의 당시풍을 진작시켜 문단의 풍조를 쇄신하는 데 크게 기여했다는 평가를 받는다. 호남 사림 가운데 특히 눌재에게서 직접 수학한 임억령의 경우 16세기 당시풍을 구사한 대표적 인물로서 호남 시단의 핵심 역할을 했다. 송순 또한 눌재에게서 직접 수학했는데, 그 역시 호남 시단의 핵

---

73 고영진, 「호남 유학사상에서의 박상의 위치」, 『호남사림의 학맥과 사상』, 혜안, 2007, 114면 참조.

74 頃世詩人 多出於湖南 如朴訥齋祥 林石川億齡 林錦湖亨秀 金河西麟厚 梁松川應鼎 朴思庵淳 崔孤竹慶昌 白玉峯光勳 林白湖悌 高苔軒敬命 皆表表者也：李睟光, 『芝峯類說』 卷14 文章 第7 詩藝.

심 인물로서 한시뿐만 아니라 각별히 국문시가에서 발군의 기량을 발휘했다.

그렇기에 눌재는 문학 부문에 있어서도 호남 사림의 조종의 위치에 자리잡고 있다. 그의 웅숭깊은 문학 세계는 그에게서 직접 수학한 이들에게 지대한 영향을 끼친 것은 물론, 예의 호남 사림의 주요 인물들이 그로부터 직접 간접적으로 문학적 감화를 입어 16세기 조선 시단을 화려하게 장식했다는 점에서, 그가 호남 사림문학의 남상濫觴인 것은 분명하다. 특히 그의 문학 작품을 관류하는 특징으로 거론할 수 있는 '경험적 진실성의 추구'에 말미암는 바 관념적 사유나 논리보다는 경험적 형상이나 정감에 충실한 모습은 후래할 당시풍의 선구 역할을 할 요소들을 신실히 배태하고 있었다고 할 것이다.

이와 함께 눌재 문학의 위상에 대해 도학파로 이행되어 가는 의식을 사장파의 문학 기교로 형상화했다는 측면에서 사장파와 도학파의 접점에 위치해 있다거나, 눌재 생존 당대 시단의 지배적 풍조였던 송시풍으로부터 이후 당시풍으로 옮겨 가는 과도기에 교량적 역할을 했다는 등의 언급은, 말하기는 어렵지 않아도 입증하기가 쉽지 않다. 그런 면에서 "눌재는 도학을 중시하는 사림 출신이면서도 문학에 있어서는 사장의 기능을 적극 활용한 문인"[75]으로 이해하는 것이 바람직하리라는 언급은 이와 대동소이한 듯 싶지만 보다 설득력 있는 논의를 펴기에 적절한 거점일 수 있다고 할 것이다.

본고는 눌재의 생애적 궤적과 문집 간행 및 문학 연구사를 살핀 다음, 그의 문학 세계에 내재된 개성적 면모를 주제 형상화 양상에 초점을 맞추어 고찰함으로써, 그의 작품 세계를 관류하는 특징을 규명하는 유의미한 계기를 마련하고자 했다. 그리고 논의 결과를 토대로 그의 품성과 작품 세계의 특징에 결부된 역대 문인들의 언급과 논평을 검토하면서 문학사적 위상을 간략히 논의했다. 호한하고도 다채로운 눌재 문학 세계에 대한 본격적인 고찰은 합당한 방법론을 갖추어 후속 논의로 이어갈 것을 기약한다.

---

75 김대현, 앞의 「눌재 박상 문학에 대한 연구 쟁점과 과제」, 9면.

참고문헌

자료

『訥齋集』,『韓國文集叢刊』18,『中宗實錄』,『弘齋全書』,『國朝詩刪』,『己卯錄補遺』,
『芝峯類說』,『海東雜錄』

논저

고영진, 「호남 유학사상에서의 박상의 위치」,『호남사림의 학맥과 사상』, 혜안, 2007.

권순열, 「눌재 박상 연구」,『고시가연구』제21집, 한국고시가문학회, 2008.

권혁명, 「16세기 호남 한시의 意象 연구—박상 · 임억령 · 고경명을 중심으로」,『동
　　　　양고전연구』제63집, 동양고전학회, 2016.

김대현, 「눌재 박상 문학에 대한 연구 쟁점과 과제」,『한국언어문학』제44집, 한국
　　　　언어문학회, 2000.

김동수,『눌재 박상』, 동인출판문화원, 2016.

김동하, 「눌재 박상의 賦 연구」,『고시가연구』제26집, 한국고시가문학회, 2010.

김신중, 「山居百絶을 통해 본 눌재 시의 성격」,『눌재 박상의 문학과 의리정신』, 광
　　　　주직할시 · 향토문화개발협의회, 1993.

김은수, 「눌재 賦 문학의 연구」,『눌재 박상의 문학과 의리정신』, 광주직할시 · 향토
　　　　문화개발협의회, 1993.

김종서, 「16세기 호남시단과 唐風」, 성균관대 박사학위논문, 2004.

김진경, 「눌재 박상 賦 문학 연구—주제 형상화 방식을 중심으로」,『한문고전연구』
　　　　제26집, 한국한문고전학회, 2013.

류형구, 「눌재 시문학 연구」, 성균관대 석사학위논문, 2000.

박명희, 「눌재 박상의 잡체시 실현 양상과 그 의미」,『한국한문학연구』제70집, 한
　　　　국한문학회, 2018.

박은숙, 「눌재 박상 문학 연구」, 고려대 석사학위논문, 1989.

박은숙, 「눌재 박상 시의 특질에 대한 일고찰」,『한문학보』제5집, 우리한문학회, 2001.

박은숙, 「눌재 박상의 산문에 대한 일고찰—성리학적 사유를 중심으로」,『덕성어문

학』 제7집, 덕성여대 국어국문학회, 1992.

박준규, 「눌재 박상과 그의 시문학」, 『호남시단의 연구』, 전남대출판부, 1998.

박준규, 「눌재 박상론―생애 및 그 위인을 중심으로」, 『고시가연구』 제1집, 전남고시가연구회, 1993.

박준규, 「눌재 박상의 교유인물과 시문의 제작」, 『눌재 박상의 문학과 의리정신』, 광주직할시·향토문화개발협의회, 1993.

박준규, 「눌재 박상의 시문학 논고」, 『눌재 박상의 문학과 의리정신』, 광주직할시·향토문화개발협의회, 1993.

서정환, 「박상의 문학 세계」, 고려대 교육대학원 석사학위논문, 1986.

신태영, 「눌재 박상 시의 미의식―奇와 壯을 중심으로」, 『동방한문학』 제49집, 동방한문학회, 2011.

신태영, 「눌재 박상의 賦 연구―유가적 충의와 장자적 초탈」, 『온지논총』 제17집, 온지학회, 2007.

안영길, 「눌재 박상의 한시 연구」, 단국대 석사학위논문, 1986.

유진희, 「눌재 박상의 시에 나타난 귀거래 의식 연구」, 『대동한문학』 제57집, 대동한문학회, 2018.

윤사순, 「조선조 의리사상 형성과 눌재」, 『눌재 박상의 문학과 의리정신』, 광주직할시·향토문화개발협의회, 1993.

이정원, 「눌재 박상의 시문학 연구」, 조선대 박사학위논문, 2004.

이종묵, 『해동강서시파 연구』, 태학사, 1995.

임기춘, 「눌재 박상의 생애와 문학」, 세종대 석사학위논문, 1984.

임동윤, 「눌재 박상의 시문학고」, 동국대 교육대학원 석사학위논문, 1987.

정우봉, 「근대전환기 한 지식인의 운명―매천 황현」, 『한국고전문학작가론』(민족문학사연구소 고전문학분과 편), 소명출판, 1998.

차용주, 「박상 연구」, 『한국한문학작가연구』 2, 아세아문화사, 1999.

최한선, 「도연명이 호남시단에 끼친 영향」, 『동아인문학』 제6집, 동아인문학회, 2004.

눌재 박상의 충주 목사 시절 기묘사림과의 시적 교유와 그 의의

박명희

1. 머리말

본 논문은 눌재訥齋 박상朴祥(1474~1530)이 충주 목사 시절 기묘사림과 교유하던 중 지은 시를 대상으로 그 실상을 살핀 뒤에 그 특징과 의의를 밝히는 것을 목표로 하였다.[1]

박상은 그의 나이 28세 때 정시庭試에 합격한 뒤 교서관 정자를 시작으로 여러 내·외직을 두루 거쳤는데, 48세 여름에 충주 목사에 부임한 뒤 직책을 수행한다. 필자는 박상의 생애 중에서 이 시기를 특별히 주목하는데, 1519년(중종 14)에 일어난 기묘사화와 관련되기 때문이다.

기묘사화가 일어나기 이전인 1517년 봄에 박상은 모친을 봉양하기 위해 고향 광주와 가까운 거리에 있는 순천 지역의 부사로 나아간다. 그리고 그해 10월에 모친이 세상을 뜨자 이후 3년 동안 여막廬幕에서 거처한 뒤 1519년 10월에 탈상한다. 그런데 탈상할 무렵에 기묘사화가 일어난다. 만일 박상이 모친상을 당하지 않았다면, 관직에 있었을 것이고, 그렇다면 분명히 어떤 방식으로든지 화를 피하지 못했을 것은 자명하다. 이렇듯 모친의 상을 치르느라 화를 피할 수 있었으나 기묘사화로 인해 평소 알고 지내던 사림들이 화를 당할 뿐 아니라 심지어 죽음에까지 이르렀으니 비참한 심정은 이루 말할 수가 없었다. 따라서 박상은 무슨 일이라도 해야겠다는 생각을 하며, 소문疏文을 지어 임금께 진술하려고 하였다. 하지만 자제와 친척들이 진술하는 일을 말리자 박상은 "일이 이 지경에까지 이르렀구나."라고 탄식하며, 마침내 소문을 불에 태워버렸다. 이런 비참한 기분이 들었을 즈음 1519년 12월에 의빈부 경력과 선공감 정에 제수된다. 수많은 동지들이 사지死地로 몰리는 상황에서 평소 의리를 중요하게 생각하던 박상이 어떻게 벼슬을 받을 수 있었겠는가. 박

---

1 본 논문에서 말하는 '기묘사림'이란 1519년(중종 14)에 일어난 기묘사화 때 화를 입은 사람들을 말한다.

상은 의빈부 경력과 선공감 정에 모두 나아가지 않는다. 그 대신 이원성李元成, 원화元和 형제들과 함께 전남 장흥에 소재한 가지산迦智山을 유람한다. 이어 이듬해 가을 어사御使를 제수 받아 호남의 재해를 시찰한다. 기묘사화가 일어난 지 1년의 시간이 흐른 시점이었다. 박상은 아직도 사화의 충격에서 벗어나지 못했으나 어사라는 직책이 임금의 심부름을 하는 일인지라 거절하지 못했으리라 생각한다.

그리고 48세 봄에 상주 목사로 부임했다가 여름이 되자 충주 목사로 자리를 옮겨 몇 년 동안 충주에서 지낸다. 충주 목사를 지내던 중에도 남곤南袞이 박상을 배척하는 등 아직도 사화의 여파는 이어지고 있었다. 한편, 박상은 충주 목사로 부임한 지 3년 만에 관찰사가 청렴과 유능함을 인정, 임금께 아뢰어 표리表裏를 하사받는 은전을 입는다. 이는 외직으로 나가서도 스스로 꺼리는 일이 없이 직무에 전심한 결과라 할 수 있다. 또한 공무를 보는 사이에 틈을 내어 도잠陶潛의 문집인 「도정절문집陶靖節文集」과 김시습金時習의 문집인 「매월당문집梅月堂文集」을 간행하거나 역사서인 「동국사략東國史略」을 수찬하였고, 이색李穡의 아들 종학種學의 문집 「인재집麟齋集」의 발문을 짓는 등 문필 활동을 그치지 않는다.

이상과 같이 기묘사화가 일어날 무렵, 박상은 모친의 상을 완전히 벗어나지 못한지라 화를 직접 겪지 못했다 해도 사림으로서 비통한 심정은 간직하였다. 이 때문에 나라에서 직책을 주었으나 나아가지 않다가 근 2년이 되어서야 충주 목사로 나아간 것이다. 따라서 박상에게 충주 목사 직책은 유의미하다 할 수 있다. 기묘사화가 끝난 지 2년이 채 안 된 시점에 나간 직책인지라 시기적으로도 주목을 요하는데, 그곳 충주에서 만나 교유한 문인 중에 기묘사림이 있어서 더욱더 간과할 수 없다. 그리고 박상이 이들 기묘사림과 만나 무슨 이야기를 나누었는지를 살펴볼 필요가 있다. 박상을 비롯한 이들 사림들은 어려운 사화기를 살면서 결속의 필요성을 더욱더 실감했을 것인데, 현재 전하는 교유시는 그 대강을 알려 주고 있다. 이러한 교유시는 누구와 만나 무슨 이야기를 주고받았는지를 알려주기 때문에 소홀히 다룰 수 있는 문제는 아니다. 하지만 지금까지 이룩한 박상의 문학 관련 성과물을 살펴보면,[2] 박상의 충주 목사 시절 행적과 교유, 특히 기묘사림과 주고받은 시 연구를 본격적으로 진행하지 않아 아쉬운 마음이 들었다.[3] 이러한 이유로 본 연구를 진행하게 되었다.[4]

---

2 지금까지 이루어진 박상의 문학 연구는 총 23편으로 조사되었다. 이를 다시 세분해 보면, 석·박사학위 논문은 7편, 편역서는 1편, 소논문은 15편 등으로 산출된다. 석·박사학위 논문은 박상의 삶과 문학을 포괄적으로 살폈고, 편역서는 박상의 시 1,200여 수 중에서 143수를 골라 해설 등을 곁들여 작품을 좀 더 쉽게 읽을 수 있도록 하였다. 또한 소논문 15편의 면면을 들여다보면, 대체로 판본, 「山居百絶」, 賦 문학, 교유 인물, 미의식, 형식(잡체시) 등 다양하게 연구되었음을 알 수 있다. 그 구체적인 연구 성과물을 연도순으로 정리하면 다음과 같다. 林基春, 「눌재 박상의 생애와 문학」, 세종대 석사학위논문, 1984; 徐正煥, 「박상의 문학세계」, 고려대 교육대학원 석사학위논문, 1986; 安英吉, 「눌재 박상의 한시 연구」, 단국대 석사학위논문, 1986; 林東閏, 「눌재 박상의 시문학고」, 동국대 교육대학원 석사학위논문, 1986; 朴銀淑, 「눌재 박상 문학 연구」, 고려대 석사학위논문, 1989; 朴銀淑, 「눌재 박상의 문학세계」, 『한문학논집』 7집, 근역한문학회, 1989; 朴銀淑, 「『눌재집』의 판본과 발굴 작품」, 『한문학논집』 8집, 단국한문학회, 1990; 金信中, 「「山居百絶」을 통해 본 눌재시의 성격」, 『눌재 박상의 문학과 의리 정신』, 광주직할시, 1993; 金銀洙, 「눌재 부문학의 연구」, 『눌재 박상의 문학과 의리 정신』, 광주직할시, 1993; 朴焌圭, 「눌재 박상의 교유인물과 시문의 제작」, 『눌재 박상의 문학과 의리 정신』, 광주직할시, 1993; 朴焌圭, 「눌재 박상의 시문학논고」, 『눌재 박상의 문학과 의리 정신』, 광주직할시, 1993; 金性彦, 「눌재 박상 시대의 어둠과 문학적 초극」, 『한국한시작자연구』 4, 태학사, 1999; 김대현, 「눌재 박상 문학에 대한 연구 쟁점과 과제」, 『한국언어문학』 44집, 한국언어문학회, 2000; 柳炯求, 「눌재 시문학 연구」, 성균관대 석사학위논문, 2000; 朴銀淑, 「눌재 박상 시의 특질에 대한 일고찰」, 『한문학보』 5집, 우리한문학회, 2001; 李正源, 「눌재 박상의 시문학 연구」, 조선대 박사학위논문, 2004; 신태영, 「눌재 박상의 부 연구─유가적 충의와 장자적 초탈─」, 『온지논총』 17집, 온지학회, 2007; 김동하, 「눌재 박상의 부 연구」, 『한국시가문화연구』 26집, 한국고시가문학회, 2010; 申太永, 「눌재 박상 시의 미의식─奇와 壯을 중심으로─」, 『동방한문학』 49집, 동방한문학회, 2011; 김진경, 「눌재 박상 부문학 연구─주제 형상화 방식을 중심으로─」, 『한문고전연구』 26집, 한국한문고전학회, 2013; 박명희 편역, 「박상의 생각, 한시로 읽다」, 도서출판 온샘, 2017; 유진희, 「訥齋 朴祥의 詩에 나타난 歸去來 意識 研究」, 『대동한문학』 57집, 대동한문학회, 2018; 박명희, 「訥齋 朴祥의 雜體詩 실현 양상과 그 의미」, 『한국한문학연구』 70집, 한국한문학회, 2018.

3 박상의 교유시에 대한 연구는 일찍이 박준규(1993)에 의해 이루어졌다. 박준규는 박상의 시적 교유 인물을 유형별로 나누어 서술하였는데, 충주 목사 시절 기묘사림과의 교유시는 구체적으로 서술하지 않았다.

본 연구가 원만히 끝난다면 몇 가지 사항을 알 수 있을 것이다. 첫째, 기묘사화 이후 문인들의 동향을 알 수 있을 것이다. 비록 충주 지역에 한한 것이기는 하나 일단이나마 그 내용을 살필 수 있으리라고 본다. 둘째, 박상의 시 작품을 통해서 박상과 기묘사림 간에 무슨 이야기를 주고받았는지를 구체적으로 알 수 있을 것인데, 의미 있는 부분도 도출해 낼 것으로 전망한다.

2. 눌재訥齋가 충주에서 만난 기묘사림

앞에서 이미 말한 바와 같이 박상은 그의 나이 48세 봄에 상주 목사로 부임한 뒤에 곧이어 여름에 충주 목사로 자리를 옮긴다. 이때의 모습을 「연보」에서는 "선생은 스스로 생각하기를 '외롭고 위태로운 발자취로 지척지척 큰길을 다니는 것은 강물에 뜬 나무가 동서로 둥실거리는 것과 같다.'라고 여겨 더욱 중앙에 있기를 싫어하여 외직을 원하였고, 조정에서도 그가 떠나는 것을 안타까워하지 않았다."[5]라고 적었다. 기묘사화가 일어난 지 2년이 채 안 된 시점인지라 박상은 아직도 사림이 조정에서 벼슬하기는 위험하다고 생각하였다. 조정에 있다가 위험한 상황에 처하느니 차라리 외직으로 나가는 것이 더 마음 편하다라고 말한 것이다. 짧은 기간이었으나 상주에서 충주로 옮겨갈 때 박상은 3제 4수의 시를 남기는데, 「尙州 移忠州至咸昌 贈趙使君 世楨」(1수), 「次尙州敎授張世昌韻 敍別」(1수), 「尙州到忠州」(2수) 등이 그 작품들이다. 박상은 이중 「상주도충주」(2수)의 두 번째 작품에서 공직자의 눈에 비친 불합리한

---

4 한편, 이종묵은 그의 논문(「기묘사림과 충주의 문화 공간」, 「고전문학연구」 33집, 2008, 101~126쪽)을 통해 15~6세기 충주의 기묘사림들의 회합과 문학 활동을 정리하였다. 이 논문은 필자가 글을 전개하는 원초적인 자료 역할을 했으나 구체적인 작품을 언급하고 분석하지 않은 점은 아쉬움으로 남았다.

5 朴祥, 『訥齋集』 附錄 卷4, 「年譜」 48歲條, 先生自以孤危之蹤 踽踽周行 如浮江之木泛泛東西 益不喜居中 而欲外補 朝廷亦不惜其去.

현실을 꼬집었다. 작품을 들어 보이면 다음과 같다.

洛州三月轉忠城	상주에 석 달 있다 충주로 전임하니
魯衛之間出入輕	노와 위나라 사인지라 출입이 쉽다
雀鼠公庭春夏鬧	관아 뜰의 새와 쥐는 봄여름에 떠들고
輪蹄客舍晦明幷	객사의 수레 말발굽은 밤낮없이 몰린다
嶺南貢物徵船價	영남의 공물에선 배 실은 값 징수하고
江北商艘索地征	강북의 장삿배에선 지방의 세금 받는다
津送不堪工吏哭	나루터 호송비 감당 못해 공방 하리 우니
一泓金瀨幾時平[6]	한 줄기 금빛 여울 어느 때나 평온해질까

수련에서는 상주와 충주의 거리가 멀지 않음을 나타내었다. 춘추전국 시대 노나라와 위나라는 주공周公과 강숙康叔 형제가 다스린 나라로 서로 이웃해 있었다. 즉, 상주와 충주가 가까이 있음을 빗대어 말하였다. 함련에서는 관아와 객사가 분주히 움직이는 모습을 나타내었고, 경련에서는 상주와 충주가 지형상 중간에 위치해 영남과 강북의 공물과 장삿배 등의 값을 치르거나 세금을 받는 모습을 그렸다. 그리고 마지막으로 실무 일을 보는 공방 하리의 안타까운 처지를 전달하면서 금빛 여울이 어느 때나 평온해질지 알 수 없음을 탄식하였다. 공직자의 입장에서 관공서의 모습을 사실적으로 그린 작품이라 생각한다.

충주에 처음 도착한 박상은 공직을 수행하는 틈틈이 시 작품을 짓는다. 당시 지었던 시는 현재『눌재집』여러 권에 흩어져 전해지고 있는데, 총 작품 수는 65제 149수이다.[7] 이러한 작품 수를 한시 종류별로 구분하면 다음과 같다.

---

6 朴祥,『訥齋續集』卷1,「尙州到忠州」2.
7 박상이 충주 목사 시절에 지은 시 작품은【별첨 1】을 참고하기 바란다.

잡언고체시 1수 / 오언절구 2수 / 칠언절구 82수 / 오언율시 4수 / 칠언율시 56수 / 오언배율 1수 / 악부시 1수 / 오언연구 2수

이러한 작품 수의 통계를 보면 박상은 충주에서 칠언절구와 칠언율시 작품을 가장 많이 지었으며, 아울러 특이하게 ⑧오언연구五言聯句가 있음을 알 수 있다. 또한 시제詩題에서 거론한 인물들을 작품 수와 함께 나열하면 다음과 같다.

①공서린孔瑞麟(1제 2수) / ②김굉金礦(2제 3수) / ③김세필金世弼(13제 46수) / ④김탁金鐸(1제 2수) / ⑤문경동文敬仝(1제 6수) / ⑥박우朴祐(2제 3수) / ⑦소세량蘇世良(1제 1수) / ⑧손경우孫景祐(1제 2수) / ⑨역창易窓(1제 2수) / ⑩우맹선禹孟善(1제 1수) / ⑪윤풍형尹豊亨(2제 2수) / ⑫이약빙李若氷(1제 1수) / ⑬이연경李延慶(3제 7수) / ⑭이윤인李尹仁(1제 1수) / ⑮이응원李應元(1제 1수) / ⑯이자李耔(2제 6수) / ⑰정만종鄭萬鍾(1제 2수) / ⑱정사룡鄭士龍(3제 5수) / ⑲채소권蔡紹權(2제 6수) / ⑳처관 상인處寬上人(1제 3수) / ㉑최흥숙崔興淑(1제 1수) / ㉒표빙表憑(1제 2수) / ㉓한효원韓效元(1제 2수) / ㉔허자許磁(1제 5수) / ㉕현목 상인玄穆上人(1제 1수) / ㉖황효헌黃孝獻(1제 4수)

이상 나열한 것처럼 총 26명이 시제에 등장한다. 이 중에는 잘 알려진 인물도 있고, 그렇지 않은 인물도 있다.

①공서린은 박상보다 아홉 살 아래이며, 김굉필金宏弼의 문인으로 조광조趙光祖와 친분이 있었다. 그래서였는지 1519년 기묘사화가 일어났을 때 조광조와 함께 투옥되었다가 풀려났다. 그 뒤에 시사에 격분하여 재상을 공격하고, 기묘사화 때 화를 입은 선비들의 무죄를 상소하여 여러 차례 삭직된 바 있다. ②김굉은 박상보다 네 살 위로 1504년 과거시험에 합격한 뒤에 1507년 정언을 시작으로 여러 관직을 두루 거쳤으며, 명나라에서 사신으로 두 번 다녀왔다. 또한 1523년 경상도 관찰사로 부임했는데, 박상은 충주 목사로 있으면서

김굉과 교유하였다. ③ 김세필은 기묘사화 때 조광조가 사사되자 임금의 처사가 부당하다고 규탄하다가 유춘역留春驛으로 장배杖配된 바 있다. 김세필은 다음 장에서 자세히 논의할 예정이므로 여기서는 일단 생략한다. 다만 위에 나열한 문인들과 시 편수를 대비했을 때, 박상은 김세필과 관련하여 단연 가장 많은 작품을 지었음을 알 수 있다. ④ 김탁은 1519년 문과에 급제한 뒤에 사간원 정언 등의 벼슬을 역임하였다. ⑤ 문경동은 박상보다 17년 위로 1495년(연산군 1)에 과거시험에 합격한 이래 벼슬에 올랐다. 시문이 뛰어났으며, 『연산군일기』를 편찬하는데 참여하였다. 또한 1510년 삼포왜란三浦倭亂 때 왜구를 토벌했으며, 청풍 군수를 역임하였다. 1521년에 생을 마감하자 박상이 충주목사 시절 그를 위해 「문청풍만사文淸風挽詞」를 지었다. ⑥ 박우는 박상의 두 살 아래 아우이다. 1510년 과거시험에 합격한 뒤에 내·외직을 두루 거쳤는데, 특히 외직으로 부임해서는 선정을 베풀었다. 성품이 곧아 윗사람에게 아첨을 하지 않았기 때문에 당시의 세도가인 김안로金安老나 허확許確, 허항許沆 부자로부터 심한 박해를 받았다. 그러나 끝내 소신을 굽히지 않았다. 박상의 시 작품을 보면, 박우는 지역을 이동할 때 반드시 충주에 있는 형님을 뵈었음을 알수 있다. ⑦ 소세량은 박상의 나이보다 2년 더 늦다. 1507년(중종 2)에 과거시험에 급제한 뒤에 내·외직을 거쳤다. ⑧ 손경우는 자세한 이력을 알 수 없다. ⑨ 역창은 일본의 승려이다. 박상은 몇몇 일본의 승려와 사신 등을 위해 여러 편의 시를 지었는데,[8] 역창은 그중 한 사람이다. 일단 본 논문에서는 역창과 관련한 시는 1제 1수라고 했으니, 이것은 순전히 시제가 「中原 贈日本僧易窓 冒

---

8 박상이 일본의 승려와 사신을 위해 지은 작품을 나열하면 다음과 같다. 「日本副使守秋 贈紫石硯二面」(본집 권5), 「日本副使守秋 贈綵牋摺扇」(속집 권1)[이상 사신 수추] / 「中原 贈日本僧易窓 冒雨自驪州來」(본집 권5), 「次日本國使僧易窓韻」(속집 권1), 「上价易窓 次竺藏韻見示 卽和」(속집 권1), 「再和」(앞 시의 운을 따름, 속집 권1)[이상 승려 역창] / 「和日本國使堯韻」(본집 권5)[이상 국사 요] / 「次元康韻 日本上使」(속집 권1)[이상 상사 원강] / 「次易窓侍者竺藏韻」(속집 권1), 「贈日本僧竺藏」(속집 권1), 「次日本僧竺藏韻」(속집 권1)[이상 승려 축장] / 「次日本國僧泰甫韻」(속집 권1)[이상 국승 태보] / 「享席 次日本國使僧太原韻」(본집 권4)[이상 국사 태원].

雨自驪州來」로 '중원'이라는 말이 들어갔기 때문이다. ⑩ 우맹선은 박상의 나이보다 1년이 늦다. 1501년 무과에 급제한 뒤 선전관으로 등용되었다가 충청도 수군절도사를 역임한 바가 있는데, 박상은 충주 목사로서 우맹선에게 시를 지어 주었다. ⑪ 윤풍형은 1519년 과거시험에 합격한 뒤에 예문관의 봉교·대교 등을 비롯하여 여러 벼슬을 거쳤다. 시 작품에 따르면, 윤풍형은 사고史庫를 포쇄曝曬하기 위해 성주星州로 가던 중에 충주에 있던 단월역丹月驛에서 박상을 만나 회포를 풀었다. ⑫ 이약빙은 박상의 나이보다 15년이 늦다. 1514년에 문과에 급제하여 관직 생활을 시작하였다. 1518년 공조 정랑에 올랐는데, 1519년 기묘사화로 조광조가 유배될 때 형 이약수李若水가 동료 유생 150여 명을 이끌고 조광조의 신원을 호소하다 옥에 갇히자, 조광조와 이약수의 사면을 주청하다가 파직되었다. 이연경과는 4촌간으로 알려져 있다. ⑬ 이연경은 기묘사화 때 화를 입은 사림으로 뒷장에서 다시 거론할 것이기에 여기서는 생략한다. ⑭ 이윤인과 ⑮ 이응원은 잘 알려져 있지 않아 이력을 파악하지 못하였다. ⑯ 이자는 기묘사화 때 화를 입은 사림으로 뒷장에서 거론할 것이기에 여기서는 생략한다. ⑰ 정만종은 박상의 제자로 1516년(중종 11)에 문과에 합격한 뒤 경연 기사관 등의 관직을 거쳤다. 정만종은 금주禁酒를 어긴 죄로 파직되어 고향 광주로 돌아가다가 스승이 있는 충주에 들렀는데, 이때 박상이 위로의 뜻으로 시를 지어 주었다. ⑱ 정사룡은 나이로는 박상보다 17년 아래이다. 19세 때인 1509년에 문과에 급제한 뒤 1514년 사가독서賜暇讀書하였고, 황해도 도사 등의 관직을 수행하였다. 정사룡은 박상이 서울에 있을 때 주로 교유한 문인으로 남산에 올라 주고받은 시 등이 있다. 이러한 인연은 박상이 충주 목사로 부임해서도 이어졌는데, 두 사람은 충주에 있는 경영루, 탄금대, 금탄 등지에서 노닐었다. ⑲ 채소권은 박상보다 나이로는 6년이 늦다. 채수蔡壽의 아들로 1506년 문과에 급제한 뒤 1511년 정언을 시작으로 여러 벼슬을 거쳤다. 이자와 김안로의 처남이나 김안로와는 사이가 좋지 않았다. 채소권은 박상이 충주 목사를 지내고 있을 때 모친을 모시기 위해 고향 음성에 있었다.

이때 또한 이자가 기묘사화의 여파로 음성에 있어서 박상, 채소권 등은 자주 어울렸다. ⑳처관 상인은 박상이 충주 목사 시절에 만난 승려 중 한 명으로 시제에 따르면 봉은사에 있었던 듯하나 자세한 이력은 알 수 없다. ㉑최흥숙은 자세한 이력을 알 수 없다. ㉒표빙은 표연말表沿沫의 아들이다. 표연말은 연산 조 때 일어난 무오사화로 인해 경원으로 유배 가던 중에 객사했으며, 갑자사화 때 부관참시를 당한 사림이다. 표빙은 1513년 문과에 급제하였고, 1524년에 생을 마감하였는데, 세상을 뜨기 전에 박상이 있는 충주에 와서 탄금대 등을 유람하였다. 한편, 박상은 표빙 모친의 만사인 「表直學憑母氏挽」 4수(『눌재집』 권5)를 지어 죽음을 애도한 바 있다. ㉓한효원은 박상보다 6년 연상이다. 1501년 문과에 급제, 사관史官에 등용된 뒤에 승문원 부정자 등을 비롯한 여러 관직을 두루 거쳐 1520년에 대사헌이 되었다. 한효원은 박상이 충주에 있을 때 찾아와 함께 만났다. ㉔허자는 박상보다 22년이 어리다. 허자는 1516년에 생원이 되고, 1523년에 문과에 급제하였다. 허자가 과거시험에 갓 합격한 뒤에 충주에 있는 박상을 찾아왔고, 두 사람은 경영루에서 만났다. 이러한 사정은 박상이 허자에게 준 작품 「慶迎樓雨中 贈新及第許磁」를 통해 알 수 있다. ㉕현목 상인은 자세한 이력은 알 수 없으나 시제를 따져 보면, 미륵사에 있던 승려인 듯하다. ㉖황효헌은 박상보다 17년이 어리며, 황희黃喜의 현손이다. 1514년 문과에 급제한 뒤, 이듬해 홍문관 정자를 시작으로 관직을 두루 거쳤다. 황효헌은 정랑 시절에 경주로 모친을 뵈러 가던 길에 충주 단월역에서 묵었는데, 이때 박상과 만났다.

　지금까지 박상이 충주 목사 시절에 지은 시에 드러난 인물들을 정리하였다. 26명 중에서 ⑧손경우, ⑭이윤인, ⑮이응원, ㉑최흥숙 등은 정보 부족으로 이력을 자세히 알 수 없다. 또한 문과에 급제한 사람이 대부분인데, ⑩우맹선은 무과에 급제해 다른 사람들과 차별되었다. ⑨역창과 같이 일본의 승려가 있는 점도 특이하다. 시 내용을 보면, 일본의 승려가 박상을 알아보고 찾아온 듯한데, 어떤 경로를 통해 알게 되었는지는 자세하지 않다. 마지막으로 이들 26명 중에 특히, 기묘사화 때 화를 당한 인물들에 관심을 가질 필요가 있는데, ① 공서린, ③ 김세필, ⑫ 이약빙, ⑬ 이연경, ⑯ 이자 등이 여기에 해당한다. 즉, 충주 목사 시절 박상이 만난 기묘사림으로는 공서린, 김세필, 이약빙, 이연경, 이자 등인데, 총 20제 62수의 작품을 지은 것으로 집계되었다. 박상과 이들과의 만남은 미담처럼 훗날까지 전해졌는데, 허균許筠은 자신의 문집에 다음과 같은 내용을 적었다.

> 박눌재는 뜻이 크고 기개가 있었는데, 기묘년에 충주 목사로 있었다. 정암 조광조가 북문北門의 화를 당하자 당시의 선비들이 의지할 곳이 없었는데 공이 모두 돌보아 주었으므로 김성동金省洞, 이음애李陰崖, 이탄수李灘叟 같은 사람들이 다 가서 의지하였다. 공이 하루는 여강驪江에 갔다가 김모재金慕齋와 신기재申企齋가 어렵게 생활하는 것을 보고는 여주 목사 안분당安分堂을 찾아가서 쌀 백 섬을 빌려 두 사람을 구제하였다. 충주로 돌아와서는 서둘러 쌀을 배에다 실어서 빌려온 수량대로 안분공에게 갚았다.[9]

우선 위 내용 중에 "기묘년에 충주 목사로 있었다."는 부분은 오류로 수정한다. 박상은 기묘년에 모친상 중으로 관직에 있지 않았기 때문이다. 이러한 오류 외에 허균은 박상의 성격부터 말한 뒤에 충주 목사 시절에 실행한 일을 적었다. '북문의 화'는 기묘사화를 말하는데, 이로써 선비들이 의지할 곳이 없자 충주 목사인 박상이 물심양면 도움을 주었다고 하였다. 허균이 도움을 주었다고 거론한 사람으로 김세필, 이자, 이연경, 김안국, 신광한 등이다. 이들 중에서 김안국과 신광한은 여주에서 만난 사람들로 김세필, 이자, 이연경 등과

---

9 許筠, 『惺所覆瓿稿』 卷23, 「惺翁識小錄引」 中, 朴訥齋倜儻有大志 己卯歲 方爲忠州牧 靜庵罹北門之禍 一時士類無所歸 公悉爲經紀 故金省洞李陰崖李灘叟 俱往依之 公一日來呂江 見金慕齋申企齋窮居 見主牧安分公 乞米百斛 貸而賙兩公 還州 亟以船輸米 依數償安分公. 본 내용의 번역은 한국고전번역원의 것을 대부분 따랐으며, 필자는 문장만 약간 수정하였다.

주거지가 달랐다. 이 대목에서 주목할 수 있는 것은 박상이 충주 목사 시절에 지은 시에 등장하는 기묘사림과 허균이 거론한 문인들이 대체로 서로 부합한 다는 점이다. 그러나 허균은 전해 오는 이야기만 듣고 기록했을 것이기 때문 에 역시 박상을 비롯한 기묘사림들이 무슨 생각을 했는지는 구체적으로 알 수 없었을 것이다. 필자는 다음 장에서 그 구체적인 내용의 편린을 정리하려고 한다. 그리고 그 구체적인 논의에 앞서 거론할 문인을 한정하고자 한다. ① 공 서린과 관련한 시 작품인 「琴臺同宜中 送孔參議瑞麟 翌日有作錄示」(『눌재집』권 5)와 ⑫ 이약빙과 관련한 시 작품 「中原賦五絶 錄示友人」(『눌재집』권5)의 경우, 단편적이고 내용을 구성하고 있지 않아 구체적인 논의에서 제외하기로 한다. 그러면 김세필, 이연경, 이자 등이 남는데, 박상이 이들 세 사람을 위해 지은 작품 수는 일정하지 않다. 따라서 본 논고에서는 서술의 편의상 작품 수가 적 은 문인부터 논의하기로 한다. 그랬을 경우에 이자, 이연경, 김세필 등의 순서 로 교유시의 내용을 살필 것이다.

3. 기묘사림과의 교유시 전개

1) 이자李耔와의 교유시

이자는 박상에 비해 나이가 6년 어리다. 이자(1480~1533)의 자는 차야次野요, 호는 음애陰崖·몽옹夢翁·계옹溪翁이며, 본관은 한산韓山이다. 부친은 대사간 을 지낸 이예견李禮堅으로 태어난 곳은 서울이다. 이자는 목은牧隱 이색李穡의 5대 손으로 이에 대한 자부심이 강하였는데, 이러한 모습은 51세(1530, 중종 25) 때 쓴 「자서自敍」의 처음 부분에 고스란히 드러나 있다.[10] 이자는 서울에서 태

---

10 李耔, 『陰崖集』卷3, 「自敍」, 夢翁 本韓山人也 自稼亭文孝公牧隱文靖公 俱以文章德行 著名中朝

어났으나 부친이 외직으로 나아간 탓에 영남과 관동 등을 떠돌며 자란다. 어려서의 모습을 살피기 위해 「자서」에 실린 다음 내용을 인용한다.

> 몽옹은 서울에서 나고 영남嶺南과 관동關東에서 자랐으니, 이는 각각 선부군의 임소를 따라다녔기 때문이다. 나이 14세에 두타산頭陀山 중대사中臺寺에 올라가 송사宋史를 읽다가 개연히 스스로 분하게 여겨 만언서萬言書를 지어 바치려 했으나 선부군이 경계해서 중지했다. 늙은 중 한 명이 있어 계율戒律 지키기를 자못 엄하게 하고 말하는 것이 도리가 있으므로 또 그를 좋아하여 그것에 참례하려고도 하였다. 절 앞에는 절벽이 깎은 듯 서 있어 쌓인 눈이 창에 비치는데, 밤중에 글을 읽을 제 천고의 일에 격앙하였다. 서울로 돌아오자 속세 일에 골몰하고 풍속에 싸여 이럭저럭 지나자니 외롭고 외로워 더불어 말할 곳이 없었다. 때로는 마을에 나가 바둑과 장기를 두어 날을 보내니 날카롭던 것이 달아 무디게 되어 이럭저럭 하게 되었다.[11]

'몽옹'은 이자가 스스로를 부른 호이다. 이자는 자신은 서울에서 태어났는데, 부친의 임소를 따라다니느라 영남과 관동 등에서 주로 자랐다고 하였다. 그리고 14세 때 삼척 두타산의 중대사에서 송나라 역사서를 읽다가 분한 마음을 느껴 만언서를 지어 임금께 바치려 했으나 부친이 만류한 바람에 그만두었다고 하였다. '만언서'는 상소문의 일종으로 비록 중국 역사서를 읽고 감정이 일어 작성한 것이나 이자의 역사의식이 남달랐음을 보여 주는 대목이다. 또한 늙은 중이 계율을 엄히 하고 말하는 것이 도리가 있어 존경하는 마음에 불

著龜一國.

11 李耔,『陰崖集』卷3,「自敍」, 翁生於漢都 長於嶺南關東 各隨先府君之任也 年十四 上頭陀山中臺寺 讀宋史 慨然自憤 作萬言書 欲自獻 先府君戒止之 有一老宿 持戒頗嚴 發言有道理 又喜之 欲參焉. 寺前絶壁巉巖立. 積雪映窓. 中夜讀書. 激昂千古. 及還都下. 塵埃汨沒. 俗尙紛囂. 孑孑無與言. 時 從閭里. 某博過日. 精銳消歇. 更與浮沈.

문에 참례하려고도 했다는 말과 함께 중대사에서 열심히 공부한 사실을 적었다. 그리고 서울로 다시 돌아왔는데, 이전과 사뭇 다른 태도를 가졌음을 말하였다. 이전 중대사에 있을 때는 역사서를 읽고 격앙하는 등 상당히 예리한 면모를 지니고 있었으나 서울로 돌아온 뒤로는 속세 일에 골몰하고 풍속에 싸여 이럭저럭 지내게 된 것이다. 심지어 때로는 마을에 나가 바둑과 장기를 두는 것을 소일로 삼기도 했다 하였다. 어린 나이의 이자가 한때 방황했음을 말한 대목이다.

이렇듯 이자는 14세까지 여기저기 지방을 다니면서 자랐고, 역사서 읽는 것을 재미로 느껴 때로는 감발하여 만언서까지 작성하나 상경해서는 이전과 다른 무디어진 모습을 보였다. 즉, 나태한 모습을 보인 것이다. 이래서였는지 이자는 15세 때 주계군朱溪君 이심원李深源을 찾아가 스승으로 모시며, 일신하는 태도를 갖는다. 이심원은 태종의 둘째 아들 효령대군孝寧大君의 증손이며, 김굉필의 문인으로 성질이 엄정하고 학문에 정통했는데, 1504년(연산군 10) 갑자사화 때 모함을 받아 아들 형제와 함께 임사홍任士洪에게 피살된 인물이다. 이와 같이 이심원을 찾아 학문을 연마한 이자는 22세 때 생원·진사시에 모두 합격하였고, 25세 때 문과에 장원 급제하였다. 그리고 곧바로 사헌부 감찰이 되고 천추하절사千秋賀節使의 서장관書狀官으로 중국에 다녀오는 등 바쁜 시간을 보내는 중에 갑자사화가 일어나 스승을 비롯해 수많은 사람들이 화를 당하는 모습을 보았다. 이 무렵에 이자는 이조좌랑에 임명되었는데, 이때의 모습을 노수신盧守愼은 「행장」에서 "당시는 연산의 정치가 문란하던 때였는데, 공은 내키지 않은 벼슬에 소신을 굽히고 나아가 오직 술을 마셔댐으로써 자신의 행실을 자오自汚할 따름이었다."[12]라고 적었다.

그 뒤 27세 9월에 중종반정이 일어난다. 이전 연산군 때 임금의 비위를 거슬러 부친이 유배를 갔었는데, 임금이 바뀌면서 다시 조정으로 돌아오자 이자

---

12 李耔, 『陰崖集』 卷4, 「行狀」(盧守愼), 時燕山政亂 俛勉從仕 唯用酒自汚.

는 외직으로 나갈 것을 자청한다. 그러나 문학이 뛰어나다는 어떤 사람의 추천이 있어 홍문관 수찬이 된다. 이때 이자의 나이 30세였고, 이듬해에 홍문관 응교로 승진한다. 그러던 중 31세 11월에 부친의 상을 당해 잠시 관직 생활의 휴식기를 갖는다. 33세 12월에 서울로 다시 돌아와 이듬해 34세에 홍문관 부교리가 되었고, 몇 달 뒤에 교리, 부응교, 사간에 승진한다. 그런데 35세 8월에 모친상을 당해 3년 상을 치르느라 벼슬살이를 잠시 접어둔다.

벼슬을 잠시 쉬게 된 이자는 36세(1515, 중종 10) 4월에 경상도 용궁현 대죽리 大竹里(현 경상북도 예천군 소재)를 간다. 이곳에서 영천 군수 권벌權橃의 내방을 받는 등 지인들이 찾아와 야화夜話를 즐긴다. 그리고 적어도 같은 해 11월에 당시 용궁현 함창咸昌에 은거해 있던 장인 채수가 세상을 뜰 때까지 대죽리에 머문다. 이때 박상과 관련한 이자의 행보가 나타난다. 장인 채수가 죽기 한 달 전인 10월 2일에 권발과 이우李堣가 내방했는데, 야화를 즐기던 중에 박상과 김정金淨이 올린 「청복고비신씨소請復故妃愼氏疏」 문제를 언급한 것이다. 신씨는 중종이 임금이 되기 전에 맞이한 부인인데, 부친 신수근愼守勤이 중종반정 때 적극 가담하지 않았다 하여 반정에 성공하자 공신들의 반대로 중전의 자리에 오르지 못하였다. 그 대신 중전의 자리에 윤여필尹汝弼의 딸이 올랐으나 결혼한 지 10년 만에 그녀도 왕자를 낳고 세상을 뜬다. 따라서 왕비 자리가 비게 되자 당시 담양 부사 박상, 순창 군수 김정, 무안 현감 유옥柳沃 등이 신씨를 복위시킬 것을 요구한 상소문을 올린 것이다. 이 상소문은 결국 받아들여지지 않았고, 박상과 김정은 유배를 가는 상황에 놓인다. 박상 등이 「청복고비신씨소」를 올린 시기가 1515년 8월이고, 두 달 뒤에 경상도 용궁현에 있던 이자와 권발 등이 야화를 즐기던 중 상소를 언급했다는 것은 시사하는 바가 있다. 이자가 이때 어떤 입장을 보였는지 알 수 없으나 박상을 언급한 처음 부분으로 주목된다.

37세에 용인으로 돌아온 이자는 모친의 상을 마치는 한편, 조광조· 조광보趙廣輔· 조광좌趙廣佐 등과 함께 사은정四隱亭을 지어 우의를 다진다. 조광보와 조광좌는 형제간이고, 이들은 조광조와 재종간(6촌)으로 모두 용인 출신들이다. 이자가 부친의 묘소가 용인에 있어 오고 가면서 서로 친분을 쌓다가 우정을 다지는 뜻으로 누정을 세웠다고 생각한다. 조광조의 나이는 이때 35세였고, 이자는 37세였는데 두 사람의 만남이 공식적으로 처음 드러난 것이다. 이자는 37세 겨울에 홍문관 부응교에 다시 올라 관직 생활을 이어갔고, 그러던 중 39세 7월에 종계변무宗系辨誣 주청부사奏請副使로 중국을 간다. 일찍이 25세 때 문과에 급제한 뒤에 중국을 다녀온 바가 있는데, 이번이 두 번째 사행인 셈이다. 종계변무란 조선 건국 초기 왕실의 종계가 명나라『태조실록太祖實錄』과『대전회전大典會典』에 잘못 기록되어 있어 이를 바로잡아 달라고 요청했던 일이다. 이성계李成桂가 고려의 권신 이인임李仁任의 후손이라고 잘못 기록되어 조선은 명나라 측에 수없이 정정을 요청하였다. 당시 이 문제는 조선의 정통성과 관련한 것으로 정확하게 수정할 필요가 있었다. 중종은 주청사 남곤南袞, 주청부사 이자, 서장관 한충韓忠 등을 선발하여 중국으로 보낸다. 그리고 종계변무 일을 수행한 뒤에 이듬해 1519년 2월에 귀국한다.

이자가 7개월 동안 중국에 머물다 조정에 돌아오니 그 사이 신진사류와 노성관료老成官僚 사이의 신·구 갈등이 격화되어 있었다. 이자는 신·구 갈등을 해소하고 대립을 완화하는데 힘을 기울였으며, 여기에 권발 등 가까운 사람들이 동조하였고, 한때는 조광조도 뜻을 함께하였다. 그러나 이자의 화해와 타협 속의 개혁은 구세력을 척결해야 한다고 보는 신진사류의 강경론 앞에 별다른 힘을 쓸 수 없었다. 그래서 결국 정국공신의 개정이 시행된 다음날 밤에 이른바 '북문의 화'가 일어난다.[13] 바로 기묘사화가 일어난 것이다. 이자는 기묘사화로 의금부에 체포되었다가 이튿날 방면, 파직되어 곧바로 용인으로 간다. 용인은 부친의 묘소가 있어 자주 드나들었던 곳인지라 낯설지 않았기 때문에 곧바로 갈 수 있었을 것이다. 그리고 이듬해 41세 때 음성陰城 음애동陰崖

---

13 정만조,「陰崖 李耔와 기묘사림」,『음애 이자와 기묘사림』, 지식산업사, 2004, 56~57쪽 참조.

洞으로 이거한 뒤 자호를 '음애'라 한다. 이자는『자서』에서 이때의 모습을 다음과 같이 적었다.

> 물러와서 음애에 살면서 인사를 끊고 문을 닫고 과실을 살펴서, 샘을 뚫어 못에 대고 띠를 베어 정자를 지어 휘파람 불고 시를 읊어 회포를 풀었다. 때로 술을 얻으면 몹시 마시고 10여 일씩 일어나지 않으니, 양치질하고 빗질하는 것을 오랫동안 폐하여 때가 손톱에 가득하다. 자빠지고 쓰러져 정신이 희미한데 빈 터에 오락가락하여 마치 꿈속에 헛소리 하는 것과 같았다. 혹 글자를 꾸며내서 시 구절을 만들어도 다시 놀랄 만한 말이 나오지 않고, 근심이 쌓여 습관이 되었다.[14]

기묘사화로 인해 이자가 받은 충격이 적지 않았음을 알 수 있는 내용이다. 인사를 끊고 며칠 동안 앓아누울 정도로 술을 마셨으며, 시를 지어도 놀랄만한 구절을 만들지 못했다고 했으니 현실이 암울했음을 짐작할 수 있다. 이자는 50세(1529, 중종 24) 때 더 깊숙이 은거할 생각으로 충청도 달천獺川 상류에 있는 토계兎溪로 거처를 옮긴 뒤 이연경, 김세필 등과 교유하며 강학하는 등 자오自娛하다가 54세 때 생을 마감한다.

이상의 이력과 2장의 허균이 말한 것을 근거 삼았을 때 이자는 음성에 있을 때 박상을 만났다. 앞에서 이미 말한 바와 같이 이자는 그의 나이 36세 때「청복고비신씨소」를 통해 박상을 접했기 때문에 박상이 어떤 인물이라는 것을 잘 알고 있었다. 이로써 박상이라면 자신의 고조 이종학李種學의 문집『인재집』의 발문을 맡겨도 된다고 생각하였다. 이자는 그의 나이 40세 때 이미『인재집』

---

14 李耔,『陰崖集』卷3,「自敍」, 廢退居陰崖 簡絶人事 閉杜省愆 疏泉引沼 誅茅架亭 嘯詠舒放 時復得酒痛飲 連旬不起 盥櫛久廢 塵垢滿爪 頹隳委靡 精神憒耗 踽踽荒墟 如夢中譫語 或龝縷文字 發爲詩句 更無警策 積閼習成.

의 발문을 쓴 바가 있다. 그럼에도 박상에게 『인재집』의 발문을 써 달라고 요청한 것이다. 박상은 『인재집』 발문에서 담양 부사 시절에 꿈에 이색을 뵈었던 기억을 적어 이자 집안과의 인연을 되새겼다.[15] 박상은 또한 충주 목사로 있던 49세(1522, 중종 17) 때 김시습의 문집 『매월당문집』을 간행하는데, 이때도 이자와 함께 하였다.[16] 『인재집』 발문 요청과 『매월당문집』 간행 등은 서로 뜻이 맞지 않았다면 실행될 수 없는 일이었다.

그리고 박상은 시를 통해 이자와 교유를 이어간다. 이미 말했다시피 박상은 이자와 관련하여 총 2제 6수의 시를 지었다. 그 시제를 들어 보면, 「蔡孝仲過李次野飮 僕患暍未會 仲辭歸養母」(『눌재집』 권5), 「製簿之餘 吟得近律四首 錄示次野」(『눌재집』 권5) 등인데, 우선 앞 시의 첫 번째 작품을 인용하면 다음과 같다.

山南征旆駐西村　산남의 길 가는 깃발이 서촌에 머물러서
同酌韓山牧隱孫　한산 목은의 후손과 같이 술을 마셨다
不敢三生成悵望　기이한 인연 갖지 못해 서글피 바라보니
松盤手柏蔘湯溫[17]　서린 솔과 손수 심은 잣나무에 요탕 따뜻해

시제를 풀어 보면, "채효중이 이차야에게 들러 술을 마셨는데, 나는 더위를 먹어 만나지 못했다. 효중은 벼슬을 그만두고 향리로 돌아와 모친을 봉양하였다"이다. '채효중'은 채소권을 말한다. 이자는 채소권의 처남으로 둘은 나

15 박상이 쓴 「麟齋集跋」의 내용은 『눌재속집』 권4에 전하고 있다.

16 李珥는 『金時習傳』을 통해 "매월당이 지은 시문은 흩어져 없어져서 10분의 1도 남아있지 않았는데, 이자·박상·윤춘년이 전후로 모아 인쇄하여 세상에 통행하도록 하였다.[所著詩文散失 十不能存一 李耔朴祥尹春年 先後裒集 印行于世云]"라고 적어 『매월당문집』을 이자·박상·윤춘년 등이 간행했음을 말하였다. 이 내용은 『매월당집』 『매월당김시습전』에 전하고 있다.

17 朴祥, 『訥齋集』, 卷5, 「蔡孝仲過李次野飮 僕患暍未會 仲辭歸養母」 1.

이가 같았다. 채소권은 모친을 모시기 위해 고향 음성에 있었기 때문에 당연히 이자와 자주 어울렸을 것이다. 어느 날 채소권이 이자에게 들러 술을 마셨는데, 아마도 박상도 함께 하자고 연락을 했던 것 같다. 그런데 박상은 당시 더위를 먹어 만나지 못하였는데, 위 시는 이자와 채소권을 만나지 못한 아쉬움을 적었다.

기구에서는 채소권을 '산남의 길 가는 깃발'에 빗대어 말하였고, 승구에서는 채소권이 이자에게 들러 술을 마신 일을 말하였다. 전구에서는 박상이 두 사람과 함께 하지 못한 것을 안타까워했고, 마지막 결구에서는 더위를 먹어 요탕에 몸을 따뜻하게 한 모습을 묘사하였다. 요탕은 더위를 식히는 데에 효험이 있다 알려져 있다.

「체부지여 음득근률사수 록시차야」 작품은 총 4수로 이루어져 있다. 시제를 풀어 보면, "공문서를 처리하고 남은 시간에 율시 네 수를 써서 차야에게 보이다"인데, 첫 번째와 두 번째 작품을 인용하면 다음과 같다.

①

衰途吏業課桑麻	노쇠해 가는 길에 관리의 일로 상마 가꾸게 하니
日計迂疏歲計賒	하루의 계산은 엉성하고 한 해의 계산은 아득하다
海旭三竿飛紫氣	세 장대에서 떠오른 아침 해는 붉은 기운을 날리고
庭松五鬣散黃花	다섯 갈기 정원 소나무는 노란 꽃가루를 흩날린다
寒詩抵老還成癖	초라한 시 짓는 일은 노년까지 도리어 버릇 되었고
旅夢經春幾到家	객지의 꿈에선 봄 지난 때 몇 번이나 집에 갔던가
禪定一心無物競	선정에 든 한결같은 마음은 다툴만한 물건이 없고
隔墻汙澤亂鳴蛙	담장 건너 더러운 연못에선 어지럽게 개구리 운다

②

| 萬恨森森瞥似麻 | 만 가지 한은 야단스레 삼대 같이 일어서 |

脩門回首五雲賖	큰 문에 머리 돌리니 오색구름이 화사하다
泥沙屈膝衣添垢	진흙 모래에 무릎 굽히니 옷에 때가 묻고
案牘疲精眼見花	문서 다루느라 지쳐빠져 눈에 별이 보인다
九轉寸丹通上帝	한 치 단심은 아홉 번 단련해 상제에 통해
再蘇群瘵答官家	여러 쇠병을 회복시켜 관가에 보답하노라
平生不作燕庭客	한평생 조정의 나그네 노릇 하지 않으리니
莫擲黃金費抵蛙[18]	황금을 던져 개구리 막는 데 쓰지 말았으면

먼저 ① 첫 번째 작품을 보자. 수련에서는 박상 스스로 노쇠하다라고 하며, 그럼에도 관리의 일을 수행하느라 뽕나무와 삼을 가꾸도록 했는데, 계산을 해 보니 별 소득이 없음을 말하였다. 함련과 경련에서는 박상이 자신이 있는 곳의 정경과 함께 자신이 어떤 처지에 놓여 있는가를 말하였다. 특히, 경련에서 시 짓는 일은 버릇되어 노년까지 하고 있다 하였고, 객지 생활을 하다 보니 집에 자주 가지 못했다 하여 고향에 가고 싶다는 마음을 드러내었다. 그리고 마지막 미련 1구의 '선정에 든 한결같은 마음'과 2구의 '담장 건너 더러운 연못'을 대조시켜 말하였다. 1구의 '선정에 든 한결같은 마음'은 이자를 두고 한 말로 이해되고, 2구의 '담장 건너 더러운 연못'은 현재 사림들을 탄압한 사람들이 점거한 조정을 두고 한 말로 이해된다. 즉, 이자는 선정에 든 한결같은 마음을 지녀 다른 사람과 비교할 수가 없고, 사림들을 탄압한 무리들이 점거한 조정은 어지럽게 개구리가 운다고 하여 혼란스러운 정세를 비유적으로 말하였다. 박상은 수사법을 동원해 시 작품을 많이 지었는데, 이 시의 마지막 부분도 같은 맥락으로 이해할 수 있다.

②의 두 번째 작품을 보자. 수련에서는 박상 자신이 만 가지 한이 마치 삼대 같이 일어났는데, 큰 문에 머리를 돌리니 오색구름이 화사하다라고 하였다.

---

18 朴祥, 『訥齋集』 卷5, 「製簿之餘 吟得近律四首 錄示次野」 1~2.

2구에서 말한 '큰 문'은 원래 대궐을 가리키나 여기서는 이자가 사는 집을 말한다. 여러 가지 일 때문에 한스러운 마음이 빽빽하게 일어났으나 이자가 살고 있는 곳을 바라보니 마치 오색구름이 있는 듯이 화사하다라고 하여 보고 싶다는 마음을 전하였다. 함련에서는 열심히 공무를 수행하는 모습을 비유적으로 나타내었다. 경련에서는 박상 자신의 정성이 하느님께 통해 여러 가지 병으로 신음하는 사람들을 소생시켜 관가에 보답한다고 하여 함련을 이어 구체적인 공무 수행 방법을 말하였다. 마지막 미련에서는 벼슬살이에 큰 미련이 없다는 것과 함께 시간을 함부로 소비하지 말라는 말을 하였다. 2구의 '황금'은 시간을 뜻하는 말로 이해되는데, 시끄럽게 우는 개구리를 막는데 시간을 괜히 소비하지 말라고 한 것이다. 미련의 말은 이자에게 한 말이기도 하나 어쩌면 박상 스스로에게 한 말이기도 하다.

2) 이연경李延慶과의 교유시

이연경은 박상에 비할 때 10년이 어리다. 이연경(1484~1548)의 자는 장길長吉이요, 호는 탄수灘叟 또는 용탄자龍灘子이며, 본관은 광주廣州이다.[19]

이연경은 고려 말에 판전교시사를 지낸 둔촌遁村 이집李集의 7세손이다. 증조부 이극감李克堪은 형조 판서를 지냈고, 조부 이세좌李世佐는 서거정徐居正의 문인으로 판중추부사까지 올랐으며, 부친 이수원李守元은 충청 도사를 역임하였다. 이렇듯 이연경의 집안은 명문가적인 면모를 지니고 있었다. 그런데 이연경의 나이 21세 때에 일어난 갑자사화로 인해 집안의 어른들이 참화를 당한다. 조부 이세좌는 1503년 인정전仁政殿에서 열린 양로연養老宴에서 용포龍袍

---

19 이연경의 생애는 이황이 쓴 「묘갈명」과 노수신이 쓴 「묘지명」, 그리고 산발적으로 전하고 있는 자료를 바탕으로 정리하였다. 또한 이러한 자료 외에 권오영의 논문(「탄수 이연경의 성리학적 삶과 사상」, 『조선후기 당쟁과 광주이씨』, 지식산업사, 2011, 11~43쪽)을 참조했음을 밝힌다.

에 술을 쏟는 불경不敬을 저질러 무안務安에 부처付處되었다가 다시 온성穩城·평해平海로 이배되었으며, 이듬해 갑자사화가 일어나 거제도巨濟島로 가던 중 곤양군昆陽郡현 경상남도 사천시에서 자살의 명을 받고 죽었다. 연산군의 생모 윤비尹妃를 폐위할 때 극간極諫하지 않았고, 당시 형방승지로 있으면서 윤비에게 사약을 전했기 때문이다. 갑자사화로 인해 조부와 부친, 그리고 여러 숙부들이 모두 화를 당하니, 이연경은 통분한 나머지 나무처럼 말라버렸는데, 급보가 북쪽에서 왔다는 말을 들을 때마다 대뜸 단정한 자세를 하며 말하기를 "죽을 때 허둥대며 평상시의 모습을 잃어서는 안 된다."라는 말을 하였다. 그러는 중에도 이연경은 학문 탐구에 열중하였다.

1506년(중종 1)에 연산군이 폐위되고 중종이 즉위하자 방면되어 임시로 충주에서 살면서 조부를 비롯 집안 어른들의 장사를 우선 지낸다. 그리고 이듬해 사마시에 합격하자 억울하게 죽은 자손이라 하여 선릉 참봉에 뽑혔으나 얼마 지나지 않아 사직한 뒤 학문에 열중하였다. 이황李滉은 「묘갈명」에서 "조광조 공과 같은 일시의 명류들과 같이 친밀한 벗으로 지내면서 도의를 강마하고 과거 시험에는 뜻이 없었다."[20]라고 하여 이 무렵에 벌써 조광조와 친분을 맺는가 하면 학문에 열중한다.

이렇듯 학문에 열중하던 중 이연경은 그의 나이 31세(1514, 중종 9) 때 어머니를 모시고 충주 북촌에 있는 선대의 농막農幕에 거처를 정한다. 이어 35세 때인 1518년 나라에서 현량과를 실시하면서 효우하는 도가 있다 하여 천거되어 사지司紙로 임명되었다가 공조 좌랑으로 이임된다. 또한 1519년 사헌부 지평이 되고 이어서 홍문관 교리·지제교 겸 경연시독관 춘추관기주관으로 승진한다. 사헌부에 있을 때 조광조와 관련한 일화가 있다. 어느 날 야대夜對에서 동료가 아뢰기를 "지금 태평 시대를 조성하려고 할 경우에는 모름지기 당대

---

20 李滉,『退溪集』卷46,「有明朝鮮國朝奉大夫行弘文館校理 知製教兼經筵侍讀官 春秋館記注官李公墓碣銘 并序」, 與趙公光祖等一時名流 相友善 講劘道義 不屑意學業.

제일의 사람을 영상으로 발탁해야 합니다."라고 하니, 이연경이 나아가 말하기를 "이는 조광조를 이른 것입니다. 조광조는 정말로 어집니다. 그러나 지금 사람을 등용함에 모름지기 경력이 많고 인망이 흡족한 다음에야 큰 임무를 위임할 수 있습니다."라고 하였는데, 조광조가 그 말을 듣고 달려와 이연경을 보고 눈물을 흘리며 고마워했다 한다. 이 이야기는 이황이 쓴 「묘갈명」을 비롯하여 『동각잡기東閣雜記』 등 여러 문헌에 전해 오고 있다. 이연경이 평소 조광조를 유심히 봐왔던 터라 임금에게 즉석에서 추천했던 것이다. 다만, 이연경은 조광조는 어질기는 하나 아직 경력이 부족하고 인망이 흡족하지 못하다라고 말하였다. 조광조는 이연경보다 두 살 더 위이다. 두 사람은 도의지교를 맺어 잘 알고 있던 사이여서 아마도 서로의 장단점을 꿰고 있었을 것이다.

　이러한 추천을 받아서인지 중종은 조광조를 천거하여 선왕의 정치를 회복하는데 앞장서도록 한다. 조광조가 정치 일선에 나서서 개혁을 시도하자 심정沈貞·남곤南袞 등이 크게 반발하는데, 이로써 결국 1519년 11월 기묘사화가 일어난 것이다. 사화를 주도한 남곤이 유배를 보낼 사람의 성명을 기록하여 올렸는데, 이연경의 이름은 첫 번째에 있었다. 그런데 중종이 붓으로 이연경의 이름을 지우면서 "이연경은 내가 그 사람 됨됨이를 잘 알고 있으니, 귀양을 보내지 말고 해직만 하도록 하라."라고 하였다. 이렇게 하여 이연경은 유배는 가지 않았으나 그 대신 벼슬에서 물러나 충주 북촌으로 돌아와 스스로 '탄수灘叟'라 하면서 살았다. 그 후 시간이 지난 다음에 나라에서 여러 차례 벼슬을 내렸으나 모두 나아가지 않고 절개를 지켜 '기묘완인己卯完人'이라 불렸다. 또한 이황은 「묘갈명」에서 "공은 자질과 학문이 깊고 식견이 뛰어나서 모든 행동거지가 절로 법도에 맞았다."[21]라고 하였고, 맏사위이자 제자인 노수신은 「묘지명」에서 "한 시대의 유종儒宗이 될 만하다"[22]라고 했으니, 이러한 말을 통

---

21 李滉, 『退溪集』 卷46, 「有明朝鮮國朝奉大夫行弘文館校理 知製教兼經筵侍讀官 春秋館記注官李公墓碣銘 幷序」, 公資高學邃 識見超詣 起居動作 自中規度.

해 이연경의 인물 됨됨이가 어떤지를 알 수가 있다.

아마도 이연경은 충주에 살면서 박상과 인연을 맺었을 것이다. 박상과 이연경은 사림으로서 의기투합을 하는데, 오랜 시간이 걸리지 않았을 것이기 때문이다. 이연경의 유고가 현재 전하고 있지 않아 주고받은 시문의 내용을 자세히 알 길은 없다. 다만, 박상은 이연경과 관련하여 총 3제 7수의 시를 지었는데,「長吉有詩 問余投檄之期必以杪秋 卽答其韻」(『눌재집』권5),「長吉携家就龍仁 詩以慰之」(『눌재집』권5),「宗室吉安正所畫墨梅四幅 李長吉請賦 題四絶」(『눌재속집』권2) 등이 그것이다. 이 중에「종실길안정소화묵매사폭 이장길청부 제사절」은 시제를 풀어 보면, "종실 길안정이 그린 묵매 네 폭에 이장길이 시를 지어 달라 하여 절구 네 수를 쓰다"이다. 즉, 이 작품은 이연경이 지어달라고 요청한 것은 맞으나 종실 길안정이 그린 그림에 쓴 시이기 때문에 논의에서 일단 제외한다. 그랬을 경우에 논의의 대상으로 삼을 수 있는 작품 수는 2제 3수가 남는다. 우선「장길유시 문여투격지기필이초추 즉답기운」두 수 모두를 들어 본다.

①

北客中原歲月流	중원에서 북쪽 객 되어 유수 같이 세월 보내니
天南故國夢炎洲	남쪽 하늘 고향 있어 더운 고장 꿈을 꾼다네
玉粳老口慙長俸	늙은 입에 흰 쌀 먹느라 긴 봉록 받음 부끄럽고
銀帶頑腰僭久舟	허리에 내린 은 각대는 참람히 오래 띠고 있네
難摘吏姦心見闇	아전들 간악함 파내기 어려워 마음 어두워지고
未拚民隱鬢知憂	백성들 괴로움 없애지 못한 근심 귀밑도 알거늘
管絃日廢聲寒澁	피리 거문고 날로 황폐해져 소리 거칠어지는데
禾黍人言不穫秋	사람들이 벼와 기장 가을걷이 못했다 하는구나

---

22 盧守愼,『蘇齋集』卷9,「有明朝鮮國弘文館校理李灘叟先生墓誌銘幷序」, 可爲一代儒宗.

②

城外長江碧玉流	성 밖의 긴 강엔 벽옥 같은 물이 흐르는데
芳菲杜若亂汀洲	향기 나는 두약이 물가에 어지러이 피었다
西風遣此騷人褉	가을바람은 불어 이 시인의 홑옷에 남기고
明月橫他赤壁舟	밝은 달은 저 적벽의 배에 가로 놓였구나
千古英雄何處弔	천년 영웅의 혼을 어느 곳에서 달래리오
百年身世等閑憂	백 년 인생의 근심은 보통 있는 일이거늘
推擠不去衰顏厚	떠밀어도 떠나지 않는 노쇠한 얼굴 두꺼운데
廣李之孫決菊秋[23]	광주이씨 자손은 가을에 떠나려 결정했구려

위 작품의 시제를 풀어 보면, "장길이 시에서 나에게 벼슬을 그만두는 시기는 반드시 9월이어야 합니까라고 물어 즉시 그의 시에 답하다"이다. 앞에서 말한 대로 장길은 이연경의 자이다.[24] 시제에 따르면, 이연경이 시를 써서 박상에게 먼저 보냈고, 박상은 그 시를 받고 그에 대한 답장의 의미로 쓴 시가 바로 위의 작품이다. 이연경이 먼저 시를 통해 박상에게 물은 말은 "벼슬을 그만두는 시기는 반드시 9월이어야 합니까?"였다. 이 작품은 ①의 수련 1구에서 '중원中原'이라는 시어를 쓴 것으로 보아 분명히 박상이 충주 목사로 재직하고 있을 때이다. 따라서 이연경이 말한 "벼슬을 그만 둔다"는 주체는 박상이라고 생각한다. 앞에서 이연경의 이력을 살폈듯이 그는 1519년 기묘사화 때 벼슬에서 물러나 있었다. 이연경이 박상에게 보낸 시를 확인할 수 없어서 정확한 전후맥락은 잘 모르겠다. 그러나 박상이 충주 목사 시절에 이연경은 이미 벼슬에서 물러나 있었기에 벼슬을 그만 둘 수 있는 사람은 박상이다.

---

23 朴祥, 『訥齋集』 卷5, 「長吉有詩 問余投檄之期 必以杪秋 卽答其韻」 1~2.

24 박상은 「長吉有詩 問余投檄之期 必以杪秋 卽答其韻」 작품의 小註에서 "장길은 탄수 이연경이다.[長吉 李灘叟延慶]"라고 하여 '장길'이 이연경을 가리킴을 말하였다.

이연경이 벼슬을 그만두는 시기는 반드시 9월이어야 합니까라고 물은 것을 보면, 박상이 이연경에게 우선 "벼슬은 9월에 반드시 그만두겠네"라고 말한 것으로 보인다. 이러한 다짐을 이연경이 재차 확인하였고, 박상이 대답의 뜻으로 위의 작품을 지었다고 생각한다. 이렇듯 시제의 의미를 추적해 보는 이유는 이 작품을 이해하는 관건이 바로 여기에 있어서이다.

작품 ①의 수련에서는 박상이 충주 목사가 된 뒤에 세월이 흐른 것과 늘 남쪽 고향에 돌아갈 꿈을 꾸고 있음을 말하였다. 함련에서는 박상 스스로 벼슬에 얽매인 자신의 모습이 부끄럽다고 하였다. '봉록'과 '각대'는 벼슬살이의 상징이다. 즉, 박상은 마치 자신이 이러한 것들 때문에 벼슬살이를 하는 것 같아서 부끄럽다고 하였다. 경련에서는 실무 일을 보는 아전 때문에 고충을 겪고 있는 것과 백성들의 고통을 없애지 못해 생긴 근심 때문에 귀밑머리가 다 새어졌다고 하여 벼슬살이의 고충을 토로하였다. 미련의 1구에서 박상은 자신의 능력이 점점 쇠해지고 있음을 '피리 거문고'에 빗대어 나타내었다. 그런데 사람들은 흉년이 들어 가을걷이를 많이 못 했다는 말을 한 것이다.[25]

①의 내용을 보면, 박상이 왜 이연경에게 벼슬을 그만두겠다고 말했는지 알 수 있다. 타향에서 벼슬살이하면서 마치 봉록 때문에 관직에 있는 듯하여 부끄러운데, 거기에 아전과 잘 맞지 않고 백성들의 고통도 없애 주지 못하기 때문이다. 이 작품에서 박상의 도잠陶潛과 같은 귀거래 의식을 엿볼 수 있다. 박상은 그의 나이 49세(1522, 중종 17) 때 충주 목사를 수행하던 중에 도잠의 문집인 『도정절문집陶靖節文集』을 간행함과 동시에 발문을 지었다. 그리고 귀거래 의식을 담은 시를 수 편 지었는데,[26] 위의 ① 작품도 같은 맥락에서 볼 수 있겠다.

---

25 박상은 ① 작품 말미에 "금년에 가뭄이 심해 곡식이 익지 않았다.[今年旱甚 不熟]"라는 小註를 기록하여 흉년이 들었음을 말하였다.

26 박상이 시를 통해 도잠의 귀거래 의식을 담았다는 것은 최한선이 그의 논문(「陶淵明이 湖南 詩壇에 끼친 영향」, 『동아인문학』 6집, 2004, 7~12쪽)을 통해 이미 말한 바 있다.

작품 ②의 수련에서는 박상 자신이 있는 곳의 원근 모습을 스케치하였고, 함련에서는 '가을바람'과 '밝은 달'을 등장시켜 현재의 계절이 가을임을 다시 한번 알렸다. 그런데 경련에서는 수·함련과 다른 분위기로 내용을 전개시켰다. 1구의 '천년 영웅의 혼'과 2구의 '백 년 인생의 근심'을 짝 지었는데, 추측컨대 1구는 이연경을 위해 한 말이고, 2구는 박상 자신을 위해 한 말인 듯하다. 미련에서 박상은 떠밀어도 벼슬에서 물러나지 않는 자신의 모습을 돌아보면서 광주이씨인 이연경이 가을에 어디론가 떠나기로 결정했음을 재확인하였다. 1구의 '추제불거推擠不去'는 송나라 소식蘇軾이 지은 「與毛令方尉游西菩寺」 시 "떠밀어도 조정을 떠나지 않은 지 이미 삼 년이니, 저 임천의 물고기와 새가 어리석은 나를 비웃으리.推擠不去已三年 魚鳥依然笑我頑"라는 구절에도 나와 참고가 된다. 이상과 같이 작품 ②는 ①이 주로 벼슬살이의 고충을 말한 것과 대조적으로 여유로움과 위로, 회한 등의 감정을 나타내었다.

다음으로 「장길휴가취룡인 시이위지」를 보자.

廣陽之後續家聲	광양의 후손으로 가문의 명성을 이어
曾入瑤池十二城	일찍이 요지의 열두 성에 들어갔었지
駒犢轅中斯脫軛	끌채 속 말 소가 멍에에서 빠진 것이고
鳶魚機底合思誠	기틀 밑 솔개 물고기로 성의 생각함 합당하오
屋頭嶺月詩難廢	지붕 위 산 달은 시 폐하기 어렵게 만들고
窓外江波夢易驚	창문 밖의 강 물결은 꿈 쉽게 놀래킨다
今歲凶荒圻采甚	금년에 흉년든 것 경기 지방이 심한데
龍村就食豈謀明[27]	용인으로 살러 간다니 어찌 현명하리요

시제를 풀어 보면, "장길이 가족들을 데리고 용인으로 가니 시로 위로하다"

---

27 朴祥, 『訥齋集』 卷5, 「長吉携家就龍仁 詩以慰之」.

이다. 이연경이 가족들과 함께 경기도 용인으로 가게 되자 위로하는 뜻으로 지은 작품이다. 어쩌면 이 시는 바로 직전에 본 「장길유시 문여투격지기 필이 초추 즉답기운」 작품을 연장한 것 같은 느낌을 준다. 박상은 직전의 시 두 번째 작품의 미련 2구에서 "광주이씨 자손은 가을에 떠나려 결정했구려"라고 하였다. 이연경이 가을에 어디론가 떠난다는 뜻인데, 이 시제에서 말한 것과 같이 용인으로 떠난다는 말이 아닌가 생각한다.

수련에서는 이연경이 광주이씨 후손으로 명성을 이은 것과 함께 벼슬을 한 사실을 말하였다. '요지瑤池'는 원래 곤륜산에 있는 선경仙境을 뜻하나 여기서는 임금이 있는 조정을 말한다. 함련에서는 이연경이 벼슬살이 하다가 그만 둔 것을 칭찬함과 동시에 자연의 이치를 통해 성의誠意 공부를 하고 있음을 언급하였다. '연어鳶魚'는 『시경』 「한록旱麓」편에 나온 "솔개는 날아서 하늘에 이르거늘 물고기는 연못에서 뛴다.[鳶飛戾天 魚躍于淵]"를 줄인 말로, 이 둘은 서로 다른 것처럼 보이지만 존재의 본질과 자연의 이치라는 점에서는 다를 바가 없다. 반면, 경련에서는 박상이 처한 현재 모습을 그렸는데, 1구를 통해 시인으로서의 모습을 부각시켰다. 맺음말인 미련에서는 금년에 경기 지방에 흉년이 심한데, 그곳 용인으로 이사한다 하니 현명하지 않다는 말을 하였다.

한편, 이 시는 이연경이 용인으로 이사한다는 말을 듣고 박상이 위로의 뜻으로 지은 것으로 보인다. 위로했다는 것은 이연경이 용인으로 가고 싶은 마음이 없는데, 억지로 간다는 의미도 내포되어 있다. 그런데 이연경 관련 여러 자료를 검토해 보아도 그가 용인으로 이사했다는 내용은 없다. 따라서 자세한 내막을 알 수 없으나 용인으로 이사한다는 말은 했으나 실행에 옮기지 않았을 수도 있는 등 여러 가지 시나리오를 생각해 볼 수 있다.

3) 김세필金世弼과의 교유시

김세필은 박상에 비해 1년이 위이다. 김세필의 자는 공석公碩이요, 호는 십청헌十淸軒 또는 지비옹知非翁이며, 본관은 경주이다. 김세필은 사후 문간文簡이라는 시호를 받는데, 박상의 시호도 문간이어서 우선 두 사람의 공통점을 찾을 수 있다.

택당澤堂 이식李植은 일찍이 「십청선생유고서十淸先生遺稿序」에서, "당초 선생은 사장詞章의 기예를 뽐내며 조정에 진출하여 성종조 때 이미 빛나는 명성을 드러내었다."28라고 했는데, 이는 아마도 김세필이 그의 나이 18세 때 성종 앞에서 글자주를 선보여 칭찬을 받은 일을 말한 듯하다. 김세필은 24세 때 문과에 급제한 이후 홍문관 정자를 시작으로 벼슬에 올랐으나 32세 때 갑자사화를 맞아 거제巨濟로 유배를 갔다. 거제에서 유배 생활을 하던 중 34세 때 중종반정이 일어나 해배되어 응교 벼슬에 재등용 된다. 그해에 사가독서를 하고, 전한 등의 벼슬을 거쳤으나 근44세 때까지의 행적은 불분명하다. 즉, 이와 같이 김세필의 행적은 불분명한 데가 있는데, 「십청집발」을 쓴 민우수閔遇洙는 김세필의 막내아들 김저金儲가 을사사화 때 화를 입어 유문遺文과 구적舊籍을 몰수당했다 했으니, 행적이 불분명한 것은 당연할 수도 있다. 유문을 아들 대까지 잘 보존해 오다가 사화로 인해 그만 보존할 수 없었던 것이다. 그래도 행적을 다시 더듬어 보면, 44세 때 경주 목사가 되었고, 이조참판 등을 거쳐 47세 때 사은사로 명나라에 다녀왔다. 47세는 기묘사화가 일어난 해로 김세 필은 요동에서 사화가 일어났다는 소식을 듣는다. 사림의 한 사람으로서 수많은 사람들이 희생당했다는 소식을 들었을 때 가슴이 많이 아팠을 것이다. 그래서였는지 이듬해 48세 9월에 특진관이 되어 석강夕講을 한 적이 있었는데, 이때 『논어』 「학이學而」에 나온 "과즉물개탄過則勿憚改" 대목에서 작정 발언을 한다. 주지하다시피 "과즉물탄개"의 뜻은 "허물이 있으면 고치기를 꺼리지 말라"인데, 이를 기묘사화 때 희생된 조광조와 연결시킨 것이다. 김세필이 말한 요점은 이러하다. "왕은 요순堯舜의 치도를 본받기 위해 조광조 등

---

28 李植, 『澤堂集』卷9, 「十淸先生遺稿序」, 始先生以詞業進 在成廟朝 已光顯矣.

신진들을 등용하였다. 비록 그들이 과격한 데가 있다 해도 왕이 적절히 조절을 했더라면 성과를 거두었을 것인데, 살육하고 귀양을 보냈으니 왕의 허물이 더 크다. 허물을 알아서 빨리 고치면 허물이 없으나 허물이 있어도 고치지 않으면 진정 허물이 된다."라고 하였다. 당시 기묘사화가 끝난 지 얼마 안 된 시점이라 살아남은 사림들은 몸을 사리고 있었는데, 김세필은 달랐다. 따라서 이를 남곤 등 기묘사화를 일으킨 주동자들이 가만 놓아둘 리가 없었다. 이로써 김세필은 결국 음죽현陰竹縣[현 경기도 이천] 유춘역留春驛에 장배되었다. 2년 뒤인 50세(1522, 중종 17)에 사면을 받았으나 충주 지비천知非川[현 충북 음성군 생극면 팔성리] 가에 우거하면서 '지비옹'이라 자호하였다. 그 뒤에 조정에서 불렀으나 나아가지 않고 61세에 세상을 떠났다.

김세필이 충주로 오기 1년 전에 박상은 충주 목사로 부임해 있었다. 박상은 김세필이 어떤 사람이고, 어떻게 해서 충주에 와 살게 되었는지를 잘 알고 있었다. 따라서 박상이 먼저 김세필을 찾아갔을 것으로 생각한다.

다음 글은 「연보」에 있는 내용으로 박상과 김세필, 김안국 등이 만나 학문을 논의하는 등 의기투합했음을 적었다. 시사하는 바가 있어 인용한다.

십청十淸은 충주 지비천 가에 집을 지었는데, 선생(박상)이 그것을 운영해 주었다. 당의 형태는 '공工' 자 같은데, 양쪽은 침실이고 중간 대청은 학문을 강론하는 곳이다. 그때는 기묘의 살벌한 화를 겪어 학문을 꺼렸으나 선생 홀로 늘 공자당工字堂에 왕래하면서 십청·모재慕齋와 함께 도를 강론하기를 더욱 열심히 하였고, 후학들을 가르쳐 주었다. 그때 모재는 여강驪江에 있었으니 충주와 가까웠다. 매년 봄에 선생이 몸소 여주로 가서 목사 이희보李希輔를 만나 관의 대여미貸與米 이백 석을 받아 배로 운반했다가 두 공 및 학도들에게 나눠 주고, 가을이 되면 또 쌀을 싣고 가서 스스로 반납하였다. 매년 항상 그렇게 하였다. 녹미祿米를 직접 주지 않은 것은 대개 혐의를 멀리하기 위해서였다.[29]

김세필은 충주 지비천이 있는 마을에 당을 지었는데, 사실은 박상의 도움을 받았다. 그 당의 이름은 '공자당工字堂'인데, 그 모양이 마치 '공工' 자같이 생겨 그렇게 이름을 붙인 것이다. 공자당에서 박상·김세필·김안국 등이 모여 학문을 논의했는가 하면, 후학들을 가르쳤다. 김안국은 당시 여주에서 살았는데, 충주와 가까웠기 때문에 박상이 자주 드나들었다. 또한 박상은 여주 목사 이희보의 도움을 받아 식량을 김안국에게 가져다주기도 하였는데, 남들에게 의심받지 않도록 조심스럽게 도왔다. 이러한 내용은 앞 2장에서 이미 말한 허균이 전한 미담과 비슷하다. 「연보」에서는 또한 위의 내용을 적은 뒤에 "선생은 공자당으로 갈 때마다 앞 내의 무성한 숲에서 말에 먹이를 주어 그래서 그곳을 '말마리'라고 이름하였다. 김씨가 그곳에서 살았다."[30]라고 주석하였다. 현재 충북 음성군 생극면 팔성1리를 '말마리'라고도 부르는데, 박상과 김세필 사이에 오고 간 미담에서 생긴 지명으로 의미하는 바가 있다.[31]

또한 「연보」에는 김세필과 관련한 내용을 하나 더 실었다. 곧, 양명学陽明學과 관련한 내용으로 사상을 연구하는 입장에서는 중요하게 다루고 있다.[32] 박

---

29 朴祥, 『訥齋集』 附錄4 「年譜」, 十清結屋於忠州知非川上 先生爲之經營 堂形如工字 兩邊爲寢室 中廳爲講學之所 時經己卯斬伐之禍 以學爲諱 而惟先生常往來工字堂 與十清慕齋 講道彌篤 教誨後學 時慕齋在驪江 與忠相近 每春 先生親往驪州 見州牧李希輔 安分 受官糧二百石 船運分饋二公及學徒 及秋 又載米自糶 歲以爲常 不以祿米直餉 蓋遠嫌也.

30 朴祥, 『訥齋集』 附錄4 「年譜」, 先生每往工字堂 秣馬於前川茂林 故名爲秣馬里 金氏居之.

31 김세필의 문집 『십청집』 권4에 「忠州秣馬村別廟奉安文」이 있다. 이 봉안문은 김세필의 5대 손인 金澍가 찬한 것으로 그 내용 중에 공자당을 지을 때 박상이 도와주었다고 적었다. 이 봉안문을 통해 김세필 후손들도 박상과의 인연을 인상 깊게 생각했음을 알 수 있다. 또한 현재 충북 음성의 문화대전에 '말마리 전설'이 올라가 있어 참고 자료로 볼 만하다. (https://terms.naver.com/entry.nhn?docId=2620875&cid=51892&categoryId=53800)

32 박상 「연보」에 실린 양명학 관련 내용은 우리나라에 양명학이 언제 전래되었는지를 알려주어 중요하다. 따라서 지금까지 여러 연구자들이 관심을 갖고 논의하였다. 그 주요 논문은 다음과 같다. 오종일, 「양명 전습록 전래고」, 『철학연구』 제5권, 고려대학교 철학연구소, 1978; 오종일, 「양명학의 수용과 전래에 관한 재검토」, 『양명학』 제3호, 한국양명학회, 1999; 신향림, 「16C 전반 양명학의 전래와 수용에 관한 고찰─金世弼·洪仁祐·盧守愼의 양

상과 김세필 사이에 오고 간 이야기의 맥락을 파악한다는 차원에서 중요해 인용한다.

> 양명陽明 왕수인王守仁의 「전습록傳習錄」을 논박하였다. 양명의 문자가 우리나라로 오자 우리나라의 유학자들은 그것이 무슨 말인지 알지 못하였다. 선생은 그『전습록』을 보고 선학禪學이라고 말하며 물리쳤다. 김십청과 수창한 절구 3수가 있다. 시에서 "되레 사람들이 놀라고 이상하게 여길까 두렵다"라고 하였는데, 그 나머지는 다 없어져 버렸다. 십청은 시에서 "자양인 가버려 사문이 없어졌으니, 그 뉘 위태롭고 미세한 것을 구문에서 알아낼까. 학문이 육상산陸象山에 와서 병든 곳 많아졌으니, 그대가 비평하여 다시 운운 하고 말해주기 바란다."라고 하였다.[33]

이 내용은 「연보」 외에 『눌재집』 부록 권2의 「서술敍述」에도 전해 오고 있다. 당시 유학자들 사이에서 『전습록』은 이단異端의 내용을 담은 불온한 책으로 인식되었다. 위 내용에서 『전습록』을 본 박상이 선학이라 하여 물리친 것에서 그 인식의 단면을 알 수 있다. 『전습록』을 본 박상과 김세필은 시로써 생각을 서로 주고받았는데, 박상이 먼저 시를 짓자 김세필이 화답하였다. 박상은 우선 『전습록』을 본 사람들이 놀라고 이상하게 여길까 두렵다라고 하였다. 이에 화답한 김세필은 대체로 남송의 주희朱熹가 세상을 뜬 뒤로 유학이 없어졌는데, 육상산이 와 병든 곳이 더 많아졌다고 하면서 박상에게 비평해 주기를 바란다라고 하였다.[34] 육상산은 중국 남송의 유학자로 당시 주희와 대립

명학 수용을 중심으로—」, 『퇴계학보』 제118호, 퇴계학연구원, 2005; 김민재 외 3인, 「양명학의 전래 초기, 조선 성리학자들의 비판적 인식 검토—김세필과 이황의 양명학 비판을 중심—」, 『양명학』 제52호, 한국양명학회, 2019.

33 朴祥, 『訥齋集』 附錄4 「年譜」, 辨王陽明守仁傳習錄 陽明文字東來 東儒莫知其爲何等語 先生見其傳習錄 斥謂禪學 與金十淸有酬唱三絶 詩曰 却恐人驚異所云 餘皆逸 十淸詩曰 紫陽人去斯文喪 誰把危微考舊聞 學到象山多病處 要君評話復云云.

하였다. 이 육상산의 학문은 훗날 명나라에 이르러 왕수인에게 전해지는데, 김세필은『전습록』을 보고 그 유래를 떠올린 것이다. 김세필의 바람처럼 박상이 비평을 했는지 남은 기록이 없어 알 수 없다. 그러나 분명한 것은 정황상 박상과 김세필 모두 양명학을 부정적으로 보았다고 생각한다.

이상의 내용을 통해 박상은 김세필을 특별한 사람으로 인식했음을 알 수 있다. 박상은 공자당을 지을 때 도움을 주었을 뿐 아니라 그 공자당을 수시로 드나들며 강학을 하여 학문적으로 목마른 부분을 채워나갔기 때문이다.

그렇다면 박상의 김세필과 관련은 시는 어떠한가? 박상은 김세필과 관련하여 총 13제 46수의 시를 남겼다. 2장에서 이미 말한 대로 이 작품 수는 다른 문인들과 관련한 작품 수와 대비했을 때 월등히 많은 것으로 다시 한번 박상이 김세필을 특별히 생각했음을 알 수 있다. 그 시제는 「金同樞世弼 結築知非川 因鐥人來附書 詩以答之」(『눌재집』 권4), 「金樞府世弼 演余江祠所寄二絶 準日之數以答 義主閔雨 且譽不肖最後一首 請改勸農之帖 卽效捧心 亦似磨驢踏跡 不見有新奇 可笑」(『눌재집』 권5), 「再和金同樞世弼述田家雜語」(『눌재집』 권5), 「三和金同樞田家雜語」(『눌재집』 권5), 「宿陰城 聞夜雨口號」(『눌재집』 권5), 「野席卽事 贈公碩」(『눌재속집』 권1), 「野席卽事 贈金公碩」(『눌재속집』 권1), 「金公碩投書云 京畿觀察使奉宥旨 更移陰州釋遣 明日還漢中 余復疊前韻賀之」(『눌재속집』 권1), 「題金公碩新堂 堂形工字」(『눌재속집』 권1), 「江祠 見金同樞世弼書 走筆代以詩」(『눌재속집』 권2), 「贈金公碩以季子成親向溟州 溟州古蒼海郡」(『눌재속집』 권2), 「公碩工字堂聯句」(『눌재별집』 권1), 「工字堂酒席聯句」(『눌재별집』 권1) 등이다. 이 작품들의 면면을 보면, 박상이 소회를 밝히는 차원에서 지은 것도 있으나 대체로 화답시와 증시, 연구 등의 형식을 갖춘 점이 눈에 띈다. 내용은 일상적인 안부를 묻

---

34 김세필이 박상의 시에 화답한 세 작품은 현재 『십청집』 권2, 「又和訥齋」라는 시제 중에 전해 오고 있다. 위 본문에서 말한 김세필 시는 세 작품 중 두 번째에 해당한다. 첫 번째와 세 번째 작품을 들어 보면 다음과 같다. 陽明老子治心學 出入三家晚有聞 道脈千年傳孔孟 一毫差爽亦嫌云 / 木鐸當時餘響絶 一編傳習亦多聞 前頭取舍吾心孔 二字缺 西河學僭云.

는 것에서부터 만나서 느낌을 수답한 것 등 다양하다.[35] 이 중에서 우선 김세필의 공자당에 쓴 작품인 「제김공석신당 당형공자」 시를 인용하면 다음과 같다.

工字新堂背小山	'공' 자로 된 새로운 당은 작은 산을 등지고
前川一帶曲於彎	한 띠를 이룬 앞개울은 당긴 활보다 굽었다
沙堤制水橫龍脊	물 막은 모래 둑은 용 등뼈처럼 가로 놓이고
鳥道交簷擢霧鬟	처마 엇갈린 새 길은 안개 낀 산까지 솟았다
薑葉未齊開圃淺	고르지 않은 생강 잎은 밭에서 낮게 피어나고
菊牙纔出破天慳	겨우 나온 국화 눈은 하늘의 인색함 깨뜨렸다
把杯半日探幽事	반나절 동안 술잔 들고 그윽한 일을 찾아보니
塵世紛紛百不關[36]	티끌세상의 어지러운 것 모두 상관하지 않는다

작품의 시제를 풀이하면, "김공석의 새로운 당에 썼는데, 당의 모양은 '공' 자이다"이다. 앞에서 이미 살핀 대로 박상은 김세필의 당인 '공자당'을 완성하는데, 어느 정도 공헌을 하였다. 때문에 당이 완성되자 각별한 마음이 들었을

---

35 박상은 일찍이 담양 부사 시절에도 김세필과 관련한 시를 지었는데, 「朴司藝以寬 承調赴闕 昌世在潭州 病風不出 書十韻 附李生枝榮 時學中 公碩同知 釋之司成」(『눌재집』 권6)이 그 작품이다. 본 논고에서는 박상이 충주 목사 시절에 지은 작품이 아니어서 일단 제외하였다. 한편, 김세필은 박상과 관련한 작품을 총 20제 51수를 남겼다. 『십청집』에 전하는 박상 관련 작품을 나열하면 다음과 같다. 「知非小築聯句」(『십청집』 권1), 「和朴昌世韻」(『십청집』 권1), 「工堂酒席聯句」(『십청집』 권1), 「聖住寺別訥齋」(『십청집』 권1), 「寄昌世行軒」(『십청집』 권1), 「和訥齋」(『십청집』 권1), 「和訥齋」(『십청집』 권2), 「又和訥齋」(『십청집』 권2), 「寄訥齋」(『십청집』 권2), 「和訥齋」(『십청집』 권2), 「喜雨二絶 寄訥齋行軒」(『십청집』 권2), 「訥齋見訪 席上賦一絶敍謝」(『십청집』 권2), 「謹閱訥齋和章 又效一噸 以希促駕」(『십청집』 권2), 「次訥齋」(『십청집』 권2), 「贈訥齋」(『십청집』 권2), 「奉邀訥齋」(『십청집』 권2), 「次訥齋韻」(『십청집』 권2), 「酒席感懷 與訥齋求和」(『십청집』 권2), 「酬訥齋」(『십청집』 권3), 「道寬院川上 次訥齋韻 二首」(『십청집』 권3)

36 朴祥, 『訥齋續集』 卷1, 「題金公碩新堂 堂形工字」.

것이다. 이 작품은 그러한 마음을 담았다.

　수련에서는 공자당 주변의 멀리 있는 산수 경관을 말하였다. 공자당 뒤로 산이 있고, 앞에 개울이 있는데, 그 개울의 모양은 마치 활처럼 굽어 있다 하였다. 함련에서도 수련을 이어 주변의 경관을 말하였다. 그러나 수련보다는 좀 더 가까운 곳에 있는 모래가 쌓인 둑과 새가 날아다니는 길 등을 말하였다. 경련도 수·함련을 이어 경관을 말하였는데, 이번에는 '생강'과 '국화'를 등장시켜 함련보다 좀 더 가까운 물상을 그렸다. 그리고 미련에 이르러서야 시상을 바꾸어 작자의 생각을 드러내었는데, 공자당은 역시 티끌세상과는 동떨어져 있어 어지러운 삶과 무관하다라는 이미지를 부각시켰다.

　이 작품에서 박상은 오롯이 공자당만을 주로 그리려 노력하였다. 따라서 공자당을 중심으로 먼 거리에 있는 경관으로부터 점점 가까운 곳에 이르기까지 주요한 것은 무엇일까를 생각한 뒤에 세심히 관찰한 것을 그렸다. 그래서 수련부터 경련까지의 묘사는 마치 그림을 그려내 듯한 느낌을 준다.

　박상은 일찍이 총 11제 22수의 잡체시를 남겼는데, 여기에 연구시도 포함되어 있다.[37] 연구시는 2인 이상이 서로 돌아가며 연이어 지은 시로써, 한 사람이 1구 1운으로 짓기도 하고 2구 1운으로 짓기도 하며, 그 이상으로 짓는 등 분련分聯 방식은 다양하다. 한 무제가 백량대柏梁臺에서 연회를 베풀 때에 25인의 신하와 1운 1구씩 지어 완성한데서 연유했다 하여 달리 백량시柏梁詩라 부르기도 한다.[38] 박상은 「여사연구旅舍聯句」(『눌재속집』권2)·「공석공자당연구」·「공자당주석연구」 등의 연구시를 남겼는데, 세 작품 중에 두 작품을 공자당에서 지었다. 이중에서 「공석공자당연구」 시를 인용하면 다음과 같다.

---

37 박상의 잡체시에 대한 연구는 박명희의 논문(「訥齋 朴祥의 雜體詩 실현 양상과 그 의미」, 『한국한문학연구』 제70호, 한국한문학회, 2018, 159~196쪽)을 참조함.

38 李美珍, 「朝鮮中期 雜體詩 創作에 대한 硏究」, 경북대 박사학위논문, 2013, 26쪽.

知非渠伯玉　　옳지 않았음을 알았던 거백옥

국형國衡

嗜酒我劉伶　　술을 즐기던 우리의 유령

창세昌世

會合芳菲節　　꽃다운 시절에 모여서

공석公碩

留連寂寞庭　　적막한 뜰에 머물러 있다

창세昌世

天神慳瑞地　　천신은 상서로운 땅 인색히 여겨

田父夢髯靈　　농부가 수염 난 신령 꿈 꾸었다

국형國衡

宇宙人來往　　우주에 사람은 왔다 가지만

江山孰主停　　강산은 그 뉘 머묾을 주관하나

공석公碩

川回新宅碧　　내는 새 저택 돌아 푸르고

山繞蓽門靑　　산은 싸리문 감싸고 푸르다

숙기叔起

奇興雲成態　　신기한 흥에 구름은 태를 내고

衰懷酒半醒　　약한 가슴에 술은 절반 깬다

공석公碩

野煙吹淰淰　　들판의 연기는 엉긴 채 불리우고

村杵響丁丁　　마을의 절구 쾅쾅 울린다

창세昌世

沙堰松當逕　　모래 방죽은 소나무가 길 되고

土窩竈設陘　　토굴집은 부뚜막이 잔 길을 마련했다

국형國衡

傍軒看暮景　　추녀 끝에서 저물녘 경치 보고
當戶望沙汀　　지갯문에 나가 모래벌 바라본다
숙기叔起[39]

　시제에 따르면, 이 작품은 김세필의 공자당에서 지은 연구이다. 이 연구시를 지은 배경을 잠시 상상해본다. 어느 날 국형國衡·창세·공석·숙기叔起 등 네 사람이 공자당에 모였다. 공자당에서 술자리를 마련하였는데, 네 사람 중 어떤 이가 공동의 시 작품을 짓자고 제안하였다. 연구시는 두 사람 이상이 짓는 공동의 작품이기에 어느 다른 시체보다 협력이 필요하다. 국형은 권균權鈞의 자이다. 권균은 중종반정에 가담한 바 있고, 중종 때 신진 사림이 진출했을 때 훈구파로 지목되기도 한 사람이다. 창세는 박상의 자이고, 공석은 김세필의 자이다. 숙기는 누구를 말하는지 알 수 없다.

　작품은 주로 김세필을 기리면서 공자당 주변의 승경을 묘사하였다. 먼저 운을 뗀 사람은 권균이고, 그다음은 박상―김세필―박상 등으로 이어졌다. 앞 네 구는 마치 연습 삼아 지은 것처럼 한 구씩 세 사람이 지었고, 그 뒤로 두 구씩 네 사람이 번갈아 가면서 지었다.

　권균이 "옳지 않았음을 알았던 거백옥"이라고 하자 박상은 "술을 즐기던 우리의 유령"이라고 이었다. '거백옥'은 춘추 시대 위衛나라의 어진 대부로 "나이 오십에 사십구 년 동안의 잘못을 깨달았다.[年五十 而知四十九年非]"라고 한다. 「회남자淮南子」 「원도훈原道訓」에 나오는 말이다. 그런데 이 구절에서 주목할 한 자어는 '지비知非'이다. 이미 말한 바와 같이 김세필은 나이 50세가 되어 사면을 받아 지금의 충북 음성군 지비천 가의 마을에서 '지비옹'이라 자호하며 살았다. 곧, 나이 50세가 되어 49년의 잘못을 깨달았던 거백옥과 같이 자신도 그러하다라고 생각한 것이다. 따라서 권균이 말한 거백옥은 바로 김세필을 말

---

39 朴祥, 『訥齋別集』 卷1, 「公碩工字堂聯句」.

하며, 박상이 언급한 '유령'도 마찬가지라고 할 수 있다. '유령'은 진晉나라의 죽림칠현 중 한 사람으로 술을 너무 좋아했으며, 술과 관련하여 「주덕송酒德頌」이라는 글도 남겼다. 아마도 김세필이 유령처럼 술을 즐겼던 것으로 보인다. 이와 같이 권균과 박상이 '거백옥', '유령' 운운하며, 구절을 완성하자 김세필이 마치 보답이라도 한 것처럼 시를 지었고, 박상이 다시 이었다. 뒤의 구절도 권균이 우선 지었고, 이어서 김세필—숙기—김세필—박상—권균—숙기 등이 지었다. 이들은 김세필이 공자당 터를 어떻게 얻게 되었는가를 시작으로 당 주변의 경관 등을 주로 읊었다.

이와 같이 「공석공자당연구」는 총 네 명이 어울려 지은 연구시로 작품을 짓는 중에 은연히 서로의 마음을 주고받았다고 할 수 있다. 한편, 「공자당주석연구」는 김세필과 박상, 이 두 사람이 완성한 작품으로 「공석공자당연구」에서 다하지 못한 말을 이 시를 통해 말했다 할 수 있다.

박상은 김세필의 시에 화답하기도 하였다. 그 화답시 중에 대표적인 작품은 「재화김동추세필술전가잡어」, 「삼화김동추전가잡어」라고 말할 수 있다. 두 작품 모두 칠언절구이면서 각각 10수의 연작시 형태를 띠고 있다. 시제에서 '재화', '삼화'라는 말을 했으니, 이전에 이미 「전가잡어」 시에 화답한 적이 있었다. 그런데 박상의 문집 『눌재집』에 처음 화답시는 보이지 않으니 일실逸失된 것이 분명하다. 마찬가지로 김세필의 문집 『십청집』 어디에도 「전가잡어」 시는 전하고 있지 않다. 김세필의 문집도 현재 온전히 전하고 있지 않은데, 작품이 중간에 사라진 듯하다. 두 작품 모두 전체적으로 당시 농촌에서 살아가는 사람들의 모습을 드러내었는데, 그 중에서 박상의 비판적 의식을 엿볼 수 있는 「재화김동추세필술전가잡어」 8~10수의 시를 들어 본다.

①

未耕工夫食力專　　농기구 쓰는 일은 힘이 꾸준히 들어
鴉頭變鶴已垂年　　검은 머리 학이 된 지 여러 해 되었다

孰知盤粒皆辛苦　소반의 밥알이 다 고생임을 그 뉘 알까
花月絃歌醉自賢　풍류 즐기며 취해 스스로 잘난 체한다

②

遇旱晨昏守水專　가물어 온종일 전력으로 물 지키는데
今年且甚赤蛇年　금년은 또 을사년 가뭄보다 심하구나
賑飢良策有誰擧　기민 먹이는 좋은 정책 그 뉘 시행할까
太守不知賢未賢　수령이 현명한 사람인지 잘 모르겠다

③

如何造廢貢行專　어찌하면 조세 똑같이 시행하는 일 없앨까
算畝收租不問年　농지 개산해 조세 거두고 풍흉을 묻지 않는다
半壁靑燈相哭語　반벽에 비치는 푸른 등불에 울면서 말하는데
疇將此意報時賢[40]　누가 장차 이 뜻을 지금 현자에게 알리겠는가

　　작품①의 기구와 승구에서는 농사짓기가 힘들어 검었던 머리카락이 하얗게 세었다라고 하였다. 이어 전구에서 소반 위 밥알은 고생 끝에 나온 것인데, 그것을 그 누가 알까 라고 물었다. 아는 사람이 없다는 뜻으로 말한 것이다. 그리고 마지막 미련에서는 소반 위 밥알의 출처도 모르는 사람들이 풍류를 즐기며 술에 취해 잘난 체한다고 말하여 권세가들을 비꼬았다. 작품②에서는 가뭄 정책을 걱정하였다. 역시 풍흉의 관건은 제때 비가 오느냐 오지 않느냐 이다. 그런데 박상의 작품을 보면, 제때 비가 오지 않고 있다. 을사년에도 가물었는데, 금년은 더욱 더 가뭄이 심하여 종일 물을 지키느라 온 힘을 쏟고 있다. 가물기 때문에 분명 흉년이 들 것인데, 굶주린 사람들을 구제하는 정책을

40　朴祥,『訥齋集』卷5,「再和金同樞世弼述田家雜語」8~10.

시행할지 그것도 미지수이다. 만일 수령이 현명하다면 좋은 정책을 펼칠 것인데, 그것 또한 알 수 없다. 답답한 심사를 토로한 작품이다. 작품 ③에서는 잘못된 조세 정책을 비판하였다. 풍흉에 따라 세금을 먹여야 하는데, 현실은 그 반대이다. 흉년이 들어 먹을 양식도 부족한데, 거기에 세금까지 내야 하니 살기가 팍팍한 것은 말하지 않아도 알 수 있다. 그 서러움 때문에 눈물이 나는데, 그 누가 장차 어진 이에게 서러운 뜻을 말해 줄지 반문하였다.

박상은 충주 목사 직책을 맡고 있기에 수령의 입장에서 백성들을 바라보아 그들의 서러움과 아픔을 짐작하지 못할 수도 있다. 그러나 위의 「전가잡어」 화답시를 보면, 오히려 그 반대임을 알 수 있다. 백성들의 아픔이 무엇인지 알고 그 아픔을 함께하려고 노력한 모습이 역력히 드러났기 때문이다.

4. 교유시의 특징과 의의

지금까지 필자는 박상이 충주 목사 시절 만난 기묘사림을 언급한 뒤에 그들과 교유한 시를 구체적으로 논의하였다. 박상이 충주 목사 시절 만난 기묘사림은 공서린, 김세필, 이약빙, 이연경, 이자 등 총 5명이다. 이중에 공서린·이약빙과 교유하면서 지은 시는 각각 한 작품씩인데, 그 내용이 단편적이고 특별한 내용을 담지 않아 본 논고의 논의에서 제외하였다. 그리고 김세필, 이연경, 이자와 교유하면서 지은 시를 중심으로 그 실상을 살폈다.

우선 가장 작품 수가 적은 이자와 관련해 지은 교유시를 알아보았다. 박상은 이자와 관련하여 총 2제 6수의 작품을 남겼다. 그중에 「製簿之餘 吟得近律 四首 錄示次野」(『눌재집』 권5)는 총 4수로 이루어진 연작시인데, 박상이 공무를 보던 중에 지어 이자에게 보였다라고 하였다. 박상이 평소 생각한 것을 시를 통해 나타내었는데, 특히 2수의 마지막 미련 부분에서 벼슬에 미련 없음과 "황금을 던져 개구리 막는 데 쓰지 말았으면"이라는 말을 하여 시간을 함부로 소비하지 말라는 말을 하였다. 이자는 기묘사화 이전까지만 해도 조정에 있던 신료였다. 그런데 기묘사화가 일어나면서 갑자기 벼슬에서 물러난 신세가 되어 상당한 충격을 받았다. 갑자기 물러난 관직인지라 그 충격은 컸다. 박상도 이러한 이자의 마음을 잘 헤아리고 있었기에 시를 통해 위로의 말을 전달한 것이다. 박상은 이자보다 여섯 살 위이다. 따라서 박상이 이자에게 시를 통해 한 위로는 마치 형의 위치에서 아우에게 한 따뜻한 말이라고 할 수 있다.

박상은 이연경과 관련하여 총 3제 7수의 작품을 남겼다. 그런데 「宗室吉安正所畫墨梅四幅 李長吉請賦 題四絶」(『눌재속집』 권2)의 경우, 종실 길안정이 그린 그림에 쓴 시이기 때문에 논의에서 일단 제외하였다. 박상은 시를 통해 이연경이 물은 것에 대해 답을 해 주었고, 한편으로는 광주이씨 명문가의 후손이라는 점을 부각시켰다. 또한 「長吉携家就龍仁 詩以慰之」(『눌재집』 권5) 시에서 경기도가 흉년이 들었음에도 이연경이 용인으로 살러 간다니 현명하지 않다 했는데, 이는 진심 걱정이 담긴 말이라 하겠다. 앞 장에서 이미 말했다시피 사실 이연경의 알려진 행적 중에 용인에서 살았다는 것은 확인되지 않는다. 따라서 혹시 이연경이 박상의 조언을 듣고 용인으로 갈 뜻을 접었는지도 모를 일이다.

박상은 김세필과 관련하여 총 13제 46수의 작품을 남겼다. 또한 김세필도 박상과 관련하여 20제 51수의 작품을 남겼다. 이미 언급한 바와 같이 김세필의 문집 『십청집』의 내용은 지금 전하는 것이 전부가 아니다. 상당 부분 일실된 상태인데도 박상과 관련한 작품이 51수라는 것에 주목을 필요로 한다. 두 사람이 서로 주고받은 시는 『눌재집』과 『십청집』에 고스란히 남아있어 그 막역함이 어느 정도였는지 잘 알 수 있다. 박상의 김세필 관련 시를 보면, 일상의 사소한 일로부터 시작하여 학문적인 부분까지 실로 다양하다. 박상은 공무를 보는 틈틈이 김세필이 사는 곳을 찾아와 때로는 묵기도 하면서 도의지교를 다졌던 것이다. 심지어 당시에 생소한 『전습록』이라는 책을 두고 이야기를 한 내용도 있다. 박상은 『전습록』을 선학이라 하여 물리치며 관련하여 절구 3수를 지었다는데, 이 작품은 한 구절만 남아 있을 뿐 온전히 전하지 않아 안타까울 뿐이다. 아무튼 그래도 두 사람이 양명학을 논의했다는 것은 그 정도로 학문의 진지한 토론이 이루어졌다는 것을 의미한다.

이로써 박상이 충주 목사 시절 기묘사림과 관련하여 지은 교유시의 특징이 드러났다. 첫째, 박상은 충주의 기묘사림들에게 시를 통해 인간적인 정의情誼를 드러냈다는 점이다. 특히, 이자·이연경과 관련한 작품 수가 그리 많지 않으나 이러한 면모를 엿볼 수 있었다. 둘째, 세 사람 중에 김세필과 주고받은 시가 단연 월등히 많다는 점이다. 박상과 김세필 두 사람은 서로를 남과 다른 특별한 사람으로 인식했다고 생각한다. 이는 두 사람의 문집에 남아있는 작품을 통해서도 충분히 알 수 있다. 특히, 박상은 김세필의 강당인 공자당을 수시로 드나들며 일상적인 이야기도 나누었지만 학문적인 부분까지 논의함으로써 학자적인 모습도 보여 주었다.

윤구尹衢는 박상의 「행장」에서 "함께 있고자 한 사람은 깨끗하게 수양된 좋은 선비로 다행히 그러한 사람을 만나면, 마음을 다 털어놓은 채 문장을 논의하고 옛을 이야기하며 밤낮을 다 보내고도 싫증을 낼 줄 몰랐다."[41]라고 말하였다. 윤구가 한 말을 통해 보더라도 박상은 사람들과 교유함에 호불호好不好가 분명했는데, 충주 목사 시절에 만난 기묘사림들은 밤낮을 다 보내고도 싫증이 나지 않는 사람들이었다고 할 수 있다. 박상은 모친 상 때문에 기묘사화를 직접 겪지 않았다. 그러나 기묘사화를 겪은 이상으로 절의 정신은 발현되어 훗날에 '기묘완인'이라는 칭호를 받았다. 필자는 어쩌면 이 '기묘완인'이라는 칭호를 받게 된 계기 또한 충주 목사 시절의 행적이 한몫했다고 생각한다. 박상은 충주 목사 시절에 기묘사림들과 교유하며 인간적인 면모를 보여

---

41 朴祥, 『訥齋集』 附錄 卷1, 「行狀」(尹衢), 所欲與之處者 淸修吉士 幸而遇之 則披心徹肝 論文說古 竟日夜不知厭.

주는 한편, 크게 드러나지 않으나 소신 있는 발자취를 남겼기 때문이다. 이것이 바로 박상이 충주 목사 시절에 남긴 교유시의 의의라 하겠다.

5. 맺음말

본 논문은 박상이 충주 목사 시절 기묘사림과 교유하던 중 지은 시를 대상으로 그 실상을 살핀 뒤에 그 특징과 의의를 밝히는 것을 목표로 정해 내용을 서술하였다.

박상은 기묘사화가 일어나고 2년이 채 안 된 시점에 충주 목사를 제수받는다. 당시 충주를 비롯해 그 인근에는 기묘사화로 인해 벼슬에서 물러난 사림들이 여러 명 있었다. 그중에 박상이 만난 기묘사림은 공서린, 김세필, 이약빙, 이연경, 이자 등 총 5명이다. 박상은 이들 다섯 사람과 관련하여 총 20제 62수의 작품을 지어 당시에 무슨 이야기를 나누었는지 그 실상을 파악할 수 있었다. 특히, 필자는 이들 다섯 사람 중에서 이자·이연경·김세필 등과 관련한 작품을 집중적으로 논의하였다.

이자와 관련한 작품은 총 2제 6수로 집계되었다. 박상은 이자에게 시를 통해 진심 어린 위로의 말을 전달했음을 확인하였다. 이자는 기묘사화로 인해 갑자기 벼슬에서 물러나 받은 충격이 컸는데, 박상은 이러한 부분을 잘 알고 있어서 시를 통해 위로하였다. 이연경과 관련한 작품은 총 3제 7수인 것을 확인하였다. 이연경은 광주이씨 명문가 집안으로 박상은 시를 통해 이러한 부분을 부각시켰다. 또한 이연경이 용인으로 살러 간다는 사실을 알고 따뜻한 조언을 해 주는 모습도 보여 주었다. 김세필과 관련한 작품은 총 13제 46수였다. 박상과 김세필은 남달리 친하였다. 박상은 바쁜 공무를 보는 틈틈이 김세필이 사는 곳을 자주 드나들며 우의를 다지고, 때로는 열띤 학문의 토론도 했음을 알았다.

본 논고는 이러한 내용을 바탕으로 교유시의 특징과 의의를 정리하였다. 박상은 충주 목사 시절에 기묘사림들과 시를 통해 진심이 담긴 교유를 하였다. 또한 박상은 김세필과 관련한 시를 수십 편 지어 다른 기묘사림과 대비되는 특징을 보여 주었다. 박상을 가리켜 '기묘완인'이라 하는데, 필자는 이러한 칭호를 받게 된 계기를 충주 목사 시절의 행적에서 찾았다. 박상은 충주 목사 시절에 기묘사림들과 교유하며 인간적인 면모를 보여 주는 한편, 크게 드러나지 않으나 소신 있는 발자취를 남겼기 때문이다. 이것이 바로 박상이 충주 목사 시절에 남긴 교유시의 의의라고 결론지었다.

참고문헌

金世弼, 『十淸集』
金時習, 『梅月堂集』
盧守愼, 『穌齋集』
朴祥, 『訥齋集』
李植, 『澤堂集』
李耔, 『陰崖集』
李滉, 『退溪集』
許筠, 『惺所覆瓿稿』

권오영, 「탄수 이연경의 성리학적 삶과 사상」, 『조선후기 당쟁과 광주이씨』, 지식산
　　　업사, 2011.
김민재 외 3인, 「양명학의 전래 초기, 조선 성리학자들의 비판적 인식 검토 ―김세필
　　　과 이황의 양명학 비판을 중심―」, 『양명학』 제52호, 한국양명학회, 2019.
박명희, 「訥齋 朴祥의 雜體詩 실현 양상과 그 의미」, 『한국한문학연구』 제70호, 한
　　　국한문학회, 2018.
朴焌圭, 「눌재 박상의 교유인물과 시문의 제작」, 『눌재 박상의 문학과 의리 정신』,
　　　광주직할시, 1993.
신향림, 「16C 전반 양명학의 전래와 수용에 관한 고찰 ―金世弼·洪仁祐·盧守愼의
　　　양명학 수용을 중심으로―」, 『퇴계학보』 제118호, 퇴계학연구원, 2005.
오종일, 「양명 전습록 전래고」, 『철학연구』 제5권, 고려대학교 철학연구소, 1978.
＿＿＿, 「양명학의 수용과 전래에 관한 재검토」, 『양명학』 제3호, 한국양명학회,
　　　1999.
李美珍, 「朝鮮中期 雜體詩 創作에 대한 硏究」, 경북대 박사학위논문, 2013.
이종묵, 「기묘사림과 충주의 문화 공간」, 『고전문학연구』 33집, 2008.
정만조, 「陰崖 李耔와 기묘사림」, 『음애 이자와 기묘사림』, 지식산업사, 2004.
최한선, 「陶淵明이 湖南詩壇에 끼친 영향」, 『동아인문학』 6집, 2004.

박상이 충주 목사 시절에 지은 시 작품

연번	시제	관련 인물	문집 권호	형식 및 편수	비고
1	여강 장단가를 미륵사로 돌아가는 현목 스님에게 주다(驪江長短歌 贈玄穆上人 歸彌勒寺)	현목 상인	『눌재집』 권2	잡언고체시 1수	49세 때 지음
2	중원의 북쪽 나루에서 광동 막사로 돌아가는 동생과 이별하며(中原北津 別舍弟 歸關東幕)	박우	『눌재집』 권3	오언율시 1수	박우는 박상의 아우
3	탄금대에 올라 승지 정운경의 시에 차운하다(登彈琴臺 次鄭承旨雲卿韻)	정사룡	『눌재집』 권4	칠언율시 1수	
4	탄금대에서 표경중의 시에 차운하다(遊 彈琴臺 次表敬仲韻)	표빙	〃	칠언율시 2수	탄금대와 관련. 표빙은 표연말의 아들.
5	동중추부사 김세필이 지비천에 집을 지었는데, 미장이가 오는 편에 편지를 보내와 시로 답하다 세필의 자는 공석이요, 호는 십청이다.(金同樞世弼 結築知 非川 因鏝人來附書 詩以答之 世弼字公 碩 號十淸)	김세필	〃	칠언절구 2수	
6	장길이 시에서 나에게 벼슬을 그만두는 시기는 반드시 9월이어야 한다고 물어 즉시 그의 시에 답하다 장길은 탄수 이연경이다.(長吉有詩　問余投楸之期 必以抄秋 卽答其韻 長吉 李灘叟延慶)	이연경	『눌재집』 권5	칠언율시 2수	
7	장길이 가족들을 데리고 용인으로 가시로 위로하다(長吉携家就龍仁 詩以慰之)	이연경	〃	칠언율시 1수	
8	채효중이 이차야에게 들러 술을 마셨는데, 나는 더위를 먹어 만나지 못했다. 효중은 벼슬을 그만두고 어머니를 봉양하였다 차야는 음애 이자이다.(蔡孝 仲過李次野飮 僕患暍未會 仲辭歸養母 次野 李陰崖秄)	채소권, 이자	〃	칠언절구 2수	
9	중추부사 김세필이 내가 강가 사당에서 부친 절구 두 수를 풀어서 날짜의 수에 맞춰 의주가 비를 근심한데 답하였다. 또한 불초한 사람의 마지막 한 수를 칭찬하고 권농의 명부를 고치라고 요청하	김세필	〃	칠언절구 10수	

	였다. 즉시 흉내를 내 보았으나 역시 맷돌 ㅋ는 당나귀처럼 자취만 밟는 듯하여 새롭고 기묘한 것을 발견하지 못하여 우습다(金樞府世弼 演余江祠所寄二絶 準日之數 以答義主閔雨 且譽不肯最後一首 請改勸農之帖 卽效捧心 亦似磨驢踏跡 不見有新奇 可笑)			
10	공문서를 처리하고 남은 시간에 율시 네 수를 써서 차야에게 보이다(擊簿之餘 吟得近律四首 錄示次野)	이자	〃	칠언율시 4수	
11	진천에서 감사 김굉이 동중추부사를 방문하러 서울로 돌아가는 것을 전송했는데, 그때 그는 병을 앓았다(鎭川 送金監司硡拜同樞還京 時患病)	김굉	〃	칠언율시 1수	
12	처관 스님이 두류산을 유람하고 봉은사로 돌아가려다가 충주로 나를 찾아왔는데, 시를 지어 달라 하여 즉시 절구 3수를 써서 주다(處寬上人 遊頭流山 將還奉恩寺 過余太原徵詩 卽書小律三首 贈之)	처관 상인	〃	칠언절구 3수	
13	동중추 부사 김세필의 「술전가잡어」에 재차 화답하다(再和金同樞世弼述田家雜語)	김세필	〃	칠언절구 10수	
14	동중추 부사 김세필의 「전가잡어」에 세 번째 화답하다(三和金同樞田家雜語)	김세필	〃	칠언절구 10수	
15	음성에서 묵으며 밤비 소리를 듣고 입으로 소리 내어 읊다(宿陰城 聞夜雨口號)	김세필	〃	칠언율시 1수	
16	단월역 누각의 주석에서 사고를 曝曬하러 성주로 가는 윤한림에게 주다 이름은 풍형이다.(丹月驛樓席上 贈尹翰林曝史 星州之行 名豊亨)	윤풍형	〃	칠언율시 1수	
17	중원에서 절구 5수를 지어 벗에게 적어 보이다(中原賦五絶 錄示友人)	이약빙	〃	칠언절구 5수	
18	빗속에서(雨中卽事)		〃	칠언율시 1수	
19	중원에서 비를 무릅쓰고 여주에서 온 일본 승려 역창에게 주다(中原 贈日本僧易窓 冒雨自驪州來)	일본 승 역창	〃	칠언율시 2수	
20	탄금대(彈琴臺)		〃	칠언율시 1수	탄금대와 관련
21	탄금대에서 재차 노닐며(再遊彈琴臺)		〃	칠언율시 1수	〃

22	금탄에서 서울로 가는 아우를 보내며 (金灘送舍弟入京)	박우	〃	칠언율시 2수	
23	첫눈을 읊다(詠初雪)		〃	칠언율시 1수	
24	충주 남루에서 이윤인의 시에 차운하다 (忠州南樓 次李尹仁韻)	이윤인	〃	칠언율시 1수	
25	정 수운과 두 감창에게 부치다(寄鄭水運泊兩監倉)		〃	칠언율시 1수	
26	강가에서 원지 한효원에게 주다(江上贈韓元之 效元)	한효원	〃	칠언절구 2수	
27	경상 감사 김견중에게 주다(寄贈慶尙監司金堅仲)	김굉	〃	칠언율시 2수	견중은 김굉의 자
28	「추일범주」 시에 차운하다(次韻秋日泛舟)	『눌재집』 권6		오언배율 1수	탄금대와 관련
29	상주에서 충주에 이르다(尙州到忠州)		〃	칠언율시 2수	
30	벗이 편지를 보내 배를 빌려 한주로 돌아간다 하여 시로 답하다(友人投書乞舟 歸漢州 以詩爲答)		〃	칠언절구 4수	
31	청풍 군수 문경동의 만사(文淸風 敬仝 挽詞)	문경동	〃	칠언절구 6수	
32	양진사에서 비가 개기를 빌다. 신사년 여름에 관동과 영남에 대홍수가 나서 산사태가 잇따라 일어났다(楊津祠祈晴 辛巳年夏 大水 關東嶺南 山崩相疊)		〃	칠언율시 1수	
33	견문산에 올라(登犬門山)		〃	칠언율시 1수	
34	청주에서 초수에 목욕하며(淸州 浴椒水)		〃	칠언율시 3수	
35	호서병영에서 본도의 읍명을 써서 현판의 시에 차운하여 절도사 우맹선 공에게 받들어 주다(湖西兵營 用本道邑名 次板韻 贈奉禹節度孟善公)	우맹선	〃	칠언율시 1수	
36	여주 신륵사에서 묵으며 영운과 작별하며 주다(宿驪州神勒寺 留別靈運)		〃	칠언율시 2수	
37	탄금대에서 술동이를 배로 옮겨 운경과 이별하며(琴臺 移樽上船 別雲卿甫)	정사룡	〃	오언율시 1수	탄금대와 관련
38	즉석에서 정언 김탁에게 주다(卽席贈金正言鐸)	김탁	〃	칠언절구 2수	
39	경영루·탄금대·금탄의 이전 놀이를 추억하며 정운경에게 부치다(追賦慶樓琴	정사룡	〃	칠언율시 3수	

	臺金灘前遊 寄鄭雲卿)				
40	벗에게 답시를 부치는데, 금생강에 있을 때 지었다(寄答友人 在金生江作)		〃	칠언질구 2수	
41	야외의 술자리에서 즉흥적으로 지어 공석에게 주다(野席卽事 贈公碩)	김세필	『눌재속집』 권1	칠언율시 2수	이 시는 『십청집』 권3의 「道寬院川上 次訥齋韻 二首」와 관련된다.
42	야외의 술자리에서 즉흥적으로 지어 김공석에게 주다(野酌卽事 贈金公碩)	김세필	〃	칠언절구 1수	
43	김공석이 편지를 부쳤는데, 이르기를 "경기 관찰사가 사면을 내리는 교지를 받들고 음주로 이배한 것을 변경해 풀어 보내 내일 한양으로 돌아가네."라고 하였다. 나는 다시 앞 시의 운을 되풀이하여 축하하였다(金公碩投書云 京畿觀察使奉有旨 更移陰州釋遣 明日還漢中 余復疊前韻賀之)	김세필	〃	칠언절구 2수	이 시는 『십청집』 권2의 「次訥齋韻 二首」와 관련된다.
44	탄금대에서 노닐며 표경중의 시에 차운하다(遊彈琴臺 次表敬仲韻)		〃	칠언율시 1수 오언율시 1수	
45	정랑 황효헌이 남쪽 경주로 어머니를 뵈러 가다 단월역에서 묵어(黃正郎孝獻 南省慈闈于慶州 宿檀月驛)	황효헌	〃	칠언절구 4수	
46	중원의 교방가요 채련곡(中原教坊歌謠 採蓮曲)		〃	의고악부시 1수	
47	탄금대에서 의중과 함께 참의 공서린을 전송하고, 이튿날 시를 지어 적어 보여주다(琴臺同宜中 送孔參議瑞麟 翌日有作錄示)	공서린	〃	칠언율시 2수	
48	배를 띄워 의중의 시에 차운하다(泛舟 次宜中韻)		〃	오언절구 2수	
49	김공석의 새로운 당에 썼는데, 당의 모양은 '공' 자이다(題金公碩新堂 堂形工字)	김세필	〃	칠언율시 1수 오언율시 1수	
50	경영루에서 빗속에 갓 급제한 허자에게 주다(慶迎樓雨中 贈新及第許磁)	허자	〃	칠언절구 5수	

51	탄금대에서 강 건너 옛 무덤을 마주 보고 술을 마셨는데, 종실 모씨와 진사 모씨가 함께 모였다(彈琴臺 隔江對古墓飮 宗室某進士某俱會)		〃	칠언율시 1수	
52	앞 시의 운을 그대로 써서 권지 이응원에게 답하다(疊前韻 酬李權知應元)	이응원	〃	칠언율시 1수	
53	소원우에게 부치다(寄蘇元友)	소세량	〃	칠언율시 1수	
54	정 진사의 시에 차운했는데, 뱃속에 있을 때 지었다(次丁進士韻 在舟中作)		〃	칠언율시 1수	
55	만경루에서 한림 정만종이 금주를 범해 파직되어 고향으로 돌아감에 보내며(萬景樓 送翰林鄭萬鍾 犯酒禁罷歸)	정만종	〃	칠언율시 2수	
56	강가 사당에서 동중추부사 김세필의 편지를 보고, 붓을 달려 시로 대신하며(江祠 見金同樞世弼書 走筆代以詩)	김세필	『눌재속집』 권2	칠언절구 2수	
57	효중이 앞 시를 화작해 와 각각 두 수씩으로 늘려 다시 답하며(孝仲和來前韻 演成各二 復答之)	채소권	〃	칠언절구 4수	
58	상장 손경우에게 써서 주다(書與孫上將景祐)	손경우	〃	칠언율시 2수	
59	시화역에서 훈도 최흥숙을 만나 말한 것을 기록해 시를 짓다(時化驛 遇崔訓導興淑 紀所言爲詩)	최흥숙	〃	칠언율시 1수	
60	단월역 누각에서 사고를 포쇄하러 성주로 가는 한림 윤풍형에게 주다(丹月驛樓 贈尹翰林豐亨 曝史星州之行)	윤풍형		칠언율시 1수	
61	김공석이 막내아들 결혼 때문에 명주로 가는데 주다 명주는 옛 창해군이다.(贈金公碩以季子成親向溟州 溟州 古蒼海郡)	김세필	〃	칠언절구 2수	
62	탄금대에서 놀다가 이튿날 병 때문에 나가지 못해 김 내사에게 율시를 적어 보이다(遊彈琴臺 明日因病不出 錄示近律于金內史)		〃	칠언율시 2수	
63	종실 길안정이 그린 묵매 네 폭에 이장길이 시를 지어 달라 하여 절구 4수를 쓰다(宗室吉安正所畵墨梅四幅 李長吉請 賦 題四絶)	이연경	〃	칠언절구 4수	
64	김공석의 공자당 연구(金公碩工字堂聯句)	김세필 등	『눌재별집』 권1	오언연구시 1수	이 시는 『십청집』 권1에

					「知非小築聯句」 시제로 실려 있다.
65	공자당 술자리의 연구(工字堂酒席聯句)	김세필 등	〃	오언연구시 1수	이 시는 『십청집』 권1에 「工堂酒席聯句」 시제로 실려 있다.

눌재 박상 오언시五言詩의 미학

이구의

1. 머리말

눌재訥齋 박상朴祥(1474~1530)이 남긴 작품은 대단히 많다. 그가 남긴 문집의 분량이 많다. 곧, 본집本集이 7권, 속집續集이 4권, 별집別集이 1권, 부록附錄이 2권이다. 이 가운데 그의 작품은 주로 본집과 속집에 실려 있다. 나머지 별집과 부록에는 후세인들의 여러 기록이 실려 있다. 그의 시는『눌재집訥齋集』권 1~7까지와『눌재속집訥齋續集』권1~3까지,『눌재별집訥齋別集』에 실려 있는데 1,160여 수에 이른다.[1] 이 가운데 5언 시가 125제題 218수首이다. 전체 시 작품 수에 비하여 5언 시가 차지하는 비중이 그다지 크지 않다. 근체시에 있어 그 표준이 되는 것이 7언 율시이다. 이 7언 율시를 반으로 줄인 것이 7언 절구이 다. 5언 시는 근체시의 표준에서 약간 벗어난 시 형태이다. 따라서 그의 시가 7언 시보다 5언 시가 적은 것이 당연하다.

지금까지 눌재에 대한 연구[2]는 그다지 활발하지 못하였다. 본고에서는 기

---

1 박준규의 「호남시단연구」(194쪽)에는 1,164수, 김정수의 『전라도사람들』권4(277쪽)에는 1,184수로 나와 있어 그 작품 수가 약간의 차이를 보인다(김동하, 앞의 논문, 85쪽 참조).
2 필자가 찾은 訥齋에 대한 연구 성과는 다음과 같다.
　박은숙, 「訥齋 朴祥의 문학세계」, 『漢文學論集』7, 근역한문학회, 1989, 139~168쪽.
　김은수, 「朴祥의 賦文學攷」, 『한어문연구』5, 한국언어문학교육학회, 1997, 87~122쪽.
　김성언, 「눌제 박상 시대의 어둠과 문학적 초극」, 『한국한시작가연구』4, 한국한시학회, 1999, 107~131쪽.
　김대현, 「눌재 박상 문학에 대한 연구 쟁점과 과제」, 『한국언어문학』44, 한국언어문학회, 2000, 1~16쪽.
　박은숙, 「눌재 박상 시의 특질에 대한 일고찰」, 『漢文學報』5, 우리한문학회, 2001, 87~114쪽.
　金銀洙, 「朴祥 詩의 선비적 情趣」, 『한국고시가문화연구』14, 한국고시가문화학회, 2004, 27~45쪽.
　고영진, 「호남 유학사상사에서의 박상의 위치」, 『역사학연구』28, 호남사학회(구·전남사학회), 2006, 93~124쪽.
　신태영, 「訥齋 朴祥의 賦 硏究 ―유가적 충의와 장자적 초탈―」, 『溫知論叢』17, 온지학회, 2007, 205~235쪽.
　권순열, 「눌재 박상 연구」, 『한국고시가문화연구』21, 한국고시가문화학회, 2008, 1~26쪽.
　김동하, 「訥齋 朴祥의 賦 硏究」, 『한국고시가문화연구』26, 한국고시가문화학회, 2010, 83~113쪽.

존 연구 성과를 바탕으로 눌재의 작품 가운데 5언 시에 나타난 미학을 고찰하려 한다. 이와 아울러 그의 시에 나타난 지향의식을 고찰하기로 한다. 한시에 있어 시인의 생각과 시 가운데의 서정적 자아抒情的自我가 서로 나뉘지 않는다. 시는 그 시인의 뜻을 드러낸 것[詩言志]이라는 시의 정의가 지금까지 유지되고 있다. 따라서 서정적 자아의 말이 곧 시인 자신의 뜻을 드러낸 것이 된다.

본고를 진행하는 데 있어 그 대본은 『한국문집총간韓國文集叢刊』에 실려 있는 『눌재집』이다. 이 밖에 필요에 따라 다른 문헌을 참고하기로 한다. 본고의 진행방법은 동서양의 비평방법을 종합한 인문주의 비평 방법이다.

2. 눌재 오언시의 미학

본고를 진행하기에 앞서 눌재訥齋가 지은 5언 시 작품 수와 그 출전을 그림으로 나타내면 다음과 같다.

출전: 訥齋集 　　분류	古詩	絶句	律詩	排律	기타	합계	비고
卷1	22	0	0	0	0	22	16題
卷3	0	0	55	0	0	55	30題
卷6	0	0	0	12	0	12	12題
續集 卷1	11	14	37	3	0	65	30題

신태영, 「訥齋 朴祥 시의 미의식 —奇와 壯을 중심으로—」, 『東方漢文學』 49, 동방한문학회, 2011, 335~364쪽.
권혁명, 「16세기 湖南 漢詩의 意象 硏究 —朴祥, 林億齡, 高敬命을 중심으로—」, 『東洋古典硏究』 63, 동양고전학회, 2016, 43~82쪽.

續集 卷2	8	12	29	8	0	57	30題
續集 卷3	0	0	1	0	0	1	1題
別集 卷1	0	0	2	2	2	6	6題
	41	26	124	25	2	218	125題

1) 수사법修辭法으로 본 눌재 시의 미학

(1) 첩자疊字 첩어疊語를 통한 강조미强調美

눌재의 시의 표현면을 보면, 가장 눈에 띠는 것이 첩자疊字 또는 첩어疊語를 많이 사용하고 있다는 것이다. 실제로 첩자와 첩어의 시용은 근체시에서는 피했다. 특히 율시, 그 가운데 대우對偶를 반드시 지켜야 하는 함련頷聯과 경련頸聯에서의 첩자 첩어의 사용을 가장 꺼려 왔다. 다음의 두 예문에서 그러한 정황을 알 수 있다.

근체시를 지을 때 시 한 수 안에 같은 글자를 써서는 안 된다. 이는 시의 결함 가운데 하나이니 마땅히 피하여야 한다. 선대의 유명한 시인들도 우연히 첩자를 사용한 경우가 있다. 그러나 이를 본받아서는 안 된다.[3]

율시는 한 편이 짧아서 글자에 변화를 많이 주어야 생동미가 있다. 따라서 글자의 중복 사용을 반드시 피하여야 한다. 전대 시인들의 시에 간혹 이러한 예가 있기는 하지만 또한 이를 본받아서는 안 된다.[4]

---

3 "作近體詩, 一首詩裏面不能有相同的字, 這是詩病之一, 應當力求避免, 前代名家也偶有犯重字的, 但不可爲訓." 張思緖, 詩法槪述, 上海: 古籍出版社, 1988, 207쪽.

4 "律詩篇短, 字須多變化, 方有靈活之美, 故字必須避免重複使用. 有前人詩或有此例, 亦不足爲法." 簡明勇, 律詩硏究, 臺灣: 五洲出版社, 1973, 151쪽.

근체시뿐만 아니라 고시에 있어서도 첩자 첩어의 사용을 그다지 좋게 여기지는 않았다. 그러나 『시경』의 시나 「고시십구수古詩十九首」에서는 첩자·첩어를 자주 사용하였다. 이에는 그 나름대로 효과가 있다. 눌재는 그의 시에 형식에 관계없이 첩자 또는 첩어를 많이 사용하였다. 이는 그가 시를 짓는 데 있어 나름대로의 습관일 수도 있다. 한편으로는 그가 고의로 첩자를 많이 쓴 것일 수도 있다. 그의 시 가운데 「청○ 스님에게 드림贈淸師」[5]이라는 시를 들어 이에 대한 논의를 하여 보기로 한다.

窈窕維摩室	그윽한 유마힐의 방안에서,
蒲團坐一宵	하룻밤 부들방석에 앉았네.
星河淸淡淡	은하수는 담담하게 맑으며,
林壑動蕭蕭	골짜기 쓸쓸하게 일렁이네.
殘磬縈雲逈	풍경소리가 멀리 구름 속에,
寒蛩泛月憍	메뚜기 달밤에 뛰어다니네.
明朝出山去	내일 아침에 이 산 나가면,
松桂正迢迢	송계가 아득히 멀어지리라.

'○청' 스님인지, '청○'스님인지는 알 수 없으나, 눌재가 법호에 '청'자를 쓰는 스님에게 지어 준 시이다. 위에서 보듯이 담담淡淡, 소소蕭蕭, 초초迢迢가 첩자로 되어 있다. 담담은 ㉮ 욕심慾心이 없고 마음이 깨끗함, ㉯ 희미하고 어렴풋함, ㉰ (색깔이) 맑음, ㉱ (맛이) 진하지 않음, ㉲ 냉담함, (마음이) 담담함, ㉳ 물이 넘실거리는 모양을 나타낸다. 여기서는 ㉯·㉰·㉱의 의미를 지니고 있다. 하지만 ㉮나 ㉳의 의미도 내포하고 있다. 소소蕭蕭는 의성어나 의태어로 ㉮ 히힝하고 말이 우는 소리], ㉯ 쏴쏴 또는 휙휙하는 바람이 부는 소리, ㉰ 머리카락이

5 朴祥, 『訥齋別集』 卷1, 五言律詩.

성기고 희끗희끗한 모습을 나타낸다. 초초沼沼는 까마득히 먼 모습을 형용한 말이다. 멀다. 이들의 첩자疊字는 의성어나 의태어로 쓰이지만, 한 글자가 나타내는 의미보다 그 의미를 훨씬 강조하는 기능을 한다. 뿐만 아니라 시에 있어 리듬감, 또는 생동감을 고조시킨다. 그의 「고언룡 운께 받들어 화답함奉和高彦龍雲」[6]이라는 시 1제題 3수首 가운데 그 두 번째를 들어 보면 다음과 같다.

送送迎迎內	전송하고 환영하고 하는 동안에
衣冠坐待晨	의관 갖추고 앉아 새벽을 기다려.
濛濛收海雨	바닷가 자욱이 내리던 비 그치고,
苒苒去江春	점점 강가의 봄기운 사라져가네.
枝盡垂街柳	거리에 늘어진 버들가지 다한 곳,
杉連入漢人	삼나무처럼 이어 한양 가는 사람.
此邦都會地	이 곳은 도회지都會地여서,
車馬日來新	수레와 말이 날마다 새로 오가네.

이 시에서도 첩자가 4번 쓰였다. 수련首聯의 출구出句에서는 다섯 글자 가운데 네 글자로 첩자로 이루어졌다. 함련頷聯의 출구와 대구對句에서도 각 한 번씩 첩자를 쓰고 있어 한 연에 첩자를 두 번 사용하였다. 이 첩자들도 앞의 시에서와 마찬가지로 의성어와 의태어로 무엇을 강조하는 역할을 한다. 보내고 보내며 맞고 맞음送送迎迎은 '보내고 맞음送迎'만 하면 될 것을 같은 글자를 겹치게 하여 그 의미와 분위기를 강조하고 있다. 이는 단순히 강조에만 그치지 않는다. 같은 성聲과 운韻이 겹쳐 시 전체의 리듬감을 살린다. 곧, 시에 음악성을 증대시키고 있다.

함련 출구의 몽몽濛濛과 대구의 염염苒苒도 이와 마찬가지이다. 몽몽고 염

---

6 朴祥, 『訥齋續集』 卷2.

염은 모두 형용사로 ㉮ 초목이 무성한 모양, ㉯ 가볍고 부드러운 모양, ㉰ 시간이 점점 흘러가는 모양을 나타낸다. 몽몽과 염염은 그 의미가 있다. 그러나 자아가 다른 글자를 사용하고 있다. 이는 자아, 곧 눌재의 시재詩才가 그만큼 뛰어났다는 것을 의미한다.

(2) 전고사용典故使用을 통한 우의미寓意美

우의寓意(Allegory)나 풍자諷刺(Satire)는 현실에 대한 불만이 있을 때 나온다. 그것도 현실을 극복할만한 힘이 없는 사람이 자신의 가슴속에 쌓인 불만을 토로할 때 자주 쓰인다. 현실 세계를 주도하는 사람이라면 우의나 풍자가 필요 없다. 직설적으로 자신의 생각을 드러내 주장하면 된다. 그러나 현실세계에서 약자의 위치에 있는 사람은 그렇게 주장할 수 없다. 따라서 자신의 주장을 다른 사물에 빗대어 표현한다. 눌재의 오언시를 보면 많은 부분에서 현실에 만족하지 못하고 있다. 자아가 현실에 대하여 불만, 소외감을 많이 가지고 있다. 그의 시「고풍 십 운古風十韻」[7]이라는 두 수의 시 가운데 그 첫 번째 것을 들어보면 다음과 같다.

雄虺闞我左	웅훼는 나의 왼쪽을 파고들고,
老梟窺我右	노효는 나의 오른쪽을 엿보네.
兩頭蟠我前	살모사는 내 앞을 감아 돌고,
九尾踆我後	구미호는 나의 뒤를 막아섰네.
四凶處之蕃	사흉이 득실거리는 곳에 있어,
一身眇然小	내 한 몸 보잘것없이 작다네.
眞由地勢痺	진실이 지세에 따라 마비되니,
毒物萃不少	독물이 적지 않게 모여 드네.

---

7 朴祥, 『訥齋集』 卷1, 五言古詩.

위 시의 수련과 함련에서는 자아가 우의하고 있다. 머리 아홉인 뱀[雄虺][8], 노련한 올빼미[老梟], 양두사[兩頭蛇], 구미호[九尾]는 경련의 사흉[四凶]에 해당한다. 살모사, 올빼미, 양두사, 구미호는 모두 염치없고, 사악하고, 잔인하며, 간사한 사람을 우의 한 말이다. 자아가 처한 공간이 조정이니 조정에서 서로 권력을 차지하려고 중상모략하고 임금에 아부하는 무리를 자아가 이렇게 묘사하고 있다. 이는 곧 자아가 권신[權臣]의 대열에 들어가 못하였다는 것을 의미하기도 한다. 경련의 대구에서 내 몸이 보잘것 없이 작다고 하였기 때문이다.

예나 지금이나 보수와 진보가 있기 마련이다. 부귀를 가지면 보수가 되고 그렇지 못하면 진보가 될 수밖에 없다. 부귀를 가진 집단이 그것을 지키기 위하여 그들만의 울타리를 치고 있다. 그렇지 않은 무리는 반대로 이 울타리를 허물어 자신들이 그 울타리 안으로 들어가려 한다. 여기서 보수 또는 수구, 진보 또는 개혁파가 나올 수밖에 없다. 자아가 보수 집단에 들어가지 못하였기 때문에 그의 눈에 보이는 조정의 권력자들이 똑바로 보일 리가 없다.

자아가 보았을 때 진실이 통하지 않은 세계이다. 조정안이 그만큼 타락하고 있다는 말과도 통한다. 그 원인이 다름 아닌 지세[地勢], 곧 출신지역에 따른 차별이다. 그 두 번째 시에서도 역시 우의적으로 자아 자신의 심정을 묘사하고 있다.

赤蟻大如駒	붉은 개미가 망아지만큼 크고,
飛蜂或似鵠	나는 벌은 고니와도 비슷하네.
巨細雖別科	크고 작아 종류 다르다 해도,
施害則同酷	해를 끼침은 똑같이 잔혹하네.
此間最難宅	이 중 자리 가장 어렵게 함은,
騷魂等秋蓬	가을 쑥 같이 시름 겨운 영혼.

---

8 『楚辭』[招魂]의 「雄虺」九首 註에 "뱀의 몸에 머리가 아홉이다."라고 한 말이 있다.

巫陽在寥廓	무양은 쓸쓸한 성곽에 있나니,
虎關何蒙蒙	호관이 어찌 그리도 몽매한지.

위 시의 수련首聯에서 붉은 개미와 나는 벌은 악인을 우의한 말이다. 이는 전국시대 때의 문인인 송옥宋玉의 「경양頃襄王의 혼을 부름招魂」에, "남쪽 지방에는 코끼리처럼 큰 붉은 개미와, 조롱박처럼 검은 벌[赤蟻若象, 玄蜂若壺竺]"이라는 말이 나온다. 붉은 개미나 나는 벌은 악인惡人을, 망아지와 고니는 선인善人을 우의하고 있다. 함련頷聯에서 크고 작다는 것의 주체는 개미와 벌, 곧 악인이다. 자아가 생각하는 악인은 과연 누구였을까? 이에 대한 해답은 간단하다. 자아와 같은 시대에 조정에서 관직 생활을 하고 있지만, 그와는 의견이 서로 다른 사람이다. 자아, 곧 눌재訥齋 자신처럼 진보적인 관료가 아니라 보수적인 관료라는 것은 말할 필요가 없다.

자아 자신의 의견을 받아들이지 않고 상대편에서 일방적으로 정사를 결정한다. 이러한 때 그 자신의 입장에서 보면 억울하기도 하고 안타깝기도 하다. 가을 쑥 같이 시름 겨운 영혼이라 하였으니, 자아가 힘이 나지 않는다. 가을이 되면 숙살기肅殺氣가 내려와 나무에는 잎이 떨어지고 풀은 말라 죽게 된다. 자아의 심정이 서리를 맞은 가을 쑥처럼 풀이 죽었다. 미련尾聯 가면, 무양이 쓸쓸한 성곽에 있는데 호관虎關이 이를 모른다고 하였다. 무양은 본디 고대 신화에 나오는 무당의 이름이다. 이 무양이 천제天帝의 명을 받들어 죽은 사람의 영혼을 불러들인다고 한다. 이 말 역시『초사楚辭』「초혼招魂」에 나온다. 그의 「술회시를 지어 연곡에게 줌述懷投淵谷」[9]이라는 시에서도『초사』의 내용을 용사하여 자아 자신의 생각을 묘사하고 있다.

若箇萋萋草	한낱 우거진 풀 같은 것들도,

---

9 朴祥,『訥齋集』卷3, 五言律詩.

王孫恨不歸	왕손이 안 돌아와 안타까워해.
層陰恒閉畫	구름 가려 낮에도 항상 어두워,
白日且無輝	밝은 햇살도 빛을 잃어 간다네.
蕪沒芝蘭畹	밭엔 지란이 잡초에 덮여 있어,
凄涼薜荔衣	벽라 옷을 입고 처량도 하네.
功名付餘子	공명은 딴 사람에게 주어버리고,
薖軸莫相違	은거하며 서로 등지지는 말세나.

위 시 가운데 용사의 핵심은 왕손과 벽라옷이다. 이 두 단어는 모두『초사』에서 나왔다. 왕손王孫은『초사楚辭』의「초은사招隱士」에, "왕손은 유람 길 떠나서 돌아오지 않았는데, 봄풀은 싹이 돋아 어느새 무성해졌구나[王孫遊兮不歸, 春草生兮萋萋]."라는 구절에서 용사하였다. 또 벽라 옷[薜荔衣]은『초사楚辭』이소離騷에 "벽려에서 떨어진 꽃술을 꿴다네[貫薜荔之落蘂]."[10]라고 한 데서 나왔다. 본디 벽려薜荔는 향기 나는 나무 덩굴 이름으로, 은자隱者가 입는 옷을 말한다.

시인이 전고典故 사용, 곧 용사用事하는 것은 옛날의 사실을 빌려와서 자신의 생각에 결부시킨다. 따라서 시인은 용사를 통하여 새로운 의미를 창출하여 낸다. 시를 지은 시인들이 대부분 그러하듯이 눌재의 시에도 많은 전고典故가 보인다. 그가 용사한 단어 가운데 많은 부분이『시경』이나『초사』,『춘추좌씨전』등의 경서經書나 문학서였다. 이 가운데 그의 시에 가장 많이 등장하는 전고의 출전은『초사』이다.『초사』는『시경』과 함께 선진先秦시대 중국 문학을 대표한다.『시경』이 주로 중국 북방의 지리와 문화를 반영한 것이라면,『초

---

10 이 말의 앞뒤 구절을 들어 보면 다음과 같다.

擥木根以結茝兮	나무뿌리 캐어 채초를 묶음이여,
貫薜荔之落蘂	벽려에서 떨어진 꽃술을 꿴다네.
矯菌桂以紉蘭兮	균계 바로잡아 난초를 묶음이여,
索胡繩之纚纚	향풀로 새끼 꼬아 늘어뜨린다네. (『楚辭』,「離騷」)

사』는 남방 지역의 풍속과 인정을 담고 있다. 『시경』의 내용은 사회생활을 하면서 겪은 일이나 이 일을 통하여 일반 서민들이 느끼는 보편적인 정서를 사실적으로 노래한 것이다. 이에 비하여 『초사』는 개인이 겪은 일이나 환상적인 정서를 낭만적으로 읊고 있다. 눌재가 『초사』의 내용을 용사하고 있지만, 그의 시에서는 낭만성이 보이지 않는다. 마치 굴원이 「이소경離騷經」에서 읊은 것과 같이 아쉽고, 안타깝고, 외롭고, 괴로운 심정을 용사하고 있다. 그가 전고典故를 사용하여 당대의 현실을 우의寓意 또는 풍자諷刺하고 있다. 이는 그만큼 그의 삶, 곧 관직생활이 순탄하지 않았기 때문이다.

(3) 사물 묘사에서의 사실미寫實美

눌재의 시를 보면 사물의 이름을 재목에 그대로 붙인 경우가 가끔 있다. 실제로 이러한 현상은 조선 후기 한시작품에서 많이 나타난다. 그의 「귤을 읊음詠橘」[11]이라는 시를 들어 이에 대한 논의를 계속하기로 한다.

橘星垂箇箇	귤이 별처럼 알알이 드리우니,
霜女下蒼衢	상녀가 하늘에서 내려 준 듯.
面帶黃金皺	껍질은 황금 주름을 띠고 있고,
心含白雪腴	속은 흰 눈 같은 피부 머금어.
夕陽薰匼匝	석양에 아름다운 향기 우러나,
朝露潤糢糊	아침이슬에 윤기가 촉촉하다네.
老見生秋蠹	늙은 것에선 가을벌레 보이고,
蕃知少國租	번성함에 나라 세금이 적다네.
行尊皇樹頌	항열은 황수송만큼이나 높고,

---

11 朴祥, 『訥齋集』卷6, 五言排律.

名重洞庭湖	명성은 동정호보다 더 높다네.
初錫夏書貢	처음 하나라 공물로 바치라 해,
卒爲州吏奴	결국에 주리의 노예가 되었네.

小人利口實	소인 맛좋은 과일로만 생각해,
君子急香須	군자는 향기 퍼뜨리려 한다네.
半李輕三咽	반리 세 번 삼켜 기운을 차려,
蟠桃謾數偸	반도를 공연히 몇 번 훔쳤네.
懷童情繾綣	어릴 적엔 끈끈한 정 생각하나,
隱者避崎嶇	은자는 험난한 길을 피한다네.

| 我欲移嘉種 | 나는 좋은 종자 옮겨 심으려고, |
| 花源置一區 | 도화원에 한 자리 마련해야지. |

　이 시는 4단락으로 나눌 수 있다. 앞의 세 단락은 3연으로, 마지막 단락은 1연으로 이루어졌다. 제1단락에서는 겉으로 드러난 귤의 모습을 묘사하고 있다. 먼저 제1연이 출구에서 자아가 귤이 존귀하다는 것을 암시하고 있다. 그것은 상녀霜女, 곧 상신霜神이 내려 준 선물인 듯 하고 독자의 주의를 환기시킨다. 이어서 귤의 겉과 안의 모습을 묘사하고 있다. 껍질은 황금주름, 속은 눈같이 흰 피부라 하여 귤을 의인화하기도 한다. 석양이 비치자 향기가 번지고, 이슬을 머금자 윤기가 촉촉이 흐른다. 이 연聯은 자아가 여성인 것처럼 생각할 정도로 그 묘사가 섬세하다.
　제2단락의 3연에서는 귤의 효능에 대하여 자아가 묘사하고 있다. 귤이 익어가자 그 속살을 벌레가 파먹는다. 벌레가 있다는 것은 그만큼 귤이 맛있다는 말이다. 새나 벌레가 먹은 과일이 그렇지 않은 것보다 더 맛있다. 곤충이나 새가 그 맛을 신기하게 잘 알기 때문이다. 제1연의 대구에서는 귤이 풍년이 들면 백성들의 세금이 줄어든다고 하였다. 이는 세금 대신에 귤을 공물로 바쳤기 때문이다. 따라서 귤의 효능이 높아질 수밖에 없다. 자아가 향렬이 황수송부다 높고 명성은 동정호보다 유명하다고 하였다. 황수송皇樹頌이라는 말은 초楚나라 굴원屈原이 자신의 고결하고 변하지 않는 지절志節을 귤나무에 빗대어 읊은 「귤송橘頌」에서 나왔다.[12] 이를 통하여 보면, 자아 자신도 이 굴원과 같이 고결하다는 것을 암시하고 있기도 하다. 또 귤의 명성이 유명한 동정호보다 높다고 하였으니, 사람들이 그만큼 귤을 귀하게 여긴다는 말이다. 그런데 제3연에 가면 귀한 귤이 인간의 욕심에 이용당하게 된 정황을 묘사하고 있다. 처음에는 하나라에서 공물[13]로 바치라 하였지만, 결국은 고을 관리들의 노예가 되었다고 한다. 고을 수령들이 귤을 공출하여 그 전부를 나라에 바치는 것이 아니다. 공출 가운데 일부는 자신의 욕심을 채우는데 사용한다. 이렇게 되면 나라에 폐단이 생기게 된다. 이는 자아가 살았던 시대인 조선도 예외가 아니다.

제3단락의 제1연에서 자아가 군자와 소인의 습성을 구분하고 있다. 똑 같은 귤이지만 소인은 그냥 맛좋은 과일로만 생각한다. 하지만 군자는 그 향기를 사방에 퍼트리려 한다. 소인이 자신만을 생각하지만 군자는 남을 생각한다. 여기서 자아의 세계관이 나타난다. 자아가 군자君子의 자세를 지향하고 있다. 군자는 대동지유大同之儒이다. 대동지유는 이웃과 함께 하며 세상을 공평하게 다스린다. 제2연에서는 도리桃李의 고사와 귤을 동일시하고 있다. 사람들이 귤을 먹으면 건강하게 되어 오래 살 수 있다는 점을 암시하고 있다. 이 연에서의 고사는 반쪽 오얏[半李]과 반도蟠桃이다. 반리는 『맹자』에 나오는 진중자陳仲子 이야기[14]요, 반도는 『산해경山海經』에 나오는 불로장생 고사[15]이다.

---

12 "후황이 아름다운 나무 좋아하매 귤이 와서 자라니, 강남에 명을 받고 생장하여 다른 데로 옮겨 가지 않네[后皇嘉樹, 橘徠服兮, 受命不遷]."라고 한 데서 따왔다. 『楚辭』第9章.

13 이는 『서경』의 하나라 우임금이 싸 가지고 오는 귤과 유자는 바치라는 명을 내리면 바친다.[夏禹貢…(中略)…包橘柚錫貢]"라고 한 구절에서 용사한 것이다. 『書經』, [夏書]. 「禹貢」.

제3연에 가면, 사람은 중도中道를 지켜야 한다는 것을 자아가 주장하고 있다. 어릴 때는 정에 이끌릴 수 있지만, 나이가 들어서 정에 이끌리면 폐단이 생긴다는 것을 암시하고 있다. 이렇게 되면 험난한 길을 걸을 수밖에 없다. 따라서 은자가 이 폐단에 휩싸이지 않기 위하여 세상을 등질 수밖에 없다.

제4단락에 가면, 자아가 그래도 귀한 귤을 자신도 소유하고 싶어 한다. 도화원에다가 품종이 좋은 귤 한 그루를 심겠다고 하였기 때문이다. 도화원은 세상의 욕심을 등진 세계이다. 이는 번잡한 세상에서 사는 사람이면 누구나 추구하는 세계이기도 하다. 자신이 처한 현실세계가 고달플수록 이러한 더욱 동경하게 된다. 자아도 그러한 세상에서 살고 있다.

이와 같이 이 시는 첫 단락에서는 귤의 속성에 대하여 섬세하게 묘사하고 있다. 그러나 자아의 시상이 전개되면 될수록 그의 귤을 매개로 하여 자신의 지향의식을 표출하고 있다. 이처럼 그가 사물을 描寫적으로 묘사하고 있다. 이는 그의 성품이 그만큼 섬세하다는 것을 의미한다. 겉으로는 강직한 것 같지만, 그 마음은 섬세하면서 정이 있었다는 입증하고 있다.

2) 시의 요소로 본 눌재 시의 미학

(1) 음악성과 회화성繪畫性의 미학

일반적으로 시의 요소라 하면 음악성, 회회성, 분위기이다. 물론 이 말은 현대시를 두고 한 말이다. 한시에서도 이 세 가지 요소를 무시할 수 없다. 한자는

---

14 진중자(陳仲子)가 오릉(於陵)에 거처할 적에 사흘 동안이나 먹지 못하다가, 굼벵이가 반이나 파먹은 오얏이 우물가에 있는 것을 보고는 기어가서 세 차례 베어 먹고 나서야 기운을 차렸다井上有李 蠐食實者過半矣 匍匐往將食之三咽 然後耳有聞目有見는 고사로 『맹자』 「滕文公」 하편에 나온다.

15 반도(蟠桃)는 신선들이 먹는 복숭아로, 바다에 있는 도색산(度索山) 꼭대기에서 자라며 3천 년마다 한 번 열매를 맺는데 이 복숭아를 먹으면 불로장생한다고 한다. 『山海經』.

사성四聲으로 이루어졌고, 시는 이 사성을 활용하여 시구詩句를 구성한다. 특히 근체시는 정형定型으로 평성과 측성을 규칙에 맞게 배열하여야 한다. 따라서 한시에 음악성이 나타나는 것은 당연하다. 한편, 한시에는 그 작시법에 관계없이 회화성을 지니고 있다. 시와 그림이 밀접한 관계가 있다. 남종화의 창시자이면서 성당 시대의 시인인 왕유가 '시 가운데 그림이 있고, 그림 가운데 시가 있다詩中有畵, 畵中有詩.'라고도 하였다. 그만큼 시 속에는 회화성이 나타난다는 말이다. 『시경』 육의六義 가운데 작시법, 곧 시의 형식을 말하는 흥·비·부興比賦 가운데 흥체興體에서 시중유화詩中有畵의 기법이 많이 나오기는 하지만, 비체比體나 부체賦體에서도 이러한 기법이 없지 않다. 눌재의 시 가운데「함창 광원루의 시판詩板 시에 차운함咸昌廣遠樓 次板韻」[16]이라는 시를 들어 이에 대한 논의를 계속하기로 한다.

官樹官池靜	관아 나무와 연못 고요하기에,
登樓放目探	누각에 올라 사방을 둘러보네.
荷錢靑疊疊	연잎은 겹겹이 푸른빛 쌓였고,
桐蕚紫毿毿	오동 꽃은 자주 빛을 드리웠네.
客意歸雲急	나그네 빨리 돌아가고 싶어서,
愁吟落日酣	해 저물녘이면 시름 겨워 읊네.
主人衙欲罷	수령이 공무를 마치자고 하니,
街卒散三三	하인들 거리로 삼삼오오 흩어져.

이 시는 눌재가 상주 목사를 지낼 때 지은 것으로 보인다. 당시 상주목尙州牧 인근에 함창현咸昌縣이 있었기 때문이다. 수련首聯과 함련頷聯에서 자아는 그 자신의 눈에 비치는 현상을 읊고 있다. 관아官衙에서 공무가 거의 끝이 났다.

---

16 朴祥, 『訥齋續集』 卷1, 五言律詩.

공무가 바쁠 때라면 자아의 눈에 연못이나 그 못 가에 서 있는 나무를 살필 틈이 없다. 하루 일과가 거의 끝난 오후이기에 모두들 한가하다. 수련에서 자아가 공간적 배경을 묘사하고 있다면, 함련頷聯에서는 공간과 시간을 아울러 묘사하고 있다. 언뜻 보면 푸른 연잎과 자줏빛 오동나무 꽃을 묘사하고 있어 공간 배경만 나타낸다고 할 수 있다. 그러나 연잎이 푸르고 오동 꽃이 피는 5, 6월로 늦봄에서 초여름 사이이다. 이때가 되면 만물이 한창 성장한다.

그러나 자아의 마음은 자연현상과는 상관없다. 자아 자신이 고향을 떠나 잠시 머물고 있는 곳이기에 연잎이 무성하든 오동 꽃이 피든 이러한 것들이 눈에 들어오지 않는다. 경련에서 읊고 있듯이 자아가 자신의 고향으로 돌아가고 싶다. 여기서의 고향은 자신이 태어난 곳일 수도 있고 그 마음의 고향일 수도 있다. 마음의 고향은 관직을 그만두고 자연 속으로 돌아가는 것이다. 자아의 귀소의지歸巢意志가 현재로서는 실현 불가능하다. 따라서 하루해가 저물어 갈 때면 자아의 마음이 한없이 외로워진다.

자아 자신이 혼자이지만 그 관아에서 일하는 하인들은 그렇지 않다. 함창현감이 공무를 마치자고 하니 하인들이 자신의 집을 향하여 바쁘게 가고 있기 때문이다. 신분이 비록 자아 자신보다 낮으나 그들은 갈 곳이 있다. 반대로 자아는 신분이 높지만 퇴근하여 갈 곳이 없다. 이처럼 자아의 심정이 밝지 않기 때문에 연잎이 무성하든 오동 꽃이 피든 자아와는 상관없다.

이 시에서는 관아의 나무, 잔잔한 연못, 누각, 푸른 연잎, 자주 빛 오동잎, 저녁 놀 등에서 음악성과 회화성을 지니고 있다. 이에 더하여 첩첩疊疊, 삼삼毿毿, 삼삼三三 등의 첩자에서 이러한 음악성과 회화성의 깊이를 더하고 있다. 다음의 「서쪽 산봉우리의 흰 구름西峯白雲」[17]이라는 시에서도 겉으로는 회화성만 나타나지만 그 이면에는 리듬감을 내포하고 있다.

17 朴祥, 『訥齋續集』 卷1, 五言律詩.

迢迢來爽氣	멀리서 가을 기운이 찾아와,
雨外擢秋標	비온 뒤에 단풍잎이 떨어져.
玉葉全峯亂	옥엽은 온 산에 어지럽나니,
金風一帶驕	한 줄기 가을바람이 불어와.
詩情忽騈蕩	시정이 갑자기 떠오르나니,
逸興自扶搖	즐거운 흥이 절로 일어나네.
安得出寥廓	어찌하면 적막에서 벗어나서,
東西隨住飄	동서로 머무는 바람을 따를까.

이 시는 선경후정先景後情의 흥체興體로의 수련과 함련에서 경치를 묘사하고 있다. 경치를 묘사하는 것 자체가 그림을 연상하게 한다. 그림이 정적靜的이라면 시는 동적動的이다. 수련의 대구에서 떨어진 단풍잎이나, 함련의 출구에서 옥 같은 잎이 산을 어지럽힌다는 말은 마치 낙엽이 뒹구는 소리가 들리는 듯하다. 곧, 음악성과 회화성이 한 구절에서 중첩되어 시적 효과를 고조시키고 있다. 경련의 가을바람은 눈으로 볼 수 없지만, 몸으로 느낄 수 있다. 가을바람이 불어오면, 머릿속에서는 그 소리를 상상한다. 이럴 때 자아의 마음속에서는 시정이 저절로 생겨난다.

낙엽을 흩날리는 바람이 불어오는 것은 쉬지 않고 움직이는 현상이다. 이에 비하여 자아 자신은 움직이지 않고 그 광경만 보고 듣는다. 자연이 동적인데 반하여 자아 자신은 정적이다. 경련과 미련에서 비록 자아의 내면을 묘사하고 있지만, 움직임과 고요함을 서로 교차시켜 음악성과 회화성을 모두 지니고 있다.

(2) 시공時空과 분위기의 미학
시에 있어서 시간과 공간 표현은 철리시哲理詩가 아닌 경우에 대부분 나타난다. 특히 선경후정先景後情을 작시의 바탕으로 하는 흥체興體의 시에서는 더욱 그러하다. 눌재의 시는 완전히 흥체가 아니다. 그러나 앞의 두 구절 또는 두 연에서는 경치가 나오고 이어서 자신의 정서를 묘사하는 경우가 대부분이다. 이 항에서는 그의 시에 나타나는 시간과 공간이 분위기와 어떻게 연결되는가를 고찰하기로 한다. 먼저 그의 「봄에 감흥이 있어 율시 두 수를 지어 사물재에 기록하고 화답해 주길 바람感春短律二首 錄似勿齋 希和敎」[18] 시에서도 이러한 분위기가 나타난다. 2수의 시 가운데 첫 번째 것을 들어 보면 다음과 같다.

千門春氣暈	집집마다 봄기운 피어오르는데,
雨滿漢陽城	한양성에는 온통 비가 내리네.
街柳忽饒色	거리 버들 홀연히 푸르러 가고,
御溝新有聲	궁중의 도랑엔 물 졸졸 흘러가.
酸寒偏逆旅	매서운 추위 나그네에게 더해,
書疏阻平生	상소上疏는 평생 막혀버렸네.
明日江南路	내일이 되면 강남으로 갈 테니,
蒼茫更別情	창망하여 이별의 정이 더하네.

위 시를 보면 수련首聯과 함련頷聯, 경련頸聯과 미련尾聯이 서로 대對를 이루고 있다. 수련과 함련에서는 자아의 눈에 보이거나 들리는 자연 현상을 묘사하고 있다. 반면, 경련과 미련에서는 자아 자신의 심정을 묘사하고 있다. 수련에서는 시간 배경이 나타나고 함련에서는 공간 배경이 나타난다. 수련에서 보면 자아가 집집마다 봄기운이 무르익어 간다고 하였다. 함련에서는 한양성漢陽城에서 비가 내린다고 하였다. 곧, 시간적 배경이 봄이고, 공간적 배경은 한양성이다. 자아가 한양에 와 있다. 한양에 봄비가 내린다. 봄비는 지난겨울

---

18 朴祥, 『訥齋續集』 卷2, 五言律詩.

의 추위를 녹여 새 생명이 싹트게 한다. 봄비가 때맞추어 내리고 있다. 봄에 내리는 단비[時雨]는 만물을 생동시킨다. 이 비가 농부에게는 더할 수 없이 필요하다. 이 대 내리는 비가 농사에 많은 도움을 주기 때문이다.

함련에 가면 봄이 오니 거리의 버들에 생기가 나고 궁중의 도랑에는 물이 졸졸 흐른다. 버들잎이 푸르러 가는 것은 시각적 이미지요, 도랑물이 졸졸 흐르는 것은 청각적 이미지이다. 버들에 생기가 난다고 하였으니 이에 나타난 심상은 부정이 아니라 긍정적이다. 이에 앞서 수련의 봄도 부정적인 의미가 아니다. 봄은 만물이 신생新生하여 사람들에게 희망을 준다. 신생의 현상이 구체적으로 나타나는 것이 함련의 버들잎이다. 졸졸 흐르는 도랑물의 이미지도 어둡지 않다. 큰 강이나 바닷물은 아니지만 물이 한 곳에 머물지 않고 쉼 없이 흘러간다. 그 만큼 생동감이 있다.

이러한 긍정적인 이미지가 자아의 내면에 들어가면 부정적으로 나타난다. 곧, 경련과 미련에서 그러한 정황이 드러난다. 경련에서 자아가 매서운 추위가 나그네에게 더 심하다고 하였다. 이른 봄이라 날씨가 쌀쌀할 수도 있다. 하지만 그렇게 매섭게 춥지는 않다. 그런데 왜 자아가 매서운 추위라 하였는가? 그 원인이 대구對句에 나타난다. 자아 자신이 의도하였던 계획이 무산되었기 때문이다. 자아가 계획한 일은 다름 아닌 임금께 소문疏文을 올려 임금이 자아의 의견을 수용하는 것이다. 이러한 자아의 이 계획이 처음부터 좌절되었다. 임금이 상소上疏를 받아들이지 않았다. 수련과 함련의 계절은 봄이지만, 자아의 마음은 춥기만 하다. 수련과 함련에서의 자아의 마음은 계절에 맞게 희망적이라면, 경련에서는 계절과는 상관없이 절망적이다. 자아의 마음이 그만큼 얼어붙었다.

미련에 가면 자아의 마음이 절망을 넘어 포기抛棄에까지 이른다. 내일이면 강남으로 내려간다고 하였다. 여기서의 강남은 자아, 곧 눌재訥齋의 고향인 전라도를 가리킨다. 자아가 누군가와 같이 있다. 그 누구는 사물재似勿齋의 주인이거나 그곳을 관장하는 사람이다. 그가 서울에 살고 있으면서 자아를 마음으로라도 도와주는 사람이다. 자아가 떠나기 하루 전 사물재의 주인에게 작별의 시를 지어 주었다. 이별은 누구에게라도 찾아온다. 서로 헤어지면서 기분이 좋은 사람은 그다지 없다. 우리 문학에 나오는 이별은 대부분 아쉬움, 미련, 설움, 원망, 한恨 등이 녹아 있다. 예를 들어, 고려시가의 「서경별곡」 「가시리」 등에 나오는 이별別은 한恨과 서로 결부한다. 이별의 정한情恨이다. 서로 만났다가 이별하면 고통이 따른다. 이것이 '회별리고會別離苦'이다.

이어서 그의 「연곡 시에 화운함和淵谷韻」[19]라는 시 두 수 가운데 그 첫 번째 것을 들어 이에 대한 논의를 계속하기로 한다.

客至少詩料	객지에 오니 시를 적게 짓고,
春寒梅較遲	봄 날씨 추워 매화 더디 피네.
滿庭靑草合	푸른 풀 온 뜰에 어울리는데,
迷徑紫荊欹	형제간에 만나기도 어려워라.
不須施翦伐	푸른 풀은 베어 버리지 말고,
留與看差池	남겨두어 연못과 함께 봐야지.
早晚秋風到	머잖아 가을바람이 불어오면,
黃花殫舊枝	국화가 옛 가지에 흐드러지리.

연곡淵谷이 누구인지는 구체적으로 알 수 없다. 수련과 함련에서 시간과 공간 배경이 나타난다. 계절로는 이른 봄이다. 자아가 있는 곳이 자신의 집이 아니라 서울이다. 객지客地는 두 가지 의미로 해석할 수 있다. 첫 번째는 손님이 오는 것이고, 두 번째는 자아 자신이 객지에 온 것이다. 이 시에서는 두 번째 의미가 더 합당하다. 함련의 자형紫荊이라는 말에서 그 정황을 알 수 있다. 자형紫荊[20]은 나무 이름으로, 박태기나무라고도 하는데, 주로 형제간의 우애를

---

19 朴祥, 『訥齋續集』 卷2.

의미하지만, 이 시에서는 형제를 가리킨다.

함련 출구의 만정滿庭, 청초靑草 등의 시어詩語에서는 넉넉하고 생기 있는 이미지를 지니고 있지만, 수련과 함련의 객지客地, 한매寒梅, 미경迷徑, 형의荊猗 등의 시어에서는 외롭고, 차갑고, 혼미하고, 거친 의미를 내포하고 있다. 따라서 이 시의 수련과 함련의 분위기가 활기차거나 밝지 않다.

경련頸聯과 미련尾聯을 보면, 실제로 베어버리다의 의미인 전벌剪伐의 목적어가 없다. 그러나 만정청초滿庭靑草라는 시어로 보아서 전벌의 목적어가 청초라는 것을 알 수 있다. 연못가에 푸른 풀이나 연못은 생기 있고 고즈넉한 분위기를 자아낸다. 이러한 분위기가 미련에 가면 외롭고 쓸쓸한 분위기로 바뀐다. 추풍秋風과 황화黃花에서 그러한 정황을 느낄 수 있다. 가을에 오면 만물이 성장을 멈춘다. 이때가 되면 남자들이 쓸쓸하고 서글퍼진다. 당나라 이백李白의 작품에 「청추비부淸秋悲賦」라는 것도 있다. 경련의 불수전벌不須剪伐이나 유여留與는 자아의 희망사항이지만 실제로 자아의 마음은 그렇지 못하다. 계절은 이른 봄이지만 자아의 마음이 이미 가을로 접어들고 있다. 따라서 그 분위기도 밝고 생기 있는 것이 아니라 어둡고 쓸쓸하다.

(3) 감각을 통한 심상心象의 미학

눌재의 시 가운데는 시·청각적 이미지가 복합적으로 나타나는 경우가 있다. 「삼가 석천의 시에 화운함奉和石川」[21]이라는 시 3수 가운데 그 첫 번째를 들어 이에 대한 논의를 하기로 한다.

---

20 南朝 梁나라 吳均이 지은 『續齊諧記』에, 田眞 삼 형제가 재산을 분배하면서, 집 앞에 있는 자형나무까지 3등분하여 나누어 갖기로 했더니, 그 나무가 갑자기 말라 죽었다. 이것을 본 전진이 뉘우치면서 두 아우에게 "나무는 본디 뿌리가 하나인데 장차 쪼개 나눈다는 말을 듣고 이 때문에 시들어 버린 것이니, 우리 같은 사람은 나무만도 못하다(樹本同株, 聞將分斫, 所以顦顇, 是人不如木也)."라고 하고, 서로 슬퍼하며 그 나무를 나누지 않았더니, 그 나무가 다시 살아나서 무성해졌다고 한다.
21 朴祥, 『訥齋續集』 卷1, 五言絶句.

抱琴招日出	거문고 안고 돋는 해 맞아서,
東閣奏商聲	동각에서 음악을 연주한다네.
莫說天無耳	하늘에 귀 없다 말하지 마오,
昭陽杲杲生	밝은 빛 높고 높이 생기나니.

자아가 거문고를 안고라고 하였으니, 아직은 수평 또는 수직적으로 그 시선과 행동이 움직이지 않고 있다. 그러나 해돋이를 맞이한다는 말에서 그의 시선이 아래에서 위로 향하고 있다는 것을 알 수 있다. 수평에서 대각선으로 그의 시선이 올라가고 있다. 일반적으로 해나 달이 뜨는 것을 구경할 때는 그 시선선이 수직으로 올라가는 것이 아니라 대각선으로 올라간다.

승구承句에서는 동쪽 누각(東閣)에서 음악을 연주한다고 하였다. 동각은 시각적 이미지를 지니는 동시에 상징적 의미를 지닌다. 일반적으로 동쪽이라 하면 위쪽을 가리킨다. 한 마을에서 윗마을이라 하면 그 마을의 동쪽을 가리킨다. 기구와 승구에서 행동의 주체는 자아이다.

그러나 전구轉句에 가면 그 주체가 사뭇 달라진다. 하늘에 귀가 없다고 하지 말라는 사람은 일반인이다. 자아가 일반 사람들이 한 말에 대하여 부정하고 있다. 그 부정이 결구에 나타난다. 그것은 자아가 연주하는 음악을 듣고 높은 하늘에서 밝은 빛이 생긴다는 것이다. 기구·승구에서의 행동의 주체인 자아와 결구의 주체인 하늘이 교감交感하고 있다. 자아와 외물外物의 교감이다.

이 시의 몇 몇 시어詩語에서 상징적인 의미를 지니고 있다. 거문고[琴]·해돋이[日出]·연주[奏]·동각東閣·하늘[天]·밝은 빛[昭陽]·높고 높이[杲杲]·남[生] 등이 그것이다. 거문고 하면 금방 떠오르는 것이 백아伯牙와 종자기鍾子期의 지음知音이다. 떠오르는 해를 맞아 자아가 음악을 연주하지만 이 가락을 들어 줄 사람이 없다. 대자연만이 자아의 음악소리를 듣는다.

일출日出·동각東閣·천天·소양昭陽·고고杲杲·생生 등의 시어詩語에서는 가볍고, 밝고, 따뜻하고, 희망적이고, 생기가 있다는 것을 나타낸다. 이러한 자연 현상과는 달리 자아의 마음은 무겁고, 어둡고, 서늘하고, 절망적이고, 생기가 없다. 자아는 자신의 속마음을 어느 누구에게 말하고 싶지만 그 말을 들어줄 사람이 없다. 자아의 주변에 사람이 없기 때문이다. 그의 시에 공감각적 이미지가 나타나는 경우가 있지만 이 이미지들이 그다지 밝지 않다. 그만큼 그의 내면에 아쉬움이 남아 있다. 이어서 「중국 사신 자양 당고가 밤에 태평관에 묵으매 술에 취하여 자다가 일어나 구점한 시에 차운함次紫陽唐天使皐 夜宿太平館 醉起口占韻」[22]이라는 1제 5수의 고시 가운데 첫 번째 것을 들어 이에 대한 논의를 계속하기로 한다.

眞人上玉樓　　　진인이 옥루 위에 올라가서,
手卷全天翠　　　푸른 하늘을 온통 걷어냈네.
織女注銀河　　　직녀가 은하수에 물을 대어,
霏霏灑餘醉　　　부슬부슬 뿌려 흠뻑 취하네.

당고唐皐는 조선 중종中宗 때 명明 나라에서 온 사신使臣이다. 1521년(중종 16) 명 나라의 신황제등극반조정사新皇帝登極頒詔正使로 조선에 왔다. 그가 정사正使로, 사도史道가 부사로 조선을 다녀갔다. 이들이 올 때 원접사遠接使로 압록강까지 가서 이들을 맞은 사람이 용재容齋 이행李荇(左參贊)이다. 이 때 이 두 사신을 영접하면서 시를 주고받은 사람은 당대에 시로 이름을 날린 이들이다.[23]

22 朴祥, 『訥齋續集』 卷1, 五言古詩.
23 이들의 시가 『皇華集』 권14에서 권17에 걸쳐 실려 있다. 『황화집』 권14의 서문은 당시 左議政이었던 南袞이 썼다. 『皇華集』 권14에는 李荇, 李希輔(禮賓寺副正), 鄭士龍(內資寺正), 蘇世讓(成均館司成), 李沆(형조판서) 등의 시가 실려 있다. 권15에는 이행, 이항, 金詮(領議政), 남곤, 徐厚(承政院 右副承旨), 尹希仁, 洪淑, 成雲, 정사룡, 이희보, 소세양 등의 시가 실려 있다. 권16에는 이행, 감전, 남곤, 홍숙, 성운, 윤희인, 서후 등이 당고와 사도 두 사람과 창화한 시가 실려 있다. 권17에는 당시 대제학이었던 이행이 서문을 썼고, 김전, 남곤, 張順孫(병조판서), 韓亨允(知中樞府事), 이항, 成世昌(工曹參議), 黃瑋(副護軍), 金安老(副提學), 蔡忱(直提學), 정사룡(弘文館 典翰), 소세양(직제학), 沈思順(홍문관 修撰), 宋純(承政院 注書), 表

위의 시는 『황화집皇華集』에는 들어 있지 않다. 이 시에 등장하는 단어들이 사람이 살고 있는 세계가 아닌 천상계의 현상을 묘사하고 있다. 진인眞人, 옥루玉樓, 취천翠天, 직녀織女, 은하銀河 등의 시어는 인간 세계와는 동떨어져 있다. 이 시어들에는 참되고, 귀하고, 희망 있고, 연결되고, 은혜를 베푼다는 의미를 지니고 있다. 이 단어들이 지니는 이미지도 이 의미와 맞추어 드러나고 있다. 진인과 옥루는 신선과 신선이 노니는 누각이다. 여기서 진眞과 옥玉은 참되고 고귀하다. 푸른 하늘은 절망적이지 않다. 하늘이 푸르다는 것은 날씨가 맑다는 말과 통한다.

자아가 처한 시간적인 배경이 밤이다. 밤은 모든 생명체가 운행을 멈추는 때이다. 이 때 맑은 하늘에 은하수가 반짝인다. 은하수가 반짝거린다. 비록 밤이지만 반짝거리는 은하수가 있어 절망적이지 않다. 은하수가 견우와 직녀가 만나는 것을 도와주기 때문이다. 결구의 부슬부슬霏霏이라는 첩어는 쉬지 않고 계속해서 내리는 비를 의미한다. 부슬부슬은 물론 의태어이다. 그러나 이 단어가 의태어로만 쓰인 것이 아니다. 부슬부슬 비가 오는 빗소리도 이 단어 안에 내포되어 있다. 또 부슬霏이 아니라 부슬 부슬이어서 비가 계속하여 오는 모습을 강조하고 있다. 이처럼 위 시에 쓰인 시어詩語에서는 한 가지의 심상만이 나타나는 것이 아니다. 이에서는 시각과 청각, 청각과 촉각 등의 심상이 겹쳐 나타난다. 이어서 그의 「서원 망선루24 시에 차운함西原望仙樓次韻」25이라는 시 두 수 가운데 그 첫 번째 시를 들어 보면 다음과 같다.

| 晚樓涼合重 | 저녁 누각에 오르니 시원해, |
| 山雨驟來初 | 산엔 갑자기 소나기 몰려와. |

憑 등의 시가 실려 있다.

24 서원은 청주의 옛 이름이다. 망선루는 청주목(淸州牧) 객관(客館) 동쪽에 있었는데, 옛 이름은 취경루(聚景樓)이다(『신증동국여지승람』, [청주목], 「누정」 조).

25 朴祥, 『訥齋續集』 卷1, 五言律詩.

黃鶴看題詠	황학을 보고서 시를 읊나니,
冲天仰額書	충천을 우러러 편액을 쓰네.
一尊空弔古	한잔 술로 고인을 조문하고,
長劍欲凌虛	긴 칼 차고 창공 오르려하네.
凄切臨風笛	들려오는 처량한 피리소리가,
無端更起余	무단히 나의 시흥을 일으키네.

위 시에서도 시각과 청각, 촉각적 이미지가 서로 겹친다. 먼저 기구起句에서 자아가 누각에 오르니 바람이 시원하다고 하였다. 누각이 땅보다 높은 곳에 있다. 이 누각이라는 단어에서 시각적 이미지가 담겨 있다. 누각에 오르니 바람이 시원하다. 바람은 촉각적 이미지를 지니고 있다. 이에 더하여 바람 부는 소리는 청각적 이미지를 포함하고 있다. 따라서 기구에서만 보아도 시각, 촉각, 청각적 이미지가 모두 나타난다. 승구에서 보면, 황학·충천·편액은 시각적 이미지를 지니고 있다. 이에 시 읊는 소리에서는 청각적 이미지가 나타난다. 전구의 한잔 술, 긴 칼, 푸른 하늘은 모두 시각적 이미지를 지니고 있다. 이 전구와 연결되는 결구에서는 전구에 없는 청각적 이미지가 나타난다. 피리소리가 바로 그것이다. 이처럼 자아가 각 구句마다 시각, 청각, 촉각 이미지를 교대로 안배하여 독자들에게 지루하지 않게 하고 있다.

(4) 형식과 내용을 통한 풍격風格의 미학

눌재訥齋의 5언시의 분위기는 대부분 밝지 않다. 이는 5언 시가 가지는 특징과 시인 자신의 감정이 서로 잘 맞았기 때문이다. 곧, 5언 시는 7언 시에 비하여 호흡이 빠르다. 호흡이 빠르다는 것은 급하다는 것과 통한다. 비정상적인 상황 아래에서 마음이 급하거나 아니면 시인 자신의 성격이 급할 때 짧은 시가 나온다. 이는 중국의 북방 문학과 남방 문학을 두고 보더라도 그러하다. 중국의 남방 문학은 『초사楚辭』가, 북방 문학은 『시경詩經』이 대표적이다. 『초사』

의 한 구절의 글자 수는 대개 10자 내외이다. 『시경』의 한 구절은 4자가 기본이다. 이는 그 지방의 기후와 밀접한 관계가 있다. 남방 지방은 덥다. 반대로 북방 지역은 춥다. 기후가 더우면 사람들이 축 처진다. 그것은 그다지 일을 하지 않아도 먹을 것이 많기 때문이다. 예를 들어, 중국의 남방인 복건성福建省이나 운남성雲南省에서는 1년에 3모작을 한다. 필자가 이들 지방에 가서 그 현장을 직접 보았다. 반대로 북방 지역인 흑룡강성黑龍江省이나 길림성吉林省 등에서는 1모작을 겨우 한다. 양력 10월이면 날씨가 추워져 이듬해 5월까지 추운 날씨가 이어진다. 따라서 그 지역 주민들의 성격이 대부분 급하다. 이는 우리나라도 마찬가지이다. 물론 사람에 따라서 그 성격이 차이가 난다. 이는 서로 타고난 기질氣質이 다르기 때문이기도 하다. 타고난 기질이 온화하여도 그 주어진 상황이 그렇지 않으면 그 성격도 변한다. 상황이 급박하면 말이 빨라지고 또 짧아진다. 시인이 5언 시를 지은 것이 우연이 아니다. 눌재訥齋의 「강천산剛泉山」[26]이라는 시를 들어 이에 대한 논의를 계속하기로 한다.

撩慄風西振	매서운 바람이 서쪽에서 불어와,
剛泉討蘊眞	강천산에서 쌓인 진실 토론하네.
靑崖秋骨瘦	가을 되니 푸른 벼랑 앙상한데,
赤葉露華新	단풍 이슬 맺힌 꽃같이 산뜻해.
目曠登樓迴	누각에 오르니 시야 탁 트이고,
襟涼向水頻	물을 대하니 옷깃이 서늘해지네.
塵埃終不近	세속을 전혀 가까이 하지 않지만,
騷屑自相因	소란스런 바람 잇달아 불어오네.

---

26 朴祥, 『訥齋集 別集』 卷1(『韓國文集叢刊』 19, 85쪽).

蘭苗宜紉佩　　난초꽃이 피면 엮어서 차기 좋고,
薇枯可愴神　　고사리나물에 정신이 맑아진다네.
稻邊鴻雁富　　벼논 가에는 기러기가 북적대나,
天外鳳凰貧　　하늘 끝에선 봉황새 가난하다네.

江遠難捐玦　　강이 멀어서 패옥 버리기 어려워,
岐多困問津　　갈림길 많아 나루터 묻기 힘 드네.
鬢殘隨暮草　　귀밑머리 시든 풀처럼 스러지나니,
悲恨入詩人　　슬픔과 안타까움 시인을 파고드네.

　　이 시는 총 16구句 8연聯으로 이루어진 오언배율五言排律 시이다. 운자韻字는
진振·진眞·신新·빈頻·인因·신神·빈貧·진津·인人이며 운목韻目은 평성 진운
眞韻이다. 그 구성은 위에서 구분한 것처럼 4구 2연이 한 단락이 되어 기·승·
전·결起承轉結 4단락으로 이루어졌다.

　　이 시의 분위기는 한 마디로 싸늘하다. 먼저 첫째 단락에서 보면, 이 단락에
나타난 시간적 배경이 늦가을이다. 가을이 되면 모든 생명들이 성장을 멈춘
다. 특히 풀과 나무에는 숙살기肅殺氣가 들어 열매가 굳어지고 잎과 줄기가 마
른다. 자아가 본 강천산의 풍경도 이와 마찬가지이다. 제1연 대구對句, '강천토
온진剛泉討蘊眞'은 두 가지 의미로 풀이할 수 있다. 첫째는 글자그대로의 풀이
이다. 곧, 강천산剛泉山[27]에서 온축蘊蓄된 진실에 대하여 토론하는 것이다. 이
렇게 보면, 이 온진蘊眞의 의미는 중종반정으로 폐위된 단경 왕후 신씨端敬王后
愼氏에 대한 진실이다.

---

27 "담양부의 북쪽으로 15리 거리에 있다. 강천산(剛泉山) 한 등성이가 서쪽으로 펼쳐져서 금
　성이 되었는데, 어느 시대에 성을 처음 쌓았는지는 알 수가 없다(在府北十五里, 剛泉山一脊,
　西張而爲金城, 不知何代所創)." 李恒福, 『白沙集』 卷2, [敍], 「潭陽金城」 條.

이 시의 부제를 보면, '을해년 상소할 때乙亥封疏時'에 지었다고 하였다. 시의 원주原註를 보면 을해년(1515, 중종 10) 상소할 때 지었다乙亥封疏時 한다. 이 시에 차운한 김정金淨의 「창세(박상의 자)의 시에 차운함次昌世韻」[28]을 보면 을해년 가을에 폐비를 복원하라는 소를 올릴 때 강천산에서 지었다乙亥秋, 將上復廢妃疏,于剛泉山作는 구절이 있다. 이를 미루어 보면 눌재가 이 시를 1515(중종 10)이 시를 지은 것으로 보인다. 1515년은 눌재가 담양 부사를 지내던 때인데, 이때 순창 군수 김정金淨(1486~1521), 무안 현감 유옥柳沃(1487~1519)과 함께 단경왕후 신씨端敬王后愼氏의 복위를 주장하는 소장疏狀을 올렸다가 중종의 노여움을 사서 남평南平의 오림역烏林驛으로 유배된 해이다. 이 시의 내용으로 미루어보건대 눌재, 김정, 유옥이 순창의 온진정蘊眞亭에서 만나 을해봉소乙亥封疏에 대해 논의하고자 하였다.

둘째는 "강천산이 온진정을 감싼다."고 번역하는 경우이다. 이렇게 번역하면 강천산과 온진정蘊眞亭[29]의 관계, 곧 "온진정은 신공제申公濟(1469~1536)가 세운 정자로, 그의 할아버지 신말주申末周가 건립한 귀래정歸來亭 근처에 자리하고 있다. 강천산은 순창군의 서쪽에 위치하고 온진정이 동쪽 개천변에 있어 서쪽에서 불어오는 바람을 막아 준다."[30]고 하는 데에 그친다. 따라서 자아와 그 분위기의 긴장감을 살리려면 온진蘊眞을 목적어로, 토討를 동사(서술어)로 보는 것이 더 합당하다. 그러나 제2연의 의미와 연결시키려면 온진蘊眞을 온진정蘊眞亭으로 번역하여야 한다. 따라서 이 온진에는 두 가지 의미를 내포하고 있다.

---

28 그 시의 원문을 들어 보면 다음과 같다.
　　"千峯秋氣入, 崖骨始呈眞. 晩翠嵐煙古, 初丹薜荔新. 涼兼緖(渚)風緊, 聲軋萬林頻. 虛牝悲前感, 幽居叩靜因. 孤標斷埃壒, 靈境祕威神. 近節凋蘭病, 明郞个士貧. 流芳時欲罷, 迷海孰知津. 延佇山中客, 援枝(桂)難遺人." 金淨, 『冲庵集』卷2(『韓國文集叢刊』23, 143쪽).
29 "온진정은 군에서 동쪽으로 10리 거리에 있는데 지금은 허물어졌다(蘊眞亭, 在郡東十里, 今廢)." 『輿地圖書』下, [全羅道·淳昌], 「樓亭」條.
30 한국학중앙연구원, 『디지털한국사』, 「순창군」조 참조.

제2연의 출구와 대구는 모두 시간과 공간을 묘사하고 있다. 가을 되자 푸른 벼랑이 앙상하다. 곧, 벼랑에 있는 풀이 시들고 나뭇잎이 떨어졌다. 비록 단풍이 든 나뭇잎이 이슬을 머금고 있어 산뜻하기는 하지만, 봄날의 나뭇잎처럼 생기가 없다. 이때의 분위기가 싸늘하다. 분위기가 싸늘한 것에 그치는 것이 아니다. 자아의 심정 또한 쓸쓸하면서도 아쉬움에 젖어 있다.

제2단락에 가면 분위기가 다소 바뀐다. 그것은 자아가 낮은 데에서 높은 데로 또 높은 데에서 낮은 데로 내려왔다. 높은 곳은 누각 위요, 낮은 곳은 시냇물이다. 자아가 누각 위에 오르니 시야가 티었고, 시냇가에 이르니 옷깃이 서늘해진다. 자아가 누각에 올라갔다고 하였으니, 이 누각이 다름 아닌 온진정이다. 이 단락을 보면 제1연과 2연이 서로 구분된다. 제1연은 시냇가에 산기슭에 서 있는 누각에서 자아가 보고 느끼는 자연 풍광을 묘사하였다면, 제2연에서는 이 자연과 풍광과는 달리 자아 주위에서 일어나고 있는 현실 상황을 묘사하고 있다. 자아 스스로 티끌세상을 가까이 하지 않았다고 한다. 자아가 아무리 현실세계를 벗어나려 하여도 속세를 떠나지 않는 한 이 세상을 벗어날 수 없다. 누구나 세상을 살아가려면 그 나름대로 고통이 따른다. 다만 이를 어떻게 받아들이느냐에 따라 자신이 느끼는 어려움이 차이가 있다. 제2연의 대구對句에 가면. 쌩쌩거리는 바람[騷屑]이 잇달아 불어온다고 하였다. 세상의 풍파가 자아 자신에 밀려오고 있다. 상황이 이렇다는 것을 느낄 때 자아가 강개慷慨[31]할 수밖에 없다.

---

31 시의 風格 가운데 剛健과 悲慨를 합치면 慷慨이 된다. 唐나라 때 司空圖는 그의 『24詩品』에 서 慷慨를 다음과 같이 풀이하고 있다.
大風捲水　큰바람에 물결이 일어나고,
林木爲摧　숲속의 나무가 꺾이었다네.
意苦若死　마음 괴로워 죽을 맛인데,
招憩不來　와서 쉬라 해도 오지 않아.
百歲如流　인생 백년 흐르는 물 같고,
富貴冷灰　부귀는 불 꺼진 재와 같네.
大道日往　대도 날로 멀어지니,

제3단락에 가면 용사用事를 통하여 우의寓意하고 있다. 이 단락에 핵심이 되는 말은 난초[蘭], 고사리[薇], 기러기[鴻雁], 봉황鳳凰이다. 난초하면 떠오르는 것이 금란지교金蘭之交요, 고사리 하면 떠오르는 것이 백이·숙제伯夷叔弟 고사이다. 금란지교라는 말은 두 사람의 마음이 맞으면 쇠도 자를 수 있고 그들의 말은 난초 향기와 같다.[32]라는 말에서 나왔다. 또 백이·숙제의 고사는 너무도 유명하여 다시 거론할 필요가 없다. 곧 주周나라 무왕武王이 은殷나라를 평정하자 백이·숙제가 의리상 주周나라 곡식을 먹을 수 없다 하고 수양산首陽山에 숨어서 고사리를 캐먹고 살았다[33]는 고사에서 유래한다. 논가의 기러기 떼는 자아가 실제로 논에 있는 기러기 떼를 보았을 수도 있다. 그러나 이 기러기 떼는 조정의 여러 신하들을 의미한다. 자아가 실제 눈으로 본 기러기와 용사用事상 기러기의 의미가 겹치고 있다. 기러기 행렬이라는 의미의 안항雁行은 형제를 뜻하지만, 조정의 관리들을 의미하기도 한다. 『시경』에는 기러기 떼를 백성에 우의하기도 하였다.[34] 이 「홍안鴻雁」편은 현명한 정치가가 불쌍한 백성을 위하여 헌신하는 모습을 그린 시이다. 자아가 본 정치가 또는 관리들은 이 『시경』에 나오는 관리와는 차이가 있었다. 기러기 떼처럼 많은 사람들이 조

若爲雄才　웅걸한 인재 그 누구인가.
壯士拂劍　장사가 칼을 어루만지면서,
泫然彌哀　줄줄 눈물 흘리며 슬퍼해.
蕭蕭落葉　우수수 나뭇잎이 떨어지고,
漏雨蒼苔　빗물 새어 푸른 이끼 생겨.

32 "二人同心, 其利斷金. 同心之言, 其臭如蘭." 『周易』, 「繫辭傳」 上.

33 司馬遷, 『史記』 卷61, 「伯夷傳」.

34 『詩經』, 〔小雅〕 3, 「鴻雁之什」에 그러한 내용이 실려 있는데, 전체 3단락 가운데 첫 번째 단락을 들어 보면 다음과 같다.
鴻雁于飛　기러기 떼 날아가네,
肅肅其羽　퍼덕퍼덕 날개 치네.
之子于征　길을 떠난 우리 님이,
劬勞于野　들판에서 고생한다네.
爰及矜人　어린 백성 생각하고,
哀此鰥寡　홀로 된 이 동정하네.

정을 드나드나 봉황새 곧 임금은 가난하기만 하다. 이를 본 자아의 마음이 슬프고도 안타깝다.

제4단락 역시 용사用事에서 시작한다. 제1연 출구의 '패옥을 버린다損玦'와 대구의 '나루터를 묻다問津'이 그것이다. 패옥을 버린다는 것은 굴원屈原의 『초사楚辭』「구가(九패옥을歌)」의 '내 패옥을 강 가운데 버린다.'에서 따왔다.[35] 굴원과 관련이 있는 고사는 대부분 그 내용이 슬프거나 안타깝다.

나루터를 묻는다는 고사는 『논어』에 나온다. 곧 공자孔子가 제자들을 데리고 천하를 주유周遊하다가 초나라에 들렀을 때 장저長沮와 걸닉桀溺이 짝을 지어 밭을 갈고 있는 것을 보고는 자로子路에게 나루터가 어디 있는지 물어보게 했던 일을 가리킨다. 여기저기 떠돌아다니는 벼슬살이를 그만두고 한군데 정착해서 은거하고 싶지만, 은자가 사는 동네가 어디 있는지 찾을 수가 없으니 어떻게 하면 좋겠느냐는 뜻의 해학적인 표현이다. 자아가 장저 걸닉처럼 세상을 등지고도 싶지만 자신의 뜻대로 되지 않는다. 현재의 상황으로선 벼슬을 그만둘 수가 없기 때문이다. 그러는 사이 귀밑머리가 세어 가고 있다. 자아의 심리가 그만큼 불안하다. 마음이 불안 상태에서 슬픔과 안타까운 감정이 일어나 심리적으로 갈등하고 있다. 늦가을의 쓸쓸한 정취에 맞춰 정치적 결단을 앞둔 자아의 복잡하고 불안한 속내가 잘 드러나고 있다. 이처럼 이 시에서는 자아의 마음과 행동이 자유롭지 못하다. 한편으로는 슬프고 한편으로는 불안하다. 따라서 이 시의 풍격風格이 강건剛健하면서 비개悲慨하다.

그가 현실세계에 직면하여 시를 지은 시의 풍격은 비개悲慨하다. 하지만 그가 혼자 있을 때 지은 시는 그렇지 않다. 그 자신 혼자만의 세계에서 시를 읊었을 때는 그 풍격이 청신淸新하다.

---

35 한국학중앙연구원, 『디지털한국사』, 「순창군」조 참조.

3) 눌재 시에 나타난 지향의식志向意識

(1) 인의仁義를 향한 무욕無慾의 마음

선비라 하면 먼저 욕심이 없어야 한다. 욕심이 없다고 하여 모두 선비가 아니다. 욕심 없는 사람이 대부분 그렇지만, 선비는 마음이 발라야 한다. 선비는 마음만 발라서 되는 것이 아니다. 불의不義 앞에서 자신의 지조를 지켜야 한다. 눌재는 시를 통하여 독자들에게 무엇을 전달하려 하였는가? 그의 마음이 향한 곳이 어디였는가? 이에 대한 해답을 얻어 보기로 한다. 먼저 그의 「애련헌에 붙임題愛蓮軒」[36] 시를 들어 이에 대한 논의를 계속하기로 한다.

濂溪遺所愛	주렴계가 사랑하였던 연꽃이,
有目謾紛如	온통 흐드러지게 피어 있네.
濯濯淤泥上	진흙 위에서도 윤기를 내며,
亭亭風雨餘	비바람에도 꼿꼿이 서있다네.
長來人折直	곧게 자라면 사람들 잘라가,
通處我知渠	속 비었으니 연꽃인 줄 아네.
臭味眞深會	향기와 맛이 참으로 깊나니,
猶須自作疏	스스로 속 트이게 하여야 해.

이 시는 주돈이周敦頤의 「애련설愛蓮說」에 나오는 연꽃의 성질을 직·간접적으로 용사하고 있다. 이 시는 다른 시에 비하여 긍정적으로 용사用事하고 있다. 자아가 자신의 희망을 이 시를 통하여 드러내고 있다. 자아가 서 있는 공간적 배경은 연 못 가이다. 연꽃이 흐드러지게 피어 있는 광경이 보이는 곳에 있기 때문이다. 연꽃이 활짝 피는 계절은 여름이다. 따라서 시간적 배경도 이를

---

36 朴祥, 『訥齋集』 卷3, 五言律詩.

통하여 저절로 알 수 있다. 함련과 경련에서는 주렴계의 「애련설」에 나오는 구절을 용사用事하고 있다. 곧, "내가 유독 연꽃을 사랑하는 이유는, 진흙에서 나왔으나 더럽혀지지 않고 맑은 물결에 씻겼으나 요염하지 않으며, 속은 비어 있고 밖은 곧으며, 덩굴지지 않고 가지 치지도 않으며, 향기는 멀어질수록 더욱 맑고 우뚝한 모습으로 깨끗하게 서 있어, 멀리서 바라볼 수는 있지만 함부로 하거나 가지고 놀 수 없기 때문이다."[37]는 구절의 내용을 끌어 오고 있다. 주돈이周敦頤이는 북송시대의 성리학자이다. 이 주돈이부터 송나라 칠현七賢[38]이 등장하게 된다. 「애련설」이 『고문진보』에 실리게 되면서 조선시대 선비들은 이 글을 반드시 읽어야 하였다. 눌재 자신도 이를 벗어나지 않는다. 눌재 자신, 곧 자아가 이 시를 통하여 자신의 지향의식을 표출하고 있기도 하다.

이는 자아가 처한 현실세계가 자신이 생각한 세계보다 못하다는 것을 의미한다. 함련頷聯에서는 자아가 연꽃을 자신과 동일시하고 있다. 진흙이나 비바람은 자아가 처한 현실세계요, 꼿꼿이 서 있다는 것은 현실 세계의 어려움에도 자신의 마음을 굽히지 않고 있다는 말이다. 경련頸聯의 곧게 자라면 사람들이 잘라간다는 것은 연꽃을 사람들이 잘라간다고 할 수 있다. 이를 자아에 맞추어 보면, 곧은 마음을 가진 자신이 외부의 힘에 의하여 잘려나간다는 말도 된다. 연꽃 줄기와 자아가 동격이다.

미련尾聯에서는 연蓮의 내면 곧 연뿌리의 맛을 묘사하고 있다. 연줄기의 겉모습만 보면 곧기만 한 것 같다. 곧은 것은 인정이 없다는 말과도 통한다. 그러나 그 뿌리의 맛은 향기롭다. 사람도 이와 같아야 한다. 속이 확 트이면서도 다정하여야 한다. 이처럼 이 시는 북송 때의 성리학자인 주돈이周敦頤의 「애련설愛蓮說」에 나오는 연蓮의 성질을 용사하여 자아 자신과 연결시키고 있다. 그

---

37 "予獨愛蓮之, 出於淤泥而不染, 濯淸漣而不夭. 中通外直, 不蔓不枝. 香遠益淸, 亭亭淨植, 可遠觀而不可褻翫焉." 周敦頤, 「愛蓮說」(『古文眞寶』後集 卷10).

38 宋나라 七賢은 주재朱熹가 말한 六先生, 곧 周敦頤·張載·邵雍·程顥·程頤·楊時에 朱子를 더한 숫자이다.

만큼 남들이 자신의 속마음을 알아주기를 바라고 있기도 하다. 그의 「꾀꼬리黃鸝」[39]라는 제목의 시를 들어 이에 대한 논의를 계속하기로 한다.

後於金燕子	금빛 제비보다 뒤에 나타나,
能以語驚人	지저귀어 사람 놀라게 하네.
柳月無端夢	버들 달빛에 무단히 꿈꾸고,
梨春不分身	봄날 배꽃과 구분 되지 않네.
稻粱坏雁鶩	기러기와 오리 벼 기장 쪼니,
風雨仗精神	정신은 바람과 비에 의지해.
爲向王孫說	왕손을 향하여 말씀드리오니,
金丸莫割仁	돈 때문에 인을 해치지 마오.

수련首聯 출구에서는 주어가 없다. 이 구절의 주어는 제목을 미루어 알 수 있다. 바로 꾀꼬리가 주어이다. 자아가 꾀꼬리가 입이 노란 제비보다 뒤에 나타난다고 하였다. 제비가 음력 3월에 날아다니기 시작한다면, 꾀꼬리는 음력 4월에 날아다닌다. 꾀꼬리 우짖는 소리에 자아가 놀란다. 이는 사실事實일 수도 있고 과장일 수도 있다. 또 이는 사실寫實일 수도 있고 우의寓意일 수도 있다. 사실이하면 꾀꼬리가 떼를 지어 우짖는 것이요, 과장이라면 한 마리의 꾀꼬리 울음소리라도 시끄러울 정도라는 것을 말한다. 이것이 사실이라면 단지 꾀꼬리 울음소리를 묘사한 것이요, 우의라면 소인들의 시비是非를 따지는 소리가 시끄럽다.

함련頷聯에서는 유월柳月과 이춘梨春이 쌍의대雙擬對를 이루고 있다. 유월은 버드나무 가지에 걸린 달이요, 이춘은 봄에 피는 배꽃이다. 이 연聯에서는 먼저 자연 경관을 묘사하고 이어서 자아의 지각을 드러내고 있다. 버드나무에

---

39 朴祥, 『訥齋集』 卷3, 五言律詩.

거린 달이나 봄에 피는 배꽃은 모두 흰 색깔이다. 흰 색깔은 순수함을 나타낸다. 달빛이 배꽃을 비추면 계절에 관계없이 차가운 느낌을 준다. 이 차가운 분위기가 자아의 마음과 서로 통한다. 무단몽無端夢, 불분신不分身이 이를 입증하고 있다.

수련과 함련의 시간적 배경이 봄이라면, 경련은 가을 또는 겨울이다. 기러기와 오리가 벼와 기장을 쫀다고 하였다. 벼와 기장을 수확하는 시기가 가을이다. 논밭에서 떨어진 이삭을 쫄 수 있는 철도 가을과 겨울이다. 이는 자아가 마음속으로 생각한 계절일 수도 있다. 꾀꼬리가 우짖는 봄이지만, 마음의 봄은 가을이나 겨울일 수 있다. 자아의 심리가 그만큼 생동하지 않고 정지하고 있다는 것을 암시한다. 자아가 처한 현실 세계에 그 자신이 만족하고 있지 않기 때문이다. 그것은 세상 사람들이 이利만 추구하지 인의仁義를 추구하는 사람이 없기 때문이다. 곧, 맹자孟子와 양혜왕梁惠王의 대화에서 나오는 맹자와 양혜왕의 지향의식의 차이가 이 시에서는 자아와 세상 사람들의 그것과 일치한다. 이 시에서 수련과 경련까지의 내용은 자아의 지향의식을 말하기 위한 배경에 해당한다. 자아가 말하고자 하는 핵심이 미련尾聯 대구對句에 있다. 이利를 추구하려고 인의仁義를 해치지 않아야 한다. 인의 정치를 시행하려면 마음이 곧고 발라야 한다. 마음이 곧지 않고 욕심이 많으면 이를 실행할 수 없다. 자아가 이를 강조하고 있다.

(2) 강호한정江湖閑靜을 향한 귀소의지歸巢意志

인간은 누구에게나 복잡한 세계를 벗어나려는 생각이 있다. 속마음으로는 부귀富貴하고 싶지만, 겉으로의 표현은 그와 반대일 수도 있다. 특히 자신이 처한 현실세계가 복잡다단할 때에는 이러한 생각이 더 깊어진다. 이는 인간이 태어날 때부터 빈손으로 태어났기 때문이다. 곧, 태어날 때는 누구나 순수한 마음을 가지고 태어난다. 맹자에서는 이를 어린아이의 마음[赤子之心]이라 한다. 자연은 말 그대로 순수하면서 변함이 없다. 자연은 무엇을 얽매지 않는다. 벼슬살이 하는 사람들은 마치 새장에 갇힌 새처럼 속박束縛을 받는다. 벼슬아치들이 새장에 갇힌 새와 같다고 하여 나온 말이 반롱攀籠이다. 다음의 「낙동역에서 묵음宿洛東驛」[40]이라는 시에서는 자아 자신이 이러한 굴레를 벗어나고 싶어 하는 의식이 드러난다.

少啜防寒酒	한 잔의 술에 추위가 가시는데,
移燈鴉定棲	등불을 끄니 까막까치 깃드네.
松悲孤館冷	솔바람 여관의 추위 슬퍼하고,
月過小墻低	달빛 작은 담장 밑을 지나가네.
地主通伻問	지주는 하인 보내 안부를 묻고,
僮人有抱携	하인들 아이 안고 이끌고 가네.
何時罷行役	언제나 고된 여행길을 그만두고,
側甕灌山畦	항아리를 기울여 산밭에 물 줄까.

이 시는 눌재가 상주목사를 역임할 때 지은 것으로 보인다. 상주목尙州牧에서 좀 떨어진 낙동강 가까이 있는 낙동역[41]에서 묵으면서 자신의 느낌을 묘사하고 있다. 수련과 함련의 내용으로 보아 이 시에 나타난 시간적 배경은 겨울밤이다. 추운 겨울밤에 자아가 역관驛館에서 묵는다. 자아가 관리의 한 고을의 수령이었기에 하인들보다는 그 상황이 낫다. 하지만, 자신의 집이 아닌 곳에서 잠을 잔다는 것 자체가 고달픈 느낌을 준다. 술로 추위를 달래며 잠자려고 누었는데, 까막까치가 깃 든다. 자아가 누운 공간이 까막까치처럼 어둡다

---

40 朴祥, 『訥齋集』 卷3, 五言律詩.

41 洛東驛은 조선시대 경상도 지역의 역도 가운데 하나인 幽谷道에 속한 역이다. 이 역이 오늘날의 경상북도 상주시 낙동면에 있었다. 이 역은 고려시대 1061년(고려 문종 15)~1136년(고려 인종 14) 사이에 전국 525개 역을 22개 驛道로 편성하는 과정에서 尙州道에 소속되었다(『新增東國輿地勝覽』·『輿地圖書』 및 조병로, 『한국근세 역제사 연구』, 국학자료원, 2005 참조).

는 말이다. 검은색은 그다지 좋은 뜻으로 쓰이지 않는다. 검은색은 죽음, 절망, 퇴보, 정지 등을 의미한다.

함련의 솔바람과 달빛도 차가운 느낌을 준다. 여름에 부는 솔바람은 시원하지만 추운 겨울에 부는 솔바람은 추위를 한층 더 심화시킨다. 솔바람 소리 자체가 사람의 마음을 안정시키지 않는다. 솔바람이 여관의 추위를 슬퍼하는 것이 아니라 솔바람이 불어오니 여관이 더 춥다. 자아가 이를 역설적으로 묘사하고 있다. 솔바람이 불어올 때 달빛이 작은 담장을 비춘다. 작은 담장이라는 말에서 자아가 머물고 있는 역관이 초라하다는 것을 알 수 있다.

경련에서는 지주地主가 하인들의 안부를 묻는다고 하였다. 여기서 지주는 바로 자아 자신을 가리킨다. 자아가 그 고을, 곧 상주尙州를 다스리는 수령이기 때문이다. 여기서 안부는 하인들에게 퇴근하라는 명령이다. 현재의 신분은 하인들보다 자아가 더 높다. 신분이 높다고 하여 행복한 것이 아니다. 자아는 객지에서 혼자 추운 밤을 지새우려는데, 하인들을 가족과 함께 지낸다. 이러한 광경을 본 자아의 심정이 한층 더 외롭고 고달파진다. 따라서 미련에서, 그 언제 나그네 신세를 그만두고 편안히 술잔을 기울일 것인가 하고 있다. 이 시 전체를 감싸고 있는 분위기가 차갑고, 어둡고, 안타깝고, 침울하고, 고달프다. 이러한 분위기를 벗어나려는 것이 자아의 바람이다. 곧, 자아가 현실세계를 벗어나 자유인이 되고 싶어 한다. 그러나 이는 어디까지나 외출용 언어이다. 조선 시대의 선비, 또는 관리들의 시에 공통적으로 등장하는 말투가 안빈낙도安貧樂道, 강호한정江湖閑靜, 귀소의지歸巢意志이기 때문이다. 다음의 「금강에서 읊음錦江吟」[42]이라는 시에서도 눌재의 이러한 생각이 나타난다.

前村漁未歸   앞마을 어부가 아직 오지 않아,
半闔松下扉   솔 밑 사립문 반쯤 열어놓았네.

---

42 朴祥, 『訥齋集』 卷3, 五言律詩.

遊人興盡返	나그네는 흥이 다해 돌아가고,
靑山銜落暉	푸른 산 저녁놀에 젖어 빛나네.
洞簫莫輕弄	퉁소를 함부로 불지 마시구려,
恐起潛蛟蜚	잠긴 교비 깨어날까 염려되오.
江靈縱饒我	강 신령이 나를 넉넉하게 하니,
才慙陳去非	진거비에게 부끄럽기만 하다네.

이 시는 눌재의 오언시 가운데 보기 드물게 그 분위기가 차분하면서 조용하다. 벼슬하지 않은 사람이 자연 속에 살아가면서 지은 시와 같은 인상을 준다. 자아가 현재 있는 곳이 금강錦江 가이다. 이 금강이 우리나라에서 여섯 번째 큰 강이다. 이 강이 소백산에서 발원하여 지금의 충청남북도를 지나 전라북도를 거쳐 서해안으로 흘러 들어간다. 이 강이 여러 지역을 지나기 때문에 현재 자아가 어디에 있는지 정확히 알 수가 없다. 수련에서 자아가 앞마을 어부가 오지 않았다고 하였고, 소나무 밑의 사립문을 반쯤 열어놓았다고 하였다. 자아가 강 가 솔밭에 있는 작은 집에 있다. 이 소나무 밑의 집이 보통 집이 아니다. 흥이 다하여 돌아간다고 하였으니, 나그네를 맞는 주막일 가능성이 크다. 현재의 시간 배경이 해거름 할 때이다. 함련 대구에서 푸른 산에 저녁놀이 비친다고 하였기 때문이다. 해가 저물어 갈 때 자아가 주막에 앉아 있다. 촌어村漁, 솔나무 아래 사립문[松下扉], 나그네[遊人], 청산靑山 등의 시어詩語에서 벌써 자아가 번잡한 세상에서 벗어나고 싶다는 것을 암시하고 있다.

경련과 미련의 퉁소洞簫, 교룡과 메뚜기[蛟蜚], 강 신령[江靈], 진거비陳去非에서도 자연 속에 묻혀 지내면서 조용히 글을 읽는 은자隱者의 모습을 상상할 수 있다. 특히 이 시의 핵심어가 진거비이다. 진거비는 송宋나라 때의 학자인 진여의陳與義를 가리킨다. 그의 자가 거비去非이다. 자악 진거비의 시 가운데 나오는 '문 닫고 글 읽는 것이 가장 좋은 계책'43이라는 시구를 용사하고 있다. 여기서는 자아 자신이 진거비처럼 속세를 벗어나지 못하는 것을 아쉬워하고 있다.

(3) 왕도정치王道政治와 도덕적 이상주의

어느 시대 어느 나라이건 백성을 다스리는 통치자는 자신의 행동에 관계없이 겉으로는 정의를 부르짖는다. 통치자뿐만 아니라 그 통치자 밑에서 녹을 먹는 관리들 역시 덕치를 통한 도덕적 이상주의를 구현하려 한다. 동양에서는 이상주의를 실현한 시대 또는 군주로 요순삼대堯舜三代 또는 당우삼대唐虞三代를 그 표본으로 한다. 이는 주나라 문왕의 고사에서 나온 영대靈臺나 영소靈沼, 맹자가 말한 여민동락與民同樂이라는 말과도 통한다.

조선 시대 선비들의 시를 보면 대부분의 시에서 안빈낙도, 인의정치, 우환의식, 순환사관, 정명주의 등의 정신이 나타난다. 그 가운데 도덕적 이상주의 실현은 공맹孔孟시대부터 근세까지 통치자 또는 피통치자가 추구하여 온 정신이다. 이는 학파 곧 훈구파나 사림파, 도학파나 사장파에 관계없이 시인들의 시에 두루 보인다. 특히 성리학 시대의 시인들은 그들의 작품 속에서 이 정신을 더욱 강조하고 있다. 눌재 당시의 신진사류들도 왕도정치를 주창하였다. 눌재의 작품을 보면 도학파나 사림파의 작품 경향과는 차이가 난다. 그가 신진사류에 속한 인물이었기에 그도 지치至治를 통한 왕도정치를 구현하고자 하였다. 그의 작품 가운데 「희우시喜雨詩」[44]를 들어 이에 대한 논의를 계속하기로 한다.

> 敬天當舜日　　경천은 순 임금 시대에 행했고,
> 憂旱屬湯年　　우한은 탕 임금 시대에 있었네.

---

43 陳與義(1090~1139)의 「숙부님의 시에 차운함(次韻家叔)」에 "문 닫고 글 읽는 것이 가장 좋은 계책이라閉戶讀書眞得計"라는 말이 있다. 진여의가 시를 잘 지었고, 처음에는 황정견(黃庭堅)과 진사도(陳師道)를 배우다가 나중에는 두보(杜甫)를 배웠다. 국가의 환란을 당해 겪은 비탄과 한별(恨別)이 비장하게 묘사하였다. 후세 사람이 강서시파(江西詩派) 삼종(三宗)의 한 사람으로 꼽았다(임종욱·김해명, 『중국역대인명사전』, 2010 참조). 이러한 진여의의 시풍이 訥齋 자신의 성향에 맞았던 것 같다.

44 朴祥, 『訥齋集』 卷6, 五言排律.

請雨輕宗璧	비 부르려 종벽⁴⁵ 가벼이 하고,
懲災禁酒錢	재앙 막으려 음주 금지 하였네.
德香昭假捷	덕스런 향기 가첩을 밝게 하니,
玄造轉回便	자연의 조화는 돌아 순환하네.
甘澤旋吹射	감미로운 은택을 불어 보내니,
蒼虛似漏穿	창공에는 쏟아지듯 비 내리네.
龍腥留草際	용의 비린내 풀 사이에 남았고,
魃跡謝雲邊	한발귀신 자취 구름 가에 있네.
焦卷還舒翠	말라비틀어진 벼 살아나 푸르고,
沮洳劇傳饘	진흙 펄 죽같이 달라붙는다네.
願輸千頃稻	바라건대 천 이랑 벼 보내 주어,
終起萬家煙	집집마다 저녁연기가 일어나길.
宗社金甌安	종중 제사는 금 주발이 알맞고,
乾坤玉燭姸	천지 제사에는 고운 옥 등불이.
大倉紅漢米	한나라 대창엔 묵은 쌀이 있고,
圜府富周泉	주나라 환부에는 돈이 넉넉해.
四境無咨懊	나라에는 한숨 쉬는 이 없으니,
王休豈偶然	아름다운 왕도정치 우연이리요.

어느 왕조 때이건 그 나라를 다스리는 사람은 가뭄과 홍수를 다스리는 일, 곧 치수治水에 많은 노력을 기울였다. 홍수도 문제이지만, 가뭄 또한 큰 근심이었다. 이 시에서 자아가 오랫동안 가뭄 끝에 오는 비를 보고 자신의 생각을

---

45 宗璧은 河宗의 구슬[璧]을 가리킨다. 하종은 黃河의 水神 河伯을 말한다. 『穆天子傳』 卷1에
   "하종 백요가 연연산에서 천자를 맞았다.…(중략)… 천자가 하종에게 벽을 주니, 하종 백
   요가 벽을 받아 서쪽으로 가서 하수에 벽을 빠트렸다[河宗伯夭逆天子燕然之山 …(中略)… 子授
   河宗璧, 河宗伯夭受璧, 西向沈璧於河]."라고 하는 말에서 用事하였다.

묘사하고 있다. 20구 가운데 의미 단위로 나누면 4구를 한 단락으로 가를 수 있다. 제1단락에서는, 자아가 가뭄이 들었을 때 제왕들이 한 행동에 대하여 묘사하고 있다. 그 예로 우虞나라의 순임금과 상商나라 탕湯임금을 들었다. 순임금과 탕임금이 행한 자세는 하늘을 공경하는 것[敬天]과 가뭄을 근심하는 것[憂旱]이다. 천리를 공경하는 것은 순임금이 행한 일이요, 가뭄을 근심한 것은 탕왕湯王이 한 일46이다. 이 두 가지는 마음과 행동을 동반한다. 하늘에 무엇을 빈다는 것이 하늘이 사람을 주재主宰하는 것을 의미한다. 이는 곧 자아가 하늘을 주재자로서 생각하고 있다는 말과 통한다. 두 임금이 비가 오게 하려고 종백宗伯, 곧 하백河伯을 가까이 하였고, 재앙 막으려고 금주령까지 내렸다. 그만큼 마음이 흐트러지지 않아야 하늘이 이에 감응하고 있다.

제2단락의 첫 연聯에서는 덕향德香과 현조玄造, 소昭와 전轉, 가첩假捷과 회편回便이 서로 대를 이루고 있다. 뿐만 아니라 이 연의 출구와 대구는 원인과 결과의 관계로 이루어졌다. 곧, 출구가 원인이라면 대구가 결과이다. 임금의 덕이 가첩을 밝혔으니 자연의 조화가 순환한다. 천운이 순환하여 다시 회복하지 않음이 없는 것[天運循環, 無往不復]이다. 둘째 연聯도 첫 연과 같이 인과관계로 구성되었다. 하늘이 임금의 정성에 감응하여 은택을 보낸다. 그 결과 창공蒼空에서는 눈물이 쏟아지듯 비가 내리고 있다. 누천漏穿이라는 시어詩語를 통하여 우리는 비가 세차게 내리는 정황을 알 수 있다. 가뭄 끝에 바라던 비가 내리니 기쁠 수밖에 없다. 제1단락이 비를 기원한 것이라면, 제2단락은 바라던 비[時雨]가 때맞춰 내리는 상황을 묘사하고 있다.

다시 제3단락에 가면, 제2단락에서 비가 내린 뒤의 정황을 자아가 묘사하고 있다. 비가 온 뒤라 아직 비린내가 남아 있다. 그것도 보통 비린내가 아니라, 용龍의 비린내이다. 용과 비는 서로 기운이 같다. 곧, 같은 소리끼리는 서

---

46 이 말은 『莊子』 「秋水」편에 "탕임금 때 8년 동안 일곱 번이나 가뭄이 들었지만, 바닷물은 그 때문에 더 줄어들지 않았다[湯之時, 八年七旱, 而崖不爲加損]."라는 구절에서 따왔다.

로 응하고, 같은 기운끼리는 서로 찾게 마련이다.[47] 그러나 대구에 가면 가뭄 귀신이 구름 가에 있다고 하여 독자들로 하여금 의아심을 자아내게 한다. 하지만, 이를 가뭄 귀신이 구름 밖으로 밀려났다고 하면 큰 문제가 없다. 제2연에서는 비가 오고 나니 말라가던 벼 잎이 되살아난다. 자아가 둑길을 가니 진흙이 신발에 달라붙을 만큼 비가 흠뻑 내렸다.

제4단락은 자아의 희망을 묘사하고 있다. 자아의 희망을 한마디로 하면 풍년이 드는 것이다. 논마다 풍년이 들어 집집마다 집 안 식구들이 넉넉히 먹을 수 있는 양식을 확보하는 것이다. 가뭄과 흉년이 아니라 시우時雨와 풍년의 등식이 성립한다. 당시의 농사가 하늘에 의존하였다는 것을 입증하는 구절이다. 제2연에서는 풍년이 들어 종묘사직과 천지신명께 감사의 제사를 지낼 수 있기를 자아가 바란다. 제사는 어떤 일을 마치고 난 뒤 감사하는 뜻으로 어떤 대상에 행하는 의식이다. 풍년이 들었을 때 가장 먼저 감사하여야 할 대상이 종묘사직과 천지신명이다. 왕실로 말하면 종묘사직이요, 민가民家로 말하면 조상신祖上神이다. 우리의 전통 의식인 묘사墓祠 또는 시사時祀가 이러한 의미를 내포하고 있다. 자아가 개인이 아닌 나라 전체를 대상으로 하였기에 종묘사직과 천지신명을 거론하였다. 따라서 제기祭器도 금과 옥으로 만든 것을 사용한다. 이 단락에서는 때맞춰 내린 비에 풍년이 들기를 바라는 것이 자아의 가장 큰 바람이다. 제사를 지낸다는 것은 그 다음의 일이다. 풍년이 들어야 제사를 지낼 수 있기 때문이다.

제5단락도 역시 자아의 희망을 묘사하고 있다. 이 단락에서의 자아의 희망이 제4단락에서의 그것보다 한 걸음 더 나아가고 있다. 첫째는 풍년이 들어 한나라의 대창大倉[48]이나 주나라의 환부圜府[49]와 같이 곡식이나 돈이 넉넉하여

---

47 『주역』을 보면, "같은 소리끼리는 서로 응하고, 같은 기운끼리는 서로 찾게 마련이니, 물은 축축한 대로 흐르고, 불은 마른 곳으로 나아가며, 구름은 용을 따르고, 바람은 범을 따르나니, 이는 각자 자기와 비슷한 것끼리 어울리기 때문이다同聲相應, 同氣相求. 水流濕, 火就燥, 雲從龍, 風從虎, 則各從其類也."(『周易』, [乾卦], 「文言」)

백성들에게 혜택을 주기를 바라는 것이다. 둘째는 백성들이 배부르게 먹을 수 있도록 왕도정치王道政治를 시행하는 것이다. 이 두 가지는 크게 보면 한 가지이다. 백성들이 배부르게 먹고 편안히 지낼 수 있도록 정치하는 것이 다름 아닌 왕도정치이기 때문이다. 이 백성들이 의식주에 걱정이 없으면 나라 안에는 한숨 쉬는 사람이 없다. 나라에 삶을 탄식하는 사람이 없으면 세상이 태평하게 된다. 이 단락에서는 자아가 조건으로 그 조건을 충족시킬 때와 그렇지 않을 때를 들고 있다. 겉으로는 부정보다는 긍정이 나타나지만 그 이면에는 부정적인 면도 잠재되어 있다. 자아의 희망은 이 부정적인 면이 긍정적인 면으로 전환되기를 바라고 있다. 현재 백성들의 삶이 어렵지만 미래에는 이 삶이 호전되기를 바라고 있다. 그 첫 번째 전제 조건이 풍년이 드는 것이요, 두 번째가 임금이 왕도정치를 실현하는 것이었다. 이를 달리 말하면 도덕적 이상주의의 실현이다.

3. 맺음말

본고는 눌재訥齋 박상朴祥(1474~1530)의 5언시에 나타난 미학과 그의 지향의식을 고찰하는 것을 목표로 하였다. 지금까지의 논의를 요약하는 것으로 결론을 삼고자 한다.

수사법修辭法상으로 보면, 눌재 시에는 첩자疊字와 첩어疊語를 사용하여 의미를 강조하고 있다. 첩자疊字가 의성어나 의태어로 쓰이지만, 한 글자가 나타

---

48 대창(大倉)은 전전(前殿)의 이름으로 한 고조(漢高祖) 7년에 소하(蕭何)의 관장으로 용수산(龍首山) 곁에 세운 전전 가운데 하나이다. 전전은 동궐(東闕), 북궐(北闕), 무고(武庫), 대창(大倉) 등이다(『三輔黃圖』, 「漢宮」).

49 환부(圜府)는 구부환법(九府圜法)의 줄임말이다. 주(周)나라 관제(官制)에, 대부(大府)·옥부(玉府)·내부(內府)·외부(外府)·천부(泉府)·천부(天府)·직내(職內)·직금(職金)·직폐(職幣)가 있는데, 모두 재물을 관장하던 부서이다. 환(圜)이란 고르게 유통하는 것을 이른다.

내는 의미보다 그 의미를 훨씬 강조하는 기능을 한다. 뿐만 아니라 시에 있어 리듬감, 또는 생동감을 고조시킨다.

그가 그의 시에 용사用事하여 우의미를 드러내었다. 우의寓意나 풍자諷刺는 현실에 대한 불만이 있을 때 나온다. 눌재의 오언시를 보면 많은 부분에서 현실에 만족하지 못하고 있다. 그가 현실에 대하여 불만, 소외감을 많이 가지고 있었다. 그것은 그의 관직 생활이 순탄하지 않았기 때문이다. 따라서 자신의 주장을 다른 사물에 빗대어 표현할 수밖에 없었다. 그가 사물을 사실적寫實的으로 묘사하고 있다. 이는 그의 성품이 그만큼 섬세하다는 것을 의미한다. 겉으로는 강직한 것 같지만, 그 마음은 섬세하면서 정이 있었다는 것을 알 수 있다.

현대 시에 있어 그 요소는 음악성과 회화성, 분위기이다. 눌재의 시에 나타나는 음악성과 회화성을 겸비하고 있다. 그의 시에 나타난 음악성은 들뜨거나 시끄럽지 않다. 리듬이 잔잔히 흐르고 있다. 그의 시에 나타난 회화성도 화려하거나 웅장하지 않다. 소슬하면서 차분하다. 그의 시에 나타난 분위기도 차분하면서 조용하며, 어두우면서 처량하다. 그의 시에 나타난 풍격도 청신淸新하면서 비개悲慨하다. 그 자신 혼자만의 세계에서 시를 읊었을 때는 그 풍격이 청신하다. 하지만 현실세계에 직면하여 시를 지은 시의 풍격은 비개悲慨하다.

눌재가 그의 시에서 인의仁義를 위하여 욕심 없는 마음을 지향하였다. 이는 맹자가 정치에 있어 이가 아닌 인의를 바탕으로 하여야 한다는 주장과 일치한다. 그가 관직 생활하면서 자연의 한정閑靜을 동경하여 이에 귀의하고자 하였다. 이는 인간의 귀소본능歸巢本能에 따른 것이다. 어느 시대 어느 나라이건 백성을 다스리는 통치자는 자신의 행동에 관계없이 겉으로는 정의를 부르짖는다. 통치자뿐만 아니라 그 통치자 밑에서 녹을 먹는 관리들 역시 덕치를 통한 도덕적 이상주의를 구현하려 한다. 동양에서는 이상주의를 실현한 시대 또는 군주로 요순삼대堯舜三代 또는 당우삼대唐虞三代를 그 표본으로 한다. 눌재도

정신도 이에 벗어나지 않았다. 그가 지치와 왕도정치를 구현하여 도덕적 이상주의를 실현이다.

이상으로 본고를 마치기로 한다. 눌재가 호남 출신이지만 경상도 상주尙州에서 벼슬한 적이 있다. 그가 벼슬하는 동안 많은 사람들과 시를 주고받았다. 앞으로 이에 대한 연구가 필요하다. 지식인, 학자는 지역에 대한 감정이 없어야 한다. 이 감정 없애려면 문화 교류가 필요하다. 나[I]가 아닌 우리[WE]를 지향하는 대동大同의 정신이 절실히 필요하다.

참고문헌

朴祥, 『訥齋集』(『韓國文集叢刊』 18~19)

박은숙, 「訥齋 朴祥의 문학세계」, 『漢文學論集』 7, 근역한문학회, 1989, 139~168쪽.

김은수, 「朴祥의 賦文學攷」, 『한어문연구』 5, 한국언어문학교육학회, 1997, 87~122쪽.

김성언, 「눌제 박상 시대의 어둠과 문학적 초극」, 『한국한시작가연구』 4, 한국한시
학회, 1999, 107~131쪽.

김대현, 「눌재 박상 문학에 대한 연구 쟁점과 과제」, 『한국언어문학』 44, 한국언어
문학회, 2000, 1~16쪽.

박은숙, 「눌재 박상 시의 특질에 대한 일고찰」, 『漢文學報』 5, 우리한문학회, 2001,
87~114쪽.

金銀洙, 「朴祥 詩의 선비적 情趣」, 『한국고시가문화연구』 14, 한국고시가문학회,
2004, 27~45쪽.

고영진, 「호남 유학사상사에서의 박상의 위치」, 『역사학연구』 28, 호남사학회(구-
전남사학회), 2006, 93~124쪽.

신태영, 「訥齋 朴祥의 賦 研究 ―유가적 충의와 장자적 초탈―」, 『溫知論叢』 17, 온
지학회, 2007, 205~235쪽.

권순열, 「눌재 박상 연구」, 『한국고시가문화연구』 21, 한국고시가문학회, 2008,
1~26쪽.

김동하, 「訥齋 朴祥의 賦 研究」, 『한국고시가문화연구』 26, 한국고시가문학회,
2010, 83~113쪽.

신태영, 「訥齋 朴祥 시의 미의식 ―奇와 壯을 중심으로―」, 『東方漢文學』 49, 동방
한문학회, 2011, 335~364쪽.

권혁명, 「16세기 湖南 漢詩의 意象 研究 ―朴祥, 林億齡, 高敬命을 중심으로―」, 『東
洋古典研究』 63, 동양고전학회, 2016, 43~82쪽.

눌재 박상 율시律詩의 미학

이종묵

1. 문제 제기

최고의 감식안을 과시한 허균許筠이 "우리나라의 시는 중종中宗 때 크게 이루어졌으니 용재容齋 이행李荇이 창도하고 눌재訥齋 박상朴祥, 기재企齋 신광한申光漢, 충암冲庵 김정金淨, 호음湖陰 정사룡鄭士龍이 나란히 한 세대에 태어나 밝고 시원함炳烺鏗鏘]이 천고에 칭도할 만하다."[1]라 한 데서 눌재 박상이 한국한시사韓國漢詩史에서 차지하는 위상을 단적으로 확인할 수 있다. 이에 따라 "이주李胄, 박상, 신광한, 나식羅湜, 임억령林億齡, 김인후金麟厚 등은 수준 높은 당법唐法으로 당시의 시단을 다채롭게 하여 준다."[2]는 평가를 받은 바 있다. 이와 함께 박은朴誾, 이행, 정사룡, 노수신盧守愼, 황정욱黃廷彧 등과 함께 중국 강서시파江西詩派를 배웠다는 점에서 해동강서시파海東江西詩派의 일원으로 규정한 바도 있다.[3]

그런데 한국한시사에서 박상이 활동한 조선 전기는 칠언율시七言律詩의 시대였다. 이 시기 임금이 궁중 행사에서 관원들에게 시를 요구할 때 그 형식은 대개 칠언율시였음이 실록實錄에서 쉽게 확인된다. 연산군 때는 별시別試에서 칠언율시로 인재를 선발하기도 하였다. 또 한국한시사의 황금기를 이끌게 한 중국 사신과의 수창酬唱은 대부분 칠언율시로 이루어졌다. 역대 시선집詩選集에서도 칠언율시가 가장 중요한 비중을 차지하고 있거니와 특히 조선 전기는 더욱 그러하다.

---

1 "我朝詩. 至中廟朝大成. 以容齋相倡始. 而朴訥齋祥申企齋光漢金冲庵淨鄭湖陰士龍, 竝生一世, 炳烺鏗鏘, 足稱千古也."(허균,『惺叟詩話』,『惺所覆瓿藁』74:362). 이하 문집류는 한국고전번역원,『한국문집총간』의 권수와 면수를 따른다. 원문의 炳烺은 광채가 환한 모습을, 鏗鏘은 金玉이나 악기의 크고 맑은 소리를 형용하는 말이다.

2 민병수,『韓國漢詩史』(태학사, 1996).

3 金台俊의『朝鮮漢文學史』(朝鮮語文叢書, 朝鮮語文學會, 1931)에서 규정하였고 필자 또한『海東江西詩派研究』(태학사, 1995)에서 이를 계승하였다. 박상에 대한 연구사는 이 책의 앞부분에서 다루었기에 따로 다루지 않는다.

박상은 조선 전기 한시사, 특히 칠언율시의 역사에서 김종직金宗直, 박은, 이행, 정사룡, 노수신, 황정욱, 최립崔岦 등과 함께 가장 우뚝한 작가다. 이의현李宜顯이 편찬한『팔가율선八家律選』에서 이 점을 확인할 수 있다. 지금 이 책이 전하지 않지만 그 서문에 따르면, 김종직 47수, 박상 38수, 이행 47수, 박은 47수, 정사룡 128수, 노수신 32수, 황정욱 48수, 최립 235수 등 8인의 율시를 뽑았다고 한다.[4] 이의현은 조선 전기의 대표적인 작가로 이들 8인을 들고 이들의 율시만을 선발한 것이다. 지금 전하지 않는 김석주金錫胄의『황종집黃鐘集』에서도 박은, 박상, 임억령, 노수신, 정사룡, 황정욱 등에다 조선 후기 조희일趙希逸, 이식李植, 정두경鄭斗卿 등을 추가한 9인의 칠언율시를 선발하였다.[5] 여기서 박상이 조선 전기를 대표하는 율시의 작가임을 확인할 수 있다.

지금 전하는 시선집에서도 비슷한 상황이 반복된다. 가장 감식안이 뛰어난 것으로 평가되는『국조시산國朝詩删』에 박상의 칠언율시는 10제 11수가 수록되어 있다. 이 시기 대가의 시를 보면 서거정徐居正 5수, 김종직 10수, 김시습金時習 6수, 정희량鄭希亮 5수, 이주 7수, 박은 10수, 이행 10수, 신광한 6수, 정사룡 19수, 노수신 10수, 고경명高敬命 5수, 황정욱 18수, 이달李達 7수 등인 것과 비교해 보면 박상의 위상을 짐작할 수 있다. 또 규장각에 전하는 편자 미상의『철영撷英』에서는 김종직부터 이광사李匡師에 이르기까지 16인의 율시를 뽑았다. 김종직의 칠언율시 86수, 이행의 오언율시 54수와 칠언율시 70수, 박은의 오언율시 24수와 칠언율시 60수, 정사룡의 오언율시 50수와 칠언율시 295수, 노수신의 오언율시 247수, 황정욱의 칠언율시 84수, 최립의 칠언율시 250수가 수록하였는데 박상은 오언율시 23제 29수, 칠언율시 117제 129수를 선발하였다. 박상이 이 시기를 대표하는 칠언율시 작가로 평가되었다고 하겠다.[6]

---

4 李宜顯,「題八家律選卷首」(『陶谷集』181:404).

5 金錫胄,「黃鐘集序」(『息庵集』145:248).

6 또 규장각에 소장되어 있는『律選』(3수),『東律』(18수),『海東律選』(47수)와 국립중앙도서관에 소장되어 있는『東詩雋』(51수) 등에서도 박상의 칠언율시가 비중이 높게 선발되어 있다.

정조正祖도 당唐, 송宋, 명明의 한시 선집을 편찬하는 한편, 조선의 칠언율시를 선발한 『율영律英』을 따로 편찬하였다. 이 책이 지금 전하지 않지만 박은, 이달, 최경창崔慶昌, 백광훈白光勳, 최립, 김창흡金昌翕 등 11인의 작품을 선발하였는데 박상도 선발의 대상에 들었다. 정조는 "박상이 호남湖南에서 나와 자구字句를 조탁한 것이 석호石湖 범성대范成大와 성재誠齋 양만리楊萬里보다 아래가 아니니 시가詩家의 준걸이라 하겠다."[7]라 하고, 또 "우리나라의 시율詩律은 석주石洲 권필權韠, 동악東岳 이안눌李安訥, 읍취헌挹翠軒 박은, 간이簡易 최립을 많이들 치고 있다. 간이는 꾸밈이 지나치고, 읍취헌은 더러 제법 고매高邁하지만 사소한 흠도 있으며, 동악은 태반이 수창酬唱의 풍조요, 석주는 너무 부드럽고 곱다. 박눌재朴訥齋만이 여러 장점을 겸비하였으므로 응당 으뜸이 될 것이다."[8]라 하였다. 정조의 감식안에서 박상의 칠언율시가 당대 최고였음을 확인할 수 있다.

정조는 박상의 시를 여러 차례 칭찬하였다. "결구가 치밀하여 얼핏 보아 이해하기 어렵지만 오래 보면 그 맛이 점차 뛰어나다."라고 하였으며, "박은의 '천성天成'과 박상의 '침울沈鬱'이 성세 풍아風雅의 유풍이 있어 후대 시단에서 이름을 떨치는 자에 비할 바가 아니다."라 하고 두 사람의 문집을 간행해 올리도록 명한 바 있다.[9] 또 "국가에서 문간공文簡公 박상에 대해 실로 유별난 큰 감회가 있었다. 그 올곧은 충심과 높은 지조는 일찍이 탄복한 바 있을 뿐만 아니라, 의론議論과 지기志氣가 문자와 행동 사이에 드러난 것이 필부匹夫의 한때 강개한

---

7 "本朝則自朴誾至金昌翕, 取凡十有一人, 而崔岦始爲陳黃, 擧世靡然從之, 及李達, 崔慶昌, 白光勳, 刻摹唐韻, 號稱三唐, 而東國之近體始備, 朴祥出於湖南, 鍊字琢句, 不下於范石湖楊誠齋諸子, 要之詩家之雋也."(정조,「群書標記, 律英四卷」,『弘齋全書』 267:542).

8 "我東詩律, 多數石洲東岳翠軒簡易, 而簡易文勝, 翠軒往往甚高著, 然亦有些欠處, 東岳半是酬唱調, 石洲太軟媚, 獨朴訥齋兼有諸能, 當爲第一耳."(정조,「日得錄, 文學二」,『홍재전서』 267:164).

9 "訥齋詩, 結構緻密, 乍看艱晦難知, 而久看其味漸雋."(正祖,「日得錄」,『弘齋全書』 267:233); "我東詩學, 世不乏人, 而挹翠軒朴誾之天成, 訥齋朴祥之沈鬱, 皆盛世風雅之遺, 非後來擅名詞垣者之比也, 兩集遂命刊印以進."(267:206).

생각만은 아니었다. 기걸하고 화려함이 가장 뛰어났으니 『시경詩經』 삼백 편
에서 남긴 뜻을 잃지 않은 것이 곧 그의 시라 하겠다."라 하였다.[10]

정조는 박상의 시가 '구성의 치밀함[結構緻密]', '난삽하여 이해하기 어려움[艱
晦難知]', '기걸하고 화려함[奇壯醲郁]' 등을 특징으로 한다고 하였다. 이는 역대의
비평가들의 감식안과 다르지 않다. 신흠申欽은 박상이 정사룡, 노수신, 황정
욱, 최립 등과 함께 '험괴기건險瑰奇健', 곧 험벽하고 화려하며 기이하고 굳센
것에 능하다고 하였고,[11] 이의현 역시 김종직의 '창고蒼古', 이행의 '노실老實',
박은의 '준매俊邁', 정사룡의 '공치工緻', 노수신의 '침착沈着', 황정욱의 '경발勁拔',
최립의 '교건矯健'과 함께 박상의 '기굴奇崛'을 미적 특질로 규정하면서 이들이
소식蘇軾에서 나와 황정견黃庭堅으로 들어가 뜻이 깊고 말이 굳다고 칭찬한 바
있다.[12] 또 권별權鼈의 『해동잡록海東雜錄』에는 박상의 시문이 "'물러터진 것[熟
軟]'을 싫어하고 진부한 말을 힘써 제거하여 고대 작가를 홀로 추숭하여 따랐
으므로, 연원이 뒤섞여 있으며 기력이 웅장하고 굳세다."[13]라 하였다. 황여헌
黃汝獻도 박상이 독서당讀書堂에 있을 때 지은 시를 두고 "글자마다 출처가 있
어 따라갈 수 없다."라 하였다.[14]

이러한 기록을 종합할 때 박상의 시는 전고典故를 깊게 구사하고 결구結構가
치밀하여 기발하면서도 난해한 특징을 지니고 있다고 할 수 있다. 이와 함께
정조가 박상의 시를 '강개지사慷慨之思'로 평가하였고 남용익南龍翼도 '강개慷慨'

---

10 "朝家於文簡公朴祥, 實有別般曠感者, 其危忠高操, 嘗所歎服, 言議志槩之見於文字事爲之際者, 有
　非匹夫一時慷慨之思, 最是奇壯醲郁, 不失三百篇之遺意者, 其詩卽然."(정조, 「判禮曹生員朴燦玟上
　言勿施啓」, 『홍재전서』263:221).

11 "如訥齋朴祥胡陰鄭士龍蘇齋盧守愼芝川黃廷彧簡易崔岦, 以險瑰奇健爲之能."(신흠, 「晴窓軟談」, 『象
　村稿』72:347).

12 "如佔畢之蒼古, 訥齋之奇崛, 容齋之老實, 挹翠之俊邁, 湖陰之工緻, 蘇齋之沉着, 芝川之勁拔, 簡易
　之矯健, 大都出眉入浯, 意深而語確, 比之業唐而綿淺無意味者, 固自有勝, 何可以非唐而廢之哉?"
　(李宜顯, 「題八家律選卷首」, 『陶谷集』181:404).

13 "訥齋爲詩文, 不樂熟軟, 力去陳言, 獨追古作者爲徒, 源流混渾, 而氣力雄勁."(權鼈, 『海東雜錄』권1).

14 "訥齋此作, 字字有出處, 不可企及."(尹根壽, 「漫筆」, 『月汀集』47:387).

가 박상 시의 특징이라 하였다.[15] 여기서 강개慷慨 혹은 침울沈鬱이 박상 시의 미감으로 꼽혔음을 알 수 있다.

이 글에서는 바로 이러한 선현의 비평을 바탕으로 하여 박상이 제작한 칠언 율시의 미학을 규명하는 것을 목적으로 한다.[16] 이때 박상의 칠언율시는 동료와 후학이나 제자 등과의 수창酬唱, 누정이나 사찰, 혹은 공무로 여러 곳을 여행하면서 쓴 제영題詠, 혼자 있으면서 자신의 회포를 읊은 영회詠懷, 생활 주변의 사물을 형용한 영물詠物 등이 중심을 이룬다. 그런데 허균의『국조시산』을 위시한 한시선집漢詩選集에서 선발하고 있는 작품은 대부분 수창과 제영에 집중되어 있다. 이 점을 고려하여 본고에서는 박상의 율시 중 수창과 제영을 중심으로 그 미학을 고찰해 보기로 한다.

2. 교유交遊와 수창酬唱

1) 기묘명현己卯名賢과의 수창

박상(1474~1530)이 비교적 이른 시기에 교유한 인물은 대개 기묘사화와 관련

---

15 "朴訥齋之慷慨"(南龍翼,『壺谷詩話』,『詩話叢林』, 아세아문화사 영인본 387면).
16 金時習이 集句의 방식으로 제작한 100수의 「山居集句」(『梅月堂集』 13:201)에 차운하여 벗 申潛이 우언체의 새로운 시를 지었고 이에 박상이 이를 본떠 100수의 시를 짓고 벗 李元和와 尹衢에게 보낸 것을 보면(박상,「東峯山人, 嘗集古句, 爲山居百絶, 備諸家體, 靈川子反之, 出新意, 步其韻, 自成一家體, 以遺訥齋病夫, 一展再展之間, 粗得其一二, 清而腴, 雄而高, 自然而不凡, 非近世之作者, 卽效寓言體和之, 淵谷, 橘亭諸君子一笑爲幸」,『訥齋集』 19:36) 칠언절구에 상당한 자부심을 가졌던 것은 분명하다. 그러나 그의 대표작으로 후대의 시선집에 실린 것은 대부분이 칠언율시다. 허균의『國朝詩刪』, 남용익의『箕雅』 등에 선발되어 있는 작품 중 칠언절구는「夏帖」과「奉孝直喪」 두 편에 불과하다. 박상은 배율과 고시에도 능했는데『국조시산』에 칠언배율「嶺南樓觴席, 謝主人李公忠傑. 時右兵使金公世熙黃腸木敬差官郭君之蕃, 俱會」와 칠언고시「題李晋州兄弟圖」,「宣川紫石硯歌」가 선발되어 있다. 여기서도 그의 장처가 칠언임을 확인할 수 있다.

이 깊다. 박상은 기묘사화 이전부터 김정金淨(1486~1521), 유옥柳沃(1487~1519) 등과 어울려 함께 시를 수창하면서 동지로서의 결속을 다졌다. 유옥은 훗날 선조宣祖 때 순창淳昌에 화산서원花山書院이 건립되면서 박상과 함께 배향된 인물이다. 순창훈도淳昌訓導를 지낸 유문표柳文豹의 아들로 평창昌平 출신이다. 홍문관 수찬修撰 등 요직을 지내다가 1510년 면주綿州(무안務安) 현감에 임명되었다. 이 무렵 박상은 고향 광주에 내려와 있었다. 영산강 물길로 광주와 무안이 쉽게 오갈 수 있었기에 자주 어울려 시를 수창하거나 지은 시를 주고받았던 것이다.

두견새가 가을 나무에서 울어 피가 마를 듯
산성에서 잠 못 이루는데 밤이 깊어만 가네.
빈 뜰에 이슬이 내려 침상까지 축축하게 젖는데
홀로 선 나무에 바람이 울어 달빛을 차게 당기네.
사투리가 왁자지껄하니 백월百越 땅이 여기인가
역정이 아스라이 뻗어 장안長安까지 이어지겠지.
답답한 마음 푸는 데 시구가 있어야 하겠지만
오나라 손책孫策의 아랫것들 볼까 부끄러울 뿐.
帝魄秋梢血欲乾 山城不寐夜曼曼
空庭露泫侵床潤 獨樹風嘷引月寒
言語侏離連百越 驛亭迢遞接長安
亂懷寫出憑詩句 慙媿吳郎帳下看
―「가을날 면주 유 사또에게 부치다秋日寄綿州柳使君」(『눌재집』 18:489)

이 시기 유옥과 수창한 작품은 『철영掇英』에서 2수 선발하고 있는데[17] 위의

---

17 「寄綿州柳使君沃啓彥(號石軒)」(18:488), 「寄綿州啓彥甫, 期遊龍泉」(18:519).

시는 그 선발에 들지 못하였지만 박상 율시의 특징을 잘 보여 준다. 첫 번째 특징은 전고典故의 구사가 화려하다는 점이다. 수련 출구의 '야만만夜曼曼'은 한漢 사마상여司馬相如의 「장문부長門賦」에서 가져온 것이고[18] 미련의 출구는 삼국시대 촉한蜀漢의 유표劉表가 글을 지어 오吳의 손책孫策에게 주려고 먼저 예형禰衡에게 보이자 예형이 "이 따위 글은 손책의 장하아帳下兒에게나 읽게 하려는 것이구나"라 한 데서 나온 고사를 구사하였다. 박상이 지은 시가 유옥의 안목에 차지 못할 것이라는 말을 이렇게 표현한 것이다. 앞서 황여헌이 박상의 시에 글자마다 출처出處가 있다는 지적이 여기서 확인된다.

두 번째 특징으로 묘사의 정교함을 들 수 있다. 함련에서 빈 마당에 이슬이 듬뿍 내리니 그 때문에 이슬이 방안으로 스며들어 침상까지 축축해지고, 한 그루 외로운 나무에 부는 바람의 울부짖는 듯한 소리가 달빛을 끌어온다고 하였다. 하구에서 볼 수 있는 것처럼 의인화된 표현이 더욱 시를 정교하게 하고 있다. 이 표현으로 인해 늦가을의 밤 풍경이 잘 드러나게 된다.

같은 시기 제작된 「금주 사또 유옥에게 부치다寄綿州柳使君沃啓彦」(18:488)의 경련 "산이 높은 추월산은 고운 비단을 두른 듯, 물이 준 용천은 옥 거문고를 지녔네山高秋月圍華錦 水落龍泉帶玉琴"라 한 것도 유사하다. 추월秋月과 용천龍泉은 가을의 밝은 달과 용처럼 구불구불 흐르는 개울이라는 일반명사의 뜻으로도 읽히지만, 화려한 비단옷을 입은 담양의 추월산과 거문고를 연주하는 함평의 용천이 시각과 청각으로 동시에 전달된다는 점에서 명구라 하겠다. 물론 추월산과 용천사 계곡을 함께 유람하자는 뜻을 말한 것이기도 하다. 여러 평자들이 이른 기이함과 화려함이 이렇게 구현된다고 하겠다.

셋째, 상대에 대한 권려勸勵나 위로慰勞의 뜻을 풍경 묘사 속에 은근히 담아내는 것도 박상의 수창시에서 자주 볼 수 있는 창작방법이다. 중국 남방의 백

---

18 "夜曼曼其若歲兮 懷鬱鬱其不可再更". 후술하겠거니와 박상의 시는 『楚辭』에서 가져온 것이 많은데 '曼曼'도 「離騷」의 "路曼曼其脩遠兮 吾將上下而求索"에 보인다.

월百越 지역처럼 왁자지껄한 남도 사투리에 무안 현감으로 있는 유옥이 먼 변방에서 유배살이를 하는 듯 마음이 편치 않을 것이라 한 다음, 그럼에도 큰 길의 역정驛亭이 한양의 도성으로 이어질 것이라 하여, 조만간 유옥이 다시 한양으로 복귀할 것임을 은근히 말하였다.

「면주 사또 계언에게 부쳐 용천 유람을 기약하다寄綿州啓彦甫, 期遊龍泉」(18: 519)는 앞서 본 작품에서 이른 용천사 계곡을 함께 구경하자는 뜻을 거듭 말한 작품인데 경련에서 "적은 녹봉은 늙은 몸 부지하는 비용에 이바지하리니, 맑은 바람은 그저 백성 다스리는 마음에 들어가네微祿用供扶老債 淸風偏入長民心"라 하였다. 먹고 살기 위해 어쩔 수 없이 벼슬을 하지만, 목민관으로서의 청렴함을 잃지 않고 있음을 칭송한 구절이다. 이 시에서 이른 것처럼 유옥은 청백리로 살았기에 얼마 지나지 않아 죽었을 때 집이 가난하여 장사를 치를 수 없을 정도였다고 한다.[19] '결구정치結構精緻'라 한 정조의 비평이 이러한 구성의 정밀함을 지적한 것이다.

박상은 1511년 겨울 한양으로 올라가 홍문관 수찬으로 있다가 1512년 담양 부사潭陽府使로 내려온 이후, 유옥이 1514년 12월 홍문관 수찬으로 한양에 올라가기 전까지 활발한 모임을 가졌다. 특히 김정이 홍문관 교리로 있다가 1514년 순창 군수淳昌郡守로 내려오면서 세 사람의 수창이 더욱 많아졌다.[20]

---

19 『중종실록』 기묘(1519) 4월 17일의 기사에 尹自任은 공적인 일에는 힘을 다하고 사적인 일은 돌보지 않은 사람이라 하였다. 4월 4일의 卒記에는 "유옥은 문무의 재주를 겸비하였고 재간과 능력이 있었으므로, 사람들이 奇男子라고 일컬었다. 나라에서 邊鎭에 서용하기도 하고, 시종과 대간으로 서용하기도 하여 당시 사람들이 그 기개를 가상하게 여겼지만, 鐘城府使가 되어 色慾에 절제가 없어서 병들어 죽으니, 나이 35세다."라 하였다. 한국고전번역원 DB의 번역을 따르되 윤문하였다.

20 박상의 연보(충주박씨문간공파문중, 『국역눌재집』, 1979)에는 신미년(1511) 賜暇讀書에 선발되었고 김정의 연보(『충암집』 23:231)를 인용하여 김정, 소세양과 퇴근 후에 讀書堂에서 학문을 토론하고 시문을 수창한 것으로 되어 있지만 사실과 다르다. 같은 기사가 김정의 연보에는 1513년의 일로 되어 있다. 김정은 金世弼의 「湖堂被選錄」(『十淸集』 18:262)에 1506년 선발된 것으로, 『讀書堂先生案』(규장각 소장본)에는 1508년에 선발된 것으로 되어 있다. 박상이 사가독서에 선발되었다는 기록은 다른 데서 보이지 않는다.

앞서 박상이 유옥과 주고받은 작품도 이 시기의 것일 가능성이 높다. 이들이 용천사龍泉寺를 함께 유람한 바 있기 때문이다.[21] 다음 작품은 1515년이 저물어 가는 시기 두 사람이 함께한 자리에서 박상이 지은 것이다.

산성의 이상한 날씨가 쓰라린 슬픔을 바치는데
특별히 바람이 차서 눈을 빚어내는 새벽이라네.
삼백육십일 일 년 중에 이제 며칠만 남았는데
팔천 리 먼 변방에 외로운 신하는 늙어만가네.
군왕의 옥좌에는 나아가고 물러나지 못하지만
채소 없은 봄 소반에는 먹거리 새로 나오겠구나.
곧 서원에 복사꽃과 오얏꽃이 다투게 되리니
매화 아래 사양 말고 술잔을 마구 들어보게나.
山城異候薦悲辛 特地風寒釀雪晨
三百六旬餘數日 八千窮塞老孤臣
君王玉座乖趨殿 菜把春盤近食新
明日西園桃李競 莫辭梅下酒無巡
—「갑술년 12월 28일 율시를 지어 충암에게 적어 보이다甲戌十二月二十八日,
得短律, 錄示沖菴」(『눌재집』 18:519)

이제 한 해가 며칠 남지 않은 세밑인데, 먼 변방에서 늙어 가는 신세를 한탄한 다음, 비록 가까이에서 임금을 모시지는 못하지만 얼마 있지 않아 봄나물을 맛볼 것이라는 데서 위안을 찾았다. 그리고 매화를 완상하면서 실컷 술이

---

21 김정,「偕昌世, 啓彦遊龍泉寺之明日, 尋巖澗入小洞窺龍湫作」(『沖庵集』 23:140). 김정의「奉和昌
世使君用工部韻贈啓彦, 兼以見寄之作」(23:146)도 이 시기의 작품인데 박상과 유옥의 시가 나
란히 실려 있다. 박상의 작품은「用杜甫五十韻, 贈柳啓彦, 兼寄金元沖」(『눌재집』 19:82)으로
『눌재집』에 실려 있다.

나 마시자고 하였다.[22]

그런데 이 작품은 현실에 대한 편치 못한 심사가 읽힌다. 산속의 고을이라 담양이 더욱 날이 찬 것이지만 그보다는 현실에 대한 박상의 불만이 더욱 마음을 쓰리게 한 듯하다. 더욱이 미련의 뜻이 묘하다. 서원西園은 상림원上林苑을 이르므로 그곳의 도리桃李가 다투어 필 것이라는 말은 조정의 권력을 장악하고 있는 권신들을 암시한 것처럼 읽힌다. 박상의 한시는, 정조나 남용익이 이른 대로 주제적인 측면에서 침울과 강개가 주를 이루는 데 이 작품에서도 이 점이 확인된다.

박상이 김정에게 이러한 뜻을 말한 것은 이듬해인 1515년 8월, 중종의 비였지만 반정 이후 폐위된 신씨愼氏의 복위를 청하고 박원종朴元宗, 유순정柳順汀, 성희안成希顔 등의 훈신勳臣을 탄핵한 「청복고비신씨소請復故妃愼氏疏」를 김정과 연명으로 올리게 되는 사건과 연결되는 듯하다.

박상은 이보다 앞선 1514년 9월 28일 담양 관아의 서재에서 자다가 꿈속에서 이색李穡을 만났다. 이때 지은 시에서 "사가史家의 붓은 공정함이 어디 있는가, 태평성대 능연각凌煙閣은 그림자만 아득한데史家秉筆公何在 昭代凌煙影獨遙"라 하였다.[23] 이색은 우왕禑王을 옹립하는 데 반대하지 않았는데 당시 우왕이 신돈辛旽의 아들이라는 세간의 의혹이 있었다. 이색이 우왕을 옹립한 일을 두고 정인지鄭麟趾가 비판하였는데, 박상은 정인지가 『고려사高麗史』에서 이를 잘못이라 비판한 것이 공정한 역사가의 사론이 아니라 하면서 이색을 옹호하

---

22 이 작품은 앞서 밝힌 대로 點化의 기술을 자주 구사하고 있다. 悲辛, 趨殿, 食新 등의 시어는 분위기가 杜甫, 「奉贈韋左丞丈二十二韻」 "殘杯與冷炙 到處潛悲辛"; 「杜鵑行」, "萬事反覆何所無 豈憶當殿群臣趨"; 「園人送瓜」 "食新先戰士 共少及溪老" 등과 닮아 있다. 함련에서 숫자로 대를 한 것은 唐 白居易의 「除夜言懷兼贈張常侍」 "三百六旬今夜盡 六十四年明日催"나 宋 李曾伯의 「思歸偶成」 "六十歲翁窮塞客 八千里路故鄉心"과도 유사한 데가 있다. 宋代의 江西詩派 한 시에서 자주 보이는 구법이다. 함련에서 읽을 수 있는 '慷慨'의 정서는 박상의 시를 관통하는 것인데 후술하기로 한다.

23 「夢牧隱李先生穡」(『눌재집』 19:85). 이 시의 주석에서 吳澐의 『東史纂要』를 인용하여 그 뜻을 자세히 밝힌 바 있다.

였다.

이에 대해 후대 이론이 생겼지만[24] 박상은 권력을 농단하며 임금을 겁박하는 일이 자신의 시대에도 일어나고 있음을 말하고자 한 듯하다. 이색을 둘러싼 문제가 신씨 복위 문제로 이어진 것이라 하겠다. 공신의 농단에 대한 박상과 김정의 공통된 인식이 이러한 수창에서부터 단초가 엿보인다. 이처럼 박상은 김정과 뜻을 함께 하고 담양과 순창 사이에 있는 강천산剛泉山에서 상소를 작성하게 된 것이다.[25] 또 훗날 이를 기려 강천산에 삼인대三印臺의 비碑가 세워졌다.[26]

박상과 김정은 이 상소로 인해 의금부에 나포되었지만 정광필鄭光弼, 안당安瑭, 조광조趙光祖, 이장곤李長坤, 김안국金安國 등의 구호로 박상은 남평南平에, 김정은 보은報恩에 유배되는 데 그쳤고 모두 얼마 지나지 않아 사면을 받았다. 그러나 이 일을 두고 조광조 등의 신진사류가 이행 등의 훈구대신과 크게 반목하였고 그 여파로 결국 기묘사화가 일어나게 된다.[27] 연보에는 어숙권魚叔權의 『패관잡기稗官雜記』를 인용하여 기묘사화가 일어날 무렵 박상은 김정과 함께 성당盛唐의 시를 숭상하고 서한西漢의 문장을 숭상하여 김구金絿, 기준奇遵 등이 이들을 사우師友로 삼았다고 하였지만, 박상의 문집에는 김정에게 준 다른 작품이나 김구, 기준 등과 수창한 작품은 확인되지 않는다. 다만 다음 작품은 벗을 명시하지 않았지만 김정에게 보낸 것으로 추정된다.

---

24 任輔臣의 『丙辰丁巳錄』 등에 이에 대한 기록이 보인다.

25 박상, 「剛泉山」(『눌재집』 19:85); 김정, 「次昌世韻」(『충암집』 23:143).

26 김정의 연보에는 박상의 아우 朴祐가 이때 南原에 있었기에 함께 논의하였다 하여 삼인대라 한 것인데, 玉果 사또 金麟厚가 와서 놀았다 하여 柳沃 대신 김인후가 들어가게 되었다는 설도 제시하였다. 李縡의 「三印臺碑」(『陶菴集』 195:122)와 奇宇萬의 「三印臺碑閣重修記」(『松沙集』 345:402)에는 박상, 김정, 유옥으로 되어 있다.

27 『己卯錄續集』의 「構禍事蹟」에 기묘사화가 일어날 때 南袞이 올린 상소에서 다시 박상과 김정의 일을 거론한 바 있다.

166

한라산 아래 바닷물이 출렁이는데

도깨비와 함께 노는 것 차마 말하랴!

얻어먹는 신세라 어부는 보리밥을 나누어 주고

신령과 통하는지 귤 노인네 용근포를 먹여주네.

두릉의 지붕에 뜬 달은 한림의 얼굴이요

송옥의 강가 단풍나무는 시인의 혼이라네.

오가는 소식이 끊어져 전해지지 않으니

벗 그리는 마음은 구름을 감싸고 날아오르네.

挐山之下海長翻 魑魅同遊可忍言

寄食蜓翁分麥飯 通神橘叟餉龍根

杜陵梁月翰林面 宋玉江楓騷客魂

消息往來傳亦失 故人情緒遶雲鷰

―「차운하여 벗이 보내 준 시에 답하다次韻, 酬友生見贈之作」(『눌재집』 19:6)

  이 작품에서 한라산이 배경이 되고, 문집에 실린 앞뒤의 시를 볼 때 1521년 가을에 제작된 것으로 추정되므로, 시를 보내 준 벗이 김정일 가능성이 높다.[28] 한라산 아래 파도가 거센데 도깨비와 함께 사느라 얼마나 고생이 많은지 먼저 위로하였다. 이 작품은 박상 율시의 한 특징을 보여 준다. '挐山之下'와 같은 고유명사와 산문투의 구사가 보인다는 점에서 그러하다.

---

28 이 작품은 金緱의 「寄錦峯延道士」 [與上蓬島樓臺何處邊詩同時作](『自菴集』 24:260) "羅山山下海長鱗, 土窖爲冤胡可言. 寄食蜑翁分麥飯, 通神橘叟餉龍根. 杜陵樑月翰林面, 宋玉江楓騷客魂. 消息往來傳亦失, 故人情緒亂雲昏"과 거의 같다. 김구는 1519년 기묘사화에 조광조, 김정과 함께 화를 입어 開寧에 유배되었다가 다시 南海의 절도에 옮겨졌는데 이때 지은 것으로 되어 있다. 박상의 작품은 金壽恒이 편집한 판본에 처음 수록되었다. 이어지는 두 번째 작품의 미련에서 "가을바람에 흥은 준암자에게 있는데, 부끄러워라 내 다친 날개 억지로 날려 해 보니(西風興在罇巖子 媿我傷翎強試鷰)"라 하였는데 罇巖子는 박상이 충주에 있을 때의 자호이므로, 박상의 작품일 가능성이 높다.

신씨 복위 상소를 올렸다 체포되어 올라갈 때 지은 작품으로 추정되는「국문 받을 죄수의 첩을 받들고 자용 선생과 함께 압록강에 낮에 머물러 있는데 구례와 곡성 두 고을이 동서로 끼어 있어 율시 한 편을 장난으로 지어 곡성 사또를 놀린다承鞫囚帖, 同子容先生, 駐晝于鴨綠江, 求谷兩縣, 介於東西, 戲賦一律, 嘲谷守」(18:488)에서 "순자 나루 남쪽의 압록탄, 두 고을 이 강과 산에서 나뉘어져 있다네鶉子之南鴨綠灘 二邦分割此江山"라 하였고[29] 「한강에서 즉흥적으로 짓다漢江口號」(18:498)에서 "한강의 강물은 이끼보다 푸른데, 무르녹은 봄기운이 세밑에 흘러나오네漢江之水綠於苔 春氣融融泄臘開"라 한 데서도 유사한 표현을 찾을 수 있다.

이어 함련은 박상의 율시에서 흔히 보이는 낯선 시어를 구사하여 제주도에서의 삶을 상상하였다. 함련의 하구는 귤원橘園에 있는 큰 귤 속에 수염과 눈썹이 흰 두 노인이 마주 앉아 바둑을 두면서 즐겁게 담소를 나누고 있었는데 한 노인네가 배가 고프다면서 소매 속에서 용근포龍根脯를 꺼내 먹고 물을 뿜자 물이 용으로 변했다는『현괴록玄怪錄』의 신이한 고사를 이용한 것이다. 귤 농사를 짓는 노인이 귤을 가끔 보내 준다는 뜻을 이렇게 표현하였다. 귤수橘叟는 시어로 자주 쓰이지만 이와 짝을 이루는 연옹蜒翁은 단수蜑叟를 박상이 달리 이른 말이다. 단蜑은 중국 남방의 소수민족으로 단수는 변방 바닷가에 사는 사람을 가리킨다.[30] 제주도 백성이 불쌍히 여겨 보리밥을 먹여 준다는 뜻이다. 이처럼 낯선 시어와 전고로 시의 깊이를 더하는 것이 박상 율시의 특징이다.

경련에서 점화點化를 통해 새로운 뜻을 얻는 창작방법을 동원하고 있다는 점도 주목된다. 박상의 시는 굴원屈原과 두보杜甫의 시구를 적절히 차용하여

---

29 구례와 곡성을 지나 남원으로 들어가는 섬진강을 鶉子江 혹은 鴨綠江이라 하고 남원 경계에 있던 나루를 鶉子津이라 하였다. 鴨綠灘은 압록리 앞쪽의 여울로 추정된다. 그리고 이 시에서 이른 子容은 朴以寬인 듯하다. 박이관은 기묘사화 이후 창평에 은거했고 節山祠宇(維谷祠)에 배향되었다. 박상과 수창한 시가 여러 편 있다. 奇遵의 형 奇遵의 자도 子容이지만 先生이라 하였으므로 잘 맞지 않다.

30 宋 蘇軾의「和陶歸園田居」"江鷗漸馴集 蜑叟已還往"에 용례가 보인다.

자신의 처지를 이들의 이미지와 연결할 때가 많다. 상구는 두릉杜陵의 두보가 한림翰林 이백李白을 그리워하여 지은 「이백을 꿈에서 보고夢李白」에서 "지는 해가 들보에 가득 비치니, 오히려 그 얼굴을 보는 듯하네落月滿屋梁 猶疑見顏色"에서 가져온 표현이다. 박상과 김정의 우정을 두보와 이백에 비긴 것이다. 하구는 굴원의 『초사楚辭』 「초혼招魂」의 "넘실거리는 강가에 단풍나무 있는데, 천 리 끝까지 바라보며 봄을 상심하네湛湛江水兮上有楓 目極千里兮傷春心"를 변용한 것이다.[31] 김정의 처지를 굴원에 비긴 것이다. 이어 미련에서 소식이 단절된 벗에 대한 그리움이 끝이 없다고 하여 시상을 종결하였다. 하구에서 그리움이 구름을 에워싸고 날아오른다고 한 '요운건遶雲騫'도 참신하다.

제주에서 최후를 기다리는 김정에게 보낸 이 시는 박상이 1521년 봄 상주 목사로 있다가 여름 충주 목사로 옮겨서 재직하고 있을 때 지은 작품이다. 가장 왕성한 작품 활동을 보였던 시기라 할 수 있다. 박상은 인근 지역에 살던 김세필金世弼(1473~1533), 이연경李延慶(1484~1548), 이자李耔(1480~1533) 등과 직접 오가거나 편지를 주고받으면서 시를 수창하였다. 김세필은 기묘사화가 일어나 귀양길에 올랐고 1522년 유배에서 풀려난 후 팔성산八聖山 아래 지비천知非川 곁, 말마리秣馬里(충북 음성군 생극면)에 공당工堂(공자당工字堂)을 짓고 살았다. 이자는 기묘사화가 일어나자 음성의 음애동陰崖洞(음성군 소이면 비산리)에 은거하다가 1524년 달천㺚川 상류 토계兎溪로 집을 옮겨 살았으며 이연경은 충주의 탄금대 인근의 용탄龍灘(충주시 용탄동)에 살고 있었다.[32] 특히 이들과 어울리던 시절 박상의 시는 더욱 강개慷慨의 정이 가득하다. 이자에게 보낸 시를 보인다.

---

31 「彈琴臺」(『눌재집』 18:526)에서도 이 구절을 점화했는데 이에 대해서는 뒤에서 다시 다룬다.
32 이에 대해서는 「기묘사림과 충주의 문화 공간」(『고전문학연구』 33집, 2008)에서 김세필, 이자, 이연경, 박상, 신광한, 김정국의 우정과 교유에 대해 자세히 다룬 바 있다. 이들 외에 李長坤(1474~1519)이 여주의 祐灣에, 金安國(1478~1543)이 이천의 注村에, 申光漢(1484~1555)이 여주의 元亨里에, 李若冰(1489~1547)이 충주의 北村에, 柳貞(1491~1549)이 충주 金遷里에 살고 있었는데, 박상의 문집에 이 시기 이들과의 교유를 보여 주는 작품은 확인되지 않는다.

객 보내고 머리 돌리자 공무가 다시 쏟아지니

닭 주름살과 학 뼈가 서로 모두 재촉하는구나.

다섯 해 이룬 치적 보니 정말 책략이 없었구나,

천 권의 책을 쓴 지난날의 공은 재주가 부족했네.

솜씨 서툴다 아전은 입을 삐죽거리며 욕을 하고

얼굴이 주름졌다 고운 여인들 머리 맞대고 탄식하네.

지난 일 헤아려 보니 놀랍게 백년 인생 반이 지났기에

남은 인생 거친 술을 마시고 취할 것 생각하노라.

送客回頭案又來 鷄皮鶴骨兩相催

五年積課眞無策 千卷前功做不才

手疏小吏反脣詆 顔皺佳人聚首咍

數往百齡驚一半 思將餘日醉山杯

—「문서더미에 묶여 있다가 근체 율시 4수를 읊어 차야에게 적어 보이다製簿
之餘, 吟得近律四首, 錄示次野」(『눌재집』 18:521)

오랜 만에 벗이 와서 잠시 환담을 나누었지만 벗이 가자 바로 처리할 문서
더미가 쏟아진다. 피부는 닭처럼 주름이 자글자글해지고 몸은 여위어 학과
같다고 하여[33] 노쇠한 자신의 처지를 탄식하였다. 이어 충주 목사로 5년째 접
어들었지만 성과가 없고, 부지런히 저술에 힘을 쏟았지만 내세울 것이 없으
니 더욱 한탄스럽다고 하였다. 이 구절은 구양수歐陽脩의 「물러나 살면서 회포
를 적어 북경의 한시중에게 부치다退居述懷寄北京韓侍中」에서 "일생 동안 부지
런히 고생한 것은 책 천 권이요, 만사가 다 사그라져 없어지는 것은 가득한 술
잔이라네一生勤苦書千卷 萬事消磨酒百分"에서 가져온 것이다.[34] 경련에서는 사또

---

33 北周의 庾信은 「竹杖賦」에서 "鶴髮鷄皮 蓬頭歷齒"라 하였고 五代 齊己는 「戊辰歲湘中寄鄭谷郎
中」에서 "瘦應成鶴骨 閑想似禪心"이라 한 구절을 응용한 듯하다.

의 일처리가 미숙하여 아전들은 입을 삐죽거리고 주름진 얼굴을 보고 기녀들은 뒤에서 수군거린다고 하였다. 수련과 함련의 한탄을 다소 해학적인 어투로 자조自嘲한 것이 강개의 정을 더한다. 이어 미련에서 벌써 인생 반백 년이 넘어가게 되어 놀라게 되고 그래서 박주산채薄酒山菜일말정 실컷 술을 마시겠노라 하였다.

네 편의 연작으로 된 이 작품은 『철영』에 3수가 선발되어 있으니 작품성을 인정받은 것이라 하겠다. 네 수 모두 강개한 음성으로 가득하다. 특히 두 번째 작품의 미련에서는 "평생 연나라 조정의 객이 되지 않으리니, 부질없이 황금을 개구리에게 던지지 말라平生不作燕庭客 莫擲黃金費抵蛙"라 하였는데, 전국시대戰國時代 형가荊軻가 하릴없이 기와조각을 가지고 개구리에게 던지는 것을 보고 연燕의 태자太子가 소반에 금을 담아 가져다주었는데 이에 형가가 진왕秦王을 죽이려는 일을 하게 된다는 고사를 쓴 것이다. 역수한풍易水寒風이라는 강개의 노래를 부른 형가의 일을 들고, 거꾸로 불편한 세사에 거리를 두겠노라 하여 오히려 강개의 목소리가 높아졌다.

기묘명현과의 수창에서 빠뜨릴 수 없는 사람이 기진奇進(1487~1555)이다. 기진은 기준奇遵의 형이고 기대승奇大升의 부친이며 자가 자순子順이고 호가 물재勿齋다. 기준이 기묘사화에 연루되어 사약을 받은 후 형 기원奇遠과 함께 낙향하여 광주에서 여생을 보내고 있었다. 박상은 1517년 모친상을 당한 후 몇 년 간 고향에 머물러 있으면서 그와 자주 어울렸다.

은원을 갚는 일은 조금도 남김이 없으니
인간세상 벗의 도리는 나날이 무너져가네.

---

34 앞서 본 대로 옛 사람의 시구를 적절히 끌어들이는 것이 박상의 율시 창작방법이기도 하다. 이 연작시의 첫 번째 작품에서 "차가운 시는 늘그막에 도리어 병이 되는데, 나그네 꿈은 봄이 지나 몇 번 집으로 갔던가(寒詩抵老還成癖 旅夢經春幾到家)"도 白居易의 「四十五」 "淸瘦詩成癖 粗豪酒放狂"에서 가져온 것이 확인된다.

활 당기면 방몽逢蒙의 솜씨라 겁이 나는데

나무 베는 소아小雅의 시는 싸늘하기만 하구나.

해코지를 멀리하려 함께 노니는 것은 사슴뿐이요

무심한 마음으로 함께 하는 것은 달과 바람이라네.

남쪽 바다 예전의 은사는 혼이 길이 떠났으니

창 밖에 봄이 온 산은 그림 속인 양 기이하구나.

往復恩讎不漏絲 人間友道日陵遲

彎弓懍懍逢蒙手 伐木寥寥小雅詩

遠害共遊麋鹿在 無心同契月風知

海南舊隱魂長逝 窓外春山畫裏奇

　　―「물재의 시에 차운하여 바치다奉酬勿齋韻」(『눌재집』19:58)

　　이 시는 4수 연작인데 그 중 첫 번째 작품이다. 수련에서부터 은혜와 원수는
털끝 하나까지도 다 갚아야 하는 것이 사람의 도리인데, 인간세상 우정의 도
가 이렇게 무너져 버렸다고 개탄하였다. 희생된 기묘명현에 대한 벗들의 비
겁한 행태를 은근히 비판한 것이다. 세 번째 작품의 수련에서도 "손을 굳게 붙
잡고서도 칼날을 휘두르려 하니, 혜약蕙若이 옛 휘장에 아스라하기만 하네握
手方森刃欲推 迢迢蕙若舊芳帷"라 하였다. '추인推刃'은 복수를 이르는 고사에서 가
져온 것이고, '혜약蕙若'은 향초를 이르는 말인데『초사』에 보이는 말이다.[35] 이
를 끌어들여 구밀복검口蜜腹劍의 세태가 만연하고 현자를 존중하는 풍속이 사
라졌음을 개탄한 것이다.

　　이처럼 박상의 시는 자신의 마음이 불편하면 전고의 깊이가 더욱 깊어지는

---

35 "아버지가 죄를 지어 誅殺된 경우가 아니면 그 자식이 복수해야 옳지만, 죄를 지어 주살되
　　있는데도 그 자식이 복수하면 이는 복수가 복수를 불러 복수가 반복되는 길을 여는 것이
　　다"라고 한 고사가 『春秋公羊傳』에 보인다. 또 "『楚辭』의 「惜往日」에 "自前世之嫉賢兮 謂蕙若
　　其可佩"라 하였다.

것이 특징이다. 함련에서는 활만 보면 자신을 죽이려 드는 것인가 겁이 나니 친한 사람들도 사이가 나빠지고 있다고 하여 수련의 뜻을 부연하였다. 전국시대 활의 명수 경리更嬴가 화살을 메기지 않고 활시위만 당겨도 새를 떨어뜨릴 수 있다는 만궁낙안彎弓落雁의 고사와 함께 진휼하는 곡식을 받으려다 싸우게 된『시경』의「벌목伐木」을 전고로 활용하였다. 위험한 시절인지라 세상을 피해 사슴과 어울려야 하고 무심한 달과 바람만 벗으로 삼아야 한다고 목소리를 높였다. 이어 먼저 세상을 떠난 기진의 아우 기준을 떠올리고, 이러한 세상에도 봄이 온 산은 아름답기만 하다 하여 강개한 마음을 더욱 강하게 발산하였다. 박상이 이 시기 기진과 자주 수창하였는데 대부분 매우 강한 강개의 정을 읽을 수 있거니와[36] 이 작품의 나머지 세 수도 매구 전고를 구사하고 그 속에 강개한 정을 투영하는 창작방법을 구사하였다.

네 번째 작품 역시 그러하다. 두 번째 작품과 세 번째 작품이 주로 기진의 처지를 강개한 음성에 담았다면 마지막 작품은 자신의 뜻을 강하게 피력하였다.

> 화복은 빙글빙글 도는 법 헤아릴 수 없으니
> 3년 불길한 때에 작은 침상에 누워 있었지.
> 술에 취하면 하늘과 땅이 이처럼 드넓은데
> 시름이 깊어 해와 달이 아득함을 누가 알는지.
> 곤룡포에 문양 더하려 해도 좋은 솜씨 없건만
> 부상에서 누에고치를 거두니 황금 실이 있구나.
> 도리어 짧아진 머리라 선비 노릇 그만두고서
> 여산에서 모임을 열고 혜원선사를 찾아야겠네.

---

36 「奉酬勿齋見寄之作三首, 仍用雲字起韻, 效鳳凰臺體, 謝惠及仙蔘, 希和教(19:57);「感春短律二首, 錄似勿齋, 希和教」(19:57);「酬勿齋見和之作」(19:58) 등이 이 시기 그와 수창한 작품이다. 이 작품은 모두 제작연대가 분명하지 않지만 전후에 실린 작품과 시의 내용으로 보아 1519년 전후한 시기에 지은 것으로 추정할 수 있다.

倚伏循環不可推 三年鵬際矮床帷

乾坤醉底寬如許 日月愁邊菟或知

帝衮敵章無好手 扶桑收繭有金絲

還逢斷髮抛章甫 結社廬山問慧慈

　—「물재의 시에 차운하여 바치다奉酬勿齋韻」(『눌재집』 19:58)

　인간사 길흉화복吉凶禍福은 새옹지마塞翁之馬인지라 헤아릴 수 없으니 삼 년 동안 흉흉한 시절을 만나 조그만 집에 거처했다고 하였다. 기묘사화에 벗들이 죽어 나가는데 자신은 모친의 상을 당했기에 화를 당하지 않게 되었다는 자괴감을 말한 것이다. 함련은 박상의 시에서 볼 수 있는 전형적인 구절로, 호탕과 강개가 어우러진 명구라 하겠다. 술에 취하면 하늘과 땅이 이렇게 넓어지지만 시름이 많은지라 해와 달도 어둑하게 보인다고 하였다. 이어 경련에서는 자신이 무능하여 임금을 바르게 보좌하지 못하지만 경물이 아름다운 고향에 지내노라니 절로 시는 잘 만들어진다고 자조하였다.[37] 그리고 미련에서 이왕 늙어 머리가 짧아진 김에 유자의 신분을 버리고 승려가 되겠다고 하였다. 宋송의 어떤 사람이 장보관章甫冠을 들고 월越로 갔더니 그곳 사람들이 모두 단발斷髮에 문신을 하였기 때문에 장보관이 쓸모가 없었다는 『장자莊子』의 고사를 암용하되, 동진東晉의 승僧 혜원惠遠이 여산廬山 동림사東林寺에서 백련사白蓮社를 결성하고 사영운謝靈運, 도잠陶潛 등과 시회를 가졌던 고사를 끌어들였다. 박상은 이 시기부터 귀거래歸去來를 하지 못하는 자신의 처지를 강개한 목소리에 담는 일이 더욱 잦아졌다.

37　상구는 杜甫의 「題省中院壁」 "袞職曾無一字補 許身愧比雙南金"이라 한 구절을 차용한 것이고, 하구는 東海의 神木인 扶桑에 濟南의 園客이라는 사람이 10년 오색의 향초를 가꾸었는데 어떤 여인이 와서 이를 가지고 누에를 먹여 항아리만 한 누에고치 120개를 얻고 그 고치를 켜서 실을 만든 후 함께 신선이 되어 갔다는 고사를 쓴 것이다.

2) 후학과 제자와의 수창

박상은 후학들과도 적극인 수창을 가졌다. 연보에 따르면 임억령林億齡은 1509년 임피 현령臨陂縣令으로 있을 때 수학하였고, 송순宋純과 정만종鄭萬鍾, 채연희蔡延禧[38]는 1513년 담양 부사로 있을 때 수학하였다. 그중 정만종은 비교적 이른 시기부터 제자이면서 시우詩友가 되었다. 정만종은 본관이 광주光州고 자가 인보仁甫, 호가 조계棗溪이다. 사가독서賜暇讀書에 선발되고 팔도의 관찰사를 지낸 인물이지만 생몰년은 밝혀져 있지 않다. 김안국金安國, 신광한, 송순, 임형수林亨秀 등과 교유한 시가 이들의 문집에 전한다.

앞서 본 대로 박상은 1515년 8월 김정과 함께 신씨의 복위를 주장하다 대간의 탄핵을 받았다. 이로 인해 고신告身을 뺏기고 전라도 영평永平(남평南平)에 유배되었는데 10월에 정만종과 함께 무등산과 염불사念佛寺를 유람한 바 있다.[39] 정만종은 1516년 별시 문과에 합격하여 벼슬길에 나갔는데 1520년 예문관 기사관記事官 겸 대교待教로 있다가 예문관 검열을 추천할 때 일 처리를 잘못했다 하여 탄핵을 받고 곤장을 맞은 바 있다.[40] 박상은 1521년 봄 상주 목사가 되었는데 이 무렵 정만종을 상주에서 만나 시를 주고받았다.[41] 그리고 박상이 충주 목사로 옮겼을 때에도 정만종은 박상의 가장 가까운 시우였다.[42] 박상의 대표작으로 인정되어 『국조시산』 등에 두루 실려 있는 다음 작품도 그에게 준 것이다.

---

38 자가 仲吉이고 본관이 固城이며 同福에 거주한 정도의 기사만 확인된다.

39 「念佛寺重創記」(19:69), 「遊瑞石山韻, 贈鄭萬鍾」(19:61)이 이때의 작품이다.

40 『중종실록』 경진(1520) 10월 25일(기유)와 중종 15년 경진(1520) 10월 27일(신해) 등에 관련 기사가 보인다.

41 칠언절구 「題鳳巖寺」(19:4)가 이때의 작품인데 그 주석에 따르면 문경 봉암사의 晴雪樓 편액은 安平大君이 썼고 白雲臺에는 鄭希良의 오언율시가 붙어 있었으며 崔致遠이 지은 「智證大師寂照塔碑」의 글씨가 반쯤 뭉개져 있다고 하였다. 「白雲臺」(18:525)도 이때의 작품이다.

42 「送鄭翰林罷官南歸」(18:512); 「萬景樓, 送翰林鄭萬鍾, 犯酒禁罷歸」(19:20).

강마을에 장맛비가 높은 하늘에서 걷히니

가을 기운이 서늘해져 늦더위가 사라졌네.

누렇게 기름진 들판의 나락은 눈에 어지럽게 팼고

퍼렇게 성긴 개울의 버들은 술동이 앞에 높다랗네.

약속이나 한 듯 바람은 춤추는 옷자락을 따르고

부르지도 않았는데 산은 노래하는 자리에 드는구나.

부끄러워라, 지금껏 하찮은 녹봉을 받느라고

고향의 언덕이 묵어가도 돌아가 거닐지 못하니.

江城積雨捲層霄 秋氣泠泠老火消

黃膩野秔迷眼發 綠疎溪柳對樽高

風隨舞袖如相約 山入歌筵不待招

慙恨至今持斗米 故園蕪絶負逍遙

—「정한림이 떠나면서 지은 시의 운으로 답하다酬鄭翰林留別韻」(『눌재집』
　　18:501)

　　박상의 문집에 정한림鄭翰林으로 여러 차례 등장하는 인물이 제자 정만종이
다. 이 작품은 그가 영전하여 조정으로 복귀하는 자리에서 쓴 것으로 추정된
다. 정만종은 1525년 세자시강원世子侍講院 사서司書로 복귀하였으므로 이즈
음의 작품으로 보면 될 듯하다. 강마을에 내리던 장맛비가 그치고 시원한 가
을이 찾아오자, 기름지게 익은 황금빛 나락이 온 들판을 가득 채우고 푸르던
버들이 누렇게 듬성해진다. 잘 익은 나락은 상대의 영전을, 시들어 가는 버들
은 자신의 처지를 투영한 것이다. 이어 이별의 술자리가 쉬 끝남을 슬퍼하였
다. 한바탕 술을 먹고 춤추며 놀다 보니 어느덧 저녁 바람이 불어오고 산그늘
이 드리워지는 것을 묘하게 표현하였다. 함련의 경물 속에 투영한 감정이 경
련에서 강개한 함성으로 터져 나오게 한 것이 묘미가 있다. 미련은 외직에 전
전하면서도 벼슬길에서 용퇴하지 못하는 자신의 처지를 슬퍼하였다. 경물의

묘사에 절로 강개한 정이 투영되어 있다. 미련에서 도연명陶淵明의 「귀거래사歸去來辭」가 겹쳐져 있지만 박상의 다른 작품에서 전고를 깊고 번다하게 쓴 것과는 다르다. 대신 시상의 조직組織이 정치하고 수사가 정교하다. 함련에서 '황이黃膩', '미迷', '발發'과 '녹소綠疎', '대對', '고高' 등의 허자虛字를 구사하여 역동적인 심상을 만들어 내었다.[43] 해가 넘어가고 저녁 바람이 불어 전별의 자리 끝나 갈 무렵 이별을 아쉬워하여 춤을 추고 노래를 부르는 박상의 모습이 강개한 음성으로 전달되는 것이 절묘하다.

박상은 충주 목사로 있던 시절 후학들과도 활발한 교유를 보였다. 정만종 외에 정사룡, 표빙表憑, 임억령 등도 그 중심에 있었다.[44] 특히 해남 출신인 임억령(1496~1568)은 임백령任百齡과 함께 박상의 문하에 든 인물로 박상과 많은 수창을 한 바 있다.

> 늘그막에 설두의 참선에 참예하고자 하니
> 붉은 관복과 백마에도 마음이 스산해서라네.
> 기러기 돌아간 한양은 삼각산이 저물지니
> 꽃이 핀 강남땅은 봄이 온 2월의 날씨라네.
> 창자 가득 꿀을 마셔 벌들은 요란한데
> 꽃 핥느라 입이 젖어 나비들은 곱구나.
> 조용한 밤 명협초 줍는 성균관의 손님은
> 노쇠한 이와 좋은 시를 토론함이 부끄럽겠지.
> 老去求參雪竇禪 緋袍白馬意疏然
> 雁歸漢北三山暮 花發江南二月天

---

43 여기서 虛字는 實字에 대비되는 개념으로, 명사가 아닌 동사, 형용사, 부사 등을 함께 이른 다. 이 개념에 대해서는 필자의 「한시 분석의 틀로서 虛와 實의 문제」(『한국한시의 전통 과 문예미』, 태학사, 2002)를 참고하기 바란다.

44 鄭士龍, 表憑 등의 후학과도 활발한 교유를 보였는데 이러한 작품은 題詠에서 다루기로 한다.

收蜜滿脾蜂鬧鬧 唉香濡口蝶娟娟

拾蓂靜夜庠庭客 羞與衰翁討雅篇

—「석천이 답을 하기에 다시 화답하다石川有答, 復和」(『눌재집』 18:502)

『철영撮英』,『동시준東詩雋』 등에도 선발되어 있는 작품으로, 문집에는 위에
서 본 정만종에게 준 시 다음에 실려 있다.[45] 이 작품이나 비슷한 시기의 작품
을 볼 때 한양으로 올라가는 내용이 있어 임억령이 1525년 식년 문과에 급제
하기 전 성균관에서 수학할 무렵의 것으로 짐작된다.

이 작품은 크게 몇 가지 특징이 있다. 첫째는 깊게 전고를 구사하고 있다는
점이다. 먼저 수련의 설두선雪竇禪은 송의 선승禪僧인 설두현선사雪竇顯禪師를
가리킨다. 소식蘇軾이 원통선원圓通禪院에서 지은 "이생에서 처음으로 여산의
물 마셨으니, 뒷날에는 그저 설두의 참선에 참예하리라此生初飮廬山水 他日徒參
雪竇禪"라 한 구절[46]에서 점화한 것이다. 또 미련 상구는 한유韓愈의 "홀로 성균
관의 객이 있어도, 떨어진 명협초를 주울 틈이 없겠지獨有虞庠客 無由拾落蓂"에
서 가져온 것이다.[47] 이와 함께 박상은 불교의 전고를 즐겨 구사하거나 참선
에 들고자 하는 뜻을 자주 말하는데 특히 임억령과 수창한 작품에서 더욱 두
드러진다. 이 시의 두 번째 작품에서도 "일념이라도 한가하면 곧 참선에 든 것
이니, 면벽한다 굳이 조용한 곳 찾을 것 있나一念才閑是定禪 面墻何必謝紛然"라 하
였고,[48] 네 번째 작품에서도 "그대 집안 시법은 달마대사 대승선이라, 속세를

---

45 박상이 임억령에게 준 시는 『눌재집』에 15편이 확인되지만, 임억령이 생전에 박상에게
준 시는 『석천시집』에서 확인되지 않는데 그 이유는 알 수 없다.

46 이 작품은 「圓通禪院, 先君舊遊也. 四月二十四日晚, 至宿焉. 明日先君忌日也, 乃手寫寶積獻蓋頌
佛一偈, 以贈長老仙公, 仙公撫掌笑曰, "昨夜夢寶蓋飛下, 著處輒出火, 豈此祥乎？乃作是詩, 院有
蜀僧宣逮事訥長老證先君云」이라는 긴 제목의 작품이다.

47 제목이 「和崔舍人詠月二十韻」이다. 虞庠은 『禮記』「王制」에 보이는 학교로 우리나라에서
는 주로 성균관을 이른다. 落蓂은 떨어진 蓂莢草로 매달 초하루에 잎이 하나씩 돋았다가
보름이 지나면 다시 하나씩 진다고 하는 달력 기능을 하는 풀이다.

48 이 구절의 一念 역시 불교어로 『仁王般若波羅蜜經』의 「觀空品」 "九十刹那爲一念"에서 나온

178

벗어나 맑고 고상하여 말이 훤하네君家詩法大乘禪 出俗淸高語炯然"라 하였다.

둘째, 박상의 시는 조직이 정치하다는 특징이 있다. 늘그막에 벼슬살이가 지겨워 중처럼 살고자 한다고 하여 시상을 연 다음, 함련에서 기러기 돌아가는 한양의 삼각산과 꽃이 피는 강남의 풍광을 대조하여 한양으로 돌아가는 임억령과 강남에 남은 자신의 처지를 투영하였다. 한강의 북쪽 삼각산을 이르는 한북삼산漢北三山에 강남이월江南二月로 차대借對를 맞춘 솜씨가 정교하거니와, 삼산모三山暮와 이월천二月天에서 날 저무는 삼각산보다 봄이 오는 강남이 나을 것이라 하여 떠나가는 임억령을 만류하는 뜻을 은근하게 담은 것도 묘하다. 그리고 다시 경련에서 함련 하구 봄이 온 강남의 풍광을 시각적인 이미지로 보였다는 점도 예사롭지 않다. 이 구절의 화려하면서도 참신한 표현에 이어[49] 미련에서 성균관에서 과거 준비를 하느라 바쁜 임억령이 시골구석의 자신과 시를 수창할 겨를이 없을 것이라 하여 시상을 종결하였다.

이 작품에서는 기본적으로 상대와 자신의 처지를 대비한 후 화려한 경물 묘사에 이어 강개한 정을 토로하는 시상의 안배를 볼 수 있다. 다음 작품에서도 이러한 특성을 확인할 수 있다.

> 벼슬살이 소림사 참선과 무엇이 다르랴?
> 맑은 마음 앞에 두면 호연지기가 길러진다네.
> 지금 세상과 어긋났으니 백발이면 어떠하랴
> 옛 사람 뒤에 태어나도 푸른 하늘을 보겠네.
> 아침 햇살이 난간을 비춰 붉은빛이 화려한데
> 이슬 맞은 조릿대가 창을 머금어 푸른빛 곱네.
> 꼿꼿이 앉아 입 다무니 뉘와 다시 만나겠나

것이다. 面墻은 面壁과 같은 뜻으로 쓴 것이다.
49 이 구절은 宋 陸遊의 「閑居對食書愧」 "滿脾蜜熟餦餭美 下棧羊肥餺飥香"을 읽은 흔적이 보인다.

서첩을 뽑아서 이따금 묵은 시를 살펴보노라.

官居何異小林禪 恬淡前頭養浩然

今世與違從白髮 古人相後望靑天

朝暾照檻紅深麗 露篠含窓翠愈娟

危坐不言誰更會 拔籤時復閱陳篇

―「다시 앞의 시에 차운하여 석천에게 보이다復疊前韻示石川」(『눌재집』 18:514)

　　이 작품은『철영』에 선발되어 있는데 앞의 것과 같은 운韻으로 되어 있지만
나주 목사로 있던 노년에 제작된 것으로 추정된다.[50] 소림사少林寺에서 득도
한 달마대사達磨大師와 호연지기浩然之氣를 강조한 맹자孟子를 끌어들여 한적
한 삶을 지향하는 자신의 뜻을 말하였는데, 앞서 본 작품과 유사한 작법이
다.[51] 이어 함련에서 뜻과 같지 못한 세상에서 허연 머리로 벼슬살이하는 자
신과 청운靑雲의 꿈을 실현할 후학 임억령을 나란히 대조하였다. 두보杜甫가
낭관郎官의 벼슬을 하느라 머리가 허옇게 센 것을 탄식한 구절과 푸른 하늘처
럼 고운 최종지崔宗之를 칭송한 구절을 차용하여[52] 이러한 뜻을 담았다. 두보
의 시를 함께 보지 않으면 그 뜻을 알기 어렵다는 점에서 박상의 시가 난해할
수밖에 없는 특성이 확인된다. 이어 경련의 화려하고도 참신한 경물은 임억

---

50 같은 운으로 되어 있어 앞에서 본 작품과 같은 시기의 것일 수 있지만 두 번째 작품에서
　"헛되게 은총을 입어 세 번 목사가 되었네(虛辱寵恩三出牧)"라 하였으므로 상주 목사, 충주
　목사에 이어 나주 목사로 있을 때 제작되었을 가능성이 높다. 문집에 실린 전후의 작품 역
　시 대부분 나주 목사 시절의 것이다.

51 두 번째 작품의 수련에서 "벼슬 생각 사라져 참선에 들었더니, 한씨와 위씨도 바라봄에 하
　찮을 뿐이라네(宦心疏薄已參禪 韓魏相看亦欲然)"라 하였는데『맹자』에서 이른 "韓氏와 魏氏의
　집을 더해 주더라도 스스로 하찮게 여길 수 있는 인물이라면, 그런 사람은 범인의 수준을
　훨씬 뛰어넘었다고 할 것이다"에 출처를 두고 있다. 불가와 맹자를 병치하여 한적한 삶을
　말한 점에서는 다르지 않다.

52 杜甫의「歷歷」"爲郎從白髮 病臥數秋天"과「飮中八仙歌」"宗之蕭灑美少年 擧觴白眼望靑天 皎如玉
　樹臨風前"에서 점화한 것이다.

령을 비유한 것이기도 하다. 그런 다음 미련에서 임억령이 없어 외로운 자신은 남들과 어울리지 않고 시상이 떠오르면 시를 지을 뿐이요, 가끔 서첩을 달아둔 임억령과 주고받은 시를 읽어 볼 것이라 하여 강개한 마음을 토로하는 것으로 시상을 마쳤다.[53]

이와 함께 박상의 시는 굴원屈原과 함께 도잠陶潛에서 나온 것이 많다. 이때 현실에 대한 강개와 귀거래의 염원이 이러한 방식으로 형상화되는데, 임억령에게 준 시에서 이 특징이 더욱 잘 보인다. 위에 든 작품의 네 번째 수는 수련에서 "도에 나아감은 일미선 탐구함이라,[54] 은자의 옷 입으니 생각이 시원하네造道深求一味禪 衣裁薜荔思翛然"라 하여 참선을 은일로 연결한 후, 함련과 경련에서 "상군의 먼 포구에는 봄풀이 아스라한데, 산귀신의 호젓한 대밭은 골짜기에 닫혀 있네. 피리를 불다 보니 안개가 뿌옇게 피어오르는데, 영지를 캐어 오니 이슬이 곱고도 곱구나湘君極浦迷春草 山鬼幽篁閉洞天 吹去參差煙皎皎 采來三秀露娟娟"라 하여 은자의 공간을 묘사하고, 미련에서 "이 놈의 심사는 아무도 알아주는 이 없어, 절로 장사 태부의 올빼미노래를 묻노라些兒心事無人解 自讀長沙問服篇"라는 강개한 음성으로 시를 종결하였다. '벽려薜荔', '상군湘君', '극포極浦', 산귀山鬼', '유황幽篁', '참치參差', '삼수三秀' 등 하나하나가 모두 『초사』에 보이는데 대부분 굴원이 자신이 처한 환경과 처지를 묘사한 것이다.[55] 『초사』의 구

---

53 이 구절의 '危坐不言'은 朱熹가 「屛山先生劉公墓表」에서 스승 劉子翬를 칭송하여 "홀로 하나의 방에 거하며 몸을 꼿꼿이 세우고 앉아서 밤낮을 보내기도 하였는데, 우두커니 한마디 말도 없다가 마음속으로 터득한 점이 있으면 글로 쓰기도 하고 노래로 부르기도 하였다"라 한 데에 출처를 두고 있다. 여기서도 박상의 시가 보여 주는 출처의 깊이를 알 수 있다.

54 一味禪은 不立文字로 頓悟에 이르는 참선을 이르는 말이다.

55 薜荔와 幽篁은 「山鬼」의 "被薜荔兮帶女蘿"와 "余處幽篁兮終不見天"에서 보이고, 芝草를 이르는 三秀도 같은 곳의 "采三秀兮於山間"에 보인다. 산귀신을 이르는 山鬼와 순의 부인 娥皇을 이르는 湘君은 각기 『초사』의 편명이며, 먼 포구라는 뜻의 極浦와 퉁소를 이르는 參差는 각기 「湘君」의 "望涔陽兮極浦"와 "吹參差兮誰思"에 보인다. 한편 함련 상구는 宋 黎廷瑞의 「贈王秀翁」"湘江極浦尋芳草"와, 하구는 宋 晁補之의 「二十八舍歌」"山鬼幽篁衣薜荔"와 흡사한데 모두 『초사』에서 가져온 구절이라 생긴 우연한 현상으로 보인다.

절을 거듭 차용하여 굴원과 자신의 이미지를 포개어지게 하는 작법이라 하겠다. 정조가 이른 '침울'의 작법이 여기에 있다고 하겠다.

박상은 마찬가지 방식으로 도잠의 이미지에도 자신을 포갠다. 「석천에게 보내다投石川文右」(19:29)의 수련과 함련 "시상으로 귀거래한 이번에는 옳은 늙은이라, 북창에 높이 누워 가을에 떠도는 일 사양하였네. 맑은 바람이 부는 세계는 삼황보다 앞이요, 탁주를 마시는 세상은 다섯 그루 버들 가운데 있다네歸去柴桑今是翁 北窓高臥謝秋蓬 淸風世界三皇上 濁酒生涯五柳中"에서 '귀거歸去', '시상柴桑', '금시今是', '북창北窓', '고와高臥', '청풍淸風', '오류五柳' 등 하나하나가 도잠의 삶이나 그의 작품에서 가져온 것이다.[56] 이러한 점이 바로 박상 수창시의 전형적인 창작방법이라 하겠다. '강개慷慨'의 미감이 대개 도잠과 연결될 때 더욱 강하게 발현된다.

박상의 문학에서 가장 성대한 시절은 충주 목사로 있을 때와 1527년 파직되었다가 나주 목사로 다시 벼슬할 때 그리고 이듬해 다시 파직되어 광주로 내려가 있을 때라 하겠다. 위의 작품도 나주 목사 시절의 것으로 추정된다. 특히 만년에는 고운高雲(1495~?), 윤구尹衢(1495~15??), 신잠申潛(1491~1554) 등과 활발히 수창하였는데 이들은 기묘사화나 신사무옥에 고초를 겪었고 또 지역적 기반이 광주와 나주 일대라는 공통점이 있다. 장흥 출신의 고운은 고경명高敬命의 조부로 기묘사화에 파직된 이력이 있다. 또 해남에 거주하던 윤구 역시 기묘사화에 삭직된 바 있으며, 신잠은 기묘사화에 파직되고 신사무옥에 연루되어 오랜 기간 장흥에 유배되어 있었다.[57] 이들과 수창한 작품 역시 앞에서 본 임

---

56 柴桑은 陶潛이 「歸去來辭」를 읊고 돌아간 고향 이름이다. 五柳는 도잠의 「五柳先生傳」에서 자신의 별호로 쓴 말이다. 今是는 「歸去來辭」에 "覺今是而昨非"에 보인다. 北窓은 『晉書』 「陶潛傳」의 "여름철 한가로이 북창 곁에 잠들어 누웠다가 삽상한 바람이 불어 와 잠을 깨고 나면 문득 태곳적의 사람인 것처럼 느껴지곤 한다"고 말한 데에서 유래한 것이다. 그 밖에 濁酒도 「飮酒」 "濁酒聊可恃"에 출처가 있다.

57 박상이 고운에게 준 시는 9편이고, 윤구에게 준 시는 11편이며, 신잠에게 준 시는 5편이 확인된다.

억령과 수창한 것과 그 작법이나 미감이 유사하다. 1527년 무렵 활발하게 수창한 고운에게 준 다음 작품도 그러하다.

> 어린 아이 장단 맞춰 사발을 두드리는 것이
> 우렛소리가 자던 벌레 깨움과 어찌 같으랴?
> 바닷가 하늘 아득한 곳 늘 나그네 되었으니
> 가을 밤 길기만 하여 자주 등불을 밝히노라.
> 추위 속 푸른빛은 눈 속의 대나무에 넉넉하지만
> 따스한 봄빛은 마른 등나무에 끝내 이르지 않네.
> 굴원이 붓을 놀려 가벼이 하늘 뜻 물었지만
> 입 없는 하늘이 통쾌하게 답할 리 있겠는가?
>
> 稚子求聲扣瓦甌 何如雷下蟄蟲興
>
> 海天漠漠長爲客 秋夜漫漫屢點燈
>
> 寒翠自應餘雪竹 春光終不到枯藤
>
> 屈原弄筆輕煩問 無口天能解快膺
>
> ―「세 번째로 언룡의 시에 화답하다三和彦龍韻」(『눌재집』 19:35)

　고운에게 준 작품은 『동시준』에 선발되어 있다. 이 작품은 자신과 상대를 나란히 대비하는 박상 율시의 정치한 조직을 잘 보여 준다. 수련에서 사발을 두드려 장단을 맞추는 것은 보잘것없는 자신의 작품이요, 만물을 깨우는 봄날의 우렛소리는 고운의 작품을 비유한 것이다. 이어 함련은 변방에서 떠돌면서 고민하고 있는 자신의 처지를 말하였다. 그리고 경련에서 눈 속에도 푸른빛을 잃지 않는 대나무는 고운을 비유한 것이고, 봄빛에도 싹을 틔우지 못하는 등나무는 자신을 비유한 것이다. 이를 이어 미련에서 굴원이 조정에서 쫓겨나 산택山澤을 방황할 때 우주의 모든 사실에 대해 의문을 제기한 「천문편天問篇」을 끌어들여 굴원과 자신을 동일시하여 강개한 뜻을 드러내는 것으로 시상을 종결하였다.

　박상은 이 시기 임억령, 고운, 신잠 외에 특히 윤구와도 자주 시를 주고받았다. 그에게 준 작품에서는 정치한 시상의 전개와 함께 강개함이 호탕함으로 발산되는 특징을 볼 수 있다.

> 하늘이 시인을 바다 귀퉁이에 침거하게 하고는
> 세 번 입을 봉해 가벼이 열지 못하게 하였구나.
> 마루 바깥 매화를 심어 눈 내리는 것을 보고
> 섬돌 아래 학을 길러 이끼 쪼도록 가르친다지.
> 흰 해가 속을 비추듯 함께 밝고 흰한데
> 긴 강이 양껏 차서 흐르듯 넓고도 넓구나.
> 몇 년 만나지 못한 사이 청신한 시를 지어
> 깜짝 놀라게 시통에 담아 고개 넘어 보내겠지.
> 天遣騷人蟄海隈　三緘如噤不輕開
> 種梅軒外看成雪　養鶴階前敎啄苔
> 白日映懷同皎皎　長江充量共恢恢
> 數年阻絶淸新語　驚倒詩筒過嶺來
> ―「귤정의 시에 차운하다和橘亭韻」(『눌재집』 18:508)

　윤구에게 준 작품은 『철영撷英』, 『동률東律』, 『해동동률海東東律』 등에 두루 실려 있으니 문예성이 높게 평가되었다고 볼 수 있다. 이 작품 역시 시상의 전개와 조직이 정치하다. 수련에서부터 조물주가 윤구로 하여금 해남 땅에 침거하게 하고 금인金人처럼 입을 봉하여 말을 하지 못하게 하였다고 강개한 정을 토하였다. 이어 기발하게 윤구의 삶을 묘사하였다. 실경을 묘사하면서도 매처학자梅妻鶴子 임포林逋에 그의 삶을 비겼다.[58] 경련은 이를 이어 윤구가 밝은 태양처럼 처신이 분명하고 큰 강처럼 국량이 넓은 것을 칭송하였다.[59] 이어 몇 년 보지 못한 사이에 윤구가 시학에 큰 성취를 이루었을 것이니, 해남에서 월출산月出山을 넘어[60] 자신이 있는 나주로 시를 지어 보내달라고 청하였다. 상대의 처지에 따라 다양한 미감의 시를 짓는 것이 박상 수창시의 또 다른 특징이라 하겠다.

후학과의 수창에 빠뜨릴 수 없는 사람이 아우 박우朴祐(1476~1546)다. 박우는 혈육이면서 시우詩友였기에 박상의 문집에는 그와 수창한 작품이 무척 많아 돈독한 우애를 짐작할 수 있다. 박우는 1522년 홍문관弘文館 교리校理에 임명되었는데 다음은 박상이 이즈음 금탄金灘에서 아우를 보내면서 쓴 것으로 추정된다. 금탄은 탄금대彈琴臺 서쪽 달천獺川이 합류하는 곳을 이른다. 금천金遷이라고도 하는데 이규경李圭景이 『오주연문장전산고五洲衍文長箋散稿』에서 김생金生을 고증한 「김생사실변증金生事實辨證」에서 김생탄金生灘이라 한 곳인 듯하다.

> 모래톱에 새들 석양 등지고 흩어져 있는데
> 월굴암 그 앞에다 작은 거룻배를 띄웠노라.
> 강은 땅을 잘라 가니 튼튼한 걸음 필요 없는데
> 배는 바람 타고 빨라 노를 빨리 젓지 않는다네.
> 황금알이 달콤하니 조호미가 익었나보다
> 백설화가 소복하니 메밀꽃이 피었나보다.
> 시절이 정히 아름답지만 사람일은 어그러져
> 가을바람 아득한데 기러기 행렬을 나누네.
> 沙禽布路背斜陽 月窟巖前放小航

---

58 상구는 南北朝 荀濟의 「贈陰梁州詩」 "柳絮亞如絲 梅花屢成雪"의 하구에서, 하구는 宋 蘇軾의 「次韻楊公濟奉議梅花」 "明日酒醒應滿地 空令飢鶴啄莓苔"의 하구에서 나온 듯하다.
59 하구는 漢 王襃의 「九懷」에 보이는 "晞白日兮皎皎"에서 나온 표현인데 『초사』에 실려 있다.
60 주석에서 "嶺卽月出山"이라 하였다.

江截地行無足健 檣乘風馱不橈忙

黃金子蜜雕菰稔 白雪花穠蕎麥香

時節正佳人事戾 西風沼遞雁分行

—「금탄에서 서울로 가는 아우를 보내며金灘送舍弟入京」(『눌재집』 18:527)

『철영』, 『동시준』, 『동률』 등에 두루 선발되어 있는 작품이다. 이 작품은 기발한 묘사가 돋보인다. 흰 모래톱의 새들이 붉은 저녁 햇살을 등지고 흩어져 있는데 월굴암月窟巖 앞에 작은 배를 띄우고 떠나가는 아우를 전송한다.[61] 함련에서 육로를 이용할 것 없이 배를 타고 강물을 따라 가면 한양이 나올 것이라 하였다. 강이 땅을 잘라 지름길로 가므로 튼튼한 다리가 없어도 되고, 하류로 내려가는 길인데다 순풍이 불어 노를 젓지 않아도 배가 빨리 갈 것이라 한 표현이 기발하다. 박상의 시는 경물 묘사에 감정을 투영할 때가 많은데 여기서는 아우의 건승을 기원하는 뜻이 담긴 것으로 풀이할 수 있다. 이어 화려한 솜씨로 가을 풍경을 묘사하였는데 이 역시 아우의 전도를 비유한 것이라 하겠다. 조고雕菰는 조호미雕胡米로 고미菰米를 말한다. 이삭이 팰 때는 푸른 색깔이었다가 익으면 진한 황색으로 변한다.[62] 교맥蕎麥은 메밀로 가을에 흰 꽃이 핀다. 황금알처럼 노랗게 고미가 익어 가고 백설처럼 하얀 메밀꽃이 피어난 탄금대 인근의 풍광을 화려하게 묘사하였다. 이어 미련에서 '강개'와 '침울'로 시상을 종결하였다. 이렇게 아름다운 가을이지만 사람의 일은 어긋난다고 하고 형제를 상징하는 기러기 행렬이 가을바람에 흩어지는 시각적 심상을 제시하였다. 강개한 정을 직설적으로 토로하지 않고 이른바 '객관적 상관물'의 기법

---

61 월굴암은 박상의 시에서만 등장하는데 정확한 위치는 알 수 없다. 탄금대 북쪽 월상리에 월금봉이라는 얕은 봉우리가 있는데 그곳일 수도 있다. 『新增東國輿地勝覽』에서 月落灘이라 한 곳과도 관련이 있을 듯한데, 우륵이 놀던 곳이라 하였다.

62 이 구절은 원문이 '黃金子蜜'로 되어 있는데 내용으로 볼 때 '黃金子密'의 잘못으로도 볼 수 있다.

을 활용한 것이 더욱 작품의 수준을 높이고 있다.

3) 사대교린事大交隣 현장에서의 수창

박상은 충주 목사로 있던 1521년 겨울 명明의 사신 당고唐皐, 사도史道 등이 조선으로 오자 문학으로 이들과 문명의 대결을 하는 일을 도왔다.[63] 신씨愼氏의 복위를 주장하는 상소를 올린 박상 등을 처벌하는 데 앞장선 이행李荇이 원접사遠接使로 있어 껄끄러웠겠지만 종사관으로 참여한 정사룡鄭士龍, 소세양蘇世讓, 조신曺伸, 어득강魚得江 등과 자리를 함께할 수 있었던 것은 아름다운 추억이 될 수 있었다. 그런데 정사룡이나 소세양과 달리『황화집皇華集』에는 박상과 조신, 어득강 등의 작품은 실려 있지 않다. 윤근수尹根壽의『월정만필月汀漫筆』에 따르면 당고 등이 조정의 대신들과 수창할 때 제술관이 각기 대신 한 명씩 맡아서 대신 시를 지었는데 박상은 예조판서 홍숙洪淑의 시를 전담하여 지었다고 한다. 이때 당고가 홍숙의 시를 보고 "예조 판서의 시는 아주 훌륭하여 원접사(이행李荇을 가리킴)의 시보다 오히려 낫다."고 하였다.[64]『황화집』(권15)에는 홍숙의 시가 두 수 실려 있는데 이것도 박상의 작품일 가능성이 있다. 비록『황화집』에 자신의 이름을 올리지 못했지만, 박상의 문집에는 당고의 시에 차운한 작품이 상당수 남아 있다.[65]

> 우뚝하게 솟은 험한 고개가 칠반령과도 같아서
> 머리 위 푸르고 둥근 하늘의 배를 어루만지네.

---

63 박상,「華使翰林修撰唐皐, 兵科給事史道, 奉新皇帝詔來, 文聲首至, 本國選作者, 余亦辱數, 自中原赴京城」(『눌재집』19:8)이 그 감회를 적은 칠언절구다.

64 윤근수,「漫錄」(『월정집』47:387).

65『눌재집』「속집」권1에「次唐天使皐登大平館樓韻」을 위시하여 12수가 실려 있다.『황화집』에 등장하는 唐皐의 작품에 차운한 것인데 실재 수창에 참가했다기보다는 나중에 그 운자로 시를 지어본 것이라 하겠다.

서리는 바위 이빨에 엉겨 말은 발굽이 축축한데

햇살은 소나무 가지를 쬐어 학은 등이 말랐네.

물은 골짜기 벙어리라 불쌍히 여겨 대신 말을 하고

구름은 바위 대머리라 가련하여 갓을 씌우려 하네.

천천히 네 필 말을 몰며 반드시 머리를 돌리리니

석문령을 인간세상의 벼슬길로 삼아 살펴보소서.

喬嶺嶻然似七盤 壓頭天肚撫青團

霜凝石齒駬蹄濕 日曬松叉鶴背乾

水閔谷瘖應替話 雲憐巖禿欲加冠

徐驅四牡須回首 借作人間宦路看

　　—「중국 사신 당고의 석문령 시에 차운하다次唐天使石門嶺韻」(『눌재집』19:9)

　　『해동율선海東律選』에 선발되어 있는 작품으로, 중국 사신이 오가는 길에 있는 요동의 석문령石門嶺에서 지은 당고의 시에 차운하였다. 먼저 수련에서 섬서陝西와 사천四川의 경계에 있는 칠반령七盤嶺을 끌어들여 석문령의 험준한 모습으로 파제破題하였다. 이어 험준한 석문령을 오르는 당고를 상상하였다. 가을이라 서리가 돌부리에 엉겨 말 발굽이 젖었다고 하고 햇살 비치는 솔가지에 학 등이 말라 있다는 것은 당고가 험준한 길을 새벽부터 넘었고 뜨거운 햇살 아래 길을 재촉했다는 뜻이다. 특히 경련은 박상 시의 기발함을 잘 보여 준다. 골짜기가 조용한데 물소리가 울리고 바위 위에 구름이 덮여 있는 모습을 이렇게 표현한 것이다. 물과 구름을 의인화하였는데, 이 역시 박상의 시에서 드물지 않은 표현이다. 이어 미련에서 네 필 말을 타고 힘든 길을 가는 사신의 수고로움을 위로하는 『시경』「사모四牡」를 끌어들여 당고를 위로하는 한편, 당고에게 이백李白의 「촉도난蜀道難」이나 「행로난行路難」에서 이른 벼슬살이의 험준함을 환기하는 것으로 시상을 종결하였다. 이 작품은 용례를 찾기 어려운 '교령喬嶺', '금연嶻然', '압두壓頭', '천두天肚', '청단青團', '인제駬蹄', '송차

松叉' 등을 시어로 사용하였는데 박상의 율시에서 자주 볼 수 있는 특징이다.[66] 이처럼 박상은 낯설면서도 정교하고 기발한 표현을 즐겨 구사하였다. 중국 문인에게 시를 직접 보일 수는 없었지만 정식으로 접반接伴의 일을 한 이행 등에게 뒤지지 않는 재주를 보이고자 한 뜻이 있었던 듯하다.

박상은 중국 사신을 영접하는 일을 뒷전에서 하면서 오히려 어득강(1470~1550)이나 조신(1454~?)등 조선 문사들과 어울려 수창하는 것을 즐거움으로 삼았다. 이런 작품에서도 기발함과 참신함이 미감의 중심에 있다.

> 왕의 사신이 땅을 울리며 수레 나란히 모니
> 길을 끼고 치달리는 어지러운 말발굽 소리.
> 나무는 어부의 집을 감추고 구름에 이어 솟았는데
> 산은 강 위의 하늘을 에워싸고 언덕 너머 펼쳐지네.
> 흰 새는 바람을 피하여 느렸다 빠르게 다가오고
> 푸른 연기는 석양과 어우러져 또렷하게 나오네.
> 고운 배의 술자리를 파하고 늦게 등불을 치우니
> 거리의 북소리 둥둥 울리고 달은 성에 가득하네.
> 王使聯軺動地鳴 挾途馳從亂蹄聲
> 樹藏漁戶連雲起 山擁江天隔岸橫
> 白鳥避風來款緊 青煙和夕出分明
> 蘭舟罷酒回燈晚 街鼓鼞鼞月滿城
> ─「어자유의 시에 차운하다次魚子游得江號灌圃韻」(『눌재집』 19:10)

---

66 喬嶺, 天肚, 駟蹄 등은 용례를 찾을 수 없다. 欻然은 柳宗元의 「鈷鉧潭西小丘記」에 보인다는 점에서 낯설지 않지만 시어로 사용된 예는 확인되지 않는다. 壓頭 역시 시어로 쓰이기는 하지만 박상의 시에서 보이는 뜻은 잘 확인되지 않는다. 青團은 青團領, 青團扇 등의 용례로만 주로 쓰인다. 松叉는 박상 이후 조선시대 시문에서 쓰이지만 중국 문헌에서는 보이지 않는다.

사신을 실은 수레가 땅을 울리면서 길을 나서니 이를 수행하는 행렬의 말발굽 소리가 요란하다고 한 수련은, 한강의 뱃놀이가 끝난 후 다시 도성으로 돌아오는데 북이 울리고 달빛이 가득하다는 미련과 호응을 이루고 있어, 박상이 시상을 정치하게 안배하는 조직의 솜씨를 한 눈에 볼 수 있게 한다. 특히 함련은 '수수樹', '어호漁戶', '운운雲'과 '산산山', '강천江天', '안안岸' 등의 실자實字가 '장藏', '연連', '기起'와 '옹擁', '격隔', '횡橫' 등의 허자虛字를 사이에 두어 역동적인 이미지를 형성한 것도 이 작품의 수준을 높이고 있다. 이와 함께 경련에서 흰 새가 바람을 타려고 천천히 날다 빨리 나는 모습과 파란 안개가 저녁햇살에 비쳐 환해지는 모습은 정교한 묘사의 극치라 할 만하다. 『해동율선』에서 이 시를 선발한 뜻이 이러한 정교함과 참신함에 있을 것이다.

이 작품은 「한강에서 즉흥적으로 짓다漢江口號」(18:498)와 함께 나란히 제작된 것으로 당고가 중국으로 돌아가기 하루 전날 한강漢江에서 유람을 할 때 곁에 있던 어득강과 함께 지어 본 작품이다. 이 시의 함련과 경련에서 "구름은 관악에서 생겨나니 흰 햇살이 아득한데, 해가 내소에 지니 짙푸른 눈썹이 비낀 듯. 강은 사신의 별 때문에 추워도 얼지 않는데, 파도는 제왕의 부절을 머금어 저문데도 훤하네雲生冠嶽白毫遠 日落來蘇靑黛橫 江爲使星寒不凍 波銜王節暝還明"라 한 것에서도 정교함과 기발함을 확인할 수 있다. 관악冠岳에 짝을 맞추어 신라 때 양주楊州를 이르던 내소來蘇[67]를 끌어들이고, 검은 여인의 눈썹을 이르는 청대靑黛에 햇살을 이르는 백호白毫[68]로 대를 맞춘 데서 정교함을 보겠고, 다시 강이 중국 사신으로 인해 겨울에도 얼지 않았고 물결은 황제의 부절 때문에 저물녘인데도 밝다고 한 데서 기발함을 확인하겠다. 이러한 것이 사대외교의 자리에서 박상이 지은 시의 중요한 특징이라 하겠다.

그러나 자신들의 능력이 드러나지 못한 때문인지, 이러한 자리에서 제작한

---

67 『세종실록』(지리지)에 見州를 來蘇郡으로 고쳤다는 기사가 보인다.
68 宋 蘇軾의 「中秋見月和子由」 "明月未出羣山高 瑞光萬丈生白毫"에서 이 용례를 확인할 수 있다.

박상의 시에도 세사에 대한 울분이 읽힌다. 특히 불우한 문인 조신과의 수창에서 이 점이 확인된다.

> 백 장의 종이에 붓이 시원하여 멈추지 않으니
> 평소의 좋은 구절이 남방에 두루 펴져 있다네.
> 소금수레 끄는 하늘의 준마는 곤액을 당하더니
> 흰 구슬로 서씨의 낭자에게 늙어서 거듭 답하네.
> 나라의 말인지라 불러들이는 은총을 사양하지 못하니
> 고향 산에 끝내 격문이 새겨지는 수치를 사죄해야겠네.
> 중국에서 오신 분 감식안이 있어 이렇게 허여하기에
> 촛불 심지 자르고 시 나눌 때 나그네 시름이 사라진다네.
> 百紙軒軒筆不留 生平玉唾遍南州
> 鹽車天駿身曾厄 白璧徐娘老重酬
> 公駟未辭收召寵 故山終謝勒移羞
> 華人具眼如相許 剪燭談詩刮旅愁
> ─「거듭 숙분에게 화답하다再和叔奮」(『눌재집』 19:8)

박상의 시는 전고를 많이 그리고 깊이 구사하여 난해하다. 수련의 상구는 소식의 「석창서의 취묵당石蒼舒醉墨堂」 "흥이 나면 붓 한번 휘둘러 백 장의 종이를 채우니, 준마가 한순간에 온 세상을 답파하네興來一揮百紙盡 駿馬倏忽踏九州"라 한 구절에서 가져온 것이다. 조신이 탁월한 시재로 시원스럽게 시를 썼기에 아름다운 시구가 남방에 널리 전파되었다고 하였다. 함련은 "준마가 늙어 소금 수레를 끌고 태항산太行山을 오르는데 발굽이 무력하고 무릎이 꺾이며 꼬리가 처지고 살갗이 문드러지며, 몸에는 진액이 흘러 땅에 뿌려지고 흰 땀이 줄줄 흐르는데, 산비탈 중턱에서 머뭇거리며 끌채를 등에 진 채 올라가지 못하고 있을 때, 마침 백락伯樂이 그 준마를 만나거든, 대번 수레에서 내려 부여잡고 통곡을 하고 모시옷을 벗어서 준마를 덮어 줄 것이다."라는『전국책戰國策』의 고사와 함께, 한漢의 양백옹楊伯雍이 음료수를 장만하여 행인들에게 베풀었는데 어떤 사람으로부터 고맙다는 뜻으로 돌 알갱이 한 되를 받아 남전藍田에 심었더니 백벽白璧 5쌍을 얻었고 이를 가지고서 서씨徐氏의 딸에게 장가를 갔다고 하는『수신기搜神記』의 고사를 끌어들인 것이다. 박상 율시에서 구사하고 있는 전고의 깊이를 확인할 수 있는 구절이다.

조신은 서얼 출신으로 벼슬길에 나아가지 못하다가 대궐의 문지기를 하였다. 함련의 상구에서 소금수레를 끄는 늙은 준마에 비유한 것이 이 때문이다. 다행이 성종이 그의 재주를 아껴 무시로 그를 불러 험운險韻을 주고 시험하면 조신이 바로 시를 지어 바쳤고, 이에 성종으로부터 옷과 비단을 상으로 하사받았으며 내시교관內侍敎官, 대군사부大君師傅 등의 벼슬을 할 수 있었다.[69] 아마 이러한 은총을 입어 재물을 갖추어 느지막한 나이에 혼인을 하게 되었기에 백벽白璧의 고사를 쓴 듯하다.[70]

함련의 공일公馹은 용례가 확인되지 않는데 가끔 박상의 시에서 이런 낯선 신조어가 등장한다. 국가의 말이라는 뜻으로 '鹽車天駿'에 호응하여 쓴 듯하다. 여기서는 조신이 박상과 함께 중국 사신의 접대에 불려나가게 되었다는 말이다. '勒移'는 남조南朝 송宋의 공치규孔稚珪가 북산의 이문北山移文에서 "종산鍾山의 영령과 초당草堂의 신령이 연기처럼 역로驛路를 치달려 산속의 원림에 이문을 새기게 하였다鍾山之英 草堂之靈 馳煙驛路 勒移山庭"라는 구절에서 점화點化한 것이다. 이어 미련에서 중국에서 온 사신이 조신과 자신의 작품을 높게 평가해주어 위안으로 삼는다 하고 그 때문에 조신과 시를 수창하노라면 시름을 잊게 된다고 하였다.

---

69 허균, 「題適菴遺稿序」(『성소부부고』 74:181).
70 조신의 행적은 잘 알려져 있지 않은데 이 시를 보면 부인의 성이 徐氏였고 늦은 나이에 혼인을 한 듯하다.

이처럼 중국 사신과의 수창에 동원된 시기 박상의 시는 화려한 표현과 정치한 구성 이면에 강개慷慨의 정을 표출한 것이 많다. 이 작품도 조신의 불우한 처지에 자신의 강개한 마음을 담되, 귀거래를 하지 못하고 벼슬에 매인 신세를 한탄하였다. 비슷한 시기 제작한 「조적암에게 부치다寄曺適菴」(19:8)의 첫 번째 수에서는 "하늘이 부여한 재주는 막힘이 없어 자유롭건만, 국가의 법이 제한이 있어 호탕함에 방해가 되네天賦無方寬與縱 國經有限俠妨豪"라 하고 다시 두 번째 수에서는 "식록이 남보다 많은데도 아직 물러나지 못했으니, 귀거래는 어느 날 해서 관복을 벗을까食己浮人猶未罷 歸來何日釋公袍"라 하여 강한 강개의 정을 토로하였다.

박상은 중국 사신뿐만 아니라 일본에서 온 외교사절과도 교유하였다. 역창易窓과 수추守秋, 축장竺藏 등이 1521년 무렵 일본의 사신으로 왔는데 박상이 목사로 있던 상주에 들러 수창하였고 다시 충주 목사로 옮긴 후에는 충주로까지 찾아와 수창하였다.[71] 중국 문사들과는 달리 직접 교유하면서 시를 주고받았기에, 이러한 정황에서 제작한 시는 강개慷慨한 정을 토로하기보다 시재를 과시하고 우정을 형상화하는 것이 특징이다.

> 시 빚에 어찌 해외의 구분이 있겠소마는
> 하늘이 너그럽지 못하여 그대에게 인색한가 보오.
> 여강의 비 때문에 배에서 달빛이 뵈지 않았겠고
> 죽령의 구름 때문에 말 위의 산이 어둑하겠구려.
> 습기에 눌린 보따리는 햇볕에 꼭 말려야겠는데
> 맑은 날씨 알리는 종과 북 소리 언제 들릴는지?
> 근일에 동래의 신령한 온천에서 목욕한다 하시니

---

71 이 작품을 위시하여 易窓과 수창한 작품 4수가 『눌재집』 「속편」(권1)에 실려 있다. 竺藏에게 따로 준 시 3편, 守秋에게 준 시 2수도 같은 곳에 실려 있다.

욕조에 아홉 글자 새긴 명을 잊어버리지 마소서.

詩債何妨海外分 老天少恕若慳君

舟中月隱驪江雨 馬上山霾竹嶺雲

壓濕橐囊須日曬 報晴鍾鼓幾時聞

東萊近有靈泉浴 莫忘湯盤九字文

—「충주에서 일본 승려 역창에게 주다中原贈日本僧易窓, 冒雨自驪州來」(『눌재
집』18:526)

『동시준』에서 선발해 준 작품이다. 시의 내용으로 보아 역창이 시를 먼저
보내고 여주驪州에서 충주忠州로 찾아온 모양이다. 마지막 구절을 보면 역창
이 동래東萊에서 온천욕을 할 수 있도록 조정에서 허락을 받았기에 그곳으로
가면서 잠시 들른 듯하다. 이 작품에서 박상은 해외의 시우詩友에게도 시 빚은
갚는 것이 도리이니 곧 시를 지어 보낼 터인데 직접 시를 받으러 온 것에 대해
감사의 뜻을 먼저 말하였다. 함련은 하늘이 역창에게 인색하다고 한 수련의
내용을 나누어 적은 것이다. 여주에서 충주로 오는 뱃길은 달구경이 좋고 말
을 타고 죽령을 넘어 갈 때는 고산준령이 장쾌한데 마침 비가 내려 이를 보지
못하여 안타깝다고 했다. 이어 충주 관아에서 젖은 행장을 말려야 할 텐데 새
벽녘까지 비가 이어질 것 같아 걱정이라 하였다. 그리고 동래로 내려가 온천
욕을 할 것이라는 점에 착안하여, 은殷 탕왕湯王이 "진실로 하루 새로워졌으면
나날이 새롭게 하고 다시 날마다 새롭게 하라"는 뜻의 "구일신일일신우일신
苟日新日日新又日新"이라 탕반湯盤에 새긴 고사를 끌어들여 더욱 큰 성취를
이루기를 축원하였다.

박상이 일본 사신에게 준 시는 시상의 조직이 정밀하며 표현이 기발한 것이
많으며, 시의 내용에서는 서로의 우정을 확인한 것이 주조를 이룬다. 이 작품
의 두 번째 수에서도 이 점이 확인된다.

상주에서 한 번 볼 때 말이 간절하더니
충주에서 다시 만나니 눈이 더욱 밝아지네.
외모의 금속여래는 마음으로 잊기 어려운데
상자 속의 검은 구슬은 손에서 놓지 못하네.
오늘 그대에게 술 권하니 큰 술잔을 비우소
훗날 나와 수창한 시가 동방을 석권하리라.
바다 건너 삼천 리 떨어졌다 말하지 마소
아침마다 부상의 해는 마당에서 보이리니.
商山一見語丁寧 再會中原眼更青
相中金粟心難忘 篋裏驪珠手不停
今日酌君傾北斗 他年酬我卷東溟
莫言鼇驛三千阻 桑旭朝朝不隔庭
　—「충주에서 일본 승려 역창에게 주다中原贈日本僧易窓, 冒雨自驪州來」(『눌재
　　집』18:526)

　수련에서 상주에서 처음 만나 정답게 담화를 나누었기에 충주에서 다시 만
나니 반갑다고 하였다. 상주를 이르는 상산商山, 충주를 이르는 중원中原을 시
어로 구사한 것은 시재를 과시한 것이라 하겠다. 함련에서 금속金粟은 유마거
사維摩居士의 전신前身 금속여래金粟如來로 부처를 가리키는데 역창이 불법이
높은 고승高僧임을 넌지시 말한 것이고, 여주驪珠는 용의 턱에 있다고 하는 구
슬로 아름다운 시문을 비유하는 말로 쓰이므로 역창이 시문에 능한 운석韻釋
임을 둘러말한 것이다. 검은 좁쌀과 검은 구슬의 대對가 공교롭거니와 상대를
칭송하기 위한 표현이 교묘하다. 경련은 함련의 뜻을 내적으로 잇고 있어 구
성의 정치함을 볼 수 있다. 고상한 풍모를 마음으로 잊기 어렵기에 큰 술잔을
들이키라 한 것이고, 뛰어난 작품을 뒤적이느라 손이 바쁘기에 일본으로 돌
아가면 시로 명성을 크게 날릴 것이라 한 것이다. '경북두傾北斗'와 '권동명卷

東溟과 같은 호탕한 표현이 천애지기天涯知己의 우정을 더욱 강하게 각인되게한 것이기도 하다.[72] 이어 일본과 조선이 비록 멀리 떨어져 있지만 아침마다뜨는 해가 양쪽의 마당을 비출 것이므로 우정의 단절이 없을 것이라 하였다.일본 승려와의 우정을 정치한 구성과 정교한 표현으로 형상화한 작품이다.[73]

이 점이 일본 승려와 수창한 작품의 특징이다. 역창의 시자侍者 축장에게 준작품에서도 이러한 특성을 확인할 수 있다.

> 손님 맞는 자리에서 만나 급히 술잔 기울이니
> 언제 삼성과 상성처럼 동서로 멀어질지 모르기에.
> 그대의 눈은 여래의 바다인가 깊고 그윽한데
> 나의 시는 천박하여 자공이 마주한 담장이라네.
> 한 몸에 충과 신을 잠시라도 떨어뜨리지 않으니
> 천릿길 바람과 파도가 일어도 범상하게 여기리라.
> 흩날리는 꽃과 버들 솜에 외로운 성이 저무니
> 정말로 길 떠나는 사람은 애간장 끊어지겠네.
> 邂逅賓筵倒急觴 東西何歲似參商
> 玄深汝眼如來海 淺短吾詩子貢墻
> 忠信一身持造次 風波千里眎尋常
> 霏霏花絮孤城晚 正是征人欲斷腸
> —「역창의 시자 축장의 시에 차운하다次易窓侍者竺藏韻」(『눌재집』19:3)

---

72 앞서 보았듯이 박상의 시는 『楚辭』에 출처를 두고 있는 것이 많다. 이 구절의 傾北斗 역시『楚辭』「東君」의 "操餘弧兮反淪降 援北斗兮酌桂漿"과 관련이 있다. 北斗는 북두칠성 모양의술그릇인데 큰 술잔을 비유한다. 唐 王維의 "大同殿柱産玉芝, 龍池上有慶雲, 神光照殿, 百官共睹, 聖恩便賜宴樂, 敢書即事" "陌上堯樽傾北斗 樓前舜樂動南薰"에서도 유사한 용례를 확인할 수 있다.
73 竉驛, 桑旭 등은 다른 곳에서 용례가 거의 확인되지 않는다는 점에서 박상의 造語라 하겠다. 박상의 시에서 이런 造語가 자주 보인다.

상주 목사로 있던 시절 우연히 역창과 그 시자 축장을 만나 우정의 술자리를 가진 것으로 파제破題하였다. 통쾌하게 술을 마신다는 '급상急觴'에 한 번 보고 바로 깊은 정을 느끼고 이 때문에 곧바로 헤어짐이 아쉽다는 뜻이 담겨 있다. 이어 송宋 진여의陳與義의 시에서 점화하여[74] 축장의 불법을 칭송하고 『논어論語』에서 용사하여 자신의 시재詩才가 보잘것없다고 겸손하게 말하였다.[75] 위에서 본 작품에서 상대를 칭송한 것과 같은 방식인데 여기에 더하여 불자佛子인 상대와 유자儒者인 자신의 처지를 나란히 대對로 맞춘 것이 시상의 조직에 뛰어난 박상 율시의 특징을 보게 한다. 이어 경련은 자신의 시재를 낮추고 상대를 다시 한 번 더 추켜세웠다. 『논어』에서 공자孔子가 충과 신을 위주로 하라는 '주충신主忠信'과 잠시라도 인仁에서 벗어나지 않는다는 '조차필어시造次必於是'를 끌어와 축장이 유학儒學에도 능하다고 한 것으로 시상을 연결한 것도 묘미가 있다. 여기에 짝을 맞추어 일본으로 돌아가는 먼 바닷길이 풍파로 험난하겠지만 불법이 높은 축장의 눈에는 가까운 길로 여길 것이라 하였다. 먼 길을 이르는 천리千里와 짧은 길이의 단위인 심상尋常으로 맞춘 것도 예사롭지 않다.[76] 이어 미련에서 다시 수련의 반가운 마음과 아쉬운 이별의 정을 저물어 가는 봄날 길 떠나는 이의 끊어지는 애간장으로 연결하여 시상을 종결하였는데, 이 역시 앞서 본 작품과 유사한 창작방법이다.

---

74 宋 陳與義의 「聞葛工部寫華嚴經成隨喜賦詩」 "如來性海深復深 著書與世湔蓬心"에서 점화한 것으로 보인다.

75 『論語』 「子張」에서 子貢이 궁궐의 담장에 비유하면, 자신의 담장은 어깨 높이라서 집안의 좋은 것을 엿볼 정도지만 孔子의 담장은 그 높이가 몇 길이나 되어 대문으로 들어가지 않으면 종묘의 아름다움과 백관의 풍부함을 볼 수가 없다고 한 말에서 가져온 표현이다.

76 唐 劉長卿의 「湖上遇鄭田」 "風波易迢遞 千里如咫尺"이 이 구절과 비슷한 뜻이다.

3. 등람登覽과 제영題詠

1) 산천의 유람과 제영

박상은 다른 문인에 비교해 볼 때 그다지 유람을 즐기지는 않았다. 그럼에도 그의 관직 생활 대부분이 상주, 충주, 나주 등 지방에서 이루어졌고, 또 벼슬에서 물러나 광주에서 생활할 때도 많았다. 이 때문에 『국조시산』 등에서 선발해 주고 있는 대표작은 대부분 지방에 있는 산천이나 누정, 사찰, 관아, 역원 등을 배경으로 한 것이다. 먼저 산과 강, 바다 등 자연을 유람하면서 지은 작품의 미학을 살피기로 한다. 다음은 1508년 임피 현령臨陂縣令이 되어 오산 竈山, 곧 전라도 장성長城을 지나면서 지은 작품으로 추정된다.

> 귀뚜라미 벗을 부르니 조롱하는 듯한데
> 두견새는 가을 가지에서 성심껏 화답하네.
> 피로 들꽃을 물들이며 울음을 그치지 않는데
> 소리는 가을 기운 따라 퍼져나가 다시 맑구나.
> 고향의 한식날에는 범상하게 들리더니
> 그믐달 오늘 밤에는 갑절이나 놀랍구나.
> 새 원한과 묵은 시름이 사라지고 생기는 곳
> 새벽녘에 처량하고 괴롭게 닭소리에 답하네.
> 蛩招侶集似嘲評 帝魄秋枝款款賡
> 血染山花啼未盡 聲隨商韻放旋清
> 故園寒食尋常聽 殘月今宵一倍驚
> 新恨舊愁消長處 五更悽苦答鷄鳴
> ―「오산에서 유숙할 때 두견새 소리를 듣고 느낌이 있어서宿竈山聞杜鵑有感」
>
> (『눌재집』 18:487)

이 작품은『국조시산』등 널리 알려진 시선집에서 선발하지 않았지만 정조가 크게 주목한 바 있다. 정조는 "근래 박눌재朴訥齋의 시를 보니, 사람의 힘으로 도달할 수 있는 경지까지 이른 것은 읍취헌과 백중지간伯仲之間인데, 중세中世의 여러 시인들이 미칠 수 있는 바가 아니다. '두견새는 가을 가지에서 성심껏 답을 하네.'라는 구절은 얼마나 뛰어나고 얼마나 노련한 것인가. 나는 눌재에게 남달리 오랜 세월을 사이에 두고 느끼는 감회가 있는데, 지금 그 시를 읽으니 마치 그 사람을 보는 것만 같다."라 한 바 있다.[77] 이를 두고 황현黃玹도 논시절구論詩絶句에서 "두견새 가을 가지 구절은 전체 문집의 으뜸이라帝魄秋枝冠全集"라 하였으니,[78] 이 작품이 박상의 대표작이라 할 만하다.

이 작품은 객지에서 맞은 가을날 두견새 울음소리를 듣고 회포를 적은 것이다. 벗을 부르는 귀뚜라미 울음소리를 들으니 벗들과 자리를 함께하지 못하고 길을 나서는 자신의 처지가 안타까운데 두견새가 성심껏 울음소리를 내면서 답을 하니,[79] 그것으로 위안을 삼는다. 두견새가 피울음을 토하여 꽃을 붉게 물들이고도 그 한이 사그라지지 않는데 가을바람 따라 그 소리가 더욱 맑게 울려 퍼진다. 고향에서 한식날 들었을 때는 무심하더니 이제 객지에서 그믐밤 들으니 마음이 절로 슬퍼진다. 지난날의 시름은 사라지고 지금에 새로운 한이 생겨나는데,[80] 두견새는 이를 아는지 모르는지 새벽 닭울음소리에 답

---

[77] "近見朴訥齋詩, 人力到底處, 可與翠軒伯仲, 非中世諸詩人所可跂及, 如'帝魄秋枝款款賓'句, 何等神爽, 何等爐錘? 予於訥齋, 別有曠感者存. 今讀其詩, 如見其人."(정조, 「日得錄」,『弘齋全書』267: 208).

[78] 黃玹, 「讀國朝諸家詩」(『梅泉集』348:485).

[79] 앞서 본 「秋日寄綿州柳使君」(『눌재집』18:489)에서도 "두견새 가을 나뭇가지에 토한 피가 말라버릴 듯(帝魄秋梢血欲乾)"이라 하였으니 이 표현이 박상의 마음에 든 듯하다. 이 구절의 '款款'은 뜻이 분명하지 않다.『楚辭』"吾寧悃悃欵欵朴以忠乎?"에서는 忠實한 모습을, 揚雄의 『太玄經』"獨樂款款, 淫其內也."에서는 和樂한 모습을, 杜甫의 「曲江」"點水蜻蜓款款飛"에서는 느린 모습을 형용하는 말로 쓰였다. 박상이『楚辭』를 즐겨 읽었다는 점에서 忠實의 뜻으로 풀이하였다.

[80] 상구는 唐末宋初 徐鉉의 「和方泰州見寄」"逐客悽悽重入京 舊愁新恨兩難勝"에 유사한 표현이 보이지만 영향 관계는 증명할 수 없다.

을 하듯 울어댄다고 하였다.

촉蜀 망제望帝의 혼이 변하여 두견새가 되었고 두견새가 울면서 토한 피가 두견화가 되었다는 고사가 있어 두보의「두견행杜鵑行」에서처럼 두견새는 충절의 상징으로 노래하는 것이 일반적이지만, 별칭이 사귀조思歸鳥라는 점에서 귀거래歸去來를 말하기도 한다. 이 작품 역시 귀거래를 하지 못하는 자신의 처지를 토로한 것이다. 박상은 1507년 고관考官에 제수除授되었지만 이를 거부하다 죄를 입었고, 다행히 사면이 되어 소격서령昭格署令에 임명되고 1508년 임피 현령臨陂縣令 제수되었다. 박상은 벼슬살이를 싫어하였고 이 때문에 이른 시기의 작품에서부터 이런 뜻을 강개하게 토로한 것이 많다.

> 한참 앉았노라니 대낮의 닭 울음소리 그치고
> 담장 그늘이 고운 난간 서쪽에 반쯤 기울었네.
> 송홧가루 설핏 내린 곳에 이슬이 아직 촉촉하고
> 버들개지 흩날리는 곳에 꾀꼬리소리 요란하네.
> 사람들 흩어지자 달빛은 지붕 끝에 드리워지고
> 밤 깊어가자 구름은 서까래 끝에서 잠을 잔다.
> 내일 아침이면 다시 험한 나그네길 떠나리니
> 새재가 하늘 찌를 듯하니길이 낮아지지 않네.
> 久坐仍聞罷午鷄 墻陰半側畫欄西
> 松花穩下露猶濕 柳絮交飛鸎亂啼
> 人散月華垂屋角 夜深雲氣宿榱題
> 明朝更試征途險 鳥嶺攃天路不低
> ―「함창 동헌의 시에 차운하다次咸昌東軒韻」(『눌재집』18:510)

1521년 여름 상주 목사에서 충주 목사로 자리를 옮기면서 함창咸昌에 들러 그곳의 동헌東軒에서 지은 것으로 추정된다.[81] 『국조시산』,『철영』,『해동율선』

등에 두루 실려 있다. 함창의 동헌에 앉아 하염없이 있노라니 대낮을 알리는 닭소리가 들리고, 또 그렇게 계속 있노라니 저녁이 되어 담장 그늘이 반 정도 난간 서쪽으로 기운다. 송홧가루가 떨어진 곳에 간밤 내린 이슬이 아직 촉촉하고, 날리는 버드나무 가지에 꾀꼬리가 마구 운다. 상구의 '정靜'과 하구의 '동動'이 대를 이루면서 봄날이 저물어 가는 아쉬움을 투영하였다. 함련과 경련 사이에는 한낮과 밤이라는 상당한 시간의 경과가 보인다. 한참이나 동헌에 앉아 가는 봄을 아쉬워했다는 뜻이다. 인적이 사라진 관아의 지붕에 달이 비치는데, 밤이 깊어 구름이 서까래 끝에 걸려 있다고 한 표현은 함련과 함께 곱고도 정치하다. 달빛이 드리운다는 뜻의 '수垂'와 구름이 머문다는 뜻의 '숙宿'이 시안詩眼으로서 기능을 하면서 집의 뿔 '옥각屋角'과 서까래의 이마 '최제榱題'로 대對를 맞춘 솜씨도 예사롭지 않다. 이어 미련에서 다가올 일을 말하였다. 내일 아침 넘어야 할 문경 새재 그 험한 산길이 은근히 걱정된다. 세상살이의 어려움을 담는 「행로난行路難」의 전통에서 미련은 험난한 벼슬살이에 대한 시름으로도 읽힌다.

앞서 박상의 시는 '침울'과 '강개'를 주된 미감으로 한다고 하였거니와, 특히 대자연을 마주하고 쓴 작품에서 이러한 경향이 더욱 강하다. 다음은 어느 시기인지 확언할 수 없지만 영광의 법성포에서 바다를 보고 쓴 작품이다.[82]

> 맑은 햇살 고와서 막 눈을 들어 바라보니
> 아득히 보이는 먼 섬이 쪽빛처럼 파랑구나.
> 용궁에서 인어가 고운 비단을 내다 말리는가,

---

81 박상은 임지를 옮기면서 여러 곳을 들르면서 東軒에서 지은 시가 무척 많은 편이다. 「次東軒韻康津」(18:483); 「次和順東軒韻」(18:515); 「次古阜東軒韻」(19:3); 「次珍原東軒韻」(19:32); 「次高敞東軒韻, 贈趙使君世勛」(19:35) : 「堤川東軒口號」(19:49) 등이 그러한 예다.

82 이 작품 역시 제작 시기가 분명하지 않다. 법성포가 임피에서 광주로 가는 사이에 있다는 점에서 1510년 임피 현령을 그만두고 광주로 내려갈 때 제작했을 수도 있고 1520년 御史로 호남 일대의 재해를 살피는 일을 할 때의 작품일 수도 있다.

신기루에서 타녀의 수레가 솟구쳐 오르는 듯.

구름에 가려진 봉래섬엔 신선이 아스라한데

돛이 날리는 작은 배 앞엔 길이 뻥 뚫려 있네.

뗏목 타고 바다로 나서던 옛일을 따르려 하니

무단히 늙은이의 눈물이 옷자락을 가득 적시네.

晴旭娟鮮縱目初 蒼茫遠嶠蔚藍如

龍宮曬出鮫人錦 蜃市跳回姹女車

雲蔽蓬萊仙縹緲 飆騫舴艋路空虛

乘桴蹈海還追古 老淚無端忽滿裾

　　　—「법성포에서 비가 내린 뒤法浦雨後」(『눌재집』 18:517)

　『국조시산』, 『기아箕雅』, 『동시준』 등에 두루 선발되어 있는 명편이다. 수련에서 해가 막 떠오를 무렵 눈이 닿는 데까지 바라보니 아득한 바다 위에 멀리보이는 섬이 파랗다고 하여 법성포의 전체적인 경관을 말하였다.[83] 이어 함련에서 역동적인 경물 묘사로 이를 부연하였다. 바다에 비치는 붉은 햇살을 두고 용궁에서 인어가 비단을 햇빛에 말리는 것 같다고 하고, 뿌연 안개가 피어오르는 것을 두고 신기루에 타녀姹女의 수레가 뛰어오르는 것 같다고 하였다.[84] 유사한 표현이 없는 것은 아니지만[85] 법성포에서 보이는 바다의 풍광을 기발하게 그려낸 것이라 할 만하다. 경련은 이러한 도가적道家的 상상력을 이어 먼 바다의 모습을 형상화하였다. 아득한 구름 그 너머에 신선이 사는 곳이

---

83 상구는 杜甫의 「登兗州城樓」 "東郡趨庭日 南樓縱目初"에서 가져온 듯하다.

84 張華의 『博物志』에 南海에 鮫人이 있어 물고기처럼 물속에 살면서 늘 베를 짜는데 그 눈물이 진주가 된다는 고사가 있고, 『參同契』에 河上의 姹女가 신령한데 불을 얻으면 날아가 먼지가 보이지 않는다고 한 것을 차용한 것이다. 姹女車는 姹女河車로 연단술에 쓰이는 납이나 수은을 이른다.

85 이 구절은 岑參의 「送張子尉南海」 "樓臺重蜃氣 邑里雜鮫人", 李白의 「草創大還贈柳官迪」 "姹女乘河車 黃金充轅軒" 등과 비슷하다.

있겠거니 상상해 보고 바람을 받은 작은 배가 뻥 뚫린 바다로 쏜살같이 나아
가는 것을 동경의 눈길로 바라보았다. 고유명사인 봉래蓬萊와 일반명사인 책
맹舴艋으로 차대借對를 한 것이 교묘하거니와 범건颿騫이라는 낯선 시어를 구
한 것도 그의 시를 난삽하게 한다.[86] 미련에서는 공자孔子가 도道가 행해지지
않자 바다로 뗏목을 타고 나가겠다고 한 일과 진秦에 벼슬하지 않으려 바다로
들어간 노중련魯仲連의 고사를 떠올렸다.[87] 풍진 세상을 벗어나 은거하고 싶
지만, 결단을 내리지 못하고 망설이는 자신의 처지를 토로하였다.[88] 허균許筠
은 『국조시산』에서, 홍만종洪萬鍾은 『소화시평小華詩評』(권상卷上)에서 이 작품
을 들어 '묘명渺冥'이라는 용어로 그 미감을 칭찬하였다.[89] 묘명은 아득한 모
습을 형용한 말인데 어디론가 멀리 떠나고 싶은 마음을 잘 드러내었다는 뜻이
다. 이 작품에서 보듯 박상의 율시는 대개 정치하고 기발하게 경물을 묘사하
고 세사에 대한 강개한 정을 토로하는 것이 특징이며, 이를 위해 시상을 단계
적으로 안배할 때가 많다.

박상은 충주 목사로 재직할 때 가장 많은 작품을 제작하였다. 이 시기 탄금
대彈琴臺에서 제작한 일련의 작품이 가장 높은 평가를 받았는데 이러한 작품
역시 그 미감은 크게 다르지 않다.

맑디맑은 긴 강에는 위에 단풍 숲이 있는데
신선의 누대가 외로이 흰 구름을 가르고 솟았네.

---

86 颿騫은 돛이 높게 걸렸다는 뜻인데 용례가 확인되지 않는 낯선 시어다. '颿'은 '帆'과 같은
  글자다. 『說文解字』의 徐鉉 注에 "舟船之颿, 本用此字. 今別作帆, 非是."라 하였다. '騫'은 가볍
  게 나아가는 모습인데 『국조시산』에는 '騫'으로 되어 있다. 뜻이 조금 더 분명하다.
87 『論語』「公冶長」에 "道不行, 乘桴浮于海."가 보이고 『戰國策』「趙策三」에 "彼則肆然而爲帝, 過
  而遂正于天下, 則連有赴東海而死矣, 吾不忍爲之民也."라 하였다.
88 宋 陸遊의 「自若耶溪舟行杭鏡湖而歸」 "高樓何處吹長笛 淸淚無端又濕衣"와 유사하다.
89 洪萬鍾은 이 시를 인용한 후 許筠의 말을 인용하여 黃廷彧이 남들의 시를 쉽게 인정하지 않
  아 李荇의 시는 '太腴'로, 李達의 시는 '模擬'로 지목하고 鄭士龍과 盧守愼이 제법 작가에 부
  합한다고 한 다음, 오직 박상만은 이를 수 없는 경지라고 하였다.

가야금 타던 사람은 달빛 속에 학을 타고 떠나갔고

젓대 부는 나그네는 바람 부는 솔 그늘로 왔다네.

인간만사 한 번이라 흘러가는 물을 보고 슬퍼하고

허망한 인생 세 번 탄식하며 다북쑥을 어루만진다.

누가 충주 목사의 모습을 다 그려낼 수 있으랴?

저녁 햇살 속에 미친 듯이 읊조리며 서성이는데.

湛湛長江上有楓 仙臺孤截白雲叢

彈琴人去鶴前月 携笛客來松下風

萬事一廻悲逝水 浮生三嘆撫飛蓬

誰能畫出湖州牧 散步狂唫夕照中

—「탄금대彈琴臺」(『눌재집』 18:526)

　　탄금대는 충주 견문산犬門山(지금은 대문산大門山이라 부른다) 기슭 남한강南漢江
강가에 있는 누대로, 높다란 푸른 절벽에 나무가 울창한데 금선琴仙 우륵于勒
이 금琴을 탄 곳이라 하여 이 이름이 붙었다. 탄금대에서 수많은 문인들이 시
를 남겼지만 단연 최고작으로 평가되는 것이 이 작품이며 『국조시산』, 『기아』,
『대동시선大東詩選』 등에 두루 선발되어 있다. 허균의 『성수시화惺叟詩話』에 따
르면 정사룡이 젊어서 남들의 시를 잘 인정하지 않았는데 오직 이 시만은 매
우 좋아하여 벽에 써두었다고 한다.

　　깊게 흐르는 긴 강을 따라 단풍이 우거져 있고 그 위에 탄금대가 높이 솟아
있다. 탄금대를 琴仙의 집이라 하여 작품의 전체적인 뜻을 먼저 적었다. 박상
의 시는 『초사』에 연원을 두고 있다고 하였거니와, 첫 구절 역시 송옥宋玉의
「초혼招魂」 "맑은 강물이여 그 위에 단풍나무 있다네湛湛江水兮 上有楓"에서
점화點化하였다.

　　이어 함련에서 천 년 전에 가야금을 타던 우륵은 신선이 되어 날아갔는데
지금에 내가 와서 소나무 아래에서 피리를 분다고 하였다. 상상의 가야금 소

리라는 옛일과 실재한 피리 소리라는 지금의 상황을 병치하면서 술어의 사용을 억제한 것이 힘을 얻고 있다. 특히 함련을 두고 허균은 『국조시산』에서 시상을 열고 닫는 것이 황홀하다고 뜻으로 "숙현개합悠眩開闔"이라 평하였고 홍만종은 『소화시평』에서 곽박郭璞이 「유선遊仙」에서 "왼쪽으로 부구의 소매를 잡고, 오른쪽으로 홍애의 어깨를 치네左挹浮丘袖 右拍洪崖肩"라 한 구절을 끌어들여 그 선풍仙風을 지적한 바 있다.

경련에서는 사람이 한번 나서 죽는 것이므로 영원히 흐르는 물을 보면 더욱 슬프게 되는 법이요, 그런 인생에 다시 떠돌아다니는 신세임을 탄식하면서 바람에 떠도는 쑥을 만지게 된다고 한 다음,[90] 미련에서 신세에 대한 강개한 정을 표출하면서 이를 회화적 심상으로 종결하였다. 허균은 『국조시산』에서 "극미極微"라 하여 이 구절이 기미機微를 극진하게 드러내었다고 칭송한 바 있다. 귀거래의 뜻을 직설적으로 말하지 않고 석양을 배경으로 하여 미친 듯 시를 읊조리는 방달한 자신의 모습을 그림처럼 그려낸 것을 높게 평가한 것이다. '침울'과 '강개'를 가장 높은 수준으로 발현하는 방식이다. 다음 작품 역시 위의 작품과 함께 거듭 칭송을 받았다.

> 지난 일은 아득하여 찾아볼 수 없는데
> 금선의 누대 아래 물이 쪽빛처럼 푸르네.
> 명문장 강수의 사당은 사라지고 없는데
> 명필 김생의 황폐한 암자는 남아 있구나.
> 지는 해에 강으로 오르는 배는 두세 척,
> 저녁 바람에 물가에 노니는 해오라기 서넛.
> 미인이여 도연명의 귀거래사를 부르지 말라

---

90 逝水는 『論語』 「子罕」에 "子在川上曰, 逝者如斯夫, 不舍晝夜."에 출처를 두고 있다. 岑參의 「韓員外夫人清河縣君崔氏挽歌」 "徒有清河在 空悲逝水流."가 보인다. 하구는 宋 陸遊의 「題庵壁」 "薄技徒勞眞刻楮 浮生隨處是飛蓬"과 흡사한 뜻이다.

태수가 들으면 창피해 얼굴이 붉어지리니.

往事迢迢不可探 琴仙臺下水如藍

文章強首無遺廟 翰墨金生有廢菴

落日上江船兩兩 斜風盤陛鷺三三

陶辭莫遣佳人唱 太守聞來面發慙

— 「다시 탄금대에서 노닐며再遊彈琴臺」(『눌재집』 18:526)

탄금대에 올라 그 옛날 충주 지역 인물의 자취를 찾고자 하지만 보이지 않는데, 영원한 산과 강물은 그때나 지금이나 변함없이 푸르다. 동방의 학문을 연 강수強首는 중원경中原京 사량沙良, 곧 지금의 충주 출신이지만 그를 기리는 사당이 세워지지 못하였고, 글씨로 길이 이름을 전한 김생金生이 머물던 절은 그 이름만 남아 있다. 이어 시선을 탄금대 앞의 강물로 돌렸다. 강에는 저물녘 배만 몇 척 오르내리고 새들만 물가에서 노닌다. '양량兩兩'과 '삼삼三三'을 술어로 구사하면서 대對로 맞춘 데서 그 솜씨를 볼 수 있다. 이어 이러한 풍경을 보고 벼슬에 매여 사는 자신의 처지를 떠올렸다. 어디선가 여인이 「귀거래사」를 부르는 소리가 들려오는데 오두미五斗米에 연연하는 자신을 돌아보니 얼굴이 화끈거린다. 앞서 본 작품이 시각적 심상에 강개한 뜻을 담았다면 이 작품은 청각적 심상에 강개한 정을 얹었다는 점에 차이가 있지만 귀거래를 실행에 옮기지 못하는 자신의 처지를 침울한 정조로 강개하였다는 점은 다르지 않다.

박상은 탄금대에서 무척 많은 작품을 남겼는데 정사룡鄭士龍, 표빙表憑[91]등과 수창한 자리에서 쓴 작품은 위에서 본 것과 미감에서 다소 차이가 난다.[92]

---

[91] 表憑은 表沿沫의 아들로 應敎와 掌令 등의 벼슬을 지냈으며 김안국, 김정국, 정사룡 등과 교분이 있었다.

[92] 여기서 다루지 않았지만, 表憑과 수창한 「遊彈琴臺, 次表敬仲韻」(18:501)과 「遊彈琴臺, 次表敬仲韻」(19:17), 鄭士龍과 수창한 「琴臺, 移樽上船, 別雲卿甫」(19:12), 「追賦慶樓琴臺金灘前遊, 寄鄭雲卿」(19:12) 등이 있다.

새로 내린 비로 물이 불어 용담이 넘실거리니

모래 언덕이 무너져 내려 반이나 물에 잠겼네.

강물처럼 가득한 시 빚은 갚을 수가 없는데

학을 따라 간 가야금 신선은 찾을 수 있을 듯.

고기 잡는 노인 그물 들어 월척이라 놀라 소리치고

개울의 여인네 배를 끌다 비녀 떨어졌다 웃는구나.

지는 해에 손과 주인은 흥이 정말 무르익는데

모래톱에 안개가 일어 나직이 잠길 듯하네.

雨添新水漲龍潭 沙背崩推一半侵

詩債滿江休準備 琴仙隨鶴可推尋

漁翁擧網驚呼雋 溪女挐舟笑墮簪

落日正酣賓主興 煙生洲渚欲平沈

—「탄금대에 올라 승지 정운경의 시에 차운하다登彈琴臺, 次鄭承旨雲卿韻」(18:
499)

『철영』과 『동시준』 등에 선발되어 있는 작품으로 정사룡이 먼저 시를 짓고 박상이 차운하여 답한 것이다.[93] 용담龍潭은 국가에서 봄과 가을 기우제를 지내던 양진명소楊津溟所로, 바로 탄금대 아래의 남한강이 휘돌아 소를 형성한 곳이다. 비가 내려 강물이 불자 모래 언덕이 무너져 내린 것으로 시상을 열었는데, 송 진사도陳師道의 시에 보이는 사배沙背를 응용하였다는 점에서 점화의 기교를 보여 준다.[94] 함련은 정사룡이 거듭하여 시를 지어 답을 요구하는데

---

93 정사룡의 原韻이 실려 있는데 鄭士龍의 『湖陰雜稿』에는 보이지 않는다. "琴臺松蓋瞰深潭 赫
日流輝不受侵 倦客登臨眞浪出 至音埋沒已難尋 方舟蕩槳來橫吹 促席飛觴見盍簪 惆悵絳脣今不見
斷雲浮世幾消沈"

94 宋 陳師道의 「次韻蘇公西湖徙魚」 "窮秋積雨不破塊 霜落西湖露沙背"의 뜻을 응용한 것으로 보
인다.

이에 대응하기 어렵다는 뜻을 말하고, 여기에 대對를 하여 차라리 천 년 전 학을 타고 가버린 신선 우륵을 찾는 것이 차라리 쉬운 일이라 하였다. 수창의 자리인지라 희학戲謔을 부린 것인데 시어로 잘 쓰이지 않는 '준비準備'나 '추심推尋'과 같은 구어를 끌어들인 것이 그 때문이다. 그리고 어부가 그물을 끌어올리자 월척이 잡혔다 놀라 소리치고 여자 뱃사공이 배를 젓다 비녀를 떨어뜨렸다고 웃는 장면을 이어 나갔다. 탄금대가 있는 강마을의 풍정이 질탕한 분위기 속에 묘사되었다. 비녀와 귀걸이를 떨어뜨린다는 '유잠타이遺簪墮珥'의 환락[95]을 상상할 수 있게 하였다. 이렇게 탄금대에서 즐기노라니 어느새 해가 기운다고 하여 아쉬운 마음을 투영하는 것으로 시상을 종결하였다.

정사룡이나 표빙 등 관각의 문인들과 탄금대에서 한바탕 주연을 벌일 때 지은 시는 대개 박상의 시에서 흔히 볼 수 있는 강개한 정서보다 해학이 나타나며 시재를 경쟁하듯 기발한 표현을 많이 구사한다. 표빙과 탄금대에서 수창한 작품에 경구警句가 많은 것도 이 때문이다. 2수 연작인 「탄금대에서 놀며 표경중의 시에 차운하다遊彈琴臺, 次表敬仲韻」(18:501)의 함련과 경련 "두 고개는 두 나라 전쟁이 끝난 곳인데, 높은 대는 천고의 세월 빼어난 유람처라. 영웅은 중원의 집에서 일어나지 않는데, 시주는 지상의 벼슬아치와 나란히 함께하네雙嶺二邦爭戰畢 高臺千古勝遊尋 英雄不起中原宅 詩酒聊同地上簪", "북쪽 대에서 술자리 파하고 풀숲 헤치고 내려가고, 서쪽 포구 따라 가야금을 안고 찾아가네. 금탄에는 물이 끓는지 소리가 귀를 요란하게 하고, 월굴암은 바위가 비스듬하여 그림자가 동곳을 스치네席罷北臺披草下 舟沿西浦抱琴尋 金灘水沸聲啾耳 月窟巖斜影拂簪", 동일한 제목으로 지은 「탄금대에서 노닐며 표경중의 시에 차운하다遊彈琴臺,

---

95 『史記』「滑稽列傳」에 "마을의 모임에서 남녀가 뒤섞여 앉아 술잔을 돌리며 노닌다. 雙六과 投壺 놀이를 하며 서로 끌어다 패를 나눈다. 손을 잡아도 벌하지 않고 눈여겨보아도 금하지 않는다. 앞에서는 귀걸이를 떨어뜨리고 뒤에서는 비녀를 빠뜨리는 지경에 이르면, 淳于髡은 속으로 이것을 즐거워하여 능히 8말의 술을 마시되 열에 두세 번 취할 뿐이다."라 하였다.

次表敬仲韻」(19:17)의 함련과 경련 "가야금 타던 바위 위에 흰 구름이 반쯤 솟아나고, 학이 자는 가지에 푸른 일산이 온통 기울어지네. 이슬 안은 작은 꽃에만 물기가 있는데, 봄을 지난 시든 모습 홀로 윤기가 없구나白雲半出彈琴石 靑蓋全欹宿鶴枝 捧露小花偏有澤 經春衰貌獨無滋" 등이 그러한 예다.

2) 사찰과 누정의 제영

박상은 승려들과 교분이 깊었고 또 여로에 사찰을 찾아 유숙하면서 승려들과 즐겨 수창하였다. 이러한 계열의 작품 중에도 명편이 제법 있다. 다음은 한양과 충주 사이에 있는 여주의 신륵사神勒寺에서 하루를 유숙하면서 지은 작품이다.

> 잔도 타고 나무 잡고 올라 적삼을 벗으니
> 강과 산 그윽한 흥이 비로소 빗장을 여네.
> 도은과 목은의 문장을 귀부석에서 찾고
> 신령하고 기괴한 황룡을 마암에서 묻노라.
> 몸이 늙어 유람에 지쳐 갈 길이 걱정인데
> 중은 한가하여 단정히 앉은 채 배를 헤아리네.
> 고소성의 한산사는 말할 것 없어라
> 신륵사 맑고 고상함 역시 범상치 않으니.
> 踏閣攀林脫客衫 江山幽興始開緘
> 文章陶牧尋龜石 靈怪黃驪問馬巖
> 身老倦遊愁去路 僧閑端坐數征帆
> 姑蘇莫說寒山寺 神勒淸高亦不凡
> —「여주 신륵사에 자면서 영운과 헤어질 때 주다宿驪州神勒寺, 留別靈運」(『눌재집』 19:8)

김안국金安國, 신광한申光漢 등과도 교분이 있던 영운靈運과 신륵사에서 유숙하면서 쓴 작품이다.[96] 『해동율선』에도 선발되어 있다. 이 작품은 박상 율시의 여러 특징을 구유하고 있다. 수련에서 당唐 위응물韋應物의 표현을 점화하여[97] 험한 길을 지나 신륵사 동대東臺에 오르면 일대의 강과 산이 시야에 들어와 가슴이 탁 트인다고 하여 파제破題하였다. '개함開緘'은 함을 연다는 뜻인데 '유흥幽興'을 사물주어가 되게 한 것이 기발하다.

함련은 이를 이어 신륵사와 관련한 고사를 압축하여 제시하였다. 고려 말의 대가 목은牧隱 이색李穡은 노년에 여주驪州에 유배된 바 있거니와 유배에서 풀려난 이후에도 신륵사 인근 연자탄鷰子灘에 우거하면서 여주 일대의 남한강을 이르는 여강에서 많은 시간을 보냈고 최후도 여주에서 맞았다. 특히 "물을 막은 높은 공은 마암의 바위요, 하늘을 떠 있는 높은 기세는 용문산이라捍水功高馬巖石 浮天勢大龍門山"는 명구를 남긴 바 있다.[98] 신륵사 조사당祖師堂에서 뒤편 언덕으로 올라가면 석종石鐘과 함께 비석이 하나 서 있는데 나옹화상懶翁和尙의 부도탑浮圖塔으로 이색이 지은 기문이 새겨져 있다.[99] 또 그 제자 이숭인李崇仁도 이색의 명을 받아 극락보전極樂寶殿 서쪽 언덕에 있던 대장각大藏閣에 기문을 남겼는데 이를 새긴 비석이 지금도 훼손이 심하기는 하지만 전하고 있다.[100] 그리고 나옹화상[101]이 신력神力으로 용마龍馬를 잡아 굴레를 씌워 신륵사神勒寺라는 이름이 생겼는데 마암이 그 전설의 증거다. 이곳에서 시를 지은 이규보李奎報가 황마黃馬와 여마驪馬가 물에서 나와 마암馬巖이라는 이름이 생

---

96 김안국, 「題靈運長老詩軸, 次朴昌世韻」(『慕齋集』 20:106); 신광한, 「次朴訥齋韻, 書靈運上人詩軸」(『企齋集』 22:449) 등이 박상과 같은 운자로 지은 작품이다. 靈雲의 시축에 박상의 이 작품이 첫머리에 있었던 듯하다.
97 唐 韋應物의 「登樓寄王卿」 "踏閣攀林恨不同 楚雲滄海思無窮"에서 나온 표현이다.
98 이색, 「驪興淸心樓題次韻」(『牧隱藁』 4:495).
99 이색, 「驪江縣神勒寺普濟舍利石鐘記」(『牧隱集』 5:18)가 이 글이다.
100 이숭인, 「驪興郡神勒寺大藏閣記」(『陶隱集』 6:587).
101 印塘大師로 된 데도 있다.

겼다고 하였다.[102] 함련은 이러한 신륵사의 연혁을 압축적으로 제시하였다.

이 작품은 함련이 특히 높은 평가를 받았다. 윤근수尹根壽에 따르면 김안국의 문인 박난朴蘭이 이 작품의 함련을 들어 극히 '필력筆力'이 있다고 한 바 있다.[103] '도목陶牧'이라는 시어로 잘 쓰지 않는 고유명사를 구사하여 일반명사인 '황려黃驪'와 대對를 하고 다시 일반명사인 '귀석龜石'과 고유명사인 '마암馬巖'을 대對로 엇비슷하게 처리한 것에서도 범상치 않은 솜씨를 볼 수 있다. 두보杜甫가 고유명사를 즐겨 구사하여 강건한 맛을 지니게 된 것처럼, 이 구절 역시 고유명사의 적절한 활용이 묵직한 미감을 갖게 된 것이라 하겠다.

경련 역시 박상 율시의 특징적인 창작방법을 보여 준다. 벼슬살이를 하느라 떠도는 늙은 자신의 모습과 강가의 사찰에서 한가한 삶을 영위하는 승려를 대비하였다. 자신은 가야 할 여정을 근심하는데 승려는 여강에 떠가는 배를 헤아리는 여유를 보이고 있다는 대비도 묘미가 있다. 이를 이어 미련에서 중국 서호西湖의 명찰 고소성姑蘇城 한산사寒山寺를 들먹일 것 없으니 신륵사 역시 맑고 청고함이 그에 못지 않다고 하여 영운靈運의 청고淸高한 덕을 투영하였다.

다음은 열상인悅上人과 함께 사찰에서 묵은 일을 회상하면서 지은 작품으로 박상이 사찰에서 지은 여타의 작품과 유사한 면모가 있다.

일곱 분 선사를 모시는 절간에 묵었을 때
새벽 종소리가 구름 너머로 울려 퍼졌지.
창가에는 줄줄 일천 봉우리 빗소리 울리고
솔숲에는 만 골짜기의 바람소리 들려왔네.

---

102 이규보, 「與鄕黨二三子遊馬巖」(『東國李相國集』 1:349)에 "雙馬權奇出水涯 縣名從此得黃驪"라 하였는데 "黃馬驪馬出水故名之"라는 주석이 달려 있다.

103 윤근수, 「漫錄」(『월정집』 47:387). 제명을 「驪州題詠」이라 하고 "文章陶牧留龜石 神怪黃驪記馬岩"이라 인용하였는데 글자가 조금 다르지만 뜻의 차이는 거의 없다.

지둔과 허순처럼 교분이 이미 두터우니

연꽃과 천문동의 시구가 더욱 아름답다네.

십 년 동안 그 산길을 거닐지 않았기에

가고픈 꿈 떨칠 수 없어 밤이면 간절해지네.

曾宿招提七祖宮 晨鍾雲裏聽丁東

窓櫺窣窣千峯雨 松檜ㄱㄱ萬壑風

支遁許詢交旣密 江蓮天棘句難工

十年不躡山中路 歸夢依依入夜濃

　　―「영산강에서 관찰사의 운에 차운하여 열 상인에게 주다錦江, 次使相韻贈悅

　　上人」(『눌재집』 18:508)

　　박상의 시에서 금강錦江은 대부분 영산강榮山江을 이른다. 1527년 나주 목사
로 있을 때 관찰사의 시에 차운하여 열상인에게 준 작품으로 추정된다. 열상
인은 김종직金宗直과 친분이 있던 옥명玉明의 제자 지열志悅로 김정金淨과도 교
분이 있었다. 박상이 1519년 겨울 그에게 준 시를 보면[104] 송광사松廣寺와 계룡
산鷄龍山 등에서 함께 지낸 적이 있음을 알 수 있다. 이 시의 두 번째 작품에서
"바다 고을에서 일이 많아 오래 몸이 수고로웠네海邦多事久勞身"라 한 것을 보면
박상이 1517년 순천 부사로 있을 때 송광사에서 그를 만난 일을 회상한 것으
로 보아야 할 듯하다.

　　이 작품에서는 박상 율시의 정치한 조직과 화려한 전고 구사를 확인할 수
있다. 수련에서 예전 송광사에 유숙할 때 들었던 새벽 종소리로 시를 열었
다.[105] 함련은 빗소리와 솔바람 소리로 이를 이었다는 점에서 긴밀한 조응을

---

104 「贈志悅上首」(19:30)에서 "송광사와 계룡산이 무척이나 호젓한데, 원공과 지둔은 백년의
　　우정 맺었지松寺鷄山窈窕深 遠公幽遁百年心"라 하였다.
105 송광사에는 普照國師 등 16인을 모신 國師殿이 있다. 七祖는 達磨부터 慧能 등에 이르는 禪
　　宗의 고승을 이르는 말이다. 杜甫의 「秋日夔府詠懷奉寄鄭監審李賓客之芳一百韻」에 "身許雙

읽을 수 있다. 이어 경련에서 지열과의 우정과 교유로 연결하였는데 박상의
화려한 전고 구사를 볼 수 있다. 지둔支遁과 허순許詢은 진晉의 고승高僧으로 함
께 산수 유람을 즐기면서 불법佛法을 논한 절친한 벗이었기에 우의友誼의 상징
이 되었다. 지둔과 허순을 나란히 둔 것 자체가 두보의 시에 연원을 두고 있거
니와,[106] 이에 짝을 맞춘 하구 강련江蓮과 천극天棘 역시 두보의 두 구를 합성한
것이다.[107] 이와 같은 기발한 점화 방식이 이 시의 수준을 더욱 높게 하였다.
허균은 『국조시산』에서 이를 두고 "벽합유력闢闔有力", 열고 닫는 것이 힘이 있
다고 한 바 있다. 이어 미련에서 송광사를 찾아가지 못한 아쉬움에 꿈속에서
그 모습이 가물거린다고 하여 시상을 종결하였다.

　　박상은 화순의 쌍봉사雙峯寺와 인연을 많이 맺었다. 여기서 지은 일련의 작
품에서도 박상 사찰 제영시의 특징적인 면모를 볼 수 있다.

　　　　하안거에 든 민공은 속기 하나 없는데
　　　　고맙게도 송재에 유자를 묵게 해 주셨네.
　　　　찬 소리 달을 흔들어 물소리만 울리는데
　　　　밤기운 뜰에 가득해도 구름은 일지 않네.
　　　　물외의 하늘과 땅 아래 정말 태연자약한데
　　　　인간세상 달팽이 촉각 위에 싸움만 본다네.

峰寺 門求七祖禪"이 있어 七祖宮이라는 표현을 쓴 듯하다. 杜甫의 「遊龍門奉先寺」"已從招提
遊 更宿招提境"도 이 시와 관련이 있어 보인다. 함련의 千峰雨도 杜甫의 「即事」"雷聲忽送千
峰雨 花氣渾如百和香"에서 용례가 보인다.

106 杜甫의 「已上人茅齋」에 "空添許詢輩 難酬支遁詞"가 보인다.

107 杜甫의 「已上人茅齋」에 "江蓮搖白羽 天棘蔓青絲"가 보인다. 天棘은 天門冬이다. 특히 박상은
이 구절을 좋아하여 「驪江長短歌贈玄穆上人歸彌勒寺」(18:476)에서 "천문동과 연꽃은 매번
마음에 남아 있네(天棘江蓮每在想)"라 하고 「贈志悅上首」(19:30)에서 "연꽃과 천문동은 나
를 기다리는 듯, 절집으로 나아가 잠시 시를 읊조리노라(江蓮天棘如相待 就禪窓試暫唫)"
라 하였으며, 「僑寓雙峯, 獻仲臨訪後, 伻問遺及庖需, 以詩爲謝」(19:56)에서 "천문동과 연꽃은
도망하지 않았겠지(天棘江蓮不漏亡)"라 한 바 있다.

백년인생 무쇠다리로 경거망동 말게나

청산을 나서자 바로 길이 분명치 않으리니.

結夏旻公謝俗氛 松齋幸乞宿斯文

寒聲擺月唯聞水 夜氣盈庭不起雲

物外乾坤眞自若 人間蠻觸見徒紛

百年鐵脚休輕動 才出靑山路未分

—「쌍봉사에서 승려 경정에게 주다雙峯寺留贈釋冏晶」(『눌재집』18:497)

『철영』과 『동시준』 등에 선발한 명편이다. 화순의 사자산에 있는 쌍봉사의 승려 경정冏晶에게 준 작품인데 제작 배경은 자세하지 않다. 먼저 수련에서 하안거夏安居에 든 경정을 찾아 하루를 유숙하게 된 것을 말하였다. 여기서 민공旻公은 당의 승려로 두보가 "민공을 만나지 못한 지 30년이라不見旻公三十年"라 하였는데[108] 이를 끌어들여 승려를 지칭하는 말로 썼다. 박상은 이 표현을 즐겨 사용하였는데 위에서 본 작품의 두 번째 수에서 "민공을 멀리 영접하여 반가운 눈길을 받들었는데, 함께 소백과 노닐어 맑은 귀인을 뵙게 되었네遠接旻公承碧眼 同遊召伯奉淸塵"라 하여 열상인을 민공에, 관찰사를 소백召伯에 비유한 바 있다.[109] 송재松齋는 산림의 별서別墅로 은자의 거처를 이르는데 여기서는 쌍봉사가 절속絶俗의 공간임을 은근히 말한 것이기도 하다.

함련과 경련은 이 뜻을 부연한 것인데 박상이 제작한 사찰제영시의 특징적인 창작방법이 확인된다. 함련에서는 차가운 개울물 소리가 달빛을 흔들고 밤기운이 맑아 구름이 생기지 않는다고 하여 송재의 맑은 이미지를 연결하였고[110] 경련의 상구에서는 절속의 공간에서 태연자약한 삶을 살아가는 경정과

---

108 杜甫의 「因許八奉寄江寧旻上人」에 보인다.

109 박상은 이 표현을 즐겨 사용하였는데 「古風一首二十韻」(18:479)의 "민공은 등불 밝히고 검은 눈동자로 돌아보네(旻公炷燈回靑眸)", 「遊迦智山」(19:59)의 "머리 돌려 민공을 추억할 수 있을지(可堪回首憶旻公)"에서도 확인된다.

달팽이 촉각 위에서 전쟁을 벌인다는『장자』만촉蠻觸의 고사를 끌어들여 번다한 속세의 번뇌를 벗어나지 못하는 자신의 삶을 대조하였다.[111] 이를 이어 미련에서도『경덕전등록景德傳燈錄』의 고사를 활용하여 절속의 공간을 벗어나지 말 것을 권고하였다. 장로응부선사長蘆應夫禪師가 방안에 기녀와 함께 있게 되자 밤새 가부좌를 틀고 앉아 있었다 한 고사가 있다. 여기서는 수행修行하는 심지가 굳건한 것을 비유한다. 청산青山이 수련의 송재와 호응을 이루게 한 것도 조직의 정치함을 볼 수 있다.

박상은 쌍봉사에서 지은 다른 작품에서도 이와 유사한 창작방법을 보이고 있다. 「쌍봉사에 쓰다題雙峯寺」(18:497)에서 "반평생 관복은 소용없는 통발처럼 던져버리니, 김씨와 장씨 같은 권세가에게 고개를 숙이지 않노라半生袍笏付筌蹄 不向金張面目低"라 하여 부귀와 영달을 멀리하고자 하는 뜻을 말하는 것으로 시상을 열고, 함련과 경련에서 "남극의 작은 별은 구름과 안개 속에 반짝이고, 초당의 호젓한 밭은 큰 강 서쪽에 있다네. 바람이 불어오는 두건과 지팡이로 넝쿨 길을 찾고, 비가 지나가는 소나무는 학 둥지를 끼고 있네南極小星雲霧裏 草堂 幽圃濱江西 風吹巾杖尋蘿徑 雨度松杉傍鶴棲"라 하여 절속의 공간인 쌍봉사의 맑은 풍경을 묘사한 다음, "열길 먼지 쌓인 도성 길 분주하게 다니는 것이, 어찌 맨발로 푸른 개울을 밟는 것만 같겠나?十丈東華奔走者 何如赤脚踏青溪"라 하여 청산을 벗어나 도성으로 돌아가지 않겠다는 다짐을 말하였다.

이 작품은 이러한 방식으로 의경이 조직되어 있거니와 다양한 전고를 깊이

---

110 그런데 '擺月'은 南朝 宋 孔稚珪가 北山에서 함께 은둔하던 周顒이 벼슬길에 나서자 산신령의 입을 빌려 "가을의 계수는 바람을 보내고 봄 넝쿨은 달빛을 흔든다(秋桂遺風 春蘿擺月)"라고 꾸짖은 「北山移文」에 출처를 두고 있고, '盈庭'은 「楚辭」에 "집안사람 조정에 가득하여, 작록이 성대하였지(室家盈庭 爵祿盛只)"에서 나온 말이다. 박상이 전고를 깊게 사용하는 것을 감안하면 달빛을 흔드는 것은 벼슬하는 마음이 아니라 물소리요, 조정에 나아가고자 하는 마음이 사라졌다는 뜻으로도 풀이할 수 있다.

111 이 구절은 宋 王宷高의 「水調歌頭」 "物外乾坤自在 壺裏無塵日月"과 닮아 있지만 영향 관계를 확언하기 어렵다.

구사하고 있다는 점도 특징적이다. 김金·장張은 한漢의 권세가 김일제金日磾와 장안세張安世를 이르고, 남극성南極星은 수명을 관장하는 노인성老人星으로 쌍봉사가 무병장수의 공간임을 말한 것이며, 초당草堂은 양강서瀁江西와 나란히 시어로 구사하여 두보가 은거하던 성도成都 완화초당浣花草堂의 이미지와 겹쳐지게 하였다. 은자를 상징하는 '넝쿨[蘿]'이 자라는 길과 '학鶴'이 깃든 둥지가 자연스럽게 쌍봉사의 이미지가 될 수 있게 한 것이다. 미련에서 붉은 흙먼지 날리는 도성 대신 맑은 개울을 택한 것이 수련과 다시 호응을 이룬 것도 앞서 본 작품과 비슷한 양상이다.[112]

사찰에서 제작한 한시가 대개 이러한 작법을 택하고 있다면 누정에서 지은 시는 강개한 정을 발산하는 것이 많다. 대표작으로 평가되는 다음 작품이 그러하다.

누각 아래 가마가 부질없이 자주 지나는데
누각 안의 높은 평상에는 흥이 또한 많구나.
서북으로 두 강은 태곳적부터 흐르는데
동남으로 두 고갯길은 신라 때 뚫린 것.
안개 두른 저녁 성가퀴에 깃든 까마귀 우는데
달빛 비치는 찬 마을에 아낙네 방아타령 부르네.
오래된 고을에 부절 찬 것 어찌 이리 된 일인가?
그저 한낮에 비단옷을 남에게 자랑해야 하겠구나.
肩輿樓下謾頻過 高榻樓中興且多
西北二江流太古 東南雙嶺鑿新羅
煙和暮堞棲鴉噪 月照寒閭杵婦歌

112 宋 蘇軾의 「次韻蔣穎叔錢穆父從駕景靈宮二首」 "歸來病鶴記城闉 舊踏松枝雨露新 牛白不羞垂領發 軟紅猶戀屬車塵"이라 한 구절과 유사한 작법이다. 宋 陸遊의 「題橋南堂圖」 "道上紅塵高十丈 斷無一點到橋南"도 같은 뜻을 말한 구절이다.

佩印故州寧有此 端將畫錦鄕人誇
　─「충주의 남루에서 이윤인의 시에 차운하다忠州南樓次李尹仁韻」(『눌재집』
　　18:52)

앞서 충주 목사로 재직할 때 지은 작품 중에 명편이 많다 하였거니와 이 작품 역시 그 시기의 것으로 『국조시산』, 『기아』, 『대동시선』 등에 두루 실려 있다. 충주남루忠州南樓는 충주성의 남루인 남풍루南風樓를 이른다. 남풍루를 창건한 이윤인李尹仁의 시에 차운한 작품이다.[113] 이 작품은 정밀하면서도 호방함의 미학을 보여 준다. 누각 아래 바삐 오가는 일상의 사람들과 누각 위 높은 의자에 앉아 흥을 즐기는 자신을 대비하는 것으로 시상을 열었다. 함련과 경련은 '흥차다興且多'의 내용을 부연한 것으로 율시의 전형적인 작법이다. 특히 함련은 비평가로부터 절찬을 받은 구절로, 허균은 『성수시화惺叟詩話』에서 정사룡이 앞서 본 「탄금대彈琴臺」의 "가야금 타던 사람은 달빛 속에 학을 타고 떠나갔고彈琴人去鶴邊月 吹笛客來松下風"와 이 구절을 벽에 써 높고 자신은 이를 따라갈 수 없다고 탄복한 일을 기록한 바 있다. 동쪽으로 흘러온 남한강 본류와 남쪽에서 흘러온 달천이 충주에서 만난다. 그리고 동남쪽으로 신라시대부터 조령鳥嶺과 죽령竹嶺이 있어 경상도로 오가는 통로로 이용되었음을 말하였다. '천고千古'와 '신라新羅'로 느슨하게 짝을 맞추면서도 시간과 공간이 병치된 것이 더욱 묘미가 있다.[114]

---

113 金宗直의 「忠州拱辰樓次韻」(『佔畢齋集』 12:332)에 따르면 당시의 李牧使가 北城樓를 拱辰樓, 南城樓를 南風樓, 西樓를 望京樓라 이름 붙였다고 한다. 李牧使가 李尹仁인 듯하다. 김종직이 박상의 시와 같은 운으로 쓴 「又南風樓次韻」(『점필재집』 12:32)이 있는데 역시 李尹仁의 시에 차운한 것으로 보인다. 이윤인은 본관은 경주고 자는 任之이며, 전라도, 평안도, 강원도의 관찰사를 지냈는데 충주 목사를 지낸 시기는 밝혀져 있지 않다.
114 李睟光은 『芝峯類說』(권13, 東詩)에서 이 구절이 絶唱이라 하면서도 "'鑿新羅' 세 글자는 어세가 뒤집어진 듯하니 온당하지 못한 듯하다"라 하였다. '新羅鑿'가 도치구문이고 '仄平平'으로 된 소리의 높낮이가 온당하지 못한 것을 지적한 것으로 보인다.

함련이 남풍루의 지리地理를 압축적으로 제시하였다면 경련은 초점을 달리하여 물태物態를 그렸다. 안개 속 을씨년스럽게 우는 까마귀 소리와 달빛 아래 시골아낙이 부르는 방아노래가 배경음악처럼 울려 나오게 한 것도 이 작품의 탁월한 요소라 할 만하다. 아울러 경련의 긴장감이 여기서 이완되도록 한 것도 박상 율시의 안배安排와 조직組織의 정밀함을 보게 한다. 미련은 항우項羽가 함곡관函谷關에 들어갈 때 부귀한 후에 고향에 돌아가지 않으면 비단옷을 입고 밤길을 가는 것과 같다고 한 고사를 번안飜案한 것인데 오히려 외직에 전전하면서 고향으로 돌아가지 못하는 자신의 처지를 자조自嘲한 것이라 할 수 있다.

이러한 특징은 박상이 누정에 올라 지은 제영시의 특징적인 면모다. 그의 대표작으로 높게 평가되는 다음 작품 역시 그러하다.

> 고갯마루 매화가 막 핀 날 객이 이르니
> 섣달은 지나가고 상원은 되기 전이라네.
> 봄은 우레 같은 천 곳 북소리에 생겨나고
> 시흥은 푸른 산의 지는 햇살 곁에 몰려드네.
> 고기 잡는 배는 강을 두른 달빛을 실어들이고
> 관아의 염소는 언덕 덮은 아지랑이를 밟아 부수네.
> 몸은 쇠해도 마음은 건장하여 맑은 하늘로 오를 듯
> 천지를 몰아다가 술에 취한 이 자리에 들게 하노라.
> 客到嶺梅初發天 嘉平之後上元前
> 春生畫鼓雷千面 詩會靑山日半邊
> 漁艇載分籠渚月 官羊踏破羃坡烟
> 形羸心壯凌淸曠 驅使乾坤入醉筵
> ―「영남루의 시에 차운하다次嶺南樓韻」(『눌재집』 18:509)

영남루嶺南樓는 밀양에 있는 이름난 누각으로 고려 공민왕恭愍王 때 세워졌

218

다. 이숭인李崇仁, 이원李原, 하연河演 등 여말선초麗末鮮初의 시가 같은 운으로 되어 있다.[115] 박상의 문집에 달성達城과 청도靑道에서 지은 작품 다음에 이 시가 실려 있지만 언제 무슨 일로 이곳으로 갔는지 알 수 없다.[116] 『국조시산』, 『기아』 등에 실려 있는 명편이다.

섣달을 지내고 새해를 맞아 문경 새재를 넘어 밀양에 이르니 아직 대보름이 되지 않았다. 겨우내 조용하던 누각에 봄이 오자 사람의 왕래가 많아지고 풍악을 울리며 노는 일이 잦아 그 소리가 요란하다. 이를 보면 봄이 온 것을 알겠다. 아름다운 누각에 모여 푸른 산을 보며 시를 쓰노라니 어느 새 해가 넘어간다. 이윽고 고깃배가 달빛을 가득 싣고 떠다닌다. 관청에서 풀어 놓은 양은 저녁이 되자 안개를 뚫고 내려온다. 이러한 풍경을 보노라니 노년이라 몸이 쇠했지만 절로 마음이 호탕하여 하늘로 날아오를 듯하다.

이 작품은 박상 율시의 미학을 한껏 과시하고 있다. 수련의 상구는 2-5의 낯선 구법으로 되어 있고 하구와 함께 산문의 어투를 구사하여 강건한 맛을 더하였다. 함련 역시 2-5의 구법을 사용하여 더욱 호탕한 맛을 준다. 이 작품은 특히 경련이 경구警句로 평가된다. '농롱籠'과 '멱멱冪'이라는 시안詩眼을 구사한 단련이 돋보인다. 허균이 "긴중緊重"이라 평한 것은 그 조직과 단련의 미를 칭찬한 것이다. 홍만종의 『소화시평小華詩評』에 경련이 극히 '청치淸緻'한 것으로 높

115 李崇仁, 「題嶺南樓」(『陶隱集』 6:564); 李原, 「次嶺南樓詩」(『容軒集』 7:592); 河演, 「題嶺南樓」(『敬齋集』 8:426).

116 「嶺南樓席上, 贈右兵使熙之甫」(18:510)가 같은 시기의 작품으로 보인다. 1구와 2구에서 "해내에서 당당한 나를 알아주는 사람이, 산양에서 예전 병상의 이내 몸을 어루만져 주셨지(海內堂堂知己人 山陽曾撫病床身)"라 하였다. 蘇世良(1476~1528)의 시에 차운한 「次困菴韻」(18:512)의 序에 따르면 박상이 모친을 맞으러 山陽에 갔다가 병을 얻었다는 내용이 보인다. 또 1~2구에서 "늙어 도호부사 되어 여린 병사 거느렸으니, 고래 파도 가까이함도 놀라운 것 아니라네(老衙都護將羸兵 近幸鯨瀾自不驚)"라 하였으므로, 1517년 순천 부사로 있을 때의 일이라 하겠다. 박상은 이 해 모친상을 당했다. 이를 볼 때 박상이 영남루를 간 것은 그 이후가 분명하다. 이 시기 熙라는 자를 쓴 인물로는 1513년 무과에 급제한 金熙가 확인된다. 『佔畢齋集彝尊錄』에 따르면 金熙는 金宗直의 表兄이고 司直을 지낸 것으로 되어 있다. 그가 경상도 右兵使로 재직한 것은 다른 문헌에서 확인되지 않는다.

게 평가한 바 있다. 수련과 함련의 강건함을 경련에서 정치함과 화려함으로 전환한 다음, 다시 미련에서 호탕함으로 돌아갔다. 건곤乾坤과 같은 큰 개념의 언어를 사용하면서, 병들어 노쇠하지만 아직 풍류는 왕성하여 이 큰 천지天地를 자신이 노는 술자리로 들게 하여 이를 노래하겠다는 표현이 매우 돋보인다.[117] 강개한 목소리가 이런 방식으로 형상화되는 것이 박상 율시의 특징이다.

이 작품은 2수 연작인데 두 번째 작품도 명편으로 평가된다.

> 만 리 먼 서호는 오나라 하늘에 막혀 있는데
> 동서로 푸른 물결이 갑자기 눈앞에 떨어지네.
> 천상의 백옥루에 이 몸이 앉아 있는 듯
> 바다 속의 자라 발이 눈길 끝에 이어지네.
> 물고기는 고운 여인의 가야금 소리 익히 듣겠고
> 나무는 고운 촛불의 연기를 늘 쐬고 있다네.
> 고개 넘을 땐 험준한 것 괜히 걱정했구나
> 평생 본 것이 다 먼지 수북한 자리였으니.
>
> 西湖萬里隔吳天 綠浪東西忽墮前
> 天上玉樓身坐處 海中鰲極眼窮邊
> 江魚慣聽靑娥瑟 城樹恒薰錦燭烟
> 度嶺漫愁深涉險 平生經賞摠塵筵
> —「영남루의 시에 차운하다次嶺南樓韻」(『눌재집』 18:509)

중국에서 가장 아름다운 곳으로 알려진 강남의 서호西湖와 멀리 떨어져 있지만[118] 서호처럼 아름다운 푸른 물결이 동서로 흐르는 밀양강에 툭 떨어졌

---

117 李白의 「當塗趙炎少府粉圖山水歌」에 보이는 "名公繹思揮彩筆 驅山走海置眼前"과 의경이 유사하다.
118 우리나라에서 吳天은 영남 지역을 가리킬 때가 많다.

다. 영남루의 풍광이 서호에 비견됨을 이렇게 기발하게 말하였다. 이렇게 수련에서 파제破題한 다음 함련과 경련에서 영남루의 안과 밖을 나누어 정情과 경景을 표현하였다. 높다란 영남루에 오르면 천상의 백옥루白玉樓에 노니는 신선이 되고, 먼 남해 바다에 떠 있는 섬이 아스라이 보일 듯하다.[119] 허자虛字를 억제하고 실자實字 위주로 의경을 구성하여 유장한 느낌이 들게 한다. 이어 영남루가 이러한 곳이라 늘 잔치가 열리고 이 때문에 강물 속의 물고기도 풍악소리가 익숙하고 근처의 나무들도 피워놓은 촛불 연기를 늘 쐬고 있다고 하였다. 노숙한 박상의 솜씨를 보게 한다.[120] 이어 고개 넘어 이곳으로 올 때 고생이 많을 것이라 걱정했는데 밀양 영남루에 올라 보니 그간 겪어온 많은 곳이 모두 속되고 누추한 자리였을 뿐이라 하여 영남루의 연회가 운치가 있음을 칭송하였다.

　박상이 누정에서 제작한 한시는 대개 정교한 경물 묘사에 강개한 정서를 담은 것이 특징이다. 다만 누정의 주인이 칭송의 대상일 경우는 그 미감이 다소 다르다.

　　　　황금 띠를 20년 동안 허리에 둘렀더니
　　　　소요정이 바다 서쪽 물가에 세워겠구나.
　　　　붉은 깃발의 말을 타다 장군 인수를 반납하고
　　　　백발에 수레를 걸고 느지막이 은퇴하셨네.
　　　　죽포의 바람과 햇살은 늘 모자에 넘실거리고

---

119 鰲極은 바다를 이고 있다는 큰 거북의 네 다리를 이르는 말로, 세상을 지탱하는 기둥을 이르는데 보통은 海中의 산을 가리킬 때가 많다.
120 함련을 두고 허균은 "추려가 지극히 갖추어져 있다(追蠡極備)"라 평했는데, 追蠡는 鐘의 끈이 닳아서 끊어지려는 것을 이르는 말로, 『孟子』에 따르면 戰國時代에 高子가 "禹 임금의 음악이 文王의 음악보다 훌륭하다." 하자, 孟子가 "무엇을 가지고 말하는가?" 하니, 高子가 "종 끈이 닳아서 끊어지려 하기 때문이다."라 하였다. 시구를 다듬은 솜씨가 노숙하다는 뜻을 비유적으로 말한 것이다.

월출산의 구름은 멀리서 사람을 즐겁게 하네.

젊은 시절 화살 소리 한가한 꿈속에 남았는데

어부를 맞아서 술을 한 순배 돌린다네.

橫帶黃金二十春 逍遙亭起海西瀕

紅旗躍馬歸軍印 白髮懸車乞晚身

竹浦風光長泛帽 月山雲氣遠怡人

少年鳴鏑餘閑夢 漁父相邀酒一巡

—「소요정에 쓰다題逍遙亭」(『눌재집』 18:502)

　소요정逍遙亭은 이종인李宗仁(1458~1533)이 나주 다시면 죽산리, 죽포竹浦라고 부르던 영산강의 물가에 있었다.[121] 박상이 먼저 이 시를 짓고 이종인과 송순宋純 등이 차운하였다.[122] 이 작품은 『해동율선』에 선발되어 있다. 먼저 수련에서 이종인이 20년 관직 생활을 한 후 물러나 소요정을 세운 일을 적었는데 전라도 수사를 마친 1522년 무렵의 일인 듯하다.[123] 함련에서는 전국시대戰國時代 채택蔡澤이 "말에 올라 치달리고 황금 인수를 품었노라"라 한 고사와 한漢의 설광덕薛廣德이 벼슬에 물러나 은거할 때, 하사 받은 수레를 벽에 매달

---

121 이종인은 본관이 咸平으로, 자가 善之며, 호는 소요정 혹은 逍遙堂이다. 1494년 무과에 급제하였다. 연산군 6년(1500) 6월에 중국의 大連, 조선의 신의주와 장연을 감싸고 있는 황해 서쪽, 長山列島 아래쪽에 있는 섬 海浪島에 마포 상인과 제주도 어민이 출입하면서 무역을 하였는데 조선에서 이를 정벌한 일이 있었다. 이때 招撫使 田汝霖과 함께 이종인이 출정하여 그 공으로 通政大夫에 올랐고 후에 全羅道左水使에까지 올랐다. 이에 대해서는 필자의 「변경의 섬, 海浪島의 역사」(『문헌과해석』 65호, 2013년 12월)에서 자세히 다룬 바 있다. 소요정의 역사는 奇正鎭, 「逍遙亭重修記」(『蘆沙集』 310:485)에 자세하다.

122 宋純, 「李節度逍遙亭韻」(『俛仰集』 권1). "눌재 선생이 처음 지었다"라는 주가 달려 있다. 奇大升이 이곳에 잠시 우거한 적이 있어 14수의 연작시 「昔東坡謫居儋耳有詩云, 甕間畢卓防儌酒, 壁後匡衡不點燈, 余嘗覽之自笑. 今年春, 適寓居逍遙亭陰, 懶廢日甚, 遂與人事疏闊, 實有蘇仙之感, 因以其字爲韻, 賦詩成十四首, 奉呈吳牧伯案下, 仍祈郢斤」(『高峯集』 40:32)을 남겼다.

123 이 구절은 宋 文天祥의 「二月六日海上大戰國事不濟孤臣天祥坐北舟中向南慟哭爲之詩曰」 "我欲借劍斬佞臣 黃金橫帶爲何人"과 유사하다.

아 자손에게 전하며 영광을 보인 고사를 구사하여 무장으로 활약하다 은퇴한 이종인의 행적을 적었다. 이어 경련에서 은퇴한 이후 소요당에서의 삶을 형상화하였는데 죽포竹浦와 월산月山이라는 지명을 시어로 구사하여 이종인의 풍채를 더욱 또렷하게 시각화하였다. 젊은 시절 전장을 누비던 기억과 함께 노년 어부들과의 한가한 삶을 대비한 것으로, 수련의 상구와 기구에서 파제破題한 뜻에 호응하여 시상을 종결하였다. 특히 하구에서 유유자적하는 '소요逍遙'의 모습을 어부와 소탈하게 술잔을 나누는 시각적 심상으로 종결한 것이 이 작품의 미감을 높이고 있다.

조선 초기 정승을 지낸 노한盧閈이 세우고 그 손자 노사신盧思愼(1427~1498)이 중수한 흑석동 한강 물가 언덕에 있던 효사정孝思亭에 붙인 시도 위의 작품과 유사한 구조로 되어 있다.

마지막을 신중하고 멀리까지 추숭하는
이 도리는 면면히 끊어질 기약 없다네.
온 집안에서 순이 사모한 대효를 전할 것이요
천고의 세월 시경의 구절에 감복할 것이라네.
마음은 원극元極과 같아 추락할 날이 없는데
정자는 허형虛形이라 무너질 때가 있을 것이라.
형상으로 마음을 드러내어 후손에게 끼치지만
형상을 빌어야 마음이 생긴다고 말하지 말라.
終焉當愼遠焉追 此道綿綿靡絶期
大孝一家傳舜慕 短章千古服周詩
心如元極無墜日 亭是虛形有毁時
形以表心遺後裔 休言假形始生思
―「삼가 노영사가 중수한 효사정 시에 차운하다敬次盧領事重修孝思亭韻」(『눌
재집』 18:503)

『동시준』에 선발되어 있는 작품인데, 효사정과 노사신의 삶을 칭송하였다. 수련은 '효사孝思'라는 정자의 이름을 이용하여 노사신의 효심을 말하는 것으로 파제하였다. 『논어』에서 어버이 상을 당했을 때 신중하게 행하고 먼 조상의 제사를 정성껏 모시라는 뜻의 '신종추원愼終追遠'을 전고로 활용하면서 산문적인 구법을 구사하였다. 사서四書 등 경전經典의 용어를 시어로 쓰는 것은 주희朱熹와 소식蘇軾이 모두 꺼린 일인데[124] 중국의 강서시江西詩를 배운 이른바 해동강서시파海東江西詩派 중에 시어의 확장이라는 측면에서 경전의 용어를 적극 활용한 바 있다.[125] 시어로 잘 쓰이지 않는 어조사 '언焉'을 두 차례나 쓴 것도 강서시의 작법과 관련이 있다.[126]

이어 함련에서 『맹자』와 『시경』을 전고로 하여 '효사'를 부연하였다. 맹자孟子가 "대효大孝는 '종신' 부모를 사모하는 것이니, 50세까지 부모를 사모한 자를 나는 위대한 순 임금에게서 보았노라"라고 하였는데 수련의 '종終'과 호응을 이루게 하였다. 또 하구는 여기에 짝을 맞추어 효자가 부모를 봉양하도록 경계하고 효자의 결백함을 노래한 일시逸詩 「남해南陔」와 「백화白華」를 끌어들였다. 경련은 만물의 본원을 이르는 '원극元極'과 사물은 결국 허虛로 돌아간다는 '허형虛形'이라는 낯선 시어로 대對를 하면서[127] 효사정이 언젠가 무너질 수밖에 없지만 효심은 영원할 것이라는 뜻을 말하였다. 박상의 시에서 볼 수 있는 정교함이 돋보이는 구절이다. 이를 이어 미련에서 '형形'과 '심心'을 거듭하여 사용하여 정자라는 '형形'을 통해 후손에게 효라는 '심心'을 전할 수 있다고 한 다음, 효사정이 무너진 후라도 효심이 계승될 것이라 축원하였다.

---

124 『芝峯類說』(권9)에 "朱子曰, 文字好用經語亦一病, 杜詩云'致遠思恐泥', 東坡謂此詩不足爲法, 此可見評論之至公, 而今人於古人之作, 不敢議其疵病, 少有指點, 則人輒詆以愚妄何也."라 하였다.
125 이 점은 졸저, 『海東江西詩派硏究』(태학사, 1995)에서 다룬 바 있다. 박상의 시에서 볼 수 있는 江西詩派의 수용 양상도 이 책을 참고하기 바란다.
126 하구는 唐 白居易의 「長恨歌」 "天長地久有時盡 此恨綿綿無絶期"를 응용한 것이다.
127 虛形은 『莊子』에 보이는 "太一形虛"에서 가져온 말인데 일체의 形器가 虛無로 귀착된다는 뜻이다. 元極에 對를 맞추기 위해 虛形으로 도치한 것이다.

정교한 조직의 아름다움이 돋보이는 작품이다.

4. 남는 문제

이상에서 박상의 칠언율시가 '강개慷慨'와 '침울沈鬱'을 기본적인 미감으로 하며 도잠陶潛과 굴원屈原에 연원을 두고 있다는 점을 살폈다. 다만 박상의 칠언율시에서 가장 주류를 형성하고 있는 수창시酬唱詩와 제영시題詠詩를 대상으로 한 결론이다. 기묘명현己卯名賢, 후학이나 제자들과 주고받은 시가 어떠한 작법으로 되어 있는지, 그리고 어떠한 미감을 발휘하는지 분석하였고 또 중국 사신이 왔을 때 현장에서 지은 시와 일본 사신과의 직접 수창한 작품 역시 같은 방식으로 살펴보았다. 제영시는 임지를 오가면서 지은 시와 임지 원근의 명소에서 제작한 시, 그리고 사찰과 누정에 올라 창작한 시를 대상으로 그 창작방법과 미학을 두루 살펴보았다.

그러나 이 글에서 다루지 못한 박상의 시가 더욱 많다. 수창시와 제영시는 대표작을 통해 그 창작방법과 미학을 거칠게나마 확인할 수 있었지만, 자신의 마음을 노래한 영회시詠懷詩나 다양한 사물을 형상화한 영물시詠物詩도 조선후기 시선집에 비중 있게 선발되어 있지만 여기서 자세히 다루지는 못하였다. 그렇지만 박상의 영회시 역시 '강개'와 '침울'의 미학을 발현한다는 점에서 다르지 않다.

> 창을 열고 잠 못 이룬 채 새벽을 맞으니
> 그 누가 마음속의 불평을 헤아려주겠나?
> 먼지는 나그네에 붙어 옷이 쉬 더러워지고
> 길은 하늘 위에 아득한데 달빛만 밝구나.
> 한 마리 기러기 울음소리 어찌 저리 급한가,

긴 강이 굼실굼실 소리 내며 흘러가누나.

남으로 가려는 뜻 이으려 해도 길을 잃어서

구만 리 바람에다 아득한 정을 부쳐 보낸다.

開窓不寐到三更 誰會中心自不平

塵壅客邊衣易汚 路遙天上月空明

嗷嗷一雁鳴何急 汨汨長江去有聲

欲續南征迷所濟 因風萬里寄遐情

　　　　—「밤에 앉아서夜坐」(『눌재집』 18:503)

『철영』에 선발되어 있는 작품인데 수련에서 '불매不寐', '불평不平'이라는
강개한 정을 토로한 다음, 함련에서 객지를 떠도느라 더럽혀진 옷과 길을 비
추는 밝은 달빛을 대조하고, 경련에서 기러기 울고 강물이 흘러가는 청각적
인 이미지로 침울한 정을 더욱 강화하였다. 이어 미련에서 굴원과 자신을 동
일시하면서[128] 침울하고 강개한 정을 발산하였다. 이러한 미감을 발휘하는
박상의 영회시는 더욱 깊은 분석을 요하지만 이 글에서 다루지 못한 것이 아
쉽다.

　이와 함께 박상의 칠언율시 중 영물시도 그 비중이 크고 수준이 높지만 다
루지 못하였다. 박상의 홍언필洪彦弼(1476~1549)의 시에 차운한 「자미의 시에
차운하다次子美韻」(18:514)는 제목과 달리 내용은 매화를 읊은 작품인데 1609년
조선에 사신으로 온 웅화熊化가 크게 칭찬한 바 있다.[129] 특히 박상의 영물시

---

128 『楚辭』의 「離騷」 "濟沅湘以南徵兮 就重華而陳詞"에서 점화한 구절인데 杜甫가 「陪裴使君登
　　岳陽樓」에서 "敢違漁父問 從此更南征"으로 그 뜻을 이은 바 있다.

129 崔有海의 『東槎錄』을 인용한 박상의 연보에 따르면 1609년 조선에 사신으로 온 熊化는 박
　　상이 洪彦弼(1476~1549)의 시에 차운한 이 작품의 함련 "매화 앞에 홀로 서니 하늘이 저물
　　려 하는데, 달빛 아래 외로이 읊조리니 밤이 깊어가네(梅邊獨立天將暮 月下孤吟夜欲移)"와
　　金凈의 죽음을 애도한 「茂沃挽詞」(18:488) "병인년 일편단심으로 함께 분발하고, 고인을
　　앙모하는 이 왕명을 받들었지(赤心同奮丙寅年 希古人能擁帝宜)"를 보고 董仲舒의 문장과 文

중 크게 주목되는 것은 안평대군安平大君의 비해당匪懈堂을 노래한 「비해당사
십팔영匪懈堂四十八詠」에 차운한 작품이다.[130] 48수 연작으로 되어 있는 「비해
당사십팔영」은 안평대군이 먼저 칠언율시를 짓고 최항崔恒, 신숙주申叔舟, 성
삼문成三問, 이개李塏, 김수온金壽溫, 이현로李賢老, 서거정徐居正, 이승윤李承胤,
임원준任元濬 등이 오언율시와 칠언율시, 오언절구, 칠언절구로 각기 시를 지
었는데[131] 후에 성종成宗이 조정의 문신들에게 여기에 화운하는 시를 짓게 하
여 어세겸魚世謙, 김종직金宗直, 성현成俔, 유호인俞好仁, 신종호申從濩, 채수蔡壽,
김안로金安老 등이 사적으로 시를 지은 바 있다.[132] 박상의 작품이 모두 칠언율
시인 것을 보면 성종의 시에 개인적으로 차운한 것임을 알 수 있다. 박상이 「비
해당사십팔영」으로 지은 시는 난해한 전고를 구사한다는 점에서 여타 작품
과 크게 다르지 않지만 주된 정조인 '침울'과 '강개'가 감쇄되어 있다는 점에서
차이가 있다. 한 수만 보기로 한다.

맑은 아침 국화를 끼고 한참 주저하니
백발과 국화 너와 내가 함께 하는구나.
꾀꼬리 늙은 후 번화함이 쓴 듯 사라지고
기러기 올 때 만절을 온전히 지키고 있네.
구리화분에 자잘한 것도 다 거두어 갔나 보다
서리 내린 길 으슥한 데 괴이하게 버려졌으니.
떨어진 꽃잎 맛을 보니 굴원이 그리운데
백년의 진정한 사귐은 숲속의 집에 있다네.

天祥의 正氣를 겸하였다고 칭송한 바 있다.
130 「梅窓素月」(18:491)에서 「仁王暮鍾」(18:497)까지 48수가 독립된 작품으로 실려 있는데 「匪
懈堂四十八詠」을 차운한 것임은 밝히지 않았다.
131 崔恒, 「匪懈堂四十八詠」(『太虛亭集』 9:170).
132 魚叔權, 『稗官雜記』(『寒皐觀外史』 권4).

清朝傍菊久躊躇 白髮黃花爾共余

一掃繁華鶯老後 全持晩節雁賓初

金盆細瑣知收盡 霜徑幽孤怪棄餘

餐味落英懷有屈 百年交契在林廬

―「서리 지난 후 피는 국화凌霜菊」(『눌재집』 18:493)

들국화를 노래한 위의 작품은 『철영』, 『동시준』, 『동률』, 『해동율선』 등에 두루 실려 있다. '이爾'의 백발白髮과 '여余'의 황화黃花가 묘한 대조를 이루면서 한자리에 있도록 한 표현이 기발하다. 봄과 여름의 번성과 화려가 사라진 늦가을, 기러기가 날아올 무렵에 국화가 핀다는 뜻을 말한 함련 역시 무척 정교하다. 이로써 봄꽃의 번화繁華와 대비되는 가을 국화의 만절晩節이 부각된다. 경련은 두보가 「마당 앞의 감국화를 탄식하다嘆庭前甘菊花」에서 "울타리 곁과 들판 너머에 여러 꽃이 많기에, 자잘한 것 꺾어다가 마루에 오르네籬邊野外多衆芳 採撷細瑣升中堂"라 한 구절을 끌어들였다. 사람들이 들국화를 꺾어다 화분에 옮겨 심었고 길에는 남들의 눈에 띄지 않는 시든 꽃만 팽개쳐 있다 하였다. 그리고 미련에서는 굴원이 「이소離騷」에서 "저녁에 가을 국화의 떨어진 꽃잎을 먹는다夕餐秋菊之落英"라 한구절을 끌어들여 국화를 진정으로 사랑하는 사람은 은자라고 하였다. 두보와 굴원의 작품을 바탕으로 하여 이렇게 주제를 말한 것이다. 국화의 은일을 강조한 이 작품은 '침울'이나 '강개'와는 다른 도잠의 '은일隱逸'과 '한적閑寂'을 노래하였다. 박상의 「비해당사십팔영」은 대상 작품에 따라 때로는 화려하기도 하고 때로는 청신하기도 하며 때로는 해학적이기도 하다. 이러한 영물시의 면모를 두루 살피는 일은 훗날의 과제로 넘긴다.[133]

---

133 하나 더 첨언할 것은 박상의 시가 차주환 교수에 의해 번역되었지만 40년 세월이 지나 재번역이 필요하다는 점이다.

참고문헌

朴祥, 『訥齋集』(한국고전번역원 DB)

차주환, 『譯解訥齋集』(충주박씨문간공파문중, 1979)

姜希孟, 『私淑齋集』(한국고전번역원 DB)

權鼈, 『海東雜錄』(한국고전번역원 DB)

奇宇萬, 『松沙集』(한국고전번역원 DB)

奇正鎭, 『蘆沙集』(한국고전번역원 DB)

金絿, 『自菴集』(한국고전번역원 DB)

金錫冑, 『息庵集』(한국고전번역원 DB)

金世弼, 『十淸集』(한국고전번역원 DB)

金時習, 『梅月堂集』(한국고전번역원 DB)

金安國, 『慕齋集』(한국고전번역원 DB)

金淨, 『冲庵集』(한국고전번역원 DB)

金宗直, 『佔畢齋集』(한국고전번역원 DB)

南龍翼, 『箕雅』(아세아문화사 영인본)

李奎報, 『東國李相國集』(한국고전번역원 DB)

李穡, 『牧隱藁』(한국고전번역원 DB)

李崇仁, 『陶隱集』(한국고전번역원 DB)

李原, 『容軒集』(한국고전번역원 DB)

李宜顯, 『陶谷集』(한국고전번역원 DB)

李縡, 『陶菴集』(한국고전번역원 DB)

李荇 외, 『新增東國輿地勝覽』(한국고전번역원 DB)

宋純, 『俛仰集』(한국고전번역원 DB)

申光漢, 『企齋集』(한국고전번역원 DB)

申欽, 『象村稿』(한국고전번역원 DB)

魚叔權, 『稗官雜記』(『寒皐觀外史』, 장서각 소장)

尹根壽, 『月汀集』(한국고전번역원 DB)

李睟光,『芝峯類說』(한국고전번역원 DB)

任輔臣,『丙辰丁巳錄』(한국고전번역원 DB)

正祖,『弘齋全書』(한국고전번역원 DB)

中宗 命編,『皇華集』(규장각 소장)

崔恒,『太虛亭集』(한국고전번역원 DB)

편자 미상,『讀書堂先生案』(규장각 소장본)

편자 미상,『東律』(규장각 소장)

편자 미상,『東詩雋』(국립중앙도서관 소장)

편자 미상,『律選』(규장각 소장)

편자 미상,『掇英』(규장각 소장)

편자 미상,『海東律選』(규장각 소장)

편자미상,『己卯錄續集』(한국고전번역원 DB)

河演,『敬齋集』(한국고전번역원 DB)

許筠,『國朝詩刪』(아세아문화사 영인본)

許筠,『惺所覆瓿藁』(한국고전번역원 DB)

洪萬鍾,『詩話叢林』(아세아문화사 영인본)

黃玹,『梅泉集』(한국고전번역원 DB)

金台俊,『韓國漢文學史』(朝鮮語文叢書, 朝鮮語學會, 1931)

민병수,『韓國漢詩史』(태학사, 1996)

이종묵,『海東江西詩派研究』(태학사, 1995)

이종묵,『한국한시의 전통과 문예미』(태학사, 2002)

이종묵,「기묘사림과 충주의 문화 공간」(『고전문학연구』33집, 2008)

이종묵,「변경의 섬, 海浪島의 역사」(『문헌과해석』65호, 2013년 12월)

눌재 서술시의 세계와 그 미학

최한선

1. 시작하는 말

호남 한시단은 서술시의 역사가 오래다. 그 연원은 한시의 경우 금남 최부 (1454~1504)의 「탐라시 35절」과 눌재 박상(1474~1530)의 「황종부」 등 12편의 부에서 찾을 수 있겠다. 호남 한시단이 지니고 있는 전통 중의 하나는 부당한 현실 상황과 부딪힘이 있을 때마다 곧 서술시적 상황이 전개될 때마다 풀이적 서술시를 통하여 그 상황에 대처하곤 했다.[1] 여기서 풀이적 서술시라는 말은 전술 서술을 위주로 하는 서술시라는 말과 다르지 않다.

필자는 부賦에 대하여 풀이적 서술시로 개념을 규정한 바 있는데[2] 그러한 서술시 속에는 서사 한시 역시 서술을 주된 문체의 자질로 취하고 있다는 점에서 동류로 논의될 수 있을 것이다. 뿐만 아니라 국문 시가인 가사歌辭 역시 전술傳述 장르로서 전술 서술을 위주로 한다[3]는 점에서 서술시의 범주에 포함됨은 두말을 요하지 않을 것이다.

본고는 눌재의 12편 부를 대상으로 그에 실현된 미학 세계에 대하여 살펴보고자 마련되었다. 눌재의 부문학 12편은 그 내용과 성격상 1. 에토스의 실현—마음이 곧 황종, 2. 에토스와 로고스의 실현—만물은 들녘의 티끌, 3. 파토스의 실현—인간적 향기, 4. 로고스의 실현—종경지향의 세계, 5. 파토스와 에토스의 실현—중용과 도덕 지향 등 5가지로 나눌 수 있겠다. 이제 그에 대하여 아래와 같은 이론적 배경을 바탕으로 그 미학적 세계를 살피기로 한다.

김학성 교수는 「현대가사의 전범을 보이다」[4]에서 아리스토텔레스의 『수

---

1 졸고, 「호남시단의 서술시 전통」, 김학성·최한선, 『고전시가와 호남시단의 이해』, 태학사, 2019, 348면.
2 졸고, 「풍암 문위세의 서술시와 지향세계」, 최한선·김학성, 『고전시가와 호남한시의 미학』, 태학사, 2019, 468면.
3 김학성, 「현대가사의 전범을 보이다」, 최정서, 『가사로 쓴 일동 삼 물의 노래』, 고요아침, 2020, 115면.
4 위의 각주 3, 114~118면.

사학』에서 말(특히 연설) 잘하는 수사학의 기술로 로고스Logos와 파토스Pathos, 에토스Ethos라는 설득의 3요소에 착안하여 가사가 연설이나 설교, 웅변처럼 전술傳述 장르에 해당하므로 앞서 말한 설득의 3요소를 필수적으로 갖추어야 전달 서술을 효율적으로 성취할 수 있다고 했다.[5] 그러면서 가사는 문학과 비문학의 경계에 있는 연설과는 다르므로 본격문학을 다룰 경우엔 설득의 3요소 외에 본격문학으로 반드시 갖춰야 할 필수 요건인 상상력을 추가해야 한다면서 문학에서의 명품은 로고스(이성), 파토스(감정), 에토스(진실), 상상력이라는 4가지 필수 요소가 균형 있게 구비되어 있어야 함을 주장했다.[6]

이와 같은 탁견은 본고를 진행하는 데 커다란 바탕이 되거니와 필자는 눌재의 부 문학 세계 곧 서술시의 미학을 해명하기 위하여 눌재 당대 서술시적 상황을 중시했다. 그 결과 그의 부문학은 군왕과 고위 관료, 양심적이고 정의로우며 개혁 성향의 사대부 등이 제일 독자라는 점에서 대부분의 부가 공통적으로 제일 독자의 양심적이고 정의적인 면에 호소하거나 그들을 설득하고자 주도면밀하게 구성되어 있음을 발견하였다. 곧 눌재의 부는 심층에 독자의 정의감을 자극하려는 감정을 바탕으로 하면서 다양한 논거를 제시하거나 자신의 소신과 신념을 피력하는 형식으로 짜여져 있다. 이러한 생각은 부라는 문체가 "글을 꾸미고 펴서 물체를 그리고 뜻을 묘사하는 것"을 능사로 한다면서 태평시대의 문학을 그리는 데 더없이 좋은 문체였다는 주장[7]과는 전혀 다르다.

한편, 부와 가사는 주제를 드러냄에 있어서 논리, 서술, 운율을 기반으로 한다는 점에서 장르 공통점을 가진다.[8] 곧 부와 가사는 가슴에 맺히고 쌓인 것이나 하고픈 말을 전달하거나 가르치고 싶은 것을 서술로써 적절하게 풀어내는

---

5 김학성, 위의 책, 같은 글, 116면.
6 김학성, 같은 글, 118면.
7 胡雲翼, 장기근 역, 『中國文學史』, 대한교과서주식회사, 1989, 34면.
8 졸고, 「가사와 부」, 『오늘의 가사문학』(2017, 가을호), 고요아침.

데 유용한 문학 양식이다. 뿐만 아니라 부는 노래[歌]하지 않고 읊조리는[誦] 형식으로 시詩이면서 문文이다. 더욱이 그 내용은 비교적 자세한 진술鋪陳과 묘사描寫가 많으며 유미상려唯美尚麗를 기본 특징으로 한다[9]는 점, 부의 문체적 특징이 묘술사물描述事物과 모상사물摹狀事物에 있다[10]는 점 등에서 가사와 동류의 문학 형식임을 확인케 한다. 따라서 위의 김학성교수의 주장은 전술 서술을 주로 하는 부를 연구하는 데도 매우 유용한 견해가 아닐 수 없겠다. 본고는 이와 같은 이론적 배경을 바탕으로 눌재의 부에 대하여 그 미학을 구명할 것이다.

잘 아는 바와 같이 부와 가사는 흥興의 돈오적頓悟的 자각自覺과는 달리 점오적漸悟的 인식認識을 드러내는데 적합한 양식으로서 그 바탕은 서술이다. 서술을 기반으로 원인―결과, 전제―결론, 추정―단언 등의 절차를 차근차근 통과하여 주제(주장)를 드러냄이 강한 문학이다.[11] 따라서 눌재의 부가 이야기를 엮어서 말하거나 펼쳐서 서술하며 표현에서 기교보다는 소재나 제재의 삭힘(발효)을 위주로 하며, 내용을 구성함에 있어서 일정한 구성원칙(처음, 중간, 나중)을 갖는다는 점, 무엇을 말하거나 전달하려는 것인지 분명하게(주제 전달의 선명성) 하려 한다는 점, 논리나 문맥의 긴밀함을 중시한다는 점[12] 등에서 전술양식인 가사와 부는 대표적인 한중 양국의 전술 양식이라고 할 것이다.

전술 양식은 서정양식[詩]과 서사양식[文]의 중간적 양식으로 반半 주관적, 반半 객관적으로 과거·현재·미래에 있었거나 있고, 있기를 원하는 것을 전달해서 알리는 것을 목적으로 서술, 표현되는 것이라는 점[13]에서 매우 손쉽고 유용한 시가의 하나이다.

---

9 何新文 外, 『中國賦論史』, 人民出版社, 2012, 7면.
10 하신문, 위의 책, 12~13면.
11 졸고, 주 8과 같은 글.
12 졸고, 위와 같은 곳.
13 성무경, 『가사의 시학과 장르 실현』, 보고사, 2000, 58면.

이상과 같은 논거에 따라 눌재의 부가 독자의 감정(파토스)을 심층에다 기저 설득 자질로 하면서 진실에 담긴 목소리로 솔직하고 바르게 진술直陳하고 있으며, 사물을 생동감 있게 묘사할 뿐만 아니라 다양한 논거를 제시하면서 가급적 상세히 서술하고자 하는 등 전형적인 부의 특징[14]을 지니면서도 본인만의 상상력과 꿈의 활용 등 문학적 기교를 통하여 자신의 소신과 주장을 관철하고 호소하고 있음에 주목하고 그 실상과 미학을 살피기로 한 것이다.

2. 눌재 서술시의 세계

1) 에토스의 실현 — 마음이 곧 황종

앞서 말한 바와 같이 눌재는 12편의 부를 남겼다.[15] 맨 먼저 소개할 부는 「황종부」인데 황종黃鍾이란 동양 음악의 십이율十二律 가운데 가장 낮은 음이면서 첫 번째 음을 가리킨다. 당나라 두우杜佑(735~812)가 찬한 『통전通典』 기록을 바탕으로 황종에 대해 요약 정리한 내용을 보면, 황제 헌원씨가 신하 영륜伶倫을 시켜 해곡嶰谷에서 대나무를 가져오게 한 뒤 그 대나무의 두 마디 사이를 끊어 황종 소리를 내는 관악기를 만들었다.

그런 다음 황종의 음에 따라 12관管을 만들어 봉鳳 소리에 맞추어 율려律呂의 음을 정하자, 그것으로써 6율律과 6려呂의 제도가 생겨났다. 그리하여 12율은 황종黃鍾, 태주太蔟, 고세姑洗, 유빈蕤賓, 이칙夷則, 무역無射 등 양률陽律 6개와 임종林鍾, 남려南呂, 응종應鍾, 대려大呂, 협종夾鍾, 중려仲呂 등 음률陰律 6개로 나누었고 또한 기후와의 상응으로 궁상각치우宮商角徵羽 등 5성의 음조도 맞추

---

14 郭維森 外, 『中國辭賦發展史』, 江蘇敎育出版社, 1996, 12면
15 충주박씨문간공파문중, 『해역 눌재집』, 1979, 43~804면.

었다.

이어 봉새가 자웅雌雄이 있는데 서로 우는 소리가 같지 않아 양률陽律은 봉鳳 소리에, 음률陰律은 황凰 소리에 각각 맞춰 음악의 율도律度를 확정했는데 이러한 음률은 오행五行, 오방五方, 12지支, 12월月 등과도 연결되어 설명되어지기도 한다.[16]

전체 88행으로 구성된 「황종부」는 눌재의 음률관, 나아가 자연스러운 음악으로 대변되는 그의 사유의 자유로움과 유연함을 유감없이 보여 주는 걸작이다. 황제가 만든 황종이 마치 『주역』에서 말하는 태극처럼 모든 음률의 기준 또는 모태가 된다는 눌재의 생각이 기저에 작용하면서 전개되는 글이다. 이를 통하여 독자는 눌재의 세계관이나 사고방식을 이해하는 데 큰 도움을 받을 수 있을 것이기에 눌재의 전술 의도나 목적은 성공을 거둔 것이라 생각된다.

黃鍾賦

粵邃古之初兮	아득한 옛날 태초에는
寂無名兮無聲	고요하여 이름이 없고 소리도 없었다
七竅瞢瞢爲混沌兮	일곱 구멍 분명치 않고 혼돈했으니
目孰睨而耳孰聆	눈으로 무엇을 보았겠으며 귀로 무엇을 들었겠는가
二者儀呈而分割兮	두 가지로 모양이 생겨 갈라졌으니
重乎濁而輕乎淸	탁한 건 무거웠고 맑은 건 가벼웠다
雷風交盪而發舒兮	우레와 바람 뒤섞여 움직여서 소리를 드러내자
自然之韻生	자연의 운율이 생겨나게 되었다
於是流鍾乎三百羽蟲之長兮	이에 황종의 음이 온갖 동물의 으뜸에게 흘러들

---

16 위의 번역집, 차주환, 역주, 47면.

게 되어

婉婉文離兮則乃轟訇	곱고 아름다우면서도 세차게 울려났다
訽世德之光赫兮	세상의 덕이 빛났을 때 일을 살펴보니
雄雌噦噦乎其鳴	봉황의 자웅이 짝지어 밝고 너그러운 소리로 울었다
溯三畫之權輿兮	삼 획의 팔괘 시초를 더듬어 올라가 보니
未嘗不爲藍於律法	그것이 바로 율법(음악)의 기본이었네
緬惟軒轅之妙獨造兮	멀리 황제 헌원 씨가 오묘하게 혼자 힘으로 (황종) 만든 일 생각해 보니
超太昊而窮制作	태호 복희씨보다 뛰어나고 창조력을 극도로 발휘하였네
聞嗈嗈於阿閣兮	아각에서 (봉황의) 윙윙 우는 소리 듣게 되면
聽瑩乎氣母之吹噓	대기의 근원에서 불어 내는 소리인가 여겨지곤 하였다
入臣倫于嶰之谷兮	신하 영윤을 해嶰의 골짜기로 들여보내어
于以獲琅玕之淸虛	낭간琅玕의 맑고 빈 것을 얻어오게 하였다
製出樂器曰黃鍾兮	악기를 만들어내어 황종이라 하였으니
斡乾元之資始	하늘의 기본(되는 음)을 주관하는 시초가 되었다
陽固脁玄鼠而旺靑虎兮	양기는 현서에서 싹트고 청호에서 왕성해지니
宜聲配于天一位也	(그 황종의) 소리 하늘 첫 자리에 놓아도 마땅하리
然則長寸九而圍九分兮	곧 (이대로 만든 황종은) 길이가 9촌이며 둘레는 9분이라
曷知錯之營營	애써 그렇게 만든 이치를 어떻게 알겠는가
夫天數凝一而漸進兮	하늘의 수는 하나에 엉겼다가 점차로 뻗어나서
至于九而老成	아홉에 이르러 극치를 이룬다네
累分積寸之不僭兮	분을 포개고 촌을 쌓는데 어긋나지 아니하여

實八百而零什	(구구 팔십일 열을 합한) 팔백십을 채운다
集氣機而闔闢兮	대기의 기틀을 모아 열고 닫고 하여서
分派委於燥濕	나눠서 내보내어 조하고 습한데 맡겨주곤 한다
相生錯乎正變兮	(다른 음들) 서로 생겨나 정음과 변음이 섞여
五六根括而環旋	오음과 육률 뿌리에서 묶였다가 고리같이 돌아 간다
信律呂之大極兮	(황종)은 진실로 율려의 태극이니
一陰一陽焉	음 하나와 양 하나가 거기에 들어있다
舛其後先	그것의 선후를 엇바꾸기 때문에
故時而陽兮冬之中	때로는 겨울 중간에 양으로 나타난다
百昌是戶兮魁天功	온갖 번화(한 소리) 이 (황종)에서 나가니
象而君兮人所宗	임금을 본뜬 것 같아 사람들이 으뜸으로 받든다
尊無兩大兮	존귀한 것엔 두 개의 큰 것이 없기 마련이어서
卑不攻	비천한 것은 끼어들 수가 없다
聲濁兮行之	소리가 탁해져서 울려 나가거니와
土數首兮音之宮	토의 수가 첫머리에 와 궁음이 된다
吹焉而靡律不應	그것(황종)을 불면 음률이 호응하지 않는 게 없고
候之而有氣必叶	그것을 기다리면 기운이 생겨 반드시 어울린다
量演五兮于父于母	(황종의 음)량이 다섯 가지로 뻗어나 부모같이 되어서
事做萬兮伊管伊轄	일이 만 가지로 불어나는 것을 다 관할한다
此聖人探天地之和	이것은 성인이 천지의 조화를 찾아내어서
以寓夫無窮之理兮	그것에 무궁한 이치를 깃들이게 하였음이니
歷帝二王三而不易	이제 삼왕의 시대를 지나서도 변치 않았다
夫何樂移於龜蒙兮	대체 어찌하여서 음악이 구몽龜蒙의 고실故實로 옮겨져

世襲訛而異說庚庚	대대로 틀린 것을 이어받아 이설이 횡행하게 되었는가
彼曹劉之荒駁兮	저 조유曹劉는 허황하고 잡박하여
正聲晦蝕而窒明	정성은 어두워지고 썩어 밝은 것이 막혀버렸다
古法崩裂於開皇兮	옛 법은 개황開皇 때 무너져 파열되었고
弘農布衣兮其如樂何	홍농弘農은 포의布衣였으니 음악을 어찌할 수 있었겠나
嘵嘵乎通典禮疏之鬪靡兮	두려워 호소하듯 통전通典과 예기소禮記疏 자세하려고 애썼지만
慨二子之穿穴自多	개탄스러워라 둘 다 천착한 것이 번잡했네
仰觀夫建隆皇祐之治際兮	우러러 건륭建隆과 황우皇祐 치세 무렵 살펴보니
議亦瘠駁於諸賢	의론이 역시 여러 인물들 사이에 천박하고 잡박하니
況崇宣黦涅之無稽兮	하물며 숭녕崇寧과 선화宣和 연간의 죄인들의 근거 없음이라니
不可以語律之大全	음률의 전체에 대해 완전한 이론 말할 수 없다
咄哉夔也	놀랍다 기夔는
黃祇克諧誰聞	황종만이 화해和諧해질 수 있다는 것 그 누가 알아듣겠는가
三分兮膠加	삼분三分을 더 하는 것 고정시키다니
損益兮無文	덜고 더하고 하라는 건 문헌에 없다
商剛而擊宮兮	상商은 강한剛 음인데 궁宮을 치니
陵君之端萌	임금을 능멸하는 일이 싹트게 된다
徵徽而衝角兮	치는 따르는 음인데 각을 지르니
殘虻之心盈	백성을 해치는 마음이 가득하다
神人兮易和	신인神人 간에 화합함이 변했으니

衡權兮奚平	척도尺度인들 어찌 평준平準하랴
目周兮天之下	눈으로 천하를 두루 보니
瓦釜兮長爲雷	질그릇과 솥이 자꾸 우레 소리를 낸다
黃鍾壞棄兮	황종은 망가지고 버려져서
埋沒塵埃	먼지 속에 파묻히고 말았다
乃爲倡曰	이에 말하겠거니와
明明帝心	밝고 밝은 황제의 마음이
寔黃鍾兮	진실로 황종이로다
推心上之黃鍾兮	마음속의 황종을 미루어서
製律中之黃鍾	음률 속의 황종을 만든 것이다
心非帝心	마음이 황제의 마음이 아니니
孰折衷兮	그 누가 조정調整하랴
昧者不知	어두운 자는 알지 못하고
徵諸律兮	음률에서만 징험하려고 한다
聖人有作	성인이 또 나온다면
採吾說兮	내 설說을 취할 것이다

처음 두 행에서는 소리가 없었던 시대 무성無聲의 시대를 말했다. 우주가 혼돈의 상태일 때는 아무런 소리가 없었는데, 7행에서 하늘과 땅이 나뉜 뒤부터 기상 변화로 우레와 바람이 나타나고 그로부터 자연스러운 운율이 처음 생겨났음을 말했다. 이른바 유성有聲의 시대로 인류가 접어든 것이다. 정감을 바탕으로 하면서 눌재의 음률관 내지 음률에 대한 생각이 잘 드러나고 있다.

이어 15행에서는 황제 헌원씨가 황종黃鍾이라는 음악을 만들었는데 그것은 태호 복희씨가 만든 음악보다 뛰어난 것으로 황종이야말로 마치 태극太極이 모든 만물의 시원인 것처럼 모든 음악의 기본이며 모든 음을 주관하는 것일 뿐만 아니라 군왕君王과 같은 것임을 22행까지 걸쳐서 서술했다.

이 글은 두우의 『통전』과 반고의 『백호통의』 등 음악과 관련한 서적을 두루 탐독한 눌재의 해박한 지식이 바탕이 되고 있는데 그의 자질과 능력 등 진실성에 기반한 인품적인 주장(에토스)은 독자를 감정적으로 매료시키는데(파토스) 매우 유용하게 작용하고 있다.[17] 두말할 필요도 없이 이 글을 쓴 의도는 제일 독자를 군왕과 고위 관료, 양심적인 사대부 등으로 하였을 것이며 제 이 독자는 자신을 비방하고 모함하는 훈구대신이었을 것이다.

곧 군왕과 고위 관료에게는 자신의 진실을 알아 달라는 호소나 설득이었을 것이고, 사대부들에게는 결속을 다지고 자신의 뜻을 동료들과 함께 공고히 다지는 계기가 되었을 것이며 훈구대신들에게는 양심의 가책과 자기반성을 촉구할 수 있었을 것이다. 따라서 독자의 처지와 입장을 두루 생각하면서 감성을 바탕에다 심층의 설득 자질로 삼고 진실에 의한 설득적 주장은 독자의 심금을 울리고도 남았을 것이다.

35행에서는 황종이 진실로 율려 곧 모든 음악의 태극이라는 말을 하면서 음과 양이 모두 거기에 들어있다고 했다. 이 말은 액면 그대로 이해할 수 없는 매우 의미심장한 비유이다. 황종이 군왕과 같은 것이라면 음과 양은 무엇이겠는가? 음양의 상생과 상극으로 삼라만상이 생성되지 않는가? 눌재 부의 위대함은 바로 이와 같은 비유와 암유暗喻를 통한 현실의 불통과 불합리를 들춰 내고 비판하며 시정을 요구하는 건강한 목소리에 있다 할 것이다.

52행부터는 황종의 변화를 말하고 있는데 춘추시대를 거치면서 주대周代까지 이어져 온 황종을 무시하고 음률을 문란케 한 사실을 춘추시대, 위진남북조시대, 수나라 시대, 당나라 시대, 송나라 시대에 이르기까지 사례를 들어가면서 그 혼란상을 안타까워했다.

78행부터는 눌재의 음악과 음률에 대한 주장이 드러난 곳인데 "이에 말하겠거니와/ 밝고 밝은 황제의 마음이/ 곧 진실로 황종이다./ 마음속의 황종을

---

17 박문재 역, 『아리스토텔레스 수사학』, 현대지성사, 2020, 17~18면.

미루어서/ 음률 속의 황종을 만든 것이다/ 마음이 황제의 마음이 아니니/ 그 누가 조정하랴"는 눌재의 음악관을 명쾌하게 피력하고 있다. 앞서 말한 다양한 설득적 논거로써 독자의 감정(공감)을 충분히 사로잡았다고 판단한 눌재는 이제 그러한 증거에 입각한 자신의 진실을 바탕으로 "마음속의 황종을 미루어서 음률 속의 황종을 만든다."는 주장을 한다. 누구라도 황제와 같은 마음을 가진다면 음악은 저절로 바르게 된다는 주장이고 보면, 여기서 우의寓意하는 바 음악은 곧 민속이나 민심 같은 것이고 황제는 곧 어진 군왕을 지칭함이 아니겠는가. 눌재의 글쓰기가 누구를 향한 것이며 무엇을 주제로 하고 있는지 새삼 놀라게 한다.

87행에서 "성인이 또 나온다면 내 설을 취할 것이다."는 비장함마저 느껴지는 대목인데 눌재가 군왕의 군왕답지 못함에 대한 실망과 자신과 같은 인재가 용납되지 못한 시대의 아픔을 우회적으로 표현하고 있다. 성인이라야 자신을 알아줄 것이라는 현실의 장벽 앞에 양심적이고 개혁적인 지식인의 함성이 귓전을 아프게 때린다. 이처럼 음악과 관련된 부로는 「오현금」이 있다.

2) 에토스와 로고스의 실현 — 만물은 들녘의 티끌

에토스는 연설자가 갖고 있는 진실성, 카리스마, 인품 등으로 청중의 성격에 따라 연설 내용을 달리하는 것과 연설가 자신이 어떤 성격(인품)의 인물인지를 청중에게 드러내 보여서 청중이 그 연설을 더 잘 받아들이게 하는 방법과 연관된 것이며, 로고스는 생략삼단논법이나 예증을 통한 증명의 방법을 사용하는 것을 말한다."[18] 만물은 들녘의 티끌"이라는 눌재의 단언적 선언은 그에 앞서 청백리로서[19]의 그의 훌륭한 인품과 중국 누천년의 풍부한 역사적

---

18 박문재, 위의 책, 321면.
19 눌재는 1515년 정월에 청백리에 녹선되었다. 앞의 해역 눌재집, 996면.

사례를 바탕으로 한 주장이면서 「신비복위소」로서 왕명의 구언求言에 응답한 신하로서의 진실한 충성심이 뒷받침된 것으로 눈 밝은 독자들의 심금을 울리기에 충분한 설득력을 지닌다 할 것이다. 「몽유」는 꿈속의 여행이라는 제목과 같이 입몽入夢과 각몽覺夢 과정을 설정하여 그 전후가 인과 관계를 갖게 함은 물론 눌재의 풍부한 상상력이 바탕 되어 현실 정치의 모순과 불합리를 우의적으로 비판하고 시정하려는 충심忠心이 담긴 글이다.

夢遊

余竢罪于支城兮	나 지성支城에서 죄주기를 기다렸는데
秋又變而爲冬	가을이 또 바뀌어 겨울 되었네
感時序之推謝兮	차례로 밀려가는 계절에 움직이는 마음이라니
悲束縛於棘叢	가시덤불에 묶여 있음을 슬퍼한다
俄再撫乎四海兮	느닷없이 다시 사해를 어루만지다니
懷輪困之未攄	구부러들고 펴지지 않은 신세 생각해 본다
酌愁魔以羔兒兮	새끼 양 안주로 근심에게 술 따름이여
揮堆案之文書	책상에 쌓인 문서를 밀쳐낸다
臘景入余廳事兮	섣달의 볕이 내 집무실에 들어오고
冬梅忽其返魂	겨울 매화는 홀연히 향기 뿜어내어
對曜君以索笑兮	해를 향하여 웃음을 청하며
平朝及乎黃昏	이른 아침부터 황혼까지 피어나 있다니
滕六屑其瓊白兮	날리는 눈송이 경옥같이 흰데
恣陰官之桀酷	겨울 추위는 포악함을 맘껏 부려댄다
浪自甘於黑甛兮	멋대로 낮잠을 즐기나니
羌孰周而孰蝶	아, 누가 장주이고 누가 나비인가
羽翮减以遐徂兮	날개 가볍게 너울거리며 멀리서 가서

至無名而無迹	이름 없고 자취 없는 데에 다다랐다
遇洪濛於滓溟兮	행명(자연의 기운)에서 홍몽(자연의 원기)을 만나
訊太初之首途	태초의 첫 길을 물었다
策神馬而飇逝兮	신마를 채찍질하여 폭풍같이 달려
求氣母之所都	기모(원기 모체)가 도읍한 곳을 찾았다
維斗挾以導御兮	북두성이 둘러리 서서 가는 길 인도하니
瞻二曜之中開	해와 달이 그 가운데서 펼쳐짐을 보았다
澤天分而異位兮	빛나게 하늘 땅 나뉘어 자리 달리하였으니
屹崇華之崔嵬	우뚝한 숭산과 화산은 높기도 하다
號雲將而前驅兮	운장에게 호령하여 길라잡이 서게 하고
指三皇之攸居	삼황이 사는 곳을 향해서 갔다
世道朴而俗醇兮	세상의 인심 소박하고 풍속이 순후한데
民未有其室廬	백성들은 아직 그들의 집이 없었다
命僕夫以旋輈兮	하인에게 명령해서 수레 채 돌리게 하여
覲包羲而賑詞	복희씨를 찾아보고 말을 늘어 놓았다
曰三畫之閫奧兮	이르되 삼 획의 심오함은
非瓮天之測窺	좁은 소견으로는 헤아려 알 일 아니오니
願承藉乎發蒙兮	원컨대 힘을 빌어 어리석음 깨우쳐
參聽瑩於至理	지극한 이치 밝혀 의혹 풀게 하소서
帝乃嘉其重問兮	복희는 그 폐백 가상하게 여기어
推無始而有始	없는 데서 처음 생긴 것 추리하였다
夫苟隨其來心兮	대저 그 찾아 온 마음을 따른다면야
又豈愚之無師	또 어찌 어리석음의 스승이 없겠는가
奉聖訓而辭陛兮	성인의 교훈 받들고서 대궐 섬돌 하직하고
書諸紳而志之	큰 띠 자락에 써서 그 말씀 명심한다
退欲修乎初服兮	물러나 깨끗한 몸가짐 수련하고 싶으나

瞢不識其所如	눈 어두워 갈 길 몰랐다
神農氏之詔徵兮	신농씨가 명령 내려 불러주어
待廈屋之渠渠	큰 집 깊고 넓은 데서 기다렸다
眄耒耟之創制兮	농기구 처음 만든 것 보고
賀功勞之在民	백성들에게 큰 도움 준 것 고마워했다
鳳凰鳴于阿閣兮	봉황새 높은 전각에서 울어
報軒后之有辰	황제 헌원씨의 때 왔음을 알렸다
試發軔而啓途兮	수레 움직여 길을 떠나서
左涿鹿而右轉	축록 땅을 왼쪽에 두고 오른쪽으로 방향 돌렸다
荊山蔚其蚩雲兮	울창한 형산에 구름이 날리는데
悲鼎湖之告變	정호에서 변고 생긴 것 서러워했다
抱遺弓而追悼兮	남긴 활 부둥켜 안고 추도하자니
白日慘其無輝	밝은 해 처참하고 광휘가 없다
訪汾陽之四子兮	분수 북쪽의 네 인물 찾아보니
邀堯舜而依歸	요순을 맞이하여 그들에게 의지케 할 요량이다
仰南面之崇居兮	남면하고 있는 높은 거처 우러러보니
儼拱手以垂衣	엄연하게 손 맞쥐고 옷 드리우고 있다
觀濟濟之群臣兮	위의가 대단한 여러 신하들 보니
環左右以吁咈	좌우에 둘러서서 '아, 어긋났다' 말하고 있다
入余跪而稽首兮	들어가서 무릎 꿇고 머리 조아리고서
究微言於精一	정신을 모으고 통일하여 은미한 말 탐구하였다
重華贈以五明兮	중화(순임금)께서 오명선을 선사해 주니
寶愈重於琱弓	보배로움이 조각된 활보다도 훨씬 중하다
下邃殿而曳裾兮	깊은 궁전 내려오느라 옷자락 끄니
驚滿袖之薰風	놀랍게도 소매에 남풍의 향기 가득 차 있다
次洛汭而逗遛兮	낙수 굽은 곳에 멎어 머물러 있자 하니

龜銜命而來俟	거북이 명령 물고 와서 기다리고 있었다
多胼胝之底績兮	손발에 굳은살이 지도록 공적 세운 일 대단하거니와
贊九敍於姒后	사후[夏帝]들에게 구서를 밝혔다
痛賓天之斯遽兮	갑자기 세상 떠남을 아파하여
紛上下而求索	어지럽게 위아래로 찾았던 거라네
瓊臺軼其挽雲兮	경옥의 누대 솟아올라 구름 끌어당겼고
卑宮廢而不復	낮은 궁전은 없어지고 복구되지 않았다
投南巢而長吁兮	탕왕은 남소로 가서 긴 한숨 쉬고
弔奔王之亡國	걸왕의 나라 멸망시킨 일 서러워했다
就景亳而贄謁兮	경박에 가서 (탕왕을) 알현을 하고
慰聖人之慙德	탕왕이 부덕함을 부끄러워 한 것을 위로하였다
臣虺悉其嘉誥兮	신하 중훼가 아름다운 고문으로 갖추어 말하였으니
吾何敢於贅辭	내가 어찌 감히 군더더기 말을 하겠나
始翩翩而遠去兮	이리하여 비로소 훨훨 멀리 떠나
載雲旗之委蛇	구름 깃발이 구불구불 날리 듯 갔네
探務光之所在兮	무광이 있는 곳을 찾아서
付一慨於長洲	긴 모래섬에 한바탕의 느낌 부쳤다
顧又問夫商家兮	돌이켜 또 상왕 집안 물어보니
變五百之春秋	오백 년의 세월이 흘렀다 한다
悼往者之莫追兮	지난날을 쫓아갈 수 없음에 슬퍼하면서
慕美人於西方	서방에 있는 문왕을 사모하였다
勑蓐收以晨驅兮	욕수에게 명해 아침 일찍 수레를 몰게 하여
抵豐鎬而彷徨	풍호에 다다라서 방황하였다
城闕盡其制度兮	성궐은 그 제도 다 구비되어있고

粲文物之極備	찬연하게 문물이 모두 갖춰져 있다
款閶闔而大叫兮	창합문에 멈춰서 큰소리로 외치니
閽人爲余色喜	문지기가 나를 위해 기쁜 얼굴 짓는다
奉臚傳以挾趨兮	전갈을 받고서는 부축받고 잔걸음질로 나가
不覺立乎王所	어느덧 왕 있는 곳에 서게 되었다
周公峩其冠弁兮	주공의 그 관면冠冕 높다랗고
寧后負其丹扆	주 무왕은 붉은 병풍 지고 있다
玆歷階以颺言兮	이에 급히 층계를 올라 소리 높여 말하여
評牧野之故事	목야의 옛일을 평가하였나니
雖應順而濟亂兮	비록 순리에 따라 혼란을 구제했다지만
得無嫌於大義	대의에 흠이 없을 수야 있었겠소
比三分之有二兮	삼분해서 그 둘을 차지하기에 이르렀으나
果獲罪於二子	결국은 백이와 숙제에게 죄를 지었소
王瞿然其變貌兮	왕은 놀란 눈초리로 안색 변하여
輟前旒以申說	앞 면류 가다듬고 설명을 한다
初無心於革命兮	처음부터 혁명할 마음은 없었고
猶興滅而繼絶	오히려 멸망한 것 일으켜 끊어진 대를 이어 주었다
封遺胤而定位兮	남은 후손 봉해서 위를 정해 주었으니
建王號於天下	천하에 왕호 세우게 했도다
苟不至乎反鄙兮	만약에 반역과 비루함에 이르지 않았다면
奚必易其宗社	하필 그 종묘사직을 바꿔 버리겠는가
惟我心之無貳兮	오직 내 마음은 변함없으니
實上帝之監臨	실로 상제가 내려다보고 있다
伊西山之餓薇兮	저 서산에선 고사리로 굶주렸으나
孰云會夫此心	그 누가 이 마음을 안다고 하겠는가
聆王言而醒惑兮	왕의 말을 듣고서 의혹에서 깨어나

拜天顏而辭出	임금 얼굴에 배례하고 하직하며 나왔다
渡澗瀍以云邁兮	간수와 전수 건너 길을 가자니
淡岐山之翠活	옅은 기산 모습 싱싱하게 푸르다
怪俛仰之小頃兮	괴상하다 잠시 동안 훑어보는 동안인데도
繽世事之屢移	어지럽게 세상일 자주 변했도다
成康遠而澤枯兮	성왕과 강왕의 시대 멀어져 은택이 메말랐고
幽厲興而禍滋	유왕과 여왕이 나와 재앙이 늘어났다
九鼎遷于東土兮	구정은 낙양 땅으로 옮겨지고
故都鞠爲黍離	옛 도읍지는 황폐하여 서리 밭이 되었다
增悽楚之不禁兮	서글픔 더해감 막을 길 없어
折荊棘以催騎	가시나무 꺾어서 말을 재촉했다
風雨暗於乾坤兮	비바람으로 건곤이 어두워지자
桓文起而擅盟	제환공과 진문공 일어나 멋대로 맹약을 주도했다
盤紛紛其攘奪兮	어지럽게 소용돌이치며 훔치고 빼앗고 하여
亦或競而或爭	혹은 앞을 다투고 혹은 싸우고 한다
(缺:瞻)蹙蹙靡所騁兮	(보이는 것이라곤) 오그라들어 있어 달려갈 곳 없고
倏山東之圮裂	느닷없이 산 동쪽은 터져서 갈라졌다
噫氣雷於崤函兮	바람은 효산과 함곡관에 우레치는데
奮陽翟之遺孽	여불위의 남긴 씨(진시황)가 힘을 떨쳤다
收兩京於一麾兮	한 번의 전쟁으로 두 서울 거두었고
家六合而夸雄	온 누리를 집으로 하여 씩씩함을 자랑했다
索奇寶於泗源兮	사수의 원류에서 기이한 보물(九鼎) 찾으려고
驅萬夫以力窮	만 명의 인부를 동원하였으나 힘이 부쳤다
璧纔獻於滈池兮	벽옥을 막 주 무왕에게 바치자
促軹傍之面縛	수레 채 곁에서 당장에 묶이는 것 재촉하였다

見劉季之入關兮	유방이 함곡관을 들어서는 것 보자
歡聲騰而周匝	환호성이 치솟아 가득 찼다
曰蕭張以盤旋兮	이르기를 소하와 장량으로 주선하게 하여서
首王者之規模	왕자의 규모를 앞세우라 했더니
反以我爲迂闊兮	도리어 나를 우활하게 여기고
意專注於霸圖	마음을 오로지 패권 잡는 계획에만 기울였다
便背違以貢遯兮	그래서 등지고 나와 달아나서 숨었으니
棲商山之幽深	상산 깊숙한 데서 살았다
伴黃綺以優遊兮	하황공과 기리계를 동무하여 편안하게 지내며
臥煙蘿之淸陰	안개 낀 송낙의 깨끗한 그늘에 눕곤 했다
曾日月之幾何兮	세월이 얼마나 지나갔는지
傾大器於莽賊	큰 그릇(국권)은 역적 왕망에게로 기울어졌다
隴蜀朋而虎攫兮	농촉에서 무리를 이뤄 범이 채듯 약탈하고
穢氛蒸於海岳	더러운 기운이 사해와 오악에 가득해졌다
玉璽歸于日角兮	옥새는 일각(후한 광무제)으로 돌아가
整義師以濯征	정의의 군대 정비하여 토벌 위한 정벌을 했다
紉陶唐之斷緖兮	도당(요임금)의 끊어졌던 전통을 잇고
挽銀河以洗兵	은하수를 끌어다가 무기 씻었다
乃投戈而講藝兮	이내 창 버리고서 학예를 강술하고
搜山林之淪棄	산림에 버려진 인재 찾았다
煩弓旌以招賢兮	활과 깃발 번거롭게 움직여서 현자를 불렀으니
襲騁莘之餘意	이윤을 초빙했던 옛 뜻을 따른 것이다
斯焚芰以應詔兮	즉시로 마름잎 옷 태우고서 부름에 응하였으나
懲薛龐之不至	설방薛方과 방맹逢萌이 오지 않아 애먹었다
紆皇眷而昵侍兮	황제의 돌봐줌에 몸을 굽혀 친숙하게 시종하며
頌中興之茂績	중흥의 벅찬 공적을 칭송하였다

嗟不承其權輿兮	슬프다 그 시작을 이어가지 않고서
斥直臣以授戮	곧은 신하 물리쳐서 죽음 주었다
懼微躬之猶及兮	미천한 몸에도 미쳐 올까 두려워
景哲人之掛冠	현인들 감투 벗어 걸고 간 것 사모하게 되었다
釋冕紱之纏拱兮	관복의 얽혀 두른 것 풀어버리고
超蟬蛻於塵寰	티끌 세상에서 매미껍질 벗듯이 벗어나 버렸다
御列子之冷風兮	열자의 산들바람 몰고서
止瑤琨之杪巓	요지 있는 곤륜산 마루터기에 머물렀다
傍層城之嵯峨兮	층성 높이 솟은 것 곁에 두고
啖肉芝而引年	살 많은 지초 먹고 수명 연장시킨다
麻姑羞之麟脯兮	마고선녀는 기린의 육포 대접하고
金母薦其氷桃	서왕모는 운기도는 복숭아를 권한다
援雲和以調徽兮	거문고 끌어당겨 줄을 고르고
甘玉壺之龍膏	옥병의 용고주를 즐겼다
錯黃庭之一字兮	황정경의 한 글자 착오 범해서
微被擠於眞曹	은연중에 진인眞人의 무리에서 밀려나게 되었다
鳧舃反于下界兮	오리 신발로 하계로 내려와서
雜裸壤之朋嘈	벌거벗고 사는 곳에서 무리 지어 떠드는 틈에 섞였다
值中原之多事兮	중원에 사고 많은 때를 만났으므로
干戈爛其滿目	방패와 창이 찬란하게 눈에 가득 보였다
長蛇乘乎雲氣兮	긴 뱀이 구름 기운 올라탔으므로
赤虯窮而處陸	붉은 규룡虯龍은 궁지에 몰려 뭍에서 산다
國三分而鼎峙兮	나라는 위, 촉, 오 셋으로 나뉘어 정립하여서
傾中區以逐鹿	온 중국에서 축록전이 벌어졌다
竢河淸之無時兮	황하 물 맑아지는 것 기다리기 한정 없어

將就食於益州	익주에 가서 기식寄食하려 하였다
慨營星之先殞兮	개탄스럽게도 군영의 별이 먼저 떨어져
大樹凄其帶愁	큰 나무 처량하게 시름을 띠고 있다
謇中途而改路兮	아, 중도에서 길을 바꾸어
覽風景於金陵	금릉에서 풍경을 구경했다
撫龍虎之磅礴兮	용호(천자의 기운)의 벅찬 기운 지니고
奇石頭之峻嶒	석두산 험한 곳 기이하기도 하다
行踟躕而傍眺兮	가면서 머뭇거리며 곁을 바라다보니
朝代迭其廢興	조대朝代는 차례로 없어지고 일어나고 한다
鬧黃塵之汚衣兮	황진 끌어 올라 옷 더럽히는데
逢皁莢之料理	조협을 다루는 사람 만났다
望城南之佳氣兮	성남의 아름다운 기운 바라보았으나
忽隨風而掃地	홀연히 바람에 따라 싹 없어져 버렸다
較數君之成敗兮	몇몇 임금의 성패를 견주어 보니
眞及日之消息	참으로 해가 떴다 졌다 하는 것과 같다
循長堤而南下兮	긴 둑을 따라 남쪽으로 내려가서
覽汴京之紺碧	변경의 짙은 검푸른 빛 구경을 했다
繁華侈而寡仇兮	번창했던 화려함과 사치스러움은 유례가 드물며
壯樓觀之䟫革	장려했던 누대와 궁관은 신식으로 고쳐져 있다
問秦王之勇挺兮	당 태종의 용감함 물어보니
擧晉陽之兵甲	진양의 갑병을 일으켰다고 말하네
盜委靡於須臾兮	(수나라가)잠깐 사이에 여지없이 약해져 버리자
破弘農之舊業	홍농의 구업을 깨뜨리고 말았다
握龍圖以向陽兮	용도龍圖 쥐고서 해를 향하여
鑄貞觀之偉烈	정관의 위업을 만들어냈다
然劫父而起兵兮	그러나 아비를 협박하고 군사 일으켰고

奉玄武之濺血	현무문에서 피 뿌린 것 받았다
曷垂刑於雲來兮	어찌 후손에게 법을 보여 준 것이랴
祇自肇其禍基	단지 스스로 그 앙화의 기초를 시작한 거라
進無施其所學兮	나아가도 자기 배운 것 써 볼 데 없어
遂促駕而戒遲	드디어 수레 재촉하여 빨리 달리게 했다
思靈脩之初志兮	명철한 임금(당 태종)의 첫 뜻을 생각하여
搴蕙茝以趑趄	혜초와 백지를 뽑아 들고 차마 걸음을 옮기지 못한다
歎汾上之無學兮	분수[汾陽]의 말 "어찌 사람이 없으랴, 모를 뿐이다." 감탄하거니와
于何往而蔽妙	어디에 가서 묘리妙理를 밝혀내나
幸景純之路遘兮	다행히 경순[郭璞]을 길에서 만나니
儘精微而入要	그는 정세하고 미묘함 다하여 경지에 들었다
取靈蓍而熟筮兮	그는 영검한 시초蓍草 가져다 철저히 점을 쳐서
議唐祚之短長	당나라의 수명이 얼마나 갈 것인지 의논하여 보았고
原天地之盈虛兮	천지의 차고 비움을 살피고
兼人君之推商	임금을 추존하는 일도 겸해서 알아보았다
謂婦寺之奮懅兮	이르되 부녀자와 내시가 힘 떨치고 기승부려
交塌侗而厭綱	타락하고 무지한 무리와 섞여 기강을 무너뜨린다네
勢又歸於中乾兮	권세는 또 올바른 임금에게 돌아가서
覆神堯之宗祀	신령한 요堯 임금 때의 종사를 회복시킨다
私自訟而銘盂兮	혼자서 자책하여 바리에 새겨
擬獻諷於李氏	이 씨에게 풍간諷諫 바치려 해 보았다
戒童僕以迅征兮	어린 종에게 일러 빨리 가게 하는 것은

希一售乎黔枝	졸렬한 재주나마 한 차례 팔기를 바라서였다
弭鳳旌於未央兮	봉황 깃발 미앙궁에 수레 멈추었나니
墟洛陽之幾日	낙양 황폐한 지가 며칠이나 되었는가
三百載之經營兮	삼백 년 동안 경영한 것이
餘故宮之枯竹	고궁의 메마른 대나무가 남았다
擾兵馬之雜蹂兮	시끄럽게 병마兵馬가 마구 짓밟아
信寄足之無所	정녕 발붙일 곳이 없다
按驂騑以遭廻兮	곁말 눌러 타고 우회해서 가나니
卷長懷之孰抒	말려든 기나긴 심회를 어디서 펼칠 건가
穆老前而罄折兮	부드럽게 늙은이 앞으로 나와 허리 깊이 굽히고
談往哲之悉擧	옛 철인 모두 들어 얘기를 한다
武韋始以屠宗兮	측천무후와 위후는 처음으로 종실을 도륙하였고
楊張終其蠱主	양귀비와 장후는 끝까지 그 임금을 미혹케 했다
禍已仍於閨壺兮	재앙은 이미 후비后妃에서 거듭되었고
孼又蔓於薰腐	재난은 또 환관에서 뻗어 나왔다
高監門之顓恣兮	고감문(고역사)은 방자하였고
李元帥之狼逆	이원수(이보국)는 악독하고 패역스러웠다
魚程縱其狙謀兮	어정은 그들의 이리같은 모략을 멋대로 썼고
陳蘇沽其梟毒	진소는 그들의 포악함을 다 부렸다
旣自瞢於麟筆兮	본시 춘추필법에 어두웠으니
況快省於庭策	더욱이나 조정 책모야 빨리 살펴냈겠나
宜弑隕之交相兮	마땅하다 죽여 없애는 일 번갈아 해서
來朱賊以族亡	주차朱泚 역적 오게 하여 멸족하게 된 것은
語果叶於夙聞兮	그 말이 과연 전에 듣던 것과 맞아서
渙雙淚之盈眶	흥건히 두 눈의 눈물 눈시울에 가득찼다
眷五星之聚奎兮	오성이 규수奎宿에 모인 것 돌아보고

登崇坂而遠望	높은 언덕에 올라 멀리 바라보니
世幾變而爲宋兮	세상은 몇 차례나 변해서 송나라 되어
混普率以春盎	온 천지에 봄기운 넘쳐난다
赫四宗之相承兮	빛나게 네 조종 계승하여서
陶吾民以禮樂	내 백성 예악으로 교화하였다
則韓范之尾列兮	한기韓琦와 범중엄范仲淹의 유범遺範을 본받아서
稍斧藻其袞職	자못 그 재상의 직책을 빛냈다
旋指黨而勒頑兮	왕안석이 당파를 지휘하여 완악함을 강행하여
邪與正其倒植	사邪와 정正이 거꾸로 섰다
悵朝廷之日非兮	조정이 날로 잘못 되어감이 서글퍼져서
遁西華而高視	서화궁에 도피하여 높은 곳 본다
演圖書以指玄兮	도서를 풀이해서 현묘함 추구하여
占行藏之吉凶	나서고 들어앉음의 길흉을 점쳐본다
花石鬪其奇侈兮	꽃과 돌이 기이하고 사치스럼 다투고
艮岳矗而排空	산악 곧추 솟아 하늘 밀친다
(缺)脊著其尨怪兮	(용의) 등뼈 (감췄던) 그 괴이함 드러내고
麟畜妖於牛腹	발탁된 인물이 우복으로 농간한다
金爐熾以燒天兮	여진의 잔존 무리들이 하늘(북송)을 태우고
鐵騎飮於河洛	철기는 황하와 낙수에서 물 마신다
易龍袞以靑衣兮	곤룡포를 푸른 옷으로 갈아 입고서
陷豺虎之窟宅	승냥이와 범의 소굴로 빠져 들었다
精衛冤而塡海兮	정위 억울해 하며 바다를 메우는데
無包胥之哭秦	포서가 진에서 곡하는 일은 없었다
泥馬俄其渡南兮	진흙 말 갑자기 강남으로 건너와
蘇重望於神人	신인(남송 고종)에서 큰 소망 되살린다
誓暫謝乎煙霧兮	맹서하기를 잠시 안개를 하직하여

貢恢復之訏謨	잃은 땅 회복하는 계획을 바쳐
雪深恥於靑城兮	청성의 깊은 치욕 씻어서
歸藝祖之金甌	태조에게 온전한 나라 되돌리겠노라
權奸瞞其天眼兮	권세 잡은 간악한 자들 임금의 눈 속이고
授髑髏于忠貞	충정한 인물들을 해골로 만들었다
未及河而返車兮	황하에 닿기 전에 수레를 돌려
尋故溪而濯纓	옛 시냇물 찾아 갓끈을 빨았다
甌巖扃之昏睡兮	바위 문 속의 깊은 잠을 즐기고
咀水蔬而已飢	물과 푸성귀 먹고 배고픔을 멈추며
外江表之安危兮	장강 남쪽의 안위를 외면하고
不敢聞而敢知	감히 들으려 하지도 않고 감히 알려 하지 않았다
偶有人其我起兮	우연히 어떤 사람이 나를 일깨우기를
趙氏亡於德祐	조 씨(송 나라)는 덕우 연간에 멸망했다는 거라
言及耳而輒掩兮	그 말 귀에 닿자 곧 가리고
向北風而艴怒	북풍을 향해서 성을 내었다
何左袵之醜虜兮	어찌 옷깃 좌측으로 여미는 추악한 오랑캐는
盜帝王之區宇	제왕의 고장을 훔쳤는가
誠萬古之大變兮	진정코 만고의 크나큰 변고이나
抑亦由乎人數	그래도 역시 인간의 운수 때문인 거라
彼故國之衣冠兮	저 고국의 의관
忍復受其鐳斧	차마 또 그 제재를 받겠는가
河山含其滓垢兮	강산은 그 찌꺼기와 때 머금고서
候明主之痛洗	명철한 임금이 통쾌하게 씻어주길 기다린다
慶雲蔚以絢空兮	경사스런 구름 윤기 있게 하늘에 현란하니
驗熙運之驟啓	좋은 운 곧 트일 증험인 거라
扶桃梛之老枝兮	광랑 나무 늙은 가지 짚고서

歷沉汴而踚躔	물 넓은 변수 지나 비틀거리며 갔다
皇明赫以朱世兮	위대한 명나라는 주 씨의 세상으로 빛나고
濯元戎之腥膻	원 오랑캐의 비린내 씻어버렸다
纘三后之正統兮	삼후(하은주)의 정통을 이어
恢幅員之九服	구복(한족의 옛 땅)의 온 넓이 회복하였다
民物新其革舊兮	백성과 문물 새로워졌으며 구습을 고쳤고
山川鬯其紆鬱	산천은 무성하여 울창하구나
矧聖神之嗣治兮	하물며 성스럽고 신령한 임금이 대를 이어 다스려서
積百年之熙皞	백여 년의 밝은 업적 쌓았음에랴
拓燕壤以啓都兮	연 땅 개척하여 도읍 열어서
據金湯之長保	금성탕지金城湯池의 영원히 보존될 곳에 의지하였다
妥瀚海而波帖兮	고비 사막 안정시켜 조용해졌고
靖玉關而塵淸	옥문관 편안해져 먼지 가셨다
固旣奉其筆橐兮	반고가 그 필기구 받들은 데다
說又和其鼎羹	부열이 또 그 솥의 국 조리한다
槐棘登其元凱兮	삼공 구경은 현인 재자 등용하여서
扶公論之崢嶸	공론의 뛰어난 것을 부지하였다
華少去而不媒兮	겉의 화려함 없애고 탐내지 못하게 하고
兜工遁而屛行	기교 가리워 숨어서 나서지 못하게 한다
擢靈草而曷搖兮	영초가 자라나 흔들림이 멈추고
立神缺而不動	신(목)같이 서서 움직이지 않는다
旣棲集之無枝兮	새가 내려앉을 가지가 없었는데
有崇岡之菶菶	높은 언덕마루 같은 무성한 곳 생겼다
學天地之扶搖兮	천지간의 큰 회오리바람 배워

刷鴻漸之羽翼	큰 기러기 날아오르는 날개 닦는다
叨添名於黃紙兮	외람되이 황지에 이름 실려서
序當宁之採擢	금상의 뽑아 주는 축에 들었다
內豐錫以室麻兮	내시편에 임관의 조서 내려
充拾遺之淸班	습유의 맑은 반열에 충임되었다
披腹內之麟角兮	뱃속의 이룩된 학문 펼쳐서
抗震威而忤顏	무서운 위엄 맞서 용안을 거슬렸도다
非沽名之外鶩兮	명예 살려고 밖으로 달리는 것 아니고
要祛弊而甦殘	폐단 없애고 망가진 법 되살리려 한 것이었다
疇巧詆以賣直兮	맞장구치며 교묘한 나무람으로 곧음을 내세워
轉分竹於新安	신안(먼곳)의 지방 수령으로 옮기어졌다
携家具以遷赴兮	가구를 가지고서 옮아가려니
評潮陽之八千	조양 팔천 리 길 귀양 가는 셈이다
惜危蹤之無助兮	아쉽게도 위험한 길에 도움이 없이
悔不信之厚言	간절한 말 믿지 않았던 것을 뉘우치게 되었다
火溢篋之疏藁兮	상자에 넘치는 상소 초고를 불 지르니
庶幾懲乎曩愆	앞서의 허물에 데인 것이라
形驟開而驚悟兮	몸이 갑자기 펴지고 놀란 듯이 깨어나니
風疏銜乎弦月	바람 드문데 조각달 걸려 있다
徵槐安之弔詭兮	꿈의 괴상함 풀어 보지만
此尤奇而難詰	이 꿈은 더욱 기이해서 알아보기 어렵다
方其夢也不知其夢兮	막 꿈을 꾸고 있을 때엔 그것이 꿈인 줄을 모르고
自以爲歷世變而獨立	혼자서 생각하기를 세상 변화 겪고서 홀로 서 있다고 여겼다
覺而後知其夢兮	깨어난 후에 그것이 꿈이었음을 알았나니
千百年便爲炊黍之頃刻	천백 년이 곧 밥 짓는 잠깐 동안 이었다

神怕怕而若有亡兮	정신 멍하여 잃은 것이 있는 것 같아
假玄龜而推吉	현묘한 거북 빌어서 길흉을 알아보니
玄龜閉兆而不言兮	현묘한 거북은 복조卜兆 닫고서 말하지 않아
向太虛而哭叫	허공을 향해 울며 외쳤다
太虛夢夢而無聲臭兮	허공은 까마득하고 소리와 냄새 없어
嚮神君而一叩	신군을 향해 한 차례 물어보았다
神君諭我以達義兮	신군은 나에게 달통한 뜻 일러주어
等死生於一轍	사생을 한 길로 잡아 같게 만드는 거라
曰自混沌之初竅兮	이르되 혼돈이 처음 뚫릴 때부터
迄至今其幾劫	지금에 이르기까지 그 몇 겁 되었는가
其間興亡理亂之紛紜兮	그동안 흥망과 치란治亂 어지럽게 얽혔던 것
不過爲一場之幻夢	한바탕 허깨비 꿈에 지나지 않는다
然則夢中之浮沈兮	그렇다면 꿈속의 좋고 나쁨은
盡歸造化之假弄	다 조화의 거짓된 희롱으로 돌아간다
胡攖心於君牧兮	어찌하여 마음을 국군國君이나 목민관牧民官에 얽어매 놓고
蕭然疲疲之不止	쓸쓸하게 지치고 병들고 함을 멈추지 않는가
區區世上之毀譽兮	자잘한 세상의 훼예毀譽는
驟若蚊雷之過耳	달려가는 것 모기 소리 귀를 스쳐 가는 것 같다
子宜緣時月而爲經兮	그대는 마땅히 세월 따라 길 잡아 가고
聊須盡以逍遙	잠시나마 한껏 소요하고 지낼 것이라
承危言而服膺兮	뜻 깊은 말 받들어 실천에 옮겨
齊得失於鹿蕉	득실을 파초잎 덮은 사슴(의 경우)같이 다름없이 여기게 됐다
置緩窘之多機兮	풀고 조이고 하는 많은 잔꾀 버려두고서
將時適乎去來	언제나 마음 편하게 오가리라

又焉知彭殤之壽夭兮	또 어찌 알랴 팽조와 상자의 오래 살고 일찍 죽음과
毫山之大小也哉	터럭과 산의 크고 작음을
合千古爲一夢兮	천고를 합쳐 한바탕의 꿈으로 여겨
胸中含乎九垓	가슴속에 온 누리 머물게 한다
分禍福於地羽兮	화복은 지우地羽에게 주어 버리고
笑千載之摟辛	천년의 연속된 쓰라림 비웃는다
掃鴨堂而端坐兮	사압당射鴨堂 쓸고 단정히 앉아
誦蒙莊之首篇	장자의 첫 편을 낭송한다
視萬物猶野馬塵埃兮	만물을 들녘의 먼지 같이 보고
遊心乎鵬背之靑天	붕새 등에 올라 푸른 하늘 보며 마음 노닐게 한다

위의 「몽유」는 414행의 장편으로 눌재의 해박한 지식(에토스)과 중국 역사를 횡단하면서 보여 준 풍부한 논거(로고스)를 바탕으로 제목이 시사한 바와 같이 꿈을 차용하여 꿈속 여행을 유려한 문체로 서술해 낸 걸작이다. 작가의 해박한 지식이나 카리스마는 그가 주장하고 있는 내용을 모두 사실로 받아들이게 하는 힘이 있는데 이는 수사학에서 연설가 자신이 어떤 성격의 인물인지를 청중에게 드러내 보임으로써 청중이 자신의 연설을 더 잘 받아들이게 하는 한다는 에토스와 관련 있다.[20] 그러면서 다양하고 풍부한 논거와 설득 자료 제시는 독자의 감정에 호소함으로써 신뢰를 확보하는데 탄탄한 밑받침이 되고 있다.

눌재가 이 부를 쓸 당시는 중종 16(1521)으로 충주 부사직을 맡고 있었는데 1515년 순창군수 김정과 함께 올렸던 「신비복위소」를 남곤이 물고 늘어지는 상소를 올린 바람에 죄지은 몸이 되어 지성支城에서 죄주기를 기다리는 심정이라는 말로 부의 서두를 삼았다.

---

20 아리스토텔레스 수사학, 앞의 책, 321면.

「몽유」는 어느 눈 내리는 날 낮잠을 자는 데서 시작한다. 입몽入夢해서 중국 상고시대 복희씨부터 신농, 황제, 요, 순, 우, 탕, 문, 무, 주공 시절과 춘추, 전국, 진秦, 한, 위, 촉, 오, 양진兩晉, 남북조, 수, 당, 양송兩宋, 원까지 여행을 하다가 명나라 눌재 당대에 이르러 각몽覺夢해 보니 시절이 답답하여 다시 천신天神에게 해명의 말을 듣고 크게 깨달아 자위하며 해탈에 이르는 과정이 서술되어 있다. 중국 역사에 대해 태초부터 눌재 당시까지 현실감 있게 흥망성쇠에 붙여 직접 목도目睹한 듯 서술하였는데 그러한 가운데 초사의 「이소」와 「원유」의 수법을 적절히 잘 차용하여[21] 설득력을 충분히 살렸다.

제1행은 앞서 말한 바와 같이 충주에서 「신비복위소」와 관련하여 죄인의 심정으로 죄주기를 기다린다는 말로써 시상을 열었다. 부는 중국 문학사에서 현실 모방문학 곧 서사문학의 공백기를 메워 주는 등 그 역할을 크게 했는데[22] 이 장편의 부 역시 시와 문의 성격을 반반씩 지닌 전술 서술 문학의 걸작이라 할 것이다.

제5행에서 14행까지는 서정성이 짙은 서술로 감정이 순화된 정서를 드러내었다. 다만, 제14행은 '겨울 추위'로 상징되는 남곤 등 훈구대신의 포악함이 기승을 부린다고 하여 시절의 어두운 면을 우의적으로 제시했다. 제15행은 낮잠에 드는 과정이며 『장자』 「제물론」편의 장주莊周와 호접胡蝶의 이야기로써 자재로운 비행을 펼치기 시작한다. 제18행은 태초 이전의 단계, 무명무적無名無跡의 단계를 말했고 제20행에서는 태초의 길을 찾아 떠남을 말했다. 제25행에서는 드디어 하늘과 땅, 천지의 모습이 생겨났음을 서술했다.

제28행에서는 삼황 곧 복희, 신농, 황제가 사는 곳에 이르러 복희씨를 만나 무극無極에서 태극, 태극에서 음과 양의 양의兩儀가 나옴과 8괘로써 만물이 생성된 것 등을 말했다. 제45행에서는 신농씨를 만나 농기구를 만들어 백성들

---

21 차주환, 앞의 책, 755면.
22 곽유삼, 앞의 책, 38~39면.

에게 도움을 준 것을 말했으며 제50행에서는 황제 헌원씨를 만난 사실을 말했고 제58행에서는 요와 순을 만났는데 신하들이 임금께 직언하며 질정하는 모습을 보았다고 했다.

여기에서 눌재의 우의적인 글쓰기 방식이 주목된다. 신하가 임금께 직언을 하는 것이 매우 자연스러우며 오히려 당연하기까지 하다는 이 말을, 그렇지 못한 눌재의 입장에서 힘주어 말하고 있는 것이다. 당시 「신비복위소」를 올렸던 사정은 임금이 바른말을 하라는 명령에 답한 것이 아니었던가?

당시의 사정을 보면 이러하다. 중종의 잠저 시절, 비는 신수근의 딸로서 중종반정(1506) 이후 왕비로 책봉 받았다. 하지만 박원종 등 반정 대신들은 신수근이 반정에 반대했다는 이유를 들어 신비를 폐위시킬 것을 강력하게 주청했다. 하는 수 없어 신비가 폐위되고 숙원 윤씨(윤여필의 딸)가 비로 책립되었으나 원자(인종)를 낳은 지 7일 만에 세상을 버리고 만다. 이때 후궁 중에 박숙의(경빈)는 왕의 총애를 독차지하고 있었는데 그녀에게는 아들 미嵋(福城君)가 있어 그녀가 왕비가 될 가능성이 매우 높았다. 이에 조야의 대신들이 입을 모아 후궁이 왕비가 될 것에 대해 염려하고 있었다. 그러던 중 1515년 7월에 화재가 발생하자 중종은 명을 내려 언론을 구했다. 한 달 후 8월에 눌재는 순창군수 김정과 함께 왕명에 답하는 심정과 후궁이 왕비가 되면 안 된다는 신념으로 「신비복위소」를 올렸다.[23] 하지만 훈구대신들이 눌재를 물고 늘어지는 바람에 큰 곤혹을 치르게 되었다.

눌재의 글쓰기가 가리키고 있는 바는 제62행의 "좌우에 둘러서서 '아, 어긋났다'고 말하고 있다."에 있다. 좌우에 신하들이 포진한 채 왕에게 잘못을 지적하며 위의威儀 대단하게 서 있어도 끄떡없는 분위기, 눌재는 이런 군왕과 신하의 관계를 말하고 싶었을 것이다.

제65행부터는 순임금으로부터 오명선五明扇을 하사받고 그가 지은 남풍시

---

23 차주환, 앞의 책, 993면.

를 들으며 우임금을 만나러 감을 제69행까지 말했다. 우임금의 치수 등 업적을 살피고 제79행에서는 탕왕을 알현했는데 탕왕은 자신이 하나라의 걸왕桀王을 몰아낸 것에 대해 "여공래세이이위구실予恐來世以台爲口實(나는 후세 사람들이 이 일로써 구실을 삼을까 두렵다)"처럼 후회하고 있음과 그것을 장자가 「양왕편」에서 탕왕이 걸왕을 내몬 것은 왕 자리가 욕심 나서 그런 것이 아니라는 말로써 탕왕을 위로한다. 실제로 탕이 무광에게 왕 자리를 제시하자 무광이 물에 빠져 죽었기 때문에 어쩔 수 없이 왕이 되었다는 변론으로 탕왕을 위로했다.

제90행에서는 주나라 문왕의 알현과 성궐이 구비 되고 문물이 찬연하게 빛남을 말했다. 이어 제100행에서는 무왕의 알현과 그가 목야에서 은의 마지막 왕 주紂를 토벌한 사실을 평가하면서 대의에 흠이 되었음을 지적했다. 주나라가 은나라를 멸하고 미자계微子啓를 송공宋公에 봉해서 오백 년 동안 은나라 제사를 잇게 하고 있지만, 백이와 숙제에게는 못할 일 했다며 충신을 두둔하고 나섰다. 여기에서도 눌재의 생각과 소신을 읽을 수 있겠다. 충성한 말을 한 신하, 바른말을 한 신하는 예우해야 마땅하다는 눌재의 속마음이 절실하게 읽혀진다.

제125행에서 128행은 서주 시대의 안정기를 누렸던 성왕과 강왕의 시대가 지나고 서주의 10대 왕으로 잔인했던 여왕厲王과 포사褒姒라는 여인에 홀려 악정을 일삼았던 12대 유왕幽王 시절, 견융 등 외세가 침입하여 낙양으로 천도하여 동주의 시대를 열게 된 사연을 말했는데 이 역시 우의적으로 군왕이 중심을 잃으면 결국 걷잡을 수 없는 화가 초래됨을 말하고 있다.

제132행은 춘추전국시대를 말한 것으로 제환공과 진문공을 들어 서로 뺏고 뺏기는 정국을 비판적으로 말했으며, 제136행부터는 전국시대 곧 진시황을 화젯거리로 들었다. 제145행은 한나라 곧 서한의 시작을 말했는데 소하蕭何와 장량張良의 보필 받아 왕으로서의 규모規模를 세우라 했건만 말을 듣지 않고 패권 잡는 데만 열을 냈다며 유방에게 충고하는 말을 제150행까지 했다. 그래서 자신은 등지고 달아나 숨었는데 상산 깊은 곳에서 하황공, 기리계와 벗

삼아 편안하게 살았다고 했다. 이곳 역시 눌재의 생각이 깊게 배인 곳으로 훌륭한 신하를 배척한 결과는 결국 패망의 길 뿐이라는 엄중한 경고를 우의적으로 말하고 있다.

제156행부터는 결국 한나라가 망하고 왕망의 신新 나라가 들어서서 온갖 악행을 저지른 것과 후한 광무제가 정의의 군대로 이를 평정하고 요임금의 전통을 이으며 학예를 강술한 사실을 말한 다음, 산림에서 인재를 찾아 탕왕이 불렀던 이윤伊尹 같은 신하를 초빙하고 은일지사로 이름난 설방薛方과 방맹逢萌을 정성으로 불렀다는 이야기를 길게 힘주어 서술하고 있다.

이 역시 눌재의 글쓰기 의도와 주제가 무엇인지 잘 알게 하는 대목이다. 제169행과 170행 역시 눌재의 생각이 잘 드러나고 있는데 황제의 돌봐줌에 몸을 굽혀서 시종을 다 하며 중흥의 벅찬 공적을 칭송했다는 것이다. 인재와 그 등용, 그리고 그에 대한 존중과 신뢰 등이 무너진 중종 대의 모순과 불합리를 우의하여 한 말이다.

제171행은 곧은 신하를 물리쳐 죽게 하니 현인들이 감투를 벗어 걸고 티끌 세상에서 벗어나고 말았음을 제177행에 걸쳐 말했다. 누차 강조하지만 눌재의 생각 곧 이 글에서 강조하는 바는 신하와 충신에 대한 예우와 신의의 강조이다.

제178행부터 제192행까지는 중원의 이러저러한 사고에 대해 말했으며 제193행은 위, 촉, 오의 삼국에 대해 말했는데 제196행은 유비의 촉한을, 제200행부터 손권의 오나라를 말했는데 "조대朝代는 차례로 없어지고 일어나고 한다.", "몇몇 임금의 성패를 견주어 보니 참으로 해가 떴다 졌다 하는 것과 같다."는 말로써 정치와 권력의 무상함을 제210행에 걸쳐 말했다.

제211행은 수나라를, 제215행은 당나라를 말했으며 제220행은 당 태종 이세민의 정관의 치를 필두로 제248행까지는 당나라에 관한 사실을 길게 서술했는데 당 고조 말엽에 태자 이건성이 아우 이세민을 모함하여 죽이려 하자, 이세민이 현무문 밖에서 친형 이건성을 죽였으나 명단종선明斷從善했기에 어진 신하들이 차마 떠나지 못했음과 고종의 황후이던 측천무후가 690년에 스스로 황제가 되어 나라 이름을 주周로 바꾸고 수도를 장안에서 낙양으로 옮기고 15년 동안 통치하다가 705년에 중종에게 양위했던 일을 말했다.

이보다 앞서 측천무후의 셋째 아들 이현李顯은 제4대 중종이 되었는데 그의 부인 위후韋后가 아버지 위현정과 함께 정권을 장악하려 하자 측천무후는 중종을 폐위시켰었다. 하지만 705년에 측천무후가 병을 얻자 재상 장간지張柬之 등이 양위를 압박하자 폐위시켰던 중종을 복위시킴으로써 당 왕조가 부활했던 사실을 말했다. 중간에 제240행에서는 당 현종이 위후를 몰아내고 당나라 대통을 이은 것과 검려지기黔驢之技의 말이지만 부녀자와 환관을 조심하라는 말을 해 주고 싶은 심정을 제244행에서 서술했다.

제253행부터 제268행까지도 측천무후와 위후, 양귀비와 장후張后(현종의 맏아들인 숙종의 총희) 등 후비后妃들이 일으킨 재앙과 고력사高力士, 어조은魚朝恩, 정원진程元振 등 환관들의 방자함을 다시 말했다. 여기서 주목할 바는 눌재가 후비와 환관 등의 횡포와 방자함에 대하여 많은 비중을 두면서 길게 서술한 점이다. 이는 무엇을 뜻하는가? 이 역시 눌재 당대의 군왕 주위에 포진한 훈구 대신들이 저지른 폐해를 우의한 것이다.

제269행에서는 상서로운 오성연주五星連珠 곧 문치주의의 출현을 예고하는 별자리가 보인 것을 말하여 제271행에서 송나라가 도래했음을 알렸다. 제272행에서는 "온 천지에 봄기운 넘쳐난다."는 말로써 송나라가 한기韓琦, 범중엄范仲淹 등 유명 재상의 활약으로 문치가 빛났음을 제276행까지 말하고 있다. 제277행은 왕안석의 신법이 잘못된 것임을 말한 뒤 제280행에서는 눌재 자신이 도교의 서화궁에 도피하여 낭간예서琅簡蕊書 같은 글을 통하여 길흉을 점쳐 본다는 말을 제286행까지 하고 있다.

제287행에서는 여진족이 나라를 세워 국호를 금金이라 하고 요를 멸망시킨 뒤 북송을 공격하면서 금나라 시대가 열렸음을 말했는데 송의 휘종과 그의 아들 흠종이 금나라의 포로가 되어 북방으로 끌려가 죽을 때까지 아무도 구원해 주지 않았던 사실 등을 제290행까지 서술했다. 이 역시 눌재의 생각이 잘 나타난 대목인데 충신의 부재가 부른 비극적인 최후를 말한 것이라 할 것이다. 제293행은 북송이 남으로 쫓겨가 남송이 된 사실을 말했는데 남송은 주화파와 주전파의 갈등으로 청성青城에서 있었던 휘종 부자의 원혼을 씻을 생각은 하지 못하고 갈등만 되풀이하다가 진회秦檜와 같은 주화파의 음모로 악비 등 충신이 해골이 되어버렸다는 말을 제307행에 걸쳐 서술했다.

제311행에서는 몽고족의 원나라가 건국되었다는 말을 했는데 "어찌 옷깃 좌측으로 여미는 추악한 오랑캐는 제왕의 고장을 훔쳤는가."라는 말로써 만고의 커다란 변고가 바로 몽고족이 세운 원나라임을 강조했다. 제317행에서 "강산은 그 찌꺼기와 때 머금고서 명철한 임금이 통쾌하게 씻어주길 기다린다."라고 하여 명나라의 창업을 고대한다는 표현을 그렇게 했다.

제320행에서는 좋은 운이 곧 트일 것이라 했는데 제323행에서 드디어 명나라의 창업을 말하여 한족漢族이 하·은·주의 정통을 이어 옛 영토를 회복하자 백성과 문물이 새로워졌으며 산천이 무성하고 울창해졌음과 제339행에서 성스럽고 신령한 임금이 대를 이어 다스려서 백여 년의 밝은 업적을 쌓았다고 했다.

제345행부터 제350행까지 명나라 창업인 1368년부터 눌재가 이 부를 쓴 해인 1521년까지 153년의 기간 동안 남경(1368~1421)과 북경(1421~1644)에 도읍을 한 명나라는 훌륭한 신하를 등용하여 번성했음을 말했다. 곧 옛날 고양씨高陽氏의 팔재자八才子와 고신씨高辛氏의 팔재자八才子인 팔원팔개八元八愷의 온화한 사람과 선량한 사람을 등용하였으며 후한 때 한서漢書를 저술했던 반고班固 같은 사가들과 은나라 고종 때의 재상인 부열傳說과 같은 훌륭한 신하를 등용하여 국정을 꾸려갔음은 물론 "공론의 뛰어난 것을 부지하였다."는 말과 "겉의 화려함 없애고 탐내지 못하게 하고", "기교 가리어 숨어서 나서지 못하게 한다."말로써 인재 등용과 활용의 중요성과 당시 눌재 자신이 왕명의 구언求言 때문에 처하고 있는 답답하고 억울한 심정을 우의적으로 서술하였다. 여기까지는 로고스가 강하게 드러난 것이 특징이다.

제351행부터는 자기 자신에 대한 이야기가 주를 이루는 에토스가 강하게 발현된 대목이다. 명나라의 든든한 모습을 보니 자신의 신념과 의지가 굳어져 흔들림이 없어졌다는 말과 새가 내려앉을 가지가 무성하게 생겼으므로 천지간의 큰 회오리바람을 배워 큰 기러기처럼 높이 날아오르도록 날개를 닦는다면서 수기치인修己治人을 다짐했다.

제357행 역시 자기 자신에 대한 이야기를 하고 있는데 외람되게도 과거에 급제하는 영광을 입어 벼슬을 하게 된 것을 말했다. 제360행에서는 1501년 교서관정자로 첫 벼슬을 하게 된 사실을 서술했으며 제361, 362행에서는 「신비복위소」로 용안을 거슬렸음을 말했다. 하지만 자신의 행동은 명예를 좇아 밖으로 내달리려고 한 것이 아니라 폐단을 없애고 망가진 법을 되살리려고 한 것이었음을 제363, 364행에서 힘주어 말했다.

자신의 행동을 교묘하게 꾸며대어 자신을 먼 지방의 수령으로 내몬 훈구파들을 향한 일갈은 제365, 366행에서 말했다. 제368행은 당 헌종이 궁궐에 불사리를 봉안하자 한유가 불골표佛骨表를 내어 반대하였다가 동쪽 조주潮州로 쫓겨났듯이, 자신이 왕의 화재 관련 구언求言에 응답했다가 지방 수령으로 물러난 것과 위험한 길에 도움이 없었던 것, 남들이 상소를 올리지 말라고 간절하게 만류했지만 듣지 않았던 일 등을 후회하면서 상자 가득 써놓은 글들을 모조리 불살라버렸다는 말을 제372행에 걸쳐 말했다.

제373행은 지금까지 경험했던 일들이 모두 꿈이었음을 "몸이 갑자기 펴지고 놀란 듯이 깨어나니/ 바람 드문데 조각달 걸려 있다."라는 말로써 각몽覺夢의 순간을 말했다. 그러면서 누천년의 중국 역사가 "밥 짓는 잠깐 동안이었다."라고 하여 인생무상, 권력 무상을 말한 곳은 제380행이다. 이어 제386행에서는 앞서 한 말이 자신의 주장이 아니라 신군神君의 생각이라며 자신의 말로써 어떤 화근이 될까 봐 신중한 모습을 보였다. 제389행부터 제414행까지는 눌재의 생각과 소신이 집약된 곳으로 이 글의 결론이기도 하다.

'흥망과 치란의 얽힘은 한바탕 허깨비 꿈에 지나지 않는다'(제391~392행), '천고를 합쳐 한바탕의 꿈으로 여겨/ 가슴속에 온 누리 머물게 한다'(제407~408행), '만물을 들녘의 먼지 같이 보고/ 붕새 등에 올라 푸른 하늘 보며 마음 노닐게 한다'(제413~414행) 등 눌재의 길고 긴 꿈 여행은 결국 장자의 소요의 세계 곧 요리사인 요임금과 신주인 허유와의 관계처럼 요리사가 아무리 요리를 못한다고 할지라도 신주는 술병과 도마를 뛰어넘을 수 없다는 말을 빌려와 군왕에 대한 신의와 존엄을 표함은 물론 우주의 절대자를 희망하는 자신은 속세의 어떤 비방에도 끄떡하지 않는다는 선비로서의 의연함과 충성을 말하여 당대 훈구대신들에게 멋지게 일갈하는 내용이라 하겠다. 이와 유사한 것으로 「조오왕」이 있다.

3) 파토스의 실현 — 인간적 향기

수사학에서 청중으로 인한 신뢰도는 화자의 말에 청중이 어떤 감정을 지니게 되었을 때 생겨난다고 한다.[24] 눌재는 진솔한 인간적인 향기가 가득한 자신에 대한 이야기로써 자신의 입장을 매우 적절하게 감동적으로 잘 전술하였다. 여기서 감정이란 다름 아닌 파토스를 일컫는데 「의자도부擬自悼賦」는 눌재 자신에 관한 이야기를 진술하게 전술하여 군왕 등 독자들이 자신에 대한 오해를 풀게 함은 물론 훈구파의 등의 음해를 우회적으로 해명하는 효과를 거두고 있다. 그러한 성공의 근저엔 한나라 반첩여班婕妤의 「자도부自悼賦」에 빗대어 이 부를 제작한 제작 전략이 적중한 것이라 하겠다.

반첩여는 본명이 반염班恬인데 한나라 성제成帝 시절 총애를 받았던 후궁으로 성제成帝와의 사이에서 아들을 두 명이나 두었지만 돌연 조비연趙飛燕 자매가 나타나 황제의 총애를 빼앗아감은 물론 허황후와 자신을 모함하여 황후를

---

24 아리스토텔레스, 앞의 책, 18면.

폐위시키고 자신도 온갖 고초를 당했다. 반첩여는 폐위된 태후를 모시고자 장신궁長信宮으로 거처를 옮겨 그 곳에서 「자도부」 「도소부」 「원가행」 등의 시를 지었는데 전하는 것은 「원가행」뿐이다.

「원가행」은 여름에 유용하게 쓰인 둥근 부채(단선團扇)가 찬바람이 부는 가을이면 상자 속에 넣어지고 만다는 말로써 자신의 총애가 한낱 가을 부채 곧 추풍선秋風扇처럼 처량하게 변했음을 비교적 구체적이면서도 비유적으로 잘 드러내 보였다. 이는 부를 창작할 때 구체적인 천발闡發과 비교적 명석明晰한 결론을 지향한다는 말과 다르지 않다.[25]

擬自悼賦 并序

昔班婕妤賦自悼	옛날 반첩여는 자신을 애도하는 부를 지었다
蓋班災聯娶褓	반첩여는 재앙이 그의 강보에 싼 아기에게까지 미쳤는데
感弘秋扇	그런 비감을 가을 부채로 나타냈으니
其爲悼最	그것은 자도한 것의 가장 절실한 예다.
然予比班又慘焉	하지만 나의 경우 반첩여에 비한다면 더욱 참혹하다
余早失怙	나는 어려서 부친을 잃고
學於兄	형한테서 글을 배웠는데
兄又逝	형마저 또 세상을 떠났다
及癸亥冬	계해년(연산 9년, 1503) 겨울에
哭女	딸아이가 죽었고
往年夏	지난해 여름에

25 費振剛 外, 『全漢賦校注』(上), 廣東敎育出版社, 2005, 2면.

哭女與男	딸과 아들이 죽었고
冬又哭妻	겨울에는 또 아내가 죽었다
噫	아아
自戊申至丙寅歲	무신년(성종 19년, 1488)부터 병인년(중종 1년 1506)까지는
未再周	태세太歲가 두 차례도 돌아가지 않았는데
而玆禍及六之酷	이토록 화가 여섯 차례나 닥쳐 오는 혹독함을 당했다
雖曰脩短有分劑	비록 수명의 장단은 타고난 분수가 있다고 하지마는
猶恐已作之召	그래도 내가 저지른 일로 초래했을까 두려워했다
而自反不獲	그러나 스스로 반성해 보아도 그럴만한 이유를 발견하지 못해
敍懷著賦	감회를 펴서 부를 지어
配班之後	반부의 뒤에 붙이는 바다
閔余生之艱頓兮	내 인생의 괴롭고 막히는 것 불쌍하거니와
夫何天命之不純	대체 어찌하여 타고난 운명이 그리도 사나운가
曩承規於面墻兮	먼저 아무것도 몰랐을 때 법도를 받들고
遵庭敎之諄諄	아버님의 간곡하신 가르침 따랐도다
歲黃猿之孟陬兮	무신년 정월에
罪上通而降酷	내 죄 하늘까지 닿아서(아버님을 잃는) 혹독한 재앙이 내렸다(1488년)
幸棘心之未枯兮	다행히 나의 몸 상하지 않아
循凱風之長育	남풍 같은 어머님 사랑으로 자라나게 되었다
從伯氏以北學兮	백씨를 스승으로 받들어 공부했는데
當宣陵之初陟	성종께서 막 즉위하셨을 때다(1489년)

寄澤宮而忝養兮　　택궁에 기거해서 외람되이 부양을 받는데

覩春月之再朒　　봄 달이 두 차례 기우는 것 보았다

累司馬而擢錄兮　　사마시에 응시하여 뽑히게 되어(1495)

慰倚閭於鶴髮　　백발되신 어머님의 마음 위로하여 드렸다

里閈稱其有子兮　　동네에서는 좋은 아들 두었다고 칭송하였고

謬云三珠之復出　　외람되게도 삼주수가 다시 났다고 말들 하였다

暨黃駒之徂暑兮　　무오년(연산 4년, 1498) 유월에 이르러서는

秋飇忽折其連枝　　가을 폭풍이 느닷없이 연지(형의 죽음)를 꺾었다

縱強寬其哭震兮　　비록 억지로 내 비통함을 누그러뜨린다 하더라도

實潜痛乎孤孥　　조카들과 어머니 때문에 남모르게 정말 가슴 아

　　　　　팠다

念衰門之釁崇兮　　쇠해 가는 가문의 재앙을 생각하니

愍余蹤之惇危　　나의 길 외롭고 위태로움 근심 되었다

歌杕杜於道周兮　　길 가에서(형제 없는 외로움을 다룬) 체두 편 노

　　　　　래 부름이여

勢孑孑其疇依　　외로운 신세 무엇을 의지하나

猶竭力於稽古兮　　오히려 옛글 공부에 힘을 다해서

綿日月以不敢衰　　세월을 이어 식지 않은 열성 바쳤네

涉詩書之園林兮　　시서의 원림을 섭렵하면서

拮芬艶以咀嚼　　향기롭고 고운 것 집어 올려 곱씹었다

處婁憲而不嚬兮　　가난에 쪼들려도 찌푸리지 않았고

敢遑遑於封殖　　구태어 재물 모으려 허겁지겁 하지 않았다

登邦選于南宮兮　　학궁에서 대과에 급제하여(1501년, 연산군)

汚桂籍以賤名　　비천한 내 이름으로 방목을 더렵혔다

摛春暉於堂萱兮　　어머님께는 큰 자랑 드렸고

有庭莉之欣榮　　아내에게는 즐거움 안겨줬다

270

玷鷺班以鼇黿兮	외람되이 벼슬에 끼었기에 열성을 다하여
懷柳下之遺直	유하혜가 남겨 준 곧은 정신 흠모했다
惡雕樸以騰華兮	질박한 것을 깎고 다듬어 화려함 드러내기 싫어했고
全純素而內植	순수하고 소박함 온전히 살려 내공을 다졌지만
果齟齬於世軌兮	끝내 세상 길과는 어긋나게 되어
雷群咻於耳側	귓전에 뭇 호통 소리가 우레치듯 하였다
揖旣戇而步癡兮	인사하는 것 고지식하고 걸음걸이도 멍청하여
無時俗之嫵媚	시속에 아양을 부리지 않았다
孰能奪其至拙兮	그 누가 이 지극히 졸렬함 빼앗고
眷授余以巧智	나에게 교지巧智를 안겨주겠는가
山豈無蕨薇之甘脆兮	산에 어찌 달고 부드러운 고사리 없어
養不肖之殘軀	못난 사람의 일그러진 몸 길러 내지 못하랴
幼之學兮	어릴 적에 배운 것을
壯而行	어른 되어 실행함이니
招前靈以竝驅	전대의 (충직했던 인물의) 영혼 불러내어 나란히 달려가리라
誓不矯余之初度兮	맹세코 내 타고난 성품 고치지 않고
依洙泗之矩矱	수사(공자)의 법도에 따르리라
歷宦途之九折兮	벼슬길의 갖은 곡절 겪어 오는 동안에
悸怖襲爲身疾	두려움 쌓여서 몸에 병이 들었다
風雨瞢瞢乎甲子兮	갑자년(1504, 연산 10)에 캄캄한 비바람이 불어와
百草盡變而無芳	온갖 풀 다 이지러지고 꽃 향기 사라졌다
區區蕭艾固不足誅兮	자잘한 쑥나부랑이 본래 없애 버릴 것 못 되지마는
哎芷蘭之宂長	아, 백지와 난초는 쓸모없이 자라기만 하였다
采洲若與僻芷兮	섬의 두약杜若과 궁벽한 곳의 백지를 뜯으니

芳闓闓其撑袖	향기 범속하지 않고 유자향과 방불하다
覽霜雪之貿貿兮	서리와 눈 그득히 내리는 것 보면서
撫篁松之特秀	대나무와 솔 유달리 뛰어난 것 어루만진다
登周道而儃佪兮	큰길에 올라서서 제자리를 돌며
靳神天之錫吉	신령한 하늘이 길하게 해 준다는 말을 나는 원망했다
痛疫魅之闐闐兮	역귀들 기승부리니 가슴이 아픈데
競鼓牙而呻舌	다투어 이빨을 움직이고 혀를 날름거린다
漫毒涎於瓦璋兮	그 독액이 딸과 아들에 뿌려져
魂相踵而飄騰	(딸과 아들의) 혼들이 뒤따라 날아올라 가버렸다
裁卜子之沈悲兮	자하의 침통한 슬픔 알게 되었으나
殉達軌於延陵	연릉의 통달한 행적 따랐다
喜吾夫婦之無恙兮	우리 부부의 무고함 기뻐하여
歌谷風之育鞠	곡풍의 힘을 모아 열심히 사는 것 노래하였다
曰裔儒跧伏於蓬蒿兮	이르기를 말단의 선비 쑥대 속에 엎드려
資章句以彊跡	장구의 힘을 빌어 행적을 늘려보려고
乃强顔而久竊位兮	염치를 무릅쓰고 외람되이 벼슬자리 차지하여
今六變其涼燠	이제 추위와 더위 여섯 차례 바뀌웠다
內揣分而實逾兮	속으로 내 분수 헤아려 보니 사실 분수에 넘치고 있어
媿妨能於裔列	후진들의 재능 방해함 부끄러웠다
食君之祿圖豐弘兮	임금의 녹을 먹고 풍족함을 꾀하는 일
非余心之汲汲	내 마음이 급급해서 그런 것 아니니
睇荷洞之瀾迤兮	방하동의 뻗어 있는 벌판이여
有數間之破屋	두어 칸의 파옥 있네
況負郭之尙存兮	하물며 오막살이 아직 남아 있고

非凶歲不失饘粥	흉년이 아니면 죽 끼니는 거르지 않음에랴
願遂麋鹿之恒性兮	사슴의 뛰노는 천성 그대로 지켜내길 원하며
白首相保於丘壑	흰머리 되도록 같이 살고
侍慈闈以奉養兮	어머님 뫼시고 봉양하면서
飽吾力之菽粟	내 힘으로 장만한 곡식 배불리 먹는 거라네
計實勤而不究兮	계획은 정말 좋았으나 해내지는 못하고
忽怪夢之凶謁	느닷없이 해괴한 꿈처럼 흉한 일 알려 왔다
徵斷絃之曷休兮	위독한 아내 구해 내는 일 어찌 멈추기야 했으랴 마는
悟永抛乎琴瑟	영영 세상 떠나게 된 것을 알았네
瞻歲躔之未周兮	때는 한 해 채 다 가지 않는 동짓달
蟾馭轉其氷轂	달의 두꺼비가 그 얼음바퀴 돌리는 이십오일이었다
廿九年眞一瞥兮	29년 세월은 정말 눈 깜짝할 사이였으니
委環佩其若遺	아내는 옥고리 패물 버리듯이 놓고 떠나갔다
悼幽蹤之日逖兮	저승 길 떠난 것 날로 멀어짐 서러우니
號無聞而招不知	외쳐도 들을 수 없고 불러도 알지 못한다
雖圓厚之久長兮	하늘과 땅이 오래간다고는 하지마는
痛更覿之何時	슬프다 다시 만날 때는 언제가 될 것인가
疚余中之酸楚兮	내 가슴 쓰라림 괴롭거니와
銜袞袞之情悲	한정 없이 계속되는 슬픈 마음 지니고 산다
抱遺雛於膝上兮	남기고 간 어린 것 무릎 위에 안으니
淚浪浪其交頤	눈물이 콸콸 턱까지 흘러내린다
洞房瓲昧以塵凝兮	안방 컴컴한데 먼지 쌓이고
風徐徐以振帷幄	바람은 느릿느릿 방장 흔든다
闢綺疏以喟息兮	비단 살창 열어 놓고 탄식하니

邈聲容之不可接	목소리와 얼굴 아득히 사라져 접할 수 없다
逗春雨於園梅兮	정원 매화에 봄비 머물러 있는 것 보니
存精神之彷彿	그 사람의 아리따움과 방불하여라
時曖曃其曭曭兮	지금은 어둡고 빛없이
曜靈俄而西沒	해는 서둘러 서쪽으로 빠진다
情涫沸以若炊兮	가슴속이 끓어올라 불 지핀 것 같으니
慘潘懷之忡鬱	참담다 반악의 아내 잃은 답답한 마음처럼
噫	슬프다
福善禍淫	선한 이에 복 내리고 음란한 자에 재앙 내린다는 거
理又玄玄	그 이치가 가물거린다
彼何人斯	저 사람은 어떤 사람인가?
心似涌泉	마음은 솟아오르는 샘물 같아
恣睢盱以貪饕兮	멋대로 눈 부라리며 탐욕 부려
洶欲海之無津	욕심의 바다 끝없이 출렁이는데
反有俱存之慶兮	도리어 부모 구존하는 경사 누리고
冒白日以驕人	대낮에 버젓이 남 앞에 교만 부린다
天胡使我	하늘은 어찌하여 나에게
早紆何怙之憾	어려서 아버지 잃고 의지할 곳 없는 서러움에 얽히게 하였는가
彼何人斯	저 사람은 어떤 사람인가
行駢鬼蜮	행실이 귀신이나 물여우 같아
外雖寬而內深兮	외양은 너그러우나 속은 우멍하여
幽毒弩以潛射	숨겨진 독 쇠뇌로 남몰래 쏘아대는데
反有無故之樂兮	도리어 형제 무고한 즐거움 차지하고
裕飲食以望腹	넉넉히 마시고 먹고 하여 배 불리고 잘 살다니
天胡使我	하늘은 어찌하여 나에게

忙隕哭昆之淚	서둘러 형님 곡하는 눈물 흘리게 하였는가
有人於此	여기에 한 사람 있어
圮族而傷類	혈족을 끊어버리고 동류를 해치는데
鴿原不見其急難兮	형제들이 급한 환난 없고
葛藟徒聞其終遠	집안은 위아래 할 것 없이 잘 뻗어 나간다는 소문 뿐이고
安富尊榮兮	편하고 돈 많으며 벼슬 높고 영화 누리며
能育胞胎之蔓	자식들 줄줄이 잘 길러내다니
天胡使我	하늘은 어찌하여 나에게
頻因東野之厄	자주 동쪽 들에 자식 묻는 횡액을 당하게 하는 건가
有人於此	여기에 한 사람 있어
穢義釁德	정의 더럽히고 덕에 피를 칠하고
患失之靡所不至兮	손해 볼까 근심하여 못하는 짓이 없어
紾兄臂以奪食	형의 팔 비틀어서 먹을 것 빼았는데
戴冠曳履兮	갓 쓰고 신발 끌고
能享偕老之福	내외 해로하는 복 누린다니
天胡使我	하늘은 어찌하여 나에게
忽鼓子休之盆	갑자기 아내 잃어 장자莊子의 고분지통 갖게 하는 건가
信蒼高之難諶兮	참으로 푸른 하늘 믿기 어려워
中閔督而煩冤	마음 슬프고 답답하여 억울함 못 참겠네
吉與凶固不自謀兮	길하고 흉한 것 자신이 꾀하는 것 아닌데
又何必問夫鄭詹	또 하필 점장이 정첨한테 물어볼 것 있겠는가
塊獨處而無聊兮	고독하게 혼자 살며 무료해지니
百憂芸芸其來添	온갖 근심 세차게 솟아오른다
系曰	말을 맺거니와

有母無父	어머니 계시나 아버지 안 계시어
身苦孤兮	이 몸 무척 외로우니
噫	슬프다
人皆有兄	남들은 다 형 있는데
我獨無兮	나만 유독 없으니
噫	슬프다
三兒登幽	세 아이 저승에 가고
塚半蕪兮	무덤 온통 황폐해졌으니
噫	슬프다
妻又繼逝	아내 또 뒤따라 죽어 가고
不可呼兮	불러 올 수 없으니
噫	슬프다
我罪伊何	내 죄는 무엇이길래
罹此虞兮	이 환난 당하는가
噫	슬프다

「의자도부」는 전체 192행의 비교적 긴 시이다. 제1행에서 제4행은 반첩여의 추풍선秋風扇에 빗대어 눌재 자신의 이야기를 감성적이며 비감적으로 나타냈는데, 반첩여의 글이 그 수법이나 내용이 매우 절실하다는 말을 하여 시의 처음으로 삼았다. 그렇지만 자신의 경우는 반첩여 보다 더욱 참혹하다는 말을 제5행에서 한 뒤, 제6행부터 제14행까지 부친을 잃은 사실, 스승이자 형이 작고한 일, 두 딸과 아들이 세상을 뜬 일, 이어 아내 류씨柳氏마저 세상을 버린 일 등을 일일이 말했는데 짧은 세월 동안 "이토록 화가 여섯 차례나 닥쳐 오는 혹독함을 당했다."고 제17행에서 적시하듯 서술했다.

그런데 도대체 이렇게 화가 집중된 까닭이 무엇인가? 혹여 나의 잘못이 아닌가 하고 돌이켜 보지만 도저히 그 까닭을 모르겠다는 말을 하면서 그럴만한 이유를 찾지 못해 반첩여의 부를 이어 새로운 부를 짓는다며 창작 의도를 밝힌 곳이 제22행이다.

제23행부터는 앞서 말한 비극적 사실을 풀이적으로 서술하는 형식으로 다시 말했는데 15세에 부친을 잃은 사실과 치상에 몸을 상하지 않아서 다행이다는 점, 모친의 사랑을 가득 받았다는 점 등을 제30행에서 말했다.

제31행에서는 백씨 하촌공 박정朴禎에게 공부한 일, 성종이 즉위(1489)한 사실은 제32행에서 말했다. 이어 제35행에서는 사마시에 뽑히게 되어(1495) 모친을 위로해 드린 일, 동네 사람들의 칭찬을 받은 일 등을 제38행까지 말했다. 제39행은 무오년에 형이 세상을 뜬 일, 조카들과 어머니를 걱정하는 마음, 가문의 쇠해감을 걱정하는 내용 등을 『시경』 소아 「체두」 시의 내용에 빗대어 슬퍼함을 제45행까지 말했다. 「체두」는 벼슬에 나간 낭군을 기다리는 아내의 그리움 마음을 저절하게 담은 시이다. 이 시의 인용은 그렇게 낭군을 기다리던 부인 류 씨가 그만 애통하게도 낭군과의 재회를 이루지 못하고 저세상으로 갔으니 얼마나 애통한 일이냐의 설의가 내포를 담았다. 제46행에서는 외로운 신세 극복은 오직 열심히 공부하는 것이었다며 시서詩書를 섭렵했다는 말을 "향기롭고 고운 것 집어 올려 곱씹었다."며 제52행까지 말했다. 이는 학자로서의 눌재의 면모가 여실히 잘 나타난 서술이다.

제53행은 28세로 문과(대과)에 급제한 사실, 어머니와 아내를 기쁘게 해 드린 것, 첫 벼슬 교서관정자에 부임한 사실 등을 말했으며 제58행은 벼슬에 임하는 자세를 직도이사인直道而事人(바른 도로써 군왕을 섬김) 했던 춘추시대 노나라의 유하혜柳下惠를 정신적인 흠모 인물로 삼는다는 말을 하면서 "질박한 것을 깎고 다듬어 화려함 드러내기 싫어했고/ 순수하고 소박함 온전히 살려 내 공을 다졌지만" "끝내 세상 길과는 어긋나게 되었다."는 아픈 마음을 제61행에서 말했다.

제62행부터 제73행까지는 시속에 아양 부리지 않으며, 타고난 곧은 성품 고치지 않고 공자의 법도에 따라 올바르게 처신하겠다는 다짐 등을 힘주어 말했다. 제74, 75행은 벼슬길에서 곡절을 겪느라 두려워 병이 들었음을, 제76행은 갑자년의 무오사화가 일어나 훌륭한 인물이 해를 당하고 무능한 사람들이 조정에 득실거리니 "신령한 하늘이 길하게 해 준다는 말을 나는 원망했"고, "역귀들이 기승을 부리니 가슴이 아프다"는 마음을 제88행에서 말했다.

제89행은 딸과 아들의 죽음을 다시 말했는데 자하子夏가 아들의 상을 당하자 슬퍼서 실명했던 사실과 춘추시대 예에 통달했던 오나라의 계찰季札이 왕위를 사양했던 사실을 떠올리며 오로지 부부의 무고함을 기뻐하며『시경』패풍「곡풍」시처럼 부부가 합심하여 알뜰하게 살되 절대로 다른 마음 먹지 않겠다는 다짐을 제93행까지 말했다.

제97행에서는 벼슬한 지 6년이 되었는데 분수에 넘치게 후진의 자리를 차지하고 있는 것 같아 부끄럽다며 녹봉을 먹는 것은 급급汲汲해서 그런 것이 아니라며 제101행까지 말했다. 이어 제102행에서는 광주의 방하동 고향을 생각하며 어머님 모시고 궁경자급躬耕自給하겠다는 의지, 곧 귀거래의 의지를 표명하였다. 제110행은 하지만 그러한 꿈은 아내의 죽음으로 모두 수포가 되고 말았음을 제113행까지 말했다. 부인 유 씨는 29세로 1506년에 세상을 뜨고 말았다. 제118행부터 제129행까지는 아내를 잃고 그리워하는 마음을 "저승길 떠난 것 날로 멀어짐 서러우니/ 외쳐도 들을 수 없고 불러도 알지 못한다." 등으로 애통함을 말했는데 "남기고 간 어린 것들 무릎 위에 안으니/ 눈물이 콸콸 턱까지 흘러내린다." 등을 보면 눌재의 다정다감한 인간미, 아내에 대한 절절한 사랑이 가슴에 깊숙이 와 닿고도 남는다.

아내를 그리워하는 마음은 제130행의 "정원 매화에 봄비 머물러 있는 것 보니/ 그 사람의 아리따움과 방불하여라."에서 절정에 이른다. 이 대목은 읽는 이로 하여금 감탄과 탄식을 함께 토해 내고도 남는 절창이요 지고지순한 사랑의 세레나데가 아닐 수 없겠다.

눌재 슬픈 마음의 마무리는 위진시대 반악潘岳과의 동일시에 있다. 반악은 아내가 죽자 5언 고시「도망시悼亡詩」세 수를 지어 슬픈 마음을 토로했는데 눌재는 제135행에서 그런 반악의 마음을 떠올리며 아내를 그리워했다. 「도망시」
가운데 "봄바람 방문 틈을 타고 들어오고/ 새벽 낙숫물 처마에 방울지네/ 잠
을 잔들 한시라도 잊으리오/ 깊은 수심 날마다 쌓이니/ 어느 때면 이 슬픔 거
의 다 하랴/ 장자가 쳤던 부缶를 나도 칠 수 있으랴"는 반악은 물론 눌재의 안타
깝고 절절한 심정을 유감없이 드러낸 것이라 할 것이다.

제137행에서 "선한 이에 복 내리고 음란한 자에 재앙 내린다는 거/ 그 이치
가 가물거린다."로 심중을 말을 한 뒤, 제139행에서 "저 사람은 어떤 사람인
가?"라는 반복구를 사용하여 탐욕자, 흉악한 자 등은 부모 구존하고, 형제 무
고하다며 억울한 심사와 불합리한 현실을 비판적으로 드러냈다. 제155행에
서 제172행까지는 "여기에 한 사람 있어"의 반복으로 혈족을 끊어버린 자의
영화 누림과 정의를 더럽힌 자가 내외의 해로偕老를 누리는데 자신의 그렇지
않은데 자식을 먼저 보내야 하며 아내가 먼저 죽었는지 등 이해할 수 없는 마
음을 "마음 슬프고 답답하여 억울함 못 참겠네."라고 토로했다.

제177행부터 제192행까지는 글의 마무리다. "슬프다"는 말을 5회 반복했는
데 어머니 계시지만 아버지 계시지 못한 것, 세 아이 먼저 저승으로 보낸 것,
아내가 먼저 세상을 뜬 것, 자신이 환난을 당하고 있는 것, 모든 것이 슬프기만
한 것 등이라는 말로 끝을 맺었다. 독자는 이 글을 통해서 눌재의 인간적인 면
모를 이해함으로써 그에 대한 오해를 종식시키는 등 그를 이해하는 데 많은
도움이 되리라 생각한다. 다시 말해서 독자의 감정에 자신의 입장과 처지를
진술하게 전술함으로써 자신에게 향하고 있는 비난과 모함을 해명하고 이해
시키는 설득 효과를 거둘 수 있었으리라 사료된다. 이와 유사한 것으로 「평왜」
「해당」 「문두견」 등이 있다.

4) 로고스의 실현 — 종경지향宗經志向의 세계

눌재가 간혹 노장의 사유나 언어를 차용하여 썼을 지라도 그것은 어디까지

나 현실 극복이나 갈등 해소를 위한 일종의 풀이를 위한 문학적 차용으로 봐야 옳을 것이다. 그 이유는 시가 말을 전달하는 데서 머물지 않고 숨겨진 어떤 의미를 찾아서 음미하도록 내포적 언어 사용을 주로 사용하기 때문이다. 따라서 시의 언어를 액면에 표현된 그대로 읽고 이해하는 것은 수박 겉핥기와 다를 바 없다.

「등태산이소천하」는 눌재의 유학자로서의 면모를 잘 드러내 주면서 노장老莊에 대해 분명하게 선을 긋고 있는 글인데 『맹자』의 「고자」 상 제24에 나오는 공자의 말을 글의 제목으로 취했다. 공자의 "登東山而小魯(등동산이소로)/ 登太山而小天下(등태산이소천하)"는 성인의 도가 큼을 말한 것이라는 주자의 말대로, 사람이 처한 곳이 더욱 높으면 그 아래를 봄이 더욱 작아지고, 본 것이 이미 크면 작은 것은 족히 볼 것이 없다는 뜻이다.[26]

이는 공자로 대변되는 유학의 세계가 무한히 깊고 크다는 말에 다름 아니다. 그러면서 군왕은 물론 자신과 반대편에 서 있는 사람들에게 동산에만 오르려 하지 말고, 동산에 오른 것만으로 만족하지 말고, 그보다 훨씬 높은 태산에 올라 더 멀리, 더 많이, 더 큰 것을 바라볼 것을 촉구하는 간절한 마음을 담았다.

하지만 눌재의 주장은 거기서 그치지 않는다. 성인의 문하에 들면 태산 같은 것은 "물건 가운데의 겨자씨요 대추잎이다/ 가슴 속에 이미 이러한 도가 들어있어서/ 천지가 내 가슴속의 한 덩어리라면/ 나의 가슴 속에는/태산같이 높은 것이 몇 개나 되는지 모른다."고 하여 동산에만 오른 자, 오르려 하는 자의 식견의 고루함과 편협함을 강하게 질타하고 있다.

특히 『장자』 「천하」 편의 이야기 "하늘은 덮어내기는 하여도 실어내진 못하고/ 땅은 실어내긴 하여도 덮어내진 못한다/ 산은 높아질 순 있어도 깊어질 수는 없고/ 물은 깊어질 순 있어도 높아질 수는 없다."[27]는 말을 인용하여 우물

---

26 『맹자』, 「고자」 상.

안 개구리식의 식견과 견해에 갇혀 있는 사람들에 대한 일갈을 멋지게 한 뒤 "하늘이 싣지 못하는 걸 싣고/ 땅이 덮지 못하는 걸 덮는 것은/ 도의 극도로 넓은 힘이다."라고 하여 참다운 유학자, 참다운 성인 문하의 사문斯文으로서의 자세와 실천을 촉구하고 있음에서 눌재의 글쓰기가 왜 있었으며 누구를 향한 것이었는지 본인의 진정한 가치관이나 세계관의 지향은 무엇이었는지를 알게 한다.

登泰山小天下賦

井蛙不可以語海兮	우물 안 개구리가 바다를 말할 수 없듯
甕鷄何足以知天	독에 든 닭이 어찌 하늘을 알게 되랴
拘居偏而習成兮	매어 사는 것에 치우쳐 習性이 된 것이지
非稟有之誠然	타고난 천성天性이 정말 그런 것은 아니라네
況吾靈於萬物兮	하물며 나는 만물의 영장인데
又豈二蟲之區區	또 어찌 두 미물의 자잘함에 비기랴
痛睇聽之孤束兮	보고 들음이 홀로 묶여 있어 통탄스럽거니와
耳若障而目若塗	귀는 가리운 것 같고 눈은 칠해놓은 것 같다
思憑危而敞余貽兮	높은 데 올라 내가 타고난 기개 활짝 풀어헤쳐서
一盪陋而殫奇	고루함을 씻어버리고 기이한 것들 모두 알고 싶어졌다
岱宗帝拔而截截兮	태산은 제왕帝王같이 치솟아 올라 대단키도 하거니와
臣妾衆山以處夷	신첩臣妾 같은 뭇 산은 바닥에 자리 잡고들 있다
積翠分蘸於黃河兮	쌓인 푸른 빛 황하수에 나뉘어 담기었고

---

27 『장자』, 「천하」.

崇椒高刺乎重霄	높은 산마루 포개진 하늘 위를 높이 찌른다
仰面幾千萬丈兮	우러러보니 그 높이 몇 천만 장인데
藤骨蚪屈而示橋	등나무 같은 뼈 꿈틀이니 굽어 뻗어 다리같이 보인다
三尺斷筇就冒垂堂兮	석 자 지팡이로 댓돌 디디고 나서서
攀冢首而逍遙	(태산) 마루터기에 올라가서 노닌다
挺鶻超鵠不能出吾上兮	솟구치는 매 치솟는 따오기 내 위를 넘어가지 못하고
雲煙餑餾扵趾脚	구름은 발밑에서 부글거린다
豈曰天之高高兮	어찌 하늘이 높고 높다 말하는 건가
金烏咫尺而扣翼	(태양의) 금 까마귀 지척에서 날개 치는데
表獨立兮山之上	버젓이 산 위에 홀로 서서
卷方輿於瞬息	순식간에 온 땅을 훑어본다
洋洋四海可頫而唾之兮	넓디넓은 사방의 바다도 굽어보고 침 뱉을 수 있고
九坑兮堵中物	구주의 산등성이들은 담 안의 물건이다
冀兗青徐蝨竄扵襞積兮	기연청서는 옷 주름에 숨어있는 이들 같아서
雖離婁其莫能分	눈밝은 이루라도 분변하지 못하네
嵎峓燕代眞贅疣兮	우이嵎夷와 연대燕代는 마치 혹 같아서
時出滅扵尺雲	가끔씩 낮은 구름 사이로 출몰한다
楊荊小扵塊凸兮	양주와 형주는 돋아놓은 흙덩이보다 작고
江淮細扵杯決	장강長江과 회하淮河는 잔물 터져 흐르는 것보다 가늘다
秦關入水兮蹄洿	진관의 여덟 물은 말발굽 자국의 물처럼 보이고
禹貢名山兮蟻垤	우공禹貢의 명산들은 개미둔덕으로 보인다
南北窮霜露之所墜兮	남북으론 서리와 이슬 내리는 곳 다 들어있고
東西極日月之出入	동서로는 해와 달이 뜨고 지는 곳까지 다 트여있다

遠則蠻封戎聚	멀면 만족蠻族의 나라와 서융西戎의 마을
近則侯邦列國	가까우면 제후국들
大則千雉百雉	크면 천치千雉와 백치百雉
小則三里七里	작으면 삼리三里와 칠리七里
或若案上之飣餖	혹은 책상 위의 쌓아놓은 떡 같고
或若着面之黑痣	혹은 얼굴에 붙은 검은 사마귀 같다
或若枯棋之列方罫	혹은 강마른 바둑알이 네모 줄판에 늘어져 있는 것 같고
或若礨空之泛大澤	혹은 큰 연못의 기복起伏 같다
十九代帝王之疆理兮	열아홉 왕조의 제왕들이 다스리던 고장은
若坐靜室撫圖畫之歷歷	조용한 방에 앉아 그림을 들고 있는 것같이 뚜렷하다
孰云九州之弘博兮	그 누가 구주가 넓다고 말했는가
收來一日而不足	거두어 오는 것 하루 일감에도 모자란다
彼費脛於周跡兮	저 두루 답사하는데 다리품을 들여서
窮十霜而或逸	십년을 다 보내고도 어쩌다가 빼먹은 데가 있었다
若夫擧秋毫而記大兮	가을 터럭을 들어서 큰 것을 써 내는 일로 말하면
異子休之詭軼	장자의 궤기詭奇함과는 다르다
子休之學兮	장자의 학문이
豈吾之學也	어찌 나의 학문이겠는가
小天下而不有兮	천하를 작게 여기고 차지하지 않는다는
聞夫子之宏廓	공부자의 굉장히 트인 기상 들었거니와
夫子之目兮	공부자의 눈은
亦吾之目也	또한 나의 눈이다
揖精神於無言兮	무언중에 정신을 집중하여
索氣象於彷彿	방불해질 기상을 찾아보노라

恢胸襟而盡納八荒兮	흉금을 넓게 풀어놓고 팔황八荒을 깡그리 집어넣어
襲餘飆而躑躅	끼쳐진 폭풍을 받아 머뭇거린다
身非昔我兮	몸은 이미 옛 내가 아니고
怳然有獲	어렴풋이 얻은 게 있다
右眼亀乎扶桑兮	오른쪽 눈은 부상扶桑보다 높이 떠있고
左眼橫乎若木	왼쪽눈은 약목若木보다 더 멀리 본다
衡霍不得以岋峇兮	형산은 높이 굴 수 없으며
洞庭巨野之瀰漫兮	동정호 바닥에 물 차 있는 것
亦一汚洫	역시 한낱 물 고인 도랑일 뿐
頫下土之茫茫兮	아래 땅의 망망한 것 굽어보니
掛半目而未足芥也	반눈에 보아도 풀오라기만도 못하다
抑茲嶺之峻嶔兮	혹시나 이 산의 높은 것이
拓銀海以增大者乎	눈을 뜨게 하여 시야를 키워 준 것인가
傍有大人先生	곁에 대인선생이 있다가
聞言詰之曰	내 말을 듣고 힐난하여 말하기를
子徒知山之大	그대는 산이 큰 것만 알았지
不知吾道之大也	우리 도가 큰 것은 모르고 있구려
夫天能覆而不能載也	하늘은 덮어내기는 하여도 실어내진 못하고
地能載而不能覆也	땅은 실어내긴 하여도 덮어내진 못한다
載天之所不載	하늘이 싣지 못하는 걸 싣고
而覆地之所不覆兮	땅이 덮지 못하는 걸 덮는 것은
道之極於溥也	도의 극도로 넓은 힘이다
山能高而不能深也	산은 높아질 순 있어도 깊어질 수는 없고
水能深而不能高也	물은 깊어질 순 있어도 높아질 수는 없다
深山之所不深	산이 깊어지지 못하는데 깊어지고
而高水之所不高兮	물이 높아지지 못하는데 높아지는 건

道之入於毫也	도의 터럭에 들어가는 힘이다
此則天地乃吾道中之一物	그러니 천지는 내 도 가운데의 한 물건이고
而泰山又一物中之芥子棗葉也	태산은 또한 물건 가운데의 겨자씨요 대추잎이다
胸中旣有此道	가슴속에 이미 이러한 도가 들어있어서
而天地爲吾胸中之一大塊	천지가 내 가슴 속의 한 큰 덩어리라면
則吾之胸中	나의 가슴속에는
不知幾泰山之巍業也	태산 같은 높은 것이 몇 개나 되는지 모른다
然則泰山不敢爲大兮	그렇다면 태산도 감히 큰 구실을 못하니
而況小於泰山者乎	하물며 태산보다 작은 것이야 더 말할 나위 있겠는가
縱不胸喘吻燋	비록 가슴을 헐떡이고 입을 태우며
徘徊白雲之巓兮	흰 구름 걸려 있는 산마루를 배회하지 않고서
茅茨之下申申床褥	초가지붕 밑에서 잠자리 쭉 뻗고 있어도
可以知天下一彈丸也	천하는 한 개의 탄알에 지나지 않는 것이다
伊子輿之評確兮	저 맹자의 평이 틀림없으니
信在此而不在彼	진실로 이곳에 있지 그곳에 있지 않다
吾將携子而探討兮	나는 그대의 손을 잡고 진리를 탐구하여
邀東門之夫子	동문의 부자夫子를 맞이하리라

위의 「등태산이소천하」는 눌재의 유학자로서 유학의 경전에 대한 중심 사유 곧 종경宗經 지향을 잘 드러내고 있는 시이다. 전체 103행의 비교적 장편인데 눌재의 포부와 소신, 나아가 유학자로서의 신념이 담겨 있다. 사람의 이목은 누구나 그 공능功能은 거의 같지만, 환경의 제한으로 위축되거나 고루해질 수 있다. 그러므로 그 것을 면하기 위해서는 천하에서 가장 높은 곳에 올라야 한다. 하지만 그 가장 높은 곳은 태산이 아니라 성인의 문하라는 전제를 알아야 이 글을 제대로 읽었다 할 것이다. 곧 유학을 제외한 사상은 동산에 올라가

노 나라를 작다고 한 것에 불과하고, 유학을 알고 나면 태산에 올라서서 천하가 작다고 말할 수 있는 능력이 생긴다는 말이다.

제1행, 2행은 우물 안 개구리와 독 안에 든 닭을 내세워 만물의 영장인 '나'라는 사람과 다름을 말했는데 이는 그 내포적인 의미가 유학과 다른 사상들과의 비교를 비유한 것이다. 제6행에서는 태산에 올라야만 하는 이유를 말했고 제9행은 높은데 올라서 "기이한 것들을 모두 알고 싶어졌다."라고 말하여 유학의 세계에 깊이 침잠하여 고루함을 씻어버림은 물론 유학자로서의 포부와 다짐을 드러냈다.

제18행에서는 드디어 평소 바랐던 태산에 올라서 세상을 내려다본 사실을 제50행까지 길게 말했다. 복희, 신농, 황제, 요, 순, 우, 탕, 문무, 진秦, 한, 위, 진晉, 유송劉宋, 제, 양, 진陳, 수, 당, 송 등의 열 아홉 왕조가 다스리던 고장이 "조용한 방 안에 앉아 그림을 들고 있는 것 같이 뚜렷하다."고 하여 중국 천지가 넓은 게 아니며 "거두어 오는 하루 일감에도 모자란다"고 하여 공문孔門 즉 유학에 들고 난 뒤 이목과 식견이 커지고 넓어졌음을 그렇게 표현했다.

제53행에서는 "장자의 학문이 어찌 나의 학문이겠는가"라고 말하여 자신은 결코 장주학 같은 데 물든 사이비 유학자가 아님을 천명했다. 이어 제55행에서 태산에 올라서서 "천하를 작게 여기고 차지하지 않는다는/ 공부자의 굉장히 트인 기상을 듣고", "공부자의 눈은 또한 나의 눈이다"라고 하여 성인의 문하에 들어 그 성인과 "방불해질 기상을 찾아보노라"며 종경 의지를 다졌다.

제63행은 마침내 성인의 문하에 들었음과 그 결과 달라진 자신의 모습을 말했는데 제74행에서 대인 선생을 등장시켜 유학의 도가 큰 것에 대하여 『장자』「천하」편의 "하늘은 덮어내기는 하여도 실어 내지는 못하고/ 땅은 실어내긴 하여도 덮어내긴 못한다"의 사상과 비교하여 "하늘이 싣지 못하는 걸 싣고/ 땅이 덮지 못하는 걸 덮는 것은/ 도의 극도로 넓은 힘이다"고 하여 성인 문하 경험 세계의 위대성을 말한 것이 제82행이다. 제83행은 장자의 사상과는 달리 성인의 문하에 들면 "산이 깊어지지 못하는데 깊어지고/ 물이 높아지지 못하는데 높아지는 건/ 도의 터럭에 들어가는 힘이다"라는 말과 "천지는 내 도 가운데의 한 물건이고/ 태산은 또한 물건 가운데의 겨자씨요 대추잎이다/ 가슴속에 이미 이러한 도가 들어 있어서/ 천지가 내 가슴속의 한 큰 덩어리라면/ 나의 가슴 속에는/ 태산 같은 높은 것이 몇 개나 되는지 모른다."면서 흉중에 도를 지니고 있으면 굳이 태산 같은 데 올라갈 필요가 없음을 제87행 이하에서 말했다.

제96행은 "하물며 태산보다 작은 것이야 더 말할 나위 있겠는가"라 하여 유학 외의 사상과 그 보잘 것 없음을 분명히 말했다. 제100행은 "저 맹자의 평이 틀림없으니/ 진실로 이곳에 있지 그곳에 있지 않다"면서 "나는 그대의 손을 잡고 진리를 탐구하여" 곡부의 공부자를 맞이하겠다는 의지 표명으로 결론을 삼았다. 이와 유사한 것으로 「석고」가 있다.

5) 파토스와 에토스의 실현 — 중용과 도덕 지향성

파토스는 연설가가 청중을 자신에게 유리한 감정으로 이끄는 것과 관련된 것[28]이므로 이는 문학의 경우 독자와의 공감대 형성이 주제 전달에 유용하다는 말과 다르지 않다. 아울러 에토스는 작자 자신이 독자의 관심을 적확하게 파악하여 글쓰기 방식을 결정하거나 글쓴이 자신이 누구인가를 독자에게 분명하게 알림으로써 글 쓰는 목적을 효과적으로 달성할 수 있을 것이다. 「애대조」는 문면文面 그대로의 전달 보다는 비유와 상징이 혼재되어 있어 내포적 의미를 찾아내는 재미가 쏠쏠한 글이다. 언뜻 눌재가 장자식 사유에 경도된 것처럼 읽혀질 수 있으나 곱씹어 보면 유학의 중용 정신 또는 군왕과 관리의 도덕 정신의 견지를 우의적으로 전달하고 있음을 발견할 것이다.

---

28 박문재, 앞의 책, 수사학, 321면.

哀大鳥

菟裘之西	토구 서쪽에
蒼髯高峙	소나무 높이 솟은 곳에
有鳥來巢	새가 날아와 둥우리 틀고
卵化三子	새끼 셋을 낳았겠다
始黃口之轂敎	처음에는 노랑부리를 움직거리더니
終雪衣之習飛	마침내 하얀 털로 날기를 익혔다
初若翾於尋丈	처음엔 한발 정도 퍼덕이더니
忽欲凌乎希夷	홀연히 높은 곳으로 날려 들었다
狀窈窕而可觀	생김새는 예뻐서 볼만하고
聲瀏澆而宜聞	소리는 맑아서 듣기 좋았다
背鴻鵠而不伴	홍곡들이 아니면 즐겨 벗 삼지 않았으니
豈燕雀之爲群	어찌 연작이 끼어들 틈 있겠나
晝啄平蕪	낮에는 들판에서 쪼아 먹다가
夜宿舊林	밤에는 본래의 수풀에서 묵는다
同雙鳧之往來	짝지은 오리가 오가는 것과는 같고
異沙鷗之浮沈	모래밭 갈매기 물에 부침하는 것과는 다르다
我憐衣雪	나는 눈처럼 흰 털 귀여워하여
朝夕出看	아침저녁으로 나가서 보고
乃命童子	이윽고 아이에게 일러두기를
以戒機關	덫 같은 것 못 놓게 했지
詑健翼之無羈	건장한 날갯짓 자유롭게 뽐내며
抱明心而自適	밝은 마음 품고서 만족해 보였지
吾愛爾之軒昂	나도 새의 의기양양함 사랑하여
擬青田之神鶴	청전산의 신령스러운 학에다 비견했었지

如何不懼	어찌하여 두려움 없이
浪遊澤國	물 많은 장소를 마구 노닐었는지
虞人備機	동산 지킴이는 덫을 설치하고선
知撮偏塞	한눈 팔고 막혀 있는 것 잡을 텐데
童子驚告	동자가 놀라서 알려오기를
大鳥被攫	큰 새가 잡혔는데
爭觸手而拔毛	다투어 손으로 털을 뽑으니
染紅血於縞衣	흰옷에 붉은 피 낭자했다네
顧六翮之已摧	온 날갯죽지가 부러져 나가니
向九霄而含悲	하늘 향해 슬픔을 하소연하네
余謂大鳥	내가 이르기를 큰 새여
何至此極	어찌하여 이렇게 되었단 말가
卽呼蒼頭	곧 하인을 불러
往救其急	가서 빨리 그 급함을 구해
叱咤取來	야단을 치고 가져와
畜我中庭	우리 뜰 안에서 기르게 했다
羽毛雕盡	날개털은 깡그리 망가져
嗚咽吞聲	흐느끼며 울음소리 삼킨다
背秋風而蹭蹬	가을바람 등지고 비틀거리면서
堪忍飢而休啄	배고픔 참으며 쪼아 먹질 않고 있다
安知萬里之禽	어찌 알았으리오 만 리를 나는 새가
遽見兩手之得	갑자기 손안에 갇히고 말 줄을
天耶人耶	하늘을 원망하랴 사람을 원망하랴
爾鳥何愚	그대 새여 어찌 그리 어리석은가
畢戈網羅	자루그물 주살 큰 그물 잔 그물 등
旁羅以候	옆에 벌리고서 기다리고들 있는데

爾自就罹	그대 스스로 가서 걸려들다니
余又誰尤	나는 또 누구를 원망하겠는가
爾不聞蓬萊千仞	그대 듣지 못했는가 높은 봉래산이
海上一碧	바다 위에 푸르게 솟아 있다는 것을
絶人間之機事	세상의 간사한 일 끊어 버리고
淡方壺之風月	선경의 풍월이나 맛보자구려
琅玕肉芝	대나무 열매와 살찐 영지는
可以療飢	굶주림쯤이야 떼울 수 있지
嗟爾大鳥	아, 그대 큰 새여
爾胡不歸	그대 어찌 돌아가지 않는가
崑崙玄圃	곤륜산의 신선이 사는 곳과
閬月梧桐	곤륜산의 오동나무에는
世網不到	세상의 그물 따윈 얼씬 못하고
但見靈蹤	신선의 발자취만 보일 뿐이라네
天禾玉梅	진귀한 식물과 향기로운 매화를
可以得唉	먹을 수 있다는데
嗟爾大鳥	아, 그대 큰새여
爾胡不適	그대 어찌하여 그곳으로 안 가는가
又不聞剛風世界	또 그대 듣지 못했는가 신선의 세계가
去天一握	하늘에서 한 뼘 거리에 있다는 것을
神雀逍遙	신령한 새 노닐면서
養其氣力	그 기력 기르고 있으니
雖有繒繳	비록 주살이 있다 하여도
尙安得施	또 어디에다 쓰겠는가
嗟爾大鳥	아, 그대 큰 새여
爾胡不之	그대 어찌하여 가지 않는가

大鵬圖南	큰 붕새는 남쪽 갈 요량으로
扶搖羊角	회오리바람 양 뿔 같은 것 타고
萬里凌風	만 리 바람을 타고 넘으며
六月一息	여섯 달에 한 차례 쉰다
槍楡斥鷃	느릅나무로 치닿는 방울새가
仰見奚及	쳐다본들 어찌 따라가겠는가
嗟爾大鳥	아, 그대 큰 새여
爾胡不若	그대는 어찌 그렇게 하지 않는가
謾要肥而賈禍兮	부질없이 살찐 고기 바라다 화를 입었으니
得無愧於鷩鷩	어찌 봉황새에 부끄럽지 않으리오
卷道德於覆巢之邦	둥우리 뒤엎는 데서 도덕 감춤은
乃喆人之炳幾	이른바 철인의 빛나는 예견이지
爾旣有羽毛之美	그대는 이미 날개털의 아름다움 지니었건만
胡不卷而避機	어찌하여 감추고서 덫망에 걸려드는가
噫匹夫無罪	아, 사나이가 무슨 죄 있으리오
懷璧其罪	구슬 품으면 그것이 죄인 것을
物之有材	물건이 쓸 데가 있으면
禍之所會	재앙이 모여드는 법
蚌之剖兮以珠	조개는 진주 때문에 쪼개어지고
桂之伐兮以食	계수나무는 먹을 수 있기에 베어진다
籠鸚鵡者以語	앵무새는 말을 해서 새장에 갇히고
韝鷹隼者以搏	송골매는 때릴 줄 알기에 매여 산다
苟自安於不材	진실로 쓸모없음에 스스로 편히 여겨
庶可終乎天年	타고난 목숨 무사히 마치기를
櫟社老而免斧	상수리나무 늙도록 도끼 면하고
鷦鷯小而能全	뱁새는 작아도 제 생명 누린다

天胡畀汝以美質	하늘은 어찌하여 그대에게 재주 주고서
又胡不與其所安	또 어찌 안주할 장소는 주지 않았을까
然則乃何	그렇다면 어쩌면 좋은가
吾將處乎材與不材之間	나는 장차 중간을 지키리다

위의 「애대조」는 전체 106행으로 눌재 자신의 입장이나 처지를 큰 새에 빗대어 풀이한 것인데 눌재의 상상력이 매우 돋보이는 수작이다. 눌재는 이 시를 통하여 자신이 지향하는 세계 곧 도덕이 살아 숨 쉬는 세상을 낭만적 수법을 동원하여 흥미롭게 제시했다. 「애대조」는 당대 선량한 선비들의 불우를 우화적 기법으로 풍자한 내용이면서[29] 새로운 도덕 세상을 바라는 소망이 담겨 있다. 눌재 자신을 비롯한 뜻있는 선비들을 큰 새, 조개, 계수나무, 앵무새, 송골매 등에 비긴 비유가 참신하다.

제1행에서 제4행까지 도구 곧 은서지隱棲地를 등장시켜 그 곳에 새가 날아와 새끼 셋을 낳은 것으로 시상을 열었다. 제5행부터 제16행까지 새끼 새들의 성장과 홍곡鴻鵠들과 벗하는 등 준수한 면모를 가졌음을 말했다. 물론 여기 등장하는 은서지와 새끼 셋 등 모두 함축적인 뜻이 내포된 것임은 두말할 필요가 없다.

제17행은 내가 등장하는데 동자에게 덫 같은 놓지 못하게 해서 "밝은 마음 품고서 만족해보였지." "나도 새의 의기양양함 사랑하여/ 청전산의 신령스러운 학에다 비견했었지." 등으로 나와 새와의 관계를 설정했는데 여기서 나는 누구인지 구체적으로 드러나지는 않지만 의미상 그 내포적인 뜻은 군왕이나 그만한 위치에 있는 존재를 상정할 수 있겠다. 이 시를 곰곰이 읽어 보면 눌재의 글쓰기가 장자식의 낭만적인 수법을 동원하여 유가적 도덕성을 매우 강력

---

29 최한선, 「호남시단의 서술시 전통」, 김학성 외, 『고전시가와 호남시단의 이해』, 태학사, 2017, 369~370면.

하게 지향하고 있음을 발견할 수 있을 것이다.

제25행은 새의 잘못된 행동들이 자세히 서술되고 있다. "물 많은 장소를 마구 거닐었는지"에서 보듯 새가 한눈을 팔아 덫에 걸려 수난을 당하게 된 것을 제34행까지 말하고 있다. 제35행은 내가 묻는 대목이다. 어찌하여 잡혀서 털이 뽑히고 날개가 부러지며 피가 낭자하게 되었는가를…… 제39행부터 제52행은 다 죽어 가는 새를 구해 와서 내 뜰 안에서 기르는데 잘 먹지도 못할 정도가 되었다며 "어찌 알았으리오 만 리를 나는 새가/ 갑자기 손안에 갇히고 말 줄을/ 하늘을 원망하랴 사람을 원망하랴/ 그대 새여 어찌 그리 어리석은가."라며 새를 노리는 자루 그물, 주살, 큰 그물, 작은 그물 등이 옆에서 걸리기만을 벌리고 기다리고 있음을 어찌 깨닫지 못하고 그대 스스로 가서 걸려들었냐며, 원망할 것은 바로 자기 자신의 불찰이라는 말을 했다. 청백리 눌재가 자신을 향한 반성과 함께 관리들의 부정과 부패를 우회적으로 비판하고 있다. 이 대목은 눌재의 에토스, 정치 현실에 대한 인식과 정치인으로서의 인품과 자세가 잘 읽어진다. 그러면서 귀거래 의지 또는 낭만적 수법을 동원하여 현실의 갈등과 불만을 해소하려는 모습을 제53행부터 58행에서 말했다. 이를 두고 장자莊子로의 경도라든가 노장 세계의 동경이라는 말을 해서는 곤란할 것이다.

제59행부터 제90행까지는 "아, 그대 큰 새여"를 4회 반복하면서 곤륜산 신선이 사는 곳, 덫망 같은 것이 전혀 없는 곳으로 왜 가지 않느냐며 관리로서의 올바른 길을 걸어야 함을 길게 말했다. 그 만큼 현실이 어둡고 답답함을 그렇게 표현한 것이다. 제91행은 주제문인데 "아, 사나이가 무슨 죄 있으리오"라고 하면서 구슬을 품은 것이 죄가 아님을 진주의 조개 품음, 계수나무의 식용성, 앵무새의 말하는 능력, 송골매의 때릴 줄 아는 능력 등을 실례로 들었다. 경국제민의 뜻을 품은 것이 무슨 죄가 되겠는가? 이는 자신이 「신비복위소」 때문에 여러 시련을 겪고 간신히 태장笞杖은 면한 채 오림역으로 유배를 떠난[30] 사실 등을 말한 것이다. 문제는 중용을 모르고 도덕을 모르는 사람의 욕심 때문이 아니겠는가? 제99행에서 "진실로 쓸모없음에 스스로 편히 여겨/ 타고난 목숨 무사히 마치기를"이라고 말한 것은 눌재의 장자식 사유에 기댄 역설이요, 정말 하고픈 말은 하늘 곧 중용 정신과 도덕 정신의 지향이다.

제106행에서는 『장자』 「산목」편의 우화 중 산속의 나무는 쓸모가 없어서 오래 살고, 집안의 거위는 쓸모가 없어서 죽게 되었다고 한 말에 대해 제자들이 선생님은 어느 쪽에 몸을 두고자 하느냐고 묻는 말에 자신은 쓸모가 있는 것과 쓸모가 없는 것을 두고 "나는 장차 중간을 지키리다."의 장자 말의 인용은 그 뒤에 나오는 "오직 도덕의 고향이 있을 뿐이다其唯道德之鄕乎."[31]에 집약되어 있음을 간과해서는 곤란할 것이다. 이와 유사한 것으로 「위선최락」이 있다.

3. 맺음말

이 글은 눌재의 부 문학 세계에 실현된 미학을 구명하기 위하여 의도된 글이다. 소기의 목적을 온당하게 이루기 위하여 연구의 이론적 배경으로 아리스토텔레스의 『수사학』 이론으로부터 입론을 세워 현대가사 시학의 미학을 해명한 김학성 교수의 연구 성과를 원용하였다. 다시 말해서 김학성 교수는 최정서의 현대가사를 평설한 글 「현대가사의 전범을 보이다」에서 아리스토텔레스가 연설 잘 하는 기술로 로고스, 파토스, 에토스 등 설득의 3요소를 말한 것에 착안하여 가사가 연설이나 설교처럼 전술傳述 장르에 해당한다는 전제 아래, 현대가사의 연구에 위 3요소가 유용함을 말했다.

그러면서 가사는 문학임을 감안할 때 위 세 가지 외에도 상상력이 추가되어

---

30 앞의 책, 해역 눌재집, 996면.
31 이석호 역, 『장자』, 「산목」, 삼성출판사, 1983, 362면.

야 한다면서 명품 가사 문학의 필수 요소로서 로고스, 파토스, 에토스, 상상력 등 4가지를 들어 최정서의 현대가사 미학을 살폈다. 여기서 말하는 로고스는 생략삼단논법이나 예증을 통한 증명을, 파토스는 연설가가 청중을 자신에게 유리한 감정으로 이끄는 것을, 에토스는 청중의 성격에 따라 연설 내용을 달리하는 것과 연설가 자신이 어떤 성격의 인물인지를 청중에게 드러내 보여서 청중이 자신의 연설을 더 잘 받아들이게 하는 방법을 각각 의미한다.

이러한 현대가사의 연구 방법은 가사와 부가 공히 전술傳述 장르일 뿐만 아니라 풀이적 서술시로서 같은 성격을 지닌다는 점에서 부 문학 연구에도 유용할 수 있음에 착안하여 눌재 부 문학 연구의 이론적 배경으로 삼았다. 왜냐하면 많은 부의 작가들은 『시경』의 풍간諷諫의 뜻을 빌어다 부 제작의 의의를 설명했음[32]에서 사실 눌재의 12편 부들은 풀이적 서술시로서의 성격을 강하게 지니거니와 군왕에게 하고픈 말을 한다거나 얽힌 것을 풀거나 해명하기 위해서는 독자의 감정에 대한 이해가 매우 중요할 뿐만 아니라, 작가의 권위나 진실성 또한 담보되어야 할 것이며 나아가 충분한 논거를 바탕으로 한 논증이 있어야 함은 두말할 필요가 없을 것이다.

본 고에서는 눌재의 부 문학 12편에 대하여 그 내용과 성격상 1. 에토스의 실현―마음이 곧 황종, 2. 에토스와 로고스의 실현―만물은 들녘의 티끌, 3. 파토스의 실현―인간적 향기, 4. 로고스의 실현―종경宗經 지향의 세계, 5. 파토스와 에토스의 실현―중용과 도덕 지향 등 5가지로 대별하여 살펴보았다.

먼저 에토스의 실현―마음이 곧 황종은 「황종부」를 통해서 눌재의 독특한 음률관을 드러낸 글로서 전체 88행으로 구성되었다. 「황종부」는 눌재의 음률관, 나아가 자연스러운 음악으로 대변되는 그의 사유의 자유로움과 유연함을 유감없이 보여 주는 걸작이다. 황제가 만든 황종이 마치 『주역』에서 말하는 태극처럼 모든 음률의 기준 또는 모태가 된다는 눌재의 생각이 기저에 작용하

---

32 김학주, 『중국문학의 이해』, 신아사, 1992, 148면.

면서 전개되는 글이다.

이를 통하여 독자는 눌재의 세계관이나 사고방식을 이해하는 데 큰 도움을 받을 수 있을 것이기에 눌재의 전술 의도나 목적은 성공을 거둔 것이라 생각된다. 그가 해박하게 제시하는 『통전』 등의 기록에 논거한 주장은 독자들에게 공감과 함께 진실성을 담보하게 하면서 아울러 독자들의 기대지평에 부응하는 전략적 효과를 거두고 있다. 곧 군왕과 고위 관료에게는 자신의 진실을 알아 달라는 호소나 설득이었을 것이고, 동류 사대부들에게는 결속을 다지고 자신의 뜻을 그들과 함께 공고히 다지는 계기가 되었을 것이며, 훈구대신들에게는 양심의 가책과 자기반성을 촉구할 수 있었을 것이다.

요컨대 '황제와 같은 성군의 마음이 곧 황종이다'는 주장을 함으로써 군군신신君君臣臣의 중요성을 새삼 강조하였다. 따라서 독자의 처지와 입장을 두루 생각하면서 감성을 바탕에다 심층의 설득 자질로 삼고 에토스(진실)에 의한 설득적 주장은 독자의 심금을 울리고도 남았을 것이다. 누구라도 황제와 같은 마음을 가진다면 음악은 저절로 바르게 된다는 주장이고 보면, 여기서 우의寓意하는 바 음악은 곧 민속이나 민심 같은 것이고 황제는 곧 어진 군왕을 지칭함이 아니겠는가. 눌재의 글쓰기가 누구를 향한 것이며 무엇을 주제로 하고 있는지 새삼 놀라게 한다.

"성인이 또 나온다면 내 설을 취할 것이다."는 비장함마저 느껴지는 대목인데 눌재가 군왕의 군왕답지 못함에 대한 실망과 자신과 같은 인재가 용납되지 못한 시대의 아픔을 우회적으로 표현하고 있다. 성인이라야 자신을 알아줄 것이라는 현실의 장벽 앞에 양심적이고 개혁적인 지식인의 함성이 귓전을 아프게 때린다.

다음으로 에토스와 로고스의 실현—만물은 들녘의 티끌은 「몽유」 곧 꿈속의 여행이라는 글에서 반영된 글쓰기 전략이다. 「몽유」는 어느 눈 내리는 날 낮잠을 자는 데서 시작한다. 입몽入夢해서 중국 상고시대 복희씨부터 신농, 황제, 요, 순, 우, 탕, 문, 무, 주공 시절과 춘추, 전국, 진秦, 한, 위, 촉, 오, 양진兩晉,

남북조, 수, 당, 양송兩宋, 원까지 여행을 하다가 명나라 눌재 당대에 이르러 각 몽覺夢해 보니 시절이 답답하여 다시 천신天神에게 해명의 말을 듣고 크게 깨달아 자위하며 해탈에 이르는 과정이 서술되어 있다.

중국 역사에 대해 태초부터 눌재 당시까지 현실감 있게 흥망성쇠에 붙여 직접 목도目睹한 듯 서술하였는데 그러한 가운데 초사의 「이소」와 「원유」의 수법을 적절히 잘 차용하여 설득력을 충분히 살렸다.

중국의 역사를 개관하는 역사 여행을 하면서 먼저 자신의 해박한 지식을 독자에게 환심의 바탕으로 삼은 뒤, 그 위에 박식하고 풍부한 역사적 사실이나 사건을 논거로 제시하여 독자들이 마음 열고 글쓴이의 주장을 믿게 한다. 그러는 가운데 기발한 상상력과 우의적 수법 등을 자유자재로 활용하여 내포적 의미를 독자들이 찾아서 감동할 수 있도록 치밀한 구성을 하고 있음은 눌재를 왜 호남의 사종詞宗이요 성현·신광한·황정욱 등과 함께 서거정 이후 한문의 사가四家라 칭송하는지 동감하게 한다.

특히 이곳에서 주목되는 바는 번영한 왕조 역사의 각 시기와 쇠망한 왕조 역사의 각 시기 마다 공통적인 특징을 들고 있음이다. 번영한 왕조는 군왕과 신하가 신의로써 끈끈한 관계를 가졌던 반면에, 쇠망한 왕조는 그와 반대였거나 간신이나 환관 또는 경국 미색으로 인한 폐정이 주된 원인이었음을 들고 그것을 눌재 당대의 현실적인 문제와 연결지음으로써 독자들이 행간에 담긴 주제를 찾아내도록 하고 있다.

다음으로 파토스의 실현─인간적 향기는 독자들의 감정을 작가 자신에게 유리하게 이끄는 방법을 활용하여 자신의 목적을 효과적으로 달성하고 있는 글인데 「의자도부」가 이에 해당한다.

「의자도부」는 전체 192행의 비교적 긴 시이다. 반첩여가 「자도부」에서 추풍선秋風扇에 빗대어 자신의 실총失寵을 슬퍼했던 말을 끌어와 눌재 자신의 이야기를 감성적이며 비감적으로 나타냈는데, 반첩여의 글이 그 수법이나 내용이 매우 절실하다는 말을 하여 시의 처음으로 삼았다. 그렇지만 자신의 경우는 반첩여 보다 더욱 참혹하다는 말을 하는데 부친을 잃은 사실, 스승이자 형이 작고한 일, 두 딸과 아들이 세상을 뜬 일, 이어 아내 류씨柳氏마저 세상을 버린 일 등을 일일이 말했는데 짧은 세월 동안 "이토록 화가 여섯 차례나 닥쳐 오는 혹독함을 당했다."고 서술함으로써 독자들의 감정에 호소하여 자신의 입장 설명과 자신에게 향하는 비난의 화살을 빗겨나게 하는 전략적 의도를 담았다.

그러는 과정에서 『시경』 소아의 「체두」 시와 패풍의 「곡풍」 시, 반악의 「도망시」, 자하의 아들 잃고 실명된 고사 등을 원용하여 독자의 감정에 충분히 호소한 뒤, 자신의 이야기를 인간적인 면모로써 진솔하게 드러내어 독자의 심금을 울리고 있는 대목에 이르면, 눌재의 글쓰기가 단순히 자기 해명을 위한 수단이나 자기 이해를 구하는 것이 아니라, 신하로서, 선비로서, 자식으로서, 한 지아비로서, 한 가정의 아버지로서의 진실한 인간미를 알게 하여 읽는 이를 더욱 공감하게 한다.

특히 아무리 자신이 어려운 처지에 있더라도 춘추시대 노나라의 유하혜가 실천했던 직도이사인直道而事人(바른 도로써 군왕을 섬김) 하겠다는 의지적 표명은 그를 함부로 음해하거나 곤경으로 내몰지 못하게 하고도 남을 소신과 신뢰가 느껴진다.

로고스의 실현—종경지향의 세계는 「등태산이소천하」에서 잘 드러나고 있는데 눌재가 간혹 노자와 장자의 사유나 언어를 차용하여 표현했을 지라도 그것은 어디까지나 현실 극복이나 갈등 해소를 위한 일종의 풀이를 위한 문학적 차용으로 봐야 옳을 것이다. 그 이유는 시가 말을 전달하는 데서 머물지 않고, 숨겨진 어떤 의미를 찾아서 음미하도록 내포적 언어 사용을 주로 사용하기 때문이다. 따라서 시의 언어를 액면에 표현된 그대로 읽고 이해하는 것은 수박 겉핥기와 다를 바 없다.

이는 달리 공자로 대변되는 유학의 세계, 성인의 문하가 무한히 깊고 크다는 말에 다름 아니다. 그러면서 군왕은 물론 자신과 반대편에 서 있는 사람들에게 동산에만 오르려 하지 말고, 동산에 오른 것만으로 만족하지 말고, 그보다 훨씬 높은 태산에 올라 더 멀리, 더 많이, 더 큰 것을 바라볼 것을 촉구하는 간절한 마음을 담았다.

눌재의 주장은 거기서 그치지 않는다. 성인의 문하에 들면 태산 같은 것은 "물건 가운데의 겨자씨요 대추잎이다/ 가슴 속에 이미 이러한 도가 들어있어서/ 천지가 내 가슴속의 한 덩어리라면/ 나의 가슴 속에는/ 태산같이 높은 것이 몇 개나 되는지 모른다."고 하여 동산에만 오른 자, 오르려 하는 자의 식견의 고루함과 편협함을 강하게 질타하고 있다.

특히 『장자』 「천하」 편의 이야기 "하늘은 덮어내기는 하여도 실어내진 못하고/ 땅은 실어내긴 하여도 덮어내진 못한다/ 산은 높아질 순 있어도 깊어질 수는 없고/ 물은 깊어질 순 있어도 높아질 수는 없다."는 말을 인용하여 우물 안 개구리식의 식견과 견해에 갇혀 있는 사람들에 대한 일갈을 멋지게 한 뒤 "하늘이 싣지 못하는 걸 싣고/ 땅이 덮지 못하는 걸 덮는 것은/ 도의 극도로 넓은 힘이다."라고 하여 참다운 유학자, 참다운 성인 문하의 사문斯門으로서의 자세와 실천을 촉구하고 있음에서 눌재의 글쓰기가 왜 있었으며 누구를 향한 것이었는지 본인의 진정한 가치관이나 세계관의 지향은 무엇이었는지를 알게 한다.

끝으로 파토스와 에토스의 실현—중용과 도덕 지향은 「애대조」에서 잘 실현되고 있다. 파토스는 연설가가 청중을 자신에게 유리한 감정으로 이끄는 것과 관련된 것이므로 이는 문학의 경우 독자와의 공감대 형성이 주제 전달에 유용하다는 말과 다르지 않다. 아울러 에토스는 작자 자신이 독자의 관심을 적확하게 파악하여 글쓰기 방식을 결정하거나 글쓴이 자신이 누구인가를 독자에게 분명하게 알림으로써 글 쓰는 목적을 효과적으로 달성할 수 있을 것이다.

「애대조」는 문면文面 그대로의 전달 보다는 비유와 상징이 혼재되어 있어 내포적 의미를 찾아내는 재미가 쏠쏠한 글이다. 언뜻 눌재가 장자식 사유에 경도된 것처럼 읽혀질 수 있으나 곱씹어 보면 유학의 중용 정신 또는 군왕과 관리의 도덕 정신의 견지를 우의적으로 전달하고 있음을 발견할 것이다.

주제문 "아, 사나이가 무슨 죄 있으리오"라고 하면서 구슬을 품은 것이 죄가 아님을 진주의 조개 품음, 계수나무의 식용성, 앵무새의 말하는 능력, 송골매의 때릴 줄 아는 능력 등을 실례로 들었다. 경국제민의 뜻을 품은 것이 무슨 죄가 되겠는가? 이는 자신이 「신비복위소」 때문에 여러 시련을 겪고 간신히 태장笞杖은 면한 채 오림역으로 유배를 떠난 사실 등을 말한 것이다.

자신이 문제의 대상으로 떠오르고 비난의 대상이 된 것은 중용을 모르고 도덕을 모르는 사람의 욕심 때문이 아니겠는가? 제99행처럼 "진실로 쓸모없음에 스스로 편히 여겨/ 타고난 목숨 무사히 마치기를"이라고 말한 것은 눌재의 장자식 사유에 기댄 낭만적 역설이요, 정말 하고픈 말은 하늘 곧 중용 정신과 도덕 정신의 부재로 인한 당대 현실의 불합리를 지적한 것이었다.

참고문헌

『시경』

『맹자』

『장자』

충주박씨문간공파문중, 『해역 눌재집』, 1979.

郭維森, 『中國辭賦發展史』, 人民出版社, 2012.

김학성, 「현대가사의 전범을 보이다」, 최정서, 『가사로 쓴 일동 삼 물의 노래』, 고요
　　　아침, 2020.

김학주, 『중국문학의 이해』, 신아사, 1992.

김학성·최한선, 『고전시가와 호남시단의 이해』, 태학사, 2019.

박문재 역, 『아리스토텔레스 수사학』, 현대지성사, 2020.

費振剛 外, 『全漢賦校注』(上), 廣東教育出版社, 2005.

성무경, 『가사의 시학과 장르 실현』, 보고사, 2000.

이석호 역, 『장자』, 삼성출판사, 1983.

장기근 역, 『중국문학사』, 대한교과서주식회사, 1989.

何新文 外, 『中國賦論史』, 人民出版社, 2012.

졸고, 「호남시단의 서술시 전통」, 김학성·최한선, 『고전시가와 호남시단의 이해』,
　　　태학사, 2019.

졸고, 「풍암 문위세의 서술시와 지향세계」, 최한선·김학성, 『고전시가와 호남한시
　　　의 미학』, 태학사, 2019.

졸고, 「가사와 부」, 『오늘의 가사문학』(가을호), 고요아침, 2017.

박상 산문의 장르적 성격과 지향

정병헌

1. 머리말

맹자는 "군자에게 세 가지 즐거움이 있으니, 천하의 왕이 되는 것은 그것에 포함되지 않는다. 부모가 모두 살아계시고 형제가 무고한 것이 첫째 즐거움이요, 우러러 하늘에 부끄러움이 없으며 내려다보아 사람에게 부끄럽지 않은 것이 두 번째 즐거움이며, 천하의 영재를 얻어 교육하는 것이 세 번째 즐거움이다."라고 하였다. 아버지가 일찍 돌아가시고, 또한 자신에게 아버지 역할을 하던 형도 그렇게 오랜 기간 같이 있지 못하였지만, 눌재 박상은 바로 그 삼락三樂에 부합하는 군자로서의 삶을 견지했다. 높은 벼슬을 하지는 못했지만, 그러나 맹자가 '천하에 왕 노릇 하는 것'이 군자의 즐거움에 포함되지 않는다고 했던 것처럼, 박상에게 있어 높은 벼슬이 그렇게 매력적인 자리는 아니었을 것이다. 오로지 바른 삶을 실천궁행하는 유자儒者로서의 삶을 도모하였고, 그런 점에서 박상은 성공적인 삶을 영위한 인물이라고 할 수 있을 것이다.

당대의 선비들이 숱한 화禍로 인하여 목숨을 잃기도 하였는데, 고고한 모습을 유지하면서 짧지 않은 삶을 살았던 것도 그에게 있어서는 또 하나의 행운이었다. 자칫 연산군燕山君의 눈 밖에 나서 죽음에 내몰릴 수도 있었지만, 운명은 그를 죽게 두지 않았다. 기묘년의 엄혹한 현실에서도 요행히 그런 앙화殃禍를 비껴나 당대 유자儒者가 누릴 수 있는 평안한 삶을 유지할 수 있었다. 그에게 있어 가장 큰 사건이란 「의자도부擬自悼賦」에서 언급한 것처럼 연달아 일어난 주위 사람들의 죽음이었기 때문이다. 외적의 침입이나 국가의 혼란을 야기하는 내란內亂이 없었던 시대를 살아간 것도 그의 평안한 삶을 보장하게 하였다.

그는 자신에게 주어진 양반으로서의 평안한 삶과 부여된 사명을 거스르지 않고, 그에 합당한 방식의 삶을 영위한 인물이라고 할 수 있다. 그에게서 사회의 개혁이나 제도의 혁파와 같은 이 시대의 요구를 기대하는 것은 어렵다. 그는 그 시대에 합당한 똑바른 삶의 방식을 추구한 인물이었기 때문이다. 이것마저도 용인되지 않는 인물을 우리는 역사에서 숱하게 볼 수 있다. 그런 점에서 그의 삶의 방식을 따르고자 하고, 그를 기리는 것은 이 시대의 우리에게 있어서도 당연히 요구되는 것이라고 할 수 있다.

조선 시대 선비가 갖추어야 할 자질에는 반듯한 삶뿐만이 아니라 시서詩書를 포함하는 예술적 교양도 들어 있다. 그래서 조선의 선비는 사회의 법도에 어긋난 행위를 하지 않아야 했고, 동시에 예술인으로서의 폭넓은 인간성을 가질 수 있어야 했다. 공자는 자신의 아들에게 "시詩를 배우지 않으면 말을 할 수가 없다."고 하였고, 또 "예禮를 배우지 않으면 설 수가 없다."고 하였다.[1] 시는 은유와 상징을 통하여 말로 표현되는 현실을 뛰어넘어 상상의 세계로 향하게 한다는 점에서 예술의 영역으로 보아도 무방할 것이다. 또한 예는 다른 사람과의 조화로운 삶을 위하여 지켜야 하는 질서를 의미하는 것이기도 하다. 이러한 이유에서 유학을 바탕으로 하는 정치에서 예악禮樂을 중시하는 이유도 자명해지는 것이다. 조선이 건국되면서 『경국대전經國大典』과 『악학궤범樂學軌範』 편찬에 공을 들인 것도 이러한 이유에서일 것이다.

박상은 시인詩人이다. 그의 문집은 대부분 시로 이루어져 있고, 이를 통하여 그의 시가 가지고 있는 높이를 짐작할 수 있다. 그에 대한 대부분의 연구가 그의 시에 집중되었던 것도 그러한 자료의 풍부함에 기인한 것으로 볼 수 있다. 그들에게 있어 시는 지금의 우리가 생각하는 시와는 상당한 정도의 차이가 있다. 대체로 이미지와 형태적인 아름다움을 추구하는 현대의 시와 달리, 그들의 시란 현실에 대한 자신의 생각을 전달하는 또 하나의 도구였고 소통의 수단이었다. 그들의 시를 통하여 시인의 삶이나 의지를 파악하는 것도 그들의 시가 가지는 이러한 사정 때문이다.

그러나 이러한 차이란 시대나 공간을 달리 한 곳에서는 얼마든지 나타날 수

---

1 "學詩乎 對曰 未也 不學詩 無以言 鯉退而學詩 他日 又獨立 鯉趨而過庭 曰 學禮乎 對曰 未也 不學禮 無以立 鯉退而學禮"『논어論語』계씨편(季氏篇).

있는 현상이다. 같은 시의 범주에 속하지만 향가와 가사가 다르고, 또 우리의 시조와 중국의 한시가 다른 것은 당연한 일이기 때문이다. 이러한 차이를 뛰어넘어 시가 가지는 공통점은 대상을 자기화하여 자신의 소리로 엮어낸다는 점에 있다. 시인이 시 속에서 드러내는 '영변寧邊'은 실제의 영변이 아니고,[2] 시 속의 '성북동城北洞'은 현실 속의 성북동이 아니다.[3] '영변'은 실제의 영변을 내포하면서 「진달래꽃」의 구조를 가능하게 하는 함축적인 존재로 변하였고, '성북동'은 도시화로 변해버린 성북동을 의미하면서도, 동시에 그보다 더 멀리 의미가 확장된 존재로 변해 버렸던 것이다. 시인을 '창조하는 자'라고 하는 것은, 이처럼 현실의 언어를 바탕으로 새로운 의미를 갖는 언어를 만든다는 의미에서 붙여진 이름이라고 할 수 있다.

시라는 장르의 성격이 이렇기 때문에, 사실은 시의 언어를 현실의 언어로 해석하는 것은 시를 시로 바라보지 않는 태도라고 할 수 있다. 심하게 얘기하면 시를 통하여 현실을 재구再構하거나, 시인의 사고나 인식을 재현再現하는 것은 시를 바라보는 올바른 태도가 아니라고 할 수 있는 것이다. 이러한 까닭에 박상의 사물에 대한 구체적인 인식은 시 장르 이외에서 찾아야 하는 것이다. 박상의 사물에 대한 논리적 접근인 '문文'이 중요한 의미를 갖게 되는 이유가 여기에 있다. 여기에서의 '문'은 '시'와 대립적인 의미에서의 '산문散文'을 의미한다. 산문이란 언어를 확장적으로 사용하지 않고, 보다 사전적 의미에 충실하게 사용하는 장르이다. 시와 대립되는 의미를 갖는 산문의 성격을 상세하게 논의함으로써, 박상의 '문'이 전달하고자 하는 지향을 보다 확실하게 이해할 수 있을 것이다.

박상의 문집에 수록된 글 중 문文에 해당하는 것은 서序 3편과 기記 2편, 발跋

---

2 "영변에 약산 / 진달래꽃 / 아름 따다 가실 길에 뿌리우리다." 김소월, 「진달래꽃」.
3 "성북동 산에 번지가 새로 생기면서 / 본래 살던 성북동 비둘기만이 번지가 없어졌다." 김광섭, 「성북동 비둘기」.

2편, 제문祭文 1편, 문文 7편이 있다. 서序 3편의 이름은 「청송당서聽松堂序」, 「송해공상인환무등산서送解空上人還無等山序」, 「광주향안서光州鄉案序」이며, 기 2편은 「염불사중창기念佛寺重創記」, 「중수쌍청당기重修雙清堂記」이다. 발跋 2편은 「정절도징사시집발靖節陶徵士詩集跋」, 「인재집발麟齋集跋」이며, 제문祭文으로 「제신정문祭神井文」이 있다. 문文에는 「이문호공신도비명 병서李文胡公神道碑銘 并序」와 「관찰사이공묘갈명 병서觀察使李公墓碣銘 并序」, 「박사이공묘갈명 병서博士李公墓碣銘 并序」, 「답안순지答安順之」 2편, 왕포진득현신송표王褒進得賢臣頌表, 별급육봉문別給六峯文이 있다. 여기에서 발 2편과 제문, 비명, 갈명, 답서 2편은 의례적이고 정형화 되어 있다는 점에서 논의에서 제외하였다. 또한 박상의 일생을 뒤바뀌게 한 상소문 「청복고비신씨소請復故妃愼氏疏」는 박상의 사회에 대한 생각을 직접적으로 드러낸 글이기는 하지만, 순창군수 김정金淨과 공동으로 올린 글이기 때문에 논의의 대상에서 제외하였다.

따라서 본고의 고찰 대상이 되는 글은 「청송당서聽松堂序」, 「송해공상인환무등산서送解空上人還無等山序」, 「광주향안서光州鄉案序」와, 「염불사중창기念佛寺重創記」, 「중수쌍청당기重修雙清堂記」, 그리고 「왕포진득현신송표王褒進得賢臣頌表」, 「별급육봉문別給六峯文」의 7편이 된다.

본고는 이 7편의 장르를 수필로 설정하였는데, 그 이유는 다음의 절에서 상세하게 논의할 것이다. 본고는 박상의 삶이 보여 주는 반듯함이 이 7편의 글을 통하여 드러나 있고, 역逆으로 그 반듯함은 글쓰기의 방식을 통하여 확립되었다는 전제 위에서 출발하였다. 따라서 그의 삶의 궤적을 그의 수필 속에서 확인하고, 그 글이 가지고 있는 의미를 해석함으로써 그의 지향을 확인하고자 한 것이 본고의 의도이다. 그의 문학적 재질은 그가 많이 남긴 시 속에서 확인하는 것이지만, 그의 삶의 지향이나 사고의 지향은 오히려 그의 산문에서 더잘 파악할 수 있을 것이기 때문이다.

2. 박상 산문의 장르적 성격

박상의 문집에 수록된 그의 작품은 부賦, 고시古詩, 율시律詩, 배율排律이 있다. 또한 속집續集에 시詩, 서序, 기記, 발跋, 제문祭文, 부賦, 문文이 있고, 부록에 「청복고비신씨소請復古妃愼氏疏」가 있다. 여기에서 부, 고시, 율시, 배율, 시는 장르상 시에 해당하고, 발과 제문, 서와 기, 「청복고비신씨소」는 실용문이며, 산문문학에 해당하는 것이 서, 기, 문이라고 할 수 있다. 부의 장르에 대하여는 우리의 가사歌辭와 같이 장문長文으로 이루어지되, 본질적으로는 상징과 메타포를 그 속성屬性으로 가지는 시詩로 보는 것이 타당할 것이다.

여기에서 고찰의 대상으로 삼은 작품은 서序 3편, 기記 2편, 표表 1편, 문文 1편인데, 발이나 제문과 같은 실용문과 달리 문학적 형상화를 거친 문학 작품으로 보아야 할 것이다. 여기에서 문학적 형상화는 허구虛構를 의미하는 것인데, 이는 소재素材의 취사선택取捨選擇과 글의 조직화까지를 포함하는 넓은 의미의 허구라고 할 수 있다. 이렇게 그 범위를 넓혔을 때 문학의 주변을 어정쩡하게 서성이던 수필은 문학 속에 포함할 수 있게 된다. 작품은 작가, 독자, 세계와의 관계 속에서 형상화된 언어예술이다. 문학 속에서 등장하는 사건이나 인물은 그 자체로서의 구체성을 가지면서 동시에 유사한 집단의 대표라는 상징성을 지니고 있다. 그래서 일차적으로 구체적인 개인이나 사건으로 출발하면서 종국에는 그 구체성을 뛰어넘어 상징성을 갖는 추상의 세계로 이행되는 것이다. 이를 구체적으로 보여 주는 사례가 「왕포진득현신송표」라고 할 수 있다. 박상은 이 글에서 왕포를 언급했지만, 실제의 왕포가 아니라는 것은 누구나 알 수 있다. 왕포는 실제의 인물이면서 이미 상징성을 갖는 존재로 변화되었던 것이다. 이 글이 지금도 유용하게 읽힐 수 있는 까닭은 그것이 단순한 고유명사가 아니라 일반명사로 바뀌면서 보편성을 지닌 존재로 변화하였기 때문이다. 이것이 단순한 기록물과 문학이 구별되는 이유라고 할 수 있다.

박상은 수많은 시를 창작하여 시인으로서의 풍모를 잘 보여 주고 있다. 명

백하게 조선시대의 사대부는 시를 최고의 문학 영역으로 인식하였고, 이는 박상도 예외가 아니었다. 그러나 어떤 규제된 형식과 독자의 기대가 전제된 그런 부담에서 벗어나 스스로의 글을 쓰고자 하는 욕구도 강하게 작용하였을 것이다. 시가 박상의 독창적인 생각을 표현하는 도구였다고 할 수 있지만, 시라는 장르의 특성상 자신을 직설적으로 표출할 수는 없었다. 그의 산문이 기존의 문체가 가지는 일반적 규범을 벗어난 것도 그의 이러한 내면의식을 보여준다고 할 수 있다. 어떤 의미에서 박상은 수필을 통하여 시가 가지는 형식적 제약을 탈피하였다고 할 수 있다. 박지원이 "글이란 생각을 있는 그대로 표현해 내면 그만일 뿐이다. 제목을 놓고 붓을 잡고는 문득 옛사람이 쓴 어구를 생각해 내고 억지로 고전의 지취旨趣를 찾아내며, 생각을 근엄하게 꾸미고 글자마다 장중하게 만들려고 애쓴다는 것은, 비유하자면 화공을 불러 초상화를 그릴 적에 용모가 고쳐져 나오는 것과 같다."⁴고 말한 것도 이러한 자유로운 글쓰기를 말하는 것으로 이해할 수 있다. 시만이 문학의 본령이라고 여겼던 시대에, 박상은 그나마 수필을 통하여 여유와 자유를 누렸던 것은 아닐까.

제약에서의 일탈과 자유야말로 문학이 숨 쉴 수 있는 공간이라고 할 수 있다. 박상을 위시한 조선조의 선비들에게 있어 시詩란 자유가 아니라 생활이었다. 일상에서 사용하는 말과 같이 항상 곁에 있는 휴대품과 같은 존재였던 것이다. 그 속에서 자신들의 정체성을 드러내 보이고 동류의식을 가질 수 있었다. 그러나 시라는 제약을 벗어나고자 하는 욕구는 항상 꿈틀거리고 있었을 것이다. 진정한 자신의 소리는 시를 통하여 드러낼 수 없었기 때문이다. 여기에서 선택한 장르가 수필이라고 할 수 있다. 실명으로 등장하면서 허구일 수 있는 참으로 전략이 풍부한 장르가 수필이라고 할 수 있는 것이다. 따라서 박상의 수필에서 등장하는 박상은 조선시대 중기 존재했던 실존의 근엄한 선비이면서 동시에 그를 뛰어넘는 일반명사인 것이다. 이것이야말로 문학이 보여

---

4 박지원, 「공작관문고자서(孔雀館文稿自序)」, 『선비의 소리를 엿듣다』, 사군자, 2005, 356쪽.

줄 수 있는 위대함이라고 할 수 있다.

수필은 출발부터 그러한 목적을 가지고 태어났다. 작가를 둘러싼 기대와 환경에서 자유로울 수 없다는 것을 알면서도, 그것이 아니라고 우길 수 있는 언덕이 바로 수필의 영역인 것이다. 이규보가 「경설鏡說」에서 거울이 가지고 있는 기능을 애써 숨기고 있는 것도 수필의 그러한 속성을 알고 있었기 때문이다. 그는 사회를 비판하면서도 전혀 그렇지 않은 것처럼 능청을 떨고 있다. 그러한 모습에 어찌 현실의 칼날을 들이댈 수 있겠는가. 따라서 수필의 독해는 모든 문학이 그러한 것처럼 글의 표면에서 머물지 않아야 한다. 그 표면을 넘어 내면으로 이행해야 그 진정한 속살과 마주할 수 있는 것이다.

모든 문학은 정도와 질의 차이는 있지만 허구의 산물이라는 점에서 동일하다. 왜 허구인가? 그것은 허구가 아니고는 실제의 세계를 여실하게 보여 줄 수 없기 때문이다. 그런데 작가에게 있어 허구란 단순한 거짓이 아니라 필연적인 구성을 의미한다. 실제의 세계 또한 보는 사람에 따라 전혀 다른 모습으로 보여지기 마련이다. 1980년의 서울을 어떤 사람은 자유를 숨 쉬는 공간으로 보았고, 또 어떤 사람들은 제거해야 할 혼돈으로 파악하였다. 그래서 그 해결책도 다르게 제시하였다. 코를 만지며 코끼리를 관처럼 생긴 동물로 알고, 배를 만지며 벽과 같은 동물로, 또 다리를 만지면서 기둥처럼 생긴 동물로 알았던 장님들은 사실은 세계를 자신의 관점으로만 바라볼 수밖에 없는 인간들의 자화상이다. 따라서 보이는 모든 것은 우리의 관점으로 재해석되어 받아들여지는 것인지도 모르는 것이다.

우리가 진실된 것으로 알고 있는 것이 사실은 거짓의 가면으로 덮여져 있는 것일 수 있는 것이다. 허구란 이러한 삶의 모습을 구체적으로 형상화하여 제시하는 하나의 방법이다. 여기에서 독자는 어느 것이 진실한 것이라는 작자의 말을 듣지 못한다. 문학의 독서가 다른 독서와 달리 인간 체험의 총체성을 동원하여야 하는 이유가 여기에 있다. 독서는 이처럼 단순히 작자가 제시한 세계를 수동적으로 받아들이는 행위가 아닌 것이다. 오히려 작자가 형상화한 세계는 독자를 만나면서 살아있는 현장으로 바뀐다는 점에서, 독자야말로 독서에서 주체적인 역할을 하는 존재이다. 이것이 독자의 권리이다.

그러나 독자는 그 권리를 행사하기 위해 반드시 의무의 이행을 전제해야 한다. 그 의무는 바로 문학의 관습을 이해하는 것이라고 할 수 있다. 시를 시로 읽고, 소설을 소설로 읽기 위해서 독자는 반드시 문학의 관습을 익혀야 한다. 한 문화의 관습을 존중하고, 그 관습에 따라 대상을 바라보는 것이야말로 성숙한 문화인의 자세라고 할 수 있다. 자신의 관점으로 대상을 파악하는 것은 그 문화를 파괴하는 행위이다. 서구의 식민지 경영이 철저하게 원주민의 문화를 짓밟았던 것도 바로 자신의 관점으로만 대상을 파악하였던 결과이다. 문화를 파괴하는 행위가 야만野蠻이라면, 문화인으로 자처했던 서구인이야말로 바로 진정한 의미의 야만인인 셈이다.

그 관습을 익히는 것은 단순히 교양의 차원에서만 유용한 것이 아니다. 자신의 관점으로 바라볼 때는 꽁꽁 숨어 보이지 않던 대상의 비밀스런 모습이 관습의 이해를 통하여 환하게 드러날 수 있기 때문이다. 자신의 관점으로 대상을 보고자 하는 사람에게 있어 대상은 그저 지나치는 사물일 뿐이다. 그러나 진정으로 들어가고자 하는 사람에게 있어 그 대상은 한없이 넓은 세계를 보여 주는 존재로서의 찬연한 빛을 발하는 것이다. 박상의 산문은 시의 감상만으로는 보이지 않던 새로운 세계를 펼쳐 줄 것으로 기대하는 이유가 여기에 있다.

3. 박상 산문정신의 근원

박상은 23세에 생원시生員試에 합격하였고, 28세에 정시庭試 을과乙科에 급제하였다. 이후 교서관校書館 정자正字를 시작으로 험난한 환해宦海의 길로 들어서게 된다. 그러나 험난하기는 하지만, 유학자에게 있어 벼슬길은 당연히 나아가야 할 필연적인 행로였다. 그들은 우선 자신의 내면을 충실하게 하여 올바른 사람의 길을 행하기를 요구받았고, 이를 바탕으로 자신의 기른 역량을 사회에서 확인해야 했던 것이다. 이를 공자는 "행유여력즉이학문行有餘力則以學文(행하고 남는 힘이 있다면 글을 배울 것이다)"이라 하였다. 여기에서 '행함'이란 부모에 대한 효를 가리킨다고 보는 것이 일반적이다. 지성으로 효도를 하는 사람이라면 그 사람됨이 진실하다고 믿었던 것이다. 부모에 대한 효의 확장이 군주에 대한 충성이니, 조선조 사회의 선비란 기본적으로 가문을 중시하는 존재라고 할 수 있다.

사회를 살아가는 기본 덕목으로서의 효도를 정리하여 규범적으로 제시한 책이 『효경孝經』인데, 여기에서는 효도의 출발과 마침을 "신체발부 수지부모身體髮膚受之父母(신체나 머리카락, 살갗을 막론하고 우리의 몸은 부모에게서 받은 것이니) 불감훼상 효지시야不敢毀傷孝之始也(감히 헐거나 상하지 않게 하는 것이 효의 비롯함이 된다) 입신행도 양명후세立身行道揚名後世(출세하여 도를 행하며 후세에 그 이름을 떨치고) 이현부모 효지종야以顯父母孝之終也(그렇게 함으로써 부모를 드러냄이 효의 마침이 된다)"라고 정리하였다. 사람됨의 근본을 효라고 인식하였기 때문에, 그들에게 있어 벼슬길에 나가는 것은 필연적이었던 것이다. 자신의 수양 또한 사회에 기여하는 인물이 되기 위한 필요에 의해서였고, 이것이 바로 공자가 말하는 도道의 실천이었던 것이다. 대학의 목적을 자신의 도야陶冶인 '명덕明德'의 밝힘으로부터 시작하여 이를 주변으로까지 확장시켜 나간 데에 둔 것도 모두 이런 뜻이라고 할 수 있다.

박상이 유학자로서의 지향을 밝힌 것은 「별급육봉문別給六峯文(육봉에게 분재해 주는 글)」에서 명쾌하게 드러난다. 「별급육봉문」은 자신의 동생인 육봉이 생원시에 합격하자, 어머니와 가족, 친지와 벗들을 모은 자리를 마련한 뒤, 육봉에게 재산을 떼어 준 내용을 적은 글이다. 박상은 15세에 아버지를 여의고, 7살 연상으로 집안을 거느리던 형 박정朴禎에게서 글을 배웠는데, 23세에 생원시에 합격하였다. 형은 벼슬길에 진입하게 된 박상을 축하하면서 재산을 나누어 주었다고 한다. 박상은 25세에 형이 세상을 하직하자 형을 이어 집안을 거느리게 되었다. 박상은 31세 되던 해 두 살 아래인 박우朴祐가 생원시에 합격하자 자신에게 형이 한 전례를 그대로 시행하였고 그 시말을 기록한 것이 「별급육봉문」이다.

홍치弘治 17년[甲子, 1504] 5월 18일에 눌재는 대부인을 모시고 좌석을 마련하여 술을 차려놓고서 가까운 벗들을 모으고 현가원絃歌員을 데려다가 막 잔치가 어울려서 술이 서너 차례 돌아가자 아우인 진사 우祐가 일어나서 전소奠所로 나가 술잔을 잡고 대부인 전에 잔을 올리고 또 술을 따라서 눌재에게 꿇어앉아 드리고 "오늘 저녁은 무슨 날 저녁이겠습니까? 눌재선생께서 탄생하신 날 저녁입니다. 아래는 장원壯元한 아우가 있어 이를 영광스럽게 하고 위에는 학발鶴髮의 어버이가 계셔서 이를 경축하시니 눌재께서는 즐겁지 않으십니까?"라고 말하였다.

눌재는 "사양하겠다. 영광이 오는 곳에는 감개 또한 따라오고, 즐거움이 있는 곳에는 슬픔이 또 뒤따른다. 나와 너는 다 어려서 아버님을 여의고 형님한테서 글짓기를 배웠다. 그런데 앞서 내가 진사에 합격하고 대과에 급제하자 어머님께서 감상에 잠기시고 형님께서 슬퍼하시고 너는 울었었는데 무엇 때문이겠느냐? 우리 아버님께서 생존해 계시지 않아서였을 뿐이었다. 이제 네가 진사에 합격하여 당당히 수석을 차지하였으니 영광스럽기는 영광스럽고 경사스럽기는 경사스럽다마는 백씨伯氏께서 또 돌아가셨다. 앞서는 오직 돌아가신 아버님을 슬퍼하였을 뿐인데 지금은 또 돌아가신 형님을 슬퍼하게 되었으니 장차 네가 대과에 급제하게 되면 또 누구를 슬퍼하게 될지 모르겠다. 동생은 네 마음의 즐거운 줄 알고 있는가?"라고 말하였다. 눌재가 울자 진사 또한 울었고, 진사가 울자 가까운 벗들 또한 감상에 잠겼다.

눌재는 또 감상에 잠겨서 말했다. "앞서 내가 진사에 합격하여서는 돌아가신 형님께서 주신 것이 있었다. 이제 네가 진사가 되었는데 형님께서 돌아가셨으니 그 책임이 나에게 있지 않겠느냐?' 어머님께 들어가서 고하니 어머님께서 좋다 하셨고, 나와서 친족들에게 고하니 친족들이 좋다고 하였고, 손님들에게 두루 고하니 손님들이 좋다고 했다. 이리하여 드디어는 노비奴婢와 전지田地와 서정書釘과 서책書冊을 그에게 주었다. "아아 내 동생은 힘쓸지어다. 이 노비를 부리고, 이 전지를 갈아 먹고, 써서 맨 책들을 가지고 글공부에 큰 힘을 쓰라. 이것이 내가 바라는 바다. 아아 내 아우여 진사 장원으로 만족하다고 생각하는 거냐?"

동생이 일어나서 큰 절을 하고 꿇어앉아서 "불민하옵니다마는 형님께서 말씀이 계셨는데 감히 시키시는 것을 받들어 행하지 않겠사오리까?"라고 대답하였다. 그제사 눌재는 기뻐하고 이 글을 써냈다.[5]

「별급육봉문」은 모두 4단락으로 이루어져 있다. 첫째 단락은 이 모임이 이루어진 연유緣由가 눌재의 생일이며 동시에 동생의 생원시 합격을 축하함에 있다는 내용으로 이루어져 있다. 그리고 둘째 단락에서는 눌재가 이 모임에서 형이 자신이 시험에 합격했을 때 기뻐할 아버지가 없었음을 슬퍼하였는데, 이제는 더하여 형까지도 없게 됨을 슬퍼한다는 마음을 표현하였다. 셋째 단락은 눌재가 시험에 합격했을 때 형이 한 전례에 따라 노비와 전지와 서정과 서책을 주면서 더욱 글공부에 전념하기를 바라는 내용이다. 넷째 단락은 아우가 형의 뜻을 받들겠다는 내용으로 글을 마무리하였다.

이러한 글을 통하여 박상은 형제간의 우애를 돈독하게 하고, 이를 통하여 어머니에게 효도하는 마음을 다하여야 한다는 자세를 형에게서 이미 본받았음을 밝히고 있다. 또한 단순히 생원시험에 합격한 정도에 머무르지 않고 더

---

5 『역해(譯解) 눌재집(訥齋集)』 별집 권1, 846쪽. 앞으로 이 글에서 사용하는 번역문은 충주박씨 문간공파 문중(忠州朴氏文簡公派門中)에서 발간한 『역해 눌재집』의 것을 사용하되, 정확한 전달을 위해 문맥에 따른 수정을 하였음.

욱 큰 성취를 이루어야 한다는 마음을 전하였다. 이를 통하여 조선조 선비가 추구하는 효도와 사환仕宦의 길을 아우르는 자세를 온몸으로 체득하였고, 이를 생활에서 실천하였음을 알 수 있다.

이 글에서 우리는 박상의 글쓰기 방식이 대단히 상황 중심으로 이루어져 있음을 알 수 있다. 이 글을 읽으면서 독자는 악사들의 연주가 끝나고 박상 형제가 대화하는 장면으로 이동하고, 다시 형제가 어머니와 친지들에게 하고자 하는 내용을 설명하는 장면, 그리고 마지막으로 아우가 여러 사람 앞에서 자신의 다짐을 이야기하는 장면을 연상하게 되는 것이다. 현장감을 더욱 고조하기 위해 자신의 언어로 설명하는 것이 아니라 대화를 직접 제시하고 있는 것이다. 대화의 주체도 '아우→눌재→어머니와 친지들의 마음을 합한 눌재→아우'로 이루어져 있는데, 이는 눌재가 전달하고자 하는 핵심 내용을 아무것도 모르는 아우와 이미 알게 된 아우가 감싸고 있는 모습으로 이루어져 있다. 눌재가 이미 학습하고 전달하고자 하는 효도와 학문의 길이 아우를 통하여 확산되는 모습을 보여 주고 있는 것이다.

눌재는 23세에 생원시에 합격하고, 28세에 정시庭試 을과乙科에 급제하였다. 아우에게 분재하던 시기에 박상은 병조좌랑兵曹佐郞을 역임하고 있었다. 그야말로 환로가 환히 보이는 길로 이미 나서고 있었던 것이다. 앞에서 말한 바와 같이 벼슬은 단순히 자신의 영달을 말할 뿐만 아니라, 자신이 갈고 닦은 배움을 실천하는 장이었고, 나아가 효도의 마침이 되는 필연적인 경로였다. 따라서 생원시에 수석으로 합격한 아우에게 "내 아우여 진사 장원으로 만족하다고 생각하는 거냐?"라고 말한 것은 앞으로 나아갈 길이 먼 자신에게 향한 준엄한 다짐이기도 했던 것이다.

환로를 역임하기 위한 준비를 갖춘 박상에게 있어 다음으로 기대하는 것은 군주가 자신의 역량을 헤아려 등용하기를 바라는 것이었다. 자신이 배운 바를 실천하고 성장하는 것은 결국 임용자의 발탁에 있는 것이기 때문이다. 과거에 급제함으로써 자신은 역량을 보였고, 이제는 군주의 선택을 기다리는

것만이 남아 있는 것이다. 군주의 현명한 선택을 기다리는 소이所以이기도 한
다. 이러한 자신의 생각을 표현한 것이 바로 「왕포진득현신송표王褒進得賢臣頌
表(왕포가 득현신송을 바치는 표문)」이다. 이 글은 본래 한漢나라의 왕포王褒가 선제
宣帝에게 올린 「성주득현신송城主得賢臣頌」을 저본으로 하여 자신의 생각으로
다시 고쳐 쓴 글이다. 왕포는 익주자사益州刺史인 왕양王襄의 추천으로 벼슬길
에 올랐는데, 「성주득현신송聖主得賢臣頌」으로 선제의 신망을 얻어 간의대부諫
議大夫에 발탁되었다고 한다. 왕포와 같이 신하는 임금의 쓰임을 받아 자신의
역량을 발휘하게 되는 것이니, 임금이 널리 현신을 구하는 것은 모든 역량 있
는 사람의 간절한 소망이기도 했을 것이다. 왕포의 글은 바로 그러한 사람들
의 뜻을 대변한 것이라고 할 수 있다. 왕포의 글은 다음과 같다.[6]

①성긴 모포 조각을 걸치고 거친 털옷을 입은 사람과는 순면의 곱고 세밀함
을 말하기 어렵고, 명아주 국과 말린 밥을 먹는 사람과는 고급 요리의 맛을 논하
기 어렵습니다. 지금 신이 서쪽에 치우쳐 살고 있는데 가난한 마을에서 태어나
쑥대로 이은 지붕 밑에서 자랐습니다. 세상을 두루 관람하거나 많은 책을 읽어
서 얻은 지식도 없으면서 도리어 몹시 우둔하고 비천한 결점만을 지니고 있어
폐하의 두터운 신망을 채워드리고 밝으신 뜻을 받들기에 부족합니다. 비록 그
러할지라도 저의 어리석은 마음을 간략히 진술함으로써 진정을 펴지 않을 수
있겠습니까?

②기記에 춘추필법을 생각하면 오시五始[7]의 요체는 임금이 자신을 살피고
통치를 바르게 하는데 있을 따름이라 하였습니다. 무릇 어진 사람은 나라에 쓰
는 도구와 같으니, 임용된 자가 현명하면 정사의 취사에 힘이 절약되면서도 공

6 번역은 최인욱 역, 『고문진보』(을유문화사, 1986)의 것을 사용하되, 일부는 수정하였음.
7 춘추(春秋) 공양가(公羊家)의 말에 있는 원년(元年), 춘(春), 왕(王), 정월(正月), 공즉위(公卽
位)를 이름. 곧 원년은 기(氣)의 시초이고, 춘은 사시(四時)의 시작이며, 왕은 명을 받는 것
의 시초이고, 정월은 정치 교화의 시작이며, 공즉위는 한 나라의 시초임.

덕은 널리 퍼지고 도구의 쓰임이 예리하면 힘이 덜 들면서도 효과는 큰 것입니다. 그러므로 공인이 무딘 도구를 사용하면 뼈와 근육을 수고롭게 하여 종일토록 부지런히 힘써야 합니다. 뛰어난 대장장이의 경우에 이르면 명검인 간장干將을 만들기 위한 쇠붙이[鏷]를 주조하여 맑은 물에 그 칼끝을 식히고 월나라의 숫돌에 그 칼날을 갈게 되면 물에서는 교룡을 베고 뭍에서는 무소 가죽을 끊는데, 그 빠르기가 마치 비로 먼지 나는 길을 쓰는 듯하지요. 이와 같기 때문에 눈 밝은 이루離婁로 하여금 줄자를 감독하게 하고 공수자公輸者로 하여금 먹줄 선을 따라 깎게 하면, 비록 오층이나 되는 높은 누대가 길이와 너비가 백장씩이더라도 흐트러짐이 없는 것은 공인과 용구가 서로 잘 맞았기 때문입니다.

③평범한 사람이 둔마를 몰게 되면 말 주둥이에 상처를 입히고 말채찍이 해지도록 힘써도 길을 멀리가지 못하면서 가슴만 헐떡거리고 땀을 흘려, 사람도 힘이 다하고 말도 지치게 되지요. 명마인 설슬齧膝을 수레에 매고 명마 승단乘旦으로 돕게 하며 이름난 마부 왕량王良이 고삐를 잡고 한韓 나라 애후哀附가 수레를 함께 몰면 종횡무진으로 치달아 해가 지듯 홀연히 빠를 것이며, 도읍을 지나고 국경을 넘는데도 흙무더기를 지나가듯 빨리 달리지요. 번개를 추적하고 질풍을 따라 잡을 듯하면서 팔방의 끝을 두루 돌고 만리를 한숨에 달릴 것이니 그 얼마나 멀리 달리는 것입니까? 사람과 말이 제 임자를 만났기에 가능한 것입니다. 그러므로 시원한 갈포 옷을 입은 사람은 한 여름의 찌는 듯한 무더위에 괴로워하지 않고 따뜻한 여우와 담비 가죽의 갖옷을 껴입은 사람은 한 겨울의 혹한을 두려워하지 않습니다. 무엇 때문인가 하면 대비가 되어 있어 대처하기가 쉽기 때문입니다.

④현인과 군자 또한 성왕이 사해를 쉽게 다스리기 위한 도구입니다. 이 때문에 즐거이 그들을 받아들이고 넓고 여유 있는 길을 열어 천하의 영웅호걸을 끌어들여야 합니다. 무릇 지혜를 다하여 현자를 가까이 하는 자는 반드시 인의의 정책을 수립하게 되며, 멀리까지 찾아다니며 선비를 구하면 반드시 패자의 업을 세우게 됩니다. 옛날 주공은 입안의 밥알을 뱉고 감던 머리를 쥐고서 현자를

맞이하는 수고를 몸소 실천하셨기에 감옥이 텅 빌 정도의 융성한 시대를 이루었고, 제나라 환공은 뜰에 촛불을 밝혀 새벽에 찾아오는 신하를 맞이하는 예를 베풀었기에 천하를 통합하는 공을 이루었습니다. 이로서 본다면 임금 된 사람은 현인을 구하는데 힘을 쓰고 사람을 얻음으로써 편안하게 되는 것입니다.

⑤신하의 경우 또한 그러하니 옛날 현자가 성군을 만나지 못하면 일을 도모하고 정책을 펴고자 해도 임금이 그 계책을 써 주지 않습니다. 진정을 펴 보여도 임금은 그 신실함을 그렇게 여기지 않습니다. 벼슬자리에 나아가도 시책의 효과를 나타낼 수가 없습니다. 배척을 받아 쫓겨나는 것도 그가 잘못한 때문이 아닙니다. 이 때문에 이윤은 솥과 도마를 다루느라 애써야 했고, 태공은 칼을 휘두르며 고생해야 했으며, 백리해는 스스로 죽을 팔아야 했고, 영척은 소를 먹이느라 힘들었으니, 이러한 환난을 만났기 때문입니다.

⑥명군을 만나고 성군을 만나 계책을 올리면 임금의 뜻에 부합되고, 간언을 올리면 들어주며, 나아갈 때나 물러나 있을 때나 그의 충성에 관심을 지니며, 직책을 맡으면 그 재주를 행할 수 있습니다. 비천하고 욕되고 어둡고 더러운 곳을 떠나 조정에 등용되고 거친 음식과 결별하고 짚신을 벗어던지고 기름진 고기와 질 좋은 곡식을 누리게 됩니다. 관리에 임용되고 토지를 하사받아 조상을 빛내고 자손에게 영광을 전하여 유세하는 선비를 도와주게 됩니다. 그러므로 세상에는 반드시 성덕과 지혜를 갖춘 임금이 있은 후에야 현명한 신하가 있게 되는 것입니다. 호랑이가 울부짖어야 바람이 차갑고 용이 일어나야 구름이 모여드는 것과 같습니다. 귀뚜라미는 가을을 기다려 울고 하루살이는 날이 어두워져서야 나옵니다. 『역경』에 이르기를, "비룡이 하늘에 있으니 대인을 만남이 이롭다."하였고, 『시경』에 이르기를, "훌륭한 많은 선비가 이 왕국에서 태어났구나."라고 하였습니다.

⑦그러므로 세상이 평화롭고 임금이 성스러우면 준걸들이 스스로 찾아오는 것입니다. 이를테면 요, 순, 우, 탕, 문, 무같은 임금들이 후직, 설, 고요, 이윤, 여망 같은 신하들을 얻었던 경우입니다. 밝고 밝은 임금이 조정에 계시며 온화하

고 의의를 갖춘 신하들이 줄지어 있어서 정신을 한 곳으로 모으면 서로가 더욱 밝아지게 됩니다. 비록 거문고의 명인인 백아가 명금 체종遞鍾을 타고 활의 명인인 본문자가 명궁인 오호烏號를 당긴다 해도, 이러한 임금과 신하의 화합하는 뜻을 비유하기에는 미치지 못할 것입니다. 그러므로 성군은 반드시 어진 신하를 기다려 공적을 넓히고 훌륭한 선비도 또한 명군을 기다려 그 덕이 드러나게 됩니다. 위아래가 함께 원하고 기뻐하며 함께 서로 즐거워합니다. 천 년에 한 번 만날까 말까 한 경우로 대화를 할 때는 의심스러운 것이 없게 하여 큰 기러기의 털이 순풍을 만나 나는 듯 하며 거대한 고기가 큰 골짜기에서 멋대로 헤엄치듯 성대합니다.

⑧이와 같이 뜻대로 되면 어찌 금하려는 일이 없어지지 않을 것이며 어찌 명령하는 것이 시행되지 않을 수 있겠습니까? 교화가 사해 바깥까지 넘쳐 널리 퍼짐이 끝이 없게 되어 먼 곳의 오랑캐들이 조공을 바치고 만 가지 상서로운 일이 반드시 이를 것입니다. 이리하여 성스러운 임금은 두루 들여다보고 바라보지 않아도 이미 명확히 볼 수 있으며, 모든 것에 귀를 기울이지 않아도 이미 똑똑히 들을 수 있습니다. 성은은 상서로운 바람을 따라 날고 성덕은 온화한 기운과 함께 노닙니다. 천하를 태평스럽게 해야 하는 책임을 완수하고 한가로이 노닐고 싶은 바람을 이루게 됩니다. 자연의 추세를 따라 노닐고 무위자연의 세계에서 편안하게 되어서 좋은 징조가 저절로 이르며 만수무강하여 온화한 모습으로 옷자락을 드리우고 팔짱을 끼고 있어도 영원 만년토록 편하게 되실 것입니다. 어찌 반드시 누웠다 일어났다 굽혔다 폈다 하는 것을 팽조와 같이 하며, 숨을 들이마셨다 내뱉었다 하는 것을 왕자교 적송자와 같이하여 멀리 속세를 떠나 세상을 등져야만 하겠습니까? 『시경』에 이르기를, "훌륭한 많은 선비여, 문왕은 그들로 인하여 편안하셨도다."라고 읊었습니다. 진실로 그렇게만 되면 편안히 지내게 될 것입니다.

이 글은 현신賢臣을 구해야 나라의 부강富强이 이루어질 수 있다는 충정을 잘 표현하였으며, 『고문진보古文眞寶』에도 수록되어 널리 읽혀진 명문이다. 이 글은 내용상 '①이러한 글을 쓰는 데 있어 자신의 능력이 부족하다는 겸사, ②뛰어난 공인工人의 모습, ③뛰어난 공인의 도구道具 사용, ④도구인 현인의 포용, ⑤성군을 만나지 못한 신하의 모습, ⑥성군을 만난 신하의 모습, ⑦성군이 있으면 뛰어난 신하가 스스로 모임, ⑧성군과 현신이 만난 모습'으로 이루어져 있는데, 이는 다시 '①서사 → ②·③뛰어난 공인과 도구 → ④도구로서의 신하 → ⑤·⑥·⑦신하의 모습 → ⑧성군과 신하의 만남'으로 이행되어 공인과 도구의 관계에서 임금과 신하의 관계로 연결됨을 알 수 있다. 이러한 연결을 통하여 공인이 어떠냐에 따라 도구가 제대로의 역할을 할 수 있는가의 여부가 결정되는 것처럼, 임금이 어떤가에 따라 현신도 제대로의 역할을 할 수 있는가의 여부가 결정된다는 것이 이 글이 전개하는 요지인 것이다. 당연히 제대로 된 공인과 그렇지 않은 공인의 예가 제시되고, 마찬가지로 성군과 그렇지 않은 임금을 만난 신하의 예가 제시되고 있다. 결국 모든 일의 성패는 공인, 따라서 임금에 달려 있음을 이 글은 강조하고 있는 것이다. 이 글의 서두에서 '오시五始의 요체는 임금이 자신을 살피고 통치를 바르게 하는데 있을 따름'이라고 말한 이유가 여기에 있는 것이다.

　그런데 뛰어난 공인은 자신의 능력을 발휘할 수 있는 도구를 선택함에 있어 문제를 보이지 않는다. 이미 그에 합당한 도구가 전제되어 있기 때문이다. 문제는 여기에서부터 시작된다. 뛰어난 공인에게는 합당한 도구가 전제되어 있는데, 임금에게는 이 도구로서의 '현인과 군자'가 전제되어 있지 않기 때문이다. 여기에서 공인과 임금의 다른 점이 부각된다. 그렇다면 임금은 성군이 되기 위해 뛰어난 도구인 '현인과 군자'를 만날 수 있도록 노력해야 한다. 그래서 주공周公은 입안의 밥알을 뱉고 감던 머리를 쥐고서 현자를 맞이하였고, 제나라 환공桓公은 뜰에 촛불을 밝혀 새벽에 찾아오는 신하를 맞이하는 예를 베풀었던 것이다. 제 아무리 뛰어난 사람이라 하더라도 스스로 임금을 찾아 자신을 내놓을 수는 없기 때문이다. "세상에는 반드시 성덕과 지혜를 갖춘 임금이 있은 후에야 현명한 신하가 있게 되는 것이다."

명문이란 말을 공교로이 꾸미고 수사가 화려하다고 하여 이루어지는 것이 아니다. 이 글은 제시하고자 하는 논지를 곡진하게 반복하여 제시한다는 점에서 일견 투박하고 단순하다. 이 글이 제시하고 있는 요지는 누구나 아는 일반적인 이야기인 것이다. 긴 역사를 통하여 좋은 임금을 만난 신하가 뛰어난 계책을 내고 충언을 하여 나라를 부강하게 한 경우는 숱하게 많기 때문이다. 또한 그 반대의 경우도 비일비재하여 역사의 교훈으로 남아 있다. 이 글의 주제는 그런 점에서 대단히 진부한 것이라고 할 수 있는 것이다. 문제는 바로 이러한 일반적인 원리를 몸소 실천하지 못하는 데서 일어난다고 할 수 있다. 이 글은 임금의 우둔함을 내세우지 않으면서도 그 실천을 간곡하게 펼쳐 보이고 있는 것이다. 이러한 충정이 이 글을 명문으로 만들었다고 할 수 있다.

박상은 잘 알려진 이 글을 저본으로 삼아 자신의 글로 바꾸어 썼다. 명문을 자기화하여 다시 쓰는 일은 이미 자신의 입지가 확립된 다음에 할 일은 아닌 것 같다. 임금이 도구로 쓰일 수 있는 올바른 선비를 널리 구하여 나라를 부강하게 하였으면 좋겠다는 생각은 누구나 할 수 있는 일이다. 이는 앞에서도 언급한 것처럼 전제군주시대의 신하라면 누구나 생각할 수 있는 일반적인 것이기 때문이다. 그러나 이미 벼슬길에 들어선 사람으로서 이런 방식의 글을 쓰는 것은 상당히 조심스러운 일이라고 할 수 있다. 자칫하면 자신을 등용하라는 요구일 수도 있고, 현재의 임금이 현신의 등용에 소홀할 수 있다는 메시지로도 읽힐 수 있기 때문이다. 그야말로 연습 삼아 이 글을 썼다면, 그 작성 시기는 벼슬길에 나가기 전으로 보아야 할 것이다.

벼슬길에 들어서기 전, 박상은 왕포의 글을 베껴 쓰면서 어떤 것은 받아들이고, 또 어떤 것은 제외하였으며, 또 어떤 것은 추가하였다. 이러한 차이는 박상이 젊은 시절 임금에게 기대한 것이 무엇이었는가를 알 수 있게 해 준다. 박상의 「왕포진득현신송표王褒進得賢臣頌表」는 왕포의 글에 비하여 그 길이가 짧은데, 이는 자신의 견해가 확립되었기 때문에 왕포에게는 곡진한 사례일 수 있는 부분을 생략했기 때문이다. 박상의 글은 다음과 같다.

   ㉠성군聖君은 상서로운 물건 내놓고 하늘을 날아. 천년千年의 빛나는 운運을 열고, 현신賢臣은 이 시기에 맞춰 세상에 이름 내어, 한 때의 큰 공을 세웁니다. 그 후손이 현량賢良함을 알아보고, 그 나라를 편안하게 하는 데는 반드시 선비가 있어야 함을 깨닫게 됩니다. 위로는 꿈꾸고 점치던 성군文王을 본받아, 산림山林과 전원田園에 폐백을 가득 마련하고, 아래로는 낚시하고 축성築城하던 현자賢者를 거두어 높은 벼슬을 준 사람들이 조정이 가득하게 하였습니다.

   ㉡어질고 뛰어난 인재가 나가고 들어오는 것이, 국가의 흥망과 관련된다고 여겨, 하잘 것 없는 인간도 비루하게 여기지 않고, 멋대로 가송歌頌을 짓도록 하였습니다. 만약 세상이 잘못되면 훌륭한 인물이 때 만나지 못함을 슬퍼하고, 시대가 형통하고 태평스러우면 뛰어난 선비들이 검약했던 문왕의 덕을 노래하게 됩니다. 본래 팔려지기를 바라는 인재는 적으므로, 반드시 구애됨이 없는 임금을 기다려야 합니다. 성탕成湯이 빙폐聘幣하는 예禮를 갖추려고 노력하여 천사千駟도 돌아보지 않는 기재奇才를 얻었고, 주공周公은 입에 있던 밥을 토하고 감던 머리를 쥐고 나가 사람을 만났기에 어지러움에도 나태하지 않는 열 명의 뛰어난 보필을 얻었던 것입니다.

   ㉢하물며 아조我朝에서는 지난날의 성철聖哲들이 남긴 모범을 목마른 것처럼 준수하여 왔습니다. 해내海內의 영웅英雄이 무리를 지어 옹위하였기에 고조高祖께서 대통大統을 잇게 되었고, 천하의 현량한 무리를 등용하였기에 건원황제建元皇帝께서 나라를 온전하게 지킬 수 있었습니다. 오늘의 아름다움에 이르러 선왕先王의 매진하였던 열정을 이어받아, 하늘의 해와 달의 비춤이 산림山林에 널리 미치게 된 것처럼 온 땅이 비약하는 시대를 만난 것이 은殷과 하夏의 시대보다 더합니다.

   ㉣현자를 쫓아내는 노래는 빈 골짜기에서 들리지 않고, 모여든 현자들은 모두가 나라를 굳게 지키는 간성干城들입니다. 뛰어난 인재들이 자신의 능력을

발휘하기 위해 벼슬길에 나서니, 어느 누가 시대를 만나지 못하였다 슬퍼하겠습니까. 뛰어난 인재 뒤따라 나와 모두 재상으로서의 역할을 충실하게 수행하고 있습니다. 많은 선비 이 왕국王國에서 나타나니, 사람을 얻는 것이 어찌 주나라 정도에서 그치겠습니까. 현량한 일반 백성들이 모두 황제의 신하가 되어, 올바로 다스려지는 것이 순임금의 시대를 만난 것 같습니다.

⑪ 막돌처럼 다듬어지지 않은 제가 요행히 능력 있는 인재들의 밑에서 벼슬을 하고, 노마駑馬와 같이 우둔한 제가 준마와 같이 뛰어난 신하들의 뒤를 따르게 되었습니다. 현자賢者를 좋아하는 간곡한 정성은 주나라가 현량한 인물을 후대하는 것보다 더 절실한데도, 제가 지은 송頌은 도리어 주나라의 길보吉甫가 지은 송에 미치지 못하여 부끄럽습니다. 말은 거칠고 엉성하며, 뜻은 잡박雜駁하고 소루疏漏하여 설사 관현笙絃에 올릴 수는 없을지라도, 책상 위에 비치되기를 바랍니다. 넓적다리를 치고 감탄하며, 태종太宗[8]께서 널리 찾으셨던 일 사모하옵고, 자리를 피해 생각하며, 순임금이 신하를 끝까지 의심하지 않음을 본받으십니다. 한 분 섬기려고 생각하여, 주문왕周文王의 밝은 견해 받들고, 여러 벼슬자리 함께 할 수 있도록 널리 초빙을 하였던 부열傅說을 본받습니다.[9]

박상의 글은 내용으로 볼 때 다섯 단락으로 이루어져 있는데, 이 다섯 단락은 왕포의 글을 받아들이면서도 약간의 변화를 보여 준다. 또한 왕포의 글 중 상당 부분은 박상의 글에서 받아들여지지 않았다. 먼저 변화된 부분을 보면 다음과 같다.

박상의 글 ㉠은 왕포의 글 ⑦과 ⑧의 내용을 변화하여 보여 주고 있다. 왕포는 ⑧에서 성군이 현신을 부려 쓰게 되면 교화가 사해에 퍼져 상서로운 일이

---

8 한나라 5대 황제로 가의(賈誼)의 건의를 받아들여 군역(軍役)보다는 민생에 역점을 두는 정치를 펼쳤음.
9 『역해 눌재집』 속집 권4, 843~845쪽.

이르게 되고, 임금은 현신을 통하여 모든 것을 보고 들을 수 있다고 하였다. 그 결과 천하를 태평스럽게 하면서도 무위자연의 편안한 모습을 견지할 수 있다는 것이다. 그런데 이러한 왕포의 글을 박상은 성군은 나라를 편안하게 하기 위하여 현신이 필요함을 깨닫고 불러들여 나라에 가득하다고 바꾸었다. 성군이 현신을 불러들인 예로 여망과 이윤, 부열을 예로 들고 있는데, 이는 왕포의 글 ⑦에서 성군을 제시한 요, 순, 우, 탕, 문, 무와 그들이 불러들인 후직, 설, 고요, 이윤, 여망 등의 사례를 대폭 줄인 것이다. 이는 왕포가 ⑦에서 임금과 신하의 조화가 백아와 명금 체종遞鍾, 본문자와 명궁 오호烏號의 조화보다 더 하다고 하여 임금과 신하의 화합에 보다 중점을 둔 것과는 구별이 된다.

다음으로 박상의 글 ㉡은 왕포의 글 ④를 바탕으로 쓴 것이다. 왕포는 ④에서 현신은 왕이 사해를 다스리는데 사용하는 도구와 같은 것이어서 그들을 구하기 위하여 노력을 하고, 그 결과 천하를 통합하는 공을 이룬다고 하였다. 이에 대하여 박상은 팔려지기를 바라는 인재가 적기 때문에 임금은 현신을 받아들이는 노력을 기울여야 한다고 말한다. 박상은 왕포가 언급한 주공과 환공의 현신 구하려는 노력의 예에서 주공의 것은 받아들이고 환공은 성탕으로 바꾸었다. 나아가 임금이 현신을 구하려는 노력을 기울이지 않으면 훌륭한 인물이 자신의 역량을 발휘할 수 있는 시기를 만나지 못하였음을 비탄한다는 말을 추가하였다.

박상의 글 ㉢은 ㉠과 같이 왕포의 글 ⑦, ⑧과 관련된다. ㉢은 왕포의 시기였던 한나라가 성철聖哲의 모범을 본받아 현신을 구하였기에 한나라의 건국이 이루어졌고, 또한 한무제의 수성이 이루어졌다고 하였다. 그 결과 나라의 흥륭이 은殷과 하夏를 뛰어넘는다고 하였다. 다만 왕포의 ⑦, ⑧과 차이가 나는 것은 성군은 반드시 현신을 기다려 공적을 넓히고 현신 또한 명군을 기다려 그 덕이 드러나므로, 위아래가 조화하여 모든 일이 순조롭게 이루어진다는 말을 ㉢에서는 표현하지 않았다는 점이다.

박상의 글 ㉣은 성군과 현신이 조화로운 시대를 건설하게 되니, 시대를 만나지 못하였다는 비탄의 소리도 없어지고, 현신들이 재상의 역할을 충실하게 수행하니 주나라 순임금의 시대와 같다고 말한다. 이러한 내용은 왕포의 글 ⑦과 ⑧에서 유사하게 나타난다. 따라서 박상의 글 ㉣은 ㉢의 연장선상에 있는 글이라고 할 수 있다.

박상의 글 ㉤은 왕포의 글 ①의 변형이라고 할 수 있다. 두 글은 모두 임금에게 글을 올리는 신하가 자신이 임금에게 글을 올릴 만한 능력을 갖추지 못하였다고 스스로 낮추는 내용으로 이루어져 있다.

박상은 왕포의 글에서 필요한 글은 인용하고, 그렇지 않은 부분은 과감하게 생략하였다. 대부분을 생략한 것은 ②③⑤⑥인데, 그 내용은 능숙한 공인이 도구를 사용하는 모습, 능숙한 공인을 만난 도구의 역량 발휘, 성군을 만나지 못해 불우한 삶을 보내는 현신, 성군을 만나 자신의 역량을 발휘하는 현신의 사례 등이다. 이 모두는 현신을 만나면 얻게 되는 결과와 관련된다고 할 수 있다. 요약하자면 박상은 현신은 공인과 같은 성군에게 있어 나라를 평안하게 하는 도구로서의 용도가 있는데, 그 만남은 전적으로 임금에게 달려 있음을 역설하고 있는 것이다. "본래 팔려지기를 바라는 인재는 적으므로, 반드시 구애됨이 없는 임금을 기다려야 합니다."라는 발언이야말로 자신의 숨은 뜻을 적실하게 표현한 것이라고 할 수 있다.

4. 확립된 자아의 외연 확충

유학자로서의 자기 확립은 수신修身으로부터 시작이 된다. 그리고 자신을 다지는 행동의 기본이 효행에 있음을 잘 알고 실천하는 것이 유학자로서의 당연한 일상이었다. 그것이 또한 공자가 말하는 대로 예와 의의 비롯함이 되는 것인데, 이 실천이 군자에게 있어서는 습관화 된 것이어서 전혀 어려운 일이 아니었다. 이러한 길을 박상은 생활 속에서 실천함으로써 자신의 몸과 일체가 되게 하였음을 앞의 글에서 확인할 수 있었다.

이제 확립된 자신을 가족을 넘어 사회로 확대함으로써, 사회를 변혁하는 행동을 하는 것이 진정한 유학자의 자세라고 할 수 있다. 대학의 삼강령 중 '재친민在親民'은 바로 깨어 있지 않은 백성에게 다가가 자신이 확립한 생각을 확산함으로써, 세상을 새롭게 한다는 것이기 때문이다. 박상의 글에서 이러한 확산은 일차적으로 불교와의 관련 속에서 나타난다. 박상은 42세 되는 1515년 8월 순창군수淳昌郡守인 김정金淨과 함께 중종반정으로 폐비가 된 신씨愼氏의 복위復位를 청하는 상소를 올렸고, 이로 인해 남평南平으로 유배를 가게 되었다. 그 기간 중 박상은 무등산을 올랐는데, 마침 염불사의 승려로부터 중창기重創記를 부탁받는다.

> 정덕正德 10 을해년(1515) 가을에 눌재는 충암沖庵과 함께 봉사封事를 올려 신씨를 왕후로 복위시키기를 청했는데 곧 이어 대간의 비평을 받아 모두 유배되었고, 눌재는 영평현永平縣에 편관編管되었다. 이 해 10월에 정만종鄭萬鍾 상사上舍와 함께 무등산을 유람했다. 염불사에 다다르니 이름을 혜웅慧雄이라고 하는 중이 앞으로 나와 이렇게 말하는 것이었다.
>
> "옛날 강월헌사江月軒師께서 이 땅을 얻어 철저하게 살펴보았습니다. 막힌 것은 터놓고, 더러운 것은 없애고, 어지럽게 나 있는 풀은 쳐버리고, 무성한 띠풀은 깎았습니다. 그렇게 하고 앞을 보니 가리어진 모습이 드러나고, 숨었던 것이 보여지고, 하늘이 더욱 크고 높아진 것 같았으며, 땅은 확 트여 넓어져 보였습니다. 이어 사원寺院 몇 채를 지었는데, 자리를 옮기지 않아도 세 방향의 산수가 다 그 재주를 드러내어 마침내 이 산에서 이름이 나게 되었습니다. 퇴락했다가는 일어나고, 낡았다가는 새로워지기를 백여 년 동안 이어왔습니다. 근래 비바람이 모질고, 음흉한 짐승들이 자리를 차지하여 난간이 무너지고 기둥이 허물어지며 기와가 떨어지니, 눈을 제대로 뜨고 사는 중들은 충심으로 그 아픔을 이길 수 없었습니다. 저희 빈도貧道들은 쓰는 비용을 줄이고 절약하여 강월江月

이 하던 바를 잇고자 하였고, 시주하는 사람 또한 많았습니다. 갑술년(1514) 중춘에 공인을 불러 일을 시작하여 7개월 만에 공정을 마쳤고, 을해년(1515) 늦봄에 가서 단청을 베풀어 40일 만에 그 일 또한 마쳤습니다. 그 전말을 뒷사람들이 볼 수 있도록 기록하여 주십사 감히 머리를 조아리고 눌재에게 청합니다."

사양하였으나 받아 주지 않아 이렇게 말하였다.

"천지는 한없이 넓은데 여기에서 물건이 만들어지고 망가지는 일이 서로 뒤따르게 됩니다. 이루어지면서 아울러 이지러지는 것이기에 소씨昭氏가 거문고를 타는 것이고, 이루어지면서 이지러짐이 없기에 소씨는 거문고를 타지 않습니다. 그러나 그 가운데에 이루어짐과 이지러짐을 관통하여 홀로 우뚝 서 존재하고, 만들어지고 망가짐을 꿰뚫어 확연하게 움직이지 않는 것은 나와 그대가 같이 가지고 있는 바입니다. 따라서 물건이 많다는 것은 놀랄 일이 되지 못할 것입니다. 당신의 암자는 옛날에 시작되어 지금에 이르렀는데, 수백 년을 지나면서 세대가 바뀌고 국가가 흥하고 망한 것 또한 모두 같지 않은 것이니, 홀로 당신의 암자만이 그런 것은 아닐 것입니다. 나와 그대가 같은 것은 예전에도 없었고, 지금도 없습니다. 또 끝에서도 없고 처음에도 없는 것이어서, 그것을 찾으면 얻고 또 소홀히 하면 즉시로 잃게 되는 것이니 감히 힘쓰지 않을 수 있겠습니까. 우매한 사람이 암자의 편액에 얽매어 오로지 염불에만 힘을 쓴다면 이는 입으로만 부처를 외는 것이지 마음으로 다가가는 것은 아닙니다. 심령의 아름다움과 선행의 기본은 찾아드는 달과 마음을 움직이는 꽃들이 부처님을 위하여 풍성하거나 악마를 위하여 인색하지 않다는 것에 있습니다. 이를 반드시 알아야할 것입니다." 10월에 눌재 씀[10]

앞의 글에서도 확인한 바 있듯이 박상은 현장의 장면을 생생하게 전달하기 위하여 구체적으로 살아 있는 대화를 사용하였는데, 그러한 글쓰기방식은 여

---

10 「염불사 중창기(念佛寺重創記)」, 『역해 눌재집』 속집 권4, 728~729쪽.

기에서 동일하게 사용되고 있다. 이것이 가지는 장점은 대화가 이루어지고 있는 장면이 독자에게 생생하게 전달되며, 말하는 주체의 생각과 변화가 여실하게 드러난다는 점에 있다. 이 「중창기」는 일반적으로 쓰여지는 '기記'가 현판이 걸릴 건물과 주변 풍광, 그리고 그 건물의 주인에 대한 기록으로 이루어진다는 점에서 대단히 예외적이다. 그러한 예외를 감수하면서 박상은 현장의 사실성과 사고의 추이를 강조하였다고 할 수 있다. 그런 점에서 박상의 글쓰기는 "참 쉽다."고 느낄 수 있다. 그러나 누구나 쉽게 이해할 수 있도록 평이하게 글을 쓴다는 것이 사실 그렇게 쉬운 일이 아님은 누구나 알 수 있다. 박상이 39세 되던 해 홍문관 응교를 지냈는데, "홍문관 안의 모든 장소章疏는 반드시 선생에게 맡겨졌는데 선생은 종이를 잡으면 곧 써냈는데, 글은 간략하면서도 뜻은 다 드러나 있어 동료들이 잘한다고 칭찬하였다."[11]고 하였다. 이는 말하고자 하는 바의 요점을, 그것이 요구하는 현장과 시점의 위치에서 정확하게 정리하고 표현하였기 때문이라고 할 수 있다.

새로 중창한 불사의 기記를 부탁하는 혜웅스님의 요청은 쉽게 응할 수 있다. 그 내용은 이미 요청하는 스님의 말 속에 다 들어 있기 때문이다. 그런데 박상은 스님의 말을 반영하여 자신의 글로 옮겨 쓸 수 있는데도 그 속에 자신의 세계에 대한 인식을 포함시킴으로써 한층 기문記文의 격조를 끌어올리고 있다. 이루어짐과 이지러짐이 연속하여 일어나는 것은 세상이 본래 그렇기 때문에 일어나는 현상이지만, 이러한 변화를 꿰뚫는, 변화하지 않는 것이 있으니 그것은 바로 '당신과 나'의 마음속에 있다는 것, 그래서 이 절의 이름인 염불사念佛寺에 얽매어 '염불'에만 집착한다면, 이는 부처님의 참뜻을 헤아리지 못한 것이라는 깨우침을 전하고 있는 것이다.

이 글은 먼저 당시 자신이 처한 상황과 글을 작성하게 된 배경을 간단하게 언급하고, 바로 이어 일반적으로 기記라는 글이 요구하는 바는 스님의 부탁하

---

11 「행장」, 『역해 눌재집』 부록 권제1, 852쪽.

는 말을 통하여 제시하고 있다. 이로서 끝날 수 있지만 여기에 염불사가 가지고 있는 의미를 보다 심화시켜 제시하는 글쓰기의 방식은 그래서 아무나 할 수 있는 것은 아니다.

다음에 제시된 글은 43세에 지은 「송해공상인환무등산서送解空上人還無等山序(해공상인이 무등산으로 돌아가는 것을 전송하는 글)」이다.

병자년(1516) 중춘에 눌옹訥翁이 홀로 낙천당樂天堂에 앉아 예기禮記의 곡례편曲禮篇을 읽고 있었다. 해가 저녁나절을 지났는데 늙은 중이 해진 장삼을 걸치고 문을 두드리며 만나기를 청하였다. 맞아들여 대청에 올라와 이치의 근원을 이야기하였는데 의문이나 막힌 데가 없어 마침내 서로 쳐다보며 웃고 마음에 거슬리는 바가 없었으니 해내海內의 습착치習鑿齒가 미천彌天의 석도안釋道安을 만나 응수應酬한 것과 같았다. 이어 이렇게 말하였다. "당신이 지키고자 하는 것이 무엇입니까?" "무無일 따름이지요." "말하는 무無가 무엇입니까? 그 몸이 없다는 것입니까? 그 세상이 없다는 것입니까? 지금 당신의 위에는 둥근 머리를 올려놓고 있으며, 아래는 네모난 발을 끌고 다니며, 귀로 소리를 듣고 눈으로 색깔을 보며, 배고프면 먹고 목마르면 마시고, 더우면 갈포 옷을 입고, 추우면 솜 옷을 입으니 그 몸이 없다고 말할 수는 없을 것입니다. 위로는 하늘을 쓰고 아래로는 땅을 밟으며, 다른 사람에게서 곡식을 얻고 집에서 비바람을 피하며, 밤에 자고 낮에 움직이며 무리를 지어 살며 같은 사람들과 함께 다니니 또한 그 세상이 없다고 말할 수는 없을 것입니다." "나가 없는 것이 무입니다. 나는 몸이 없는 것도 없으며, 세상이 없는 것도 없다고나 할까요?" "그렇다면 무는 어디에 있는 것입니까?" "나의 마음에 있을 따름입니다." "이미 무라고 이름을 붙였으니 진실로 그것을 무라고 말할 수는 없을 것입니다. 그것을 따져 보기로 합시다. 불가佛家에서 말하는 무無는 우리 유가儒家에서 말하는 성性이 될 것입니다. 하늘과 땅이 갈라지기 이전에는 형태가 없었습니다. 형태가 있지 않으니 이는 한 덩어리의 무극無極입니다. 그런 까닭에 무극이면서 태극太極이었습니다. 태극이 움직이면 양陽이 나타나고 고요하면 음陰이 나타납니다. 음이 나뉘고 양이 나뉘면서 양의兩儀(천지)가 생깁니다. 사람은 그 때 천지의 기운을 받아 형태가 되고 천지의 이理를 받아 성性이 됩니다. 형태는 또 성의 근원이 되는 것입니다. 그 시초에 실체가 무에서 생겨나고 성이 형태 안에 깃들게 되면, 오온五蘊과 육진六塵이 다 형태로부터 비롯되는 것입니까? 형태가 나의 성을 치는 까닭이 이와 같이 많으니, 그와 함께 있는 것이 얼마나 형태 이전의 천연天然으로 돌아갈 수 있겠습니까? 나의 듣고 보는 바가 없으며, 또 나의 수족에도 있지 않아 마침내는 들음이 없고 봄이 없고 움직임이 없어 온몸이 다 없게 되면 그것이 곧 하나의 무극인 것입니다. 귀는 소리가 없어도 들을 수 있고, 눈은 형태가 없어도 볼 수 있으니, 그 밝음이 일월과 합치하고, 그 신령함이 귀신과 합치한다면 어찌 위대하지 않겠습니까? 이러한 논의는 세상 이치 모르는 사람에게는 설명하기 어려워 당신에게 범박하게 말하고자 합니다.

밝은 해는 서쪽 고개 넘어가고
수풀 끝에는 어두운 안개 움직인다
밝음과 어둠은 한 기운에 달려 있고
나고 들음은 나의 천성에 매어 있다
혜초 길엔 봄 반이나 지났을 게고
소나무 창에는 달 둥글어 갈 것이라
홀홀히 떠나가는 석장錫杖 재촉하는데
무등산無等山은 구름가에 꽂혀 있다[12]

이 글은 무등산으로 돌아가는 해공상인과의 만남과 대화를 기록한 글이다. 유학자들은 불가의 세계 인식을 비판할 수 있는 바탕을 마련하고자 노력하였

---

12 「송해공상인환무등산서(送解空上人還無等山序)」, 『역해 눌재집』 속집 권4, 712~713쪽.

다. 오랫동안 국교로서의 지위를 가지고 있었던 불가의 논리는 그렇게 쉽게 해체될 수는 없을 것이기 때문이다. 그래서 많은 유학자들은 겉은 유가이되, 내면에는 불교의 심오함에 심취하는 모습을 보였던 것이다. 마치 사랑채에서 유가의 논리가 설파되고 있을 때 내방에서는 불승을 초빙하여 염불하는 공간적 모습과 유사했던 것이다. 그래서 이 글은 박상의 말을 통하여 불교의 무無를 비판하는 것처럼 보이지만, 그 속에는 해공상인의 생각이 같이 스며들어 있는 것이다. 해공상인과의 대화를 박상이 "의문이나 막힌 데가 없어 마침내 서로 쳐다보며 웃고 마음에 거슬리는 바가 없었으니 해내海內의 습착치習鑿齒가 미천彌天의 석도안釋道安을 만나 응수應酬한 것과 같았다."라고 요약하고 있는 것에서 이는 확인할 수 있다.

습착지는 동진東晉의 문필가로 이름을 떨쳤던 사람이고, 도안은 같은 시대의 승려로 중국 불교의 기초를 확립하였다고 한다. 그 둘이 만났을 때 습착치가 자신을 "사해습착치四海習鑿齒(온 세상에 오직 하나인 습착치)"라고 하자, 도안은 "미천석도안彌天釋道安(하늘과 땅을 아울러 오직 하나인 도안)"이라고 대답하였다고 한다. 이를 습착치가 유가儒家로서 지구 중심적 사고에 머물러 있고, 도안은 삼계三界(욕계와 색계, 무색계)와 삼세三世(과거와 현재, 미래)를 아우르는 불교적 사고로 대응하였다고 말하기도 한다. 그러나 둘의 고차원적 대화는 단순히 말로서의 승부가 아니라, 자신과 세계의 관계를 통하여 둘 사이의 합일을 확인한 것이라고 할 수 있다. 둘의 문답이 만고의 문답으로 남게 된 것은 이러한 이유에서이다.

박상은 해공과의 대화를 통하여 불교의 무無에 대하여 더 깊이 사고하고 침잠하는 계기를 갖게 되었다. 이는 「별급육봉문」과 「왕포진득현신송표」에서 드러난 자신의 내면 수양이 불가에까지 확장되어 감을 보여 준다고 할 수 있다. 이 글의 끝에 제시한 오언율시가 텅 빈 듯하면서도 동시에 충만한 세계의 모습을 그리고 있는 것은 그만큼 박상의 사고 영역이 넓어졌음을 보여 주는 것이다. 이와 함께 박상은 앞의 글들에서 이미 보여 주었던 대화 중심의 글 전개를 여기에서도 같이 보여 주고 있다. 이러한 대화 중심의 글 전개가 독자에게 대화가 이루어지는 장면을 떠올리게 하고 구체적인 인상을 줌으로써 보다 강력한 효과를 부여한다는 점을 박상은 인식하고 있었던 것으로 생각할 수 있다.

박상은 48세 되던 해 상주목사를 거쳐 충주목사로 재임하면서 김세필金世弼, 김안국金安國 등과 교유하면서 학문을 강론하였다. 2년 전 기묘사화己卯士禍로 많은 선비들이 목숨을 잃었고 사림의 기세가 침잠해 있을 때, 박상은 뜻이 맞는 선비들과 학문을 강론하면서 그 맥을 유지하고 있었던 것이다. 그 해 겨울 박상은 향리인 광주 향교의 요청으로 「광주향안서」를 지었는데, 이 글은 앞에서 검토한 「염불사중창기」와 마찬가지로 글을 부탁한 사람들의 말과 이에 대한 자신의 말과 생각을 아울러 적고 있다.

①우리 주州의 좌수座首 김숙양金叔讓과 별감別監 김경보金敬寶와 설숭薛崇이 별감別監 유자화柳子華를 통해 눌재訥齋에게 편지를 내어 이르기를 우리 조선은 건국 이래로 주周의 경대부卿大夫의 제도를 모방하여 주州, 부府, 군郡, 현縣에 유향소留鄕所를 설치해서 그 고장의 벼슬을 가진 사람이나 명망이 있는 사람을 그 임원으로 보補하였으니 그 수석을 좌수라 하고 차석을 별감이라고 합니다. 향소에서 맡아보는 공사는 수석이 주관하고 차석이 보좌하지만 수석은 전단專斷해서는 안 되며 차석은 멋대로 해서는 안 되고 본관의 이목耳目이 되어 그의 보고 듣는 일을 맡아보는 것입니다. 또 도성都城에 저저邸를 두어 각 읍邑의 향소鄕所를 관할하고, 조정에 있는 토성土姓이나 혹 그곳에 우거寓居하고 있는 사람으로 그 일을 담당하게 하는데, 그들의 품급品級의 고하高下에 따라 당상堂上과 낭청郞廳으로 칭호를 달리합니다. 이른 바 저邸라는 것은 서한西漢 때의 철후徹候와 조청朝請의 저사邸舍와 같은 것으로 문황제文皇帝가 대국代國의 저사邸舍에서 들어와 유씨劉氏의 옥새玉璽를 주관한 경우의 저사邸舍가 그 예입니다.

②그런즉 향소鄕所와 경저京邸는 서로 표리가 되는 것으로 향소가 경저에 통

332

솔되는 것은 현縣이 큰 부府를 섬기는 것과 같으며, 경저가 향소를 상대하는 것은 큰 부가 작은 현을 제어制御하는 것과 같아 상하가 서로 간에 유지되고 경중輕重이 서로 간에 비교된 것은 그 유래가 오랩니다. 그런 까닭에 저관邸官에 배치되기를 바라는 것은 향소에 임명되기를 바라는 것과 같은 것입니다. 본주本州는 신라가 도독都督을 두어서부터 백제를 거쳐 고려에 이르러 드디어 본조本朝에 내려와 비록 변천을 거듭하기는 하였으나 대대로 문헌文獻의 고장이었으니 어찌 빛나지 않겠습니까. 그렇기는 하지만 이익이 있는 곳에는 사람들이 달려가 모이기 마련입니다. 천한 옷을 입은 하찮은 사나이가 하루아침에 천금千金의 권한을 장악하면 백가百家의 도시에 편안히 살 수 있는 자가 없게 되니 그것은 이익이 천금에 있지 그 천한 옷에 있지 않기 때문입니다.

③이제 향소에 임원이 된 자는 읍邑의 장長에 다음가고 온 고을의 권병權柄을 주관하므로 촌리村里의 하리下吏는 엎드려서 그의 명령에 따르고 동네 사람들은 부드럽고 수줍어하며 그의 위세에 부동합니다. 크게 되면 조세租稅, 부역賦役, 공물貢物의 부과 또한 전혀 움직일 수 없게 하고 그들의 이익의 대단함이 그것에 그치지 않아서 사람들이 그런 것을 보기를 천한 옷 입은 자의 천금같이 합니다. 이 점은 이른바 향소라는 것이 온 고을이 몰려가 다투는 독특한 이권利權을 희롱하여 속생각을 행사하고 그 어간에서 위세를 부리는 것으로 정녕 국가가 그것을 설치한 본뜻은 아닙니다.

④그렇기 때문에 말의사[馬醫]나 막일꾼 따위 족속과 곱사등이나 두꺼비 같은 추악한 무리들이 줄을 타고 청탁을 넣어 외람되이 발령장을 받게 되면 그것을 조관朝官이 제수除授받은 것에 견주고 안으로는 반드시 처자妻子에게 과장해서 말하고 밖으로는 반드시 모든 사람들에게 자랑하고 뽐내게 됩니다. 또 마음속으로는 스스로 어떤 향리에게는 어떤 일을 따져서 내 지난날의 고까움을 갚아 줄게고, 촌리村里의 어떤 하리下吏는 흠을 추적하여 나를 당황하게 만들었던 혐의를 앙갚음해주겠다고 말할 것입니다. 이리하여 성곽을 두루 다니며 군후君侯를 찾아 알현하고 눈을 부라리면서 사나운 얼굴을 하고 교활하게 사람들

을 부리게 됩니다. 또한 말이 흐리멍덩하면서도 그렇지 않은 체하며 잠자코 대답하지 않는 것이 메아리보다 빠르고, 의리를 뒤섞고 칭찬을 어긋나게 하는 것을 물 흐르듯 해내고, 자신의 묵은 재를 불어서 그것을 불꽃의 구름에 비기고, 소소한 물을 터내어 거기서 언덕에 올라오는 큰물을 바라보고 들여다보는 것을 정신이 있다고 여기고, 향배向背를 나타내는 것을 변통성變通性이 있다고 여겨, 슬퍼해도 어설피 위로하지 못하고 기뻐해도 어설피 축하하지 못합니다. 은밀한 곳에서 음모를 꾸며 흉악한 일을 싹트게 하고 몰래 악한 무리들을 길러 월초月初에 열리는 관아의 공식 모임을 틈타 멋대로 읍邑에서 짖어대도록 음흉하게 올빼미 날개를 떨치면서 겉으로는 고결한 체 봉새의 부리를 놀립니다.

⑤ 혹 형제가 집안에서 싸우는데 그들을 다툼 끝에 의절까지 했다며 후벼대고, 혹 침실에서 반목하는 사람에게 정실을 몰아내고 첩을 얻으려 한다며 뒤집어씌우기도 합니다. 효성이 지극한 사람이 제대로 처신을 하지 못하게 하면서 부모의 상에 슬퍼하는 사람이 모이지 않았다고 개탄합니다. 마릉馬陵과 같이 험준한 곳에 강한 활을 숨겨 놓고서도 포악하고 백성 해침을 미워하는 시를 칭송하고, 남들이 가져가 심을까 살구 씨를 뚫고 비싼 값에 팔기 위해 양에게 물을 먹이면서도 백성들과 다투지 않기 위해 한 일이라고 둘러대며, 아첨하기를 종기를 빨고 치질을 핥는 것처럼 하면서도 달아서 수염을 쓰다듬을 뿐이라고 말합니다. 위청衛青의 미미한 신분으로 명문인 왕王, 사謝의 집안에 맞서고, 서출庶出로 해학을 잘 했던 매고枚皐의 후예로서 최崔, 노盧의 명문대가에 항거합니다. 스스로 얻기를 심하게 하여 두 손으로 뇌물을 움켜잡으면서 우리 가문은 물과 같이 담박淡泊하다고 말하고, 억지웃음을 지으며 부역과 세금을 포탈하려고 꾀하면서 내 성품이 강개하여 공사公事를 받든다고 말합니다. 닭소리를 듣고 일어나 일부러 애쓰는 것이 사사로운 일이나 이익利益을 추구하는 일에 그치고, 하찮은 한 잔 술에도 즉각 눈시울을 붉히고, 작은 칼처럼 미세한 비판에도 광풍狂風같이 격해가지고 나무라댑니다. 속이는 버릇을 앞세우고 차마 요구하지 못함을 뒤로 돌리고, 가까운 무리에게 쏠리며 같지 않은 자들을 비웃습니다.

공공公共의 의재義財와 의전義田은 으레 자기 집 물건이라 여겨 남김없이 축내 버립니다.

⑥연희는 반드시 곡진하게 하여 좌석이 가득 차도록 하고, 광대들과 시시덕 거리며 언덕처럼 쌓인 고기와 개울처럼 넘치는 술로 어금니와 볼에서는 우레 같은 소리가 나고, 부장部長을 무섭게 살피며 점잖은 신사들을 원수같이 보고, 암암리에 독화살을 쏘고 서리 같은 단검을 날립니다. 지각 있는 사람이 이들을 피하는 것이 증삼曾參이 이름 때문에 승모勝母를 지나가지 않거나 또 음악을 반 대하던 묵적墨翟이 그 이름 때문에 조가朝歌에 들어가지 않았던 것 같이 하니, 누가 크게 우러러보고 높은 데로 옮겨갈 수 있겠습니까. 모든 성읍城邑들에서 그런 기풍이 물밀듯한데 우리 고장은 더 심합니다.

⑦조정에서 일찍이 이 제도를 혁파하자는 논의를 한 것 또한 이를 징계하고 자 한 때문이 아니겠습니까. 우리들은 다 천한 무리들이어서 혼란했던 시대에 외람되이 그 자리를 차지하게 되니 생각과 뜻을 다해 예사로운 데서 벗어나기 를 생각하고 숙사叔祀의 칭찬을 바라나 그 방도를 얻지 못하고 있습니다. 양자 운楊子雲(雄)은 아무리 기夔와 같이 뛰어난 악관이라 하더라도 음란한 정위鄭衛 의 악조樂調를 따르게 하면 아정한 악조를 가져올 수 없다고 하였습니다. 진실 로 구습舊習을 쓸어 없애고 새 기풍을 펴내야 마땅하고 혹여라도 그대로 따라가 지는 않아야 하지 않겠습니까. 옛날에 마을의 하급 관리로 은전이나 사면을 할 수 없는 대죄인 십악十惡을 저지르면 반드시 법으로 다루어 사악하게 용인容認 해 주지 않았고, 사민士民으로 불효와 같은 팔형八刑을 저지르면 반드시 사실을 가지고 적발하되 조금도 사사로이 꾸며 내지 않았습니다. 상사喪事에 서로 찾 아가고, 질병疾病이 있으면 서로 위문하며, 경사가 있으면 서로 축하하고, 환란 에 서로 구휼하며, 가는 이를 전송하고, 오는 이를 영접하며, 봄가을에 닭과 돼 지 추렴을 하는 것은 또 한 가지로 빼놓을 수 없습니다. 그리고 우리가 우두머리 가 되어서부터는 명찰名札에 이름을 써두어 후세 사람으로 하여금 어떤 사람이 별감別監이었다는 것을 알게 하고 그것을 불변不變하는 법으로 전해 내려가게

하겠습니다. 선생 역시 이 주州의 배움을 잇는 후예로서 몸소 글 짓는 일을 맡고 있으니 이를 자세하게 서술해야 하지 않겠습니까.

⑧ 눌재訥齋가 사양하여 말하기를, 저는 일찍이 직분을 벗어나 나라 일을 비평하여 조정朝廷에 분란을 유발誘發시켜 만 번 죽을 일로 먼 땅에 몰려났다가 요행히 성덕聖德으로 목숨을 보전하였으니 이를 거울삼아 지극히 조심하고 있습니다. 감히 또 고향에서 뱀 같은 무리들에게 도전하겠습니까.

⑨ 재차 그치지 않고 요구하며 말하였습니다. 필부匹夫로서도 향인들을 감화시킬 수 있음이 소순蘇洵의 글에 있습니다. 그런 뒤에 향소鄕所에 임원이 되어 한 향리鄕里를 진정하는 것은 물이 흐르면 그 근원이 있음과 같으며 그림자가 있으면 그 형체가 있음과 같으며 그물에 망을 짓는 줄이 있는 것과 같고 갓옷에 깃이 있음과 같음을 알게 되었습니다. 수원水源이 맑으면 흐름이 반드시 맑고, 형체가 바르면 그림자 또한 반드시 곧고, 줄이 당겨지면 그물도 반드시 펼쳐지고, 깃이 반듯하면 갓옷도 반드시 올바르게 됨은 당연한 이치입니다. 만약 단정한 것을 치고 끊는 것을 용서하면서 어둡고 우둔하여 깨닫지 못함을 불쌍하게 여긴다면, 이는 마치 그 수원水源을 흐려놓고서 흐름의 탁함을 미워하고, 그 형체를 굽혀놓고서 그림자가 굽어진 것을 괴이하게 여기고, 그 줄을 잃고서 그물의 얽혀짐을 근심하며, 그 깃을 끊고서 갓옷의 거꾸로 됨을 의심하는 것과 같습니다. 천하에 어찌 그런 일이 있겠습니까.

옛날 후한 사람인 왕언방王彦方은 일개 처사處士였으되 간악한 자를 감화시켜 군자君子가 되게 하여 길에 떨어져 있는 것을 줍지 않게 하였습니다. 당나라의 학사인 하번何蕃도 일개 학사學士였지만 육관六館의 선비들을 질책叱責하여 주차朱泚의 반란에 따르지 않게 하였습니다. 만약에 왕언방이나 하번과 같은 사람들이 지금의 세상에 태어나 지금의 세속에 살면서 향대부鄕大夫의 임무를 맡게 한다면 이대二代의 고식적姑息的인 악습은 하루도 가기 전에 고쳐지고 비록 주차朱泚 같은 반란의 선동이 있다 하더라도 사람들은 전연 움직이지 않을 것이고, 포布를 주어 선善을 권하지 않아도 도척盜跖의 쓸개가 변하여 백이伯夷

의 창자가 될 것이니, 하물며 또 도척盜跖도 아니고 주차朱泚도 아니라면 더 말할 것이 없을 것입니다.

⑩ 그렇기는 하나 세상이 잘 다스려지고 어지러워진 것을 알려면 반드시 그 사람을 보아야 하고, 사람이 어질거나 그렇지 않은가를 알려면 반드시 세상을 살펴보아야 합니다. 맹자가 이르기를, 그 시를 낭송하고 그 책을 읽으면서도 그 사람을 이해하지 못한다면 되겠는가 하였으니, 그렇기 때문에 그 세상을 논하는 것입니다. 아름드리나무는 작은 언덕에 나지 않고, 천금千金의 자식은 서너 집이나 되는 고장에서는 나오지 않습니다. 이제 그대들은 다 대대로 벼슬을 지낸 집안의 후손들로 미꾸라지 흙탕에서 용이 되어 솟아나고, 여우언덕에서 범이 되어 뛰어올라 그 더러워진 습속習俗을 만회하여 피폐한 법도를 불변하는 대도大道로 돌아가게 하기를 바라고 있으니 그 용의用意는 오늘의 언방彦方이고 오늘의 하번何蕃이라 할 수 있습니다. 이는 반드시 사람이 청렴淸廉하기를 바라면 돈을 빈 골짜기에 버리고, 사람이 수치를 알게 하려면 하찮은 밥에도 입을 다물며, 사람이 예禮를 지키기를 바라면 군자의 한결같은 마음을 찬미한 시구시鳲鳩詩를 어기지 않음같이 하고, 사람이 의롭고자 하면 형제와 친족에게 은혜 베풂을 찬미한 갈류시葛藟詩의 돌아오지 않음같이 하며, 협객俠客 소굴의 경박함이 멈추기를 바라면 장자長子의 성실함으로 대처하고, 호기豪氣 있는 무리의 사납고 거침을 거두고자 하면 잠시의 교활한 마음을 말끔히 없애야 할 것이요, 근원이 되어 맑게 하고, 형체가 되어 바로잡고, 줄이 되어 펼쳐 내고, 깃이 되어서 가다듬어야 할 것입니다. 효도하지 못함을 슬퍼한 요아시蓼莪詩와 백화시白華詩의 위대한 자취를 따라 행한다면 증삼曾參과 민자건閔子騫의 법도가 펼쳐지는 것이고, 한 말의 곡식을 찧고 한 자의 천을 바느질하는 수고를 하게 되면 효자인 강굉姜肱의 이불은 널리 펴질 것입니다. 비천한 자리에 내려가고 집을 나누어 살면 자신의 지위에 합당하게 살았던 양설대부羊舌大夫나 후성자郈成子의 기풍氣風이 곧 펴질 것이며, 부창부수夫唱婦隨하게 되면 조강지처 버림을 한탄하는 백두음白頭吟과 염이가厭厭歌를 누가 따라 하겠습니까.

⑪ 상사喪事에 찾아가는 것과 같이 차례로 힘써 지켜 나가면 박한 것이 후하게 될 것이고, 경조輕佻한 것이 순미醇美하게 될 것이며, 동릉東陵의 큰 교활한 자가 백이숙제伯夷叔齊의 높은 뜻을 사모하게 될 것이고, 포중蒲中의 방종한 농군이 검루黔婁의 뛰어난 자취를 희구希求하게 될 것이며, 소리침이 조두俎豆에 오르게 될 것이고, 시끄러운 소송이 우예虞芮에서 멎게 될 것이며, 문서文書를 다루는 자의 간교奸巧함이 절로 길들게 될 것이고, 상복桑濮의 방탕함은 절로 곧아지게 될 것이며, 흉악한 고장은 추노鄒魯의 지역地域으로 바뀌게 될 것이고, 구차한 풍습은 화서씨華胥氏의 땅의 천성天性으로 돌아 들어가게 될 것입니다. 이 고장에 살면서 대부大夫를 비난하는 자가 다시는 생겨나지 않을 것이고, 언성彦聖을 어기고 어울리지 않는 것을 좋아하는 자가 다시는 날뛰지 않을 것입니다. 시경詩經에 이르기를, 군세도다 이 사람, 사방四方을 가르친다 하였으니 사방四方조차도 순종하는데 하물며 한 고을이나 필부匹夫는 말할 것이 없을 것입니다.

⑫ 옛말에 한 사나이가 활을 잘 쏘면 백 사람이 활 쏠 채비를 한다고 하였는데, 이를 두고 한 말일 것입니다. 이와 같은데도 완악하고 따르지 않는 자는 목사牧使에게 통첩하여 철저하게 규명하고 저관邸官을 만나서 비평 탄핵하여 크면 혹 고을 변두리로 몰아내 버리고 작으면 혹 도적徒籍을 삭제하여도 괜찮을 것입니다. 혹시라도 속에는 결점이 있는데도 겉을 잘 꾸미려 한다면 매일같이 촌리村里의 하리下吏가 거스름을 거세게 채찍질하여 한결같기를 요구해도 반드시 복종하지 않을 것이고, 호족豪族들의 시끄럽게 무도하게 구는 것을 공격하여 그 길들은 추세를 요구해도 반드시 상대하여 견제할 것입니다. 장주莊周가 말한 시비是非의 변辯은 서로 대립한다는 것이 이런 데 있는 것입니다. 사람들은 함께 목욕하면서 벌거벗은 것을 나무라는 것이니 우둔한 것이 아니면 미혹한 것이라고 말할 것입니다. 성자姓字를 베껴 써서 후세에 전하면 뒤에 널리 헤아리는 사람이 반드시 누구는 억울했고, 누구는 사기를 했고, 누구는 온순하고 성실했으며, 누구는 간악했고, 누구는 양의 바탕에 범의 가죽을 썼고, 누구는 말

은 순舜임금 같았지만 행실은 도척 같았다고 말할 것입니다. 어찌 두렵지 않겠습니까.

정덕正德 병자년(1516, 48세) 중동일仲冬日에 눌재진일訥齋眞逸 씀[13]

이 글은 모두 12단락으로 나누어 이해할 수 있는데, 이는 다시 4단락으로 묶을 수 있다. ①~⑦은 광주 유향소留鄕所의 임원들이 박상을 찾아와 향안 작성의 필요성을 언급하면서 그 서문 써주기를 요청하는 내용이고, ⑧은 이를 쓸 수 없다는 박상의 사양이다. 이에 대하여 임원들은 다시 ⑨에서 사례를 들며 간곡하게 서문 써주기를 요구하였고, 그에 응답하는 박상의 말이 ⑩~⑫에 나타난다.

유향소는 향청鄕廳으로도 불렸는데, 향리鄕吏를 규찰하고 향풍鄕風을 교정하는 것을 목적으로 세웠던 향촌의 단위조직으로 유향품관이 모이는 장소, 또는 인적 조직을 말한다. 본래는 중앙에서 임명하는 관리가 지방 사정에 밝지 않기 때문에 이를 보완하는 차원에서 운영하는 자치 기관이었지만, 나중에는 수령을 보좌하는 기구로 바뀌었다. 그렇게 된 까닭은 이 기구가 명분과는 달리 향촌에 거주하는 양반들을 주축으로 하는 향촌질서와 그들의 이익을 도모하기 위한 의도로 설립되었기 때문이다. 따라서 설립 초기부터 그 폐해가 드러났던 것이다. 박상에게 향안의 서문 작성을 부탁하는 임원들의 말인 ①~⑦은 바로 유향소가 설립되어야 하는 명분을 말하는 것으로 이해할 수 있다. 그런데 이들이 말하는 명분 속에는 유향소가 경재소와 상호보완적인 관계 속에서 설립되었다는 것과 운영되면서 자연히 나타날 수밖에 없는 부작용들이 모두 진술되어 있다는 것을 유념할 필요가 있다. ①과 ②는 유향소가 설치된 본의를 말하고 있다. 이로 볼 때 유향소는 당연히 설치되어 그 의미를 다해야 할 것으로 인식되고 있는 것이다. 그런데 모든 현상이란 본래 의도와는

---

13 『역해 눌재집』 속집 권4, 717~727쪽.

달리 운영되기 마련이다. 향소의 임원으로 선임된 사람은 그 직위를 갖게 된 본의를 잃고, 사리사욕에 빠지게 되어 많은 폐해가 발생하게 되는 것이다. 그러한 폐해가 ③~⑥에 나타나는데, 이는 이미 고칠 수 없는 병폐인 것처럼 보인다. 이 글은 향청이 만들어진 초기에 작성된 것인데도 이미 그 폐해가 내부에서조차 심각하게 인식하고 있을 정도이기 때문이다.

⑦은 이러한 심각한 인식을 바탕으로 부정적인 상황을 혁파하기 위한 노력이 있어야 함을 강조하고, 그 해결 방안을 제시하며 박상의 참여를 호소하고 있다. 그러나 이러한 적폐가 어느 한 사람이나 집단의 노력으로 해소될 수는 없을 것이다. 이미 조정에서조차 이를 시정하려는 노력을 기울였지만, 향촌의 양반들은 자신들의 이익을 위하여 더욱 공고하게 연대하고 집단적인 저항을 했기 때문이다. 사실은 박상에게 서문을 부탁하는 사람들도 자신들의 세력을 공고하게 하기 위하여 박상을 끌어들이고 있는 것으로도 보인다. 따라서 ⑧에 제시된 박상의 사양은 그저 의례적으로 하는 겸사兼詞가 아니라고 할 수 있다. 사회를 개혁하기 위하여 감연히 나섰다가 죽음을 당할 수밖에 없었던 기묘년己卯年의 선비들을 여실하게 보았던 박상이었기 때문이다. 그는 향청에 간여하는 상황을 '고향에서 뱀 같은 무리들에게 도전'하는 것으로 인식하고 있는 것이다.

⑨는 박상이 사양하자 이를 다시 번복해달라는 임원들의 말이다. 향청은 사람들이 운영하는 것이고, 따라서 향리의 순화와 정리에 의하여 그 폐해는 교정될 수 있다는 것을 역사적인 실례를 들어 설명하고 있는 것이다. ⑩~⑫는 거듭된 요구에 대한 박상의 정리된 생각이며, 당시의 향청이 가지고 있는 부작용에 대한 나름대로의 처방이라고 할 수 있다. 그러나 이러한 인식은 임원들이 제시한 인적 쇄신과 반성에서 그렇게 크게 벗어나지 않는다. 다만 폐해를 방지하기 위하여 구체적인 실천 사례를 제시하였을 뿐이다. 이는 박상 자신이 향안鄕案의 명부에 올라 있는 내부자로서의 한계 때문일 것이다.

향안은 향촌 사회의 지배층인 재지사족在地士族 중 입록立錄이 허락된 향원

鄕員의 명부이다. 이 향안에 수록된 사람들을 중심으로 향청이 운영되었기 때문에, 향안은 향청의 위세를 바탕으로 세력을 도모했던 양반들의 명단이라고 할 수 있다. 따라서 현지에 땅을 가지고 있지 않은 양반은 설사 높은 관직의 사람이어도 그 명단에 오를 수 없을 정도로 폐쇄적인 조직의 명단이었던 것이다. 이를 위하여 외부적으로는 입록할 수 있는 자격을 '친족은 물론, 처족과 외족까지 포함된 족계가 분명해야 하였고, 가계는 물론, 본인의 가족 및 처가까지도 모두 천인과의 혼인 및 범죄 흔적이 없어야 하였으며, 품행 역시 뛰어나야 하는 것으로 규정하였다. 추천 또한 향원만이 할 수 있었고, 내부에서의 토의를 거쳐 가부를 결정할 정도로 배타적인 조직이었던 것이다.

이러한 이유에서 글의 작성을 요구한 사람들의 글을 서문에서 같이 기록한 것은 앞에서 언급한 「염불사중창기」의 경우와는 다르다는 것을 짐작할 수 있다. 「염불사중창기」에서 상대방과의 대화는 이를 통하여 자신의 생각이 확산되어 감을 보여 주고 있지만, 이 글에서는 부정적인 향청의 단면을 내부자의 언어로 직접 제시하고자 하기 때문이다. 이러한 의도를 드러내기 위해서 박상의 글쓰기 방식은 매우 효과적으로 기능하고 있다.

5. 세상을 향한 열린 마음

공자는 나이 오십에야 '지천명知天命'의 경지에 이르렀다고 하였다. 자신이 뜻을 세우고 흔들리지 않으며 해왔던 일이 바로 하늘이 명한 바라고 알게 된다면, 그것이야말로 가장 큰 보람이었을 것이다. 박상은 51세 되었을 때 「중수쌍청당기重修雙淸堂記」를 썼고, 53세에 「청송당서聽松堂序」를 써서 남겼다. 그의 삶은 치열하였고, 굴곡도 많았지만, 50을 지나 자신의 생각을 거침없이 드러내고 확장한 것으로는 이 두 편이 남아 있을 뿐이다. 자신의 생각도 확고하게 다져졌고, 또 자신의 발언에 대한 책임도 같이 통감할 수 있는 나이였기 때문에 그의 글은 앞에서 검토하였던 글과 달리 거침이 없다. 이런 글의 모습을 보면서 글은 사람과 함께 성장하는 '살아 있는' 존재라는 것을 느낄 수 있다. 자아와 내면의 조화가 이루어지니 대화의 상대가 등장할 필요도 없어지게 되었다. 앞에서도 기記나 서序를 썼지만, 그때의 글과 달리 이제는 대화의 상대가 없이 자신이 바라보는 대상과 내면의 생각을 거침없이 표현하고 있는 것이다.

「중수쌍청당기」는 박상이 충주목사로 재임하고 있을 때 송여림宋汝霖이 쌍청당을 중수한 내력을 적은 글이다. 여기에서 '쌍청雙淸'은 바람과 달이 모두 맑음을 뜻하는 것인데, 박상은 이 글에서 쌍청당의 중수라는 현상에서 벗어나 바람과 달의 근원적 의미를 추구하고 있어 한층 글의 깊이를 더하고 있다.

①대체로 귀에 소리가 나면 사람은 그것이 바람인 줄은 알지만 그렇게 소리가 나게 한 것이 누구인가는 모른다. 눈에 빛깔이 비치면 사람은 그것이 달인 줄은 알지만 그렇게 빛깔이 비치게 한 것이 누구인가는 모른다. 그래서 그들이 즐거워하는 것은 귀와 눈이 잘 듣고 잘 보고 하는 쩨쩨한 데에서 벗어나지 않는다. 우리 고을의 고故 송유공宋愉公은 정녕 소리와 빛깔 밖의 것을 터득한 사람이다. 그는 보고 듣고 하는 것을 이미 마음으로 하였으니 또 밖에서 무엇을 소리로 듣고 빛깔로 보며 이것을 빌려 당堂에다 붙였겠는가. 그러니 당을 지은 것은 공의 세상을 위함 때문이지 공 자신을 위한 것은 아니다. 그렇지 않았다면 몸이 가는 바는 어디나 바람 아니고 달 아닌 데가 없으니 어찌 유독 일곱 칸의 창문에 그치겠는가.

②공의 뜻이 원대해서 이 맑은 것을 위로는 하늘에서 빌려 자손에게 남겨주어 자신이 터득한 것을 찾고자 하였다. 그래서 반드시 당을 지어 맑음을 표나게 하고 그릇을 만들어 맑음을 담게 해 이를 담고자 하였다. 이리하여 빈 땅을 살펴 자리를 마련하고, 따뜻하고 서늘한 데 따라 그 거처를 달리 해서 천지 속에 모두가 누릴 수 있지만 숨겨진 것을 나누어 대대로 집안에 전하는 하나의 물건으로 만든 것이다. 소리와 빛깔 밖에서 터득한 사람이 아니라면 그렇게 할 수 있었겠

는가. 그래서 공은 비록 없지만 맑음은 당과 함께 있어 영롱하게 빛나고 또 넘쳐
흐른다. 들으면서 귀가 기쁘고 보면서 눈이 사랑하니, 자기 조부가 즐거워하던
것이 무엇이었던가를 거슬러 생각하는 사람이 대대로 끊이지 않았다. 이제 그
증손인 전前 양근현감揚根縣監 송여림宋汝霖은 조상과 닮은 사람으로 벼슬길로
나가는 일에 밝지 않아 벼슬을 내놓고 한가하게 지낸 지가 이미 여러 해가 되었
다. 그 사이에 소요하여 더욱 바람과 달을 즐기는 맑은 맛을 알게 되었다. 본래
의 모양에 따라 지붕을 잇고, 석가래, 기둥, 주춧돌, 섬돌을 각각 제 자리에 바로
놓아 썩고 굽고 기울고 쓰러진 모양이 보이지 않게 되었으니, 또한 조상의 뜻을
이룩하여 실천한 사람이라고 말할 수 있을 것이다.

③그렇지만 천하의 물건이란 채워진 것은 쉬 망가지게 되고 빈 것은 오래 존
속되기 마련이다. 당堂의 기물器物 됨으로 말할 것 같으면 많은 재목을 모아 그
형태를 이룩하고 사람의 힘을 들여서 그 일을 해내는 것이니 역시 물건 중에서
가장 채워진 것이다. 따라서 나날이 그리고 다달이 변화하고 계절마다 망가지
고 해마다 기울어 마침내는 허물어져 한군데도 새롭지 않게 된다는 것은 마땅
한 일이다. 이런 점을 유추類推해 나간다면 한 개의 당堂을 가지고도 한 몸 역시
그러하다는 것을 알 수 있으니, 신중하지 않을 수 있겠는가. 다만 달의 흘러나오
는 빛과 땅의 불어대는 기운은 다 없는 데서 나와 텅 빈 데를 가기에 비록 세상을
거쳐 온 것이 몇 천만 년인지를 모르는데도 늙은 적도 없고 망가진 적도 없는 것
이다.

④이곳에서 굽어보고 우러러보고 하여 빈 것과 찬 것의 경지를 관찰하고 길
한 것과 흉한 것의 기미를 살펴서 내 몸이 세상에 처해 나가는 길을 찾아, 쏴하니
바람 가는 것의 자취 없음같이 하고 조용하니 달 지나가는 것의 흔적 없음같이
하여, 슬프고 즐겁고 얻고 잃고 함을 예외 없이 다 빈 마음으로 받아들인다면,
종신토록 즐거움이 있고 하루아침의 환란은 없게 될 것이다. 만약에 한번 웅얼
거리고 한번 읊조리고 함이 깊은 감회를 시원하게 펼쳐내기에 충분하다고 말
한다면 풍경을 탐내어 희롱하는 사람의 짓일 뿐이니, 어찌 집을 마련한 본의本意

이겠는가. 가령 그대의 증조부께서 다시 살아오신다 하여도 나를 말을 아는 군자가 아니라고 하지는 않을 것이다. 가정 3년(1524) 5월 일 충주 박모 자모 씀[14]

이 글은 전형적인 4단 구성의 글이다. ①은 현상으로서의 쌍청당과 접촉함으로써 그 맑음이 추구하는 바를 진지하게 탐색하는 근거를 마련하였다. 기起의 단락답게 대상과 그것을 마련한 사람, 그리고 앞으로 전개할 내용의 실마리를 모두 제시하고 있는 것이다. 앞으로 전개하고자 하는 것은 달과 바람을 통하여 보는 것과 듣는 현상의 너머를 탐색하고자 하는 것이다. 그것이 쌍청당을 지은 사람의 수수께끼에 부합하는 해답이라고 보는 것이다. ②는 기의 단락에서 제공한 단서에 따라 송유공의 당 지은 뜻을 보다 구체화하고, 이를 계승하는 송여림의 자세를 말함으로써 맑은 맛을 느끼도록 하는 내면의 깊이가 대대로 이어짐을 서술하고 있다. ③은 전轉의 단락이다. 앞에서 당의 건축이 맑음을 추구하는 주인의 내면을 보여 주는 것이라 하였는데 이를 세상 만물로 확대하여, 채워진 것은 망가지는 것이고 텅 빈 것은 오래 존속하게 된다는 일반 원리를 들어 논지의 변화를 보여 주는 것이다. 그런데 당이란 형태로 이루어진 외면은 채워진 것이지만, 그것이 담고 있는 달과 바람은 텅 빈 것이어서 영원히 존속할 수 있는 양면성을 가지고 있다. 당의 양면성을 바탕으로 우리의 삶 또한 그러하다는 것을 깨달아 신중에 신중을 거듭해야 한다는 것이 이 단락의 요지가 된다.

④는 결結의 단락이다. 작자는 ①~③에서 전개한 마음의 행로를 멈추고 다시 당으로 돌아와 자신을 돌아보고 있다. 그리고 세상에 처하기를 바람이 가는 것처럼 흔적이 없고 달이 지나가는 것처럼 고요하게 한다면 종신토록 즐거운 무위자연無爲自然의 경지에 이르게 된다고 말한다. 풍경의 아름다움에 빠져 슬쩍 지나치는 것을 뛰어넘어 내면의 깊이에 도달해야 한다는 것이 바로

---

14 「중수쌍청당기(重修雙淸堂記)」, 『역해 눌재집』 속집 권4, 731~732쪽.

쌍청당을 지은 사람의 본의本義라는 것이다. 이는 모든 현상의 표면을 통하여 그 내면의 깊이에 도달하는 앎의 진정한 묘미妙味를 의미하는 것이기도 하다. 진실이 보고 들을 수 있는 것에 있다면 그 진실은 그렇게 대단한 것이 아닌지 모른다. 심오한 진실은 외면의 열쇠를 통하여 저 깊이 들어가야만 발견할 수 있을 때 가치 있는 것이라고 할 수 있다. 따라서 글이나 현상의 표면만을 설명함으로써 그것이 가진 의미를 이해하였다고 말할 수는 없는 것이다. 그런 정도의 이해는 글을 읽을 줄 아는 사람이라면 누구나 할 수 있는 것이고, 눈이 있어 볼 줄 아는 사람이라면 누구나 도달할 수 있는 것이기 때문이다. 진정한 이해는 글이나 현상의 겉 표면을 통하여 내면의 깊이에 도달함으로써 이루어진다. 그렇게 되었을 때 작가나 사물을 만든 조물주와의 진정한 조우遭遇가 이루어지는 것이다. 그러한 만남의 즐거움이 염화시중拈花示衆의 미소를 떠올리게 하는 것이고, 무릎을 탁 치게 하기도 하는 것이다. 당을 지은 사람이 다시 살아 마주하게 되면, 자신을 '말을 아는 군자'라 할 것이라는 말로 결말을 지은 것은 이러한 지적 깨달음의 즐거움을 말한 것이라고 할 수 있다.

박상은 53세에 「청송당서聽松堂序」를 지었는데, 그 뒤 4년이 지나 작고하였기 때문에 이 글은 그가 지은 마지막 문장이라고 할 수 있다. 성수침成守琛은 조광조趙光祖의 문인이며, 우계牛溪 성혼成渾의 아버지이다. 그는 스승인 조광조의 실각과 죽음을 지켜보면서 벼슬에의 뜻을 접었다고 한다. 박상은 성수침의 부친인 대사헌 성세순成世純의 막객幕客으로 일한 바 있어 성수침과는 이미 잘 알고 있는 사이였다. 성수침은 박상을 자신의 서재로 초빙하고 당호를 붙여달라고 하니 '청송'이라는 당호堂號와 그 서문序文 및 시詩를 주었고, 성수침은 이를 자신의 호로 삼았다. 다음은 이런 사연으로 이루어진 서문과 시이다.

①지금의 황제 기원 가정嘉靖 5년 병술(1526) 봄에 나는 충주忠州에서 수령직을 교대하고 서울의 객사에 들었는데, 이곳은 죽은 친구인 이간李幹의 집으로

백악산의 둘째 산기슭이다. 이웃에 준수한 선비 성수침成守琛 씨가 살고 있는데 돌아간 대사헌 사숙공思肅公 성세순成世純의 적자嫡子다. 나는 앞서 대사헌의 막객幕客으로 강남江南에서 일했었는데 알고 지냄이 퍽 두터웠다. 그 문하에 왕래한 것이 한두 차례가 아니었으므로 또한 그 자제들과도 친숙해졌다. 그래서 수침씨는 나를 자주 찾아 주고 노쇠해졌다고 소외하지 않아 좋은 관계를 맺고 있었다. 하루는 나를 서당書堂으로 초청하였는데 그것을 사절할 핑계가 없어 곧장 그곳으로 갔더니, 북산을 등지고 남산을 마주 보며 푸른 소나무가 숲을 이루었고 흐르는 물이 골짜기를 따라 띠를 두르고 있어 암자와 같았다. 그윽하고 궁벽함을 형용하기 어려웠는데, 그 앞에 작고한 재상의 집이 있어 이곳에서 수침씨가 요양하고 공부를 하고 있었다. 오랫동안 이야기를 하다가 수침씨가 나에게 당의 이름을 붙여달라고 청하여 마침내 청송聽松 두 글자로 가름하고 이렇게 말하였다.

②집을 둘러 있는 것이 다 소나무니 그 색깔이 볼만하고 그 절개는 훌륭하다. 그러나 색깔은 푸르름에 그칠 따름이고 절개는 괴로움에 그칠 따름이다. 소리는 방향이 일정하지 않아 비와 바람, 서리와 눈이 서로 돌아가며 운율을 이루는 것이 하루 낮과 하룻밤 한번 추위와 한번 더위에 그치지 않는다. 음조 또한 무단히 바뀌어 탁한 소리가 마치 강하江河같이 출렁이고 갑병甲兵처럼 우렁차기도 하고, 맑은 소리가 금슬琴瑟같이 가늘고 생황笙篁같이 높은 소리로 나기도 한다. 부드럽고 평온하여 조르르 샘 흐르는 듯하고 쟁그렁 옥 부서지는 듯도 한다. 용을 쓰고 성내니 마치 야단치는 것 같고 거세기가 외치는 것과도 같다.

대저 소나무란 말없이 우뚝 서 있는 무정無情한 하나의 식물일 뿐이다. 그런데 맑은 소리를 내고 탁한 소리를 내고 평온한 소리를 내고 성난 소리를 내고 하는 것은 다 비고 없는 가운데서 나올 뿐 사람의 작위作爲를 빌리지 않는다. 군자가 그 소리를 들으면 영적으로 조화造化에 통할 수 있고 신묘하게 귀신에 합치시킬 수 있으니, 팔음八音의 악기가 반드시 사람의 사사로움에서 나는 것과 같지 않다.

자연의 소리는 처음부터 창연蒼然에서 나오는 것이 아니다. 창연에 따라 그 것을 자연에서 찾고, 자연에 따라 그것을 조물자造物者에서 찾고, 조물자에 따 라 그것을 태극太極에서 찾는 것으로, 그가 듣는 것은 비고 또 비어 있어 천지는 하나의 손가락이고, 만물은 하나의 산가지[算籌]라. 그 즐거움은 말로 설명할 수 없고 그 학문 또한 부자父子가 전수할 수도 없는 것이니 하물며 나와 그대의 경 우에랴.

청송의 설은 이에 그친다. 그대는 잠자코 그것을 이해하면 충분한 스승이 생 겨날 것이다. 말로는 부족해서 네 수의 시詩로 충족시킨다.

③ 누가 푸른 산의 둘째 줄기 잡았는가
　　당 지은 뜻 받는 오늘 훌륭한 아들 기다렸네
　　어지러운 바위 뒤에서 누르며 천 층으로 빼어나 있고
　　깊은 골짜기 앞에 다가서니 백 척만큼 높다
　　객과 소통하는 가교假橋 나무 하나 가로질러 있고
　　허한 곳 가득 채운 새 버들 늘어져 뻗어있네
　　소나무 뿌리는 송방주松肪酒 마시기에 좋으니
　　기묘한 방법 보내 태의太醫에게 알리지 말라

　　벼슬할 생각 없이 깊숙이 들어 앉아 있으면서
　　낮잠으로 정신 기르느라 침상 또한 뚫리네
　　소나무 이슬 창에 뿌려져 벼룻물에 섞이고
　　산바람 문짝 불어 향로의 연기 축인다
　　도시都市는 문 밖에서 부질없이 시끄럽게 펼쳐져 있고
　　바람과 달은 집 안에서 조용함 자아낸다
　　약기운 삭이느라 처마 돌다 때로 고개 들면
　　종남산終南山 비 내리고 시詩 찾아 들어온다

사는 곳 송림에 가까와도 가난하지 않으니

사시에 풍악 소리 아침 저녁 들려오네

바람 불어 곡을 붙이는 일 일정하지 않고

비 지나며 현絃을 고르니 그 나름으로 참됨이 있다

책에는 예전부터 삼뢰보三籟譜 전해지고

귀 속에선 암암리에 팔음의 봄 맞이하네

도성의 몇 곳은 노래와 나팔 소리 시끄럽고

물끄러미 바라보며 말없이 속인俗人들 마주하네

지금 문헌에는 창녕성씨昌寧成氏를 말하는데

돈 자루는 받지 않고 경서 하나 받는다

원추리 늙은 줄기 북쪽 뜰에 향기롭고

가시 꽃 핀 높은 나무 안뜰을 비치네

볼품없는 옛 문객 머리는 하얗게 세어 가는데

오히려 집안이 통하니 환영을 받는구나

흡족한 이야기에 밤이 늦어 산에는 달 올라오니

창문 가득한 소나무 소리 들으며 더불어 맑아지네[15]

①은 「청송당서」를 짓게 된 연유를 밝힌 글이다. 이 글을 통하여 청송당의 주인인 성수침과 작가의 관계가 드러나고, 청송당을 둘러싼 주변 경관이 밝혀진다. ②는 당호를 '청송聽松'으로 지은 까닭을 설명한 글로 이 글의 본지에 해당한다. '청송'은 말 그대로 '소나무 소리를 들음'인데, 이전부터 박상이 말했던 현상을 넘어 본질에 접해야 한다는 생각을 가감 없이 드러낸 것이라고 할 수 있다. "소나무란 말없이 우뚝 서 있는 무정無情한 하나의 식물일 뿐이다."

---

15 「청송당서(聽松堂序)」,『역해 눌재집』 속집 권4, 708~710쪽.

단순히 시각적으로 존재하는 물상에서 벗어나 그 내면에 잠긴 소리, 청각적인 대상으로 변화시킬 수 있는 지점이 바로 이 청송당이 위치한 공간이라고 할 수 있다. 단순히 보이는 대상을 넘어 대화하는 살아 있는 존재로 변모한 소나무와 벗하는 이 공간은 자연스럽게 본질을 논의하는 장소로 변모하게 된다. 마주하고 있는 주인과 객은 담담하게 바라볼 뿐, 말없이 그 지혜의 심연深淵에서 헤엄치는 우화등선羽化登仙의 경지에 놓이게 되는 것이다.

이상적 공간으로 변모한 청송당은 산문적인 진술만으로는 설명하기 부족했을 것이다. 그래서 그 부족한 부분을 ③에서 시로 보충하고 있는 것이다. 흔히 기記나 서序의 끝에 이처럼 시로 끝맺음하는 것은 산문으로서는 다하지 못하는 마음의 여운을 은유와 상징으로 확장하고자 하는 의도에서일 것이다. 시는 현실과는 가장 멀리 떨어져 있는 문학의 장르라고 할 수 있다. 시인은 대상을 마음대로 변화하고 응축하며 자신이 설계한 공간 속에 위치시킨다. 그속에서 현실을 포함하는 또 하나의 비밀스런 공간을 펼쳐 내고 있는 것이다.

우리가 살고 있는 현실에서는 이러한 '꿈과 같은' 세계의 발언이 배척되기 마련이다. 비유적 표현을 사용하여 구설수에 오르는 경우를 우리는 흔히 볼 수 있는 것이다. 그런데 이러한 상상력을 무한대로 용인하고 오히려 찬미하는 곳이 시의 세계이다. 시인을 창조자라고 말하거나, 플라톤이 자신의 공화국에서 시인을 추방해야 한다고 말한 본의本意가 여기에 있다. 구체적인 물상을 그린 뒤에 화제시畵題詩를 덧붙이는 것도 이러한 시의 효용을 이용한 것으로 볼 수 있다.

언어가 도달한 최고 정점의 문화가 바로 '언어를 뛰어넘는 언어'일 것이다. 현실의 언어로는 표현할 수 없는 더 깊은 내면을 표현하기 위하여 '비유와 상징'은 동원된다고 할 수 있다. 따라서 비유와 상징은 그대로 직역하는 것이 아니라, 마음을 거기에 투영하여 확장시키기를 요구하는 문화이다. 이러한 여유와 텅 빈 공간을 받아들일 수 없는 각박한 현실은 이러한 무한의 자유를 용인하지 않는다. 오직 유일하게 시 장르만이 이를 용인하고 있는 것이다.

시는 모두 네 편으로 이루어져 있는데, '이상적인 주변경관→신선과 같은 주인의 모습과 생활→자연의 교향악과 어울려 있는 주인과 객의 대화→청담淸談이 어우러진 공간'으로 시상이 전개되고 있다. 청송당을 둘러싼 공간이 현실을 뛰어넘으니, 그 속에 거주하는 주인은 바로 신선 그 자체라고 할 수 있다. 속세의 번잡한 일에서 벗어나 한가로이 근원의 세계를 유영遊泳하고 있으니, 바로 소동파蘇東坡가 말하는 '여유세독립如遺世獨立하여 우화이등선羽化而登仙'의 경지로 변모하게 되는 것이다. 더불어 신선과 마주한 객도 역시 신선으로 변하게 되니, 둘은 말없이 자연과 호흡하며 마주하고 있는 것이다. 이 글로 박상은 청송당을 이상적인 공간으로 다시 태어나게 하였으니, 주인이 얼마나 고맙게 생각하겠는가.

6. 결론

박상에 대한 논의는 대체로 "기묘사화의 원인 제공을 하고, 기폭제 역할을 하고, 또 그런 의리정신에 어떤 발로로서 상징적인 인물이다"라는 공통점을 가지고 있다.[16] 눌재 박상에 대한 종합적 정리 결과가 『눌재 박상의 문학과 의리정신』으로 이름 붙여진 것이 이를 대변한다. 또한 문학은 그의 문집에 남아 있는 대부분의 작품이 시詩라는 점에서 시에 대한 집중적인 탐구도 이루어졌다. 시인으로서의 박상과 올곧은 선비로서의 박상이라는 관점은 박상을 바라보는 하나의 잣대가 되었고, 그렇게 바라보니 박상에 대한 시야는 더 이상 확대될 수 없었다. 세상은 보고 싶은 대로 보이는 것이다. 대롱을 통하여 형성되는 관견管見은 그래서 사실이면서, 사실 전부를 포괄하지 못한다. 그 대롱을 조금 다른 방향으로 돌려 바라보면 전혀 보지 못했던 새로운 시야가 열리게

---

16 이해준, 『눌재 박상의 문학과 의리정신』, 광주직할시, 1993, 228쪽.

되는 것이다.

이 글은 박상의 연구에서 관심 밖이었던 산문을 조명함으로써 박상이 가지고 있는 글쓰기의 방식을 점검하고, 그것이 가지고 있는 의미를 파악하고자 하는 의도에서 작성되었다. 나름대로의 성과는 있었다고 생각한다. 먼저 문집의 한구석을 채우고만 있던 산문을 꺼내 수필로서의 장르적 성격을 부여하고 조명하였다는 점에서 본고의 의의를 찾고자 한다. 상징과 은유를 그 본질로 하는 시詩와 달리 산문은 허구를 본질로 하는 문학이면서 가장 그 사람의 실제에 근접한 장르이다. 그만큼 수필 속에서 자신을 직접적으로 드러내 보이고자 하는 것이 수필의 본령인 것이다.

박상은 작성된 수필을 통하여 자신의 외면적인 성장과 함께 내면도 풍부하게 살찌워 가는 모습을 단계적으로 보여 주었다. 자신의 삶의 기본이 되는 선비정신의 확립을 위하여 그는 모범이 되는 글을 베껴 쓰기도 하였고, 또 글 속에 상대방과의 대화를 직접 제시함으로써 자신의 견해를 핍진하게 진술하기도 하였다. 그런 글쓰기는 글 속의 시간과 공간을 직접 보여 줌으로써 독자를 그 공간 속에 들어가게 한다. 그리고 그 속에서 상황을 바라볼 수 있도록 함으로써 자신의 견해를 독자에게 강요하지 않는 것이다. 그의 문집에서 논論이나 설說의 형식을 발견하기 어려운 이유도 이러한 글쓰기 방식에서 유래하는 것으로 볼 수 있다.

그의 글은 현실적인 나이와 함께 보다 정밀靜謐해짐을 보여 준다. 자신의 내면을 확충하고, 열린 세계를 지향하는 모습으로 그의 시야는 넓어졌기 때문이다. 같은 서술인데도 앞의 시기에 지어진 글과 뒤에 지어진 글은 확연한 변화를 보여 주고 있다. 글 속에서 박상은 달과 소나무와 바람 너머에 있는 본질로 다가가는 모습을 선연하게 드러내고 있는 것이다. 구체적인 인물에서 보편적인 인물로 변한 박상의 성장을, 글의 지어지는 시기를 통하여 확인하는 것도 그의 글을 읽는 또 하나의 재미일 것이다.

참고문헌

차주환, 『역해 눌재집』, 충주박씨문간공파문중, 1979.

박익환 외, 『눌재 박상의 문학과 의리정신』, 광주직할시, 1993.

최인욱 역, 『고문진보』, 을유문화사, 1986.

국어국문학회, 『한국의 한시』, 보고사, 2010.

김대행, 『시와 문학의 탐구』, 도서출판 역락, 1999.

김동수, 『눌재 박상』, 동인출판문화원, 2016.

김성기, 『남도의 시가』, 도서출판 역락, 2002.

김정수, 『전라도 사람들』, 장문산, 2009.

류연석, 『한국가사문학사』, 국학자료원, 1994.

박명희, 『박상의 생각, 한시로 읽다』, 도서출판 온샘, 2017.

박준규, 『호남시단의 연구』, 전남대 출판부, 2007.

장선희, 『호남문학기행』, 박이정, 2000.

정병헌, 『한국 고전문학의 교육적 성찰』, 숙명여자대학교출판국, 2003.

정병헌 외 편, 『선비의 소리를 엿듣다』, 사군자, 2005.

제임스 그리블(나병철 역), 『문학교육론』, 문예출판사, 1996.

M. H. Abrams, *The mirror and the lamp*, Oxford University Press, 1971.

눌재 박상 문학의 연구 현황과 과제

김대현

1. 서언

한국 한문학 작가들은 세계 어느 나라의 작가들보다 많은 문학작품을 창작
하였다. 그 작품의 숫자가 어느 정도인지는 아직 구체적으로 밝혀지지 않았
지만, 한국은 일찍부터 문예를 존중하는 나라였음에 틀림없다. 그런데 한국
의 여러 지방 가운데서도 호남은 특별히 '예향'이라고 부른다. 이는 여러 가지
이유가 있을 터이다.

호남 지방에는 근대에 서화가 발달하였다는 것이나, 판소리 등 우리 음악이
발달하였다는 점도 매우 중요한 이유이다. 그런데 이런 음악이나 미술이 발
전할 수 있었던 것은 문학 작품이 그 바탕이 되었다는 사실이 더욱 중요하다.
시가 문학이 발달하여서 이른바 '시서화'라는 서화의 발전으로 나아갈 수 있
었고, 이야기 문학이 발달하여서 상당수가 호남을 배경으로 하였던 이른바
'판소리 열두 마당'이라는 우리 음악으로 나아갈 수 있었다. 그래서 다 호남의
문학을 기반으로 미술과 음악이 발전할 수 있게 되었을 것이다. 이는 서로 연
결되어 있는 문예 양식이기 때문이다.

이처럼 호남의 문학은 매우 발전하고 있었는데, 특히 16세기 무렵에는 대
단한 문예적 성황을 이루었다. 그런데 이러한 일을 앞에서 이끌어 갔던 사람
이 누구인지 궁금하지 않을 수 없다. 현재 필자가 파악하기로는, 그 맨 앞에서
눌재 박상朴祥(1474~1530) 선생은 그러한 경향을 이끌어갔던 선구적 인물이었
다.[1] 그는 광주 서구 서창동의 절골 마을이라는 당시 방하동芳荷洞에서 태어났
다. 어렸을 적부터 열심히 학문을 익혀 출사를 하게 되었는데, 경향 각지에서
벼슬을 하다가, 나주목사를 끝으로 만년에 다시 고향으로 돌아와 운명하였다.

---

1 이 글은 필자가 약 20년 전에 처음 발표하였던 「눌재 박상 문학에 대한 연구 쟁점과 과제」(『한
국언어문학』, 44, 한국언어문학회, 2000.5)를 바탕으로 하여 그 후 이루어진 연구 성과를 간략하
게 포함하였다. 향후 눌재 문학 연구사 관련은 이 글을 이용하시기 바란다.

그가 이렇게 광주와 인연을 맺게 된 까닭이 있는데, 이는 그의 부친이 처가와 가까운 이곳 광주로 옮겨 살면서 호남지역을 고향으로 삼았기 때문이라고 알려져 있다. 당시 옛날에는 처가의 고향으로 거처를 옮기는 이들이 아주 많았다. 아마도 그 무렵에는 딸에게도 재산을 많이 물려주는 풍속이 남아 있었기 때문일 것이다.[2]

필자는 개인적으로 20년 전 광주의 전남대학교 교수가 되었을 때, 그해 봄 맨 처음 광주 서창동의 절골에 가서 주포를 준비하여 눌재 박상 선생의 묘소를 참배하였다. 16세기 호남 문학을 발전시키는 중요한 위치에 서 있는 그를 기리고 싶었기 때문이었다.

그의 문집을 읽어 보면 눌재는 7살 위의 형인 하촌荷村 박정朴禎으로부터 학문을 배웠다고 한다. 그처럼 형으로부터 학문을 배웠다는 것은 그리 흔한 경우가 아니다. 하촌은 이미 상당한 학문적 성과를 이루어서, 눌재에게 전수할 만큼 그런 위치에 있었던 것 같다. 그는 아우인 육봉六峯 박우朴祐와 함께 형에게 문학수업을 하였던 것으로 보인다. 그런데 눌재의 부친이나 형은 비교적 일찍 운명하였기에, 눌재는 늘 부친이나 일찍 운명한 형을 그리면서 아쉬워하였던 일들이 문집에 기록되어 남아 있다.

그러던 중 점필재 김종직에게서 눌재의 형 하촌을 비롯하여 세 형제들에 대하여 "중국에 삼소三蘇가 있다면 동국東國에 박씨 삼형제인 삼박三朴이 있다."고 칭찬을 받았다고 한다. 이런 일이 있어서, 어떤 연구자들은 눌재의 스승으로 점필재를 말하기도 한다. 하지만 직접적인 학문의 수수관계는 없었던 것으로 여겨진다. 그러한 말을 들으면서 눌재는 문인으로서의 꿈을 키워 갔을 것이고, 그러한 결과 16세기 호남 문단이 발전하는 데 큰 역할을 하게 되었던 것 같다.

---

2 눌재의 부친은 鄭氏 부인과 두 번째 徐氏 부인이 있었는데, 연보에는 서씨 부인의 고향 인근이었기 때문이라고 하였다. 그러나 정씨부인의 고향이라고 하여야 맞는다는 설도 있다.

현재 호남 지방의 한문 문집은 3천여 종이 넘을 것으로 추정되는데,[3] 『눌재집訥齋集』은 70년도 후반에 일찍이 번역되었다. 문중 차원의 적극적인 의지가 있었기 때문이었을 것이다. 눌재 문학에 대한 연구 또한 다른 작가들에 비한다면 비교적 일찍부터 이루어지고 있었다.[4] 따라서 이제 어느 정도 연구가 축적되었으며, 정보화라는 새로운 시대로 접어드는 이 시점에서 그동안의 눌재 문학 연구를 사적으로 다시금 점검하여 볼 필요가 있을 것 같다.

연구사를 검토하는 일이야말로, 새로운 연구를 위한 발판을 마련하는 중요한 일이기도 하다. 따라서 이 글에서는 80년대와 90년대, 2천년대 이후에 이루어진 연구 현황을 세 시기로 나누어서 간단하게 검토하도록 하겠다. 그리고 연구 과정에서 나타난 앞으로의 연구 과제 등을 간단하게 살펴보고자 한다.

2. 80년대 이전 연구 현황

눌재는 훌륭한 문인이어서 일찍부터 그에 대한 문학적인 언급이 있었다. 눌재 사후에 조선시대에 그가 어떻게 사람들에게 전승되고 있었는가를 따로 정리하고 검토하는 일은 매우 중요한 일이다. 기존의 여러 연구에서 그러한 언급들이 늘 있었다. 그러나 좀 더 구체적이고 집중적으로 그 기록들을 정리할 필요가 있을 것이다.

일찍이 17세기 초에 만들어진 우리나라 전적해제의 첫 저작이었던 『해동문헌총록』에도 『눌재집』이 수록되었다. 이는 연구자들이 잘 인용하지 않는 것이어서, 여기에 인용을 해 본다. 이 내용을 보면, 명종대의 초간본이 이미 유

---

3 호남지방의 문집 목록은 호남지방문헌연구소 편, 『호남문집 기초목록』(전남대출판부, 2014)에 기초적으로 정리되어 있다.
4 이 글의 뒤에 참고문헌으로 눌재 문학의 연구 업적들을 적어 두었다.

포되어 있었음을 알 수 있다. 여기에는 단순한 목록만이 아니라 눌재 선생의 삶과 그의 시에 대한 기록이 붙어 있다.

　　박상 지음, 상의 자字는 창세이며 본관은 충주인이다. 연산 때 급제하였다. 뜻이 크고 구애됨이 없이 매우 기개와 절조가 있었으며, 단정하고 엄숙하며 청아하였고 경서에 능통하였다. 조정암(조광조) 김충암(김정) 등 여러 현인들과 함께 서로 좋아하며 당대의 명유名儒가 되었다. 일찍이 담양 군수로 있으면서, 충암金淨과 함께 상소하여, 신씨愼氏(中宗의 첫 부인) 복위復位를 주청했다가 죄를 입어 호서湖西로 유배되었다. 중시重試에 장원으로 뽑혀 나주 목사羅州牧使로 나갔다가 감사監司 조언방으로 인하여 관직을 파면당하고 고향으로 돌아갔다. 나날이 도서圖書로 시간을 보내며 스스로 즐기다 생을 마친 나이는 57세였다. 시어詩語가 웅장 강건하며 기이하고 예스러웠다.[5]

　이미 그 당시 눌재의 시를 '웅장, 강건, 기이, 예스러움'이라고 평하고 있었다. 이러한 평어는 그 이후 아마 지금까지 여러 연구자들이 평하는 것과 큰 차이가 있는 것 같지는 않다.

　이러한 기록들을 눌재의 연구사라고 하기에는 좀 그렇지만, 이를 통하여 눌재의 문학이 어떻게 수용되고 있었던가를 다루어 나가는 일은 매우 필요한 일이다. 이를 수용문학의 측면에서 다루어 나가도 되고, 또 중국처럼 어떻게 접수接受되고 있었던가를 다루어서 접수사接受史의 관점에서 다루어 나가도 된다. 물론 여러 연구들에서 드문드문 언급이 있었지만, 아직은 이런 부분이 충분하게 연구된 것은 아니다.

　눌재의 시를 높이 평가한 이들이 있었는데, 그 가운데 가장 유명한 이는 정조 임금이었다. 그는 "박눌재의 시를 후인들이 칭하여 일컫는 자가 없었다. 그

---

5 김휴 저, 오종필 역, 『국역 해동문헌총록』, 한밭도서관, 2013.

러나 일찍이 그 유집을 보았더니 기걸하고 준려하여 실로 우리나라 시 가운데 첫째가는 사람이다."라고 하였다.[6] 물론 눌재의 당대에 호음 정사룡(1491~ 1570)이나, 눌재 사후에도 지천 황정욱(1532~1607) 등의 평가도 있었던 것을 보면, 눌재가 시인으로 이름을 얻고 있었음을 알 수 있다. 이러한 많은 언급들을 체계적으로 다시 정리하고 번역할 필요가 있을 것 같다.[7]

1) 눌재집 간행과 정본화의 문제

누구나 알겠지만 눌재 연구에 있어서 가장 중요한 문제 가운데 하나는 눌재 작품에 대한 원전 정리이다. 이는 상당한 작품을 남긴 여느 작가의 경우에나 다 해당되는 말이다. 현재 퇴계 이황이나 고산 윤선도, 또 다산 정약용 등 수많은 작가들은 조선시대 간행된 문집에 실린 작품 이외에 더 많은 필사된 작품들을 남기고 있다. 이는 한국 문학 작품 정리에 있어서 어쩔 수 없는 현상이었지만, 이제는 이들 개별 작가들의 작품을 좀 더 완벽하게 정리할 필요성이 있다는 것을 의미한다.

눌재의 경우도 예외가 아닐 것이다. 눌재의 작품집인『눌재집』은 1547년(명종 2) 동생인 육봉 박우와 제자였던 석천 임억령에 의하여 초간 되었다. 그런데 무엇보다 이 초간본이 아직 발견되지 않아서 아쉬운 점이다.[8] 그 후 숙종조, 정조조, 헌종조 등 여러 차례 중간되었으며, 1899년(광무 3)에는 연보가 헌종조 사간본四刊本에 합해져 간행되었다. 이처럼 문집이 여러 차례 중간된 경우는 비교적 특별한 것이었다. 대개 한 번이나 잘해야 두 번 정도 간행되는 것

---

6 『역주 눌재집』의 卷首에 편차되어, 자세하게 번역이 되어 있다. 눌재의 시를 일컫는 자가 없기야 했겠는가만, 흔히 일컫지는 않았다는 것을 알 수 있다.

7 최근의 김동수, 『호남 의리사상의 실천가, 눌재 박상』(동인출판문화원, 2016)에서도 두어 군데 언급되어 있지만, 좀 더 체계적으로 다시 정리할 필요가 있을 것이다.

8 현재 필자가 찾아보기로는 한국학중앙연구원 소장본, 이화여자대학교 소장본 등이 이 초간본과 연관이 되어 있을지 모르겠다. 빨리 비교 연구를 하여야 할 것이다.

이 일반적인 데 비하여, 네 차례나 계속하여 간행되고 있음은 그 후손들의 정성이 어느 집안보다 더 대단하였음을 알려 주는 일이다.

중간을 할 때마다 계속하여 증보되었을 것이며, 그 중간의 경위도 범례를 이용하여 잘 설명하여 두기 마련이다.

그 후 1923년에는 여러 다른 문집들과 함께 '규장각총서 3'으로 신활자본으로 만들어 간행하였다. 이는 헌종조본을 대본으로 하였다.

그 후 1979년에는 충주박씨 문간공파 문중에서 차주환 교수에게 의뢰하여 『역주 눌재집』을 간행하였는데, 이는 아주 특별한 사건이었다. 그 후에도 1985년에는 여강출판사에서 헌종조본에 연보를 합본하여 영인하였다.

그러다가 1989년에는 한국고전번역원(민족문화추진회)에서 한국문집총간 18, 19로 표점 영인하게 되었다. 그런데 문집총간의 『눌재집』은 장서각의 헌종조본을 대본으로 하였기에, 연보도 싣지 않았고, 부록 2권도 싣지 않아서 많은 보충을 이루지 못하였다. 현재는 거의 모든 한문 자료는 『한국문집총간』을 주요한 원전으로 삼고 있기에, 이는 시급하게 보완되어야 할 것으로 보인다.[9]

2) 80년대 본격적으로 연구가 시작

눌재에 대한 본격적인 연구는 80년대부터 이루어졌다고 할 수 있다. 그렇지만 일찍이 1900년 이후 근대가 시작되던 시기에도 눌재에 대하여 언급들이 있었다. 가장 먼저 언급한 연구는 일찍이 김태준金台俊의 『조선한문학사朝鮮漢文學史』(1932)이다.[10] 그러나 눌재에 대한 근대적인 첫 언급이어서인지 눌재의

---

9 박은숙은 「『눌재집』의 판본과 발굴작품」(『한문학논집 8』, 단국한문학회, 1990)이라는 논문에서 『눌재집』의 판본 문제를 두루 다루었다. 판본학으로는 최초의 논문이라고 할 수 있다.
10 金台俊, 『朝鮮漢文學史』, 131면. 여기에서 김태준은 詩中四傑이라는 항목을 만들어, 虛白堂 成俔, 눌재, 駱峯 申光漢, 芝川 黃廷彧을 다루고 있다.

시詩에 대하여는 자세하게 언급하지 않았다.

이와는 달리 이가원李家源은 『한국한문학사韓國漢文學史』(1961)에서 눌재의 부賦인 「몽유부夢游賦」에 대하여 간단하게 언급하였는데, 이러한 연구 내용은 최근에도 그대로 이어진다.[11]

이 작품 「몽유부」는 별집 권1에 실려 있는데, 이는 눌재의 6대손 박삼의 유사 가운데 실려 있었다고 한다. 눌재 선생이 눈 내리는 어느 날 낮잠을 자면서 꿈을 꾼 꿈 이야기를 엮은 작품이다. 중국의 역사를 태초부터 선생의 당시까지 선생이 직접 본 것처럼 서술한 것이다.

간간이 이러한 논의를 거치다가 70년대 말인 1979년에 드디어 『눌재집』이 번역되기에 이른다. 이 번역본 『눌재집』은 충주 박씨忠州朴氏 문간공파文簡公派 문중에서 발행하였으며, 서울대학교 교수였던 차주환 선생의 번역으로 이루어졌다.[12] 차주환 선생은 서문에서 1972년에 문중의 의뢰로 시작하였고 전후 5년의 시간이 걸렸다고 회고하였다. 당시로는 대단한 노력과 업적이었다고 생각된다.

아마 이 『눌재집』의 번역은 당시 문집 번역의 이정표를 세운 것이라고 보인다. 특히 호남 지방의 주요한 한문 문집 번역으로는 거의 첫 번째 번역집으로 보인다. 이는 번역사의 큰 성과였고, 이를 통하여 학계에서 본격적으로 석박사 학위 논문들이 나오게 된 바탕이 되었다. 당시 이 일을 추진하였던 문중의 인사들은 다른 어느 문중 사람들보다 더 문헌에 대한 중요성을 잘 알고 있었던 것으로 보인다.[13]

---

11 李家源, 『韓國漢詩小史』, 보성문화사, 1992, 108면.
12 『譯解 訥齋集』(1979). 여기에는 詩 620題(1,164수), 賦 12, 記 2, 발 2, 祭文 1, 文 7편 등의 눌재의 작품뿐 아니라, 荷村의 賦, 六峰의 작품, 年譜, 그리고 권수에는 正祖의 傳敎, 『日得錄』 소재의 글들이 모두 완역되어 있다. 차주환 선생은 서문에서 눌재 선생의 후손인 박하련 씨의 많은 도움을 받아서 번역하였노라고 밝히고 있다. 후손 가운데 그러한 학자들이 있었기에 문집의 번역이 이루어졌을 것이다.
13 필자도 2000년 무렵 충주박씨 문간공 종회 회장이셨던 박정철 선생이 보낸 이 『역주 눌재

그런데 80년 무렵에는 눌재 박상의 문학보다는 사학사적史學史的인, 혹은 사상사적思想史的인 접근이 먼저 이루어졌다. 사학사적으로 눌재 박상은 『동국사략東國史略』이라는 조선시대를 대표하는 사략서史略書의 한 가지를 편찬하였던 인물이었기 때문이다.[14] 15세기 『동국통감東國通鑑』이 완성되었지만, 이를 사림파 성리학자들의 사관에 맞추어 간략하게 정리하고자 한 책이 눌재의 『동국사략』 6권이었다. 이는 기묘사화 이후 저술되었는데, 신진 사림파의 사관을 대변하는 것이라 여겨진다.[15]

또한 사상사적으로도 눌재는 조선조 도학道學의 의리사상義理思想을 형성하는 데 중요한 기여를 하였다.[16] 위로는 사육신死六臣, 생육신生六臣의 절의節義 정신을 이어받으면서, 아래로는 중종반정이나 기묘사화와의 사상적 연관을 맺고 있기 때문이다. 그의 생애에서 절의사상, 의리사상을 논할 때, 여러 사건들 가운데서도 반드시 거론되는 잘 알려진 두 가지 사건은 우부리牛夫里를 장살杖殺한 사건과, 「청복고비신씨소請復故妃愼氏疏」, 이른바 「을해소乙亥疏」를 올린 사건이다.[17] 눌재는 이러한 사건들을 통하여 자신의 의리관을 피력하였고,

---

집』을 전달받았다.

14 이 『東國史略』은 눌재의 저술임은 李仁榮의 「淸分室書目」에 처음 밝혀졌고, 이어서 정구복, 「16~17세기의 사찬사서에 대하여」, 『전북사학』 1집, 1977에서 자세히 검토되고 있다. 최근 박익환, 「눌재의 생애와 사학사상의 위치」, 『눌재 박상의 문학과 의리정신』, 1993에서도 전반적으로 고찰하고 있다.

15 『동국사략』이라는 책은 권근을 비롯하여 16세기에 이우·박상·유희령·민제인 등이, 또 1906년에는 현채가 지은 책이 있다. 현재 여섯 가지 이상의 같은 이름의 책이 남아 있다.

16 이와 관련되어 오종일, 「박눌재의 학문과 사상」, 『심천이강오교수 화갑기념논문집』, 1980이나 윤사순, 「조선조 의리사상 형성과 눌재」, 『눌재 박상의 문학과 의리정신』, 1993 등을 들 수 있다. 최근에는 고영진의 「호남 유학사상사에서의 박상의 위치」, 『역사학연구』 28, 호남사학회, 2006에 논의가 자세하다.

17 『燃藜室記述』, 故事本末 丙寅靖國 條에 湖南의 反正세력의 형태에 대해서 언급되어 있다. 그런데 이 글에서는 눌재가 全羅都事로 있을 무렵, 이미 연산군의 음란함이 날로 심해짐에 따라 湖南지역에는 反正의 정신이 무르익어 있었던 것 같다. 당시 호남으로 귀양 가 있었던 유빈, 이과, 김준손 등은 병사, 수사, 수령들과 함께 군사를 거느리고 거사하였다고 하였다. 그리고 한양으로 진격하다가 반정 소식을 듣고서 그만두었다고 한다. 이 기록이 사

이를 사림정신, 선비정신으로 확립하여 당시의 시대정신으로 만드는데 크게 기여하였다고 할 수 있을 것이다.

80년대 중반으로 접어들면서 문학분야에서 본격적인 연구가 시작된다. 처음의 석사학위논문은 임기춘林基春, 「눌재 박상의 생애와 문학」(세종대 석사학위논문, 1984)인데, 첫 번째 학위논문이므로 충분히 기념할 가치가 있다고 여겨진다. 이는 눌재 문학의 내용적 고찰을 주로 하였는데, '가―절의節義, 나―직간토로直諫吐露, 다―회한좌절懷恨挫折, 라―신상탄身上嘆, 마―달관達觀'이라는 항목으로 나누어서 그의 시를 살펴보고 있다. 그의 시를 구체적으로 주제별 분류를 하였다는 점은 큰 의의가 있다고 할 수 있다.

그리고 이 논문에서는 결론 삼아 눌재 문학의 특징을 몇 가지로 지적하였다. 첫째, 눌재는 인생의 모든 것을 문학화했다는 점, 둘째, 눌재시의 뛰어난 점은 그의 시가詩歌에 담긴 사상성思想性이라는 점, 셋째, 눌재는 자연을 사랑한 달관達觀의 전원시인田園詩人이라는 점, 넷째, 눌재의 부賦 문학에는 심오한 사상과 해박한 지식이 있다는 점을 들고 있다. 물론 이러한 관점은 어찌 보면 좀 평범하여 보이지만, 눌재 문학의 중요성을 새롭게 언급하기 시작한 연구라고 할 수 있다.

그다음 1986년에는 세 편의 석사학위 논문이 동시에 나와서,[18] 눌재 박상의 문학 연구가 활발해졌다. 세 편의 논문은 각각 눌재의 한시를 대상으로 다룬 연구들이다. 이어서 몇 년 후 「눌재 박상 문학 연구」(박은숙, 1988)[19]가 나와서

실이라면, 눌재는 이러한 움직임을 잘 알고 있었을 것이고, 이러한 연관에서 牛夫里의 杖殺이 이루어졌던 것은 아닐까 생각해 볼 수도 있다.

18 안영길, 「눌재 박상의 漢詩연구」, 단국대 석사학위논문, 1986.
　서정환, 「박상의 문학 세계」, 고려대 교육대학원 석사학위논문, 1986.
　임동윤, 「눌재 박상의 詩文學攷」, 동국대 교육대학원 석사학위논문, 1986.

19 朴銀淑, 「訥齋朴祥 文學硏究」, 고려대 석사학위논문, 1988. 여기에서는 눌재의 작품세계를 현실과의 갈등, 자연인식, 자기단련 등 몇 가지 분야로 나누어 검토하고 있으며, 눌재의 散文작품도 검토하고 있다.

눌재 문학 연구가 좀 더 깊이를 더하게 되었다.

박은숙의 연구는 여러 가지 새로운 시각도 보여 주고 있어서 흥미로웠다. 예를 들면, 첫 번째 석사논문에서는 눌재 문학의 특징 중 하나를 자연을 사랑한 달관의 전원시인이라고 하였는데, 여기서는 좀 다르게 해석하였다.

눌재는 자연을 관념에 철저히 예속시키고 있어서, 조화로운 세계로서의 자연을 관조하기보다는 현실세계와의 갈등에서 파생된, 비분悲憤이나 강개慷慨, 비애悲哀 등을 자연에 투사하고 있다고 하였다. 나아가 눌재의 자연인식은 세계와의 갈등 속에 포함되었으며, 귀거래의식歸去來意識이 관념적인 허위라고까지 하였다.[20] 관점에 따라서 다른 견해들이 있겠지만, 박은숙은 눌재의 삶을 치열한 갈등의 연속으로 보았고, 자연인식이나 자연에 대한 시들도 다 이러한 비분강개의 갈등 속에서 반작용으로 나타난 것처럼 보았다.

이러한 눌재의 자연인식은 퇴계의 자연인식과 다름을 지적하면서도 상당히 설득력이 있는 듯하다. 그렇지만 그의 시가 비분강개함에 머물지 않은 것은, 그의 어느 정도 도가적 취향으로 보더라도 귀거래의식이 전혀 없었던 건 아니기 때문일 것이다. 현실에 대한 비판과 울분이라는 의리정신이 너무 강하였던 까닭이라고 생각되지만, 그렇다고 그의 자연시나 자연인식이 가볍게 다루어질 것은 아니라고 보여진다.

3. 90년대 연구 현황

90년대에 들어서면 눌재 문학에 대한 연구가 활발해지기 시작하는데, 석사학위 논문을 썼던 박은숙 선생이 계속하여 의욕적인 연구 활동을 하였다. 먼저 앞서서 이야기하였지만 「『눌재집』의 판본과 발굴 작품」(1990)을 통하여, 『눌

---

20 朴銀淑, 위의 논문, 40면.

재집』의 출판 상황을 점검하고 있다.[21] 이는 아주 중요한 눌재집의 판본과 그의 원전, 정본화 등에 대한 과제를 안겨 주었다. 이 글에서는 아직 초판본과 정조본으로 추정되는『눌재집』이 발견되지 못함을 지적하면서, 판본 문헌학의 과제를 남겨 주었다.

또한 눌재의 산문에 대한 연구가 따로 이루어지고 있다. 바로 박은숙,「눌재 박상의 산문에 대한 일고찰」(1992)이다.[22] 이 연구는 눌재의 철학적 사유가 드러나는「염불사중창기念佛寺重創記」,「송해공상인환무등산서送解空上人還無等山序」,「중수쌍청당기重修雙淸堂記」,「청송당서聽松堂序」를 통하여 눌재의 사유체계를 살피고 있는데, 세계를 관념적으로 바라보고, 보편적 이성에만 경도되어 있으며, 그리하여 사상적 응집력을 발휘했던 성리학의 사고로 귀결되고 있다고 하였다.[23]

그런데 눌재가 세계의 보편적 이성으로 성리학적인 질서를 추구한 것이 사실이겠지만, 그러한 것이 바로 관념적이라는 것인지는 좀 더 신중한 평가가 있어야겠다. 단순한 성리학자가 아니라 실천을 하였던 도학자로서 눌재의 사상을 평가한다면, 아마도 그의 문학도 그러한 점이 반영되어 있을 것이다.

이 무렵 박준규 교수에 의하여「눌재 박상론 — 생애 및 그 위인爲人을 중심으로」(1993)가 발표된다.[24] 여기에서는 눌재의 생애 및, 의리의 실천, 그리고 그 위인爲人됨이 자세히 고찰되어 있다. 90년대 연구에 들어서서 특기할 만한 사실은 '눌재 박상의 문학과 의리정신'이라는 학술토론회와 이를 집성한 논문

---

21 朴銀淑,「『눌재집』板本과 發掘作品」,『한문학논집』8집, 단국한문학회, 1990. 여기서 약간의 시간적 혼란이 있었던『눌재집』의 중간에 대하여, 숙종조의 중간연대를 1694년으로, 정조조본은 1796년으로 본다고 하였다. 현재 헌종조본(1843년간)을 저본으로 한 역주『눌재집』의 범례에는, 숙종조본과 정조조본이 각각 1684년과 1795년으로 되어 있다. 이와 함께 발굴되었던「李輔德重陽親詩序」와「訥齋長興寺序」를 분석하고 있다.

22 朴銀淑,「눌재 박상의 散文에 대한 일고찰」,『덕성어문학』7집, 1992.

23 朴銀淑, 위의 논문, 384면.

24 朴焌圭,「訥齋 朴祥論」,『古詩歌研究』제1집, 全南古詩歌研究會, 1993.

집이 출간된 사실이다.[25]

여기에는 눌재 문학에 대하여 박준규 교수가 쓴 두 편의 논문이 실려 있다. 한 편은 「눌재 박상의 교유인물과 시문詩文의 제작」(1993)이라는 논문으로 문학 집단의 형성에 주목하여, 그의 시작에 나타난 교유인물을, 그리고 교유인물 사이에 제작된 시들을 종합적으로 검토하였다.[26] 이러한 연구는 작가와 주변의 교류인물 사이의 관계를 연구하는 것이므로 눌재 문학에 대한 이해를 폭넓게 하는 의미 있는 연구라고 하겠다.

또 다른 한 편은 「눌재 박상의 시문학논고」(1993)라는 논문이다.[27] 이 연구에서는 다시 눌재의 현실 비판시들이 크게 주목되었다. 사실 피지배층의 현실과 지배층의 역할에 대한 비판적인 시들은 눌재시 가운데 많은 분량을 차지하는 것은 아니다. 하지만 그의 사림파로서의 의리정신에 비추어 볼 때, 소수의 시들이지만 뜻깊은 작품이 많은 것이 사실이다.

또한 눌재의 귀거래의 염원과 자연과의 친화가 다시 중요하게 거론되고 있다는 점도 주목할 만하다. 물론 여기에서도 눌재가 강호자연을 지향하는 시를 많이 남긴 것은 부정적인 현실을 잊기 위한 도피처로 자연을 생각하였기 때문이라고 하였다. 이처럼 다양하게 눌재의 시세계를 분류하고 있어서, 눌재시를 전반적으로 이해하는 데 도움이 되고 있다.

---

25 향토문화개발협의회 편,『訥齋 朴祥의 文學과 義理精神』, 광주직할시, 1993.
26 朴焌圭 교수의 이 논문에서는 교유시인의 유형을 모두 아홉 가지로 분류하고(1. 己卯諸賢 2. 三印臺인물 3. 門下生 4. 同年 5. 清白吏 6. 출국사신 7. 지방관 8. 외국사신 9. 佛僧) 이들과의 관련을 두루두루 언급하고 있다. 이 논문에서 교유시인은 210여 명이고, 교유시는 400여 편 정도 된다고 밝히면서, 그중에 임억령, 김세필 등과는 40여 수나 되는 시를 酬唱하였다고 하였다. 그리고 눌재의 교유시인은 己卯諸賢이 주가 되고 있으며, 그 때문에 그의 교유시는 울분과 비판, 위로와 자탄 등 부정적 현실을 嘆하는 격정이 주된 내용이 되었다고 하였다.
27 朴焌圭,「訥齋 朴祥의 詩文學論攷」, 위의 책. 여기에서는 눌재의 사회시를 네 가지로 나누어 고찰하고 있다. 대략을 인용하자면, 첫째는 비판적 현실인식과 애민시, 두 번째는 삶의 고뇌와 이의 극복을 다룬 내용의 시, 세 번째는 歸去來의 염원과 자연과의 친화를 내용으로 하는 시, 마지막 네 번째는 佛僧과의 교유와 이에 따른 시이다.

김신중도 「「산거백절山居百絶」을 통해 본 눌재시의 성격」(1993)[28]을 통하여, 눌재의 시 가운데 가장 장편인 칠언절구 100수로 이루어진 「산거백절山居百絶」을 중점적으로 검토하고 있다. 이 논문에서는 「산거백절」을 검토하면서 자연시自然詩가 아니라 사회시社會詩로 읽혀져야 한다고 하였다. 그러면서 암울했던 현실 속에서 겪었던 심리적 갈등을 우언체寓言體의 수법을 빌어 형상화시킨 작품이라고 하였다.

또한 눌재의 부賦 작품만을 검토한 논문이 있는데, 바로 김은수의 「눌재 부賦 문학의 연구」(1993)이다.[29] 여기서는 왕도정치사상이나, 우국충정이란 표현 등 기존의 시나 산문을 검토하는 논의에서는 잘 쓰이지 않던 새로운 평어들을 내세우고 있다.

사실 눌재 3형제는 모두 부賦에 능했으리라 추측되기에, 더욱 관심이 요구된다. 그의 형 하촌은 유명한 「등서석산부」를 지었고, 동생 육봉도 「황금대부」를 비롯한 여러 편의 부를 지었기 때문이다.

한편 눌재시를 해동강서시파海東江西詩派의 한 부분으로 이해하는 이종묵 교수의 연구(1995)가 이루어졌는데,[30] 여기서는 '경물 속에 투영된 강개慷慨의 미학'이라는 제하題下에 눌재의 대표적인 시를 중심으로 검토하고 있다. 정조는 일찍이 눌재의 시를 침울沈鬱하다고 하였으며, 필부들의 강개는 아니라고 하였다.

이종묵 교수의 '경물 속에 투영된 강개의 미학'이란 말은, 눌재의 시를 '자연 속에 투사된 비분, 강개'라고 보았던 박은숙의 분석과 어느 정도 궤를 같이하

---

28 金信中, 「「山居百絶」을 통해 본 눌재시의 성격」, 『눌재 박상의 문학과 의리정신』, 1993.
29 김은수, 「訥齋 賦文學의 研究」, 『눌재 박상의 문학과 의리정신』, 광주직할시, 1993. 여기서는 눌재 賦의 형식과 내용을 검토하고 있다. 이 논문에서 형식면에서 눌재의 부를 중국의 「離騷」 「天問」과 비교하였으며, 내용면에서는 1) 왕도정치사상(「黃鍾賦」, 「五絃琴」, 「石鼓」) 2) 우국충정(「夢遊」, 「弔五王」, 「平倭」) 3) 유교사상(「登泰山小天下賦」 「爲善最樂」) 4) 자서적 정서와 서정의 세계(「擬自悼賦」, 「哀大鳥」, 「海棠」, 「聞杜鵑」)로 나누고 있다.
30 李鍾默, 『海東江西詩派研究』, 태학사, 1995, 255~283면.

는 부분이라고 생각된다. 자연을 경물로, 투사를 투영으로 비슷한 용어를 사용하였기 때문이다.

그런데 이 연구는 눌재를 바로 해동강서시파의 시인으로 규정짓고 있다는 데서, 상당히 구체화시키고 있는 점이 주목된다. 지금까지는 눌재를 바로 해동강서시파의 시인이라고 한 적이 없었기 때문이다.

여기에서 강서시파江西詩派와 관련되어 요체拗體의 시도, 기자奇字의 단련, 시어詩語의 확장, 구법句法의 변화, 전고典故의 활용, 의경意境의 안배 등의 한시 작법에 따라 해동강서시파를 살피면서 눌재 시를 검토하고 있다. 또 따로 눌재 시의 미감美感을 살펴보았는데, 기존의 연구들은 이처럼 시의 미감에 대하여 찬찬히 살펴본 적이 드물었기에, 뜻깊은 시도였다고 생각한다.

그렇지만 박은朴誾과 이행李荇에 이어 박상을 해동강서시파의 일원으로 규정짓는 것은 좀 더 검토가 있어야 될 것으로 보인다. 한시작법의 유사성으로만 같은 시파라고 규정하기에는 간단한 문제가 아니다. 눌재를 사형시킬 것을 주장하였던 이행과 정치적 이해관계의 차이는 뒤로한다고 할지라도, 전체적인 시의 내용이나 시풍 등이 좀 더 비교되어야 할 것이다.

시파를 시의 작법으로만 분류하는 것이 아니고, 그 시에 나타나고 있는 시대에 따른 삶의 자세나 인생관이나 세계관 등에 의하여 시파를 구분 짓는 것이 더욱 중요하다고 여겨지기 때문이다.

또 박준규 교수는 또 눌재의 사회시를 중점적으로 검토한, 「눌재 박상과 그의 시문학」(1998)이 있다.[31] 여기서는 눌재의 생애와 위인을 자세하게 정리하고 있으며, 특히 사회시를 '사화士禍의 참사慘事와 사류士類의 고뇌苦惱' '당로자當路者의 전횡專橫과 병부病夫의 한恨' '탐관貪官의 가렴苛斂과 민생民生의 원성怨聲'이란 항목으로 나누어 자세히 살피고 있다. 대체로 눌재의 사회시가 많은 분량이 아니란 이유로 연구자들이 깊이 있는 검토를 하지 못하였던 부분이어서,

---

31 朴焌圭, 「訥齋 朴祥과 그의 詩文學」, 『湖南詩壇의 研究』, 전남대출판부, 1998, 179~230면.

새로운 연구 성과라고 할 수 있었다.

90년대 마지막에 나온 연구 성과로 유형구, 「눌재 시문학 연구」(성균관대 석사학위논문, 1999)가 있고, 또 차용주의 「박상연구」(1999)가 있다.[32] 차용주는 기존의 연구 성과를 바탕으로 그의 시 세계를 몇 가지로 나누어서 검토하고 있다. 눌재의 전체적인 시풍은 웅건雄健, 침울沈鬱, 난해難解하다고 하였는데, 대체로 조선 전기 작품이 섬려纖麗, 화미華美, 위미萎靡한 점에 비추어본다면, 눌재의 시풍은 상당한 변화를 보였다고 하였다.[33] 이상의 연구 성과가 1990년대에 이루어진 눌재 문학에 대하여 연구들이다.

4. 2천년대 연구 현황

여기에서는 2000년 이후에 눌재 박상 문학에 대한 연구 현황을 간단하게 살펴보려고 한다. 2000년 이후 첫 번째 논문은 아마 필자의 논문 「눌재 박상 문학에 대한 연구 쟁점과 과제」(『한국언어문학』 44집, 한국언어문학회, 2000.5)일 것이다.

필자는 그 무렵에 전남대학교에 부임하여, 앞에 언급하였던 것처럼 맨 처음 광주 서창동 절골에 있는 눌재 선생의 묘소에 참배하였으며, 눌재 선생에 대한 연구를 새롭게 진행하고 싶었다. 이를 위하여 그동안의 눌재 문학 연구사

---

32 車溶柱, 『韓國漢文學作家硏究』 2, 아세아문화사, 1999, 141~172면. 이 연구에서도 기존에 눌재를 자주 언급하였던 여러 評語를 제시하며 설명하고 있다. 그리고 詩의 분석에 있어서 현실에 대한 눌재의 의사를 반영하였거나, 山村생활을 드러낸 「山居百絶」, 憂民사상을 드러낸 「述田家雜語」, 침울한 감정을 드러낸 「奉孝直喪詩」, 정사룡이 칭송을 아끼지 않았다는 「忠州南樓」, 「彈琴臺」 등을 제시하였다. 「山居百絶」에서도 산거생활의 정취를 표현한 몇 작품을 들어 제시하고 있음은, 이 작품의 일면을 새롭게 조망하는 것이다.

33 그의 시가 난해難解하다는 평은 일찍이 정조대왕도 언급한 내용이었고, 나중에 일본인 高橋亨의 「눌재집 小引」(규장각 총서 3, 『눌재집』, 1923)에서 본격적으로 비롯되었다.

를 정리할 필요성을 느꼈다.[34]

이 논문에서는 80년대 연구 현황, 90년대 연구 현황, 그리고 연구 쟁점과 과제 등으로 나누어서 살펴보았다. 아마 눌재 문학에 대한 최초의 연구사적 검토였을 것이다.

다음으로 이듬해 2001년에는 박은숙의 「눌재 박상 시의 특질에 대한 일고찰」(『한문학보』 5, 우리한문학회, 2001)이 발표되었다. 이 논문에서는 눌재 한시의 특질을 강건剛健, 웅혼雄渾, 호방豪放, 유려流麗의 네 가지로 나누어 살폈다. 이런 시의 미학적 언급은 처음부터 있었지만, 이를 중점적으로 다루어서 본격적인 한시 미학을 다루어 나가는 논문이었다고 할 수 있다.

그로부터 몇 년이 지난 2004년 무렵부터는 여러 연구자들에 의하여 눌재 문학 논문이 많이 발표되었다.

이정원, 『눌재 박상의 시문학 연구』(조선대학교 박사학위논문, 2004)

신태영, 「눌재 박상의 부賦 연구 — 유가적 충의와 장자적 초탈」(『언지논총』 17, 온지학회, 2007)

권순열, 「눌재 박상 연구」(『한국시가문화연구』 21, 한국시가문화학회, 2008)

김동하, 「눌재 박상의 부賦 연구」(『한국시가문화연구』 26, 한국시가문화학회, 2010)

신태영, 「눌재 박상 시의 미의식 — 기奇와 장壯을 중심으로」(『동방한문학』 49, 동방한문학회, 2011)

김진경, 「눌재 박상 부賦문학 연구 — 주제 형상화 방식을 중심으로」(『한문고전연구』 26, 한국한문고전학회, 2013)

---

34 어느 경우에나 가끔 연구사를 살펴보아야 한다. 이 논문을 발표하고 20여 년이 지났기에, 다시금 눌재 문학의 연구사를 돌아보는 것이 필요한 일이라고 생각하여 이 글도 간단하게 쓰게 되었다.

이 무렵의 큰 특징으로 박사학위 논문이 발표되었다는 점이 있고, 또 눌재의 부賦 작품을 특별히 주목한 연구들을 들 수 있다. 이정원은 눌재의 시문학에 대한 기존의 여러 논의를 종합하여 처음으로 박사학위 논문을 제출한 것으로 보인다. 그러나 후속 연구가 잘 이어지지 않아서, 아쉬움으로 남게 되었다.

이즈음 특히 신태영, 김동하, 김진경 등이 계속하여 눌재의 부賦 작품을 대상으로 논문을 발표하였다. 눌재는 12편의 부를 남겼는데, 모두 한 편 한 편이 웅장한 시경을 나타낸 작품들이다. 이를 일찍이 이가원 선생의 언급 이후로 이 무렵의 연구자들이 특별히 주목하였던 것을 알 수 있다.

이러한 연구 논문들이 발표된 이후에는 최근에 두 권의 눌재 관련 저서가 출간되었다. 이는 문중의 지원과 저자들의 노력이 합하여진 결과라고 한다. 그 두 권의 저서 가운데 먼저 김동수, 『호남 의리사상의 실천가, 눌재 박상』(광주: 동인출판문화원, 2016)이라는 단행본이 나왔다.

이 저서는 물론 문학 분야만의 연구 성과가 아니고, 눌재에 대한 여러 가지 기존의 연구 성과를 다루고 있다. 여러 면에서 종합적으로 다루었으며, 일반인들에게 알기 쉽게 소개하고자 저술하였다고 하였다. 특히 그의 절의사상과 도학적인 사상가로서의 위상을 역사적인 배경을 곁들여서 설명하고 있다.

이어서 이듬해인 2017년에는 박명희, 『박상의 생각, 한시로 읽다』(부천: 온샘, 2017)라는 편역서가 간행되었다. 눌재의 한시 일부 작품을 다섯 가지 주제로 나누어서 작자의 평설과 함께 편찬하였다. 이러한 작품 선집은 앞으로도 필요한 작업이라고 생각된다. 특히 일반인들에게 눌재의 작품을 알리는 대중화의 면에서는 반드시 거쳐야 할 단계이다.

이러한 저서 발간 이후에 몇 년간 뜸하던 논문 발표가 다시 활발하게 이루어지고 있다. 유진희, 「눌재 박상의 시에 나타난 귀거래歸去來 의식 연구」(『대동한문학』 57, 대동한문학회, 2018) 이 논문에서는 박상이 귀거래의식을 형성하게 된 배경을 밝히고 그 성격을 고찰하였다. 이 논문은 도연명陶淵明 및 『초사楚辭』 수용에 따른 귀거래 양상이 어떻게 나타나는지 알아보는 것을 목적으로 한다고 하였다.

일찍이 눌재의 귀거래의식에 대하여는 박은숙을 비롯한 여러 연구자들이 지적하고 있었지만 관념적인 자연인식이나 귀거래의식에 불과하다는 평도 있었다. 그런데 이 논문에서는 좀 더 적극적으로 눌재의 귀거래의식을 살펴보려고 시도하였다.

눌재는 『초사』에 대한 깊은 이해를 바탕으로, 그 귀거래 의식을 상당부분 수용한 결과라고 하였다. 이와 관련하여 필자가 보기에도 호남의 시인들은 『초사』를 상당히 많이 수용하고 있었음을 보여 주고 있다. 호남에는 필사본 『초사』 작품집이 아주 많이 남아 있기도 하다. 그래서 필자도 20년 전의 논문에서 굴원의 이소를 특별하게 좋아하였던 눌재의 이야기를 썼고, 그와의 관련 연구가 필요하다고 하였다. 따라서 이러한 귀거래의식에 바탕을 둔 자연관이 단순한 관념적이 아닌 구체적으로도 눌재의 문학에 짙게 나타나 있었을 것으로 여겨진다.

2019년에는 박명희의 연구가 매우 적극적이다. 「눌재 박상의 현실인식과 시적 대응」(『어문론총』 82, 한국문학언어학회, 2019)이란 논문에서는 현실인식에 대한 시적 대응을 '세태의 직시와 비판', '사화기 지식인의 고충 토로', '백성들 삶의 질곡에 동조' 등으로 나누어 살폈다. 그의 삶과 현실에 대한 시 창작을 구체적으로 살펴보고 있는 논문이다.

박명희는 이어서 「눌재 박상의 충주목사忠州牧使 시절 기묘사림과의 시적 교유와 그 의의」(『국어국문학』 189, 국어국문학회, 2019)를 발표하였다. 이 논문은 눌재가 충주 목사 시절 기묘사림들과 교유한 내용을 다룬 것이다. 특히 김세필과 관련한 시를 수십 편 지어 다른 기묘사림과 대비되는 특징을 보여 주었다고 하였다. 눌재는 현직 지방관으로 있으면서 기묘 사림들과 교유함으로써 소신 있는 발자취를 남겼기 때문에 '기묘완인'으로 불렸을 것이라고 하였다.

이는 일찍이 박준규 교수도 눌재의 교유시를 다루면서 많이 언급하였던 내용들이었는데, 이를 좀 더 구체적으로 밝혀 나간 것이다. 한 시기의 문학 교류를 집중적으로 다루어서 눌재 연구를 좀 더 구체화시키고 있다고 할 수 있다. 눌재는 기묘명현이라고 하니, 당연히 기묘사림들과 시적 교유 또한 많았을 것이다. 그런데 구체적인 시기에 그의 시를 집중 고찰한 것은 의미 있는 연구이다.

아마 초창기 눌재 문학 연구를 적극적으로 이끌어 갔던 박은숙 선생이 있었다면, 최근에는 박명희 선생이 적극적이라고 할 만하다. 이상에서 눌재 문학에 대한 연구를 연구 논저가 발표된 시간순으로 간단하게 검토하였다.[35]

5. 몇 가지 연구 과제

여기에서는 앞으로 좀 더 연구가 이루어져야 할 내용에 대하여 몇 가지 간단하게 살펴보기로 하겠다. 이렇게 하는 까닭은 눌재 문학의 이해를 더욱 심도 있게 하기 위해서 필요한 일이라고 생각되기 때문이다.

이는 필자가 20년 전에 발표하였던 논문에서도 주로 언급하였던 내용들이 많다. 시간이 많이 흘렀지만, 필자는 개인적으로 눌재 연구를 진척시키지는 못하였다. 다만 지금의 시점에서 몇 가지 좀 더 심화시켜야 될 부분에 대하여 필자 나름대로의 소견을 간략하게 특별한 순서 없이 자유롭게 적어 나가려고 한다.

하나, 먼저 문헌의 정리 문제이다. 잘 알다시피 이름난 작가들은 그 작품이 완전하게 모아지지 않았다. 그 이유는 무엇보다 작품이 많이 남아 있기 때문이다. 그래서 여러 과정을 거쳐서 계속하여 중간되면서 증보되는 문집들이 있다. 이곳 호남 지역에서도 송강 정철의 문집, 고산 윤선도의 문집이나 마지

---

35 그러나 혹시 필자가 미처 몰라서 빠진 부분이 있을지도 모른다. 그리고 지면 관계상 좀 소략하게 다루었기에 나중에 언젠가 좀 더 구체적으로 이를 검토할 필요를 느끼고 있다.

막 20세기의 매천 황현의 문집 등 이름난 문인들의 문집이 아직 완전하게 정리되지 못하였다. 문집에 들어가지 못하였던 많은 작품들이 남아 있기 때문이다.

특히 고산 윤선도의 경우에는 필자가 새롭게 발견하였던 한시나 서간문 등 상당수의 작품들이 아직 문집에 들어가지 못하였다. 매천의 경우에는 아직 중국에서 간행본으로 정리될 때 들어가지 못한 작품들이 대부분 필사 영인본으로 많이 남아 있다. 어느 경우에나 이런 중요한 작가들의 작품은, 계속하여 정본화 작업을 해 나가야만 한다. 눌재의 경우도 박은숙이 두 편의 새로운 작품을 찾아서, 여러 차례 언급하기도 하였다. 아마 더 흩어져 있는 그의 작품들이 있을 것이다. 이들 모든 작품들을 좀 더 완전하게 한 자리에 모으고, 정본화를 하는 일은 중요한 작가를 연구하는 데 기본적인 일이다.

둘, 지금은 누구나 알다시피 정보화가 많이 진행되고 있다. 고전 작품들도 DB화로 진행되어서 이제는 비교적 쉽게 접근할 수가 있다. 정보화는 먼저 원문의 이미지화이고, 나아가 원문의 표점 텍스트화, 나아가 번역문의 DB화이다. 이것은 원문 정보의 3단계 정보화이다.

『눌재집』은 어떠한가? 가장 초보적인 정보화인 이미지화도 아직 이루어지지 못하였다. 알다시피 이미지화는 국립중앙도서관의 한국고전적종합목록 시스템에 있는데, 여기에는 양성지의 『눌재집』만 이미지화가 이루어져 있다. 주요한 작가들의 문집은 빨리 이미지화가 이루어져야 하는데, 너무 더디다고 여겨진다. 『눌재집』 정도는 중요 문집에 속하는데, 아직 안 되어 있어서 많은 사람들이 그 본래 모습을 볼 수가 없다. 그래서 먼저 마지막 간행본인 1899년 간행된, 연보가 포함된 4간본의 이미지화를 추진할 필요가 있다.

알다시피 텍스트화는 한국고전번역원에서 진행을 하는데, 한국문집총간의 내용을 표점하여 텍스트로 정보화시키는 것이다. 그러나 여기서도 눌재의 연보 등은 빠져 있어서, 문집총간이 완전하게 이루어지지 못하였다. 이는 일찍부터 여러 연구자들이 지적하고 있는 바이다.

아울러 번역문의 DB화도 물론 이루어지지 못하였다. 『눌재집』의 번역은 역설적으로 문중에 의하여 너무 빨리 이루어졌다. 그래서 한국고전번역원에서 추진하는 번역 문집 대상에서 제외되었기에, 번역문 정보화의 길이 아직까지 이루어지지 못하였다.[36]

셋, 눌재 선생의 전기를 새롭게 잘 쓰도록 하여야 한다. 최근에 하서 선생의 전기, 고산 선생의 전기, 매천 선생의 전기 등 이름난 문인들의 전기傳記가 출간되고 있다. 눌재의 경우에는 이미 연보도 있어서, 전기를 쓰기가 무척 수월할 것이다. 이는 일반 대중들에게 눌재를 널리 알리고, 연구를 촉발시키는 계기를 만들 수 있는 것이다. 다행히 최근에 그의 시선집을 만들어서, 그나마 대중들에게 한걸음 다가가게 만든 것은 중요한 의미가 있다고 할 수 있다.

넷, 눌재의 사승관계의 문제나 문인관계를 좀 더 다루어야 한다. 앞서 언급하였던 김태준의 『조선한문학사』에서는 눌재가 정암 조광조의 제자라고 하였다. 그렇지만 눌재는 정암보다도 6년이나 연상일뿐더러, 차라리 눌재가 사림의 비판정신을 선창하였다고 보기도 한다.

이와 관련되어 흔히 눌재를 점필재 김종직의 계열로 보기도 한다. 물론 점필재로부터 사림파의 절의정신과 도학파의 사상을 이어받았을 것이지만, 구체적으로 문학적인 가르침을 받았던 흔적은 나타나지 않기에, 눌재를 바로 김종직의 계열로 연결 짓는 것은 무리가 있다고 보인다.

또한 『눌재집』에는 눌재와 관련된 점필재에 대한 언급이 잘 보이지 않으며, 점필재의 문인록門人錄에도 16세기 호남 지역의 문인으로 금남 최부는 기록되어 있지만, 눌재는 보이지 않는다. 따라서 좀 더 면밀한 고찰이 요구되는 부분

---

36 한국고전번역원에서도 『눌재집』처럼 중요한 문집들이 다른 곳에서 일찍 번역된 경우에는, 빨리 텍스트화를 할 수 있도록 특별한 조치를 하여야 할 것이다. 필자는 진즉 그런 일이 이루어질 줄 알았는데, 감감무소식이다. 호남에서만 하여도 많은 주요 문집들이 문중들의 지원과 노력으로 번역되었는데, 어느 형태로서든 이를 DB화시키는 일이 빨리 이루어지기를 바란다.

이라고 생각된다.

눌재의 문집에서는 목은 이색이나 매월당 김시습 등을 자주 거론하고 있기에 그 부분에 대한 연구가 필요하다고 생각한다. 매월당은 눌재의 나이 20세에 운명하였는데, 눌재는 그로부터 상당한 문학적인 영향을 받은 것 같다. 필자가 보기에는 사상적으로는 점필재와의 관련이 필요하지만, 문학적으로는 매월당을 이어받은 면이 더욱 뚜렷하다고 여겨진다.

좀 더 논의를 하자면 눌재는 매월당의 시에 차운하는 「차매월당사시절구次梅月堂四時絶句」를 짓기도 하였으며, 또 장편인 「산거백절山居百絶」을 창작하고 있다. 눌재의 시 가운데 가장 장편인 칠언절구 100수로 이루어진 「산거백절」은 소서小序가 붙어 있어서, 그 제작 동기를 알 수 있다.[37] 눌재는 매월당, 영천자의 작품의 예에 따라 그 또한 「산거백절」을 지었다. 또 눌재는 40대 무렵 이자, 윤춘년 등과 함께 처음으로 『매월당집』도 간행하였다. 율곡이 찬한 『김시습전』에 그런 말이 실려 있다.[38]

『매월당집』은 이미 중종조 박상이나 이자 등에 의하여 간행되었음은, 신사년 1521년에 쓰여진 이자李耔의 서문을 통해서도 알 수 있다. 이때 박상은 충주목사로 재직 중이었다. 눌재의 글 가운데 「답안순지答安順之」가 있는데, "청한집淸寒集은 후에 반드시 찾아드리겠다."고 말하는 구절도 있다.[39] 그러므로 충주목사 재직 시에 눌재 박상은 『매월당집梅月堂集』의 간행에 관여하였으며, 『도정절문집陶靖節文集』의 간행을 주도하였다고 생각된다. 이러한 정황으로 미루어 볼 때, 문학적인 사승의 면에서는 눌재와 매월당의 관계가 좀 더 중요하게 거론되어야 할 것이다.[40]

---

37 「山居百絶」, 韓國文集叢刊 19, 『訥齋集』, 36면 상.
38 韓國文集叢刊 13, 『梅月堂集』, 61면 下.
39 安順之는 思齋堂 安處順으로 기묘명현 가운데 한 사람이며, 新齋 崔山斗와 교유하여 많은 서간문을 남기고 있다.
40 이 부분도 필자가 기존에 20년 전에 발표한 논문의 내용이다. 이를 좀 더 부연하여, 눌재

이와 아울러 현재 눌재의 제자로 석천 임억령을 대표적으로 들고 있다. 석천은 눌재의 문집을 초간하는 데 결정적인 역할을 하였다. 그를 비롯하여 면앙정 송순이나 조계 정만종 등 눌재의 직접적인 문인이라고 알려진 이들과 많은 문학적인 수수관계가 있었을 것이다. 이를 좀 더 구체적으로 밝히는 일이 필요할 것이라고 여겨진다.

다섯, 쉽게 단정 지을 일은 아니지만, 문학사에서 작가로서의 위치를 어떻게 파악하는가 하는 점도 다루어 나가야 할 것이다. 조동일 교수의『한국문학통사』에는 '7.5 관인문학과 왕조사업의 표리'라는 항목에서 눌재 박상을 서술하고 있는데, 사장파의 대표적 인물로 알려진 남곤에 이어서 박상을 들고 있다. 눌재 박상이 기묘명현으로, 정암 조광조를 비롯한 신진 사림들과 정신적인 동궤에 있었다면, 이러한 서술은 그의 사상적인 위치와는 약간 어긋나 보인다.

문학사의 위치가 사장을 중시하는 관인문학의 계승이라고 하기보다는, 기묘사화의 일원으로서 사림문학의 세계를 열어 나가고 있다고 할 수 있을 것이기 때문이다. 훈구파의 관인문학의 관점에서 보다는 사림문학의 관점에서 눌재의 문학을 좀 더 적극적으로 살펴나갈 필요가 있으리라 보여진다.

박은숙은 눌재의 문학사적인 위치를 전대 관각문학館閣文學 중심의 사장파詞章派 문학으로부터, 도학파道學派로 변하여 가는 가운데 위치하고 있는, 말하자면 사장파와 도학파의 접합점에 위치하고 있다고 하였다.[41] 필자가 보기에 눌재는 사림파 계열에 속하면서도, "외로운 울분을 오직 시로써 풀어 내고, 괴로운 마음은 때로 술한테서 달랜다孤憤秖憑詩裡遺 苦心時向酒邊恢."[42]면서 시작에 열중하였다. 사림파士林派이면서도 비교적 순수문학을 옹호하였던 사장파의

가 이어 받은 문학에 대하여 연구를 진행할 필요가 있다고 여겨진다. 아직 이런 연구가 잘 이루어지지 못하고 있다.

41 朴銀淑, 위의 논문, 1988, 63면.

42 「和橘亭韻」 韓國文集叢刊 18,『訥齋集』, 508면 상.

모습을 지니고 있음으로, 그의 문학사적인 위치를 분명하게 설정하는 것도 중요한 문제의 하나이다.

그는 사상적으로는 사림파의 일원이면서도, 마치 점필재 김종직이 그러했던 것처럼, 문학의 기능을 적극적으로 옹호하는 점에서는 사장파의 면모를 드러내 보이기도 한다. 이 점이 바로 눌재를 단순하게 평가할 수 없는 요인이기도 하다. 필자는 눌재야말로 도학파 즉, 성리학자인 사림파이면서도 사장詞章의 기능을 적극 옹호하는 계열이라는 적극적인 평가가 필요하다고 생각한다.[43]

여섯, 한편 그의 시문학상의 위치를 그냥 당시파唐詩派로 볼 것인가, 아니면 해동강서시파海東江西詩派의 인물로 볼 것인가의 문제는 그의 시를 규정짓는 하나의 문제라고 할 수 있다. 당시 중종조 박은으로 대표되는 해동강서시파도 중국 강서시파인 황산곡黃山谷이나 진후산陳後山 유의 시풍과 연관이 있다면, 황산곡이 주장하였던 '점철성금點鐵成金'이나 '환골탈태換骨奪胎'를 이어받았던 것은 아닐까 여겨진다.

그렇지만 박은은 조선조 초기의 송시宋詩, 특히 소식의 시풍을 숭상하던 경향에서 중종, 명종조에 이르러 점차 송시의 시풍을 외면하고 당시唐詩의 시풍을 따르게 되었던 한시 문단에서 과도기에서의 교량적 역할을 담당하였다[44]는 의견도 있다.

박은숙도 눌재가 해동강서시파와의 관련성이 있다고 여러 군데서 지적하고 있다. 눌재는 문학적 기교와 격정을 형상화하면서도 부화浮華한 수식은 드러내지 않는 점은 호음湖陰과 적암適庵이 보여 주는 공통점과도 관련이 있어서, 이러한 사실들이 해동강서시파와의 관련성을 시사하고 있다고 하였다.[45]

---

43 이도 필자가 20년 전에 발표하였던 논문의 내용이다. 물론 이러한 문학사적인 연구는 구체적인 문학 연구가 이루어진 후에 가능한 일이므로, 그 후로도 이런 언급들은 잘 이루어지지 못하고 있다.

44 홍순석, 『朴誾의 생애와 시』, 일지사, 1986, 28면.

그렇지만 관련이 있다는 정도에서 넘어서서, 아예 눌재 박상을 박은, 이행에 이어 해동강서시파의 인물로 설정하는 연구자도 있다.

앞에서 말하였듯이 이종묵 교수는 몇 가지 시작법의 예를 들면서 이러한 결과를 제시하고 있다. 매우 중요한 언급을 하였지만, 박상과 이행이 정치적으로 서로 대립적인 관계에 있었다는 점은 차치하고도, 또 박상의 시풍과 박은, 이행의 시풍이 유사한가는 좀 더 살펴야 할 문제이다.

또한 기묘사화 이후 이행이 대제학이 되면서 눌재 박상 등의 기건한 시풍을 취하지 않았다는 기록으로 본다면,[46] 상당한 거리가 있었던 것은 아닐까 여겨지기도 한다. 그 상상력의 전개로 기건奇健한 박상의 시와 훨씬 더 차분하고 사실적寫實的인 박은, 이행의 시는 분명 또 다른 길을 걷고 있는 건 아니었을까 생각되기도 한다.

눌재의 시가 문학사의 전개과정에서 어떤 의미를 지니는가를 밝히는 일은 상당히 어려운 문제이다. 15세기 송시풍宋詩風이 16세기 중종대부터 당시풍唐詩風의 시대적 분위기로 변하는 사이에서, 시풍의 변화에 힘쓰며 활동하였던 인물이라고 말할 수 있겠지만, 이렇게 간단하게 말하기에는 어려운 점이 한두 가지가 아니기 때문이다.

눌재 시문학의 의의를 당시풍을 열어 나간 선두주자라는 점이라고 하려면, 우선 눌재가 그 무렵의 시단詩壇을 어떻게 이해하고 있는가도 좀 더 구체적으로 밝혀져야겠다. 또한 눌재의 시풍에 대하여 웅건雄健하거나 침울沈鬱하다고 하는 것은 당시唐詩의 낭만주의적 전통이나 사실주의적寫實主義的 전통에 서로 어떻게 연관되어 있는지 좀 더 연구할 필요가 있다. 이러한 점들은 시의 표현상의 특징이나 풍격 등을 좀 더 구체적인 면에서 찾아보아야 할 것이다.

그런데 필자는 당시파唐詩派라는 말을 좋아하지 않는다. 순수한 서정시의

---

45 朴銀淑, 위의 논문, 58~59면.
46 魚叔權, 『稗官雜記』 記錄.

시경을 크게 이루어 나간 우리 옛 시인을 당시파라고 하여 수많은 당시인들의 아류로 부르는 것 같아서, 이를 이제는 바꾸어야 할 용어라고 생각하고 있다. 그래서 우선 호남 지역의 삼당시인들을 비롯한 여러 기존에 언급되었던 당시인들을 '호남서정시파' 시인들로 부르고 있다.[47] 필자가 보기에는 눌재나 사암이나 다 호남서정시파 시인들의 초기 모습이 보인다. 이러한 관련성도 앞으로 더 연구되어야 할 과제일 것이다.

일곱, 눌재의 자연인식이나 귀거래 의식 등을 좀 더 연구하는 것이다. 대체로 기존에는 눌재의 귀거래 인식을 관념적이라고 보기도 하지만, 최근 유진희의 연구에서는 굴원의 『초사』와의 연관성을 들면서, 직접적인 추구가 있었음을 밝히는 쪽으로 연구가 진행되고 있다. 이러한 점은 그의 넓은 의미의 자연관을 살피는 시각이라고 할 수 있을 것이다.

요즘은 새로운 의미에서 자연과의 친화가 우리 삶의 중요한 화두일 뿐만 아니라, 문학의 중요한 내용으로 되어 가고 있다. 눌재의 많은 자연을 노래한 시들, 귀거래 의식을 다룬 산수 전원류의 시들도 새롭게 적극적으로 검토되고 연구되어야 할 것이다.

여덟, 이와 아울러 필자는 눌재의 일련의 꽃 문학 작품을 매우 특별하다고 여기고 있다. 눌재 이전에는 그와 같이 꽃, 화훼에 대한 인식이 크지 않았다. 『눌재집』을 보면 아주 많은 꽃에 대한 한시가 나타나 있음을 볼 수 있다.

특히 그의 문집 권4에 나타나는 「매창소월梅窓素月」 이하 48수의 시는 안평대군의 「비해당48수」에 차운한 시작품들이다. 그의 꽃과 식물에 대한 안목이 얼마나 높았는지를 보여 주는 작품들이다. 이는 호남에서 16세기에 서로 원림을 조경하며 식물을 심는 구체적인 계기를 촉발시키는 이론적인 문화적인 근거가 되었던 것으로 여겨진다. 이러한 꽃과 나무에 대한 그의 작품들은 이

---

47 김대현, 「청련 이후백 한시에 나타난 두 가지 새로운 경향」, 『한국언어문학』 53, 한국언어문학회, 2004.

시대에 새롭게 연구되어야 할 작품군이라고 할 수 있다.

아홉, 이제 눌재의 작품을 좀 미시적으로 연구하는 일도 이루어지면 좋겠다. 눌재 시의 표현상의 특징을 세밀하게 구체적으로 살피는 문제이다. 그중에서도 필자는 그가 자유로운 상상력의 전개로 시적 공간을 넓혀 가는 표현 방법은 뛰어난 것이라 여겼다.

눌재는 시인으로서의 자부심이 남다른 사람이었던 것 같다. 스스로 "나는 송옥의 무리我亦宋玉徒"[48]라고 말하였다. 송옥宋玉의 삶이 눌재에게는 자신과 유사하다고 여겨졌던 모양이다. 눌재가 시에 쏟았던 정열을 그 스스로는 '시혼詩魂'이라는 말로도 표현하고 있다. "시혼이 가장 한스럽게 여기는 것은 붓끝이 빨라詩魂最恨毫端逸"라고 하였다. 매일 밤 「이소離騷」를 한 번 외우고, 근체시 한 편을 짓고 잠자리에 들었다거나 하는 것도 그 예이다.

이러한 시혼을 지닌 눌재 시 표현상의 가장 큰 특색은 자유로운 상상력의 전개라고 생각한다. 그러한 상상력의 구체적인 방법은 시공간적 이미지의 창출에 뛰어나다는 점이다. 특히 그가 보인 하늘에 대한 자유로운 이미지 구성은 저 장자莊子의 소요유逍遙遊만큼이나 뛰어난 것이라고 생각한다. 이러한 자유로운 시적詩的 상상력은 우선적으로 '시적 공간의 확대'로 이어지고 있다.

이러한 공간적 상상력은 마치 우주를 유유자적하는 태도이다. 눌재는 술을 한 잔 따르는 데에도, 술잔 안에서 파도를 보고, 하늘을 보는 식이다. 일본 승 역창易窓에게 주는 시구에 "오늘 그대에게 술을 따르는 덴 북두를 기울이고, 뒷날 나에게 술 갚을 때는 동해東海를 죄다 딸도록 하라今日酌君傾北斗 他年酬我卷東溟."[49]라고 한다.

이러한 상상력의 표현은 눌재 시의 거의 전편에 걸쳐 나타나고 있다고 하여도 지나친 말이 아니다. 벼루를 받고 감사한 시에도 그런 표현이 잘 드러나 있다.

---

48 「奉和石川韻」韓國文集叢刊 18, 『訥齋集』, 472면 상.
49 「贈日本僧易窓」韓國文集叢刊 18, 『눌재집』, 526면 상.

선천의 석공 손에다 곤오도를 쥐고
밤중에 만장 속으로 들어가니 벽옥이 차다
은은히 땅 속의 곡성을 듣는 듯한 가운데서
천년 묵은 붉은 용의 간을 도려냈다.[50]

벼루석을 캐는 것도 이처럼 재미있는 상상력을 동원하고 있다. 필자는 벼루에 대하여 이처럼 놀라운 상상력의 세계를 보여 주는 시를 보고서 감탄하였다. 이러한 상상력의 확대는 분명 시적 공간의 확대로 이어지고 있다. 따라서 시적 공간의 확대지향은 눌재 시의 아주 큰 특징이라고 할 만하다.

또 눌재는 이러한 자유로운 상상력의 표현을 위하여 시구를 가다듬고 있는 것을 싫어하였다. 대체로 송시宋詩의 한 특징으로 시인의 정情이 없고 논리만 있다거나, 사실적인 풍경묘사에 쓸쓸함이 배어 있는 점을 든다면, 눌재의 자유로운 상상력은 이와 다른 길을 열고 있는 것이라고 생각한다.

이소離騷가 사라지니 한스러운 건 다들 꾸미는 것이고
시경詩經이 없어지고 서러운 건 모두 와글대는 모습
법칙은 먼데 있는 것 아니니 힘을 들여야 할 것이
두보杜甫야말로 진정한 모범이로구나.[51]

당시 시를 조전雕篆하는 풍토에 대하여 비판적인 견해를 나타낸 것이면서, 당시唐詩의 길을 새롭게 열고 있다고도 할 수 있다. 이러한 자유로운 상상력의 전개라는 면에서 눌재 시의 표현상의 특징을 폭넓게 찾아보는 일이 필요하다

---

50 「宣川紫石硯歌」 부분. 韓國文集叢刊 18, 『눌재집』, 478면 하. "宣城石工 手握昆吾刀, 夜沒萬丈 碧玉寒, 隱隱如聞地下哭, 刳出千年赤龍肝."

51 「題尹翰林遊伽倻錄跋」 한국문집총간 18, 『눌재집』, 533면 상. "騷亡最恨皆雕篆, 刪後堪悲摠唏 哇, 柯則不遐須著力, 杜郞眞是指南車."

고 여겨진다.[52]

눌재시의 표현상의 특징을 미시적으로 탐구하는 일과 병행하여, 눌재 작품의 구성상의 특징을 찾는 일도 중요할 것이다. 예를 들면 눌재의 부賦 작품에 잘 나타나는 대비적對比的인 서술 방법이 그 구성상 특징의 하나라고 생각한다. 그러한 방법이 나타난 대표적 예로 「황종부黃鍾賦」를 들 수 있다. 여기에서는 모든 음률의 기초인 황종黃鍾에 대하여 서술하면서, 황종이 폐기되고 난잡한 와부瓦釜가 기세를 부리니 개탄스러운 일이라고 하였다. 황종과 와부를 대비시키면서, 밝은 마음, 어두운 마음이라는 대비법對比法을 사용하고 있는 것이다.

마지막에는 "밝고 밝은 황제의 마음이 바로 황종이라明明宰心寔黃鍾兮."라고 하였다. 마음속의 황종을 미루어서 음률 속의 황종을 만들었다고 하였으며, 황제 같은 성인이 다시 나오면 자신의 설을 취할 것이라고 끝맺고 있다.[53]

이러한 구성상에서 대비법을 사용한 또 다른 작품으로 「등태산소천하부登泰山小天下賦」도 들 수 있다. 당시 15, 16세기 김종직을 비롯한 여러 성리학자들이 등산을 하면서 새롭게 유산기를 창작하는 전통을 남기고 있었다. 산에 대한 기존의 불교적인 해석에 대하여, 유학자들이 적극적으로 유교적인 산의 전통을 확립하려고 하였기 때문이었다. 이러한 전통 선상에서 이 작품이 창작되어졌으리라 생각한다.[54]

그런데 눌재의 이 부는 구성을 전반, 후반으로 나누어 볼 수 있다. 전반부에 등산하여 본 천하의 모습을 장쾌하게 서술하고 있다. 산에 올라서 흉금을 넓게 풀어놓고 팔황八荒을 깡그리 집어넣으면서, 어렴풋이 얻은 것이 있다고 하

---

52 이러한 말은 대개 필자가 일찍이 논문에서 언급하였던 말인데, 그 후에 눌재의 도가적인 경향이 연구되기도 하였다.

53 판소리 「사철가」에도 "난계 선생 고생하여 황종성을 찾았으니 그 공덕이 찬란하다"라는 사설이 있다. 황종성은 십이율의 첫째 음으로 모든 기준이 되는 음으로, 실제 음악사에서도 중요한 용어이다.

54 눌재는 어렸을 때 무등산을 올라간 일이 있지만, 구체적인 창작으로 이어진 것 같지는 않다.

였다.

그런데 작품의 후반에는 대인선생大人先生이란 인물을 내세워서 "그대는 산이 큰 것만 알았지, 우리 도가 큰 것은 모르고 있다子徒知山之大, 不知吾道之大也."고 하였다. 그러면서 "초가지붕 밑에서 잠자리 쭉 뻗고 있어도, 천하는 한 개의 탄알 같은데 지나지 않음을 알 수 있다茅茨之下申申床褥, 可以知天下一彈丸也."고 하였다. 마지막에는 "진리는 이곳에 있지, 그곳에 있지 않다信在此而不在彼."고 도 하였다. 이 작품은 등산의 효용성만 강조하고자 지은 작품은 아니라고 생각한다. '산山보다 더 큰 도道' 혹은 '도道만큼이나 큰 산山'을 이야기하고 있다. 그러면서 그 구성은 산과 도를 대비하고 있고, 또한 눌재 선생과 대인선생을 대비시키면서 서술하고 있다.

눌재의 부賦 작품은 여러 연구자들이 주목을 하고 있듯이 뛰어난 작품들이 많다. 그의 시가 그러한 것처럼, 대체로 장편이다. 「의자도부擬自悼賦」는 개인 사적인 삶의 고뇌를 부로 형상화시킨 뛰어난 작품이다. 여러 평자가 말하듯 눌재 자신의 비운悲運을 노래한 작품이다. 그런데 여기서도 그는 삶의 여정에서 행幸과 불행不幸의 대비를 하고 있다. 연보에 의하면 눌재 33세이던 해에 지어진 이 글에서는 무오년戊午年과 갑자년甲子年의 환난도 서술되어 있다. 그러면서 "저 사람은 어떤 사람인가彼何人斯"와 "여기 한 사람 있어有人於此"를 반복 대비시키면서, 삶의 고뇌를 노래하고 있다.

눌재의 부賦 작품의 구성상의 특징은 바로 대비적對比的 서술을 통하여 주제 의식을 강렬하게 전하고자 하는데 있지 않을까 생각한다. 물론 한시작품에서도 이러한 대비적 서술을 하는 구성상의 특징이 상당부분 드러나고 있다고 여겨진다.

위와 관련되어 필자는 일찍이 부賦 작품에 대한 연구가 좀 더 필요하다고 언급하였다. 그 후 눌재 부에 대한 연구는 여러 논자들이 이어 나갔다. 눌재의 賦는 모두 12편이다. 눌재의 부는 이가원 선생이 「몽유부夢遊賦」를 언급한 경우가 처음이었다. 여기에서 원호元昊나 심의沈義의 몽유록夢遊錄의 영향을 받

앉을 것이라고 하였는데, 좀 더 연구가 되어야 할 것이다.[55]

원래 장자莊子의 「호접몽胡蝶夢」이나 유명한 전기傳奇인 「남가일몽南柯一夢」 등으로 미루어 보아도 몽유기夢遊記의 전통은 오래된 것이라고 할 수 있다. 눌재는 「몽유부夢遊賦」뿐만 아니라, 꿈속에서 순임금이 오현금을 타고 남풍가南風歌를 부르는 것을 듣고서 쓴 「오현금五絃琴」이나, 꿈속에서 석고石鼓의 이야기를 듣고서 쓴 「석고石鼓」 등과 같은 여러 편의 몽유부夢遊賦를 쓰고 있어서 주목된다. 이러한 부賦 작품들과 몽유의 전통에 연관된 연구는 연구자들의 언급이 있지만 좀 더 구체적으로 이루어져야 할 것이다.

열, 마지막으로 세계화의 문제이다. 눌재는 뛰어난 작가이다. 지금 남아 있는 그의 시가 이를 웅변하고 있다. 그런데 우리나라의 이름난 작가들도 다 부족한 일이지만, 아직 세계화가 되고 있지 못하다. 지금은 세계가 하나로 되고 있으며, 이는 우리 한국학이 나아가야 할 과제가 되었다. 우리에게는 익숙한 한국의 작가들이 조금만 밖으로 나가도, 중국에만 나가도 심지어 연구자들에게조차 그 이름이 생소하게 여겨진다고 한다.

눌재의 문학도 마찬가지이다. 이제는 눌재의 중요한 작품부터 시작하여 영어로 번역을 하고, 중국어로 설명을 하는 등 세계의 독자들에게 나아갈 길을 찾는 것이 무엇보다 필요한 일이다. 이는 비단 눌재 문학에 한정되는 이야기는 아니지만, 눌재와 같은 뛰어난 상상력의 시를 지니고 있는 시인의 경우에는 어느 누구보다 세계인의 마음을 움직일 수 있을 것이라고 여겨진다.

이상으로 특별한 순서 없이, 현재 필자가 생각하는 눌재 문학의 새로운 연구 과제 등을 열 가지로 만들어서 적어 보았다.

---

55 눌재의 부 작품이 몽유록에서 영향을 받았다는 것은 좀 더 고찰할 문제이다. 이는 직접 연결되지 않는 듯하다. 몽유록은 보통 여러 등장인물이 나타나 詩宴을 벌이고 討論을 하는 것 등이 일반적인 모습이다. 더구나 심정의 동생인 沈義가 쓴 「大觀齋記夢」에 의하면, 심의는 시의 琢句之法을 중시하였기에, 走筆型을 반대하였으며, 이는 눌재 박상의 시작태도와는 일정한 거리가 있어 보인다. 박상은 이규보의 시에 차운하였을 뿐만 아니라, 스스로 走筆로 시를 쓰기도 하였다.

6. 결어

이 글에서 눌재 문학의 연구 현황과 과제를 다루어 보아야겠다고 생각한 것은, 처음에 말하였듯이 필자의 첫 번째 눌재 연구 때문이었다. 필자는 20년 전에 「눌재 문학의 연구 쟁점과 과제」라는 논문을 발표하였다. 그로부터 20년이 지났는데, 필자는 가끔 눌재의 작품을 읽어 볼 뿐, 그에 대한 새로운 연구를 진행하지는 못하였다.

최근에 눌재 선생에 대한 글을 부탁받고, 무엇보다 그간의 연구들이 어떻게 진행되고 있는지 궁금하였다. 그래서 지난 연구를 거의 그대로 인용하면서, 2000년 이후의 연구 현황을 살펴보는 글을 만들었다. 그리고 연구 과제로도 당시에 언급하였던 여러 내용을 바탕으로, 현재 좀 새롭게 생각하고 있는 몇 가지를 추가하여 연구 과제로 생각하여 보았다.

눌재 문학 연구의 발자취를 돌이켜 보면, 70년대 말 그의 문집이 번역되면서 80년대부터는 석사학위논문이 주로 쓰여지던 시기였다. 석사논문들은 특성상 거의 눌재 한시의 전반적인 내용에 대하여 다루고 있었다고 할 수 있다. 그 중에서 박은숙 선생은 석사논문 이후로도 여러 차례 눌재 문학에 대한 판본板本 연구나 산문散文 연구 등의 논문을 쓰고 있어서 초기 연구사에 있어서 큰 업적을 이루고 있다.

90년대는 중진 연구자들이 대거 가세한 연구논문의 시대라고 할 수 있다. 이 시기는 박준규 교수가 눌재 문학에 대하여 생애를 통하여, 교유시를 통하여, 혹은 사회시를 통하여 다각적으로 검토하면서, 눌재 문학 연구가 구체화되던 시기라고 할 수 있다. 또 김은수 교수가 부 작품의 검토를 하여 연구가 세분화되고 있었다. 그뿐 아니라 이종묵 교수는 눌재를 해동강서시파海東江西詩派의 일원으로 규정지으면서 세밀한 작품분석을 시도하고 있는바, 이러한 문제는 좀 더 후속 논의들의 필요성을 제기하였다고 할 수 있다.

눌재의 문학 연구는 80년대 90년대 연구가 초기 연구라면, 2000년 이후로

약 20여 년 사이의 연구가 중기 연구였다고 설정할 수 있다. 중기 연구에는 김동수, 박명희 선생에 의하여 각각의 단행본 책자가 만들어진 것은 의미 있는 일이다. 개별 문학에 대한 연구도 눌재의 부賦 작품을 여러 연구자들이 연구하는 등 심화되고 다각화되고 있었다. 이제 2020년 이후 후기 연구로 진입하는 것이라고 생각한다.

후기 연구는 문학 내적인 연구와 함께 정보화나 세계화라는 좀 더 큰, 문학 외적 과제도 안고 있다. 이러한 후기 연구를 잘 이끌어 간다는 것은 여러 연구 주체들이 모두 협력하여 역할분담을 잘 하여야 한다는 것이다.

후기 연구를 위하여 그 연구 과제를 앞에서 열 가지로 나누어 두서없이 다루었다. 그러나 남아 있는 연구 과제도 아주 여러 가지이다. 눌재처럼 이미 높은 산이 된 작가는 우리가 올라가 보아야 할 길도 매우 많다고 할 수 있기 때문이다.

앞에서 잘 언급하지 못하였지만, 눌재와 충암沖庵처럼 정치적 동반자와 같은 작가들, 읍취헌挹翠軒 같은 쌍벽을 이루었다고 평가되는 동시대의 다른 작가들과의 비교연구도 좀 더 이루어져야 될 것이다. 또 앞에서 눌재와 석천을 비롯한 후대 문인과의 관계를 다루어야 한다고 하였는데, 그러한 점에서 눌재를 16세기 호남시단과의 관계에서 폭넓게 다루어 나가야만 할 것이다. 16세기 호남 문학 성취에 대하여 눌재의 역할을 구체적으로 찾아서 밝히는 일은 호남문학의 발전과정에서 반드시 연구되어야 할 중요한 과제일 것이다.

앞선 연구 과정에서 나타난 연구 쟁점도 계속 논의되어야 할 것이다. 앞에서 연구 과제로 다루었던 눌재의 사승 관계를 어떻게 볼 것인가, 문학사에서 작가로서의 위치를 어떻게 볼 것인가, 시문학상에서의 유파를 어떻게 규정지을 것인가의 문제 등은 쉽사리 해결되는 문제가 아니기 때문이다.

이와 같은 지속적인 연구 과제는 계속하여 연구되어지겠지만, 앞에서 다루었듯이 새로운 연구과제로 자유로운 상상력의 전개라는 면 등에서 눌재 시의 표현상의 특징을 밝혀내는 것, 대비적인 서술방법 등에서 구성상의 특징을 찾는 문제, 부賦와 몽유록夢遊錄의 관련 등의 문제도 더 새롭게 접근해야 될 것이라고 생각한다.

앞에서 말하였듯이 2000년 이후 눌재 문학의 중기 단계 연구는 그동안의 성과에 힘입어 부 문학을 집중 조명하는 등 좀 더 다각적으로 진행되었다. 그런데 현재 눌재의 시는 거의 1,200여 수에 가까운데, 연구자들이 자주 인용하는 시는 아직도 많아야 50여 수 내외로 상당히 반복적이고 한정되어 있다. 따라서 아직 언급되지 아니한 수많은 작품들을 끌어내어, 이들에 대한 세밀한 고찰을 통하여, 눌재 문학에 대한 논의 대상을 확대시켜야 할 것이다. 이는 어느 작가에게나 해당되는 근본적인 문제의 하나이다.

그런데 무엇보다 16세기 한국 문단에 대한 총체적인 연구가 진행되어야 눌재 문학의 위치가 더욱 분명해질 것이고, 16세기 한국 문학사의 새로운 모습들이 그려질 것이라고 생각한다. 이와 별도로 정보화와 세계화라는 화두는 우리에게 새로운 연구 과제를 안겨 주고 있다.

2020년 이후에 전개될 후기의 눌재 문학 연구는 어떤 모습으로 이루어질까. 이는 눌재 시의 상상력만큼이나 높게, 연구자들도 많은 상상을 하고 있으리라 생각한다.

참고문헌

『譯解 訥齋集』, 車柱環 譯, 忠州朴氏 門中刊, 1979.
『訥齋集』, 韓國文集叢刊 18, 19권, 1988.
『己卯名賢錄』
『中宗實錄』

향토문화개발협의회 편, 『訥齋 朴祥의 文學과 義理精神』, 광주직할시, 1993.
호남지방문헌연구소 편, 『호남문집 기초목록』, 전남대출판문화원, 2014.
김동수, 『호남 의리사상의 실천가, 눌재 박상』, 동인출판문화원, 2016.

(이하 문학 분야 연구 논저, 발표 연대순으로 수록함)

임기춘, 『눌재 박상의 생애와 문학』, 세종대 석사학위논문, 1984.
서정환, 『박상의 문학세계』, 고려대 교육대학원 석사학위논문, 1986.
안영길, 『눌재 박상의 한시연구』, 단국대 석사학위논문, 1986.
임동윤, 『눌재 박상의 시문학 고』, 동국대 교육대학원 석사학위논문, 1986.
박은숙, 『눌재 박상 문학연구』, 고려대 석사학위논문, 1988.
박은숙, 「눌재 박상의 문학세계」, 『한문학 논집』 제7집, 단국대, 1989.
박은숙, 「「눌재집」의 板本과 發掘作品」, 『한문학논집』 제8집, 단국 한문학회, 1990.
박은숙, 「눌재 박상의 散文에 대한 일고찰」, 『덕성어문학』 제7집, 덕성여대 국문과,
    1992.
박준규, 「눌재 박상론」, 『고시가연구』 제1집, 전남고시가연구회, 1993.
박준규, 「눌재 박상의 교유인물과 詩文의 제작」, 『눌재 박상의 문학과 의리정신』, 광
    주직할시, 1993.
박준규, 「눌재 박상의 詩文學攷」, 『눌재 박상의 문학과 의리정신』, 광주직할시,
    1993.
김은수, 「눌재 賦문학의 연구」, 『눌재 박상의 문학과 의리정신』, 광주직할시, 1993.

김신중, 「「山居百絶」을 통해 본 눌재시의 성격」, 『눌재 박상의 문학과 의리정신』, 광주직할시, 1993.

김신중, 「눌재시 「山居百絶」에 투영된 '江湖'의 성격」, 『용봉논총』 제23집, 전남대 인문과학연구소, 1994.

이종묵, 「朴祥의 詩世界」, 『海東江西詩派硏究』, 태학사, 1995.

박준규, 「訥齋 朴祥과 그의 詩文學」, 『湖南詩壇의 硏究』, 전남대학교 출판부, 1998.

유형구, 『눌재 시문학 연구』, 성균관대 석사학위논문, 1999.

차용주, 「朴祥 硏究」, 『韓國漢文學作家硏究』 2, 아세아문화사, 1999.

김대현, 「눌재 박상 문학에 대한 연구 쟁점과 과제」, 『한국언어문학』 44, 한국언어문학회, 2000.

박은숙, 「눌재 박상 시의 특질에 대한 일고찰」, 『한문학보』 5, 우리한문학회, 2001.

김은수, 「朴祥 詩의 선비적 情趣」, 『한국시가문화연구』 14, 한국시가문화학회, 2004.

이정원, 『눌재 박상의 시문학 연구』, 조선대 박사학위논문, 2004.

신태영, 「訥齋 朴祥의 賦 硏究」, 『온지논총』 17, 온지학회, 2007.

권순열, 「눌재 박상 연구」, 『한국시가문화연구』 21, 한국시가문화학회, 2008.

김동하, 「눌재訥齋 박상朴祥의 부賦 연구硏究」, 『한국시가문화연구』 26, 한국시가문화학회, 2010.

신태영, 「訥齋 朴祥 시의 미의식 ― 奇와 壯을 중심으로―」, 『동방한문학』 49, 동방한문학회, 2011.

김진경, 「訥齋 朴祥 賦文學 연구 ― 주제 형상화 방식을 중심으로―」, 『漢文古典硏究』 26, 한국한문고전학회, 2013.

박명희 편역, 『박상朴祥의 생각, 한시로 읽다』, 온샘, 2017.

박명희, 「訥齋 朴祥의 雜體詩 실현 양상과 그 의미」, 『한국한문학연구』 70, 한국한문학회, 2018.

유진희, 「訥齋 朴祥의 詩에 나타난 歸去來 意識 硏究」, 『대동한문학』 57, 대동한문학회, 2018.

박명희, 「訥齋 朴祥의 현실인식과 시적 대응」, 『어문논총』 82, 한국문학언어학회, 2019.

박명희, 「訥齋 朴祥의 忠州牧使 시절 기묘사림과의 시적 교유와 그 의의」, 『국어국문학』189, 국어국문학회, 2019.